Annales
Sujets & corrigés

2024

Mathématiques
Term
Spécialité

Julien Besson
Isabelle Lericque
Luis Mateus
Joël Ternoy

Professeurs de mathématiques

Nathan

MODE D'EMPLOI

Ces Annales ABC du Bac ont été conçues pour vous aider à réviser efficacement et progressivement l'épreuve de la spécialité mathématiques en Terminale.

RÉUSSIR LE BAC

Toutes les infos sur le **Bac** et la **description des épreuves**.

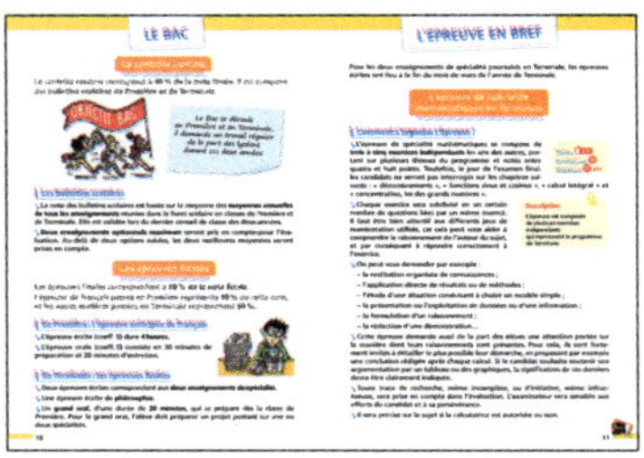
LE BAC

L'ÉPREUVE EN BREF

L'**épreuve expliquée** et les **astuces pour réussir** et apprendre à **bien mémoriser**.

S'ORGANISER POUR BIEN RÉVISER

La **méthode** pour traiter le sujet de **l'épreuve de spécialité**, avec des conseils pour réussir **étape par étape**.

La **méthode de l'épreuve écrite** expliquée, avec des conseils et des astuces pour le jour J.

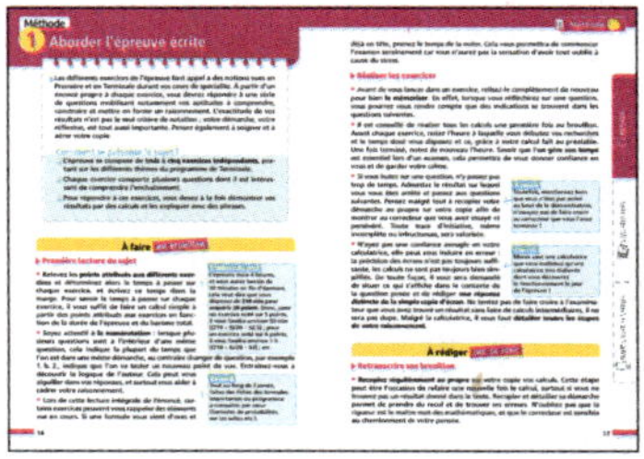
Méthode

1 Aborder l'épreuve écrite

Toutes les étapes de l'épreuve expliquées, de la **feuille de brouillon** à la **rédaction sur la copie**.

RÉVISER ET PROGRESSER

Chaque **thème du programme** est traité de **manière progressive** pour **réviser son cours**, se tester et se préparer avec des **sujets guidés**.

aire le point

appels
e cours avec les
onnaissances
ndispensables.

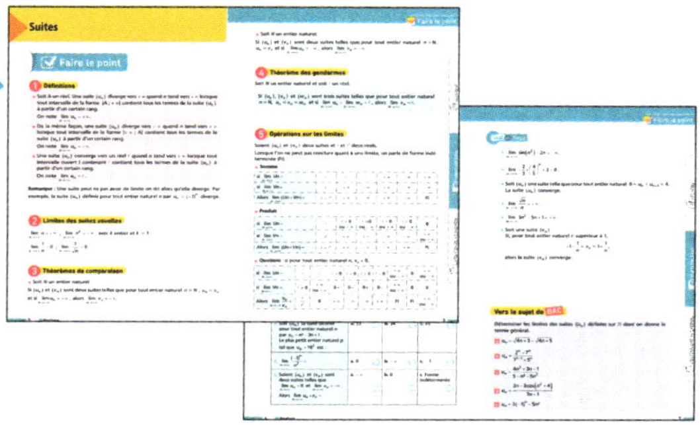

Contrôle des connaissances
avec des QCM
et exercices variés.

Sujets guidés

Sujets expliqués
avec une démarche
pas à pas.

Méthode par étapes
pour acquérir les
bons réflexes.

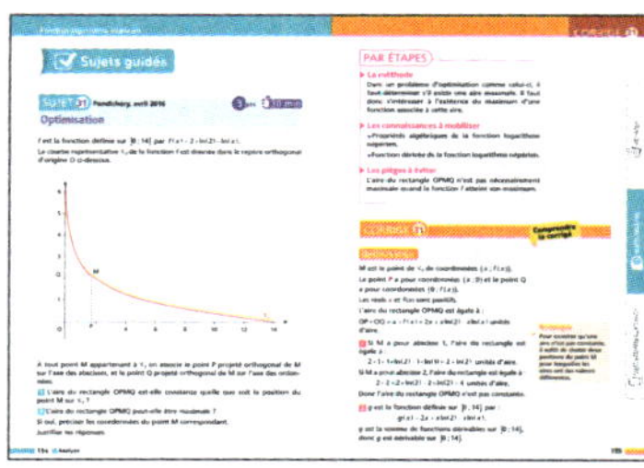

Corrigé commenté avec
les **conseils et les rappels**
de cours des **correcteurs.**

S'ENTRAÎNER POUR LE JOUR J

Des **sujets complets corrigés** conformes à l'épreuve finale.

Des **sujets**
avec minutage
pour mieux
se préparer.

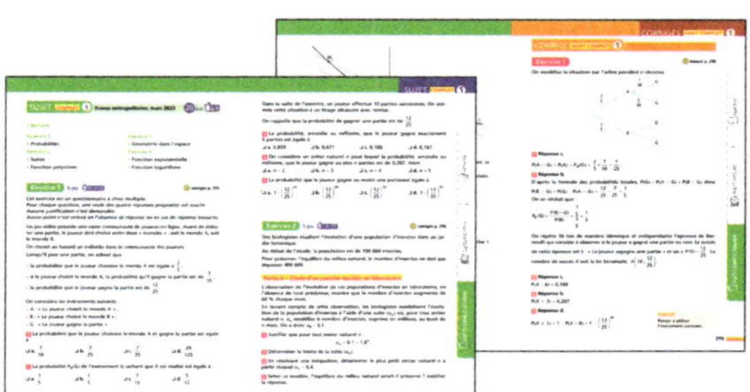

Dans les corrigés,
des astuces
pour **gagner des**
points et **éviter**
les pièges dans
sa copie !

live! Nathan

COMMENT FAIRE ? C'EST FACILE !

1. Téléchargez gratuitement l'application Nathan live disponible dans tous les stores (App store, Google Play).
2. Dès que vous voyez un picto, scannez la page.
3. Découvrez les ressources !

Direction éditoriale : Raphaëlle Mourey
Coordination éditoriale : Géraldine de Saint Palais
Édition : Fanny Morquin
Conception graphique intérieur : Élise Launay
Couverture : Jean-Marc Denglos
Compositeur : DESK (www.desk53.com.fr)
Fabrication : Laurence Monaï

© Nathan 2023 – 92, avenue de France, 75013 Paris – ISBN : 978-2-09-502358-4

SOMMAIRE

à revoir réussi

Analyse

Suites

Limites de fonctions

Compléments sur la dérivation

Continuité des fonctions d'une variable réelle

à revoir réussi

à revoir | réussi

SUJET COMPLET 4 France métropolitaine, mai 2022

SUJET COMPLET 5

SUJET COMPLET 6

GRAND ORAL Cahier spécial

LE BAC

Le contrôle continu

Le contrôle continu correspond à **40 % de la note finale**. Il est composé des **bulletins scolaires de Première et de Terminale.**

Le Bac se déroule en Première et en Terminale, il demande un travail régulier de la part des lycéens durant ces deux années.

Les bulletins scolaires

• La note des bulletins scolaires est basée sur la moyenne des **moyennes annuelles de tous les enseignements** réunies dans le livret scolaire en classes de Première et de Terminale. Elle est validée lors du dernier conseil de classe des deux années.

• **Deux enseignements optionnels maximum** seront pris en compte pour l'évaluation. Au-delà de deux options suivies, les deux meilleures moyennes seront prises en compte.

Les épreuves finales

Les épreuves finales correspondent à **60 % de la note finale** :
l'épreuve de français passée en Première représente **10 %** de cette note, et les autres matières passées en Terminale représentent **50 %**.

En Première : l'épreuve anticipée de français

• L'épreuve écrite (coeff. 5) dure **4 heures**.

• L'épreuve orale (coeff. 5) consiste en 30 minutes de préparation et 20 minutes d'entretien.

En Terminale : les épreuves finales

• Deux épreuves écrites correspondant aux **deux enseignements de spécialité**.

• Une épreuve écrite de **philosophie**.

• Un **grand oral**, d'une durée de **20 minutes**, qui se prépare dès la classe de Première. Pour le grand oral, l'élève doit préparer deux questions portant sur les spécialités.

L'ÉPREUVE EN BREF

Pour les deux enseignements de spécialité poursuivis en Terminale, les épreuves écrites ont lieu à la fin du mois de mars de l'année de Terminale.

L'épreuve de spécialité mathématiques en Terminale

Comment s'organise l'épreuve ?

Durée : 4 h
Coefficient : 16
Notation : 20 pts

- L'épreuve de spécialité mathématiques se compose de **trois à cinq exercices indépendants** les uns des autres, portant sur plusieurs thèmes du programme et notés entre quatre et huit points. Toutefois, le jour de l'examen final, les candidats ne seront pas interrogés sur les chapitres suivants : « dénombrements », « fonctions sinus et cosinus », « calcul intégral » et « concentration, loi des grands nombres ».

Description

L'épreuve est composée de plusieurs exercices indépendants qui reprennent le programme de Terminale.

- Chaque exercice sera subdivisé en un certain nombre de questions liées par un même énoncé. Il faut être bien attentif aux différents jeux de numérotation utilisés, car cela peut vous aider à comprendre le raisonnement de l'auteur du sujet, et par conséquent à répondre correctement à l'exercice.
- On peut vous demander par exemple :
  - la restitution organisée de connaissances ;
  - l'application directe de résultats ou de méthodes ;
  - l'étude d'une situation conduisant à choisir un modèle simple ;
  - la présentation ou l'exploitation de données ou d'une information ;
  - la formulation d'un raisonnement ;
  - la rédaction d'une démonstration…
- Cette épreuve demande aussi de la part des élèves une attention portée sur la manière dont leurs raisonnements sont présentés. Pour cela, ils sont fortement invités à détailler le plus possible leur démarche, en proposant par exemple une conclusion rédigée après chaque calcul. Si le candidat souhaite soutenir son argumentation par un tableau ou des graphiques, la signification de ces derniers devra être clairement indiquée.
- Toute trace de recherche, même incomplète, ou d'initiative, même infructueuse, sera prise en compte dans l'évaluation. L'examinateur sera sensible aux efforts du candidat et à sa persévérance.
- Il sera précisé sur le sujet si la calculatrice est autorisée ou non.

Quels sont les attendus ?

• Cet examen vérifie la compréhension et la maîtrise des démarches apprises en cours, mais aussi l'acquisition de certaines compétences propres à la spécialité mathématiques et développées pendant deux ans. Le correcteur sera particulièrement vigilant sur les capacités à :

– **comprendre** et **construire** un raisonnement ;

– **mettre en forme** une démonstration ;

– **calculer** en appliquant des techniques et en réinvestissant les principales formules du programme ;

– **communiquer** ses résultats en réussissant à **expliquer** sa démarche par des phrases.

Bien se préparer

Travailler régulièrement

• Tout au long de l'année, rédigez des fiches de révision sur les thèmes qui reprennent les points essentiels à connaître. Pour cela, vous pouvez vous baser sur les parties « Faire le point » présentées avant chaque chapitre dans cet ouvrage.

• Entraînez-vous avec des sujets complets en vous chronométrant.

• N'hésitez pas à réviser régulièrement les notions apprises en classe de Première que votre enseignant de Terminale n'a pas approfondies. Cela vous assurera des bases solides !

Le jour J

• Avant de commencer l'épreuve écrite, prenez le temps de lire l'énoncé en entier et de relever les points attribués aux différents exercices afin de déterminer le temps à passer en moyenne sur chaque exercice.

• Prévoyez de garder un peu de temps pour la relecture.

• Gérez votre stress.

• Le jour de l'examen, choisissez le premier exercice à résoudre. Le mieux est de choisir un exercice que l'on sait pouvoir traiter parce que l'on a déjà réussi un exercice similaire. Réussir le premier exercice rapidement met en confiance !

Méthode pour le **BAC**

Méthode

Aborder l'épreuve écrite

Les différents exercices de l'épreuve font appel à des notions vues en Première et en Terminale durant vos cours de spécialité. À partir d'un énoncé propre à chaque exercice, vous devrez répondre à une série de questions mobilisant notamment vos aptitudes à comprendre, construire et mettre en forme un raisonnement. L'exactitude de vos résultats n'est pas le seul critère de notation; votre démarche, votre réflexion, est tout aussi importante. Pensez également à soigner et à aérer votre copie.

Comment se présente le sujet ?

- L'épreuve se compose de **trois à cinq exercices indépendants,** portant sur les différents thèmes du programme de Terminale.
- Chaque exercice comporte plusieurs questions dont il est intéressant de comprendre l'enchaînement.
- Pour répondre à ces exercices, vous devez à la fois démontrer vos résultats par des calculs et les expliquer avec des phrases.

À faire au brouillon

▶ Première lecture du sujet

- Relevez les **points attribués aux différents exercices** et déterminez alors le temps à passer sur chaque exercice, puis écrivez ce temps dans la marge. Pour savoir le temps à passer sur chaque exercice, il vous suffit de faire un calcul simple à partir des points attribués aux exercices en fonction de la durée de l'épreuve et du barème total.

L'astuce du prof

L'épreuve dure 4 heures, et vous aurez besoin de 30 minutes en fin d'épreuve, cela veut dire que vous disposez de **210 min pour acquérir 20 points**. Donc, pour un exercice noté sur 5 points, il vous faudra environ 50 min [$(210 \times 5)/20 = 52{,}5$] ; pour un exercice noté sur 6 points, il vous faudra environ 1 h [$(210 \times 6)/20 = 63$] ; etc.

- Soyez attentif à **la numérotation** : lorsque plusieurs questions sont à l'intérieur d'une même question, cela indique la plupart du temps que l'on est dans une même démarche. Au contraire, changer de question, par exemple 1. b. 2., indique que l'on va tester un nouveau point de vue. Entraînez-vous à découvrir la logique de l'auteur. Cela peut vous aiguiller dans vos réponses, et surtout vous aider à cadrer votre raisonnement.
- Lors de cette lecture intégrale de l'énoncé, certains exercices peuvent vous rappeler des éléments vus en cours. Si une formule vous vient d'ores et

Conseil

Tout au long de l'année, faites des fiches des formules importantes du programme à connaître par cœur (formules de probabilités, sur les suites, etc.).

déjà en tête, prenez le temps de la noter. Cela vous permettra de commencer l'examen sereinement car vous n'aurez pas la sensation d'avoir tout oublié à cause du stress.

▶ Réaliser les exercices

- Avant de vous lancer dans un exercice, relisez-le complètement de nouveau pour bien **le mémoriser**. En effet, lorsque vous réfléchirez sur une question, vous pourrez vous rendre compte que des indications se trouvent dans les questions suivantes.
- Il est conseillé de réaliser tous les calculs une première fois au brouillon. Avant chaque exercice, notez l'heure à laquelle vous débutez vos recherches et le temps dont vous disposez et ce, grâce à votre calcul fait au préalable. Une fois terminé, notez de nouveau l'heure. Savoir que l'**on gère son temps est essentiel lors d'un examen**, cela permet d'avoir confiance en soi et de garder son calme.
- Si vous butez sur une question, n'y passez pas trop de temps. Admettez le résultat sur lequel vous vous êtes arrêté et passez aux questions suivantes. Pensez malgré tout à recopier votre démarche au propre sur votre copie afin de montrer au correcteur que vous avez essayé et persévéré. Toute trace d'initiative, même incomplète ou infructueuse, sera valorisée.

À savoir

Toutefois, mentionnez bien que vous n'êtes pas arrivé au bout de la démonstration, n'essayez pas de faire croire au correcteur que vous l'avez terminée !

- N'ayez pas une confiance aveugle en votre calculatrice, elle peut vous induire en erreur : la précision des écrans n'est pas toujours suffisante, les calculs ne sont pas toujours bien simplifiés. De toute façon, il vous sera demandé de situer ce qui s'affiche dans le contexte de la question posée et de rédiger **une réponse distincte de la simple copie d'écran**. Ne tentez pas de faire croire à l'examinateur que vous avez trouvé un résultat sans faire de calculs intermédiaires, il ne sera pas dupe. Malgré la calculatrice, il vous faut **détailler toutes les étapes de votre raisonnement**.

Conseil

Mieux vaut une calculatrice que vous maîtrisez qu'une calculatrice très élaborée dont vous découvrez le fonctionnement le jour de l'épreuve !

À rédiger *sur sa copie*

▶ Retranscrire son brouillon

- **Recopiez régulièrement vos calculs au propre** sur votre copie. Cette étape peut être l'occasion de refaire une nouvelle fois le calcul, surtout si vous ne trouvez pas un résultat donné dans le texte. Recopier et détailler sa démarche permet de prendre du recul et de trouver ses erreurs. N'oubliez pas que la rigueur est le maître mot des mathématiques, et que le correcteur est sensible au cheminement de votre pensée.

- Le passage du brouillon à la copie est aussi le moment où vous allez **mettre des mots sur votre raisonnement**. Une copie de mathématiques ne doit en aucun cas se résumer à une suite de chiffres et de calculs. Vous devez faire des liens entre vos calculs et conclure toutes vos démonstrations par des phrases rédigées. Vous êtes évalué sur votre capacité **à communiquer et à expliquer vos résultats**. Les verbaliser est donc essentiel.

Conseil

N'hésitez pas à énoncer complètement les théorèmes avant leur utilisation.
Vous montrez ainsi au correcteur que vous maîtrisez pleinement le sujet et que vous êtes capable de l'expliquer à autrui.

- Si le sujet s'y prête, n'hésitez pas à **recourir à des tableaux et à des graphiques** pour soutenir une argumentation ou présenter des résultats. Le correcteur saura apprécier cette démarche qui témoigne de votre capacité à manier les chiffres, les méthodes et les outils appris en cours. Dans ce cas, n'oubliez pas de préciser clairement la signification de ce que vous présentez ; ce choix doit être justifié.

À savoir

N'oubliez pas de tracer les traits dans les tableaux de variations. La première ligne du tableau comporte les valeurs qui interviennent réellement (pensez à respecter le code classique d'une double barre si la fonction n'est pas définie en la valeur considérée). Répartissez les différentes valeurs de manière équidistante (il est donc nécessaire d'en avoir fait la liste au préalable).

▶ Soigner la présentation de sa copie

- Faites des efforts de **présentation** et de **clarté** : soignez votre écriture afin que le correcteur ne confonde pas des lettres entre elles (par exemple prendre un Z pour un 2 ou un x pour un n), apprenez à bien dessiner les accolades, le symbole $\int$, le symbole ∞ ou encore les lettres grecques courantes telles que α, β, δ, ρ ou bien Δ. Faites également attention à placer correctement les indices et les exposants. Respectez les notations du texte même si ce ne sont pas celles que vous utilisez habituellement.

- **Séparez les questions** par deux lignes blanches, **encadrez les résultats**, et si vous ne traitez pas une question, mettez son numéro et laissez deux lignes blanches. N'hésitez pas non plus à changer de page entre les exercices, le correcteur peut apprécier de ne pas avoir plusieurs exercices sur une même page.

À savoir

Une copie propre et aérée permet de commencer la correction dans de bonnes conditions, et de donner envie à l'examinateur de lire votre copie.

▶ Se relire attentivement

- Consacrez **une demi-heure** à la relecture complète de votre copie. Cela doit vous permettre de corriger les éventuelles erreurs d'orthographe, de vérifier la numérotation des questions, de numéroter vos pages ou bien d'encadrer vos résultats si ce n'est pas déjà fait.

Sujets pas à pas

THÈME 1 : ALGÈBRE ET GÉOMÉTRIE

THÈME 2 : ANALYSE

THÈME 3 : PROBABILITÉS

Combinatoire et dénombrement

Faire le point

1 Produit cartésien et k-liste

→ Définitions

- Les parties non vides $A_1, A_2, \ldots, A_k$ d'un ensemble fini E constituent une partition de E lorsqu'elles sont deux à deux disjointes et que leur réunion est égale à E.
- Le nombre d'éléments d'un ensemble fini E est appelé le cardinal de E et est noté $\text{Card}(E)$.

→ Propriété

Si $A_1, A_2, \ldots, A_k$ constituent une partition d'un ensemble fini E, alors :

$$\text{Card}(E) = \text{Card}(A_1) + \text{Card}(A_2) + \ldots + \text{Card}(A_k).$$

→ Définition

Le produit cartésien de deux ensembles E et F, noté $E \times F$, est l'ensemble des couples $(x\ ;\ y)$ tels que x appartient à E et y appartient à F. On généralise cette définition à k ensembles finis $E_1, E_2, \ldots, E_k$ avec des k-uplets $(a_1\ ;\ a_2\ ;\ \ldots\ ;\ a_k)$.

Si une situation comporte k étapes et que chaque étape offre $n_1, n_2, \ldots, n_k$ possibilités (où chaque n_i, i variant de 1 à k, ne dépend que de l'étape i), alors le nombre total d'issues de cette situation est $n_1 \times n_2 \times \ldots \times n_k$.

→ Théorème

Autrement dit, le nombre d'éléments du produit cartésien des ensembles finis $E_1, E_2, \ldots, E_k$ est donné par :

$$\text{Card}(E_1 \times E_2 \times \ldots \times E_k) = \text{Card}(E_1) \times \text{Card}(E_2) \times \ldots \times \text{Card}(E_k).$$

→ Définition

Une k-liste d'éléments d'un ensemble fini E est une liste ordonnée de k éléments de E. Une k-liste est un élément du produit cartésien $E^k = E \times E \times \ldots \times E$ (k facteurs).

→ Propriété

Le nombre de k-listes d'un ensemble à n éléments est égal à n^k.

2 k-listes d'éléments distincts et permutations

→ Propriété

Pour tout entier k, $1 \leqslant k \leqslant n$, le nombre de k-listes d'éléments distincts d'un ensemble à n éléments est le nombre $n \times (n-1) \times (n-2) \times \ldots \times (n-k+1)$.

→ Définition

Une n-liste d'éléments distincts d'un ensemble fini E comportant n éléments est appelée une permutation de l'ensemble E.

→ Propriété

Le nombre de permutations d'un ensemble à n éléments, $n \geqslant 1$, est le nombre noté $n!$ (se lit « factorielle n ») défini par $n! = n \times (n-1) \times \ldots \times 2 \times 1$.

→ Définition

On appelle combinaison de k éléments d'un ensemble fini E comportant n éléments $(0 \leqslant k \leqslant n)$ toute partie de E ayant k éléments. Le nombre de combinaisons de k éléments d'un ensemble à n éléments est noté $\binom{n}{k}$.

→ Propriété

Pour tous entiers naturels n et k tels que $1 \leqslant k \leqslant n$,

$$\binom{n}{k} = \frac{n!}{k!(n-k)!},\quad \binom{n}{0} = 1,\quad \binom{n}{1} = n,\quad \binom{n}{2} = \frac{n(n-1)}{2},\quad \binom{n}{k} = \binom{n}{n-k} = \binom{n}{n} = 1.$$

3 Relation de Pascal

→ Propriété

Pour tous entiers naturels n et k tels que $1 \leqslant k \leqslant n-1$, $\binom{n}{k} = \binom{n-1}{k} + \binom{n-1}{k-1}$.

→ Le triangle de Pascal

On obtient un nombre du tableau ci-contre en additionnant le nombre juste au-dessus et celui à gauche sur la ligne précédente d'après la relation de Pascal.

$$\binom{n-1}{k-1} + \binom{n-1}{k}$$
$$\binom{n}{k}$$

n \ k	0	1	2	3	4	5	6	7
0	1							
1	1	1						
2	1	2	1					
3	1	3	3	1				
4	1	4	6	4	1			
5	1	5	10	10	5	1		
6	1	6	15	20	15	6	1	
7	1	7	21	35	35	21	7	1

Contrôler ses connaissances

corrigés p. 258

Questions flash

1. Calculer le nombre de 3-listes d'éléments distincts dans un ensemble à 5 éléments.
2. Calculer $\binom{49}{49}$.
3. Calculer $\binom{5}{2}$.
4. Un QCM comporte 4 questions et, pour chaque question, 3 réponses sont proposées.
Quel est le nombre de réponses possibles à ce QCM ?
5. Combien de nombres composés de 6 chiffres peut-on écrire avec les chiffres du nombre 912 378 ?

QCM

Pour chaque question, il y a une ou plusieurs bonnes réponses.

1. $\binom{10}{4}$ est égal à :	a. $\binom{4}{10}$ ☐	b. $\frac{10!}{4!6!}$ ☐	c. 210 ☐
2. $\binom{25}{14}$ est égal à :	a. $\binom{25}{15}+\binom{26}{15}$ ☐	b. $\binom{24}{14}+\binom{25}{15}$ ☐	c. $\binom{26}{15}-\binom{25}{15}$ ☐
3. Le nombre de 5-listes d'éléments distincts d'un ensemble à 7 éléments est :	a. $7!\binom{7}{5}$ ☐	b. 2 520 ☐	c. $5!\binom{7}{5}$ ☐
4. Le nombre de permutations de l'ensemble des lettres du mot maths est :	a. $\binom{5}{5}$ ☐	b. 5^5 ☐	c. 120 ☐
5. Dans une classe de 25 élèves, le nombre de groupes de 3 élèves que l'on peut constituer est égal à :	a. $\binom{25}{3}$ ☐	b. 2 300 ☐	c. $25\times24\times23$ ☐

Vrai ou Faux

1. Pour tous entiers naturels n et k tels que $1 \leqslant k \leqslant n$, le nombre de k-listes d'éléments distincts dans un ensemble à n éléments est :
$$\frac{n!}{(n-k)!}.$$
2. Le nombre de mots de 4 lettres que l'on peut écrire avec 4 lettres distinctes est égal à 16.
3. Le nombre de mots de 3 lettres distinctes que l'on peut écrire avec les 26 lettres de l'alphabet est égal à 15 600.
4. Au Loto, on choisit 6 numéros sur une grille de 49 numéros allant de 1 à 49.
Il y a 13 983 816 grilles possibles.
5. Dans une course de 15 chevaux, il y a 455 possibilités d'obtenir le podium dans l'ordre.

Vers le sujet de BAC

Les quatre questions suivantes sont indépendantes.

1 Au lycée est organisé un tournoi de basket-ball comprenant 9 équipes. Chaque équipe rencontre une seule fois chacune des autres équipes. Combien de matchs faut-il organiser ?

2 Combien y a-t-il de possibilités de placer 27 personnes autour d'une table ronde ?

3 De combien de façons peut-on choisir 4 femmes et 3 hommes parmi 12 femmes et 7 hommes ?

4 Démontrer que pour tous entiers naturels p, n et k tels que $0 \leqslant p \leqslant n$:
$$\binom{n+k}{k}\binom{n}{p} = \binom{n+k}{p+k}\binom{p+k}{k}$$

Sujets guidés

SUJET 1 D'après Bac 2019

1 pt — 5 min

Produit cartésien

› Combien de menus différents peut-on composer si on a le choix entre 4 entrées, 3 plats et 2 desserts ?

PAR ÉTAPES

Les connaissances à mobiliser

- Cardinal d'un ensemble.
- Principe multiplicatif du produit cartésien.

CORRIGÉ 1

Comprendre le corrigé

Produit cartésien

Soit A l'ensemble des quatre entrées disponibles, Card(A) = 4.

Soit B l'ensemble des trois plats disponibles, Card(B) = 3.

Soit C l'ensemble des deux desserts disponibles, Card(C) = 2.

Un menu est composé d'un triplet ordonné de trois éléments choisis respectivement dans A, B et C.

On effectue le produit cartésien de ces trois ensembles.

Le nombre de menus que l'on peut composer est donc égal à :

$$\text{Card}(A) \times \text{Card}(B) \times \text{Card}(C) = 4 \times 3 \times 2$$
$$= 24 \text{ menus différents.}$$

Rappel

Card(A) est le nombre d'éléments de l'ensemble A.

Aide

Pour chaque menu, il y a 4 entrées possibles, 3 plats possibles et 2 desserts possibles.

Il y a donc 4 × 3 × 2 menus possibles.

SUJET 2 D'après Bac 2019

3 pts 20 min

k-listes

Le Loto foot est une grille de jeu proposant de cocher, pour chacun des 7 matchs proposés, une case parmi trois : 1, N ou 2 (1 pour la victoire de la 1re équipe, N pour match nul et 2 pour la victoire de la 2e équipe).

1 Combien y a-t-il de grilles possibles ?

2 Combien y a-t-il de grilles comportant 6 résultats justes ?

3 Combien y a-t-il de grilles comportant 4 résultats justes ?

4 Combien y a-t-il de grilles ne comportant aucun résultat juste ?

PAR ÉTAPES

Les connaissances à mobiliser

- *k*-listes.
- Combinaisons.
- Principe multiplicatif du produit cartésien.

Les pièges à éviter

Il faut prendre le temps de justifier à l'aide d'une phrase les dénombrements effectués, un simple calcul n'est pas suffisant.

CORRIGÉ 2

Comprendre le corrigé

k-listes

1 Pour chacun des 7 matchs, il y a 3 possibilités (1, N ou 2), donc il y a $3^7 = 2187$ grilles possibles : une grille possible est une 7-liste d'un ensemble à 3 éléments.

2 Une grille comportant 6 résultats justes est une grille comportant un seul résultat faux.

Conseil
Penser à traduire la situation autrement.

Il y a 7 matchs possibles pour ce faux résultat, et pour ce match, il y a deux possibilités de perdre.

Il y a donc $7 \times 2 = 14$ grilles comportant un seul résultat faux.

Donc 14 grilles comportent 6 résultats justes.

3 Une grille comportant 4 résultats justes comporte donc 3 résultats faux.

Il faut d'abord déterminer le nombre de façons de choisir 4 résultats justes parmi 7 résultats, c'est le nombre de combinaisons de 4 éléments parmi 7, soit :

$$\binom{7}{4} = \frac{7!}{4!3!} = 35.$$

Une fois que la liste des 4 réponses justes est fixée, on s'intéresse aux 3 mauvaises réponses.

La liste des 3 réponses fausses est une 3-liste d'un ensemble à deux éléments (les deux mauvaises réponses possibles).

Il y a donc $2^3 = 8$ listes de 3 mauvaises réponses possibles.

Ainsi, le nombre de grilles comportant 4 résultats justes est égal à :

$$35 \times 8 = 280.$$

4 Pour chacun des 7 matchs, il y a 2 possibilités de perdre.

Une grille ne comportant aucun résultat juste est donc une 7-liste d'un ensemble à 2 éléments.

Le nombre de grilles est donc égal à $2^7 = 128$.

Aide

- Sur Casio : on obtient $\binom{7}{4}$ en tapant dans les onglets OPTN puis PROB, 7 nCr 4 puis EXE.
- Sur TI : on obtient $\binom{7}{4}$ en tapant math, PROB puis Combinaison puis 7 à gauche de C et 4 à droite de C.

SUJET 3 D'après Bac 2018

3 pts 25 min

k-listes d'éléments distincts

On considère l'ensemble des nombres de 3 chiffres tels que le premier est non nul.

1 Calculer le nombre d'éléments de cet ensemble.

2 Dénombrer les éléments de cet ensemble composés de 3 chiffres distincts.

3 Dénombrer les éléments de cet ensemble composés d'au moins 2 chiffres identiques.

4 Dénombrer les éléments de cet ensemble composés de 3 chiffres distincts et différents de 1, 3 et 5.

PAR ÉTAPES

Les connaissances à mobiliser

- *k*-listes d'éléments distincts.
- Principe multiplicatif du produit cartésien.

Les pièges à éviter

Il faut observer si les résultats doivent être ordonnés ou non : doit-on utiliser des *k*-listes ou des combinaisons ?

CORRIGÉ 3

Comprendre le corrigé

k-listes d'éléments distincts

1 Les éléments de cet ensemble sont tous les nombres de 100 à 999. Il y en a donc 900.

Aide
Calcul du nombre de termes : dernier terme – premier terme + 1.

2 Un nombre de cet ensemble est composé de 3 chiffres distincts. Pour le 1er chiffre de ce nombre, il y a 9 possibilités (les chiffres de 1 à 9).

Une fois ce chiffre choisi, il faut choisir les 2 chiffres restants parmi 9 seulement, aucun ne pouvant être égal au premier chiffre choisi.

MÉTHODE
SUJETS PAS À PAS
SUJETS COMME À L'EXAMEN

Le nombre de façons de choisir ces 2 chiffres est une k-liste de 2 éléments distincts pris dans un ensemble de 9 éléments, c'est-à-dire :

$$9 \times 8 = 72 \text{ possibilités.}$$

Le nombre d'éléments composés de 3 chiffres distincts est donc égal à :

$$9 \times 72 = 648.$$

3 Pour déterminer le nombre d'éléments composés d'au moins 2 chiffres identiques, on va déterminer le nombre d'éléments composés de 3 chiffres distincts.

En effet, le nombre d'éléments composés d'au moins 2 chiffres identiques est égal au nombre total d'éléments de l'ensemble duquel on soustrait le nombre d'éléments composés de 3 chiffres distincts.

Le nombre d'éléments composés d'au moins 2 chiffres identiques est donc égal à :

$$900 - 648 = 252.$$

4 Un nombre est composé de 3 chiffres distincts et différents de 1, 3 et 5.

Pour le 1er chiffre de ce nombre, il y a 6 possibilités (les chiffres 2, 4, 6, 7, 8 et 9).

Une fois ce chiffre choisi, il faut choisir les 2 chiffres restants parmi 6 seulement (aucun ne peut être égal au premier chiffre choisi, ni à 1, 3 et 5).

Le nombre de façons de choisir ces 2 chiffres est une 2-liste de 2 éléments distincts pris dans un ensemble de 6 éléments, c'est-à-dire :

$$6 \times 5 = 30 \text{ possibilités.}$$

Le nombre d'éléments composés de 3 chiffres distincts et différents de 1, 3 et 5 est donc égal à :

$$6 \times 30 = 180.$$

Conseil

Les éléments étant distincts, penser à faire un schéma pour la k-liste du type :

(;)

↑ ↑

9 possibilités 8 possibilités

SUJET 4 D'après Bac 2018

3 pts — 25 min

Permutations

1 Combien y a-t-il d'anagrammes du mot MATHS (que le mot ait une signification ou non) ?

2 Combien y a-t-il d'anagrammes du mot ALGEBRE ?

3 D'une manière générale, combien peut-on écrire de mots de n lettres comportant k lettres se répétant p_1, p_2, ..., p_k fois ?

4 En déduire le nombre d'anagrammes du mot DENOMBREMENT.

PAR ÉTAPES

Les connaissances à mobiliser

Permutations.

Les pièges à éviter

Dans un exercice avec des anagrammes, il faut commencer par vérifier si plusieurs lettres sont identiques dans le mot proposé, cela évite de comptabiliser plusieurs fois le même mot.

CORRIGÉ 4

Comprendre le corrigé

Permutations

1 Le mot MATHS étant une liste ordonnée de 5 lettres distinctes, une anagramme de ce mot est une permutation de ces 5 lettres.

Il y a donc $5! = 5 \times 4 \times 3 \times 2 \times 1 = 120$ anagrammes du mot MATHS.

2 Une anagramme du mot ALGEBRE est une permutation des 7 lettres de ce mot. Mais 2 lettres sont identiques (lettre E), donc il va falloir diviser le nombre de permutations 7! par le nombre de permutations de ces 2 lettres E.

> **Remarque**
> Si parmi ces anagrammes, on permute les deux lettres E, on obtient le même mot, et alors les mots sont comptés deux fois !

Le nombre d'anagrammes du mot ALGEBRE est donc égal à :

$$\frac{7!}{2!} = \frac{7 \times 6 \times 5 \times 4 \times 3 \times 2}{2} = 2\,520.$$

3 Une anagramme d'un mot de n lettres est une permutation des n éléments de ce mot.

Il y en a donc $n!$.

Mais si une lettre se répète p_1 fois dans ce mot, alors les permutations de ces p_1 lettres (qui sont au nombre de $p_1!$) donnent des mots identiques qui ont été comptés $p_1!$ fois trop dans les $n!$ anagrammes.

Il faut donc diviser $n!$ par $p_1!$.

On procède de même avec les autres lettres se répétant p_2 fois, p_3 fois, etc.

Le nombre de mots de n lettres comportant k lettres se répétant $p_1, p_2, \ldots, p_k$ fois est donc égal à :

$$\frac{n!}{p_1! \times p_2! \times \ldots \times p_k!}.$$

Aide
Lorsqu'une lettre se répète p fois dans une anagramme, le même mot est compté p ! fois. Penser à ne pas compter plusieurs fois le même mot.

4 Le mot DENOMBREMENT est composé de 12 lettres et contient 3 fois la lettre E, 2 fois la lettre N et 2 fois la lettre M.

Il y a donc $\frac{12!}{3!\,2!\,2!} = \frac{12!}{24} = 19\,958\,400$ anagrammes du mot DENOMBREMENT.

SUJET 5 D'après Bac 2019

2 pts — 15 min

Combinaisons d'élèves

19 filles et 16 garçons se rendent au cours d'EPS.

Le professeur doit constituer des groupes de 3 élèves.

1 Combien de groupes de 3 élèves peut-il constituer ?

2 Combien de groupes de 3 garçons peut-il constituer ?

3 Combien de groupes de 2 filles et 1 garçon peut-il constituer ?

CORRIGÉ 5

Comprendre le corrigé

Combinaisons d'élèves

1 Le nombre de groupes de 3 élèves que l'on peut constituer est le nombre de façons de choisir 3 élèves parmi 35, c'est le nombre de combinaisons de 3 élèves dans l'ensemble des 35 élèves.

On a donc $\binom{35}{3}=\frac{35!}{3!(35-3)!}=\frac{35\times34\times33}{6}=6\,545$ groupes de 3 élèves.

Rappel

$$\binom{n}{k}=\frac{n!}{k!(n-k)!}$$

2 Le nombre de groupes de 3 garçons est le nombre de façons de choisir 3 garçons parmi les 16 garçons, c'est-à-dire le nombre de combinaisons de 3 garçons dans l'ensemble des 16 garçons.

On a donc $\binom{16}{3}=\frac{16!}{3!(16-3)!}=\frac{16\times15\times14}{6}=560$ groupes de 3 garçons.

3 Le nombre de groupes constitués de 2 filles et 1 garçon est le nombre de façons de choisir 2 filles parmi 19 filles et de choisir 1 garçon parmi 16. Le nombre de façons de choisir 2 filles parmi 19 filles est $\binom{19}{2}=\frac{19!}{2!(19-2)!}=\frac{19\times18}{2}=171$.

Le nombre de façons de choisir 1 garçon parmi 16 garçons est $\binom{16}{1}=16$. Le principe multiplicatif permet d'écrire qu'il y a $\binom{19}{2}\times\binom{16}{1}=171\times16=2\,736$ groupes de 2 filles et un garçon.

SUJET 6 D'après Bac 2018

3 pts 25 min

Combinaisons et jeu de cartes

Un jeu de cartes contenant 52 cartes est composé de quatre catégories : cœur, carreau, pique et trèfle. Chaque catégorie est composée de treize cartes allant de 2 à 10 auxquelles on ajoute un valet, une dame, un roi et un as.

On tire quatre cartes simultanément.

1 Combien y a-t-il de possibilités d'obtenir 4 cartes d'une même catégorie ?

2 Combien y a-t-il de possibilités d'obtenir 4 cartes dont aucune ne soit un cœur ?

3 Combien y a-t-il de possibilités d'obtenir 4 cartes dont une soit l'as de trèfle ?

4 Combien y a-t-il de possibilités d'obtenir 4 cartes dont une seule soit un carreau ?

5 Combien y a-t-il de possibilités d'obtenir 4 cartes dont une seule soit un roi ?

PAR ÉTAPES

Les connaissances à mobiliser

- Combinaisons.
- Principe multiplicatif du produit cartésien.

CORRIGÉ 6

Comprendre le corrigé

Combinaisons et jeu de cartes

1 Le nombre de possibilités d'obtenir 4 cartes d'une même catégorie est égal au nombre de façons de choisir 4 cartes dans l'ensemble des 13 cartes d'une catégorie et de choisir une catégorie parmi les 4 possibles.

Le nombre de façons de choisir 4 cartes dans l'ensemble des 13 cartes est :

$$\binom{13}{4} = \frac{13!}{4!(13-4)!} = \frac{13\times12\times11\times10}{4\times3\times2} = 715.$$

Rappel

$$\binom{n}{k} = \frac{n!}{k!(n-k)!}$$

Le nombre de façons de choisir une catégorie parmi les 4 possibles est $\binom{4}{1} = 4$. Le principe multiplicatif nous permet d'écrire qu'il y a $\binom{13}{4}\times\binom{4}{1} = 715\times4 = 2860$ possibilités d'obtenir 4 cartes d'une même catégorie.

2 Le nombre de possibilités d'obtenir 4 cartes dont aucune ne soit un cœur est le nombre de façons de choisir 4 cartes parmi les 39 qui ne sont pas des cœurs.

Il y a donc :

$$\binom{39}{4} = \frac{39!}{4!(39-4)!} = \frac{39 \times 38 \times 37 \times 36}{4 \times 3 \times 2} = 82251$$

possibilités d'obtenir 4 cartes dont aucune ne soit un cœur.

Aide

$$\frac{39!}{35!} = \frac{39 \times 38 \times 37 \times 36 \times (35!)}{35!} = 39 \times 38 \times 37 \times 36$$

3 Le nombre de possibilités d'obtenir 4 cartes dont une soit l'as de trèfle est le nombre de façons d'obtenir l'as de trèfle et 3 cartes parmi les 51 restantes.

Il y a une seule façon d'obtenir l'as de trèfle, donc le nombre de possibilités d'obtenir 4 cartes dont une soit l'as de trèfle est :

$$1 \times \binom{51}{3} = \frac{51!}{3!(51-3)!} = \frac{51 \times 50 \times 49}{3 \times 2} = 20\,825.$$

4 Le nombre de possibilités d'obtenir 4 cartes dont une seule soit un carreau est le nombre de façons de choisir 1 carreau parmi les 13 carreaux et de choisir 3 cartes parmi les 39 cartes qui ne sont pas des carreaux.

Le nombre de façons de choisir 1 carreau parmi les 13 carreaux est $\binom{13}{1} = 13$.

Le nombre de façons de choisir 3 cartes parmi 39 est :

$$\binom{39}{3} = \frac{39!}{3!(39-3)!} = \frac{39 \times 38 \times 37}{3 \times 2} = 9\,139.$$

Il y a donc $13 \times 9139 = 118807$ possibilités d'obtenir 4 cartes dont une seule soit un carreau.

5 Le nombre de possibilités d'obtenir 4 cartes dont une seule soit un roi est le nombre de façons de choisir un roi parmi les 4 rois et de choisir 3 cartes parmi les 48 cartes qui ne sont pas des rois.

Le nombre de façons de choisir un roi parmi les 4 rois est $\binom{4}{1} = 4$.

Rappel

$$\binom{n}{1} = n.$$

Le nombre de façons de choisir 3 cartes parmi 48 est :

$$\binom{48}{3} = \frac{48!}{3!(48-3)!} = \frac{48 \times 47 \times 46}{3 \times 2} = 17\,296.$$

Il y a donc $4 \times 17\,296 = 69\,184$ possibilités d'obtenir 4 cartes dont une seule soit un roi.

SUJET 7 D'après Bac 2017

3 pts · 30 min

Combinaisons au poker

Au poker, une main est un ensemble de 5 cartes d'un jeu de 52 cartes composé de 4 catégories : pique, cœur, carreau et trèfle.

Il y a 13 valeurs : 2, 3, 4, 5, 6, 7, 8, 9, 10, valet, dame, roi et as.

Dénombrer :

1 le nombre de mains possibles.

2 le nombre de mains possibles avec un carré (4 cartes de même valeur).

3 le nombre de mains possibles avec un full (3 cartes de même valeur et 2 autres cartes de même valeur).

4 le nombre de mains possibles avec un brelan (exactement 3 cartes de même valeur).

5 le nombre de mains possibles avec une quinte flush (5 cartes consécutives de même catégorie).

6 le nombre de mains possibles avec une quinte (5 cartes de valeurs consécutives).

PAR ÉTAPES

Les connaissances à mobiliser

- Combinaisons.
- Principe multiplicatif du produit cartésien.

CORRIGÉ 7

Comprendre le corrigé

Combinaisons au poker

1 Le nombre de mains possibles est le nombre de façons de choisir 5 cartes parmi 52, c'est le nombre de combinaisons de 5 éléments parmi 52.

Il y a donc :

$$\binom{52}{5} = \frac{52!}{5!(52-5)!} = \frac{52\times51\times50\times49\times48}{5\times4\times3\times2} = 2\,598\,960$$

mains possibles.

2 Le nombre de mains possibles avec un carré est égal au nombre de façons de choisir la valeur du carré parmi les 13 valeurs (une fois la valeur choisie, il y a un seul carré possible pour cette valeur), puis de choisir 1 carte parmi les 48 cartes qui restent.

Remarque

Une main contenant un carré contient 4 cartes de même valeur et 1 carte supplémentaire différente.

Le nombre de façons de choisir la valeur du carré parmi les 13 valeurs est $\binom{13}{1} = 13$ et le nombre de façons de choisir 1 carte parmi les 48 est $\binom{48}{1} = 48$.
Il y en a donc $13 \times 48 = 624$.

3 Le nombre de mains possibles avec un full est le nombre de façons de choisir la valeur du full parmi les 13 valeurs, puis de choisir 3 cartes parmi les 4 cartes de cette valeur, puis de choisir la valeur de la paire parmi les 12 valeurs restantes, et enfin de choisir 2 cartes parmi les 4 de cette valeur.

Il y en a donc :

$$\binom{13}{1} \times \binom{4}{3} \times \binom{12}{1} \times \binom{4}{2} = 13 \times 4 \times 12 \times 6 = 3\,744.$$

4 Pour déterminer le nombre de mains possibles avec un brelan, on multiplie le nombre de façons de choisir la valeur du full parmi les 13 valeurs, par celui de choisir 3 cartes parmi les 4 de cette valeur, par celui de choisir 2 cartes parmi les 48 cartes restantes, et enfin on enlève le nombre de mains possibles avec un full (3 744 d'après **3**).

Remarque
Un full, c'est un brelan et une paire.

Il y en a donc :

$$\binom{13}{1} \times \binom{4}{3} \times \binom{48}{2} - 3\,744 = 13 \times 4 \times \frac{48 \times 47}{2} - 3744$$
$$= 54\,912.$$

5 Une quinte flush est une main de 5 cartes consécutives de même catégorie.

Cette main peut donc commencer par 2, 3, 4, 5, 6, 7, 8, 9 ou 10, soit 9 possibilités et peut avoir 4 catégories possibles.

Il y en a donc $9 \times 4 = 36$.

6 Une quinte est une main de 5 cartes consécutives. Cette main peut donc commencer par 2, 3, 4, 5, 6, 7, 8, 9 ou 10, soit 9 possibilités. Puis, pour chacune des cartes de cette suite, il y a 4 possibilités (on choisit 1 carte d'une certaine valeur parmi les 4 catégories, soit $\binom{4}{1} = 4$ possibilités).

Enfin, on enlève le nombre de mains possibles avec une quinte flush (36 d'après **5**) puisque les cartes ne doivent pas toutes être de la même catégorie.

Il y en a donc $9 \times 4 \times 4 \times 4 \times 4 \times 4 - 36 = 9\,180$.

Vecteurs, droites et plans de l'espace

Faire le point

1 Définitions et théorèmes

→ **Définitions**

- $\vec{u}$ et $\vec{v}$ sont deux vecteurs non colinéaires de l'espace. $\vec{w}$ est un vecteur de l'espace.

  $\vec{u}$, $\vec{v}$ et $\vec{w}$ sont coplanaires si, et seulement si, il existe deux réels x et y tels que $\vec{w} = x\vec{u} + y\vec{v}$.
- Un repère de l'espace est un quadruplet $(O ; \vec{i}, \vec{j}, \vec{k})$, où O est un point et $\vec{i}, \vec{j}$ et $\vec{k}$ sont trois vecteurs non coplanaires de l'espace.
- $(O ; \vec{i}, \vec{j}, \vec{k})$ est un repère de l'espace. Pour tout point M de l'espace, il existe un unique triplet $(x ; y ; z)$ de nombres réels tels que :

  $$\overrightarrow{OM} = x\vec{i} + y\vec{j} + z\vec{k}.$$

  On dit que $(x ; y ; z)$ sont les coordonnées du point M dans ce repère et on note $M(x ; y ; z)$.

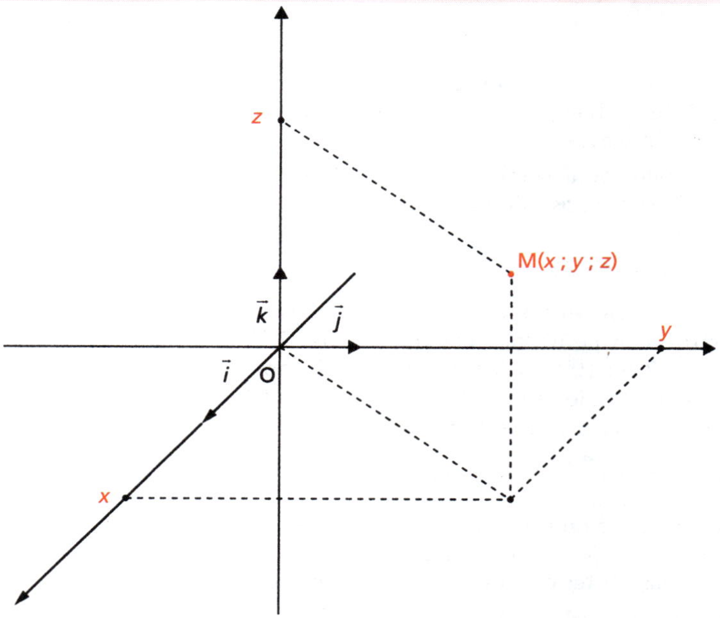

→ Théorèmes

$A(x_A ; y_A ; z_A)$ et $B(x_B ; y_B ; z_B)$ sont deux points de l'espace.

- $\overrightarrow{AB}(x_B - x_A ; y_B - y_A ; z_B - z_A)$.
- Si I est le milieu de $[AB]$, alors :
$$I\left(\frac{x_A + x_B}{2} ; \frac{y_A + y_B}{2} ; \frac{z_A + z_B}{2}\right).$$
- Si $\vec{u}(x ; y ; z)$ et $\vec{v}(x' ; y' ; z')$, alors :
$$\vec{u} + \vec{v}(x + x' ; y + y' ; z + z')$$
et pour tout réel λ :
$$\lambda\vec{u}(\lambda x ; \lambda y ; \lambda z).$$

2 Vecteurs de l'espace

- $\vec{u}$ est un vecteur de l'espace.

→ Définition

On appelle **translation** de vecteur $\vec{u}$ la transformation qui, à tout point M de l'espace, associe le point M' tel que $\overrightarrow{MM'} = \vec{u}$.

- $\vec{u}$, $\vec{v}$ et $\vec{w}$ sont trois vecteurs de l'espace.

→ Définition

Tout vecteur de la forme $\alpha\vec{u} + \beta\vec{v} + \gamma\vec{w}$, avec α, β et γ réels, est appelé **combinaison linéaire** des vecteurs $\vec{u}$, $\vec{v}$ et $\vec{w}$.

Sur la figure ci-contre, $\overrightarrow{AH} = \overrightarrow{AB} + \overrightarrow{BC} + \overrightarrow{CH}$ est une combinaison linéaire des vecteurs $\overrightarrow{AB}$, $\overrightarrow{BC}$ et $\overrightarrow{CH}$.

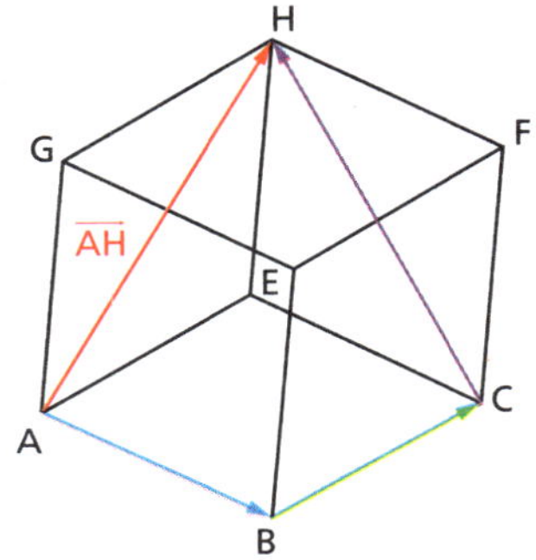

→ Définition

- Dire que deux vecteurs non nuls $\vec{u}$ et $\vec{v}$ sont **colinéaires** signifie qu'ils ont la même direction, c'est-à-dire qu'il existe un nombre réel k tel que $\vec{u} = k\vec{v}$.
- Le vecteur nul est colinéaire à tout vecteur.

3 Droites de l'espace

→ Définitions

- d est une droite. On appelle **vecteur directeur** de la droite d tout vecteur non nul qui possède la même direction que la droite d.
- A est un point de l'espace et $\vec{u}$ un vecteur non nul de l'espace.
  La droite passant par A et de vecteur directeur $\vec{u}$ est l'ensemble des points M tels que les vecteurs $\overrightarrow{AM}$ et $\vec{u}$ sont colinéaires, c'est-à-dire l'ensemble des points M tels qu'il existe un nombre réel k vérifiant $\overrightarrow{AM} = k\vec{u}$.

→ Théorème

Deux droites de l'espace de vecteurs directeurs respectifs $\vec{u}$ et $\vec{v}$ sont parallèles si, et seulement si, les vecteurs $\vec{u}$ et $\vec{v}$ sont colinéaires.

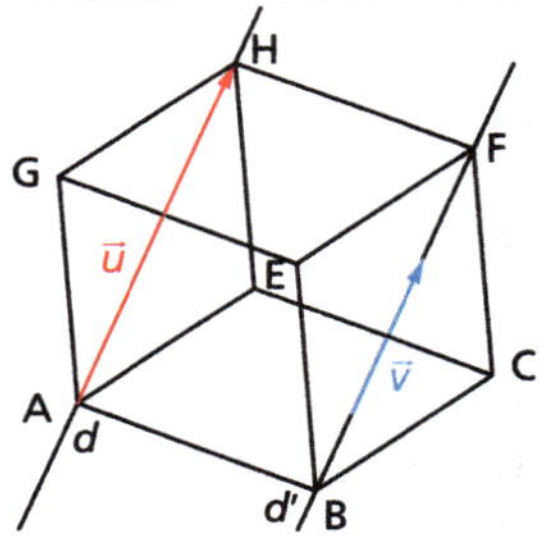

4 Plans de l'espace

A est un point de l'espace. $\vec{u}$ et $\vec{v}$ sont deux vecteurs non colinéaires de l'espace.

→ Définition

L'ensemble des points M de l'espace tels que $\overrightarrow{AM} = x\vec{u} + y\vec{v}$, où x et y sont deux nombres réels, est le plan passant par A et dirigé par $\vec{u}$ et $\vec{v}$.

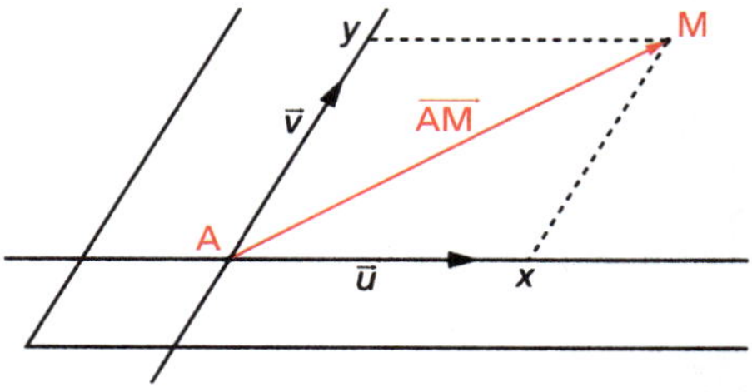

→ Propriété

Deux plans dont la direction est définie par le même couple de vecteurs non colinéaires sont parallèles.

5 Positions relatives de droites et plans de l'espace

- Deux droites de l'espace sont soit coplanaires (dans un même plan) soit non coplanaires.

<table>
<tr><th colspan="2">d_1 et d_2 sont coplanaires</th></tr>
<tr><td>d_1 et d_2 sont sécantes.</td><td>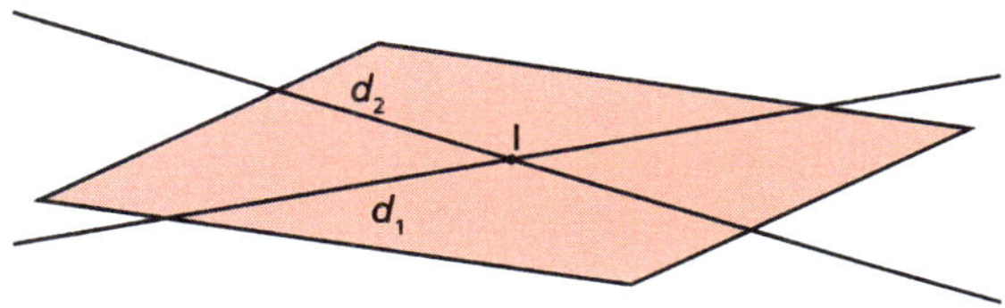
</td></tr>
<tr><td rowspan="2">d_1 et d_2 sont parallèles.</td><td>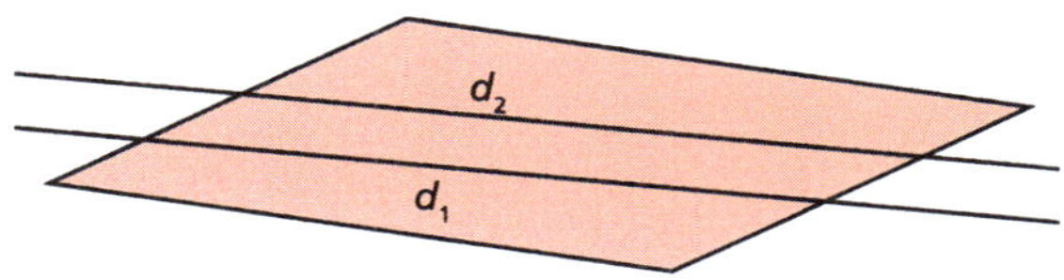

d_1 et d_2 sont strictement parallèles.</td></tr>
<tr><td>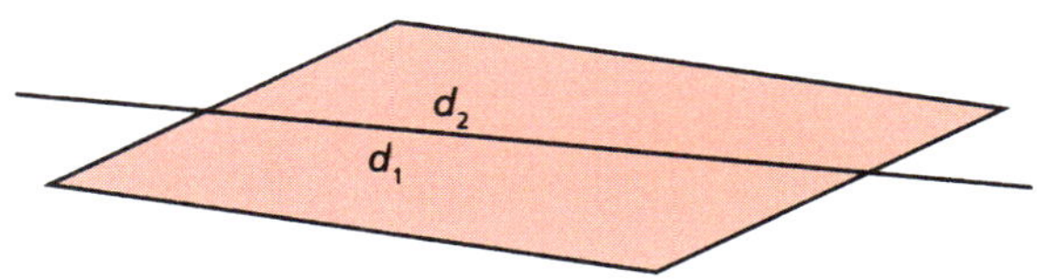

d_1 et d_2 sont confondues.</td></tr>
</table>

<table>
<tr><th>d_1 et d_2 sont non coplanaires</th></tr>
<tr><td>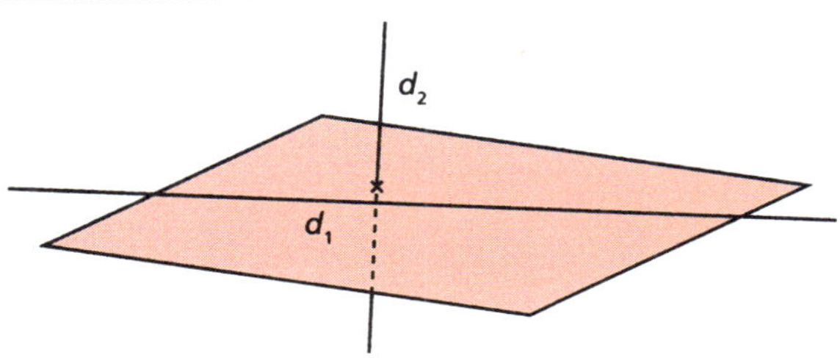
</td></tr>
</table>

- Deux plans de l'espace sont soit sécants, soit parallèles.

$\mathcal{P}_1$ et $\mathcal{P}_2$ sont sécants

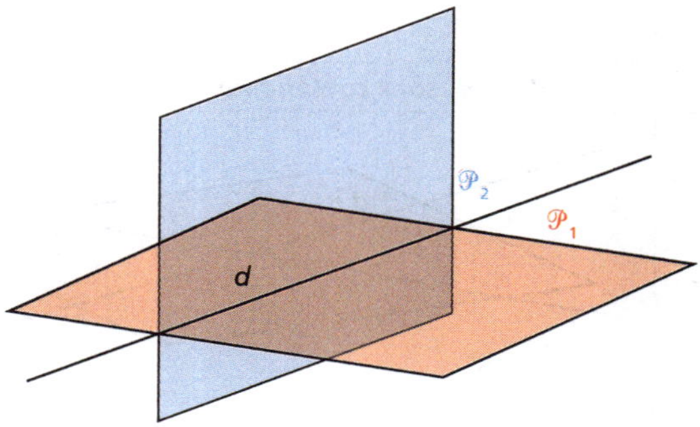

$\mathcal{P}_1$ et $\mathcal{P}_2$ sont sécants suivant la droite *d*.

$\mathcal{P}_1$ et $\mathcal{P}_2$ sont parallèles

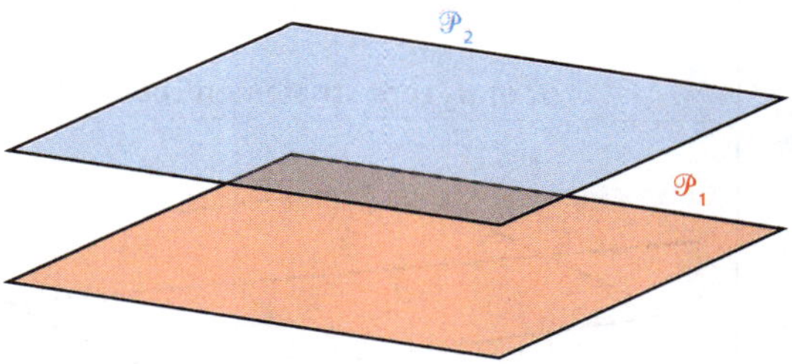

$\mathcal{P}_1$ et $\mathcal{P}_2$ sont strictement parallèles.

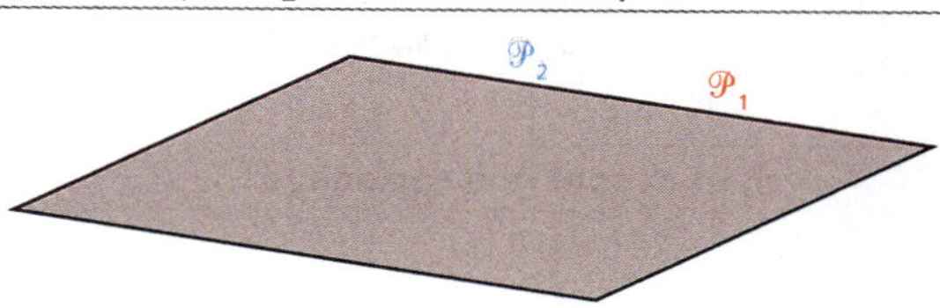

$\mathcal{P}_1$ et $\mathcal{P}_2$ sont confondus.

- Une droite et un plan de l'espace sont soit sécants, soit parallèles.

d et 𝒫 sont sécants

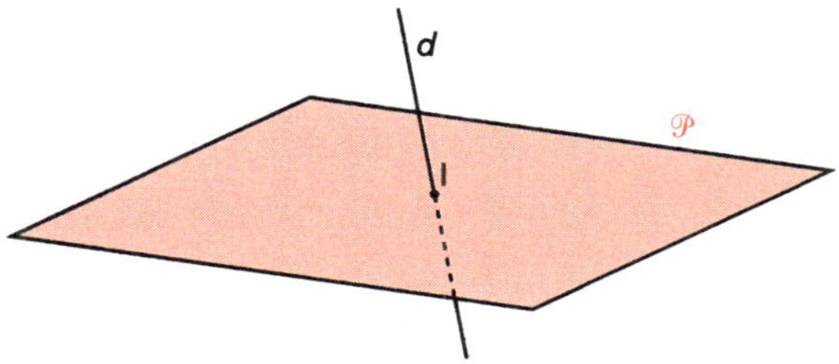

d et 𝒫 sont sécants en un point I.

d et 𝒫 sont parallèles

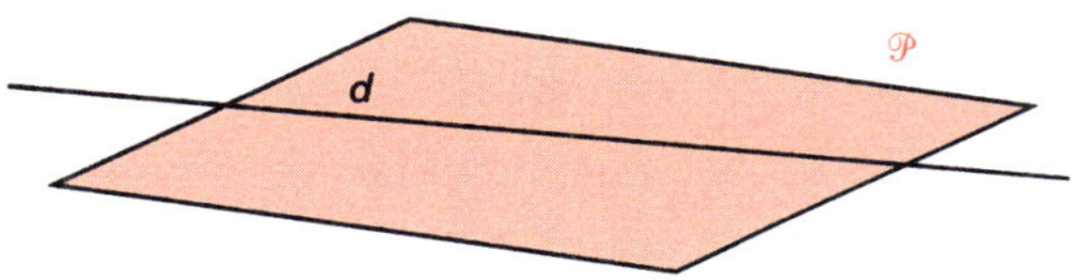

d est incluse dans 𝒫.

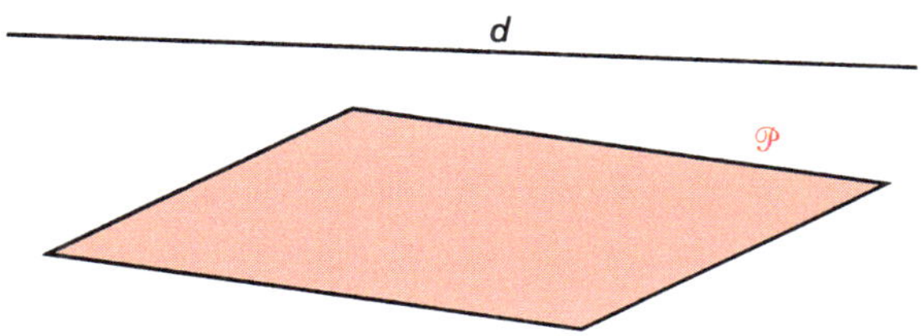

d et 𝒫 sont strictement parallèles.

Contrôler ses connaissances

corrigés p. 260

Questions flash

1. Dans chaque cas, dire si les vecteurs $\vec{u}$ et $\vec{v}$ sont colinéaires.

a. $\vec{u}(2\,;-3\,;7)$ et $\vec{v}\left(\frac{-1}{3}\,;\frac{1}{2}\,;\frac{7}{6}\right)$.

b. $\vec{u}\left(\sqrt{2}-1\,;\sqrt{2}+1\,;2\sqrt{2}\right)$ et $\vec{v}\left(1\,;3+2\sqrt{2}\,;4+2\sqrt{2}\right)$.

2. Les points $A(2\,;-3\,;1), B(0\,;1\,;2)$ et $C(-4\,;9\,;4)$ sont-ils alignés ?

3. Les points $A(-6\,;-4\,;2), B(1\,;3\,;-1)$ et $C(4\,;10\,;-4)$ sont-ils alignés ?

4. On considère les points $A(-1\,;0\,;1), B(1\,;4\,;-1)$ et $C(3\,;-4\,;-3)$.
Justifier que les points A, B et C définissent un plan.

QCM

Pour chaque question, il y a une ou plusieurs bonnes réponses.

On considère le cube ABCDEFGH.
I, J, K et L sont les milieux respectifs des arêtes [EH], [BF], [EA] et [BC].

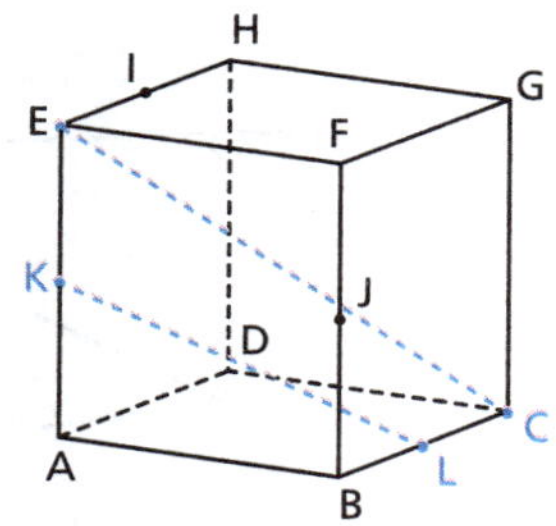

1. Les plans (GHI) et (EFC) sont :	**a.** sécants ☐	**b.** parallèles ☐	**c.** parallèles à la droite (AB) ☐
2. Les droites (IB) et (HJ) sont :	**a.** parallèles ☐	**b.** sécantes ☐	**c.** non coplanaires ☐
3. Les droites (KL) et (EC) sont :	**a.** non coplanaires ☐	**b.** sécantes ☐	**c.** parallèles ☐
4. $\overrightarrow{AC}-\frac{1}{2}\overrightarrow{AD}$ est égal à :	**a.** $\frac{1}{2}\overrightarrow{DC}$ ☐	**b.** $\overrightarrow{IG}$ ☐	**c.** $\overrightarrow{BG}$ ☐
5. Les vecteurs $\overrightarrow{BG}$, $\overrightarrow{IH}$ et $\overrightarrow{AC}$ sont :	**a.** coplanaires ☐	**b.** colinéaires ☐	**c.** non coplanaires ☐

Vrai ou Faux

L'espace est muni d'un repère $\left(O ; \vec{i}, \vec{j}, \vec{k}\right)$.

1. On donne les points A(2 ; 1 ; 3), B(1 ; 1 ; 5) et les vecteurs $\vec{v}\,(-1 ; 1 ; 3)$ et $\vec{w}\,(1 ; 2 ; 0)$.

a. Les vecteurs $\overrightarrow{AB}, \vec{v}$ et $\vec{w}$ sont coplanaires.

b. La droite (AB) est parallèle au plan (xOz).

c. La droite (AB) est parallèle à l'axe des ordonnées.

d. La droite Δ passant par C(3 ; −1 ; 2) et dirigée par $\vec{v}$ et la droite (AB) sont coplanaires.

2. On considère un pavé droit ABCDEFGH.

Les points I et J sont les milieux respectifs des segments [EF] et [FG].

a. $\overrightarrow{IJ} = \frac{1}{2}\overrightarrow{AC}$

b. Les vecteurs $\overrightarrow{EF} + \overrightarrow{BC}$ et $\overrightarrow{IJ}$ sont colinéaires.

c. $\overrightarrow{AH} + \overrightarrow{AB} = \overrightarrow{HB}$

d. Les vecteurs $\overrightarrow{EG}$, $\overrightarrow{AB}$ et $\overrightarrow{JG}$ sont coplanaires.

Vers le sujet de BAC

On considère la pyramide régulière SABCD ci-dessous de sommet S constituée de la base carrée ABCD et de triangles équilatéraux.

Le point O est le centre de la base ABCD avec OB = 1.

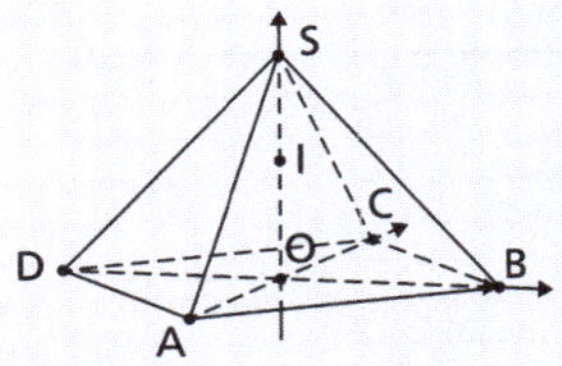

On rappelle que le segment [SO] est la hauteur de la pyramide et que toutes les arêtes ont la même longueur.

1 Justifier que le repère $\left(O ; \overrightarrow{OB}, \overrightarrow{OC}, \overrightarrow{OS}\right)$ est orthonormé.

Dans la suite de l'exercice, on se place dans le repère $\left(O ; \overrightarrow{OB}, \overrightarrow{OC}, \overrightarrow{OS}\right)$.

2 On définit le point K par la relation $\overrightarrow{SK} = \frac{1}{3}\overrightarrow{SD}$ et on note I le milieu du segment [SO].

a. Déterminer les coordonnées du point K.

b. En déduire que les points B, I et K sont alignés.

c. On note L le point d'intersection de l'arête [SA] avec le plan (BCI).

Justifier que les droites (AD) et (KL) sont parallèles.

d. Déterminer les coordonnées du point L.

Sujets guidés

SUJET 8 France métropolitaine, juin 2019 — 5 pts — 40 min

Section de cube

On considère un cube ABCDEFGH d'arête de longueur 1, dont la figure est donnée ci-dessous. On note I le milieu du segment [EF], J le milieu du segment [EH] et K le point du segment [AD] tel que $\overrightarrow{AK} = \frac{1}{4}\overrightarrow{AD}$.

On note $\mathcal{P}$ le plan passant par I et parallèle au plan (FHK).

Partie A

Dans cette partie, les constructions demandées seront effectuées sans justification sur la figure donnée ci-dessous.

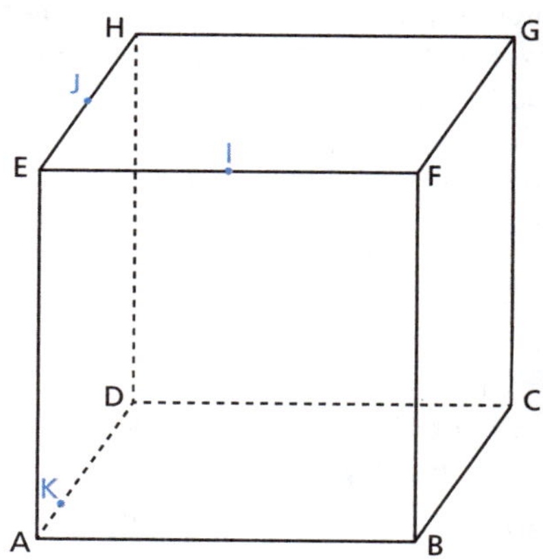

1 Le plan (FHK) coupe la droite (AE) en un point qu'on note M. Construire le point M.

2 Construire la section du cube par le plan $\mathcal{P}$.

Partie B

Dans cette partie, on munit l'espace du repère orthonormé $\left(A ; \overrightarrow{AB}, \overrightarrow{AD}, \overrightarrow{AE}\right)$.

On rappelle que $\mathcal{P}$ est le plan passant par I et parallèle au plan (FHK).

1 **a.** Montrer que les vecteurs $\overrightarrow{KF}$ et $\overrightarrow{KH}$ ne sont pas colinéaires.

b. En déduire qu'une équation cartésienne (voir p. 67) du plan (FHK) est :

$$4x + 4y - 3z - 1 = 0.$$

c. Déterminer une équation du plan $\mathscr{P}$.

d. Calculer les coordonnées du point M′, point d'intersection du plan $\mathscr{P}$ et de la droite (AE).

2 On note Δ la droite passant par le point E et orthogonale au plan $\mathscr{P}$.

a. Le vecteur $\vec{u}\begin{pmatrix} 4 \\ 4 \\ -3 \end{pmatrix}$ est un vecteur directeur de Δ.

Déterminer une représentation paramétrique de la droite Δ.

b. Calculer les coordonnées du point L, point d'intersection de la droite Δ et du plan (ABC).

c. Tracer la droite Δ sur la figure donnée.

d. Les droites Δ et (BF) sont-elles sécantes ? Qu'en est-il des droites Δ et (CG) ? Justifier.

PAR ÉTAPES

La méthode

- Construction d'un point intersection de deux droites dans un même plan.
- Les intersections de deux plans parallèles avec un autre plan sont des droites parallèles.
- En se plaçant dans un repère orthonormé de l'espace, le cadre analytique s'impose dans les démarches élaborées.

Les connaissances à mobiliser

- Théorème des milieux.
- Équation paramétrique d'une droite à partir d'un point et d'un vecteur directeur.
- **Équation cartésienne d'un plan** à partir d'un point et de deux vecteurs non colinéaires.
- Intersection d'un plan et d'une droite dans l'espace.

Conseil

Reportez-vous à la partie Faire le point du chapitre « Vecteurs, droites et plans de l'espace » (p. 34) pour vous entraîner sur la notion en gras ci-contre.

Les pièges à éviter

- Attention à bien identifier les coordonnées des points donnés dans le repère.
- Penser à bien interpréter ses résultats pour répondre aux questions.

CORRIGÉ 8

Comprendre le corrigé

Section de cube

Partie A

1 M est à l'intersection des droites (AE) et (HK) car ces deux droites non parallèles appartiennent au plan (ADH).

2 • I et J sont les milieux des segments [EF] et [EH] donc d'après le théorème des milieux, les droites (IJ) et (FH) sont parallèles.

• La droite (FM) est l'intersection des plans (AEF) et (FHK).

• L'intersection du plan $\mathcal{P}$ et de la face ABFE est donc la droite parallèle à la droite (FM) passant par le point I.

Remarque
Pour déterminer la section d'un plan avec un solide, il faut déterminer les intersections avec les faces qui le constituent.

Partie B

1 **a.** Dans cette partie, on munit l'espace du repère $\left(A\,;\overrightarrow{AB},\overrightarrow{AD},\overrightarrow{AE}\right)$. On a donc les coordonnées suivantes :

$$A(0\,;0\,;0)\,;B(1;0\,;0)\,;D(0\,;1;0)\,;E(0\,;0\,;1)\,;$$
$$C(1;1;0)\,;F(1;0\,;1)\,;H(0\,;1;1)\,;G(1;1;1)$$

Comme $\overrightarrow{AK}=\frac{1}{4}\overrightarrow{AD}$, alors $K\left(0\,;\frac{1}{4}\,;0\right)$.

Comme I est le milieu de [EF], J est le milieu de [EH], alors $I\left(\frac{1}{2}\,;0\,;1\right)$ et $J\left(0\,;\frac{1}{2}\,;1\right)$.

$\overrightarrow{KF}\begin{pmatrix}1\\-\frac{1}{4}\\1\end{pmatrix}$ et $\overrightarrow{KH}\begin{pmatrix}0\\\frac{3}{4}\\1\end{pmatrix}$, il n'existe pas de réel k tel que $\overrightarrow{KF}=k\overrightarrow{KH}$, donc $\overrightarrow{KF}$ et $\overrightarrow{KH}$ ne sont pas colinéaires.

Rappel
Deux vecteurs $\vec{u}$ et $\vec{v}$ sont colinéaires s'il existe un nombre réel k non nul tel que $\vec{u}=k\vec{v}$.

b. Les vecteurs $\overrightarrow{KF}$ et $\overrightarrow{KH}$ sont deux vecteurs non colinéaires du plan (FHK). Ainsi pour tout point $M(x\,;y\,;z)$ du plan (FHK), les vecteurs $\overrightarrow{KM}$, $\overrightarrow{KF}$ et $\overrightarrow{KH}$ sont coplanaires et il existe deux nombres réels a et b tels que :

$$\overrightarrow{KM}=a\overrightarrow{KF}+b\overrightarrow{KH}.$$

Rappel
$\vec{u},\vec{v},\vec{w}$ sont coplanaires s'il existe deux nombres réels a et b tels que $\vec{w}=a\vec{u}+b\vec{v}$.

Comme $\overrightarrow{KM}\begin{pmatrix} x \\ y-\frac{1}{4} \\ z \end{pmatrix}$ on a donc :

$$\begin{cases} x = a \\ y - \frac{1}{4} = -\frac{a}{4} + \frac{3b}{4} \\ z = a + b \end{cases} \Leftrightarrow \begin{cases} a = x \\ b = z - x \\ 4x + 4y - 3z - 1 = 0 \end{cases}$$

On peut en déduire qu'une équation cartésienne du plan (FHK) est : $4x + 4y - 3z - 1 = 0$.

c. Le plan $\mathcal{P}$ est parallèle au plan (FHK) donc son équation cartésienne est de la forme :

$$4x + 4y - 3z + d = 0.$$

Comme I est un point de $\mathcal{P}$, ses coordonnées vérifient l'équation de $\mathcal{P}$ et on a donc $2 - 3 + d = 0$, soit $d = 1$.

On en déduit qu'une équation cartésienne du plan $\mathcal{P}$ est : $4x + 4y - 3z + 1 = 0$.

d. $\overrightarrow{AE}$ est un vecteur directeur de la droite (AE), donc si $M'(x ; y ; z)$ est un point de la droite (AE), alors il existe un nombre réel t tel que $\overrightarrow{AM'} = t\overrightarrow{AE}$.

Comme $\overrightarrow{AM'}\begin{pmatrix} x \\ y \\ z \end{pmatrix}$ et $\overrightarrow{AE}\begin{pmatrix} 0 \\ 0 \\ 1 \end{pmatrix}$, alors une représentation paramétrique de (AE) est $\begin{cases} x = 0 \\ y = 0, t \in \mathbb{R}. \\ z = t \end{cases}$

En remplaçant dans l'équation cartésienne de $\mathcal{P}$, on obtient : $4 \times 0 + 4 \times 0 - 3t + 1 = 0 \Leftrightarrow t = \frac{1}{3}$.

Les coordonnées de M′ sont donc $M'\left(0 ; 0 ; \frac{1}{3}\right)$.

2 a. On a, pour tout point $M(x ; y ; z)$ appartenant à Δ, $\overrightarrow{EM} = t'\vec{u}$ où t' est un nombre réel.

Comme $\overrightarrow{EM}\begin{pmatrix} x \\ y \\ z-1 \end{pmatrix}$ et $\vec{u}\begin{pmatrix} 4 \\ 4 \\ -3 \end{pmatrix}$, alors une représentation paramétrique de la droite Δ est $\begin{cases} x = 4t' \\ y = 4t' \qquad , t' \in \mathbb{R}. \\ z = -3t' + 1 \end{cases}$

Rappel
Soient un point A et deux vecteurs de l'espace $\vec{u}$ et $\vec{v}$ non colinéaires. L'ensemble des points M de l'espace tels que $\overrightarrow{AM} = a\vec{u} + b\vec{v}$, avec a et b deux nombres réels, est le plan passant par A et dirigé par $\vec{u}$ et $\vec{v}$.

Rappel
Le plan $\mathcal{P}$ d'équation $ax + by + cz + d = 0$ a pour vecteur normal $\vec{n}\begin{pmatrix} a \\ b \\ c \end{pmatrix}$ et ce vecteur est aussi un vecteur normal à un plan parallèle à $\mathcal{P}$.

Aide
Voir le chapitre « Représentations paramétriques et cartésiennes » p. 66.

b. Une équation du plan (ABC) est $z = 0$.
En remplaçant les expressions de x, y et z en fonction de t' dans cette équation, on a $-3t' + 1 = 0$, soit $t' = \frac{1}{3}$.
Les coordonnées de L sont $L\left(\frac{4}{3}\,;\frac{4}{3}\,;0\right)$.

Remarque
Les coordonnées d'un point appartenant à un plan vérifient l'équation de ce plan.

c.

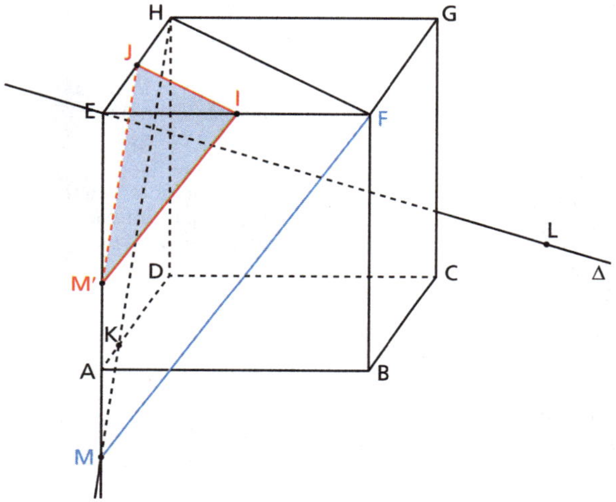

d. $\Delta\begin{cases} x = 4t' \\ y = 4t' \\ z = -3t' + 1 \end{cases}, t' \in \mathbb{R}$ et (BF) $\begin{cases} x = 1 \\ y = t, t \in \mathbb{R} \\ z = t \end{cases}$

On en déduit que $t' = \frac{1}{4}$, ainsi $y = 1$ et donc $t = 1$.

Or $-3 \times \frac{1}{4} + 1 \neq 1$, donc les droites Δ et (BF) ne sont pas sécantes.

$\Delta\begin{cases} x = 4t' \\ y = 4t' \\ z = -3t' + 1 \end{cases}, t' \in \mathbb{R}$ et (CG) $\begin{cases} x = 1 \\ y = 1, t \in \mathbb{R} \\ z = t \end{cases}$

Pour $t' = \frac{1}{4}$ et $t = \frac{1}{4}$, on obtient le point de coordonnées $\left(1\,;1\,;\frac{1}{4}\right)$, donc les droites Δ et (CG) sont sécantes en ce point.

Remarque
Pour deux représentations paramétriques de deux droites de l'espace, penser à utiliser deux paramètres distincts t et t'.

SUJET 9 Amérique du Nord, mai 2014 — 4 pts — 30 min

Construire une intersection

On considère un cube ABCDEFGH. On note M le milieu du segment [EH], N celui de [FC] et P le point tel que $\overrightarrow{HP} = \frac{1}{4}\overrightarrow{HG}$.

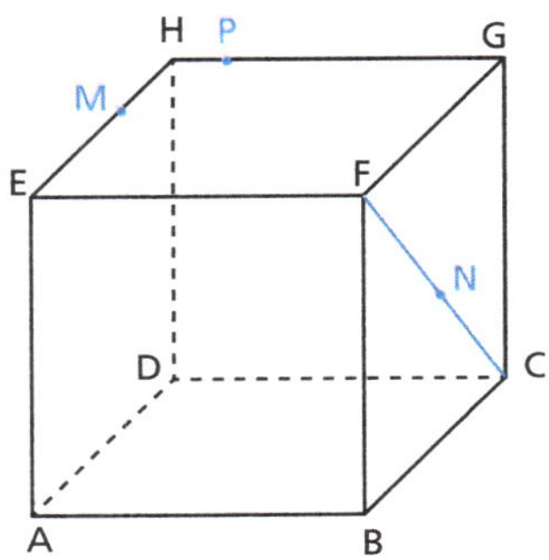

1 Justifier que les droites (MP) et (FG) sont sécantes en un point L.

Construire le point L.

2 On admet que les droites (LN) et (CG) sont sécantes et on note T leur point d'intersection. On admet que les droites (LN) et (BF) sont sécantes et on note Q leur point d'intersection.

a. Construire les points T et Q en laissant apparents les traits de construction.

b. Construire l'intersection des plans (MNP) et (ABF).

3 En déduire une construction de la section du cube par le plan (MNP).

PAR ÉTAPES

La méthode

- Construction d'une section de plan dans un cube.
- Identifier les plans et caractériser les intersections.

Les connaissances à mobiliser

- Position de deux plans dans l'espace.
- Intersection de plans.
- Points coplanaires.

CORRIGÉ 9

Comprendre le corrigé

Construire une intersection

1 Dans le plan (EFG), les droites (PM) et (FG) ne sont pas parallèles, elles sont donc sécantes.

Remarque
Ces droites sont nécessairement sécantes car non parallèles et coplanaires.

2 **a.** Les droites (LN), (BF) et (CG) sont coplanaires (dans le plan (BCG)), d'où les constructions de T et Q.

b. L'intersection des plans (MNP) et (ABF) est une droite.

Plusieurs méthodes pour réaliser cette construction :

- On peut construire deux points de la droite d'intersection.

Q est un point de l'intersection des plans (MNP) (car appartient à (LN), où L et N sont dans (MNP)) et (ABF) (car appartient à (BF)).

Dans le plan (EFG), les droites (MP) et (EF) ne sont pas parallèles, donc elles sont sécantes en un point R qui est aussi un point de l'intersection des plans (MNP) (car sur (MP)) et (ABF) (car sur (EF)).

L'intersection des plans (MNP) et (ABF) est donc la droite (RQ).

Remarque
Pour déterminer l'intersection d'un plan avec un solide, il faut déterminer les intersections avec les faces qui le constituent.

- On peut utiliser un point et la direction.

On a déjà vu que Q est un point de la droite cherchée.

Les deux plans (ABF) et (CDG) sont parallèles, ils sont donc coupés par le plan (MNP) selon deux droites parallèles.

Or, les points P et T sont à la fois dans (MNP) et (CDG), donc l'intersection de ces deux plans est (PT).

L'intersection des plans (MNP) et (ABF) est donc la droite parallèle à (PT) passant par Q.

Remarque
Utiliser des plans parallèles pour déterminer une intersection de la section du solide avec une de ses faces.

3 Notons S le point d'intersection de (AE) et (QR).

La section du cube par le plan (MNP) est le polygone MPTQS.

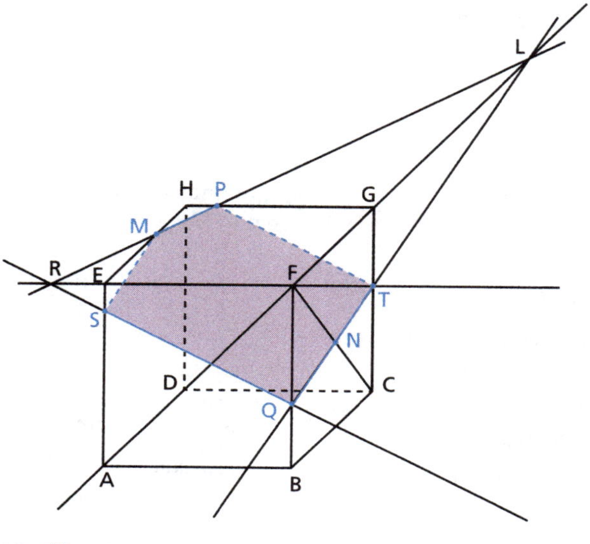

SUJET 10

5 pts — 45 min

Étude d'un tétraèdre

a est un nombre réel strictement positif et OABC est un tétraèdre tel que :
- OAB, OAC et OBC sont des triangles rectangles en O,
- $OA = OB = OC = a$.

On appelle I le pied de la hauteur issue de C du triangle ABC, H le pied de la hauteur issue de O du triangle OIC, et D le point de l'espace défini par $\overrightarrow{HO} = \overrightarrow{OD}$.

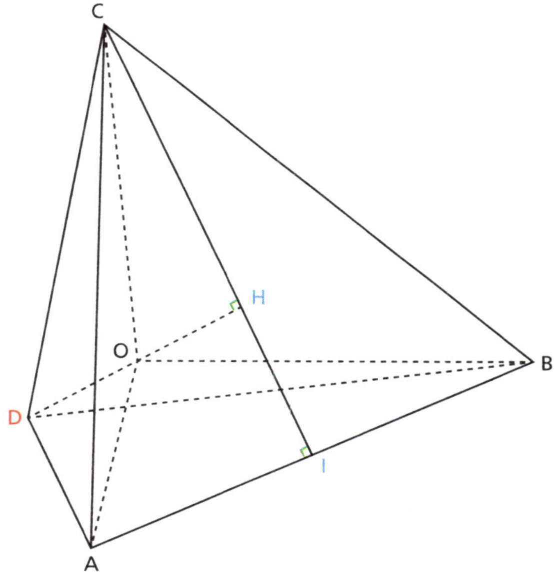

1 Quelle est la nature du triangle ABC ?

2 Démontrer que les droites (OH) et (AB) sont orthogonales, puis que la droite (AH) est une hauteur du triangle ABC.

3 Calcul de OH

a. Calculer le volume $\mathcal{V}$ du tétraèdre OABC, puis l'aire $\mathcal{S}$ du triangle ABC.

b. Exprimer OH en fonction de $\mathcal{V}$ et de $\mathcal{S}$, en déduire que $OH = \dfrac{\sqrt{3}}{3}a$.

4 L'espace est rapporté au repère orthonormal $\left(O\,;\dfrac{1}{a}\overrightarrow{OA}, \dfrac{1}{a}\overrightarrow{OB}, \dfrac{1}{a}\overrightarrow{OC}\right)$.

a. On admet que $\overrightarrow{CH} = \dfrac{2}{3}\overrightarrow{CI}$. Démontrer que le point H a pour coordonnées : $H\left(\dfrac{a}{3}\,;\dfrac{a}{3}\,;\dfrac{a}{3}\right)$.

b. Démontrer que le tétraèdre ABCD est régulier (c'est-à-dire que toutes ses arêtes ont la même longueur).

PAR ÉTAPES

Les connaissances à mobiliser

Volume d'un tétraèdre.

CORRIGÉ 10

Comprendre le corrigé

Étude d'un tétraèdre

1 OAB, OAC et OBC sont des triangles rectangles isocèles en O et $OA = OB = OC = a$, donc leurs hypoténuses AB, AC et BC ont la même longueur.

En appliquant le théorème de Pythagore dans le triangle OAB, on a : $AB^2 = OA^2 + OB^2 = 2a^2$,

soit $AB = a\sqrt{2}$ d'où $AB = AC = BC = a\sqrt{2}$, donc ABC est un triangle équilatéral.

2 • (CI) étant la hauteur issue de C du triangle isocèle ABC, la droite (CI) est perpendiculaire à la droite (AB).

(CI) est aussi médiane, donc I est le milieu de [AB]. Donc, dans le triangle OAB isocèle en O, la droite (OI) médiane est aussi hauteur et donc (OI) est perpendiculaire à (AB).

> **Rappel**
> Dans un triangle isocèle en A, la hauteur et la médiane issue de A sont confondues.

Conclusion : la droite (AB) perpendiculaire à deux droites sécantes du plan (OIC) est orthogonale à toute droite de ce plan, donc en particulier à (OH).

• (OH) est orthogonale aux deux droites sécantes (IC) et (AB), elle est donc orthogonale au plan (ABC), soit en particulier à la droite (BC).

> **Rappel**
> Une droite orthogonale à un plan est orthogonale à toute droite de ce plan.

• (OA) est orthogonale aux deux droites sécantes (OB) et (OC), donc au plan (OBC), et en particulier à la droite (BC).

Conclusion : (BC) est orthogonale à (OH) et à (OA), donc au plan (OHA), et en particulier à la droite (AH) qui est donc une hauteur du triangle (ABC).

3 **a.** On peut prendre comme base le triangle OAB et comme hauteur [OC].

$$\mathcal{V} = \frac{1}{3} \times \frac{1}{2} a \times a \times a = \frac{a^3}{6}.$$

Le triangle ABC est équilatéral de côté $a\sqrt{2}$. D'après le théorème de Pythagore dans le triangle AIC,

$$CI^2 = (a\sqrt{2})^2 - \left(\frac{a\sqrt{2}}{2}\right)^2 = \frac{3}{2}a^2 \text{ et } CI = \frac{\sqrt{3}}{\sqrt{2}}a = \frac{\sqrt{6}}{2}a.$$

Donc :

$$\mathcal{S} = \mathcal{A}(ABC) = \frac{1}{2} \times AB \times CI = \frac{1}{2} \times a\sqrt{2} \times \frac{\sqrt{6}}{2}a = a^2\frac{\sqrt{3}}{2}.$$

Rappel
Le volume d'un tétraèdre est donné par $\mathcal{V} = \frac{1}{3} \times \text{base} \times \text{hauteur}$.

b. On a donc $\mathcal{V} = \frac{a^3}{6}$ et en utilisant comme base le triangle ABC, d'où :

$$\mathcal{V} = \frac{1}{3} \times a^2\frac{\sqrt{3}}{2} \times OH = a^2\frac{\sqrt{3}}{6} \times OH$$

soit $\frac{a^3}{6} = a^2\frac{\sqrt{3}}{6} \times OH \Leftrightarrow OH = \frac{6a}{6\sqrt{3}} \Leftrightarrow OH = \frac{a}{\sqrt{3}}$.

4 **a.** I est le milieu de [AB] avec A(a ; 0 ; 0) et B(0 ; a ; 0).

Ainsi, $I\left(\frac{a}{2} ; \frac{a}{2} ; 0\right)$.

En posant H(x ; y ; z), on a $\overrightarrow{CH}\begin{pmatrix} x \\ y \\ z-a \end{pmatrix}$ et $\overrightarrow{CI}\begin{pmatrix} \frac{a}{2} \\ \frac{a}{2} \\ -a \end{pmatrix}$.

$$\overrightarrow{CH} = \frac{2}{3}\overrightarrow{CI} \Leftrightarrow \begin{cases} x = \frac{2}{3} \times \frac{a}{2} \\ y = \frac{2}{3} \times \frac{a}{2} \\ z - a = \frac{2}{3} \times (-a) \end{cases} \Leftrightarrow \begin{cases} x = \frac{a}{3} \\ y = \frac{a}{3} \\ z = \frac{a}{3} \end{cases}.$$

On en déduit que $H\left(\frac{a}{3} ; \frac{a}{3} ; \frac{a}{3}\right)$.

Rappel
Dans un triangle équilatéral, l'orthocentre est confondu avec le centre de gravité et le centre du cercle circonscrit au triangle.

b. Le point D est le symétrique de H par rapport à O, donc ses coordonnées sont $D\left(-\frac{a}{3} ; -\frac{a}{3} ; -\frac{a}{3}\right)$.

On en déduit que $\overrightarrow{AD}\left(a + \frac{a}{3} ; \frac{a}{3} ; \frac{a}{3}\right)$.

$$AD^2 = \left(a + \frac{a}{3}\right)^2 + \left(\frac{a}{3}\right)^2 + \left(\frac{a}{3}\right)^2 = \frac{18a^2}{9} = 2a^2,$$

soit $AD = a\sqrt{2}$.

Le calcul est le même pour BC et CD, donc finalement $AB = BC = CA = AD = BD = CD = a\sqrt{2}$: le tétraèdre est régulier.

Orthogonalité et distances dans l'espace

Faire le point

1 Expressions du produit scalaire

→ Définition

Dans l'espace, une unité de longueur étant choisie, le produit scalaire des vecteurs $\vec{u}$ et $\vec{v}$ est le nombre noté $\vec{u}\cdot\vec{v}$, défini par :

$$\vec{u}\cdot\vec{v}=\frac{1}{2}\left[\|\vec{u}+\vec{v}\|^2-\|\vec{u}\|^2-\|\vec{v}\|^2\right].$$

→ Conséquences

$$\|\vec{u}+\vec{v}\|^2=\|\vec{u}\|^2+\|\vec{v}\|^2+2\vec{u}\cdot\vec{v}$$

$$\|\vec{u}-\vec{v}\|^2=\|\vec{u}\|^2+\|\vec{v}\|^2-2\vec{u}\cdot\vec{v}$$

- Si $\vec{u}$ et $\vec{v}$ sont non nuls, $\vec{u}\cdot\vec{v}=\|\vec{u}\|\times\|\vec{v}\|\times\cos(\alpha)$, où α est l'angle $(\vec{u},\vec{v})$.
Si $\vec{u}=\vec{0}$ ou $\vec{v}=\vec{0}$, alors $\vec{u}\cdot\vec{v}=0$.

Si α est la mesure en radian de l'angle géométrique défini par les vecteurs non nuls $\vec{u}$ et $\vec{v}$, on a :

– si $0\leqslant\alpha<\frac{\pi}{2}$, alors $\vec{u}\cdot\vec{v}>0$;

– si $\pi\geqslant\alpha>\frac{\pi}{2}$, alors $\vec{u}\cdot\vec{v}<0$;

– si $\alpha=\frac{\pi}{2}$, alors $\vec{u}\cdot\vec{v}=0$.

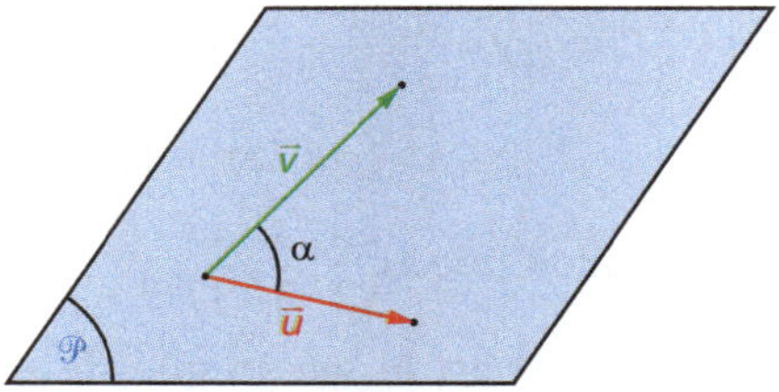

h

- $\vec{u}\cdot\vec{v}=\overrightarrow{AB}\cdot\overrightarrow{AC}=\overrightarrow{AB}\cdot\overrightarrow{AH}$, où H est le projeté orthogonal de C sur (AB).

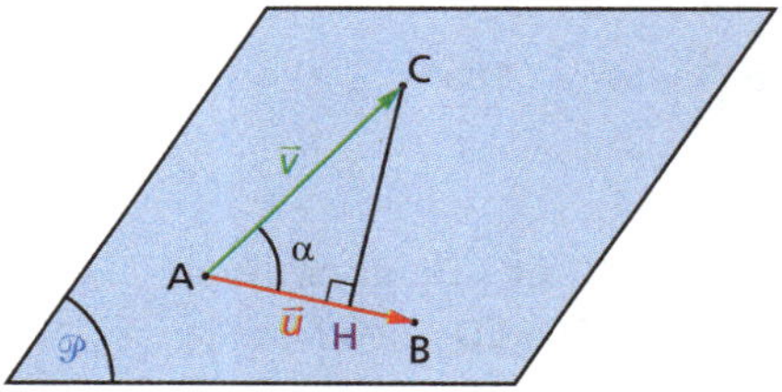

→ Propriété

Dans un repère orthonormé, on considère les vecteurs $\vec{u}(x\,;y\,;z)$ et $\vec{v}(x'\,;y'\,;z')$, on a : $\vec{u}\cdot\vec{v} = xx' + yy' + zz'$.

→ Projection orthogonale sur un plan

Si C′ et D′ sont les projetés orthogonaux de C et D sur le plan $\mathscr{P}$, alors :

$$\overrightarrow{AB}\cdot\overrightarrow{CD} = \overrightarrow{AB}\cdot\overrightarrow{C'D'}.$$

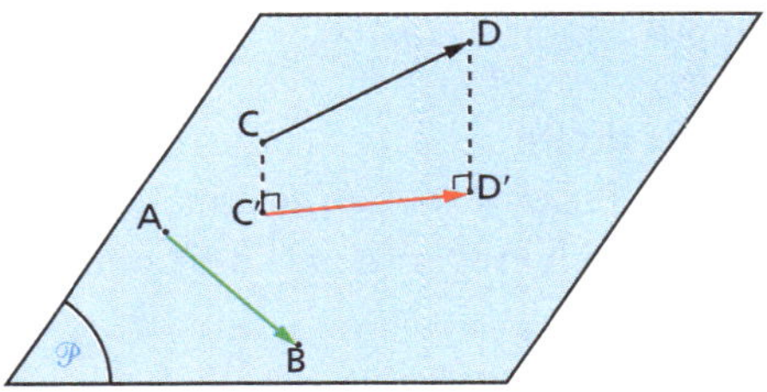

2 Le produit scalaire, une forme bilinéaire symétrique

→ Propriétés

- **Symétrie :** pour tous vecteurs $\vec{u}$ et $\vec{v}$, $\vec{u}\cdot\vec{v} = \vec{v}\cdot\vec{u}$.
- **Bilinéarité :** pour tous réels a et b et tous vecteurs $\vec{u}, \vec{v}, \vec{w}$,

$$\vec{u}\cdot(\vec{v}+\vec{w}) = \vec{u}\cdot\vec{v} + \vec{u}\cdot\vec{w} \text{ et } (a\vec{u})\cdot(b\vec{v}) = ab\times(\vec{u}\cdot\vec{v}).$$

Remarque

On note $\vec{u}\cdot\vec{u} = \vec{u}^2 = \|\vec{u}\|^2$. Dans un repère orthonormé, on donne $A(x_A\,;y_A\,;z_A)$ et $B(x_B\,;y_B\,;z_B)$.

On a : $AB^2 = \overrightarrow{AB}^2 = (x_B - x_A)^2 + (y_B - y_A)^2 + (z_B - z_A)^2$.

3 Orthogonalité et colinéarité de deux vecteurs

$\vec{u}$ et $\vec{v}$ sont deux vecteurs non nuls de l'espace.

- Les vecteurs $\vec{u}$ et $\vec{v}$ sont orthogonaux si, et seulement si, $\vec{u}\cdot\vec{v} = 0$.

Dans un repère orthonormé, on donne $\vec{u}(x\,;y\,;z)$ et $\vec{v}(x'\,;y'\,;z')$, on a :

$$\vec{u}\cdot\vec{v} = 0 \Leftrightarrow xx' + yy' + zz' = 0.$$

- Si les vecteurs $\vec{u}$ et $\vec{v}$ sont colinéaires et :
  – de même sens, alors $\vec{u}\cdot\vec{v} = \|\vec{u}\|\times\|\vec{v}\|$,
  – de sens contraire, alors $\vec{u}\cdot\vec{v} = -\|\vec{u}\|\times\|\vec{v}\|$.

4 Orthogonalité dans l'espace

→ Définition

Dire que le vecteur $\overrightarrow{AB}$ non nul est normal au plan $\mathcal{P}$ signifie que la droite (AB) est perpendiculaire au plan $\mathcal{P}$.

Tout vecteur $\vec{n}$ non nul, colinéaire à $\overrightarrow{AB}$ est aussi un vecteur normal à $\mathcal{P}$.

Pour tout vecteur $\vec{u}$ du plan $\mathcal{P}$, on a $\vec{u} \cdot \vec{n} = 0$.

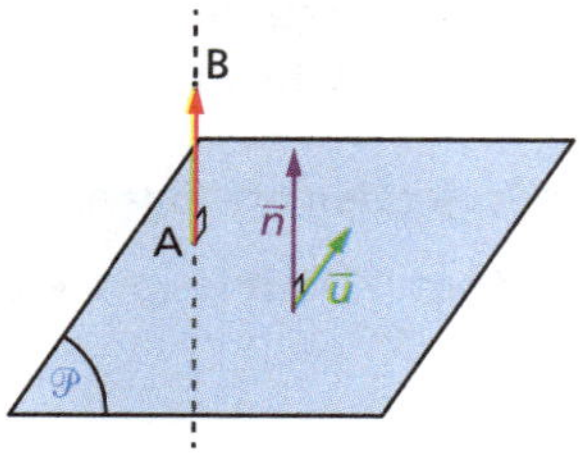

- **Plan perpendiculaire à une droite**

d est une droite qui passe par le point A et de vecteur directeur $\vec{n}$.

Le plan $\mathcal{P}$ perpendiculaire à *d* en A est l'ensemble des points M tels que le vecteur $\overrightarrow{AM}$ est orthogonal à $\vec{n}$.

Le vecteur $\vec{n}$ est donc normal au plan $\mathcal{P}$.

→ Définition

Le plan $\mathcal{P}$ qui passe par A et de vecteur normal $\vec{n}$ est l'ensemble des points M tels que $\overrightarrow{AM} \cdot \vec{n} = 0$.

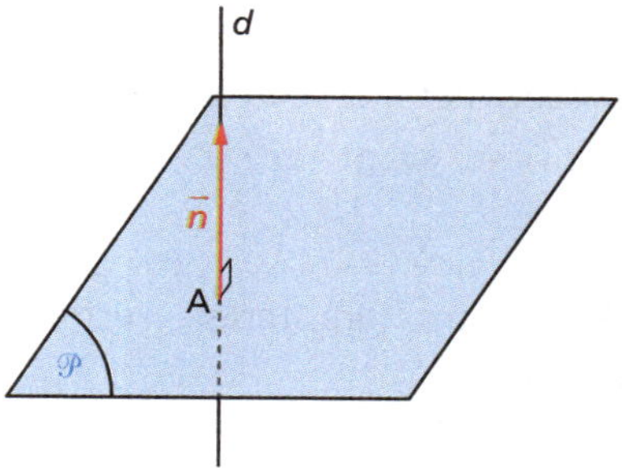

- **Plans perpendiculaires**

$\vec{n}$ est un vecteur normal à $\mathcal{P}$ et $\vec{n'}$ un vecteur normal à $\mathcal{P}'$.

→ Propriété

$\mathcal{P}$ et $\mathcal{P}'$ sont perpendiculaires équivaut à $\vec{n} \cdot \vec{n'} = 0$.

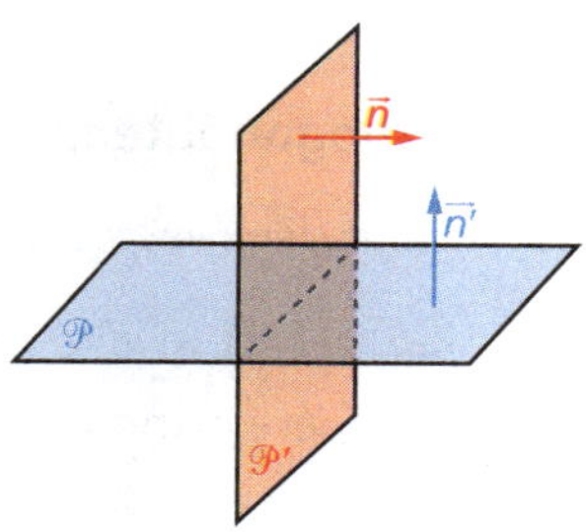

Contrôler ses connaissances

corrigés p. 263

Questions flash

1. Dans le plan muni d'un repère orthonormé, on considère les points $A(2\,;-1\,;3)$, $B(1\,;0\,;-1)$ et $C(0\,;-1\,;2)$.

a. Calculer $\overrightarrow{AB}\cdot\overrightarrow{AC}$.

b. Calculer AB et AC.

c. On note θ la mesure de l'angle géométrique $\widehat{BAC}$.
Calculer θ au dixième de degré près.

2. $\vec{u}$ et $\vec{v}$ sont deux vecteurs tels que $\|\vec{u}\|=5\,;\|\vec{v}\|=3$ et $\vec{u}\cdot\vec{v}=-4$.

a. Calculer $2\vec{u}\cdot(\vec{v}-3\vec{u})$.

b. Calculer $(\vec{u}+\vec{v})\cdot(\vec{u}-3\vec{v})$.

3. Déterminer une équation cartésienne du plan $\mathcal{P}$ passant par $A(2\,;0\,;1)$ et de vecteur normal $\vec{n}(1\,;-1\,;3)$.

4. Déterminer une équation cartésienne du plan $\mathcal{P}$ perpendiculaire en A à la droite (AB) avec $A(2\,;0\,;-1)$ et $B(0\,;1\,;3)$.

Vrai ou Faux

1. Les vecteurs $\vec{u}\left(\frac{5}{4}\,;-\frac{3}{2}\,;\frac{1}{2}\right)$ et $\vec{v}\left(-\frac{2}{5}\,;2\,;3\right)$ sont orthogonaux.

2. On donne $A(1\,;0\,;-2)$, $B(3\,;3\,;1)$, $C\left(4\,;\frac{9}{2}\,;\frac{5}{2}\right)$ et $D\left(1\,;\frac{13}{2}\,;\frac{5}{2}\right)$.

Le point C est le projeté orthogonal du point D sur (AB).

3. La droite d passant par $A(2\,;0\,;-1)$ et dirigée par le vecteur $\vec{u}(1\,;-2\,;3)$ est parallèle au plan $\mathcal{P}$ d'équation $x+2y+z-3=0$.

4. Les plans $\mathcal{P}_1$ et $\mathcal{P}_2$ ont pour équations respectives :
$x+2y-z-3=0$ et $x-y+z=0$

Les plans $\mathcal{P}_1$ et $\mathcal{P}_2$ sont perpendiculaires.

5. Le point $A(-2\,;-1\,;0)$ est le point d'intersection de la droite d de représentation paramétrique :

$$\begin{cases} x=-2 \\ y=-1+3t\,,\quad t\in\mathbb{R} \\ z=t \end{cases}$$

et du plan $\mathcal{P}$ d'équation $2x-y+2z+3=0$.

QCM *Pour chaque question, il y a une ou plusieurs bonnes réponses.*

- ABCDEFGH est un cube d'arête 1. $\left(A\,;\overrightarrow{AB},\overrightarrow{AD},\overrightarrow{AE}\right)$ est un repère orthonormé. I et J sont les milieux de [EF] et [FG]. Le point L est tel que $4\overrightarrow{BL}=\overrightarrow{BA}$.

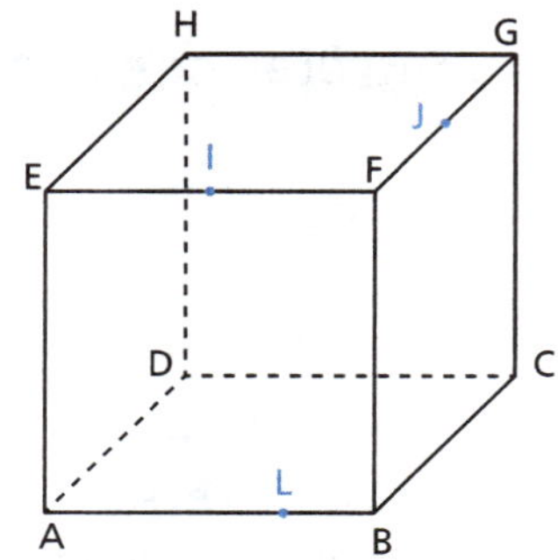

1. Le plan $\mathcal{P}$ d'équation $4x-4y+3z-3=0$ est :	**a.** le plan (GLE) ☐	**b.** le plan (LEJ) ☐	**c.** le plan (GFA) ☐

- Le plan $\mathcal{P}$ a pour équation $x+2y-3z-1=0$ dans un repère orthonormé.

2. Un vecteur normal au plan $\mathcal{P}$ est :	**a.** $\vec{n}(0\,;2\,;-3)$ ☐	**b.** $\vec{n}(-2\,;-4\,;6)$ ☐	**c.** $\vec{n}(1\,;2\,;-3)$ ☐
3. Une équation d'un plan $\mathcal{Q}$ perpendiculaire à $\mathcal{P}$ est :	**a.** $x+2y-3z+3=0$ ☐	**b.** $4x-5y-2z+3=0$ ☐	**c.** $3x-2y+z+1=0$ ☐

Vers le sujet de BAC

L'espace est rapporté à un repère orthonormé $\left(O\,;\vec{i},\vec{j},\vec{k}\right)$. On considère les points A(10 ; 0 ; 1), B(1 ; 7 ; 1) et C(0 ; 0 ; 5).

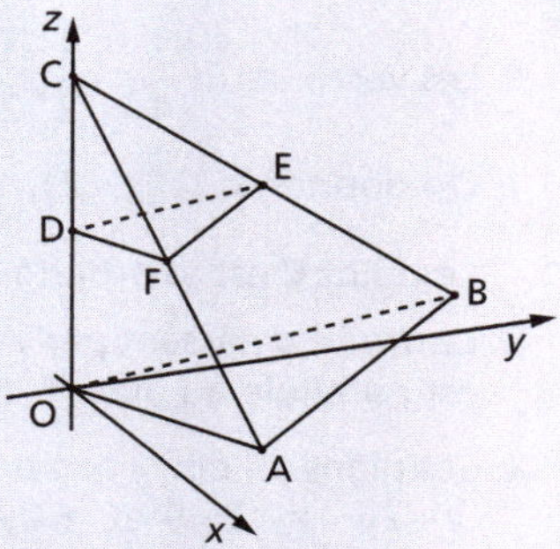

1 a. Démontrer que les droites (OA) et (OB) ne sont pas perpendiculaires.

b. Déterminer la mesure, en degré, de l'angle $\widehat{AOB}$, arrondie au dixième.

2 Vérifier que $7x+9y-70z=0$ est une équation cartésienne du plan (OAB).

3 Déterminer une représentation paramétrique de la droite (CA).

4 D est le milieu du segment [OC]. Déterminer une équation cartésienne du plan $\mathcal{P}$ parallèle au plan (OAB) passant par D.

5 Le plan $\mathcal{P}$ coupe la droite (CB) en E et la droite (CA) en F. Déterminer les coordonnées du point F.

6 On admet que le point E a pour coordonnées $\left(\frac{1}{2}\,;\frac{7}{2}\,;3\right)$.

Démontrer que la droite (EF) est parallèle à la droite (AB).

Sujets guidés

SUJET 11 France métropolitaine, septembre 2017 5 pts 45 min

Calculs d'aire et de volume

Dans l'espace, on considère le cube ABCDEFGH représenté ci-dessous.

On note I et J les milieux respectifs des segments [EH] et [FB].

On munit l'espace du repère orthonormé $\left(A ; \overrightarrow{AB}, \overrightarrow{AD}, \overrightarrow{AE}\right)$.

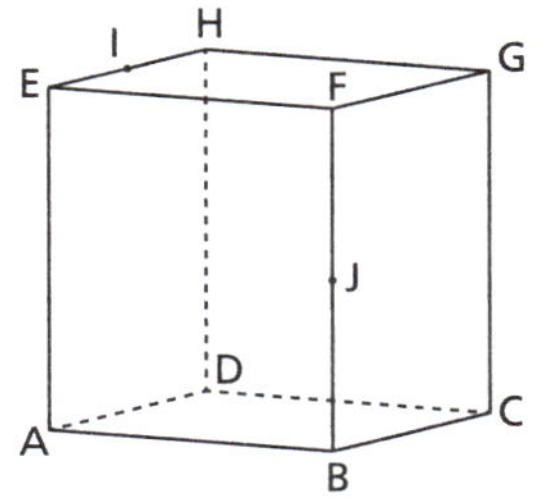

1 Donner les coordonnées des points I et J.

2 a. Montrer que le vecteur $\vec{n}\begin{pmatrix}1\\-2\\2\end{pmatrix}$ est un vecteur normal au plan (BGI).

b. En déduire une équation cartésienne du plan (BGI).

c. On note K le milieu du segment [HJ].

Le point K appartient-il au plan (BGI) ?

3 Le but de cette question est de calculer l'aire du triangle BGI.

a. En utilisant par exemple le triangle FIG pour base, démontrer que le volume du tétraèdre FBIG est égal à $\frac{1}{6}$.

On rappelle que le volume V d'un tétraèdre est donné par la formule $V = \frac{1}{3} B \times h$ où B désigne l'aire d'une base et h la hauteur correspondante.

b. Déterminer une représentation paramétrique de la droite Δ passant par F et orthogonale au plan (BGI).

c. La droite Δ coupe le plan (BGI) en F′.

Montrer que le point F′ a pour coordonnées $\left(\frac{7}{9} ; \frac{4}{9} ; \frac{5}{9}\right)$.

d. Calculer la longueur FF′. En déduire l'aire du triangle BGI.

PAR ÉTAPES

La méthode

- Équation cartésienne d'un plan à partir d'un vecteur normal.
- Utiliser le volume d'un solide pour déterminer l'aire d'une face.

Les connaissances à mobiliser

- Lecture des coordonnées d'un point dans un repère.
- **Équation cartésienne d'un plan** à partir d'un vecteur normal et d'un point du plan.
- Volume d'un solide.
- **Représentation paramétrique d'une droite.**
- Intersection d'un plan et d'une droite.
- Aire d'un triangle.

Les pièges à éviter

- Bien identifier les points sur la figure pour déterminer les coordonnées.
- Vérifier les calculs.
- Vérifier que l'on répond bien aux questions posées.

Conseil

Reportez-vous à la partie Faire le point du chapitre « Orthogonalités et distances dans l'espace » (p. 52) pour vous entraîner sur les notions en gras ci-contre.

CORRIGÉ 11

Comprendre le corrigé

Calculs d'aire et de volume

Les coordonnées des sommets du cube sont :

A(0 ; 0 ; 0), B(1 ; 0 ; 0), D(0 ; 1 ; 0), E(0 ; 0 ; 1),
C(1 ; 1 ; 0), F(1 ; 0 ; 1), G(1 ; 1 ; 1), H(0 ; 1 ; 1).

1 Le milieu I de [EH] a pour coordonnées $\left(\frac{0+0}{2};\frac{0+1}{2};\frac{1+1}{2}\right)$, soit $I\left(0;\frac{1}{2};1\right)$ et le milieu J de [FB] a pour coordonnées $\left(\frac{1+1}{2};\frac{0+0}{2};\frac{1+0}{2}\right)$, soit $J\left(1;0;\frac{1}{2}\right)$.

Rappel

I est le milieu de [AB], alors : $I\left(\frac{x_A+x_B}{2};\frac{y_A+y_B}{2};\frac{z_A+z_B}{2}\right)$.

2 a. $\vec{n}$ est le vecteur de coordonnées $\begin{pmatrix} 1 \\ -2 \\ 2 \end{pmatrix}$.

Le vecteur $\overrightarrow{BG}$ a pour coordonnées $\begin{pmatrix} 0 \\ 1 \\ 1 \end{pmatrix}$ et le vecteur $\overrightarrow{BI}$ a pour coordonnées $\begin{pmatrix} -1 \\ \frac{1}{2} \\ 1 \end{pmatrix}$.

$\vec{n} \cdot \overrightarrow{BG} = 1 \times 0 + (-2) \times 1 + 2 \times 1 = 0$ donc $\vec{n}$ et $\overrightarrow{BG}$ sont orthogonaux.

$\vec{n} \cdot \overrightarrow{BI} = 1 \times (-1) + (-2) \times \frac{1}{2} + 2 \times 1 = 0$ donc $\vec{n}$ et $\overrightarrow{BI}$ sont orthogonaux.

Les vecteurs $\overrightarrow{BG}$ et $\overrightarrow{BI}$ ne sont pas colinéaires, donc ce sont deux vecteurs directeurs du plan (BGI).

Donc le vecteur $\vec{n}$ est orthogonal à deux vecteurs directeurs du plan (BGI) : le vecteur $\vec{n}$ est un vecteur normal au plan (BGI).

b. Le vecteur $\vec{n}$ est un vecteur normal au plan (BGI), donc le plan (BGI) a une équation de la forme :

$x - 2y + 2z + d = 0$ où d est un nombre réel à déterminer.

Le point B appartient au plan (BGI) donc :

$$x_B - 2y_B + 2z_B + d = 0$$

ce qui équivaut à $1 - 0 + 0 + d = 0$ et donc $d = -1$.

Le plan (BGI) a pour équation $x - 2y + 2z - 1 = 0$.

c. Le point K, milieu du segment [HJ], a pour coordonnées $\left(\frac{0+1}{2} ; \frac{1+0}{2} ; \frac{1+\frac{1}{2}}{2} \right)$, soit $K\left(\frac{1}{2} ; \frac{1}{2} ; \frac{3}{4}\right)$.

On regarde si les coordonnées de K vérifient l'équation du plan (ABC) :

$$x_K - 2y_K + 2z_K - 1 = \frac{1}{2} - 2 \times \frac{1}{2} + 2 \times \frac{3}{4} - 1 = \frac{1}{2} - 1 + \frac{3}{2} - 1 = 0$$

donc K appartient au plan (BGI).

3 a. Le triangle FIG est isocèle de sommet principal I. Sa hauteur issue de I vaut 1 et sa base FG vaut 1.

Donc son aire est égale à $\frac{1 \times 1}{2} = \frac{1}{2}$.

Rappel

Si $\vec{u}\begin{pmatrix} x \\ y \\ z \end{pmatrix}$ et $\vec{v}\begin{pmatrix} x' \\ y' \\ z' \end{pmatrix}$, alors $\vec{u} \cdot \vec{v} = xx' + yy' + zz'$.

Rappel

Un vecteur est normal à un plan lorsqu'il est orthogonal à deux vecteurs non colinéaires de ce plan.

Rappel

Un point appartient à un plan si ses coordonnées vérifient l'équation de ce plan.

Le volume V du tétraèdre FBIG est donc :

$$V = \frac{1}{3}\text{ (aire de FIG)} \times \text{BF} = \frac{1}{3} \times \frac{1}{2} \times 1 = \frac{1}{6}.$$

b. Δ est la droite passant par F et orthogonale au plan (BGI). Le plan admet $\vec{n}$ pour vecteur normal, donc le vecteur $\vec{n}$ est un vecteur directeur de la droite Δ.

La droite Δ passe par le point F de coordonnées (1 ; 0 ; 1) donc a pour représentation paramétrique :

$$\begin{cases} x = 1 + t \\ y = -2t \quad , t \in \mathbb{R} \\ z = 1 + 2t \end{cases}$$

c. La droite Δ coupe le plan (BGI) en F′ dont les coordonnées sont solutions du système :

$$\begin{cases} x = 1 + t \\ y = -2t \\ z = 1 + 2t \\ x - 2y + 2z - 1 = 0 \end{cases}$$

$$\Rightarrow 1 + t + 4t + 2 + 4t - 1 = 0 \Leftrightarrow 9t = -2 \Leftrightarrow t = -\frac{2}{9}.$$

Ainsi, $\begin{cases} x = 1 - \frac{2}{9} = \frac{7}{9} \\ y = -2 \times \left(-\frac{2}{9}\right) = \frac{4}{9} \\ z = 1 + 2 \times \left(-\frac{2}{9}\right) = \frac{5}{9} \end{cases}$ soit $\text{F}'\left(\frac{7}{9} ; \frac{4}{9} ; \frac{5}{9}\right)$.

d. $\text{FF}'^2 = \left(\frac{7}{9} - 1\right)^2 + \left(\frac{4}{9} - 0\right)^2 + \left(\frac{5}{9} - 1\right)^2 = \frac{4}{81} + \frac{16}{81} + \frac{16}{81}$

$= \frac{36}{81} = \frac{4}{9}$

donc $\text{FF}' = \frac{2}{3}$.

> **Rappel**
> Dans un repère orthonormé, on donne $A(x_A ; y_A ; z_A)$ et $B(x_B ; y_B ; z_B)$, alors on a :
> $AB^2 = (x_B - x_A)^2 + (y_B - y_A)^2 + (z_B - z_A)^2$.

On calcule d'une deuxième façon le volume du tétraèdre FBIG :

$$V = \frac{1}{3} \times \text{(aire de BGI)} \times \text{FF}'$$

ce qui équivaut à $\frac{1}{6} = \frac{1}{3} \times \text{(aire de BGI)} \times \frac{2}{3}$,

ce qui entraîne que l'aire de BGI est égale à $\frac{3}{4}$.

> **Remarque**
> Utiliser deux calculs différents du volume pour calculer l'aire de la face souhaitée.

SUJET 12 Asie, juin 2018

5 pts — 45 min

Section d'une pyramide

On se place dans un repère orthonormé d'origine O et d'axes (Ox), (Oy) et (Oz).

Dans ce repère, on donne les points A(– 3 ; 0 ; 0), B(3 ; 0 ; 0), $C\left(0\,;3\sqrt{3}\,;0\right)$ et $D\left(0\,;\sqrt{3}\,;2\sqrt{6}\right)$. On note H le milieu du segment [CD] et I le milieu du segment [BC].

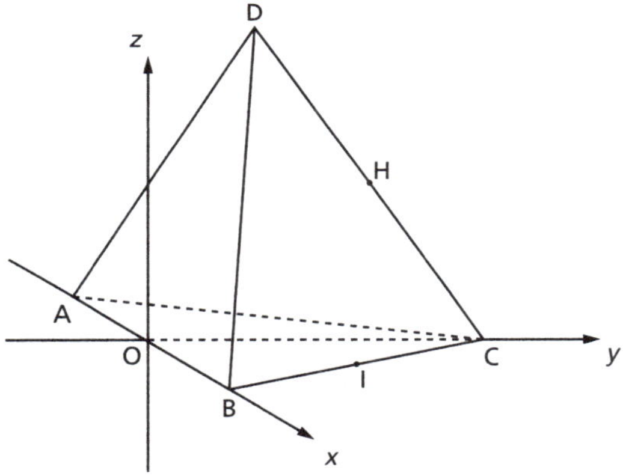

1 Calculer les longueurs AB et AD.

On admet pour la suite que toutes les arêtes du solide ABCD ont la même longueur, c'est-à-dire que le tétraèdre ABCD est un tétraèdre régulier.

On appelle $\mathcal{P}$ le plan de vecteur normal $\overrightarrow{OH}$ et passant par le point I.

2 Étude de la section du tétraèdre ABCD par le plan $\mathcal{P}$

a. Montrer qu'une équation cartésienne du plan $\mathcal{P}$ est :

$$2y\sqrt{3}+z\sqrt{6}-9=0.$$

b. Démontrer que le milieu J de [BD] est le point d'intersection de la droite (BD) et du plan $\mathcal{P}$.

c. Donner une représentation paramétrique de la droite (AD), puis démontrer que le plan $\mathcal{P}$ et la droite (AD) sont sécants en un point K dont on déterminera les coordonnées.

d. Démontrer que les droites (IJ) et (JK) sont perpendiculaires.

e. Déterminer précisément la nature de la section du tétraèdre ABCD par le plan $\mathcal{P}$.

3 Peut-on placer un point M sur l'arête [BD] tel que le triangle OIM soit rectangle en M ?

PAR ÉTAPES

La méthode

- Équation cartésienne d'un plan à partir d'un vecteur normal.
- Intersection d'un plan et d'une droite à partir des équations.
- Section d'un solide par un plan.

Les connaissances à mobiliser

- Calcul de longueurs dans le plan muni d'un repère orthonormé.
- **Équation cartésienne d'un plan** à partir d'un vecteur normal et d'un point du plan.
- Produit scalaire dans l'espace.
- **Représentation paramétrique d'une droite.**
- Intersection d'un plan et d'une droite.
- Équation du second degré.

Les pièges à éviter

- Vérifier que l'on répond bien aux questions posées.
- Analyser bien la situation pour déterminer la nature de la section.

Conseil

Reportez-vous à la partie Faire le point du chapitre « Orthogonalités et distances dans l'espace » (p. 52) pour vous entraîner sur les notions en gras ci-contre.

CORRIGÉ 12

Comprendre le corrigé

Section d'une pyramide

1 On a $AB^2=(3+3)^2+0^2+0^2=36$

et $AD^2=3^2+3+4\times6=36$.

On a donc AB = AD = 6.

Rappel

Dans un repère orthonormé, on donne $A(x_A\,;y_A\,;z_A)$ et $B(x_B\,;y_B\,;z_B)$, on a donc $AB^2=(x_B-x_A)^2+(y_B-y_A)^2+(z_B-z_A)^2$.

2 a. Les coordonnées de H, milieu de [CD], sont $\left(\frac{0+0}{2}\,;\frac{3\sqrt{3}+\sqrt{3}}{2}\,;\frac{0+2\sqrt{6}}{2}\right)$ soit $H\left(0\,;2\sqrt{3}\,;\sqrt{6}\right)$.

Donc $\overrightarrow{OH}\left(0\,;2\sqrt{3}\,;\sqrt{6}\right)$.

$\overrightarrow{OH}$ étant normal au plan $\mathcal{P}$, celui-ci a une équation de la forme $0 \times x + 2y\sqrt{3} + z\sqrt{6} + d = 0$ avec d un nombre réel.

Le point I milieu de [BC] a pour coordonnées $\left(\frac{3+0}{2} ; \frac{0+3\sqrt{3}}{2} ; \frac{0+0}{2}\right)$ soit $I\left(\frac{3}{2} ; \frac{3\sqrt{3}}{2} ; 0\right)$, ce point appartenant au plan $\mathcal{P}$, ses coordonnées vérifient l'équation précédente, soit :

$$2\sqrt{3} \times \frac{3\sqrt{3}}{2} + \sqrt{6} \times 0 + d = 0 \Leftrightarrow d = -9.$$

Une équation cartésienne de $\mathcal{P}$ est donc :

$$2y\sqrt{3} + z\sqrt{6} - 9 = 0 .$$

Rappel
I est le milieu de [AB], alors : $I\left(\frac{x_A + x_B}{2} ; \frac{y_A + y_B}{2} ; \frac{z_A + z_B}{2}\right)$.

b. Le point J milieu de [BD] a pour coordonnées $\left(\frac{3+0}{2} ; \frac{0+\sqrt{3}}{2} ; \frac{0+2\sqrt{6}}{2}\right)$, soit $J\left(\frac{3}{2} ; \frac{\sqrt{3}}{2} ; \sqrt{6}\right)$.

On a $2\sqrt{3} \times \frac{\sqrt{3}}{2} + \sqrt{6} \times \sqrt{6} - 9 = 3 + 6 - 9 = 0$, les coordonnées de J vérifient l'équation du plan $\mathcal{P}$, donc J appartient à $\mathcal{P}$.

J est le milieu de [BD] et J appartient à $\mathcal{P}$, donc J est le point d'intersection de la droite (BD) et du plan $\mathcal{P}$.

Remarque
Un point appartient à un plan si ses coordonnées vérifient l'équation du plan.

c. A a pour coordonnées (– 3 ; 0 ; 0) et $\overrightarrow{AD}\begin{pmatrix} 3 \\ \sqrt{3} \\ 2\sqrt{6} \end{pmatrix}$ dirige la droite (AD). Ainsi, une représentation paramétrique de la droite (AD) est :

$$\begin{cases} x = 3t - 3 \\ y = t\sqrt{3} \\ z = 2t\sqrt{6} \end{cases} \text{ avec } t \in \mathbb{R}.$$

Les points communs à la droite (AD) et au plan $\mathcal{P}$ ont leurs coordonnées qui vérifient :

$$\begin{cases} x = 3t - 3 \\ y = t\sqrt{3} \\ z = 2t\sqrt{6} \\ 2y\sqrt{3} + z\sqrt{6} - 9 = 0 \end{cases}$$

$$\Rightarrow 2 \times t\sqrt{3} \times \sqrt{3} + 2t\sqrt{6} \times \sqrt{6} - 9 = 0 \Leftrightarrow 18t - 9 = 0 \Leftrightarrow t = \frac{1}{2}.$$

Rappel
Dans un repère, si $A(x_A ; y_A ; z_A)$ et $\vec{u}\begin{pmatrix} a \\ b \\ c \end{pmatrix}$, alors une représentation paramétrique de la droite passant par A et de vecteur directeur $\vec{u}$ est : $\begin{cases} x = x_A + at \\ y = y_A + bt \\ z = z_A + ct \end{cases}$ où t est un réel.

En remplaçant dans le système d'équations paramétriques de la droite (AD), on trouve que le point $K\left(-\frac{3}{2}\,;\frac{\sqrt{3}}{2}\,;\sqrt{6}\right)$ est le point d'intersection de la droite (AD) et du plan $\mathcal{P}$.

d. On calcule les coordonnées des vecteurs.

On a $\vec{IJ}\begin{pmatrix}0\\-\sqrt{3}\\\sqrt{6}\end{pmatrix}$ et $\vec{JK}\begin{pmatrix}-3\\0\\0\end{pmatrix}$ donc $\vec{IJ}\cdot\vec{JK}=0+0+0=0$,

on en déduit que les vecteurs $\vec{IJ}$ et $\vec{JK}$ sont orthogonaux, donc les droites (IJ) et (JK) sont perpendiculaires en J.

e. D'après les questions précédentes, le plan $\mathcal{P}$ coupe [BC] en I, [BD] en J, [AD] en K.

Déterminons l'intersection avec l'arête [AC] en utilisant la méthode de la question **2** **c.** ou en remarquant que le point L, milieu de [AC], a pour coordonnées $\left(\frac{-3+0}{2}\,;\frac{0+3\sqrt{3}}{2}\,;\frac{0+0}{2}\right)$, soit $\left(-\frac{3}{2}\,;\frac{3\sqrt{3}}{2}\,;0\right)$.

De plus, $2\times\frac{3\sqrt{3}}{2}\times\sqrt{3}+0-9=9-9=0$, donc le plan $\mathcal{P}$ coupe [AC] en L, donc la section de ABCD par le plan $\mathcal{P}$ est le quadrilatère IJKL.

Or, dans le triangle BCD, (IJ) // (CD) et CD = 2IJ = 3.

Dans le triangle ACD, (KL) // (CD) et CD = 2KL = 3.

Dans le triangle ABC, (IO) // (AC) et AC = 2IO = 3 et dans le triangle BAD, (OK) // (BD) et BD = 2OK = 3, d'où IJ = JK = KL = LI = 1,5, ce qui montre que le quadrilatère IJKL est un losange.

Or, on a démontré à la question **2** **d.** que l'angle en J de ce losange est droit, donc IJKL est un carré.

3 Si un point M(x ; y ; z) appartient à la droite (BD) alors $\vec{BM}$ et $\vec{BD}$ sont colinéaires, il existe alors un réel t tel que $\vec{BM}=t\,\vec{BD}$.

Remarque

Appliquer le théorème de Thalès pour déterminer les mesures des côtés du quadrilatère IJKL.

Dans un triangle, si un segment a pour extrémités les milieux de deux côtés du triangle, alors il mesure la moitié du troisième côté.

On détermine la section de ABCD par le plan $\mathcal{P}$ en déterminant les intersections de $\mathcal{P}$ avec les arêtes de ABCD.

Or, $\overrightarrow{BM}\begin{pmatrix} x-3 \\ y \\ z \end{pmatrix}$ et $\overrightarrow{BD}\begin{pmatrix} -3 \\ \sqrt{3} \\ 2\sqrt{6} \end{pmatrix}$, soit :

$$\overrightarrow{BM} = t\overrightarrow{BD} \Leftrightarrow \begin{cases} x-3=-3t \\ y=t\sqrt{3} \\ z=2t\sqrt{6} \end{cases} \Leftrightarrow \begin{cases} x=-3t+3 \\ y=t\sqrt{3} \\ z=2t\sqrt{6} \end{cases}.$$

Donc le point M a pour coordonnées :

$$M\left(-3t+3\,;\,t\sqrt{3}\,;\,2t\sqrt{6}\right).$$

Le triangle OMI est rectangle en M si les vecteurs $\overrightarrow{OM}$ et $\overrightarrow{IM}$ sont orthogonaux, donc si leur produit scalaire est nul.

Conseil

$\overrightarrow{OM}\cdot\overrightarrow{IM}=0 \Leftrightarrow$ $\overrightarrow{OM}$ et $\overrightarrow{IM}$ orthogonaux $\Leftrightarrow$ (OM) et (IM) perpendiculaires.

Or, $\overrightarrow{OM}\begin{pmatrix} -3t+3 \\ t\sqrt{3} \\ 2t\sqrt{6} \end{pmatrix}$ et $\overrightarrow{IM}\begin{pmatrix} -3t+\dfrac{3}{2} \\ t\sqrt{3}-\dfrac{3\sqrt{3}}{2} \\ 2t\sqrt{6} \end{pmatrix}$ et

$$\overrightarrow{OM}\cdot\overrightarrow{IM} = (-3t+3)\left(-3t+\frac{3}{2}\right)+t\sqrt{3}\left(t\sqrt{3}-\frac{3\sqrt{3}}{2}\right)+\left(2t\sqrt{6}\right)^2$$

$$= 9t^2-\frac{9t}{2}-9t+\frac{9}{2}+3t^2-\frac{9t}{2}+24t^2$$

$$= 36t^2-18t+\frac{9}{2}.$$

$$\overrightarrow{OM}\cdot\overrightarrow{IM}=0 \Leftrightarrow 36t^2-18t+\frac{9}{2}=0.$$

On a $\Delta = (-18)^2-4\times 36\times\dfrac{9}{2} = 324-18\times 36=-324.$

Ce trinôme n'a pas de racine réelle : il n'existe pas de position du point M telle que le triangle OIM soit rectangle en M.

Représentations paramétriques et équations cartésiennes

Faire le point

L'espace est muni d'un repère orthonormé $\left(O ; \vec{i}, \vec{j}, \vec{k}\right)$.

1 Propriétés et définitions

d est une droite passant par un point $A\left(x_A ; y_A ; z_A\right)$ et de vecteur directeur $\vec{u}\begin{pmatrix} a \\ b \\ c \end{pmatrix}$.

→ Propriété

Un point M de coordonnées $(x ; y ; z)$ appartient à d si, et seulement si, il existe un réel t tel que :

$$\begin{cases} x = x_A + at \\ y = y_A + bt \\ z = z_A + ct \end{cases}$$

→ Définition

Ce système est une représentation paramétrique de la droite d. Le réel t est le paramètre du point M.

$\mathcal{P}$ est le plan passant par un point A et de vecteurs directeurs $\vec{u}$ et $\vec{v}$.

→ Propriété

Un point M appartient au plan $\mathcal{P}$ si, et seulement si, il existe des réels t et t' tels que :

$$\overrightarrow{AM} = t\vec{u} + t'\vec{v}$$

Autrement dit, si dans un repère de l'espace, on pose $A(x_A ; y_A ; z_A)$, $\vec{u}\begin{pmatrix} a \\ b \\ c \end{pmatrix}$ et $\vec{v}\begin{pmatrix} a' \\ b' \\ c' \end{pmatrix}$ alors un point M de coordonnées $(x ; y ; z)$ appartient au plan $\mathcal{P}$ si, et seulement si, il existe des réels t et t' tels que :

$$\begin{cases} x = x_A + at + a't' \\ y = y_A + bt + b't' \\ z = z_A + ct + c't' \end{cases}$$

2 Propriétés

- Un plan $\mathcal{P}$ de vecteur normal $\vec{n}\begin{pmatrix}a\\b\\c\end{pmatrix}$ a une équation cartésienne de la forme $ax+by+cz+d=0$.
- Si a, b et c sont des réels tels que a, b et c ne sont pas tous nuls, l'ensemble des points M de coordonnées $(x\,;y\,;z)$ tels que $ax+by+cz+d=0$ est un plan de vecteur normal $\vec{n}\begin{pmatrix}a\\b\\c\end{pmatrix}$.
- Les plans $\mathcal{P}$ et $\mathcal{P}'$ d'équations cartésiennes respectives $ax+by+cz+d=0$ et $a'x+b'y+c'z+d'=0$ sont sécants si, et seulement si, les triplets $(a\,;b\,;c)$ et $(a'\,;b'\,;c')$ ne sont pas proportionnels.

3 Distance d'un point à un plan

$\mathcal{P}$ est le plan d'équation cartésienne $ax+by+cz+d=0$ et A est le point de coordonnées $(x_A\,;y_A\,;z_A)$.

→ Propriété

La distance du point A au plan $\mathcal{P}$ est égale à :

$$\frac{|ax_A+bx_A+cx_A+d|}{\sqrt{a^2+b^2+c^2}}.$$

4 Démonstration au Bac

Équation cartésienne du plan normal à un vecteur $\vec{n}$ passant par un point A

$A(x_A\,;y_A\,;z_A)$ est un point d'un plan $\mathcal{P}$ de vecteur normal $\vec{n}\begin{pmatrix}a\\b\\c\end{pmatrix}$ et $M(x\,;y\,;z)$ est un point de l'espace.

Les coordonnées du vecteur $\overrightarrow{AM}$ sont $(x-x_A\,;y-y_A\,;z-z_A)$, donc :

$$\overrightarrow{AM}\cdot\vec{n}=a(x-x_A)+b(y-y_A)+c(z-z_A).$$

$M\in\mathcal{P}$ si, et seulement si, $\overrightarrow{AM}\cdot\vec{n}=0$, c'est-à-dire si, et seulement si,

$$a(x-x_A)+b(y-y_A)+c(z-z_A)=0.$$

On a donc $ax+by+cz-(ax_A+by_A+cz_A)=0$.

Et ainsi, en posant $d=-(ax_A+by_A+cz_A)$, une équation cartésienne du plan $\mathcal{P}$ est $ax+by+cz+d=0$.

Contrôler ses connaissances

corrigés p. 265

Questions flash

1. Déterminer une équation cartésienne du plan $\mathcal{P}$ de vecteur normal $\vec{n}\begin{pmatrix}2\\-1\\5\end{pmatrix}$ et passant par le point $A(-3\,;0\,;4)$.

2. Déterminer une représentation paramétrique de la droite d de vecteur directeur $\vec{u}\begin{pmatrix}-2\\1\\7\end{pmatrix}$ et passant par le point $B(4\,;-2\,;3)$.

3. Déterminer le paramètre du point A de coordonnées $(2\,;-8\,;-5)$ appartenant à la droite d dont une représentation paramétrique est $\begin{cases}x=-t-2\\y=t-4\\z=2t+3\end{cases}$, où $t\in\mathbb{R}$

4. Déterminer la distance du point $B(-2\,;0\,;-1)$ au plan d'équation $x+y=0$.

QCM

Pour chaque question, il y a une ou plusieurs bonnes réponses.

$(O\,;\vec{i},\vec{j},\vec{k})$ est un repère orthonormal de l'espace. d est la droite dont une représentation paramétrique est $\begin{cases}x=2t+1\\y=-t\\z=3t-2\end{cases}$, où $t\in\mathbb{R}$.

$\mathcal{P}$ est le plan défini par l'équation $2x+y+3z-2=0$.

1. La plan $\mathcal{P}$ passe par le point :	**a.** A(1 ; 0 ; – 2) ☐	**b.** B(– 1 ; 1 ; 1) ☐	**c.** C(5 ; – 3 ; – 2) ☐
2. La droite d et le plan $\mathcal{P}$ sont :	**a.** parallèles ☐	**b.** perpendiculaires ☐	**c.** ni parallèles ni perpendiculaires ☐
3. Le plan perpendiculaire à la droite d et passant par O a pour équation cartésienne :	**a.** $2x-y+3z+1=0$ ☐	**b.** $-x+0{,}5y-1{,}5z=0$ ☐	**c.** $2x-y+3z=0$ ☐

Vrai ou Faux

L'espace est rapporté à un repère orthonormal $\left(O\,;\vec{i},\vec{j},\vec{k}\right)$.

On considère le point A de coordonnées $(-1\,;\,1\,;\,-3)$ et les droites d et d' de représentations paramétriques :

$$d\ \begin{cases} x = t-2 \\ y = 2t-1 \\ z = -3t \end{cases},\ \text{où } t \in \mathbb{R} \quad \text{et } d'\ \begin{cases} x = 2t'+1 \\ y = 4t'-2 \\ z = -6t'-1 \end{cases},\ \text{où } t' \in \mathbb{R}$$

1. Le point A appartient à la droite d.
2. Le plan orthogonal à la droite d passant par le point $B(1\,;\,2\,;\,-1)$ a pour équation : $x+2y-3z+8=0$.
3. Les droites d et d' sont orthogonales.
4. Les droites d et d' sont parallèles.
5. La distance du point A au plan d'équation $x+2y-3z+8=0$ est $\dfrac{9\sqrt{14}}{7}$.

Vers le sujet de BAC

L'espace est muni d'un repère orthonormé $\left(O\,;\vec{i},\vec{j},\vec{k}\right)$.
On considère les points $A(0\,;4\,;1)$, $B(1;3\,;0)$, $C(2\,;-1;-2)$ et $D(7\,;-1;4)$.

Δ est la droite passant par D et de vecteur directeur $\vec{u}\begin{pmatrix}2\\-1\\3\end{pmatrix}$.

1 Montrer que la droite Δ est orthogonale au plan (ABC).

2 En déduire une équation cartésienne du plan (ABC).

3 Déterminer une représentation paramétrique de la droite Δ.

4 Déterminer les coordonnées du point d'intersection H de la droite Δ et du plan (ABC).

Sujets guidés

SUJET 13 D'après Bac 2017 — 4 pts — 45 min

Vecteurs et colinéarité

Dans le repère orthonormé $\left(O\,;\vec{i},\vec{j},\vec{k}\right)$ de l'espace, on considère les points $A(1\,;2\,;4)$, $B(-2\,;3\,;6)$, $C(-3\,;-2\,;2)$, $D(-7\,;2\,;5)$ et $E(-10\,;-10\,;-2)$.

On justifiera chaque réponse avec soin.

1 Les vecteurs $\overrightarrow{AB}$ et $\overrightarrow{AC}$ sont-ils colinéaires ?

2 Déterminer trois réels *a*, *b* et *c* tels que $\vec{n}\begin{pmatrix}a\\b\\c\end{pmatrix}$, $\overrightarrow{AB}\cdot\vec{n}=0$ et $\overrightarrow{AC}\cdot\vec{n}=0$.

3 En déduire une équation cartésienne du plan (ABC).

4 Les points A, B, C et D sont-ils coplanaires ?

5 Justifier que $\left(A\,;\overrightarrow{AB},\overrightarrow{AC},\overrightarrow{AD}\right)$ est un repère de l'espace.

6 Déterminer les réels α, β, γ tels que $\overrightarrow{AE}=\alpha\overrightarrow{AB}+\beta\overrightarrow{AC}+\gamma\overrightarrow{AD}$.

Quelles sont les coordonnées du point E dans le repère $\left(A\,;\overrightarrow{AB},\overrightarrow{AC},\overrightarrow{AD}\right)$?

PAR ÉTAPES

Les connaissances à mobiliser

- Vecteurs colinéaires, coplanaires.
- Vecteur normal à un plan.
- Équation cartésienne d'un plan.
- Repère de l'espace.

Les pièges à éviter

Cet exercice fait appel à de nombreuses résolutions de systèmes d'équations linéaires à trois inconnues : une relecture extrêmement attentive des calculs est indispensable.

CORRIGÉ 13

Comprendre le corrigé

Vecteurs et colinéarité

1 Les vecteurs $\overrightarrow{AB}$ et $\overrightarrow{AC}$ ont pour coordonnées $\begin{pmatrix}-3\\1\\2\end{pmatrix}$ et $\begin{pmatrix}-4\\-4\\-2\end{pmatrix}$.

Les coordonnées ne sont pas proportionnelles, donc il n'existe pas de réel k tel que $\overrightarrow{AB}=k\overrightarrow{AC}$, et ainsi les vecteurs $\overrightarrow{AB}$ et $\overrightarrow{AC}$ ne sont pas colinéaires.

2 $$\begin{cases}\overrightarrow{AB}\cdot\vec{n}=0\\\overrightarrow{AC}\cdot\vec{n}=0\end{cases}\Leftrightarrow\begin{cases}-3a+b+2c=0\\-4a-4b-2c=0\end{cases}$$

$$\Leftrightarrow\begin{cases}-7a-3b=0\\-4a-4b-2c=0\end{cases}$$

$$\Leftrightarrow\begin{cases}a=-\dfrac{3}{7}b\\-4\left(-\dfrac{3}{7}b\right)-4b-2c=0\end{cases}\Leftrightarrow\begin{cases}a=-\dfrac{3}{7}b\\-\dfrac{16}{7}b-2c=0\end{cases}$$

$$\Leftrightarrow\begin{cases}a=-\dfrac{3}{7}b\\c=-\dfrac{8}{7}b\end{cases}$$

En prenant $b=-7$, on obtient $a=3$ et $c=8$ et ainsi un vecteur $\vec{n}$ de coordonnées $\begin{pmatrix}3\\-7\\8\end{pmatrix}$.

3 $\overrightarrow{AB}\cdot\vec{n}=0$ et $\overrightarrow{AC}\cdot\vec{n}=0$ donc $\vec{n}$ est un vecteur orthogonal à deux vecteurs non colinéaires du plan (ABC), il est donc normal au plan (ABC).

Une équation cartésienne de plan (ABC) est donc de la forme $3x-7y+8z+d=0$, d étant un nombre réel.

Or $A(1;2;4)$ appartient au plan (ABC), donc ses coordonnées vérifient l'équation de ce plan :

$3\times1-7\times2+8\times4+d=0$ donc $d=-21$.

Une équation cartésienne du plan (ABC) est $3x-7y+8z-21=0$.

Remarque

Si $\vec{u}\begin{pmatrix}x\\y\\z\end{pmatrix}$ et $\vec{v}\begin{pmatrix}x'\\y'\\z'\end{pmatrix}$, alors $\vec{u}\cdot\vec{v}=xx'+yy'+zz'$.

Aide

On additionne membre à membre les 2 équations pour se ramener à 2 inconnues.

Rappel

Un plan $\mathcal{P}$ de vecteur normal $\vec{n}\begin{pmatrix}a\\b\\c\end{pmatrix}$ a une équation cartésienne de la forme $ax+by+cz+d=0$.

4 Les points A, B, C et D sont coplanaires si le point D appartient au plan (ABC), or D a pour coordonnées $(-7\,;2\,;5)$ et $3\times(-7)-7\times2+8\times5-21=-16\neq0$, donc D n'appartient pas au plan (ABC) et les points A, B, C et D ne sont pas coplanaires.

Rappel
Quatre points sont coplanaires s'ils sont situés dans le même plan.

5 Les points A, B, C et D ne sont pas coplanaires, donc les vecteurs $\overrightarrow{AB}$, $\overrightarrow{AC}$ et $\overrightarrow{AD}$ ne sont pas coplanaires, et ainsi le quadruplet $\left(A\,;\overrightarrow{AB},\overrightarrow{AC},\overrightarrow{AD}\right)$ est un repère de l'espace.

6 Les vecteurs $\overrightarrow{AB}$, $\overrightarrow{AC}$, $\overrightarrow{AD}$ et $\overrightarrow{AE}$ ont pour coordonnées respectives $\begin{pmatrix}-3\\1\\2\end{pmatrix}$, $\begin{pmatrix}-4\\-4\\-2\end{pmatrix}$, $\begin{pmatrix}-8\\0\\1\end{pmatrix}$ et $\begin{pmatrix}-11\\-12\\-6\end{pmatrix}$.

$$\overrightarrow{AE}=\alpha\overrightarrow{AB}+\beta\overrightarrow{AC}+\gamma\overrightarrow{AD}\Leftrightarrow\begin{cases}-11=-3\alpha-4\beta-8\gamma\\-12=\alpha-4\beta\\-6=2\alpha-2\beta+\gamma\end{cases}$$

$$\Leftrightarrow\begin{cases}\alpha=-12+4\beta\\-11=-3(-12+4\beta)-4\beta-8\gamma\\-6=2(-12+4\beta)-2\beta+\gamma\end{cases}$$

Aide
On exprime α en fonction de β dans la 2e équation, puis on remplace α dans les deux autres équations.

$$\Leftrightarrow\begin{cases}\alpha=-12+4\beta\\-47=-16\beta-8\gamma\\18=6\beta+\gamma\end{cases}$$

Aide
On exprime γ en fonction de β dans la 3e équation, puis on remplace γ dans la seconde équation.

$$\Leftrightarrow\begin{cases}\alpha=-12+4\beta\\\gamma=18-6\beta\\-47=-16\beta-8(18-6\beta)\end{cases}$$

$$\Leftrightarrow\begin{cases}\alpha=-12+4\beta\\\gamma=18-6\beta\\97=32\beta\end{cases}\Leftrightarrow\begin{cases}\beta=\dfrac{97}{32}\\\alpha=\dfrac{1}{8}\\\gamma=-\dfrac{3}{16}\end{cases}$$

Donc $\overrightarrow{AE}=\frac{1}{8}\overrightarrow{AB}+\frac{97}{32}\overrightarrow{AC}-\frac{3}{16}\overrightarrow{AD}$ et ainsi le point E a pour coordonnées $\left(\frac{1}{8}\,;\frac{97}{32}\,;-\frac{3}{16}\right)$ dans le repère $\left(A\,;\overrightarrow{AB},\overrightarrow{AC},\overrightarrow{AD}\right)$.

SUJET 14 D'après Bac 2019 — 3 pts — 30 min

Position relative de deux plans

Dans l'espace muni d'un repère orthonormé, on considère les points :
A(1 ; 2 ; 7), B(2 ; 0 ; 2), C(3 ; 1 ; 3), D(3 ; −6 ; 1) et E(4 ; −8 ; −4).

1 Vérifier qu'une équation cartésienne du plan (ABC) est : $x-2y+z-4=0$.
Le point D appartient-il au plan (ABC) ?

2 On considère la droite *d* de l'espace dont une représentation paramétrique est :

$$\begin{cases} x = 2t+3 \\ y = -4t+5 \\ z = 2t-1 \end{cases}, \text{ où } t \text{ est un nombre réel.}$$

a. La droite *d* est-elle orthogonale au plan (ABC) ?

b. Déterminer les coordonnées du point H, intersection de la droite *d* et du plan (ABC).

3 Étudier la position de la droite (DE) par rapport au plan (ABC).

4 $\mathcal{P}$ est le plan dont une équation cartésienne est $2x+y-3z+7=0$.

a. Montrer que les plans $\mathcal{P}$ et (ABC) sont sécants.

b. Déterminer une représentation paramétrique de la droite d'intersection de ces deux plans.

PAR ÉTAPES

Les connaissances à mobiliser

- Équation cartésienne d'un plan.
- Orthogonalité dans l'espace.
- Positions relatives de droite et de plan.
- Représentation paramétrique d'une droite.
- Intersection de deux plans.

Les pièges à éviter

Il ne faut pas se contenter de dire qu'une droite est parallèle à un plan. Il faut préciser si elle est contenue dans le plan ou si elle est strictement parallèle à ce plan.

CORRIGÉ 14

Comprendre le corrigé

Position relative de deux plans

1 Les coordonnées du point A(1 ; 2 ; 7) vérifient $1-2\times2+7-4=0$, donc A appartient au plan d'équation cartésienne $x-2y+z-4=0$.

Les coordonnées du point B(2 ; 0 ; 2) vérifient $2-2\times0+2-4=0$, donc B appartient au plan d'équation cartésienne $x-2y+z-4=0$.

Les coordonnées du point C(3 ; 1 ; 3) vérifient $3-2\times1+3-4=0$, donc C appartient au plan d'équation cartésienne $x-2y+z-4=0$.

Ainsi une équation cartésienne du plan (ABC) est :

$x-2y+z-4=0$.

$x_D-2y_D+z_D-4=3-2\times(-6)+1-4=12\neq0$

Donc le point D n'appartient pas au plan (ABC).

Remarque
On ne demande pas ici de déterminer une équation, mais de vérifier l'équation.

2 **a.** D'après la représentation paramétrique de la droite d, un vecteur directeur $\vec{u}$ de d a pour coordonnées $\begin{pmatrix}2\\-4\\2\end{pmatrix}$.

De plus, d'après l'équation cartésienne du plan (ABC), le vecteur $\vec{v}\begin{pmatrix}1\\-2\\1\end{pmatrix}$ est normal au plan (ABC).

Rappel
Si un plan a pour équation cartésienne $ax+by+cz+d=0$, alors $\vec{n}\begin{pmatrix}a\\b\\c\end{pmatrix}$ est normal à ce plan.

Or, $\vec{u}=2\vec{v}$ donc les vecteurs $\vec{u}$ et $\vec{v}$ sont colinéaires, et ainsi le vecteur directeur de d est normal au plan (ABC).

La droite d est donc orthogonale au plan (ABC).

b. Les coordonnées $(x\,;y\,;z)$ du point H, intersection de d et de (ABC), vérifient le système :

$$\begin{cases}x=2t+3\\y=-4t+5\\z=2t-1\\x-2y+z-4=0\end{cases}\quad \text{où } t\in\mathbb{R}$$

$$\Leftrightarrow \begin{cases} x = 2t+3 \\ y = -4t+5 \\ z = 2t-1 \\ 2t+3-2(-4t+5)+2t-1-4=0 \end{cases}$$

$$\Leftrightarrow \begin{cases} x = 2t+3 \\ y = -4t+5 \\ z = 2t-1 \\ 12t-12=0 \end{cases} \Leftrightarrow \begin{cases} x = 2t+3 \\ y = -4t+5 \\ z = 2t-1 \\ t=1 \end{cases}$$

$$\Leftrightarrow \begin{cases} x = 2\times 1+3 \\ y = -4\times 1+5 \\ z = 2\times 1-1 \\ t=1 \end{cases}$$

Donc le point H a pour coordonnées $(5\,;1;1)$.

Conseil
On remplace l'expression de *x*, *y* et *z* dans l'équation $x - 2y + z - 4 = 0$ afin de déterminer la valeur de *t*.

3 Le vecteur $\overrightarrow{DE}\begin{pmatrix}1\\-2\\-5\end{pmatrix}$ est un vecteur directeur de la droite (DE) et le vecteur $\vec{v}\begin{pmatrix}1\\-2\\1\end{pmatrix}$ est normal au plan (ABC).

$\overrightarrow{DE}\cdot\vec{v} = 1\times1-2\times(-2)-5\times1=0$, donc les deux vecteurs sont orthogonaux et donc la droite (DE) est parallèle au plan (ABC).

Or, D n'appartient pas au plan (ABC), donc la droite (DE) est strictement parallèle au plan (ABC).

Rappel
$\vec{u}\begin{pmatrix}x\\y\\z\end{pmatrix}$ et $\vec{v}\begin{pmatrix}x'\\y'\\z'\end{pmatrix}$, alors
$\vec{u}\cdot\vec{v} = xx'+yy'+zz'$.

4 **a.** Le vecteur $\vec{w}\begin{pmatrix}2\\1\\-3\end{pmatrix}$ est normal au plan $\mathcal{P}$ et le vecteur $\vec{v}\begin{pmatrix}1\\-2\\1\end{pmatrix}$ est normal au plan (ABC).

Les deux vecteurs ne sont pas colinéaires, donc les plan $\mathcal{P}$ et (ABC) sont sécants selon une droite.

b. Un système d'équations cartésiennes de la droite d'intersection des plans $\mathcal{P}$ et (ABC) est :

$$\begin{cases} x-2y+z-4=0 \\ 2x+y-3z+7=0 \end{cases} \Leftrightarrow \begin{cases} x-2y+t-4=0 \\ 2x+y-3t+7=0 \text{ où } t\in\mathbb{R} \\ z=t \end{cases}$$

Aide
On pose $z = t$ et on exprime *x* et *y* en fonction de *t*.

$$\Leftrightarrow \begin{cases} -2x+4y-2t=-8 \\ 2x+y-3t=-7 \\ z=t \end{cases} \text{ où } t \in \mathbb{R}$$

$$\Leftrightarrow \begin{cases} 5y-5t=-15 \\ 2x+y-3t=-7 \\ z=t \end{cases} \text{ où } t \in \mathbb{R}$$

$$\Leftrightarrow \begin{cases} y=t-3 \\ 2x+y-3t=-7 \\ z=t \end{cases} \text{ où } t \in \mathbb{R}$$

$$\Leftrightarrow \begin{cases} 2x+t-3-3t=-7 \\ y=t-3 \\ z=t \end{cases} \text{ où } t \in \mathbb{R}$$

$$\Leftrightarrow \begin{cases} x=t-2 \\ y=t-3 \\ z=t \end{cases} \text{ où } t \in \mathbb{R}.$$

Aide

On multiplie les membres de la 1re équation par −2, puis on additionne membre à membre les deux premières équations.

Une représentation paramétrique de la droite d'intersection de ces deux plans est :

$$\begin{cases} x=t-2 \\ y=t-3 \\ z=t \end{cases} \text{ où } t \in \mathbb{R}.$$

SUJET 15 D'après Bac 2018

3 pts · 30 min

Distance minimale

L'espace est muni d'un repère $\left(O\,;\vec{i},\vec{j},\vec{k}\right)$.

$\mathcal{P}$ est le plan d'équation cartésienne :

$$2x - z - 3 = 0.$$

On note A le point de coordonnées $\left(1\,;a\,;a^2\right)$ où a est un nombre réel.

1 Justifier que, quelle que soit la valeur de a, le point A n'appartient pas au plan $\mathcal{P}$.

2 **a.** Déterminer une représentation paramétrique de la droite d (de paramètre t) passant par le point A et orthogonale au plan $\mathcal{P}$.

b. M est un point appartenant à la droite d, associé à la valeur t du paramètre dans la représentation paramétrique précédente.

Exprimer la distance AM en fonction du réel t.

On note H le point d'intersection du plan $\mathcal{P}$ et de la droite d orthogonale à $\mathcal{P}$ et passant par le point A.

Le point H est appelé projeté orthogonal du point A sur le plan $\mathcal{P}$ et la distance AH est appelée distance du point A au plan $\mathcal{P}$.

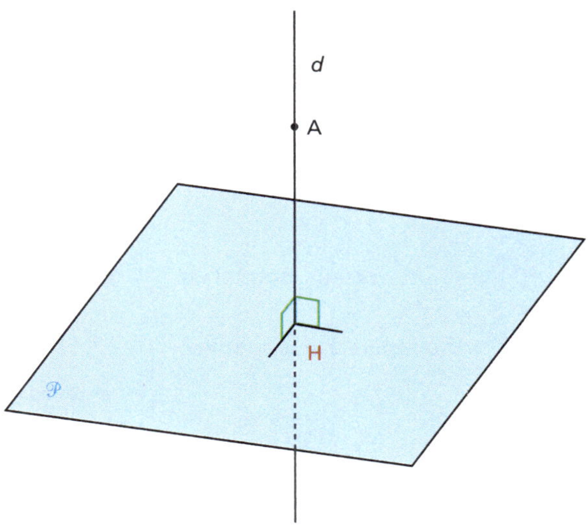

3 Existe-t-il une valeur de a pour laquelle la distance AH du point A de coordonnées $\left(1\,;a\,;a^2\right)$ au plan $\mathcal{P}$ est minimale ?

Justifier la réponse.

PAR ÉTAPES

Les connaissances à mobiliser

- Équation cartésienne d'un plan.
- Représentation paramétrique d'une droite.
- Projeté orthogonal d'un point sur un plan.
- Distance d'un point à un plan.
- Valeurs absolues.
- Minimum d'une fonction trinôme.

Les pièges à éviter

Dans cet exercice, il ne faut pas confondre le paramètre t d'un point de la droite d et le réel a dans la représentation paramétrique de la droite d.

CORRIGÉ 15

Comprendre le corrigé

Distance minimale

1 $2x_A - z_A - 3 = 2 - a^2 - 3 = -1 - a^2 < 0$ pour tout réel a, donc $2x_A - z_A - 3 \neq 0$, et le point A n'appartient pas au plan $\mathcal{P}$ quelle que soit la valeur de a.

2 **a.** Le vecteur $\vec{u}\begin{pmatrix}2\\0\\-1\end{pmatrix}$ est un vecteur normal au plan $\mathcal{P}$, donc la droite d orthogonale à $\mathcal{P}$ a pour vecteur directeur le vecteur $\vec{u}\begin{pmatrix}2\\0\\-1\end{pmatrix}$.

De plus, cette droite passe par le point A de coordonnées $(1\,;a\,;a^2)$, donc une représentation paramétrique de la droite d est $\begin{cases}x = 2t+1\\ y = a\\ z = -t+a^2\end{cases}$ où $t \in \mathbb{R}$.

Rappel

Une droite passant par $A(x_A\,;y_A\,;z_A)$ et de vecteur directeur $\vec{u}\begin{pmatrix}a\\b\\c\end{pmatrix}$ a une représentation paramétrique de la forme $\begin{cases}x = x_A + at\\ y = y_A + bt,\ t \in \mathbb{R}.\\ z = z_A + ct\end{cases}$

b. $\text{AM} = \sqrt{(x_M - x_A)^2 + (y_M - y_A)^2 + (z_M - z_A)^2}$

$= \sqrt{(2t+1-1)^2 + (a-a)^2 + \left(-t+a^2-a^2\right)^2}$

$= \sqrt{4t^2+t^2} = \sqrt{5t^2} = |t| \times \sqrt{5}$

Remarque
Pour tout réel t,
$\sqrt{t^2} = |t|$.

3 Le point H appartient au plan $\mathcal{P}$ et à la droite d, donc ses coordonnées $(x\,;y\,;z)$ vérifient le système :

$$\begin{cases} x = 2t+1 \\ y = a \\ z = -t+a^2 \\ 2x - z - 3 = 0 \end{cases} \quad \text{où } t \in \mathbb{R}$$

$$\Leftrightarrow \begin{cases} x = 2t+1 \\ y = a \\ z = -t+a^2 \\ 2(2t+1) - \left(-t+a^2\right) - 3 = 0 \end{cases} \quad \text{où } t \in \mathbb{R}$$

$$\Leftrightarrow \begin{cases} x = 2t+1 \\ y = a \\ z = -t+a^2 \\ t = \dfrac{a^2+1}{5} \end{cases} \quad \text{où } t \in \mathbb{R}.$$

Le point H est donc le point de d de paramètre $t = \dfrac{a^2+1}{5}$ et on a donc, d'après la question précédente,

$\text{AH} = |t| \times \sqrt{5} = \dfrac{a^2+1}{5} \times \sqrt{5}.$

Remarque
$|t| = \dfrac{a^2+1}{5}$ car $\dfrac{a^2+1}{5} > 0.$

La fonction $a \mapsto a^2+1$ admet un minimum pour $a = 0$, donc la fonction $a \mapsto \dfrac{a^2+1}{5} \times \sqrt{5}$ aussi.

Rappel
La fonction $x \mapsto ax^2+bx+c$, avec $a > 0$, admet un minimum en $x = -\dfrac{b}{2a}$.

Ainsi, la distance AH est minimale pour $a = 0$, c'est-à-dire pour A(1 ; 0 ; 0).

SUJET 16 D'après Bac 2015

2 pts — 20 min

Intersection d'une droite et d'une sphère

Dans l'espace rapporté à un repère orthonormé $\left(O\,;\vec{i},\vec{j},\vec{k}\right)$, on considère le point $A(-3\,;-2\,;2)$ et les droites d_1 et d_2 dont les représentations paramétriques respectives sont :

$$\begin{cases} x = 3 + k \\ y = 9 + 3k \\ z = 2 \end{cases} \text{ où } k \in \mathbb{R} \quad \text{et} \quad \begin{cases} x = 0{,}5 + 2k' \\ y = 4 + k' \\ z = 4 - k' \end{cases} \text{ où } k' \in \mathbb{R}.$$

1 Montrer que les deux droites ne sont pas coplanaires.

2 $\mathscr{S}$ est la sphère de centre A et de rayon 4. On admet qu'un point $M(x\,;y\,;z)$ appartient à $\mathscr{S}$ si $(x+3)^2+(y+2)^2+(z-2)^2=4^2$.

Montrer que la sphère $\mathscr{S}$ et la droite (d_1) ont deux points d'intersection.

PAR ÉTAPES

Les connaissances à mobiliser

- Représentations paramétriques de droites.
- Droites coplanaires.
- Équations du second degré.

Les pièges à éviter

Dans la dernière question, on ne demande pas de déterminer les coordonnées des points d'intersection de la droite et de la sphère : il suffit de prouver qu'il existe deux points d'intersection.

CORRIGÉ 16

Comprendre le corrigé

Intersection d'une droite et d'une sphère

1 $\vec{u}\begin{pmatrix}1\\3\\0\end{pmatrix}$ et $\vec{v}\begin{pmatrix}2\\1\\-1\end{pmatrix}$ sont des vecteurs directeurs des droites d_1 et d_2.

Les coordonnées des vecteurs $\vec{u}$ et $\vec{v}$ ne sont pas proportionnelles, donc les droites d_1 et d_2 ne sont pas parallèles.

Les droites d_1 et d_2 sont sécantes si, et seulement si, il existe des réels k et k' tels que :

$$\begin{cases}3+k=0{,}5+2k'\\9+3k=4+k'\\2=4-k'\end{cases} \quad \text{où } k \in \mathbb{R},\ k' \in \mathbb{R}$$

$$\Leftrightarrow \begin{cases}k'=2\\k=2\times2+0{,}5-3\\3k=4-9+2\end{cases} \Leftrightarrow \begin{cases}k'=2\\k=1{,}5\\k=-1\end{cases} \text{ce qui est impossible.}$$

Donc les droites d_1 et d_2 ne sont pas sécantes.

Les droites d_1 et d_2 ne sont ni parallèles ni sécantes, donc elles ne sont pas coplanaires.

Aide
Les vecteurs directeurs des deux droites ne sont pas colinéaires, donc les deux droites ne sont pas parallèles.

2 La sphère $\mathcal{S}$ de centre $A(-3\,;-2\,;2)$ et de rayon 4 a pour équation cartésienne :

$$(x+3)^2+(y+2)^2+(z-2)^2=16.$$

Les coordonnées $(x\,;y\,;z)$ des points d'intersection de la sphère $\mathcal{S}$ et la droite d_1 vérifient le système :

$$\begin{cases}x=3+k\\y=9+3k\\z=2\\(x+3)^2+(y+2)^2+(z-2)^2=16\end{cases} \quad \text{où } k \in \mathbb{R}$$

On a donc $(3+k+3)^2+(9+3k+2)^2+(2-2)^2=16$

$\Leftrightarrow 10k^2+78k+141=0.$

$\Delta>0$ donc l'équation a deux solutions dans $\mathbb{R}$ et donc la droite d_1 et la sphère $\mathcal{S}$ ont deux points d'intersection.

Remarque
Une sphère de centre $A(x_A\,;y_A\,;z_A)$ et de rayon R a pour équation $(x-x_A)^2+(y-y_A)^2+(z-z_A)=R^2$.

Suites

Faire le point

1 Définitions

- A est un réel. Une suite (u_n) diverge vers $+\infty$ quand n tend vers $+\infty$ lorsque tout intervalle de la forme $]A\,;+\infty[$ contient tous les termes de la suite (u_n) à partir d'un certain rang.

  On note $\lim\limits_{n\to+\infty} u_n = +\infty$.

- De la même façon, une suite (u_n) diverge vers $-\infty$ quand n tend vers $+\infty$ lorsque tout intervalle de la forme $]-\infty\,;A[$ contient tous les termes de la suite (u_n) à partir d'un certain rang.

  On note $\lim\limits_{n\to+\infty} u_n = -\infty$.

- Une suite (u_n) converge vers un réel ℓ quand n tend vers $+\infty$ lorsque tout intervalle ouvert I contenant ℓ contient tous les termes de la suite (u_n) à partir d'un certain rang.

  On note $\lim\limits_{n\to+\infty} u_n = \ell$.

Remarque : une suite peut ne pas avoir de limite, on dit alors qu'elle diverge. Par exemple, la suite (u_n) définie pour tout entier naturel n par $u_n = (-1)^n$ diverge.

2 Limites des suites usuelles

- $\lim\limits_{n\to+\infty} n = +\infty$; $\lim\limits_{n\to+\infty} n^k = +\infty$, avec k entier et $k \geqslant 1$.
- $\lim\limits_{n\to+\infty} \frac{1}{n} = 0$; $\lim\limits_{n\to+\infty} \frac{1}{\sqrt{n}} = 0$.

3 Théorèmes de comparaison

- (u_n) et (v_n) sont deux suites.

S'il existe un entier naturel N tel que pour tout entier naturel $n \geqslant N$, $u_n \leqslant v_n$ et si $\lim\limits_{n\to+\infty} u_n = +\infty$, alors $\lim\limits_{n\to+\infty} v_n = +\infty$.

- (u_n) et (v_n) sont deux suites.

S'il existe un entier naturel N tel que pour tout entier naturel $n \geqslant N$, $u_n \geqslant v_n$ et si $\lim\limits_{n \to +\infty} u_n = -\infty$, alors $\lim\limits_{n \to +\infty} v_n = -\infty$.

4 Théorème des gendarmes

(u_n), (v_n) et (w_n) sont trois suites. S'il existe un entier naturel N tel que pour tout entier naturel $n \geqslant N$, $u_n \leqslant v_n \leqslant w_n$ et si $\lim\limits_{n \to +\infty} u_n = \lim\limits_{n \to +\infty} w_n = \ell$, alors $\lim\limits_{n \to +\infty} v_n = \ell$.

5 Opérations sur les limites

(u_n) et (v_n) sont deux suites et ℓ et ℓ' deux nombres réels.

Lorsque l'on ne peut pas, à l'aide des tableaux, conclure quant à une limite, on parle de forme indéterminée (FI).

- **Somme**

si $\lim\limits_{n \to +\infty} u_n =$	ℓ	ℓ	ℓ	$+\infty$	$-\infty$	$+\infty$
si $\lim\limits_{n \to +\infty} v_n =$	ℓ'	$+\infty$	$-\infty$	$+\infty$	$-\infty$	$-\infty$
Alors $\lim\limits_{n \to +\infty} (u_n + v_n) =$	$\ell + \ell'$	$+\infty$	$-\infty$	$+\infty$	$-\infty$	FI

- **Produit**

si $\lim\limits_{n \to +\infty} u_n =$	ℓ	$\ell > 0$ ou $+\infty$	$\ell < 0$ ou $-\infty$	$\ell > 0$ ou $+\infty$	$\ell < 0$ ou $-\infty$	0
si $\lim\limits_{n \to +\infty} v_n =$	ℓ'	$+\infty$	$+\infty$	$-\infty$	$-\infty$	$+\infty$ ou $-\infty$
Alors $\lim\limits_{n \to +\infty} (u_n \times v_n) =$	$\ell \times \ell'$	$+\infty$	$-\infty$	$-\infty$	$+\infty$	FI

- **Quotient** : si pour tout entier naturel n, $v_n \neq 0$.

si $\lim\limits_{n \to +\infty} u_n =$	ℓ	ℓ	$\ell > 0$	$\ell > 0$	$\ell < 0$	$\ell < 0$	$+\infty$ ou $-\infty$	0	$+\infty$ ou $-\infty$
si $\lim\limits_{n \to +\infty} v_n =$	$\ell \neq 0$	$+\infty$ ou $-\infty$	$0+$	$0-$	$0+$	$0-$	$+\infty$ ou $-\infty$	0	0
Alors $\lim\limits_{n \to +\infty} \dfrac{u_n}{v_n} =$	$\dfrac{\ell}{\ell'}$	0	$+\infty$	$-\infty$	$-\infty$	$+\infty$	FI	FI	$+\infty$ ou $-\infty$

6 Comportement à l'infini de la suite (q^n)

q est un nombre réel.

- Si $-1 < q < 1$, alors la suite (q^n) converge vers 0.
- Si $q > 1$, alors la suite (q^n) diverge vers $+\infty$.
- Si $q \leqslant -1$, alors la suite (q^n) n'a pas de limite.
- Si $q = 1$ alors la suite (q^n) converge vers 1.

→ Théorèmes

- Toute suite croissante et majorée converge.
- Toute suite décroissante et minorée converge.
- Toute suite croissante et non majorée diverge vers $+\infty$.
- Toute suite décroissante et non minorée diverge vers $-\infty$.

7 Raisonnement par récurrence

P_n est une proposition dépendant d'un entier naturel n.

- **Initialisation :** on montre que pour un entier naturel n_0, la proposition est vraie.
- **Hérédité :** on suppose que la proposition P_n est vraie pour un entier naturel $p \geqslant n_0$, on montre qu'elle est vraie au rang $p+1$.
- **Conclusion :** la proposition P_n est vraie au rang n_0 et est héréditaire, donc d'après le principe de récurrence, elle est vraie pour tout entier naturel $n \geqslant n_0$.

8 Algorithme

Détermination du seuil à partir duquel $u_n > A$ dans le cas où (u_n) est une suite croissante de limite infinie.

(u_n) est la suite définie pour tout entier naturel n, par $u_n = f(n)$.

```
Saisir A
u prend la valeur f(0)
n prend la valeur 0
Tant que u ≤ A
        n prend la valeur n + 1
        u prend la valeur f(n)
Fin Tant que
Afficher n
```

souvent écrit

```
Saisir A
u ← 0
n ← 0
Tant que u ≤ A
        n ← n + 1
        u ← f(n)
Fin Tant que
Afficher n
```

Contrôler ses connaissances

corrigés p. 267

Questions flash

1. Déterminer $\lim_{n\to+\infty} 4^n$.

2. Calculer $\lim_{n\to+\infty} \frac{7}{-3n^2+1}$.

3. (u_n) et (v_n) sont deux suites telles que $\lim_{n\to+\infty} u_n = 0$ et $\lim_{n\to+\infty} v_n = +\infty$.
Déterminer $\lim_{n\to+\infty} \frac{u_n}{v_n}$.

4. (u_n) est une suite géométrique de raison 3 et de premier terme $u_0 = -2$.
Déterminer $\lim_{n\to+\infty} u_n$.

5. Déterminer $\lim_{n\to+\infty} \frac{\cos(n)}{n}$.

QCM

Pour chaque question, il y a une ou plusieurs bonnes réponses.

1. La suite (u_n) définie pour tout entier naturel n par $u_n = (-5)^n$:	**a.** converge ☐	**b.** diverge vers $-\infty$ ☐	**c.** n'a pas de limite ☐
2. $\lim_{n\to+\infty} e^{-n}$ est égale à :	**a.** $-\infty$ ☐	**b.** 0 ☐	**c.** $+\infty$ ☐
3. (u_n) est la suite définie pour tout entier naturel n par $u_n = n^2 - 3n + 1$. Le plus petit entier naturel p tel que $u_p > 10^3$ est :	**a.** 33 ☐	**b.** 34 ☐	**c.** 35 ☐
4. $\lim_{n\to+\infty} \frac{(-1)^n}{n^2}$ est égale à :	**a.** 0 ☐	**b.** $-\infty$ ☐	**c.** -1 ☐
5. (u_n) et (v_n) sont deux suites telles que $\lim_{n\to+\infty} u_n = 0$ et $\lim_{n\to+\infty} v_n = -\infty$. Alors $\lim_{n\to+\infty} u_n \times v_n$ est égale à :	**a.** $-\infty$ ☐	**b.** 0 ☐	**c.** Forme indéterminée ☐

Vrai ou Faux

1. $\lim\limits_{n\to+\infty} \sin\left(n^2\right)-2n=-\infty$.

2. $\lim\limits_{n\to+\infty} -\frac{2}{3}\times\left(\frac{4}{5}\right)^n+3=0$.

3. (u_n) est une suite telle que pour tout entier naturel n,

$$0\leqslant u_n\leqslant u_{n+1}\leqslant 4.$$

La suite (u_n) converge.

4. $\lim\limits_{n\to+\infty} \frac{\sqrt{n}}{n}=+\infty$.

5. $\lim\limits_{n\to+\infty} 3n^2-5n+1=+\infty$.

6. (v_n) est une suite.

Si, pour tout entier naturel n supérieur ou égal à 1,

$$-1-\frac{1}{n}\leqslant v_n\leqslant 1+\frac{1}{n},$$

alors la suite (v_n) converge.

Vers le sujet de BAC

Déterminer les limites des suites (u_n) définies sur $\mathbb{N}$ dont on donne le terme général.

1 $u_n=\sqrt{4n+3}-\sqrt{4n+5}$.

2 $u_n=\frac{2^n-7^n}{7^{n+1}+5^n}$.

3 $u_n=\frac{4n^3+3n-1}{5-n^2-5n^3}$.

4 $u_n=\frac{2n-3\cos\left(n^2+4\right)}{7n+1}$.

5 $u_n=2(-1)^n-5n^2$.

Sujets guidés

SUJET 17 D'après Bac 2019

5 pts 60 min

Suites et algorithmes

(u_n) est la suite numérique définie sur $\mathbb{N}$ par $u_0 = 2$ et pour tout entier naturel n, $u_{n+1} = \frac{2}{3}u_n + \frac{1}{3}n + 1$.

1 a. Calculer u_1, u_2 et u_3.

Donner la valeur exacte puis une valeur approchée à 10^{-2} près.

b. Conjecturer le sens de variation de cette suite.

c. Recopier et compléter le programme ci-dessous écrit en langage Python afin qu'il affiche le terme de rang n de la suite (u_n).

```
def suite(n):
    u=...
    for i in range(0,n):
        u=...
    print(...)
```

Qu'affiche cet algorithme pour $n = 2$?

2 a. Démontrer que pour tout entier naturel n,

$$u_n \leqslant n + 3.$$

b. Démontrer que pour tout entier naturel n,

$$u_{n+1} - u_n = \frac{1}{3}(n + 3 - u_n).$$

c. En déduire le sens de variation de la suite (u_n).

3 On désigne par (v_n) la suite définie sur $\mathbb{N}$ par $v_n = u_n - n$.

a. Démontrer que la suite (v_n) est une suite géométrique de raison $\frac{2}{3}$.

b. En déduire que pour tout entier naturel n,

$$u_n = 2\left(\frac{2}{3}\right)^n + n.$$

c. Déterminer la limite de la suite (u_n).

4 Pour tout entier naturel non nul n, on pose :

$$S_n = \sum_{k=0}^{n} u_k = u_0 + u_1 + \ldots + u_n \text{ et } T_n = \frac{S_n}{n^2}.$$

a. Exprimer S_n en fonction de n.

b. Déterminer la limite de la suite (T_n).

PAR ÉTAPES

Les connaissances à mobiliser

- Algorithme pour obtenir le terme de rang n d'une suite.
- Raisonnement par récurrence.
- Sens de variation d'une suite.
- Suites géométriques.
- Somme des termes d'une suite.
- Limite d'une suite.

Les pièges à éviter

- Pour calculer u_1, on remplace n par 0. u_1 est donc égal à $\frac{2}{3}u_0 + \frac{1}{3} \times 0 + 1$ et non pas à $\frac{2}{3}u_0 + \frac{1}{3} \times 1 + 1$.
- Dans l'hérédité de la récurrence de la question **2** a., il faut démontrer que $u_{n+1} \leqslant n+4$ et non $u_{n+1} \leqslant n+3$.

CORRIGÉ 17

Comprendre le corrigé

Suites et algorithmes

1 **a.** $u_1 = \frac{2}{3}u_0 + \frac{1}{3} \times 0 + 1 = \frac{2}{3} \times 2 + 1 = \frac{7}{3} \approx 2,33.$

$u_2 = \frac{2}{3}u_1 + \frac{1}{3} \times 1 + 1 = \frac{2}{3} \times \frac{7}{3} + \frac{1}{3} + 1 = \frac{26}{9} \approx 2,89.$

$u_3 = \frac{2}{3}u_2 + \frac{1}{3} \times 2 + 1 = \frac{2}{3} \times \frac{26}{9} + \frac{2}{3} + 1 = \frac{97}{27} \approx 3,59.$

b. $u_0 < u_1 < u_2 < u_3$ donc on peut conjecturer que la suite (u_n) est croissante.

c.

```
def suite(n):
    u=2
    for i in range(n):
        u=(2/3)*u+(1/3)*i+1
    print(u)
```

Pour $n = 2$, l'algorithme affiche $\frac{26}{9}$, c'est-à-dire la valeur de u_2.

Remarque

Une conjecture ne fait pas l'objet d'une démonstration. Celle-ci interviendra dans la suite de l'exercice.

2 **a.** **Démontrons par récurrence** que pour tout entier naturel n, $u_n \leqslant n+3$.

Initialisation : pour $n = 0$, $u_0 = 2$ et $0+3 = 3$, donc $u_n \leqslant n+3$ pour $n = 0$.

Hérédité : on suppose que pour un entier naturel p fixé, la proposition $u_p \leqslant p+3$ est vraie et on veut montrer qu'elle est vraie au rang suivant, c'est-à-dire que :

$$u_{p+1} \leqslant (p+1)+3, \text{ soit } u_{p+1} \leqslant p+4.$$

On a $u_p \leqslant p+3$, donc $\frac{2}{3}u_p \leqslant \frac{2}{3}(p+3)$ et donc $\frac{2}{3}u_p + \frac{1}{3}p + 1 \leqslant \frac{2}{3}(p+3) + \frac{1}{3}p + 1$. Puisque $u_{p+1} = \frac{2}{3}u_p + \frac{1}{3}p + 1$ et $\frac{2}{3}(p+3) + \frac{1}{3}p + 1 = p+3$, on a alors $u_{p+1} \leq p+3 \leq p+4$.

La proposition $u_n \leqslant n+3$ est donc héréditaire.

Conclusion : la proposition $u_n \leqslant n+3$ est vraie pour $n = 0$ et est héréditaire, donc, d'après le principe de récurrence, elle est vraie pour tout entier naturel n.

Conseil

Ici, il n'est pas indiqué que la démonstration doit être faite par récurrence. Il faut penser que lorsque l'on doit démontrer qu'une proposition est vraie pour tout entier naturel n, on fait souvent appel à un tel raisonnement.

b. Pour tout entier naturel n,

$$u_{n+1}-u_n=\frac{2}{3}u_n+\frac{1}{3}n+1-u_n$$
$$=-\frac{1}{3}u_n+\frac{1}{3}n+1=\frac{1}{3}(n+3-u_n).$$

c. Pour tout entier naturel n, $u_n \leqslant n+3$ donc $n+3-u_n \geqslant 0$, soit $\frac{1}{3}(n+3-u_n)\geqslant 0$ et donc $u_{n+1}-u_n \geqslant 0$.

Ainsi, la suite (u_n) est croissante.

> **Conseil**
> Il est important de factoriser par $\frac{1}{3}$ pour traiter la question suivante.

3 **a.** Pour tout entier naturel n,

$$v_{n+1}=u_{n+1}-(n+1)=\frac{2}{3}u_n+\frac{1}{3}n+1-n-1$$
$$=\frac{2}{3}u_n-\frac{2}{3}n$$
$$=\frac{2}{3}(u_n-n)=\frac{2}{3}v_n.$$

Donc la suite (v_n) est une suite géométrique de raison $\frac{2}{3}$.

> **Rappel**
> S'il existe $q \in \mathbb{R}$ tel que $u_{n+1}=qu_n$, alors (u_n) est une suite géométrique de raison q.

b. La suite (v_n) est une suite géométrique de raison $\frac{2}{3}$, donc pour tout entier naturel n, $v_n=v_0\times\left(\frac{2}{3}\right)^n$.

Or $v_0=u_0-0=2$, donc $v_n=2\left(\frac{2}{3}\right)^n$.

De plus, pour tout entier naturel n, $v_n=u_n-n$ donc $u_n=v_n+n=2\left(\frac{2}{3}\right)^n+n$.

c. $-1<\frac{2}{3}<1$ donc $\lim\limits_{n\to+\infty}\left(\frac{2}{3}\right)^n=0$ et donc

$\lim\limits_{n\to+\infty} 2\left(\frac{2}{3}\right)^n=0$ par produit de limites.

De plus, $\lim\limits_{n\to+\infty} n=+\infty$ donc $\lim\limits_{n\to+\infty} 2\left(\frac{2}{3}\right)^n+n=+\infty$ par somme de limites.

> **Rappel**
> Si $-1<q<1$, alors la suite (q^n) converge vers 0.

4 **a.** Pour tout entier naturel non nul n :

$$S_n=u_0+u_1+\ldots+u_n$$
$$=v_0+0+v_1+1+\ldots+v_n+n$$
$$=v_0+v_1+\ldots+v_n+0+1+\ldots+n$$

$$S_n = 2\times\frac{1-\left(\frac{2}{3}\right)^{n+1}}{1-\frac{2}{3}}+\frac{n(n+1)}{2}.$$

Rappel

La somme des termes consécutifs d'une suite géométrique est égale à :

$$\text{premier terme}\times\frac{1-\text{raison}^{\text{nombre de termes}}}{1-\text{raison}}$$

lorsque la raison est différente de 1.

b. Pour tout entier naturel non nul n,

$$T_n=\frac{S_n}{n^2}=\frac{6\times\left(1-\left(\frac{2}{3}\right)^{n+1}\right)+\frac{n(n+1)}{2}}{n^2}$$

$$=\frac{6}{n^2}\times\left(1-\left(\frac{2}{3}\right)^{n+1}\right)+\frac{n+1}{2n}$$

$$=6\times\left(1-\left(\frac{2}{3}\right)^{n+1}\right)+\frac{n(n+1)}{2}.$$

$-1<\frac{2}{3}<1$, donc $\lim\limits_{n\to+\infty}\left(\frac{2}{3}\right)^{n+1}=0$ et donc

$\lim\limits_{n\to+\infty}\left(1-\left(\frac{2}{3}\right)^{n+1}\right)=1$ par somme de limites.

$\lim\limits_{n\to+\infty}\frac{6}{n^2}=0$, donc $\lim\limits_{n\to+\infty}\frac{6}{n^2}\times\left(1-\left(\frac{2}{3}\right)^{n+1}\right)=0$ par produit de limites.

Pour tout entier naturel non nul n,

$$\frac{n+1}{2n}=\frac{n\left(1+\frac{1}{n}\right)}{2n}=\frac{1}{2}+\frac{1}{2n}\text{ et }\lim_{n\to+\infty}\frac{1}{2n}=0,$$

donc $\lim\limits_{n\to+\infty}\frac{n+1}{2n}=\frac{1}{2}$ par somme de limites.

Ainsi, $\lim\limits_{n\to+\infty}T_n=\frac{1}{2}$ par somme de limites.

Conseil

La limite en $+\infty$ de $\frac{n+1}{2n}$ est une FI.

Il faut donc transformer l'écriture de l'expression pour lever l'indétermination.

MÉTHODE

SUJETS PAS À PAS

SUJETS COMME À L'EXAMEN

SUJET 18 D'après Bac 2018

3 pts 25 min

Suites et tableur

On considère la suite (u_n) définie par $\begin{cases} u_0 = 0 \\ u_{n+1} = \dfrac{1}{2-u_n} \end{cases}$ pour tout entier naturel $n \geqslant 0$.

On obtient à l'aide d'un tableur les premiers termes de cette suite.

	A		
1		u_n	u_n
2	n	(en valeurs exactes)	(en valeurs approchées)
3	0	0	0
4	1	1/2	0,5
5	2	2/3	0,666 666 667
6	3	3/4	0,75
7	4	4/5	0,8
8	5	5/6	0,833 333 333
9	6	6/7	0,857 142 857
10	7	7/8	0,875
11	8	8/9	0,888 888 889
12	9	9/10	0,9
13	10	10/11	0,909 090 909

› Prouver que la suite (u_n) converge.

PAR ÉTAPES

Les connaissances à mobiliser

- Conjecture à partir d'un tableau.
- Raisonnement par récurrence.
- Limite d'une suite.

Les pièges à éviter

Le tableau permet de conjecturer l'expression de la suite (u_n), mais il faut impérativement démontrer cette conjecture.

CORRIGÉ 18

Comprendre le corrigé

Suites et tableur

En observant le tableau, on peut conjecturer que pour tout entier naturel $n \geqslant 0$,

$$u_n = \frac{n}{n+1}.$$

Remarque
Si $n = 0$, $u_0 = \frac{0}{0+1} = 0$,
Si $n = 1$, $u_1 = \frac{1}{1+1} = \frac{1}{2}$,
etc.

Démontrons par récurrence que pour tout entier naturel n, $u_n = \frac{n}{n+1}$.

Initialisation : pour $n = 0$, $u_0 = 0$ et $\frac{0}{0+1} = 0$, donc $u_n = \frac{n}{n+1}$ pour $n = 0$.

Hérédité : on suppose que pour un entier naturel p fixé, la proposition $u_p = \frac{p}{p+1}$ est vraie et on veut montrer qu'elle est vraie au rang suivant, c'est-à-dire que $u_{p+1} = \frac{p+1}{p+2}$.

Conseil
Il est judicieux d'écrire la propriété au rang $p + 1$ car on voit exactement ce qu'il faut démontrer.

On a $u_p = \frac{p}{p+1}$ et $u_{p+1} = \frac{1}{2-u_p}$ donc :

$$u_{p+1} = \frac{1}{2 - \frac{p}{p+1}} = \frac{1}{\frac{2p+2-p}{p+1}} = \frac{p+1}{p+2}.$$

Remarque
$\frac{1}{\frac{a}{b}} = \frac{b}{a}$ si $a \neq 0$ et $b \neq 0$.

La proposition est donc héréditaire.

Conclusion : la proposition $u_n = \frac{n}{n+1}$ est vraie pour $n = 0$ et est héréditaire, donc, d'après le principe de récurrence, elle est vraie pour tout entier naturel n.

Déterminons maintenant la limite de (u_n).
Pour tout entier naturel n non nul,

$$\frac{n}{n+1} = \frac{n}{n\left(1+\frac{1}{n}\right)} = \frac{1}{1+\frac{1}{n}}.$$

$\lim\limits_{n\to+\infty} 1+\frac{1}{n} = 1$ donc $\lim\limits_{n\to+\infty} \frac{n}{n+1} = 1$ et ainsi la suite (u_n) converge vers 1.

MÉTHODE

SUJETS PAS À PAS

SUJETS COMME À L'EXAMEN

SUJET 19 D'après Bac 2019

4 pts — 40 min

Suites et fonctions

n est un entier naturel non nul.

On considère la fonction f_n définie et dérivable sur l'ensemble $\mathbb{R}$ des nombres réels par :

$$f_n(x) = x^2 e^{-2nx}.$$

On note $\mathscr{C}_n$ la courbe représentative de la fonction f dans un repère orthogonal. On définit, pour tout entier naturel n non nul,

$$I_n = \int_0^1 f_n(x)\,dx.$$

1 n est un entier naturel non nul.

Interpréter graphiquement la quantité I_n.

2 **a.** Justifier que, pour tout entier naturel n non nul et pour tout réel x appartenant à $[0\ ;\ 1]$:

$$f_{n+1}(x) = e^{-2x} f_n(x).$$

b. En déduire, que pour tout entier naturel n non nul et pour tout réel x appartenant à $[0\ ;\ 1]$:

$$f_{n+1}(x) \leqslant f_n(x).$$

c. Déterminer alors le sens de variation de la suite (I_n).

d. Montrer que la suite (I_n) converge.

3 n est un entier naturel non nul.

a. Justifier que pour tout entier naturel n non nul et pour tout réel x appartenant à $[0\ ;\ 1]$:

$$0 \leqslant f_n(x) \leqslant e^{-2nx}.$$

b. En déduire un encadrement de la suite (I_n), puis sa limite.

PAR ÉTAPES

Les connaissances à mobiliser

- Aire d'un domaine sous une courbe.
- Intégrale d'une fonction continue.
- Conservation de l'ordre pour les intégrales.
- Encadrement et théorème des gendarmes.

CORRIGÉ 19

Comprendre le corrigé

Suites et fonctions

1 La fonction f_n est positive sur $[0\,;\,1]$, donc $I_n = \int_0^1 f_n(x)\,\mathrm{d}x$ est l'aire, en unité d'aire, du domaine délimité par la courbe $\mathscr{C}_n$, l'axe des abscisses et les droites d'équations $x = 0$ et $x = 1$.

2 **a.** Pour tout entier naturel n non nul et pour tout réel x appartenant à $[0\,;\,1]$,

$$f_{n+1}(x) = x^2\mathrm{e}^{-2(n+1)x} = x^2\mathrm{e}^{-2nx} \times \mathrm{e}^{-2x} = \mathrm{e}^{-2x} f_n(x).$$

b. Pour tout entier naturel n non nul et pour tout réel x appartenant à $[0\,;\,1]$, $x \geqslant 0$ donc $-2x \leqslant 0$ et ainsi $\mathrm{e}^{-2x} \leqslant \mathrm{e}^0$, c'est-à-dire $\mathrm{e}^{-2x} \leqslant 1$ car la fonction exponentielle est strictement croissante sur $\mathbb{R}$.

Remarque
Pour tous réels a et b tels que $a \leqslant b$, $\mathrm{e}^a \leqslant \mathrm{e}^b$.

De plus, pour tout entier naturel n non nul et pour tout réel x appartenant à $[0\,;\,1]$, $f_n(x) \geqslant 0$ donc :

$$\mathrm{e}^{-2x} \times f_n(x) \leqslant 1 \times f_n(x),$$

c'est-à-dire $f_{n+1}(x) \leqslant f_n(x)$.

c. Pour tout entier naturel n non nul et pour tout réel x appartenant à $[0\,;\,1]$, $f_{n+1}(x) \leqslant f_n(x)$ donc par conservation de l'ordre, puisque $0 \leqslant 1$,

$$\int_0^1 f_{n+1}(x)\,\mathrm{d}x \leqslant \int_0^1 f_n(x)\,\mathrm{d}x$$

et donc $I_{n+1} \leqslant I_n$.

La suite (I_n) est donc décroissante.

Rappel
Si pour tout réel x de $[a\,;\,b]$, $f(x) \leqslant g(x)$ alors $\int_a^b f(x)\,\mathrm{d}x \leqslant \int_a^b g(x)\,\mathrm{d}x$.

d. La fonction f_n est positive sur $[0\,;\,1]$ donc :

$$I_n = \int_0^1 f_n(x)\,\mathrm{d}x \geqslant 0.$$

La suite (I_n) est décroissante et minorée par 0 donc elle converge.

3 **a.** Pour tout entier naturel n non nul et pour tout réel x appartenant à $[0\,;\,1]$, $0 \leqslant x^2 \leqslant 1$ et $\mathrm{e}^{-2nx} > 0$, donc $0 \leqslant x^2\mathrm{e}^{-2nx} \leqslant \mathrm{e}^{-2nx}$,

c'est-à-dire $0 \leqslant f_n(x) \leqslant \mathrm{e}^{-2nx}$.

Rappel
La fonction exponentielle est strictement positive sur $\mathbb{R}$.

b. Pour tout entier naturel n non nul et pour tout réel x appartenant à $[0 ; 1]$, $0 \leqslant f_n(x) \leqslant e^{-2nx}$, et $0 \leqslant 1$, donc par conservation de l'ordre :

$$0 \leqslant \int_0^1 f_n(x)\mathrm{d}x \leqslant \int_0^1 e^{-2nx}\mathrm{d}x.$$

Or $\int_0^1 e^{-2nx}\mathrm{d}x = \left[-\frac{1}{2n}e^{-2nx}\right]_0^1$

$$= -\frac{1}{2n}e^{-2n} + \frac{1}{2n}e^0$$

$$= -\frac{1}{2n}e^{-2n} + \frac{1}{2n}$$

Donc $0 \leqslant I_n \leqslant -\frac{1}{2n}e^{-2n} + \frac{1}{2n}$.

$\lim\limits_{n\to+\infty} \frac{1}{2n} = 0$ et $\lim\limits_{n\to+\infty} e^{-2n} = 0$, donc

$\lim\limits_{n\to+\infty} -\frac{1}{2n}e^{-2n} = 0$ par produit de limites et ainsi

$\lim\limits_{n\to+\infty} \left(-\frac{1}{2n}e^{-2n} + \frac{1}{2n}\right) = 0$ par somme de limites.

D'après le théorème des gendarmes, on a donc :

$$\lim_{n\to+\infty} I_n = 0.$$

Rappel
Une primitive de la fonction $x \mapsto e^{ax}$ est la fonction $x \mapsto \frac{1}{a}e^{ax}$.

SUJET 20 D'après Bac 2018 — 5 pts — 50 min

Suites adjacentes

(u_n) et (v_n) sont deux suites définies par $u_0 = 2$, $v_0 = 10$ et pour tout entier naturel n,

$$u_{n+1} = \frac{2u_n + v_n}{3} \quad \text{et} \quad v_{n+1} = \frac{u_n + 3v_n}{4}.$$

Partie A

On considère l'algorithme écrit en langage Python suivant :

```
def suite(N):
    K=0
    U=2
    V=10
    while K<N:
        K=K+1
        W=U
        U=(2*U+V)/3
        V=(W+3*V)/4
        print(K, W, U, V)
```

On exécute cet algorithme pour N = 2.

› Compléter le tableau de suivi des variables ci-dessous.

K < 2		Vrai	…	
K	0			
U	2			
V	10			
W				

Partie B

1 a. Montrer que pour tout entier naturel n :

$$v_{n+1} - u_{n+1} = \frac{5}{12}(v_n - u_n).$$

b. Pour tout entier naturel n, on pose $w_n = v_n - u_n$.
Montrer que pour tout entier naturel n :

$$w_n = 8\left(\frac{5}{12}\right)^n.$$

2 a. Démontrer que la suite (u_n) est croissante et que la suite (v_n) est décroissante.

b. Déduire des résultats des questions **1** b. et **2** a. que pour tout entier naturel n on a :

$$u_n \leqslant 10 \text{ et } v_n \geqslant 2.$$

c. En déduire que les suites (u_n) et (v_n) sont convergentes.

3 Montrer que les suites (u_n) et (v_n) ont la même limite.

4 Montrer que la suite (t_n) définie par $t_n = 3u_n + 4v_n$ est constante.

En déduire que la limite commune des suites (u_n) et (v_n) est $\frac{46}{7}$.

PAR ÉTAPES

Les connaissances à mobiliser

- Algorithme.
- Suites géométriques.
- Convergence des suites monotones.
- Suites constantes.
- Convergence et limite d'une suite.

Les pièges à éviter

On utilise ici une relation de récurrence qui lie un terme d'une suite aux termes de deux suites différentes au rang précédent.

CORRIGÉ 20

Comprendre le corrigé

Suites adjacentes

Partie A

K < 2		Vrai	Vrai	Faux
K	0	1	2	
U	2	$\frac{2\times 2+10}{3}=\frac{14}{3}$	$\frac{2\times\frac{14}{3}+8}{3}=\frac{52}{9}$	
V	10	$\frac{2+3\times 10}{4}=8$	$\frac{\frac{14}{3}+3\times 8}{4}=\frac{43}{6}$	
W		2	$\frac{14}{3}$	

Partie B

1 a. Pour tout entier naturel n :

$$\begin{aligned} v_{n+1}-u_{n+1} &= \frac{u_n+3v_n}{4}-\frac{2u_n+v_n}{3} \\ &= \frac{3(u_n+3v_n)-4(2u_n+v_n)}{12} \\ &= \frac{3u_n+9v_n-8u_n-4v_n}{12} \\ &= \frac{-5u_n+5v_n}{12}=\frac{5}{12}(v_n-u_n). \end{aligned}$$

b. Pour tout entier naturel n :

$w_{n+1}=v_{n+1}-u_{n+1}=\frac{5}{12}(v_n-u_n)=\frac{5}{12}w_n$ donc la suite (w_n) est une suite géométrique de raison $\frac{5}{12}$.
Et ainsi pour tout entier naturel n :

$$w_n=w_0\times\left(\frac{5}{12}\right)^n=(v_0-u_0)\times\left(\frac{5}{12}\right)^n=8\left(\frac{5}{12}\right)^n.$$

Rappel
Si (w_n) est une suite géométrique de raison q, alors pour tout entier n, $w_n=w_0\times q^n$.

2 a. Pour tout entier naturel n :

$$u_{n+1}-u_n=\frac{2u_n+v_n}{3}-u_n=\frac{-u_n+v_n}{3}=\frac{w_n}{3}.$$

Or pour tout entier naturel n, $8\left(\frac{5}{12}\right)^n > 0$ donc $u_{n+1} - u_n > 0$ et la suite (u_n) est croissante.

Pour tout entier naturel n :

$$v_{n+1} - v_n = \frac{u_n + 3v_n}{4} - v_n = \frac{u_n - v_n}{4} = -\frac{w_n}{4}.$$

De plus, $-\frac{w_n}{4} < 0$ pour tout entier naturel n donc $v_{n+1} - v_n < 0$ et la suite (v_n) est décroissante.

b. Pour tout entier naturel n, $w_n > 0$ donc $v_n - u_n > 0$ et ainsi $v_n > u_n$.

De plus, la suite (u_n) est croissante, donc pour tout entier naturel n, $u_n \geqslant u_0$, donc $u_n \geqslant 2$ et puisque pour tout entier naturel n, $v_n > u_n$, on a $v_n \geqslant 2$.

La suite (v_n) est décroissante, donc pour tout entier naturel n, $v_n \leqslant v_0$, donc $v_n \leqslant 10$ et puisque $u_n < v_n$, on a $u_n \leqslant 10$.

Remarque
Toute suite croissante est minorée par son premier terme et toute suite décroissante est majorée par son premier terme.

c. La suite (u_n) est croissante et majorée par 10, donc elle converge.

La suite (v_n) est décroissante et minorée par 2, donc elle converge.

3 La suite (w_n) définie pour tout entier naturel n par $w_n = v_n - u_n$ converge comme la différence de deux suites convergentes.

Ainsi, si on note $\lim\limits_{n \to +\infty} u_n = \ell$ et $\lim\limits_{n \to +\infty} v_n = \ell'$, alors $\lim\limits_{n \to +\infty} w_n = \ell - \ell'$.

Or $-1 < \frac{5}{12} < 1$ donc $\lim\limits_{n \to +\infty} \left(\frac{5}{12}\right)^n = 0$ et donc $\lim\limits_{n \to +\infty} w_n = 0$ et ainsi $\ell - \ell' = 0$, c'est-à-dire $\ell = \ell'$.

Les suites (u_n) et (v_n) ont la même limite ℓ.

4 Pour tout entier naturel n,

$$t_{n+1} = 3u_{n+1} + 4v_{n+1} = 3\left(\frac{2u_n + v_n}{3}\right) + 4\left(\frac{u_n + 3v_n}{4}\right)$$
$$= 2u_n + v_n + u_n + 3v_n = 3u_n + 4v_n = t_n$$

donc la suite (t_n) est constante.

Rappel
Dire qu'une suite (u_n) est constante signifie que, pour tout entier n, $u_{n+1} = u_n$.

Pour tout entier naturel n :

$$t_n = t_0 = 3u_0 + 4v_0 = 3 \times 2 + 4 \times 10 = 46$$

et donc la suite (t_n) converge vers 46.

Les suites (u_n) et (v_n) sont convergentes donc la suite (t_n) définie pour tout entier naturel n par $t_n = 3u_n + 4v_n$ est convergente par produit et somme de suites convergentes et :

$$\lim_{n \to +\infty} t_n = 3\ell + 4\ell' = 3\ell + 4\ell = 7\ell.$$

Ainsi $7\ell = 46$ et $\ell = \frac{46}{7}$.

La limite commune des suites (u_n) et (v_n) est $\frac{46}{7}$.

Rappel

Par produit de limites, si (u_n) converge vers ℓ, alors $(3u_n)$ converge vers 3ℓ.

De même, si (v_n) converge vers ℓ', alors $(4v_n)$ converge vers $4\ell'$.

Par somme de limites, on a bien que $(3u_n + 4v_n)$ converge vers $3\ell + 4\ell'$.

Limites de fonctions

Faire le point

1 Définitions

Dire qu'une fonction f a pour **limite** $+\infty$ **en** $+\infty$ signifie que tout intervalle $]A\,;+\infty[$ (avec A nombre réel) contient toutes les valeurs $f(x)$ pour x assez grand. On note $\lim\limits_{x \to +\infty} f(x) = +\infty$.

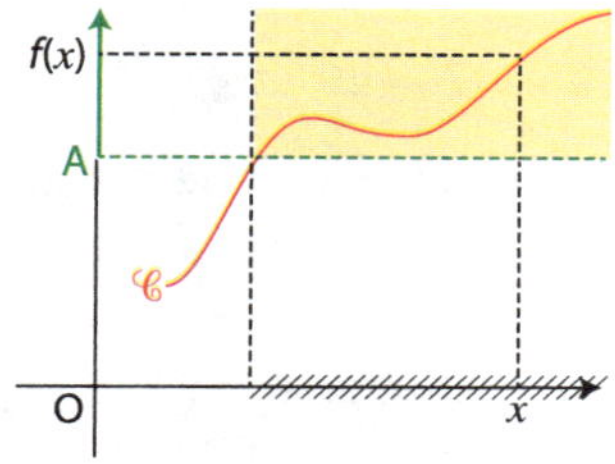

Dire qu'une fonction f a pour **limite** $-\infty$ **en** $+\infty$ signifie que tout intervalle $]-\infty\,;A[$ (avec A nombre réel) contient toutes les valeurs $f(x)$ pour x assez grand. On note $\lim\limits_{x \to +\infty} f(x) = -\infty$.

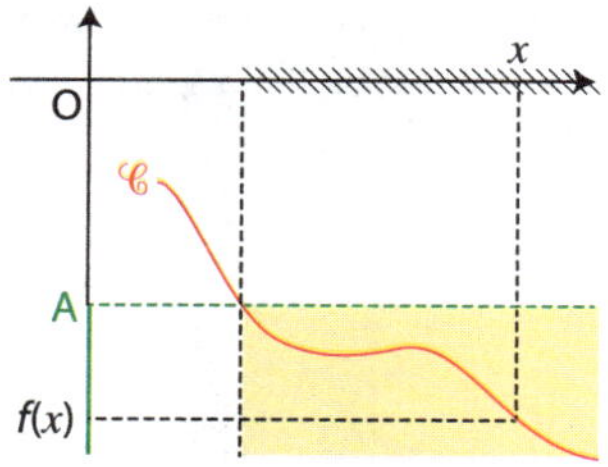

Dire qu'une fonction f a pour **limite le nombre réel** ℓ **en** $+\infty$ signifie que tout intervalle ouvert contenant ℓ contient toutes les valeurs $f(x)$ pour x assez grand. On note $\lim\limits_{x \to +\infty} f(x) = \ell$.

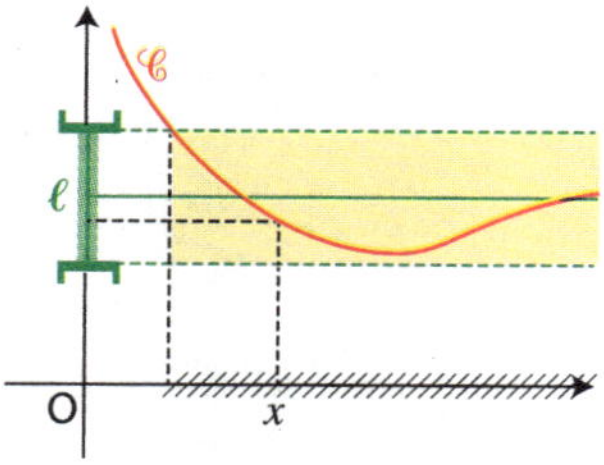

2 Limites et comparaison

→ Théorème de comparaison

f et g sont deux fonctions définies sur l'intervalle $]a\,;+\infty[$ telles que pour tout $x \in]a\,;+\infty[$, $f(x) \leqslant g(x)$.

Si $\lim\limits_{x \to +\infty} f(x) = +\infty$, alors $\lim\limits_{x \to +\infty} g(x) = +\infty$.

Si $\lim\limits_{x \to +\infty} g(x) = -\infty$, alors $\lim\limits_{x \to +\infty} f(x) = -\infty$.

→ Théorème des gendarmes

f, g et h sont trois fonctions définies sur l'intervalle $]a\,;+\infty[$ telles que pour tout $x \in]a\,;+\infty[$, $g(x) \leqslant f(x) \leqslant h(x)$.

Si $\lim\limits_{x\to+\infty} g(x) = \lim\limits_{x\to+\infty} h(x) = \ell$, alors $\lim\limits_{x\to+\infty} f(x) = \ell$.

3 Opérations sur les limites

- **Composition :** Si $\lim\limits_{x\to a} f(x) = b$ et $\lim\limits_{X\to b} g(X) = \ell$, alors $\lim\limits_{x\to a} g(f(x)) = \ell$.
- **Somme, produit et quotient**

lim f	ℓ	$+\infty$	$+\infty$	$-\infty$	$+\infty$
lim g	ℓ'	ℓ'	$+\infty$	$-\infty$	$-\infty$
lim $f+g$	$\ell+\ell'$	$+\infty$	$+\infty$	$-\infty$	FI

lim f	ℓ	$\ell > 0$	$\ell < 0$	$+\infty$	$+\infty$	0
lim g	ℓ'	$+\infty$ ou $-\infty$	$+\infty$ ou $-\infty$	$+\infty$	$-\infty$	$+\infty$
lim $f \times g$	$\ell \times \ell'$	$+\infty$ ou $-\infty$	$-\infty$ ou $+\infty$	$+\infty$	$-\infty$	FI

lim f	ℓ	$\ell > 0$	$\ell < 0$	0	∞
lim g	$\ell' \neq 0$	0^+ ou 0^-	0^+ ou 0^-	0	∞
lim $\dfrac{f}{g}$	$\dfrac{\ell}{\ell'}$	$+\infty$ ou $-\infty$	$-\infty$ ou $+\infty$	FI	FI

4 Conséquences graphiques

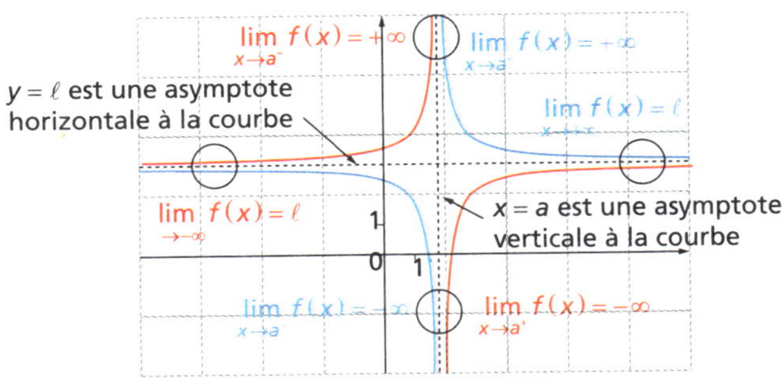

Contrôler ses connaissances

corrigés p. 270

Questions flash

1. Calculer $\lim\limits_{x \to +\infty} 5x^2 + 3x - 2$.

2. Calculer $\lim\limits_{x \to +\infty} 1 - x + \dfrac{1}{x+1}$.

3. Déterminer $\lim\limits_{x \to -\infty} x^2 + 2x - 1$.

4. Calculer $\lim\limits_{x \to 1^+} \dfrac{2x-3}{1-x}$.

5. Déterminer $\lim\limits_{x \to +\infty} \dfrac{2x-3}{1-x}$.

6. Déterminer $\lim\limits_{x \to 0^+} x - \dfrac{1}{\sqrt{x}}$.

QCM

Pour chaque question, il y a une ou plusieurs bonnes réponses.

1. $\lim\limits_{x \to +\infty} \sqrt{x} - x$ est égale à :	a. 0 ☐	b. $+\infty$ ☐	c. $-\infty$ ☐
2. $\lim\limits_{x \to -\infty} \dfrac{x-1}{x^2+1}$ est égale à :	a. 1 ☐	b. 0 ☐	c. $-\infty$ ☐
3. $\lim\limits_{x \to 0} \dfrac{\sin(x)}{x}$ est égale à :	a. Impossible ☐	b. 0 ☐	c. 1 ☐
4. Une asymptote à la courbe représentative de la fonction f définie par $f(x) = \dfrac{1-2x}{3x-2}$ sur $\left]\dfrac{2}{3} ; +\infty\right[$ est :	a. $y = -2x$ ☐	b. $y = 1$ ☐	c. $y = -\dfrac{2}{3}$ ☐
5. $\lim\limits_{x \to +\infty} \dfrac{1+\ln(x)}{x}$ est égale à :	a. 0 ☐	b. 1 ☐	c. $+\infty$ ☐
6. $\lim\limits_{x \to +\infty} \cos(x)$ est égale à :	a. $+\infty$ ☐	b. n'existe pas ☐	c. 0 ☐

Vrai ou Faux

1. $\lim\limits_{x \to 1^-} \dfrac{x-4}{1-x^2} = +\infty$.

2. $\lim\limits_{x \to -\infty} x^2 - 1 + \dfrac{3}{1-x} = -\infty$.

3. La droite d'équation $y = 6$ est asymptote à la courbe représentative de la fonction f définie sur $\mathbb{R}$ par :

$$f(x) = 5 + \frac{x^2}{x^2+1}.$$

4. $\lim\limits_{x \to 1^+} \ln\left(1 - \dfrac{1}{x}\right) = 0$.

5. Si f est une fonction définie sur $[0\,;+\infty[$ telle que $0 \leqslant f(x) \leqslant \sqrt{x}$, alors $\lim\limits_{x \to +\infty} f(x) = +\infty$.

6. Sachant que $0 \leqslant f(x) - 1 \leqslant |\sin(2x)|$ sur l'intervalle $]1\,;10[$, alors :

$$\lim_{x \to \frac{\pi}{2}} f(x) = 1.$$

Vers le sujet de BAC

f est la fonction définie sur $\mathbb{R}$ par :

$$f(x) = \sqrt{4x^2+1} + 2x,$$

et $\mathscr{C}_f$ sa courbe représentative dans un repère.

1 Déterminer la limite de f en $+\infty$.

2 Démontrer que, pour tout réel $x \geqslant 0$:

$$f(x) - 4x = \frac{1}{\sqrt{4x^2+1} + 2x}.$$

3 En déduire que, pour tout réel $x > 0$:

$$0 < f(x) - 4x < \frac{1}{4x}.$$

MÉTHODE

SUJETS PAS À PAS

SUJETS COMME À L'EXAMEN

Sujets guidés

SUJET 21 Amérique du Sud, novembre 2015 — 4 pts — 30 min

Une fonction inconnue ?

Partie A

Dans le plan muni d'un repère orthonormé $(O\,;\vec{i},\vec{j})$, on désigne par $\mathscr{C}_u$ la courbe représentative de la fonction u définie sur l'intervalle $]0\,;+\infty[$ par :

$$u(x)=a+\frac{b}{x}+\frac{c}{x^2},$$

où a, b et c sont des nombres réels fixés.

On a tracé ci-dessous la courbe $\mathscr{C}_u$ et la droite D d'équation $y=1$.

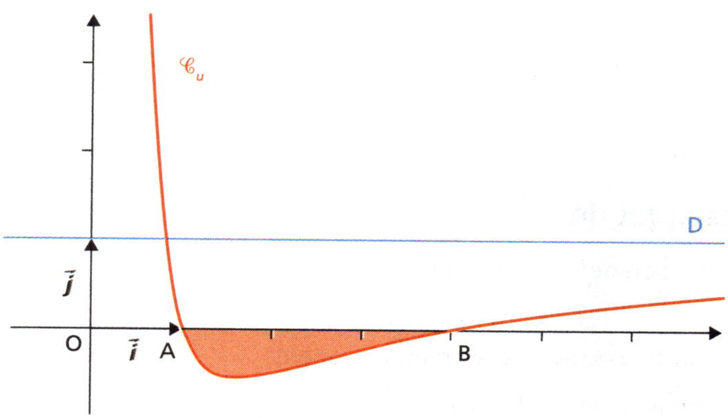

On précise que la courbe $\mathscr{C}_u$ passe par les points A(1 ; 0) et B(4 ; 0) et que l'axe des ordonnées et la droite D sont asymptotes à la courbe $\mathscr{C}_u$.

1 Donner les valeurs de $u(1)$ et $u(4)$.

2 Donner $\lim\limits_{x\to+\infty} u(x)$.

En déduire la valeur de a.

3 En déduire que, pour tout réel x strictement positif :

$$u(x)=\frac{x^2-5x+4}{x^2}.$$

Partie B

f est la fonction définie sur l'intervalle $]0\ ;+\infty[$ par :

$$f(x)=x-5\ln(x)-\frac{4}{x}.$$

1 Déterminer la limite de $f(x)$ lorsque x tend vers 0.

On pourra utiliser le fait que $\lim\limits_{x\to 0} x\ln(x)=0$.

2 Déterminer la limite de $f(x)$ lorsque x tend vers $+\infty$.

3 Démontrer que, pour tout réel x strictement positif, $f'(x)=u(x)$.

En déduire le tableau de variations de la fonction f en précisant les limites et les valeurs particulières.

PAR ÉTAPES

Les connaissances à mobiliser

- Limites des fonctions de référence.
- **Limites de la fonction ln.**
- **Dérivée de la fonction ln.**

Les conseils

- Penser à faire le lien entre les questions.
- Penser à exprimer les fonctions u et f de différentes manières afin de pouvoir répondre aux questions.

Les pièges à éviter

Ne pas confondre les fonctions u et f.

Ici l'étude porte sur f, la fonction u est une fonction auxiliaire.

Conseil

Reportez-vous à la partie Faire le point du chapitre « Fonction logarithme népérien » (p. 150) pour vous entraîner sur les notions en gras ci-contre.

CORRIGÉ 21

Comprendre le corrigé

Une fonction inconnue ?

Partie A

1 La courbe $\mathscr{C}_u$ passe par le point A(1 ; 0), donc $u(1)=0$.

La courbe $\mathscr{C}_u$ passe par le point B(4 ; 0), donc $u(4)=0$.

2 La droite D d'équation $y=1$ est asymptote à la courbe $\mathscr{C}_u$ en $+\infty$, donc $\lim\limits_{x\to+\infty} u(x)=1$.

$$\left.\begin{array}{l}\lim\limits_{x\to+\infty}\dfrac{b}{x}=0\\ \lim\limits_{x\to+\infty}\dfrac{c}{x^2}=0\end{array}\right\}\text{ alors }\lim_{x\to+\infty}\left(a+\frac{b}{x}+\frac{c}{x^2}\right)=a$$

et donc $\lim\limits_{x\to+\infty} u(x)=a$.

Comme $\lim\limits_{x\to+\infty} u(x)=1$ on en déduit que $a=1$.

Ainsi, $u(x)=1+\dfrac{b}{x}+\dfrac{c}{x^2}$.

3 D'après la première question, $u(1)=0$, ce qui équivaut à $1+\dfrac{b}{1}+\dfrac{c}{1^2}=0$, c'est-à-dire $b+c=-1$.

De même, $u(4)=0$ équivaut à :

$$1+\frac{b}{4}+\frac{c}{4^2}=0,$$

c'est-à-dire :

$$1+\frac{b}{4}+\frac{c}{16}=0,$$

soit $4b+c=-16$.

On résout le système :

$$\begin{cases} b+c=-1\\ 4b+c=-16\end{cases}\Leftrightarrow\begin{cases} c=-1-b\\ 4b-1-b=-16\end{cases}\Leftrightarrow\begin{cases} c=4\\ b=-5\end{cases}.$$

Donc pour tout $x\in\,]0\,;+\infty[$,

$$u(x)=1-\frac{5}{x}+\frac{4}{x^2}=\frac{x^2-5x+4}{x^2}.$$

Remarque

Un point $A(x_A\,;y_A)$ appartient à la courbe représentative d'une fonction f si $f(x_A)=y_A$.

Rappel

Si $\lim\limits_{x\to+\infty} u(x)=a$, la droite d'équation $y=a$ est asymptote à la courbe représentative de u en $+\infty$.

Aide

Écrire un système d'inconnues b et c.

Partie B

1 $f(x)=x-5\ln(x)-\frac{4}{x}=\frac{x^2-5x\ln(x)-4}{x}$.

$\left.\begin{array}{l}\lim\limits_{x\to 0} x^2=0\\ \lim\limits_{x\to 0} x\ln(x)=0\end{array}\right\}$ alors $\lim\limits_{x\to 0}\left(x^2-5x\ln(x)-4\right)=-4$ et

comme $\lim\limits_{x\to 0^+}(x)=0^+$, on a $\lim\limits_{x\to 0^+}\frac{x^2-5x\ln(x)-4}{x}=-\infty$.

Remarque

Penser à écrire f comme un quotient et à utiliser la limite de $x\ln(x)$ en 0.

2 $f(x)=x-5\ln(x)-\frac{4}{x}=x\left(1-5\frac{\ln(x)}{x}\right)-\frac{4}{x}$.

Par croissances comparées $\lim\limits_{x\to+\infty}\frac{\ln(x)}{x}=0$ alors

$\lim\limits_{x\to+\infty}\left(1-5\frac{\ln(x)}{x}\right)=1$, soit $\lim\limits_{x\to+\infty}x\left(1-5\frac{\ln(x)}{x}\right)=+\infty$.

Comme $\lim\limits_{x\to+\infty}\frac{4}{x}=0$, alors $\lim\limits_{x\to+\infty}x\left(1-5\frac{\ln(x)}{x}\right)-\frac{4}{x}=+\infty$

et donc $\lim\limits_{x\to+\infty}f(x)=+\infty$.

Remarque

Penser à écrire f de telle sorte qu'on puisse utiliser la limite de $\frac{\ln(x)}{x}$ en $+\infty$.

3 Pour tout $x>0$,

$$f'(x)=1-5\times\frac{1}{x}-4\times\left(-\frac{1}{x^2}\right)=1-\frac{5}{x}+\frac{4}{x^2}.$$

Or $1-\frac{5}{x}+\frac{4}{x^2}=\frac{x^2-5x+4}{x^2}=u(x)$. Ainsi $f'(x)=u(x)$.

On peut donc déterminer le signe de $u(x)$ sur $]0\,;+\infty[$ pour en déduire le signe de $f'(x)$.

Pour tout réel $x>0$, $x^2>0$.

$u(x)$ est donc du signe de x^2-5x+4.

$\Delta=(-5)^2-4\times1\times4=9>0$.

Il existe donc deux racines :

$$x_1=\frac{-(-5)-\sqrt{9}}{2\times1}=1 \quad\text{et}\quad x_2=\frac{-(-5)+\sqrt{9}}{2\times1}=4.$$

On dresse le tableau de variations de la fonction f :

x	0		1		4		$+\infty$
$f'(x)=u(x)$	‖	+	0	−	0	+	
f	‖ $-\infty$	↗	-3	↘	$3-5\ln(4)$	↗	$+\infty$

$$f(1)=-3 \text{ et } f(4)=3-5\ln(4)\approx-3{,}93.$$

Rappel

$\ln'(x)=\frac{1}{x}$.

Conseil

Penser à réduire au même dénominateur.

MÉTHODE

SUJETS PAS À PAS

SUJETS COMME À L'EXAMEN

SUJET 22 Nouvelle-Calédonie, novembre 2018 — 6 pts — 1 h

Conjecturer puis prouver

f et g sont les fonctions définies sur $]0\,;+\infty[$ par :

$$f(x)=\mathrm{e}^{-x} \quad \text{et} \quad g(x)=\frac{1}{x^2}\mathrm{e}^{-\frac{1}{x}}.$$

On admet que f et g sont dérivables sur $]0\,;+\infty[$.

On note f' et g' leurs fonctions dérivées respectives.

Les représentations graphiques de f et g dans un repère orthogonal, nommées respectivement $\mathscr{C}_f$ et $\mathscr{C}_g$, sont données ci-dessous.

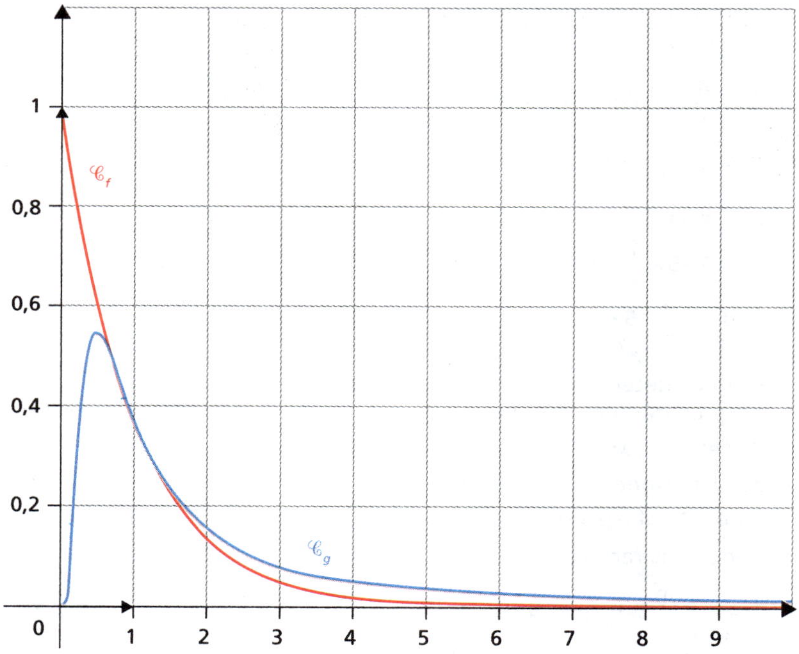

Partie A – Conjectures graphiques

Dans chacune des questions de cette partie, aucune explication n'est demandée.

1 Conjecturer graphiquement une solution de l'équation $f(x)=g(x)$ sur l'intervalle $]0\,;+\infty[$.

2 Conjecturer graphiquement une solution de l'équation $g'(x)=0$ sur l'intervalle $]0\,;+\infty[$.

Partie B – Étude de la fonction g

1 Calculer la limite de $g(x)$ quand x tend vers $+\infty$.

2 On admet que la fonction g est strictement positive sur $]0\,;+\infty[$.

h est la fonction définie sur $]0\,;+\infty[$ par $h(x)=\ln(g(x))$.

a. Démontrer que, pour tout nombre réel x strictement positif :

$$h(x)=\frac{-1-2x\ln(x)}{x}.$$

b. Calculer la limite de $h(x)$ quand x tend vers 0.

c. En déduire la limite de $g(x)$ quand x tend vers 0.

3 Démontrer que, pour tout nombre réel x strictement positif :

$$g'(x)=\frac{e^{-\frac{1}{x}}(1-2x)}{x^4}.$$

4 En déduire les variations de la fonction g sur $]0\,;+\infty[$.

Partie C – Aire des deux domaines compris entre les courbes $\mathscr{C}_f$ et $\mathscr{C}_g$

1 Démontrer que le point A de coordonnées $(1;e^{-1})$ est un point de $\mathscr{C}_f$ et de $\mathscr{C}_g$.

On admet que ce point est l'unique point d'intersection de $\mathscr{C}_f$ et $\mathscr{C}_g$, et que $\mathscr{C}_f$ est au-dessus de $\mathscr{C}_g$ sur l'intervalle $]0\,;1[$ et en dessous sur l'intervalle $]1\,;+\infty[$.

2 a et b sont deux nombres réels strictement positifs.

Démontrer que :

$$\int_a^b (f(x)-g(x))\,dx = e^{-a}+e^{-\frac{1}{a}}-e^{-b}-e^{-\frac{1}{b}}.$$

3 Démontrer que :

$$\lim_{a\to 0}\int_a^1 (f(x)-g(x))\,dx = 1-2e^{-1}.$$

4 On admet que :

$$\lim_{a\to 0}\int_a^1 (f(x)-g(x))\,dx = \lim_{b\to+\infty}\int_1^b (g(x)-f(x))\,dx.$$

Interpréter graphiquement cette égalité.

MÉTHODE

SUJETS PAS À PAS

SUJETS COMME À L'EXAMEN

PAR ÉTAPES

Les connaissances à mobiliser

- Résolution graphique d'équations.
- **Limites des fonctions logarithme népérien et exponentielle.**
- **Dérivée des fonctions logarithme népérien et exponentielle.**
- Calcul d'aire.

Les conseils

- Détailler étape par étape la limite d'une fonction composée.
- Utiliser $a = \ln(b) \Leftrightarrow b = e^a$, pour $b > 0$.
- Propriétés de la fonction logarithme népérien :

Pour tous a et b strictement positifs

$\ln(ab) = \ln(a) + \ln(b)$; $\ln(a^n) = n\ln(a)$.

Les pièges à éviter

Interpréter graphiquement une intégrale, c'est la traduire comme l'aire d'un domaine sous une courbe.

Conseil

Reportez-vous à la partie Faire le point du chapitre « Fonction logarithme népérien » (p. 150) pour vous entraîner sur les notions en gras ci-contre.

CORRIGÉ 22

Comprendre le corrigé

Conjecturer puis prouver

Partie A

1 D'après le graphique, on peut conjecturer qu'une solution de l'équation $f(x) = g(x)$ sur $]0\ ;+\infty[$ est $x = 1$.

2 D'après le graphique, on peut conjecturer qu'une solution de l'équation $g'(x) = 0$ sur $]0\ ;+\infty[$ est $x = 0{,}5$.

Remarque

Comme le précise l'énoncé, aucune justification n'est attendue.

Partie B

1 $\lim\limits_{x \to +\infty} \dfrac{1}{x^2} = 0$

$$\left.\begin{array}{l} \lim\limits_{x \to +\infty} -\dfrac{1}{x} = 0 \\ \lim\limits_{X \to 0} e^X = 1 \end{array}\right\} \text{alors } \lim_{x \to +\infty} e^{-\frac{1}{x}} = 1. \text{ Donc } \lim_{x \to +\infty} \frac{1}{x^2} e^{-\frac{1}{x}} = 0.$$

Soit $\lim\limits_{x \to +\infty} g(x) = 0$.

Remarque

Il s'agit de la limite d'une fonction composée.

2 **a.** Pour tout nombre réel x strictement positif,

$$h(x)=\ln(g(x))=\ln\left(\frac{1}{x^2}e^{-\frac{1}{x}}\right)=\ln\left(\frac{1}{x^2}\right)+\ln\left(e^{-\frac{1}{x}}\right)$$

$$=-\ln(x^2)-\frac{1}{x}=-2\ln(x)-\frac{1}{x}=\frac{-1-2x\ln(x)}{x}.$$

b. Par croissances comparées, on a $\lim\limits_{x\to 0} x\ln(x)=0$, on a alors $\lim\limits_{x\to 0^+} -1-2x\ln(x)=-1$.

Et comme $\lim\limits_{x\to 0^+}\frac{1}{x}=+\infty$, on en déduit que :

$$\lim_{x\to 0^+}\frac{-1-2x\ln(x)}{x}=-\infty$$

c'est-à-dire $\lim\limits_{x\to 0^+} h(x)=-\infty$.

Aide
Utiliser la limite de $x\ln(x)$ en 0.

c. Pour tout nombre réel $x>0$,

$$h(x)=\ln(g(x)),\text{ donc } g(x)=e^{h(x)}.$$

$$\left.\begin{array}{l}\lim\limits_{x\to 0^+} h(x)=-\infty\\ \lim\limits_{X\to -\infty} e^X=0\end{array}\right\}\text{ alors }\lim_{x\to 0^+} e^{h(x)}=0,$$

soit $\lim\limits_{x\to 0^+} g(x)=0$.

Remarque
Il s'agit de la limite d'une fonction composée.

3 Pour tout nombre réel $x>0$, la dérivée de la fonction $x\mapsto\frac{1}{x}$ est $x\mapsto-\frac{1}{x^2}$. Pour tout réel $x>0$, la dérivée de la fonction $x\mapsto\frac{1}{x^2}$ est $x\mapsto-\frac{2x}{x^4}$.

Donc pour tout nombre réel $x>0$,

$$g'(x)=\left(-\frac{2x}{x^4}\right)\times e^{-\frac{1}{x}}+\frac{1}{x^2}\times\left(\frac{1}{x^2}e^{-\frac{1}{x}}\right)$$

$$=\frac{e^{-\frac{1}{x}}(1-2x)}{x^4}.$$

Rappel
$(uv)'=u'v+uv'$.

4 Sur $]0\,;+\infty[$, $x^4>0$ et $e^{-\frac{1}{x}}>0$, donc $g'(x)$ est du signe de $1-2x$:

- la fonction g est strictement croissante sur $]0\,;0{,}5]$;
- la fonction g est strictement décroissante sur l'intervalle $[0{,}5\,;+\infty[$.

MÉTHODE

SUJETS PAS À PAS

SUJETS COMME À L'EXAMEN

Partie C

1 A a pour coordonnées $\left(1\,;\,e^{-1}\right)$.

$f(x_A)=f(1)=e^{-1}=y_A$, donc le point A appartient à la courbe $\mathscr{C}_f$.

$g(x_A)=g(1)=e^{-1}=y_A$, donc le point A appartient à la courbe $\mathscr{C}_g$.

Donc le point A est un point d'intersection des courbes $\mathscr{C}_f$ et $\mathscr{C}_g$.

Rappel
Un point $A(x_A\,;\,y_A)$ appartient à la courbe représentative d'une fonction f si $f(x_A)=y_A$.

2 La fonction f définie par $f(x)=e^{-x}$ a pour primitive la fonction $x\mapsto -e^{-x}$.

La fonction g est définie par $g(x)=\dfrac{1}{x^2}e^{-\frac{1}{x}}$ et est de la forme $u'(x)e^{u(x)}$ d'après ce qui a été vu précédemment ; elle a donc pour primitive la fonction $x\mapsto e^{u(x)}$, c'est à dire $x\mapsto e^{-\frac{1}{x}}$.

Rappel
Une primitive de $u'e^u$ est e^u.

La fonction $(f-g)$ a donc pour primitive la fonction $x\mapsto -e^{-x}-e^{-\frac{1}{x}}$. On en déduit que :

$$\int_a^b (f(x)-g(x))\,dx=\left[-e^{-x}-e^{-\frac{1}{x}}\right]_a^b$$

$$=-e^{-b}-e^{-\frac{1}{b}}-\left(-e^{-a}-e^{-\frac{1}{a}}\right)$$

$$=-e^{-b}-e^{-\frac{1}{b}}+e^{-a}+e^{-\frac{1}{a}}.$$

3 D'après la question précédente,

$$\int_a^1 (f(x)-g(x))\,dx=-e^{-1}-e^{-\frac{1}{1}}+e^{-a}+e^{-\frac{1}{a}}$$

$$=e^{-a}+e^{-\frac{1}{a}}-2e^{-1}.$$

On a $\lim\limits_{a\to 0} e^{-a}=1$.

$$\left.\begin{array}{l}\lim\limits_{a\to 0^+} -\dfrac{1}{a}=-\infty\\ \lim\limits_{X\to-\infty} e^X=0\end{array}\right\}\text{ alors }\lim_{x\to 0^+} e^{-\frac{1}{a}}=0.$$

Remarque
Ici, il s'agit de la limite d'une fonction composée.

On peut donc en déduire que $\lim\limits_{a\to 0^+} e^{-a} + e^{-\frac{1}{a}} = 1$ et donc :

$$\lim_{a\to 0^+} \int_a^1 (f(x) - g(x))\mathrm{d}x = 1 - 2e^{-1}.$$

4 On admet que :

$$\lim_{a\to 0} \int_a^1 (f(x) - g(x))\mathrm{d}x = \lim_{b\to +\infty} \int_1^b (g(x) - f(x))\mathrm{d}x.$$

Sur l'intervalle $]0\,;1[$, la courbe $\mathscr{C}_f$ est au-dessus de $\mathscr{C}_g$, donc $\lim\limits_{a\to 0} \int_a^1 (f(x) - g(x))\mathrm{d}x$ est égale, en unité d'aire, à l'aire de la partie du plan comprise entre les courbes $\mathscr{C}_f$ et $\mathscr{C}_g$, et les droites d'équations $x = 0$ et $x = 1$.

Remarque
L'interprétation graphique d'une intégrale d'une fonction continue et positive est une aire.

C'est l'aire de la région du plan en rouge sur le graphique.

Sur l'intervalle $]1\,;+\infty[$, la courbe $\mathscr{C}_g$ est au-dessus de $\mathscr{C}_f$ donc $\lim\limits_{b\to +\infty} \int_1^b (g(x) - f(x))\mathrm{d}x$ est égale, en unité d'aire, à l'aire de la partie du plan comprise entre les courbes $\mathscr{C}_f$ et $\mathscr{C}_g$, et les droites d'équations $x = 1$ et $x = b$ lorsque b tend vers $+\infty$.

C'est l'aire de la région du plan grisée sur le graphique.

On peut donc dire que ces deux aires sont égales.

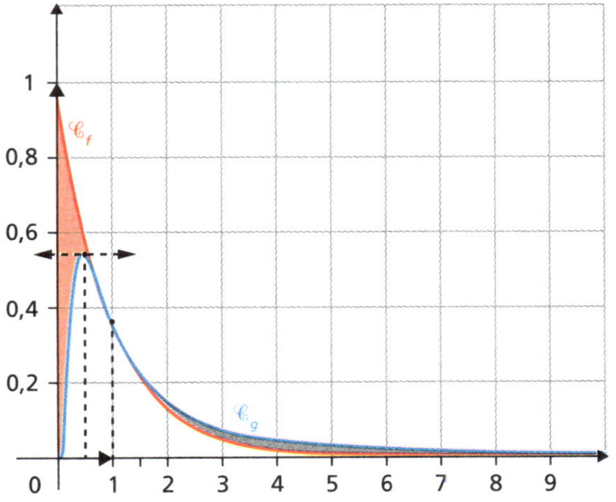

SUJET 23 France métropolitaine, septembre 2019 5 pts 45 min

Suite de fonctions

f est la fonction définie sur l'intervalle [0 ; 4] par $f(x)=\dfrac{2+3x}{4+x}$.

Partie A

On considère la suite (u_n) définie par :

$u_0=3$ et pour tout entier naturel n, $u_{n+1}=f(u_n)$.

On admet que cette suite est bien définie.

1 Calculer u_1.

2 Montrer que la fonction f est croissante sur l'intervalle $[0\,;4]$.

3 Montrer que pour tout entier naturel n : $1\leqslant u_{n+1}\leqslant u_n\leqslant 3$.

4 **a.** Montrer que la suite (u_n) est convergente.

b. On appelle ℓ la limite de la suite (u_n).

Montrer l'égalité $\ell=\dfrac{2+3\ell}{4+\ell}$.

c. Déterminer la valeur de la limite ℓ.

Partie B

On considère la suite (v_n) définie par :

$$v_0=0{,}1 \text{ et pour tout entier naturel } n,\ v_{n+1}=f(v_n).$$

1 **a.** Montrer que pour tout entier naturel n :

$$1-v_{n+1}=\left(\frac{2}{4+v_n}\right)(1-v_n).$$

b. Montrer par récurrence que pour tout entier naturel n :

$$0\leqslant 1-v_n\leqslant\left(\frac{1}{2}\right)^n.$$

2 La suite (v_n) converge-t-elle ? Si oui, préciser sa limite.

PAR ÉTAPES

Les connaissances à mobiliser

- Limite d'une suite et convergence d'une suite.
- Suite définie par récurrence.
- Démonstration par récurrence.

Les conseils

- Penser à faire un lien entre les questions.
- Identifier clairement les étapes dans un raisonnement par récurrence.

CORRIGÉ 23

Comprendre le corrigé

Suite de fonctions

Partie A

1 $u_1 = f(u_0) = \dfrac{2+9}{4+3} = \dfrac{11}{7}$.

2 La fonction f est définie et dérivable sur $[0\,;4]$ et, pour tout x de $[0\,;4]$:

$$f'(x) = \frac{3(4+x)-1(2+3x)}{(4+x)^2} = \frac{10}{(4+x)^2}.$$

Rappel

$$\left(\frac{u}{v}\right)' = \frac{u'v-uv'}{v^2}.$$

Pour tout réel x de $[0\,;4]$, $10 \geqslant 0$ et $(4+x)^2 > 0$ donc $f'(x) > 0$.

La fonction f est donc strictement croissante sur $[0\,;4]$.

3 Démonstration par récurrence

Initialisation : on a, d'après la première question, $1 \leqslant u_1 \leqslant u_0 \leqslant 3$: l'encadrement est vrai au rang 0.

Hérédité : supposons que pour un entier $p \in \mathbb{N}$, $1 \leqslant u_{p+1} \leqslant u_p \leqslant 3$; par croissance de la fonction f sur $[0\,;4]$, on a :

$$f(1) \leqslant f(u_{p+1}) \leqslant f(u_p) \leqslant f(3)$$

avec $f(1) = 1$ et $f(3) = \dfrac{11}{7} \leqslant 3$.

MÉTHODE

SUJETS PAS À PAS

SUJETS COMME À L'EXAMEN

Donc $1 \leqslant u_{p+2} \leqslant u_{p+1} \leqslant 3$: la relation est donc vraie au rang $p+1$.

Conclusion : la proposition $1 \leqslant u_n \leqslant u_{n+1} \leqslant 3$ est vraie au rang 0 et est héréditaire, donc d'après le principe de récurrence, pour tout entier naturel n, $1 \leqslant u_{n+1} \leqslant u_n \leqslant 3$.

Remarque
Utiliser un raisonnement par récurrence et les variations de f : si f est strictement croissante et $a < b$, alors $f(a) < f(b)$.

4 **a.** D'après la question précédente, la suite (u_n) est décroissante et minorée par 1, elle converge donc vers une limite $\ell \geqslant 1$.

Rappel
Toute suite décroissante et minorée converge.

b. f est dérivable donc continue sur [0 ; 4]. On en déduit que $\lim\limits_{n \to +\infty} f(u_n) = f(\ell)$.

De plus, $\lim\limits_{n \to +\infty} u_{n+1} = \ell$.

Ainsi, comme $u_{n+1} = f(u_n)$, on a $\ell = f(\ell)$ par unicité de la limite.

Donc $\ell = \dfrac{2+3\ell}{4+\ell}$.

c. Comme $\ell = \dfrac{2+3\ell}{4+\ell}$, on en déduit que :

$$\ell(4+\ell) = 2+3\ell \text{ soit } \ell^2 + \ell - 2 = 0.$$

Or $\Delta = 1 + 4 \times 2 = 9 = 3^2$, il y a deux solutions :

$$\ell_1 = \frac{-1-3}{2} = -2 \text{ et } \ell_2 = \frac{-1+3}{2} = 1.$$

Comme $\ell \in [1;3]$, la seule solution est $\ell_2 = 1$.

Ainsi, $\ell = 1$.

Partie B

1 **a.** Pour tout entier naturel n :

$$\begin{aligned} 1 - v_{n+1} &= 1 - \frac{2+3v_n}{4+v_n} \\ &= \frac{4+v_n-2-3v_n}{4+v_n} \\ &= \frac{2-2v_n}{4+v_n} \\ &= \frac{2}{4+v_n}(1-v_n). \end{aligned}$$

Aide
Exprimer v_{n+1} en fonction de v_n et réduire au même dénominateur.

b. Démonstration par récurrence

Initialisation : pour $n = 0$, $1 - v_0 = 0{,}9$ et $\left(\dfrac{1}{2}\right)^0 = 1$.

On a bien $0 \leqslant 1 - v_0 \leqslant \left(\frac{1}{2}\right)^0$.

Hérédité : supposons que pour un entier naturel p :

$$0 \leqslant 1 - v_p \leqslant \left(\frac{1}{2}\right)^p.$$

On a $1 - v_{p+1} = \left(\frac{2}{4 + v_p}\right)(1 - v_p)$, donc d'après l'hypothèse de récurrence : $1 - v_{p+1} \leqslant \left(\frac{2}{4 + v_p}\right)\left(\frac{1}{2}\right)^p$.

Or, $0 \leqslant 1 - v_p \leqslant \left(\frac{1}{2}\right)^p$ donc $v_p \geqslant 1 - \left(\frac{1}{2}\right)^p \geqslant 0$, soit $4 + v_p \geqslant 4$.

Remarque
À partir de
$$0 \leqslant 1 - v_n \leqslant \left(\frac{1}{2}\right)^n$$
montrer que $v_n > 0$.

Donc en prenant les inverses $0 \leqslant \frac{1}{4 + v_p} \leqslant \frac{1}{4}$,
soit $0 \leqslant \frac{2}{4 + v_p} \leqslant \frac{1}{2}$.

On a donc $0 \leqslant 1 - v_{p+1} \leqslant \frac{1}{2} \times \left(\frac{1}{2}\right)^p$,

soit finalement $0 \leqslant 1 - v_{p+1} \leqslant \left(\frac{1}{2}\right)^{p+1}$.

La proposition $0 \leqslant 1 - v_n \leqslant \left(\frac{1}{2}\right)^n$ est vraie au rang $p + 1$.

Conclusion : la proposition $0 \leqslant 1 - v_n \leqslant \left(\frac{1}{2}\right)^n$ est vraie au rang 0 et est héréditaire donc, d'après le principe de récurrence, pour tout entier naturel n, $0 \leqslant 1 - v_n \leqslant \left(\frac{1}{2}\right)^n$.

2 Comme $0 < \frac{1}{2} < 1$, $\lim\limits_{n \to +\infty} \left(\frac{1}{2}\right)^n = 0$, donc l'encadrement trouvé à la question précédente montre, d'après le théorème des gendarmes, que $\lim\limits_{n \to +\infty} (1 - v_n) = 0$, donc $\lim\limits_{n \to +\infty} v_n = 1$.

Aide
Utiliser le théorème des gendarmes et le fait que $\lim\limits_{n \to +\infty} q^n = 0$ lorsque $-1 < q < 1$.

Compléments sur la dérivation

Faire le point

1 Composition de fonctions

u est une fonction définie sur un intervalle I tel que pour tout $x \in \mathrm{I}$, $u(x) \in \mathrm{J}$ (on dit que u est définie sur I à valeurs dans J) et v est une fonction définie sur J.

→ Définition

La composée de u suivie de v, notée $v \circ u$ (se lit v rond u), est la fonction définie sur l'intervalle I par : $(v \circ u)(x) = v(u(x))$.

→ Propriété

u est une fonction définie et dérivable sur I à valeurs dans J, et v est une fonction définie et dérivable sur J.

Alors la fonction $v \circ u$ est dérivable sur I et sa dérivée est telle que :

$$(v \circ u)' = u' \times (v' \circ u).$$

C'est-à-dire que, pour tout $x \in \mathrm{I}$, on a $(v \circ u)'(x) = u'(x) \times v'(u(x))$.

→ Conséquences

u est une fonction définie et dérivable sur I.

- $(\mathrm{e}^u)' = u'\mathrm{e}^u$.
- Pour tout entier naturel n non nul, $(u^n)' = nu'u^{n-1}$.
- Si u ne s'annule pas sur I, $\left(\frac{1}{u}\right)' = -\frac{u'}{u^2}$.
- Si u est strictement positive sur I, $\left(\sqrt{u}\right)' = \frac{u'}{2\sqrt{u}}$.

En particulier, la fonction $f : x \mapsto u(ax+b)$ est dérivable sur I et pour tout réel x de I, $f'(x) = au'(ax+b)$.

2 Dérivée seconde d'une fonction

f est une fonction dérivable sur I. On note f' sa dérivée.

Lorsque f' est dérivable sur I, on note f'' sa dérivée. f'' est appelée la **dérivée seconde** de f sur I.

3 Convexité

→ Définitions

f est une fonction définie sur un intervalle I et $\mathscr{C}_f$ est sa courbe représentative dans un repère orthogonal.

Dire que f est convexe [resp. concave] sur I signifie que pour tous points A et B distincts de $\mathscr{C}_f$, le segment [AB] est au-dessus [resp. en dessous] de la courbe $\mathscr{C}_f$ entre A et B.

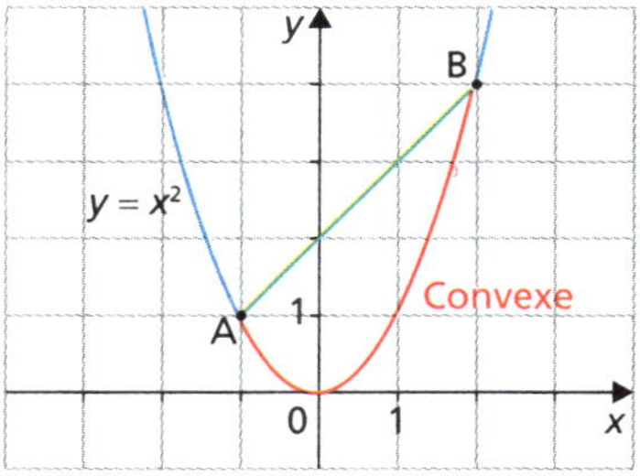

→ Théorèmes

Si f est deux fois dérivable sur I, alors :

- f est convexe sur I si, et seulement si, f' est croissante sur I ;
  f est concave sur I si, et seulement si, f' est décroissante sur I.
- f est convexe sur I si, et seulement si, f'' est positive sur I ;
  f est concave sur I si, et seulement si, f'' est négative sur I.
- f est convexe sur I si, et seulement si, sa courbe représentative est entièrement située au-dessus de chacune de ses tangentes.
  f est concave sur I si, et seulement si, sa courbe représentative est entièrement située en dessous de chacune de ses tangentes.

4 Point d'inflexion

Un **point d'inflexion** est un point où la courbe représentative de la fonction traverse sa tangente. Il y a un changement de convexité en ce point.

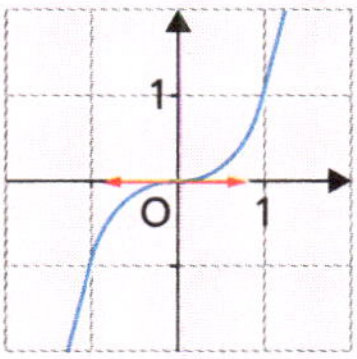

La fonction $x \mapsto x^3$ admet un point d'inflexion en O.

→ Propriété

f est une fonction deux fois dérivable sur I.

La courbe représentative de f admet un point d'inflexion au point d'abscisse a si, et seulement si, f'' s'annule en changeant de signe en a.

Contrôler ses connaissances

corrigés p. 271

Questions flash

1. Donner la dérivée des fonctions suivantes, sans se soucier des ensembles sur lesquels elles sont dérivables.

a. $f(x)=\left(2x^2-5\right)^4$ b. $f(x)=\dfrac{1}{x^2+4}$ c. $f(x)=\sqrt{x^4+x^2+1}$

d. $f(x)=e^{\frac{1}{x}}$ e. $f(x)=e^{(2x-1)^2}$ f. $f(x)=\ln\left(x^2+2x-1\right)$

2. f est une fonction deux fois dérivable sur $\mathbb{R}$. Calculer sa dérivée seconde.

a. $f(x)=x^3-3x^2+3x-1$ b. $f(x)=e^{3x^2+2}$ c. $f(x)=xe^x$

3. f est la fonction définie sur $\mathbb{R}$ par :

$$f(x)=x^3-x^2+x+1.$$

Déterminer les éventuels points d'inflexion de sa courbe.

4. f est la fonction définie sur $\mathbb{R}$ par :

$$f(x)=\left(x^2-3x+2\right)e^x.$$

Étudier la convexité de f.

Vrai ou Faux

1. La dérivée de la fonction $x\mapsto\sqrt{\dfrac{1}{x+2}}$ définie sur $]-2\,;+\infty[$ est :

$$x\mapsto-\frac{1}{(x+2)\sqrt{x+2}}.$$

2. Si $g:x\mapsto e^x$ sur $\mathbb{R}$ et $u:x\mapsto 2x+3$ sur $\mathbb{R}$, alors $(g\circ u)(x)=e^{2x+3}$.

3. Pour toutes fonctions g et u telles que $g\circ u$ et $u\circ g$ sont définies sur I, alors $(g\circ u)(x)=(u\circ g)(x)$ pour tout réel $x\in \mathrm{I}$.

4. f est une fonction deux fois dérivable sur I.

Si pour tout réel $x\in\mathrm{I}$ on a $f''(x)=x^2$, alors f est convexe sur I.

5. f est la fonction définie et deux fois dérivable sur $\mathbb{R}$ par $f(x)=2xe^x$, alors $f''(x)=4x^2e^{x^2}$.

6. f est une fonction définie sur I et $\mathscr{C}_f$ est sa courbe représentative. Si $\mathscr{C}_f$ admet un point d'inflexion, alors f est convexe puis concave.

QCM *Pour chaque question, il y a une ou plusieurs bonnes réponses.*

1. La dérivée de la fonction f définie sur $\mathbb{R}$ par $f(x)=\sqrt{3x^2+6x+5}$ est :	**a.** $f':x\mapsto \dfrac{1}{2\sqrt{3x^2+6x+5}}$ ☐	**b.** $f':x\mapsto \dfrac{6x+6}{2\sqrt{3x^2+6x+5}}$ ☐	**c.** $f':x\mapsto \dfrac{3x+3}{\sqrt{3x^2+6x+5}}$ ☐
2. La fonction f définie sur $\mathbb{R}$ par $f(x)=\sqrt{x^2+1}$ est :	**a.** croissante sur $[0\,;+\infty[$ ☐	**b.** croissante sur $\mathbb{R}$ ☐	**c.** convexe sur $[0\,;+\infty[$ ☐
3. La fonction f définie sur $\mathbb{R}$ par $f(x)=(x^2-5x+4)^2$:	**a.** admet un point d'inflexion ☐	**b.** admet deux points d'inflexion ☐	**c.** admet trois tangentes horizontales ☐
4. La fonction f définie sur $\mathbb{R}$ par $f(x)=\mathrm{e}^{x^2-2x+3}$:	**a.** admet pour fonction dérivée $f':x\mapsto 2(x-1)\mathrm{e}^{x^2-2x+3}$ ☐	**b.** est concave sur $\mathbb{R}$ ☐	**c.** est convexe sur $\mathbb{R}$ ☐
5. f et g sont définies sur $\mathbb{R}$ par $f(x)=2x-3$ et $g(x)=x^3$. $g\circ f$ est la fonction :	**a.** $x\mapsto 2x^3-3$ ☐	**b.** $x\mapsto (2x-3)^3$ ☐	**c.** $x\mapsto x^3(2x-3)$ ☐

Vers le sujet de BAC

1 f est la fonction définie sur $]0\,;+\infty[$ par $f(x)=\dfrac{x}{(x^2+9)\sqrt{x^2+9}}$.

a. f' désigne la fonction dérivée de f.

Montrer que pour tout $x>0$, $f'(x)=\dfrac{9-2x^2}{(x^2+9)^2\sqrt{x^2+9}}$.

b. Étudier les variations de f sur l'intervalle $]0\,;+\infty[$.

2 En déduire que f admet un maximum sur $]0\,;+\infty[$, maximum atteint en une valeur x_0 que l'on précisera.

MÉTHODE

SUJETS PAS À PAS

SUJETS COMME À L'EXAMEN

Sujets guidés

SUJET 24 Amérique du Sud, novembre 2018 — 4 pts — 30 min

Vitesse de croissance maximale

Lorsque la queue d'un lézard des murailles casse, elle repousse toute seule en une soixantaine de jours. Lors de la repousse, on modélise la longueur, en cm, de la queue du lézard en fonction du nombre de jours.

Cette longueur est modélisée par la fonction f définie sur $[0\ ;+\infty[$ par :

$$f(x)=10\mathrm{e}^{u(x)},$$

où u est la fonction définie sur $[0\ ;+\infty[$ par $u(x)=-\mathrm{e}^{2-\frac{x}{10}}$.

On admet que la fonction f est dérivable sur $[0\ ;+\infty[$ et on note f' sa fonction dérivée.

1 Vérifier que pour tout nombre réel x positif, on a $f'(x)=-u(x)\mathrm{e}^{u(x)}$.

En déduire le sens de variation de la fonction f sur $[0\ ;+\infty[$.

2 **a.** Calculer $f(20)$.

En déduire une estimation, arrondie au millimètre, de la longueur de la queue du lézard après vingt jours de repousse.

b. Selon cette modélisation, la queue du lézard peut-elle mesurer 11 cm ?

3 On souhaite déterminer au bout de combien de jours la vitesse de croissance est maximale.

On admet que la vitesse de croissance au bout de x jours est donnée par $f'(x)$. On admet que la fonction dérivée f' est dérivable sur $[0\ ;+\infty[$, on note f'' la fonction dérivée de f'.

a. Montrer que :

$$f''(x)=\frac{1}{10}u(x)\mathrm{e}^{u(x)}(1+u(x)).$$

b. Déterminer les variations de f' sur $[0\ ;+\infty[$.

c. En déduire au bout de combien de jours la vitesse de croissance de la longueur de la queue du lézard est maximale.

PAR ÉTAPES

Les connaissances à mobiliser

- Fonction $x \mapsto e^x$.
- Fonction composée e^u.
- Recherche d'un extremum.

Les pièges à éviter

- Identification de u.
- Ne pas confondre f, f' et f''.
- Respecter les arrondis.

CORRIGÉ 24

Comprendre le corrigé

Vitesse de croissance maximale

1 Pour tout réel $x \geqslant 0$, on a $f'(x) = 10u'(x) \times e^{u(x)}$.

Or, comme $u(x) = -e^{2-\frac{x}{10}}$, on a donc :

$$u'(x) = -\left(-\frac{1}{10}e^{2-\frac{x}{10}}\right) = -\frac{1}{10}\left(-e^{2-\frac{x}{10}}\right) = -\frac{1}{10}u(x).$$

Rappel
Les variations de f se déduisent du signe de f'.

Donc, pour tout réel x, $f'(x) = -u(x)e^{u(x)}$.

On sait que, quel que soit le réel $x \geqslant 0$, $e^{2-\frac{x}{10}} > 0$, donc $u(x) < 0$ et comme $e^{u(x)} > 0$ quel que soit u, on a finalement $f'(x) > 0$.

La fonction f est donc strictement croissante sur $[0\,;+\infty[$.

Rappel
Pour tout $x \in \mathbb{R}$, on a $e^x > 0$ et $\left(e^u\right)' = u'e^u$.

2 a. On a $f(20) = 10e^{-e^{2-\frac{20}{10}}} = 10e^{-e^{2-2}} = 10e^{-1} = \frac{10}{e}$.

$\frac{10}{e} \approx 3{,}679$ soit environ 3,7 cm : c'est la taille de la queue du lézard après vingt jours de repousse.

b. On a $\lim\limits_{x\to+\infty} e^{2-\frac{x}{10}} = 0$, d'où $\lim\limits_{x\to+\infty} 10e^{-e^{2-\frac{x}{10}}} = 10e^0 = 10$.

La fonction est strictement croissante sur [0 ; + ∞[et $\lim\limits_{x\to+\infty} f(x) = 10 < 11$: la taille de la repousse ne sera jamais égale à 11 cm.

Rappel
$\lim\limits_{x\to+\infty} e^{-x} = \lim\limits_{x\to+\infty} \frac{1}{e^x} = 0$.

3 a. f' est dérivable sur l'intervalle [0 ; + ∞[et

$$f'(x) = -u(x)e^{u(x)}.$$

Rappel
$(uv)' = u'v + uv'$.

Par produit, on a :

$$f''(x) = -u'(x)e^{u(x)} - u(x)u'(x)e^{u(x)}$$
$$= -u'(x)e^{u(x)}(1 + u(x)).$$

Comme $u'(x) = -\frac{1}{10}u(x)$, on en déduit que :

$$f''(x) = \frac{1}{10}u(x)e^{u(x)}(1 + u(x)).$$

b. Les variations de f' se déterminent en étudiant le signe de f''.

Comme $\frac{1}{10} > 0$ et $e^{u(x)} > 0$ pour tout $x \in [0\ ;+\infty[$, le signe de $f''(x)$ est celui du produit $u(x)(1+u(x))$.

On sait que quel que soit $x \geqslant 0$, $u(x) < 0$.

Par ailleurs, pour tout réel $x \geqslant 0$,

$$1 + u(x) \geqslant 0 \Leftrightarrow u(x) \geqslant -1 \Leftrightarrow -e^{2-\frac{x}{10}} \geqslant -1$$
$$\Leftrightarrow e^{2-\frac{x}{10}} \leqslant 1 \Leftrightarrow 2 - \frac{x}{10} \leqslant 0$$

(par stricte croissance de la fonction logarithme népérien)

$$\Leftrightarrow 2 \leqslant \frac{x}{10} \Leftrightarrow x \geqslant 20.$$

Aide
La fonction exp est croissante sur $\mathbb{R}$ et $e^0 = 1$, donc $e^{u(x)} < 1$ entraîne $u(x) < 0$.

De même, $1 + u(x) \leqslant 0 \Leftrightarrow x \leqslant 20$.

Ainsi, $f''(x) \geqslant 0$ sur [0 ; 20] et $f''(x) \leqslant 0$ sur $[20\ ;+\infty[$.

f' est donc strictement croissante sur [0 ; 20] et strictement décroissante sur l'intervalle $[20\ ;+\infty[$.

c. Comme f' est croissante sur [0 ; 20] et décroissante sur $[20\ ;+\infty[$, f' admet un maximum en $x = 20$, la vitesse est maximale pour $x = 20$.

La vitesse de croissance de la longueur de la queue du lézard est maximale au bout de 20 jours.

Rappel
Si f change de variation en a, alors f admet un extremum local en a.

SUJET 25 Antilles-Guyane, septembre 2019

6 pts 45 min

Modélisation d'une situation

On donne ci-dessous la courbe $\mathscr{C}$ représentative d'une fonction f définie et dérivable sur l'intervalle [0 ; 3]. On note f' la fonction dérivée de f.

La droite $\mathscr{D}$ est la tangente à la courbe $\mathscr{C}$ au point d'abscisse 0 ; elle passe par le point A de coordonnées (0,5 ; 1). La tangente T à la courbe $\mathscr{C}$ au point d'abscisse 1 est parallèle à l'axe des abscisses.

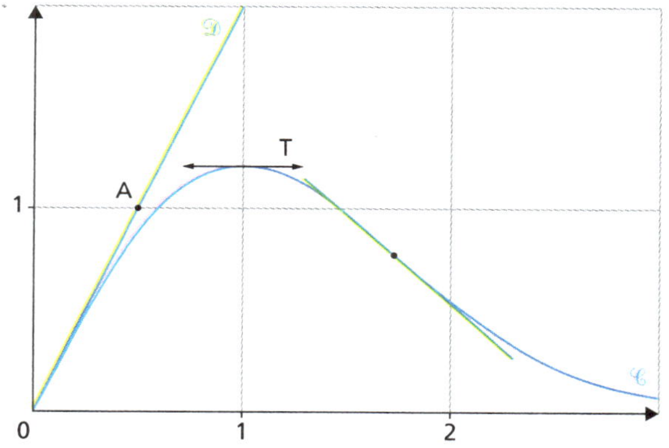

Partie A

Dans cette partie, les réponses seront obtenues par lecture graphique.

1 Déterminer une équation de la droite $\mathscr{D}$.

2 Donner la valeur de $f'(1)$.

3 Proposer un intervalle sur lequel la fonction semble concave.

Partie B

La fonction f est définie sur l'intervalle [0 ; 3] par $f(x)=2xe^{-0,5x^2}$.

1 On note f' la fonction dérivée de f sur l'intervalle [0 ; 3].

a. Montrer que pour tout réel x de [0 ; 3], $f'(x)=\left(2-2x^2\right)e^{-0,5x^2}$.

b. Étudier les variations de la fonction f sur l'intervalle [0 ; 3] et dresser son tableau de variations.

2 Étudier la convexité de f sur [0 ; 3].

3 On considère la fonction F, définie sur [0 ; 3] par $F(x)=-2e^{-0,5x^2}$. Montrer que F est une primitive de f sur l'intervalle [0 ; 3]. En déduire la valeur moyenne de f sur l'intervalle [0 ; 3] et en donner une valeur approchée au millième.

Partie C

En Europe, les observateurs d'une maladie nécessitant une hospitalisation considèrent qu'ils peuvent modéliser par cette fonction f l'évolution du nombre de lits occupés par des malades pendant les trois mois d'hiver.

Pour tout x appartenant à l'intervalle $[0 ; 3]$, $f(x)$ représente le nombre de lits occupés, exprimé en million, à l'instant x, exprimé en mois.

Un journal affirme que cet hiver :

– le nombre de lits occupés lors du pic de la maladie a dépassé le million ;

– le nombre moyen de lits occupés sur les trois mois a été d'environ 400 000.

› Que dire de ces deux affirmations ?

PAR ÉTAPES

Les connaissances à mobiliser

- Fonction $x \mapsto e^x$.
- Fonction composée e^u.
- Convexité d'une fonction.
- Valeur moyenne d'une fonction sur un intervalle.

Les pièges à éviter

- Identification de u.
- « Par lecture graphique » ne signifie pas sans justification.
- Interpréter clairement les résultats pour répondre aux questions.

CORRIGÉ 25

Comprendre le corrigé

Modélisation d'une situation

Partie A

1 La droite $\mathscr{D}$ passe par le point O et le point $A(0,5 ; 1)$.

Son équation est donc de la forme $y = mx$ avec $m = \dfrac{y_A - y_O}{x_A - x_O} = \dfrac{0,5}{1} = 2$.

La droite $\mathscr{D}$ a donc pour équation $y = 2x$.

Rappel
Une droite qui passe par l'origine O du repère a une équation de la forme $y = mx$.

2 Au point d'abscisse 1, la courbe $\mathscr{C}$ admet une tangente horizontale T, donc $f'(1)=0$.

Aide
Si la courbe représentative de f admet une tangente horizontale au point d'abscisse a, alors $f'(a)=0$.

3 La fonction est concave quand sa courbe représentative est en dessous de toutes ses tangentes, ce qui semble être le cas sur [0 ; 1,7].

Partie B

1 a. On pose pour tout réel x de [0 ; 3]
$u(x)=-0{,}5x^2$, on a $u'(x)=-x$ alors par composée on a $(e^u)'=u'e^u$ donc pour tout $x\in[0\,;3]$:

$$f'(x)=2\times e^{-0{,}5x^2}+2x\times(-x)e^{-0{,}5x^2}$$
$$=(2-2x^2)e^{-0{,}5x^2}.$$

Rappel
$(uv)'=u'v+uv'$.

b. $f'(x)=(2-2x^2)e^{-0{,}5x^2}$; or $e^{-0{,}5x^2}>0$ sur $\mathbb{R}$ donc $f'(x)$ est du signe de $2-2x^2$.

$2-2x^2=2(1-x^2)=2(1-x)(1+x)$, comme $x\in[0\,;3]$,

$1+x>0$ donc $f'(x)$ est du signe de $1-x$.

Donc $f'(x)>0$ sur [0 ; 1] et $f'(x)<0$ sur $[1;3]$ et $f'(1)=0$.

On en déduit que f est strictement croissante sur [0 ; 1] et strictement décroissante sur $[1;3]$.

$f(0)=0$, $f(1)=2e^{-0{,}5}\approx 1{,}21$ et $f(3)=6e^{-4{,}5}\approx 0{,}067$

On peut établir le tableau de variations de f :

x	0	1	3
f	0 ↗	$2e^{-0{,}5}$	↘ $6e^{-4{,}5}$

2 Pour tout $x\in[0\,;3]$, f' est dérivable et comme $f'(x)=(2-2x^2)e^{-0{,}5x^2}$ on a :

$$f''(x)=-4xe^{-0{,}5x^2}-x(2-2x^2)e^{-0{,}5x^2}$$
$$=-x(4+2-2x^2)e^{-0{,}5x^2}$$
$$f''(x)=-2x(3-x^2)e^{-0{,}5x^2}=2x(x^2-3)e^{-0{,}5x^2}.$$

Conseil
Penser à calculer $f''(x)$ pour étudier la convexité de f.

Sur l'intervalle $[0\,;3]$, f'' est du signe de

$x^2-3=(x-\sqrt{3})(x+\sqrt{3})$ et donc du signe de $x-\sqrt{3}$.

MÉTHODE
SUJETS PAS À PAS
SUJETS COMME À L'EXAMEN

f'' s'annule et change de signe en $\sqrt{3}$ et $f''(x) > 0$ pour $x > \sqrt{3}$, $f''(x) < 0$ pour $x < \sqrt{3}$.

On en déduit que la fonction f est concave sur $\left[0\,;\sqrt{3}\right]$ et convexe sur $\left[\sqrt{3}\,;3\right]$.

Sa courbe représentative admet un point d'inflexion au point d'abscisse $\sqrt{3}$.

3 La fonction F, définie sur [0 ; 3] par $F(x) = -2e^{-0,5x^2}$ est dérivable sur [0 ; 3] et :

$$F'(x) = -2\left(-xe^{-0,5x^2}\right) = 2xe^{-0,5x^2} = f(x).$$

On en déduit que F est une primitive de f sur [0 ; 3].

La valeur moyenne de f sur l'intervalle [0 ; 3] est :

$$\mu = \frac{1}{3-0}\int_0^3 f(x)\mathrm{d}x = \frac{1}{3}(F(3) - F(0))$$
$$= \frac{1}{3}\left(-2e^{-4,5} - (-2)\right)$$
$$= \frac{2-2e^{-4,5}}{3}$$
$$\approx 0,659.$$

Rappel
F est une primitive de f si $F' = f$.

Rappel
La valeur moyenne de f sur $[a\,;\,b]$ est donnée par :
$\frac{1}{b-a}\int_a^b f(x)\mathrm{d}x.$

Partie C

- « Le nombre de lits occupés lors du pic de la maladie a dépassé le million. »

Le maximum de la fonction f est atteint en $x = 1$ et vaut $f(1) \approx 1,21$; donc le nombre de lits occupés lors du pic de la maladie est de $f(1) \approx 1,21$ million.

L'affirmation est vraie.

- « Le nombre moyen de lits occupés sur les trois mois a été d'environ 400 000. »

Le nombre moyen de lits occupés sur les trois mois est la valeur moyenne de la fonction f entre 0 et 3, donc vaut environ 0,659 million, soit 659 000.

L'affirmation est fausse.

SUJET 26 Nouvelle-Calédonie, 2017

4 pts 30 min

Fonction composée

On considère la fonction f définie sur $]0\,;+\infty[$ par $f(x)=\dfrac{(\ln(x))^2}{x}$.

On note $\mathscr{C}$ la courbe représentative de f dans un repère orthonormé.

1 Déterminer la limite en 0 de la fonction f et interpréter graphiquement le résultat.

2 a. Démontrer que, pour tout x appartenant à $]0\,;+\infty[$, $f(x)=4\left(\dfrac{\ln(\sqrt{x})}{\sqrt{x}}\right)^2$.

b. En déduire que l'axe des abscisses est une asymptote à la courbe représentative de la fonction f au voisinage de $+\infty$.

3 On admet que f est dérivable sur $]0\,;+\infty[$ et on note f' sa fonction dérivée.

a. Démontrer que, pour tout x appartenant à $]0\,;+\infty[$, $f'(x)=\dfrac{\ln(x)(2-\ln(x))}{x^2}$.

b. Étudier le signe de $f'(x)$ selon les valeurs du nombre réel $x>0$.

c. Calculer $f(1)$ et $f\left(e^2\right)$. On obtient alors le tableau de variations ci-dessous.

x	0		1		e^2		$+\infty$
f	$+\infty$	↘	0	↗	$\dfrac{4}{e^2}$	↘	0

4 Démontrer que l'équation $f(x)=1$ admet une unique solution α sur $]0\,;+\infty[$ et donner un encadrement de α d'amplitude 10^{-2}.

PAR ÉTAPES

Les connaissances à mobiliser

- Fonction $x \mapsto \ln(x)$.
- Fonction composée u^n.
- Limites de la fonction logarithme népérien.

Les pièges à éviter

- Utiliser les limites du cours.
- Rédiger clairement les réponses.

CORRIGÉ 26

Comprendre le corrigé

Fonction composée

1 $\lim_{x\to 0} \ln(x) = -\infty$ donc $\lim_{x\to 0} (\ln(x))^2 = +\infty$ et

$\lim_{x\to 0^+} \frac{1}{x} = +\infty$, alors $\lim_{x\to +0^+} \frac{(\ln(x))^2}{x} = +\infty$ par produit de limites.

Ainsi, $\lim_{x\to 0^+} f(x) = +\infty$.

On en déduit que la droite d'équation $x = 0$ est asymptote verticale à la courbe $\mathscr{C}$.

2 **a.** On sait que pour tout réel $a > 0$,

$$\ln(\sqrt{a}) = \frac{1}{2}\ln(a).$$

On en déduit que :

$$(\ln(\sqrt{x}))^2 = \left(\frac{1}{2}\ln(x)\right)^2 = \frac{1}{4}(\ln(x))^2.$$

On a donc pour tout x de $]0 ; +\infty[$:

$$\begin{aligned} 4\left(\frac{\ln(\sqrt{x})}{\sqrt{x}}\right)^2 &= 4\frac{(\ln(\sqrt{x}))^2}{(\sqrt{x})^2} \\ &= 4\times\frac{1}{4}(\ln(x))^2\times\frac{1}{x} \\ &= \frac{(\ln(x))^2}{x} \\ &= f(x). \end{aligned}$$

Rappel
Pour tout $a > 0$,
$\ln(\sqrt{a}) = \frac{1}{2}\ln(a)$.

b. En utilisant le résultat précédent, on cherche la limite de f en $+\infty$.

$\lim_{x\to +\infty} \sqrt{x} = +\infty$, on pose $X = \sqrt{x}$.

On a donc $\lim_{X\to +\infty} \frac{\ln(X)}{X} = 0$ par croissances comparées, soit $\lim_{x\to +\infty} \frac{\ln(\sqrt{x})}{\sqrt{x}} = 0$.

Donc $\lim_{x\to +\infty} f(x) = 0$.

On en déduit que l'axe des abscisses est une asymptote à la courbe représentative de la fonction f au voisinage de $+\infty$.

Rappel
Si $\lim_{x\to a} u(x) = b$ et
$\lim_{x\to b} v(x) = c$, alors
$\lim_{x\to a} v(u(x)) = c$ et
$\lim_{X\to +\infty} \frac{\ln(X)}{X} = 0$.

3 **a.** Pour tout x de $]0\,;+\infty[$, on pose $u(x)=\ln(x)$ et on a $\left(u^2\right)'=2u'u$ donc pour tout réel $x>0$,

$$f'(x)=\frac{2\frac{1}{x}\ln(x)\times x-\left(\ln(x)\right)^2\times 1}{x^2}=\frac{\ln(x)\left(2-\ln(x)\right)}{x^2}.$$

Rappel

$(u^n)'=nu'u^{n-1}$ et $(\ln(x))'=\frac{1}{x}$.

b. On étudie le signe à l'aide d'un tableau.

Pour tout x de $]0\,;+\infty[$, $\ln(x)>0 \Leftrightarrow x>1$ et

$2-\ln(x)>0 \Leftrightarrow 2>\ln(x) \Leftrightarrow e^2>x \Leftrightarrow x<e^2$.

x	0		1		e^2		$+\infty$
$\ln(x)$	‖	−	0	+		+	
$2-\ln(x)$	‖	+		+	0	−	
x^2	0	+		+		+	
$f'(x)=\frac{\ln(x)(2-\ln(x))}{x^2}$	‖	−	0	+	0	−	

c. $f(1)=\frac{\left(\ln(1)\right)^2}{1}=0$

et $f(e^2)=\frac{\left(\ln(e^2)\right)^2}{e^2}=\frac{\left(2\ln(e)\right)^2}{e^2}=\frac{(2\times 1)^2}{e^2}=\frac{4}{e^2}$

$\approx 0{,}54<1$.

4 Sur $[1\,;+\infty[$, $f(x)<1$ et sur $]0\,;1[$, f est strictement décroissante, continue et $1\in\left]f(1)\,;\lim\limits_{x\to 0}f(x)\right[$ donc d'après la conséquence du théorème des valeurs intermédiaires, l'équation $f(x)=1$ admet une solution unique α sur $]0\,;+\infty[$ qui appartient à l'intervalle $]0\,;1[$.

Conseil

Utiliser le corollaire du théorème des valeurs intermédiaires pour montrer l'unicité de la solution sur un intervalle.

À l'aide du tableur de la calculatrice, on trouve :

$f(0{,}4)\approx 2{,}1>1$ et $f(0{,}5)\approx 0{,}96<1 \Leftrightarrow \alpha\in\,]0{,}4\,;0{,}5[$

$f(0{,}49)\approx 1{,}04>1$ et $f(0{,}5)\approx 0{,}96<1$.

Ainsi $0{,}49<\alpha<0{,}5$.

SUJET 27 **Amérique du Sud, 2019** 5 pts 40 min

Modélisation d'une situation par une fonction composée

La vasopressine est une hormone favorisant la réabsorption de l'eau par l'organisme. Le taux de vasopressine dans le sang est considéré normal s'il est inférieur à 2,5 µg/mL.

Cette hormone est sécrétée dès que le volume sanguin diminue. En particulier, il y a production de vasopressine suite à une hémorragie.

On utilisera dans la suite la modélisation suivante : $f(t)=3te^{-\frac{1}{4}t}+2$ avec $t \geqslant 0$, où $f(t)$ représente le taux de vasopressine (en µg/mL) dans le sang en fonction du temps t (en minute) écoulé après le début d'une hémorragie.

1 a. Quel est le taux de vasopressine dans le sang à l'instant $t=0$?

b. Justifier que douze secondes après une hémorragie, le taux de vasopressine dans le sang n'est pas normal.

c. Déterminer la limite de la fonction f en $+\infty$. Interpréter ce résultat.

2 On admet que la fonction f est dérivable sur $[0\,;+\infty[$.

Vérifier que pour tout nombre réel t positif, $f'(t)=\frac{3}{4}(4-t)e^{-\frac{1}{4}t}$.

3 a. Étudier le sens de variation de f sur l'intervalle $[0\,;+\infty[$.

b. À quel instant le taux de vasopressine est-il maximal ?
Quel est alors ce taux ? On en donnera une valeur approchée à 10^{-2} près.

4 a. Démontrer qu'il existe une unique valeur t_0 appartenant à l'intervalle $[0\,;4]$ telle que $f(t_0)=2{,}5$. En donner une valeur approchée à 10^{-3} près.

On admet qu'il existe une unique valeur t_1 appartenant à $[4\,;+\infty[$ vérifiant $f(t_1)=2{,}5$. On donne une valeur approchée de t_1 à 10^{-3} près : $t_1 \approx 18{,}930$.

b. Déterminer pendant combien de temps, chez une personne victime d'une hémorragie, le taux de vasopressine reste supérieur à 2,5 µg/mL dans le sang.

5 Soit F la fonction définie sur $[0\,;+\infty[$ par $F(t)=-12(t+4)e^{-\frac{1}{4}t}+2t$.

a. Démontrer que la fonction F est une primitive de la fonction f et en déduire une valeur approchée de $\int_{t_0}^{t_1} f(t)\,dt$ à l'unité près.

b. En déduire une valeur approchée à 0,1 près du taux moyen de vasopressine, lors d'un accident hémorragique durant la période où ce taux est supérieur à 2,5 µg/mL.

PAR ÉTAPES

Les connaissances à mobiliser

- Fonction $x \mapsto e^x$.
- Fonction composée e^u.
- Calcul d'intégrales.
- Valeur moyenne d'une fonction.

Les pièges à éviter

- Identification de u.
- Ne pas confondre f et F.
- Respecter les arrondis.
- Interpréter les réponses par des phrases.

CORRIGÉ 27

Comprendre le corrigé

Modélisation d'une situation par une fonction composée

1 **a.** On a $e^{-\frac{1}{4}\times 0} = 1$, donc :

$$f(0) = 3\times 0\times 1 + 2 = 0 + 2 = 2.$$

Le taux de vasopressine est de 2 µg/mL initialement.

b. On a $12 \text{ s} = \frac{12}{60}$ min, soit 0,2 min.

On calcule $f(0,2) = 3\times 0,2e^{-\frac{1}{4}\times 0,2} + 2$

$$= 0,6e^{-0,05} + 2$$

$$\approx 2,57.$$

Ce taux est supérieur à 2,5 et donc anormal.

c. Pour tout réel $t \geqslant 0$, on pose $X = \frac{-1}{4}t$ et $f(t) = -12x\left(-\frac{1}{4}t\right)e^{-\frac{1}{4}t} + 2.$

Or $\lim\limits_{t\to+\infty} -\frac{1}{4}t = -\infty$ et $\lim\limits_{X\to-\infty} Xe^X = 0$ par croissances comparées.

Ainsi $\lim\limits_{t\to+\infty} f(t) = 2.$

Cela signifie qu'à long terme, le taux de vasopressine va se stabiliser à 2 µg/mL.

Aide

$\lim\limits_{x\to+\infty} e^{-x} = \lim\limits_{x\to-\infty} \frac{1}{e^x}$
$= 0.$

MÉTHODE

SUJETS PAS À PAS

SUJETS COMME À L'EXAMEN

2 La fonction f, somme et produit de fonctions dérivables sur $[0\,;+\infty[$ est dérivable sur cet intervalle. Si on pose pour tout réel $t \geqslant 0$, $u(t) = -\frac{1}{4}t$, on a $u'(t) = -\frac{1}{4}$ et $(e^u)' = u'e^u$, donc pour tout réel $t \geqslant 0$,

$$f'(t) = 3e^{-\frac{1}{4}t} + 3t \times \left(-\frac{1}{4}\right)e^{-\frac{1}{4}t}$$

$$= e^{-\frac{1}{4}t}\left(3 - \frac{3}{4}t\right)$$

$$= 3e^{-\frac{1}{4}t}\left(1 - \frac{1}{4}t\right)$$

$$= \frac{3}{4}(4-t)e^{-\frac{1}{4}t}.$$

Rappel
$(e^u)' = u'e^u$ et
$(uv)' = u'v + uv'$.

3 **a.** On sait que quel que soit le réel t, $e^{-\frac{1}{4}t} > 0$; le signe de $f'(t)$ est donc celui de $4-t$:

$4 - t > 0 \Leftrightarrow 4 > t$;
$4 - t < 0 \Leftrightarrow 4 < t$;
$4 - t = 0 \Leftrightarrow 4 = t$.

La fonction f est donc :

- strictement croissante sur [0 ; 4] avec $f(0) = 2$ et
$$f(4) = 3 \times 4e^{-\frac{1}{4}\times 4} + 2 = 2 + 12e^{-1} \approx 6{,}41\,;$$
- strictement décroissante sur $[4\,;+\infty[$ avec
$$f(4) \approx 6{,}41 \text{ et } \lim_{t\to+\infty} f(t) = 2.$$

b. La fonction étant croissante sur [0 ; 4] puis décroissante sur $[4\,;+\infty[$, f admet un maximum pour $t = 4$.
Le taux est maximal à l'instant $t = 4$.
Ce taux est $f(4) = 2 + 12e^{-1} \approx 6{,}41$.
Le taux maximum est de 6,41 µg/mL, à 10^{-2} près.

Aide
Si une fonction change de variation en a, alors elle admet un extremum local en a.

4 **a.** Sur l'intervalle [0 ; 4], la fonction f est continue car dérivable et strictement croissante.

$f(0) = 2$ et $f(4) \approx 4{,}71$ donc $2{,}5 \in [f(0)\,;\,f(4)]$. Ainsi, d'après la conséquence du théorème des valeurs intermédiaires, il existe un réel unique $t_0 \in [0\,;4]$ tel que $f(t_0) = 2{,}5$.

La calculatrice donne :

$f(0)=2$ et $f(1)\approx 4{,}34$, donc $0<t_0<1$;

$f(0{,}1)\approx 2{,}29$ et $f(0{,}2)\approx 2{,}57$ donc $0{,}1<t_0<0{,}2$;

$f(0{,}17)\approx 2{,}49$ et $f(0{,}18)\approx 2{,}52$ donc $0{,}17<t_0<0{,}18$;

$f(0{,}174)\approx 2{,}499$ et $f(0{,}175)\approx 2{,}503$,

donc $0{,}174<t_0<0{,}175$.

$t_0=0{,}174$ à 10^{-3} près.

Remarque
La valeur approchée s'obtient à l'aide de la calculatrice par balayages successifs.

b.

t	0	t_0		4		t_1	$+\infty$
$f(t)$		2,5	↗		↘	2,5	↘

Sur l'intervalle $[t_0\,;4]$, la fonction f est croissante, donc sur cet intervalle $f(t)\geqslant f(t_0)=2{,}5$ et sur l'intervalle $[4\,;t_1]$, la fonction est décroissante donc sur cet intervalle $f(t)\geqslant f(t_1)=2{,}5$.

On a donc $f(t)>2{,}5$ sur l'intervalle $]t_0\,;t_1[$, ce qui signifie que le taux de vasopressine sera anormal pendant $t_1-t_0\approx 18{,}93-0{,}175$, soit environ 18,755 min, c'est-à-dire 18 min 45 s.

5 **a.** La fonction F, somme de deux fonctions dérivables sur $[0\,;+\infty[$, est dérivable sur cet intervalle et pour tout réel t de $[0\,;+\infty[$:

$$\begin{aligned}F'(t)&=-12e^{-\frac{1}{4}t}-12(t+4)\times\left(-\frac{1}{4}\right)e^{-\frac{1}{4}t}+2\\&=-12e^{-\frac{1}{4}t}+3te^{-\frac{1}{4}t}+12e^{-\frac{1}{4}t}-2\\&=3te^{-\frac{1}{4}t}+2\\&=f(t).\end{aligned}$$

Donc F est une primitive de f sur $[0\,;+\infty[$.

b. Le taux moyen de vasopressine est égal à :

$$\begin{aligned}\mu&=\frac{1}{t_1-t_0}\int_{t_0}^{t_1}f(t)\,dt=\frac{1}{t_1-t_0}\big[F(t)\big]_{t_0}^{t_1}\\&=\frac{1}{t_1-t_0}\big[F(t_1)-F(t_0)\big]\\&=\frac{1}{t_1-t_0}\left(-12(t_1+4)e^{-\frac{1}{4}t_1}+2t_1-\left[-12(t_0+4)e^{-\frac{1}{4}t_0}+2t_0\right]\right)\\&\approx 4{,}43\end{aligned}$$

soit en moyenne 4,4 µg/mL.

Rappel
La valeur moyenne d'une fonction f sur $[a\,;b]$ est :

$$\mu=\frac{1}{b-a}\int_a^b f(t)\,dt.$$

Continuité des fonctions d'une variable réelle

Faire le point

1 Définitions

f est une fonction définie sur un intervalle I contenant un réel a.

- La fonction **f est continue en a** si f admet une limite en a égale à $f(a)$.
- La fonction **f est continue sur l'intervalle I** si f est continue en tout réel x de I.

2 Propriétés

Toute fonction dérivable sur un intervalle I est continue sur cet intervalle.

→ Propriétés **Fonctions continues et suites**

- f est une fonction définie sur un intervalle I contenant un réel a et (u_n) est une suite définie pour tout entier naturel n et à valeurs dans I.

  Si f est continue en a et si $\lim\limits_{n \to +\infty} u_n = a$, alors $\lim\limits_{n \to +\infty} f(u_n) = f(a)$.

- f est une fonction définie sur un intervalle I et à valeurs dans I.

  (u_n) est une suite définie par $u_0 \in \mathrm{I}$ et pour tout entier naturel $n \geqslant 1$, $u_{n+1} = f(u_n)$ telle que (u_n) converge vers un réel $\ell \in \mathrm{I}$.

  Si f est continue en ℓ, alors $f(\ell) = \ell$.

3 Théorème des valeurs intermédiaires

Si f est une fonction continue sur un intervalle $[a\,;b]$, alors pour tout réel k compris entre $f(a)$ et $f(b)$, il existe au moins un réel c de l'intervalle $[a\,;b]$ tel que $f(c) = k$.

→ Conséquence du théorème des valeurs intermédiaires

Si f est une fonction continue et strictement monotone sur un intervalle $[a\,;b]$, alors pour tout réel k compris entre $f(a)$ et $f(b)$, il existe un unique réel c de l'intervalle $[a\,;b]$ tel que $f(c)=k$.

Remarque : le théorème et sa conséquence s'appliquent encore dans le cadre d'intervalles ouverts $(]a\,;b[)$ ou semi ouverts $([a\,;b[\,,\,]a\,;b])$. On remplace alors le calcul de $f(a)$ par le calcul des limites (a et b pouvant être des réels ou $-\infty$ ou $+\infty$).

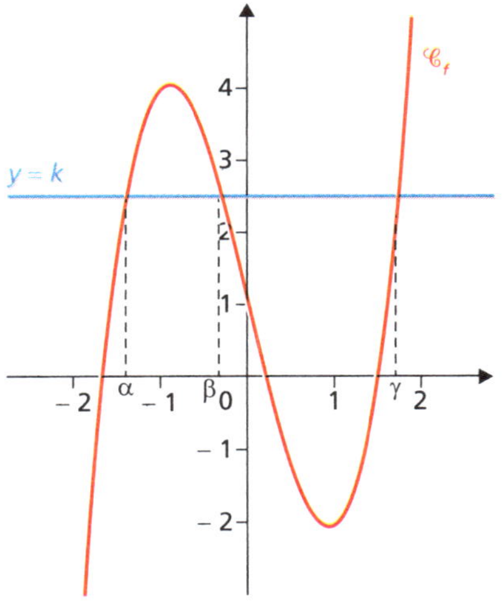

L'équation $f(x)=k$ admet trois solutions : α, β et γ sur $[-2\,;2]$.

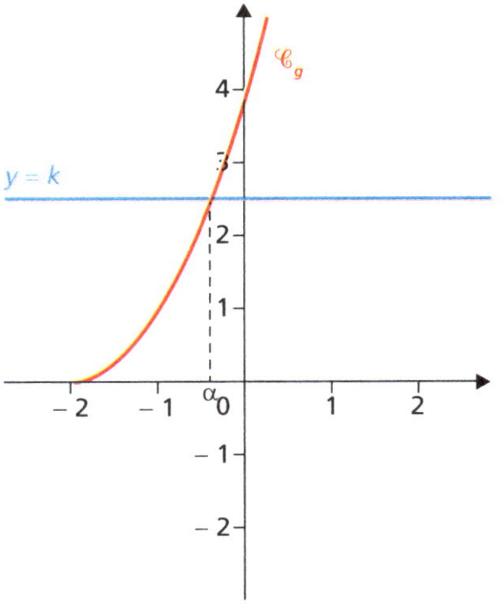

L'équation $g(x)=k$ admet une unique solution α sur $[-2\,;0]$.

Contrôler ses connaissances

corrigés p. 273

Questions flash

1. La fonction $x \to \mathrm{e}^x + 3\ln(x) + \frac{7}{x}$ est-elle continue sur $]0\,;+\infty[$?

2. La fonction f définie par $f(x) = \begin{cases} 2x+3 \text{ si } x \leqslant -3 \\ \frac{3}{x} - 1 \text{ si } x > -3 \end{cases}$ est-elle continue en -3 ?

3. Déterminer le réel k tel que la fonction f définie par :

$$f(x) = \begin{cases} 3x^3 + x - 2 \text{ si } x < -1 \\ k - 1 \text{ si } x \geqslant -1 \end{cases}$$ soit continue sur $\mathbb{R}$.

4. f est une fonction dont le tableau de variations est :

x	-5		-3		2		$+\infty$
f	0	↗	2	↘	-5	↗	$+\infty$

Déterminer, suivant les valeurs du réel k, le nombre de solutions de l'équation $f(x) = k$ sur l'intervalle $[-5\,;+\infty[$.

5. (u_n) est la suite définie sur $\mathbb{N}$ par $u_{n+1} = \frac{u_n}{1+2u_n}$ et $u_0 = \frac{1}{2}$.

On admet que la suite (u_n) est convergente. Déterminer sa limite.

QCM *Pour chaque question, il y a une ou plusieurs bonnes réponses.*

1. Si f est une fonction continue en 3 alors :	**a.** $\lim\limits_{x\to 3} f(x) = f(3)$ ☐	**b.** f est dérivable en 3 ☐	**c.** $f(-3) = f(3)$ ☐
2. La fonction f définie par $f(x) = \begin{cases} 3x^2 + 4 \text{ si } x < 1 \\ k \quad \text{si } x = 1 \\ \frac{4}{x} + 3 \quad \text{si } x > 1 \end{cases}$ est continue sur $\mathbb{R}$ si :	**a.** $k = 1$ ☐	**b.** $k = 7$ ☐	**c.** pour aucune valeur de k ☐
3. La fonction $x \mapsto \sqrt{x}$ est :	**a.** continue sur $[0\,;+\infty[$ ☐	**b.** continue sur $]0\,;+\infty[$ ☐	**c.** dérivable sur $]0\,;+\infty[$ ☐

QCM

Pour chaque question, il y a une ou plusieurs bonnes réponses.

4. L'équation $\ln(x)=k$ admet exactement une solution sur $]0\,;+\infty[$ pour :	**a.** $k=-2$ ☐	**b.** $k=0$ ☐	**c.** toutes les valeurs du réel k ☐
5. (u_n) est une suite définie par $u_0=10$ et $u_{n+1}=\frac{1}{4}u_n+6$ pour tout entier naturel $n \geqslant 1$. Si (u_n) converge vers un réel ℓ, alors :	**a.** $\ell=\frac{1}{4}\ell+6$ ☐	**b.** $\ell+1=\frac{1}{4}\ell+6$ ☐	**c.** $\ell=8$ ☐

Vrai ou Faux

1. Toute fonction continue sur un intervalle est dérivable sur cet intervalle.
2. L'équation $e^x=3$ admet une unique solution sur $\mathbb{R}$.
3. La fonction f définie par :

$$f(x)=\begin{cases}3x^2+5 \text{ si } x<2\\ \dfrac{4}{x}+17 \text{ si } x\geqslant 2\end{cases}$$

est continue sur $\mathbb{R}$.

4. Un encadrement à 10^{-1} près de l'unique solution α de l'équation $e^x+4x=0$ dans $\mathbb{R}$ est $-0{,}3<\alpha<-0{,}2$.
5. f est la fonction définie sur $]0\,;+\infty[$ par $f(x)=4x^2+\frac{2}{x}-1$.

   L'équation $f(x)=10$ admet au moins une solution dans l'intervalle $[1\,;2]$.

Vers le sujet de BAC

Démontrer que l'équation $3x^4-4x^3-1=0$ admet exactement une solution sur $]1;+\infty[$, puis donner un encadrement d'amplitude 10^{-2} de cette solution.

Sujets guidés

SUJET 28 D'après Bac 2017 — 4 pts — 45 min

Fonction auxiliaire

f est la fonction définie sur l'intervalle $]0\,;+\infty[$ par :

$$f(x)=e^x+\frac{1}{x}.$$

1 Étude d'une fonction auxiliaire

a. g est la fonction définie sur $[0\,;+\infty[$ par :

$$g(x)=x^2e^x-1.$$

Étudier le sens de variation de la fonction g.

b. Démontrer qu'il existe un unique réel a appartenant à $[0\,;+\infty[$ tel que $g(a)=0$.
Démontrer que a appartient à l'intervalle $]0{,}703\,;\,0{,}704[$.

c. Déterminer le signe de $g(x)$ sur $[0\,;+\infty[$.

2 Étude de la fonction f

a. Déterminer les limites de la fonction f en 0 et en $+\infty$.

b. On note f' la fonction dérivée de f sur l'intervalle $]0\,;+\infty[$.
Démontrer que pour tout réel strictement positif x :

$$f'(x)=\frac{g(x)}{x^2}.$$

c. En déduire le sens de variation de la fonction f et dresser son tableau de variations sur l'intervalle $]0\,;+\infty[$.

d. Démontrer que la fonction f admet pour minimum le nombre réel $m=\frac{1}{a^2}+\frac{1}{a}$.

e. Justifier que $3{,}43 < m < 3{,}45$.

PAR ÉTAPES

Les connaissances à mobiliser

- Fonction exponentielle.
- Conséquence du théorème des valeurs intermédiaires.
- Calculs de limites.

Les pièges à éviter

Attention aux ensembles de définition : ce ne sont pas les mêmes pour les deux fonctions.

g est définie en 0 mais pas f. Pour la première, on calcule $g(0)$ et pour l'autre $\lim_{x\to 0^+} f(x)$.

CORRIGÉ 28

Comprendre le corrigé

Fonction auxiliaire

1 a. La fonction g est le produit et la somme de fonctions dérivables sur $[0\,;+\infty[$, elle est donc dérivable sur $[0\,;+\infty[$.

Pour tout réel $x \geqslant 0$,

$$g'(x) = 2x \times e^x + x^2 \times e^x = xe^x(2+x).$$

$xe^x(x+2) > 0$ sur $]0\,;+\infty[$, donc $g'(x) > 0$ sur $]0\,;+\infty[$ et ainsi la fonction g est strictement croissante sur $]0\,;+\infty[$.

Rappel
$(u \times v)' = u'v + uv'$

b. La fonction g est dérivable sur $[0\,;+\infty[$, elle est donc continue sur $[0\,;+\infty[$.

Elle est de plus strictement croissante sur $[0\,;+\infty[$.

$g(0) = -1$ et $\lim_{x\to+\infty} g(x) = +\infty$ car $\lim_{x\to+\infty} x^2e^x = +\infty$ par produit de limites.

$0 \in \left[g(0)\,;\lim_{x\to+\infty} g(x)\right[$, donc d'après la conséquence du théorème des valeurs intermédiaires, l'équation $g(x) = 0$ admet une unique solution a dans $[0\,;+\infty[$.

Il existe donc un unique réel a appartenant à $[0\,;+\infty[$ tel que $g(a) = 0$.

$g(0{,}703) < 0$ et $g(0{,}704) > 0$ donc $a \in]0{,}703\,;0{,}704[$.

MÉTHODE

SUJETS PAS À PAS

SUJETS COMME À L'EXAMEN

c. g est strictement croissante sur $[0\,;+\infty[$ et $g(a)=0$, donc $g(x)<0$ sur $[0\,;a[$, $g(x)>0$ sur $]a\,;+\infty[$ et $g(a)=0$.

2 **a.** $\lim\limits_{x\to 0^+} e^x = 1$ et $\lim\limits_{x\to 0^+} \dfrac{1}{x} = +\infty$, donc $\lim\limits_{x\to 0^+} f(x) = +\infty$ par somme de limites.

$\lim\limits_{x\to +\infty} e^x = +\infty$ et $\lim\limits_{x\to +\infty} \dfrac{1}{x} = 0$, donc $\lim\limits_{x\to +\infty} f(x) = +\infty$ par somme de limites.

b. f est la somme de fonctions dérivables sur $]0\,;+\infty[$, f est donc dérivable sur $]0\,;+\infty[$.
Pour tout réel x strictement positif,

$$f'(x) = e^x - \frac{1}{x^2} = \frac{x^2e^x - 1}{x^2} = \frac{g(x)}{x^2}.$$

c. Le signe de $f'(x)$ est le même que celui de $g(x)$ puisque $x^2>0$ sur $]0\,;+\infty[$.
Donc $f'(x)<0$ sur $]0\,;a[$ et $f'(x)>0$ sur $]a\,;+\infty[$ et $f'(a)=0$.
Ainsi, f est strictement décroissante sur l'intervalle $]0\,;a]$ et strictement croissante sur l'intervalle $]a\,;+\infty[$.

x	0		a		$+\infty$
f	‖ $+\infty$	↘	$e^a + \dfrac{1}{a}$	↗	$+\infty$

d. La fonction f atteint un minimum m en a égal à $e^a + \dfrac{1}{a}$. Or, $g(a)=0$ donc $a^2e^a - 1 = 0$, c'est-à-dire $e^a = \dfrac{1}{a^2}$. Ainsi $m = e^a + \dfrac{1}{a} = \dfrac{1}{a^2} + \dfrac{1}{a}$.

Remarque
Ce type de question revient très souvent au Baccalauréat et il suffit à chaque fois d'utiliser le fait que $g(a)=0$ pour obtenir une nouvelle égalité nécessaire à la résolution du problème.

e. $a \in\,]0{,}703\,;0{,}704[$, donc $0{,}703 < a < 0{,}704$, d'où $0{,}703^2 < a^2 < 0{,}704^2$ et

$$\frac{1}{0{,}704^2} + \frac{1}{0{,}704} < \frac{1}{a^2} + \frac{1}{a} \leqslant \frac{1}{0{,}703^2} + \frac{1}{0{,}703},$$

soit $3{,}43 < \dfrac{1}{a^2} + \dfrac{1}{a} < 3{,}45$ et donc $3{,}43 < m < 3{,}45$.

SUJET 29 D'après Bac 2016

5 pts 50 min

Suites et fonctions

Un biologiste souhaite étudier l'évolution de la population d'une espèce animale dans une réserve.

Cette population est estimée à 12 000 individus en 2016.

Les contraintes du milieu naturel font que la population ne peut pas dépasser les 60 000 individus.

Le biologiste modélise ensuite l'évolution annuelle de la population par une suite (u_n) définie par $u_0 = 12$ et, pour tout entier naturel n :

$$u_{n+1} = -\frac{1,1}{605}u_n^{\ 2} + 1,1u_n.$$

1 On considère la fonction g définie sur $\mathbb{R}$ par :

$$g(x) = -\frac{1,1}{605}x^2 + 1,1x.$$

a. Justifier que g est croissante sur l'intervalle $[0\,;60]$.

b. Résoudre dans $\mathbb{R}$ l'équation $g(x) = x$.

2 On remarquera que $u_{n+1} = g(u_n)$.

a. Calculer la valeur arrondie à 10^{-3} de u_1. Interpréter ce résultat.

b. Démontrer par récurrence que, pour tout entier naturel n :

$$0 \leqslant u_n \leqslant 55.$$

c. Démontrer que la suite (u_n) est croissante.

d. En déduire la convergence de la suite (u_n).

PAR ÉTAPES

Les connaissances à mobiliser

- Étude de fonctions.
- Suite et fonctions continues.
- Raisonnement par récurrence.

CORRIGÉ 29

Comprendre le corrigé

Suites et fonctions

1 **a.** La fonction g est la somme de fonctions dérivables sur $\mathbb{R}$, elle est donc dérivable sur $\mathbb{R}$.

Pour tout réel x, $g'(x) = -\frac{2,2}{605}x + 1,1$.

$g'(x) > 0 \Leftrightarrow x < 302,5$

Ainsi $g'(x) > 0$ et donc g est strictement croissante sur $[0\,;60]$.

b. Pour tout réel x, $g(x) = x\left(\frac{-1,1}{605}x + 1,1\right)$. Ainsi,

$g(x) = x \Leftrightarrow x = 0$ ou $x = 55$.

Conseil
Il est inutile ici de calculer le discriminant pour déterminer les racines, il suffit de factoriser par x.

2 **a.** $u_1 = g(u_0) = -\frac{1,1}{605} \times 12^2 + 1,1 \times 12 \approx 12,938$.

En 2017, la population comporte 12 938 individus.

Remarque
Attention aux valeurs approchées et à ne pas utiliser le symbole d'égalité.
Attention ! La population est exprimée en milliers d'individus.

b. Démonstration par récurrence

Initialisation : pour $n = 0$, $u_0 = 12$ donc $0 \leqslant u_0 \leqslant 55$. La proposition est donc vraie pour $n = 0$.

Hérédité : on suppose que $0 \leqslant u_p \leqslant 55$ pour un entier naturel p fixé et on veut montrer que $0 \leqslant u_{p+1} \leqslant 55$.

$0 \leqslant u_p \leqslant 55$ et la fonction g est croissante sur $[0\,;60]$, donc $g(0) \leqslant g(u_p) \leqslant g(55)$. Or, $g(0) = 0$, $g(55) = 55$ et $u_{p+1} = g(u_p)$. Donc $0 \leqslant u_{p+1} \leqslant 55$.

Conclusion : la proposition $0 \leqslant u_n \leqslant 55$ est vraie pour $n = 0$ et est héréditaire, d'après le principe de récurrence, elle est vraie pour tout entier naturel n.

c. Pour tout entier naturel n,

$$u_{n+1} - u_n = -\frac{1,1}{605}u_n^2 + 0,1u_n = -\frac{1,1}{605}u_n(u_n - 55).$$

Or, pour tout entier naturel n, $0 \leqslant u_n \leqslant 55$ donc $u_n - 55 \leqslant 0$ et $-\frac{1,1}{605}u_n \leqslant 0$ et donc $u_{n+1} - u_n \geqslant 0$.

Ainsi la suite (u_n) est croissante.

d. La suite (u_n) est croissante et majorée par 55, donc elle converge.

Rappel
Toute suite croissante et majorée converge.

SUJET 30 D'après Bac 2019

3 pts — 30 min

Recherche de points d'intersection

Le plan est rapporté à un repère orthogonal $\left(O\,;\vec{i},\vec{j}\right)$.

a est un nombre réel strictement positif.

On note Δ_a la droite d'équation $y = ax$ et Γ la courbe représentative de la fonction exponentielle dans le repère orthogonal $\left(O\,;\vec{i},\vec{j}\right)$.

Le but de cet exercice est de déterminer le nombre de points d'intersection de Γ et Δ_a suivant les valeurs de a.

Pour cela, on considère la fonction f_a définie pour tout nombre réel x par :

$$f_a(x) = e^x - ax.$$

1 Déterminer les limites de la fonction f_a en $+\infty$ et en $-\infty$.

2 Étudier les variations de la fonction f_a sur $\mathbb{R}$.

Montrer alors que le minimum sur $\mathbb{R}$ de la fonction f_a est $a - a\ln(a)$.

3 Étudier le signe de $a - a\ln(a)$ suivant les valeurs du nombre réel strictement positif a.

4 Déterminer selon les valeurs du réel a le nombre de points communs à Γ et Δ_a.

PAR ÉTAPES

Les connaissances à mobiliser

- Fonction exponentielle.
- Calculs de limites et formes indéterminées.
- Fonction logarithme népérien.
- Conséquence du théorème des valeurs intermédiaires.
- Position relative de courbes.

Les pièges à éviter

Ne pas confondre la variable x et le paramètre a de la fonction f_a.

MÉTHODE

SUJETS PAS À PAS

SUJETS COMME À L'EXAMEN

CORRIGÉ 30

Comprendre le corrigé

Recherche de points d'intersection

1 $\lim\limits_{x\to-\infty} e^x = 0$ et $\lim\limits_{x\to-\infty} -ax = +\infty$ car $a > 0$, donc $\lim\limits_{x\to-\infty} f_a(x) = +\infty$ par somme de limites.

Pour tout nombre réel x non nul,

$$f_a(x) = e^x - ax = x\left(\frac{e^x}{x} - a\right).$$

On a $\lim\limits_{x\to+\infty} \frac{e^x}{x} = +\infty$ par croissance comparée, donc $\lim\limits_{x\to+\infty} f_a(x) = +\infty$ par produit de limites.

Remarque
En $+\infty$, la limite est une forme indéterminée : il faut factoriser l'espression de f_a pour lever cette indétermination.

2 La fonction f_a est la somme de deux fonctions dérivables sur $\mathbb{R}$, donc elle est dérivable sur $\mathbb{R}$.

Pour tout nombre réel x,

$$f_a'(x) = e^x - a.$$

$f_a'(x) > 0 \Leftrightarrow e^x - a > 0 \Leftrightarrow e^x > a \Leftrightarrow x > \ln(a)$ car la fonction logarithme népérien est strictement croissante sur $]0\,;+\infty[$.

Ainsi, la fonction f_a est strictement croissante sur $[\ln(a)\,;+\infty[$ et strictement décroissante sur $]-\infty\,;\ln(a)]$.
La fonction f_a admet donc un minimum en $\ln(a)$ égal à :

$$f_a(\ln(a)) = e^{\ln(a)} - a\ln(a) = a - a\ln(a).$$

Rappel
Pour tout $x \in]0\,;+\infty[$, $e^{\ln(x)} = x$.

3 Pour tout nombre réel a strictement positif, $a - a\ln(a) = a(1-\ln(a))$.
$a > 0$, donc le signe de $a - a\ln(a)$ ne dépend que du signe de $1-\ln(a)$.

Or, $1-\ln(a) > 0 \Leftrightarrow 1 > \ln(a) \Leftrightarrow e^1 > a$ car la fonction exponentielle est strictement croissante sur $\mathbb{R}$.
Ainsi, $a - a\ln(a) > 0$ pour $a \in]0\,;e[$, $a - a\ln(a) < 0$ pour $a \in]e\,;+\infty[$ et $a - a\ln(a) = 0$ pour $a = e$.

Remarque
$e^1 = e$.

4 On a le tableau de variations de f_a :

x	$-\infty$	$\ln(a)$	$+\infty$
f_a	$+\infty$ ↘	$a - a\ln(a)$	↗ $+\infty$

- Si $a \in]0\,;\mathrm{e}[$, alors le minimum de la fonction f_a est strictement positif et donc pour tout réel x, $\mathrm{e}^x - ax > 0$, c'est-à-dire $\mathrm{e}^x > ax$.

La courbe Γ et la droite Δ_a n'ont donc pas de point d'intersection.

Remarque

Si $f(x) > g(x)$ sur un intervalle I, alors la courbe représentative de f est au-dessus de la courbe représentative de g sur I.

- Si $a = \mathrm{e}$, alors le minimum de la fonction f_a est nul et donc $\mathrm{e}^x = \mathrm{e}x$ pour l'unique valeur $x = 1$.

La courbe Γ et la droite Δ_a ont un point d'intersection.

Aide

Les solutions de l'équation $f(x) = g(x)$ sont les abscisses des points d'intersection des courbes de f et de g.

- Si $a \in]\mathrm{e}\,; +\infty[$, alors le minimum de la fonction f_a est strictement négatif .

Sur $]-\infty\,; \ln(a)[$ la fonction f_a est dérivable, donc continue et strictement décroissante.

$0 \in \left]\lim\limits_{x \to -\infty} f_a(x)\,; f_a(\ln(a))\right[$, donc d'après la conséquence du théorème des valeurs intermédiaires, l'équation $f_a(x) = 0$, c'est-à-dire $\mathrm{e}^x = ax$, admet une unique solution sur $]-\infty\,; \ln(a)[$.
La courbe Γ et la droite Δ_a ont donc un point d'intersection sur l'intervalle $]-\infty\,; \ln(a)[$.

Sur $]\ln(a)\,; +\infty[$ la fonction f_a est dérivable, donc continue et strictement croissante.

$0 \in \left]f_a(\ln(a))\,; \lim\limits_{x \to +\infty} f_a(x)\right[$, donc d'après la conséquence du théorème des valeurs intermédiaires, l'équation $f_a(x) = 0$, c'est-à-dire $\mathrm{e}^x = ax$, admet une unique solution sur $]\ln(a)\,; +\infty[$.
La courbe Γ et la droite Δ_a ont donc un point d'intersection sur l'intervalle $]\ln(a)\,; +\infty[$.

Si $a \in]\mathrm{e}\,; +\infty[$, la courbe Γ et la droite Δ_a ont donc deux points d'intersection.

Fonction logarithme népérien

Faire le point

1 Définitions

- On appelle **logarithme népérien** du réel strictement positif a, l'unique solution de l'équation $e^x = a$. Le logarithme népérien de a est noté $\ln(a)$.
- La fonction logarithme népérien est la fonction notée ln qui, à tout réel x strictement positif, associe le réel $\ln(x)$.

→ Conséquences

- Pour tout réel $x > 0$ et pour tout réel y, $e^y = x \Leftrightarrow y = \ln(x)$.
- Pour tout réel x, $\ln(e^x) = x$.
- Pour tout réel $x > 0$, $e^{\ln(x)} = x$.
- $\ln(1) = 0$.
- $\ln(e) = 1$.

2 Propriétés algébriques

Pour tous réels a et b strictement positifs et pour tout entier relatif n non nul :

- $\ln(a \times b) = \ln(a) + \ln(b)$ (relation fonctionnelle).
- $\ln\left(\frac{1}{b}\right) = -\ln(b)$.
- $\ln\left(\frac{a}{b}\right) = \ln(a) - \ln(b)$.
- $\ln(\sqrt{a}) = \frac{1}{2}\ln(a)$.
- $\ln(a^n) = n\ln(a)$.

3 Propriétés de la fonction logarithme népérien

- La fonction logarithme népérien est continue sur $]0 ; +\infty[$.
- La fonction logarithme népérien est dérivable sur $]0 ; +\infty[$ et pour tout réel x de $]0 ; +\infty[$, $\ln'(x) = \frac{1}{x}$.
- La fonction logarithme népérien est strictement croissante sur $]0 ; +\infty[$.

→ Propriétés

Pour tous réels a et b strictement positifs :

- $\ln(a) = \ln(b) \Leftrightarrow a = b$.
- $\ln(a) < \ln(b) \Leftrightarrow a < b$.

→ Signe de la fonction logarithme népérien

x	0		1		$+\infty$
Signe de $\ln(x)$	‖	$-$	0	$+$	

4 Limites

$\lim\limits_{x \to +\infty} \ln(x) = +\infty$ et $\lim\limits_{x \to 0} \ln(x) = -\infty$.

5 Propriété des croissances comparées

Pour tout entier naturel n non nul :

$$\lim_{x \to +\infty} \frac{\ln(x)}{x^n} = 0 \text{ et } \lim_{x \to 0} x^n \ln(x) = 0.$$

6 Représentation graphique

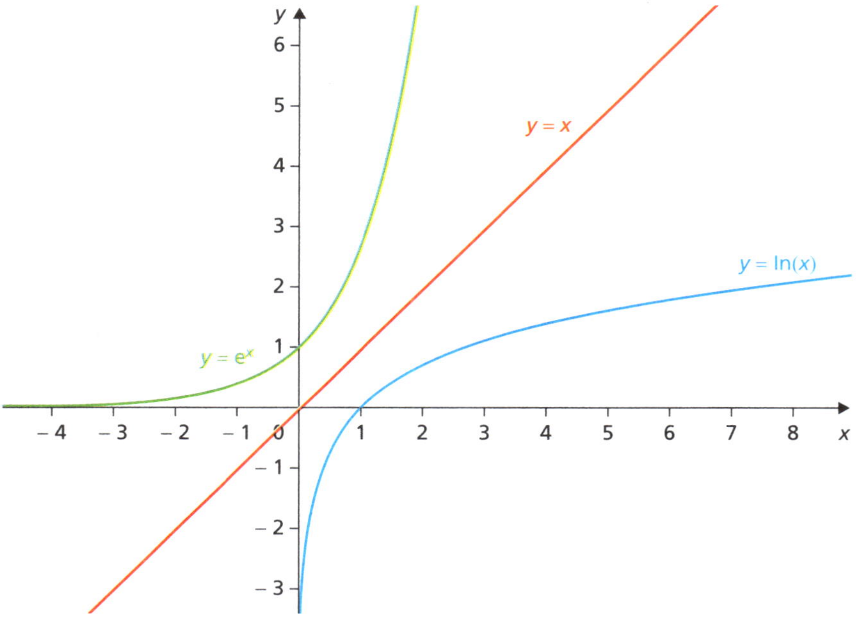

MÉTHODE
SUJETS PAS À PAS
SUJETS COMME À L'EXAMEN

Contrôler ses connaissances

corrigés p. 275

Questions flash

1. Exprimer en fonction de $\ln(2)$:
$$\ln(72)-2\ln(3).$$
2. Résoudre dans $\mathbb{R}$ l'équation $\ln(3x)=-7$.
3. Déterminer l'ensemble de définition de la fonction f définie par :
$$f(x)=\ln(2x-1).$$
4. Déterminer les réels x tels que $\ln(x)\geqslant 1$.
5. Déterminer la fonction dérivée de la fonction f définie sur $]0\,;+\infty[$ par :
$$f(x)=x\ln(x).$$
6. Déterminer $\lim\limits_{x\to 0} x^5\ln(x)-3$.

QCM

Pour chaque question, il y a une ou plusieurs bonnes réponses.

1. $\ln\left((\sqrt{13}-2)^4\right)+\ln\left((\sqrt{13}+2)^4\right)$ est égal à :	a. $8\ln(3)$ ☐	b. $4\ln(9)$ ☐	c. $3\ln(8)$ ☐
2. Dans $\mathbb{R}$, l'équation $\frac{1}{2}\ln(2x-3)=\ln(6-x)-\frac{1}{2}\ln(x)$ possède :	a. une solution ☐	b. deux solutions ☐	c. pas de solution ☐
3. Pour tout réel $x>0$, $x+\ln\left(1-e^{-2x}\right)$ est égal à :	a. $\ln\left(e^{2x}-1\right)$ ☐	b. $\ln\left(e^{x}-e^{-x}\right)$ ☐	c. $-x+\ln\left(e^{2x}-1\right)$ ☐
4. Une équation de la tangente à la courbe représentative de la fonction f définie sur $]0\,;+\infty[$ par : $f(x)=5\ln(x)-3x$ au point d'abscisse 1 est :	a. $y=2x$ ☐	b. $y=2x-5$ ☐	c. $y=5x-2$ ☐
5. $\lim\limits_{x\to+\infty}\frac{1+\ln(x)}{x}$ est égal à :	a. 0 ☐	b. 1 ☐	c. $+\infty$ ☐

Vrai ou Faux

1. $\ln\left(\dfrac{3^n}{e^2}\right)-3\ln\left(e^{-n}\right)+6\ln\left(\sqrt{e}\right)=n\ln(3)+3n+1.$

2. Pour tout réel x,

$$\ln\left(e^{-x}\right)\leqslant 0.$$

3. $\lim\limits_{x\to+\infty} 2\ln(x)-3x=0.$

4. Pour tout réel $x\in\left]0\,;+\infty\right[$, la fonction dérivée de la fonction f définie par $f(x)=\dfrac{\ln(x)-1}{x^2}$ est :

$$f'(x)=\frac{3-2\ln(x)}{x^3}.$$

5. La fonction f définie par $f(x)=\ln(\ln(x))$ n'est définie que sur $\left]e\,;+\infty\right[$.

6. $\lim\limits_{x\to+\infty} \ln\left(x-\sqrt{x^2-1}\right)=0.$

Vers le sujet de BAC

On considère la fonction f définie sur l'intervalle $\left]0\,;+\infty\right[$ par :

$$f(x)=x(1-\ln(x))^2.$$

On note f' sa fonction dérivée sur $\left]0\,;+\infty\right[$.

1 Montrer que pour tout réel $x\in\left]0\,;+\infty\right[$:

$$f'(x)=(\ln(x)+1)(\ln(x)-1).$$

2 Dresser le tableau de variations de f sur l'intervalle $\left]0\,;+\infty\right[$.

On admettra que la limite de f en 0 est nulle.

3 Montrer que l'équation $f(x)=1$ admet une unique solution dans l'intervalle $\left]0\,;e^{-1}\right[$ et donner un encadrement de cette solution au centième près.

Sujets guidés

SUJET 31 Pondichéry, avril 2016

3 pts — 30 min

Optimisation

f est la fonction définie sur $]0\,;14]$ par $f(x)=2+\ln(2)-\ln(x)$.

La courbe représentative $\mathscr{C}_f$ de la fonction f est donnée dans le repère orthogonal d'origine O ci-dessous.

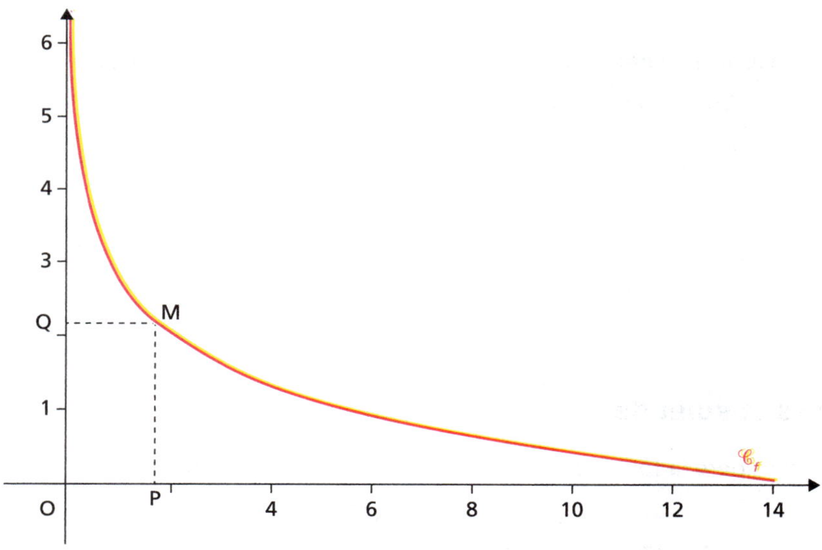

À tout point M appartenant à $\mathscr{C}_f$ on associe le point P projeté orthogonal de M sur l'axe des abscisses, et le point Q projeté orthogonal de M sur l'axe des ordonnées.

1 L'aire du rectangle OPMQ est-elle constante quelle que soit la position du point M sur $\mathscr{C}_f$?

2 L'aire du rectangle OPMQ peut-elle être maximale ?

Si oui, préciser les coordonnées du point M correspondant.

Justifier les réponses.

PAR ÉTAPES

La méthode

Dans un problème d'optimisation comme celui-ci, il faut déterminer s'il existe une aire maximale. Il faut donc s'intéresser à l'existence du maximum d'une fonction associée à cette aire.

Les connaissances à mobiliser

- Propriétés algébriques de la fonction logarithme népérien.
- Fonction dérivée de la fonction logarithme népérien.

Les pièges à éviter

L'aire du rectangle OPMQ n'est pas nécessairement maximale quand la fonction f atteint son maximum.

CORRIGÉ 31

Comprendre le corrigé

Optimisation

M est le point de $\mathscr{C}_f$ de coordonnées $(x\,;f(x))$.

Le point P a pour coordonnées $(x\,;0)$ et le point Q a pour coordonnées $(0\,;f(x))$.

Les réels x et $f(x)$ sont positifs.

L'aire du rectangle OPMQ est égale à :

$\text{OP}\times\text{OQ}=x\times f(x)=2x+x\ln(2)-x\ln(x)$ unités d'aire.

Remarque
Pour montrer qu'une aire n'est pas constante, il suffit de choisir deux positions du point M pour lesquelles les aires ont des valeurs différentes.

1 Si M a pour abscisse 1, l'aire du rectangle est égale à :

$$2\times1+1\times\ln(2)-1\times\ln(1)=2+\ln(2)\text{ unités d'aire.}$$

Si M a pour abscisse 2, l'aire du rectangle est égale à :

$$2\times2+2\times\ln(2)-2\times\ln(2)=4\text{ unités d'aire.}$$

Donc l'aire du rectangle OPMQ n'est pas constante.

2 g est la fonction définie sur $]0\,;14]$ par :

$$g(x)=2x+x\ln(2)-x\ln(x).$$

g est la somme de fonctions dérivables sur $]0\,;14]$, donc g est dérivable sur $]0\,;14]$.

MÉTHODE

SUJETS PAS À PAS

SUJETS COMME À L'EXAMEN

Pour tout réel $x \in]0\,;14]$,

$$g'(x) = 2 + \ln(2) - \left(1 \times \ln(x) + x \times \frac{1}{x}\right)$$
$$= 2 + \ln(2) - \ln(x) - 1$$
$$= 1 + \ln(2) - \ln(x).$$

On cherche le signe de $g'(x)$.

$$g'(x) > 0 \Leftrightarrow 1 + \ln(2) - \ln(x) > 0$$
$$\Leftrightarrow 1 + \ln(2) > \ln(x)$$
$$\Leftrightarrow e^{1+\ln(2)} > x$$
$$\Leftrightarrow e^1 \times e^{\ln(2)} > x$$
$$\Leftrightarrow e \times 2 > x.$$

De plus, $g(2e) = 4e + 2e\ln(2) - 2e\ln(2e)$
$= 4e + 2e\ln(2) - 2e\ln(2) - 2e\ln(e)$
$= 4e - 2e$
$= 2e.$

On obtient le tableau de variations suivant :

x	0		2e		14
$g'(x)$	‖	+	0	−	
g	‖	↗	2e	↘	

L'aire du rectangle OPMQ est donc maximale pour $x = 2e$.

Or $f(2e) = 2 + \ln(2) - \ln(2e) = 2 + \ln(2) - \ln(2) - \ln(e) = 1$, l'aire du rectangle OPMQ est donc maximale pour le point M de coordonnées (2e ; 1).

Rappel
$(uv)' = u'v + uv'$.

Remarques
- L'ordre est inchangé car la fonction exp est strictement croissante sur $\mathbb{R}$.
- $e^{a+b} = e^a \times e^b$

SUJET 32 **D'après Bac 2018** 5 pts 1 h

Une famille de fonctions

On considère, pour tout entier $n > 0$, les fonctions définies sur l'intervalle [1 ; 5] par :

$$f_n(x) = \frac{\ln(x)}{x^n}.$$

Pour tout entier $n > 0$, on note $\mathscr{C}_n$ la courbe représentative de la fonction f_n dans un repère orthogonal.

Sur le graphique ci-dessous sont représentées les courbes $\mathscr{C}_n$ pour n appartenant à {1, 2, 3, 4}.

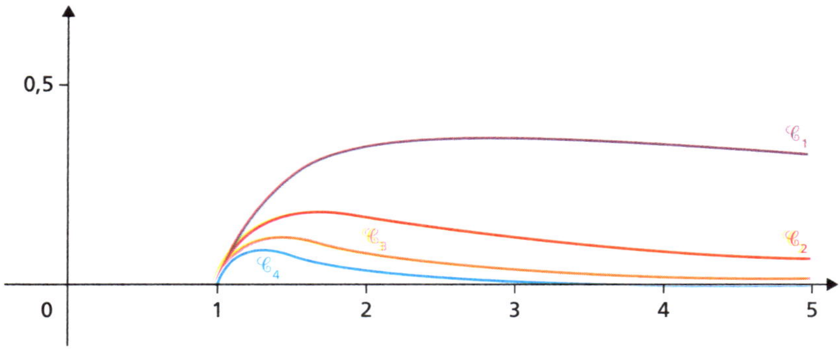

1 Montrer que, pour tout entier naturel $n > 0$ et pour tout réel x de [1 ; 5] :

$$f_n'(x) = \frac{1 - n \times \ln(x)}{x^{n+1}}.$$

2 a. n est un entier naturel strictement positif.

Montrer que f_n possède un maximum sur l'intervalle [1 ; 5].

b. On note A_n le point de la courbe $\mathscr{C}_n$ ayant pour ordonnée ce maximum. Montrer que tous les points A_n appartiennent à une même courbe Γ d'équation $y = \frac{1}{e}\ln(x)$.

3 a. Montrer que, pour tout entier naturel $n > 1$ et tout réel x de l'intervalle [1 ; 5] :

$$0 \leqslant \frac{\ln(x)}{x^n} \leqslant \frac{\ln(5)}{x^n}.$$

b. Montrer que pour tout entier $n > 1$:

$$\int_1^5 \frac{1}{x^n}\,dx = \frac{1}{n-1}\left(1 - \frac{1}{5^{n-1}}\right).$$

c. Pour tout entier naturel $n > 1$, on s'intéresse à l'aire, exprimée en unités d'aire, du domaine sous la courbe $\mathscr{C}_n$, c'est-à-dire l'aire du domaine du plan délimité par les droites d'équations $x=1$, $x=5$, $y=0$ et la courbe $\mathscr{C}_n$.

Déterminer la valeur limite de cette aire quand n tend vers $+\infty$.

PAR ÉTAPES

Les connaissances à mobiliser

- Dérivée des fonctions quotients.
- Encadrement d'une fonction.
- Conservation de l'ordre pour les intégrales.
- Aire et intégrale d'une fonction continue positive.
- Limites et théorème des gendarmes.

Les pièges à éviter

Ne pas confondre la variable x et le paramètre n dans l'étude des fonctions f_n.

CORRIGÉ 32

Comprendre le corrigé

Une famille de fonctions

1 Pour tout réel x de l'intervalle $[1;5]$ et pour tout entier naturel $n>0$, $x^n \neq 0$, donc la fonction quotient f_n est dérivable sur $[1;5]$.

Pour tout réel x de l'intervalle $[1;5]$ et pour tout entier naturel $n>0$,

$$f_n'(x)=\frac{\frac{1}{x}\times x^n-\ln(x)\times n\times x^{n-1}}{\left(x^n\right)^2}=\frac{x^{n-1}-nx^{n-1}\times\ln(x)}{x^{2n}}$$

$$=\frac{x^{n-1}(1-n\times\ln(x))}{x^{2n}}=\frac{1-n\times\ln(x)}{x^{2n-(n-1)}}=\frac{1-n\times\ln(x)}{x^{n+1}}.$$

Rappels

$\left(\frac{u}{v}\right)'=\frac{u'v-uv'}{v^2}$ et $\frac{a^n}{a^m}=\frac{1}{a^{m-n}}$.

2 a. Pour tout réel x de l'intervalle $[1;5]$ et pour tout entier naturel $n>0$, $x^{n+1}>0$ et

$$1-n\times\ln(x)>0 \Leftrightarrow 1>n\times\ln(x)\Leftrightarrow\frac{1}{n}>\ln(x)\Leftrightarrow e^{\frac{1}{n}}>x$$

car la fonction exponentielle est strictement croissante sur $\mathbb{R}$.

Aide

On utilise les variations de la fonction exp pour déterminer le signe de f'.

Pour tout entier naturel $n > 0$,

$1 < e^{\frac{1}{n}} < e^1$ donc $e^{\frac{1}{n}}$ appartient bien à l'intervalle de définition de f.

Ainsi, $f_n'(x) > 0$ sur l'intervalle $\left[1 ; e^{\frac{1}{n}}\right]$.

Pour tout réel x de [1 ; 5],

$$f_n'(x) < 0 \Leftrightarrow 1 - n\ln(x) < 0 \Leftrightarrow \ln(x) > \frac{1}{n} \Leftrightarrow x > e^{\frac{1}{n}}$$

car la fonction exponentielle est strictement croissante sur $\mathbb{R}$. La fonction f_n est donc strictement décroissante sur $\left]e^{\frac{1}{n}} ; 5\right]$.

De plus, $f_n\left(e^{\frac{1}{n}}\right) = \dfrac{\ln\left(e^{\frac{1}{n}}\right)}{\left(e^{\frac{1}{n}}\right)^n} = \dfrac{\frac{1}{n}}{e^1} = \dfrac{1}{ne}$.

On obtient donc le tableau de variations :

x	1		$e^{\frac{1}{n}}$		5
$f_n'(x)$		$+$	0	$-$	
f_n		↗	$\frac{1}{ne}$	↘	

La fonction f_n possède donc un maximum atteint en $e^{\frac{1}{n}}$ et égal à $\dfrac{1}{ne}$.

b. Pour tout entier naturel $n > 0$, les points A_n de la courbe $\mathscr{C}_n$ ont pour coordonnées $\left(e^{\frac{1}{n}} ; \frac{1}{ne}\right)$.

$\dfrac{1}{e} \times \ln\left(e^{\frac{1}{n}}\right) = \dfrac{1}{e} \times \dfrac{1}{n} = \dfrac{1}{ne}$, donc les coordonnées des points A_n vérifient l'équation $y = \dfrac{1}{e}\ln(x)$ de la courbe Γ.

Ainsi, tous les points A_n appartiennent à la même courbe Γ.

3 a. Pour tout entier naturel $n > 1$ et tout réel x de l'intervalle $[1 ; 5]$, $\ln(1) \leqslant \ln(x) \leqslant \ln(5)$ puisque la fonction logarithme népérien est strictement croissante sur $]0 ; +\infty[$.

Remarques

- ln et exp sont des fonctions réciproques (pour tout réel x, $\ln(e^x) = x$).
- Pour tout entier naturel n et pour tout réel x, $(e^x)^n = e^{nx}$.

Aide

Un point $A(x_A ; y_A)$ appartient à la courbe représentative de f si, et seulement si, $f(x_A) = y_A$.

MÉTHODE

SUJETS PAS À PAS

SUJETS COMME À L'EXAMEN

$x^n > 0$ donc :

$$\frac{\ln(1)}{x^n} \leqslant \frac{\ln(x)}{x^n} \leqslant \frac{\ln(5)}{x^n} \Leftrightarrow 0 \leqslant \frac{\ln(x)}{x^n} \leqslant \frac{\ln(5)}{x^n}.$$

b. Pour tout entier $n > 1$, une primitive de la fonction $x \to \frac{1}{x^n}$ sur l'intervalle $[1;5]$ est la fonction $x \to -\frac{1}{n-1} \times \frac{1}{x^{n-1}}$ donc :

$$\int_1^5 \frac{1}{x^n} dx = \left[-\frac{1}{n-1} \times \frac{1}{x^{n-1}}\right]_1^5$$

$$= -\frac{1}{n-1} \times \frac{1}{5^{n-1}} + \frac{1}{n-1} \times \frac{1}{1^{n-1}}$$

$$= \frac{1}{n-1}\left(1 - \frac{1}{5^{n-1}}\right).$$

Rappel
Si F est une primitive d'une fonction continue f sur $[a ; b]$, alors $\int_a^b f(t)dt = F(b) - F(a)$.

c. Pour tout entier naturel $n > 1$ et tout réel x de $[1 ; 5]$,

$$0 \leqslant \frac{\ln(x)}{x^n} \leqslant \frac{\ln(5)}{x^n}.$$

Donc, par conservation de l'ordre sachant que $1 \leqslant 5$,

$$0 \leqslant \int_1^5 \frac{\ln(x)}{x^n} dx \leqslant \int_1^5 \frac{\ln(5)}{x^n} dx.$$

Rappel
Si pour tout réel $x \in [a ; b]$, $f(x) \leqslant g(x) \leqslant h(x)$, alors $\int_a^b f(x)dx \leqslant \int_a^b g(x)dx \leqslant \int_a^b h(x)dx$.

Et donc, d'après la question **b.**,

$$0 \leqslant \int_1^5 \frac{\ln(x)}{x^n} dx \leqslant \ln(5) \times \frac{1}{n-1}\left(1 - \frac{1}{5^{n-1}}\right).$$

Et ainsi, $0 \leqslant \int_1^5 f_n(x)dx \leqslant \ln(5) \times \frac{1}{n-1}\left(1 - \frac{1}{5^{n-1}}\right)$.

Pour tout entier naturel $n > 1$, l'aire, exprimée en unités d'aire, de la surface sous la courbe $\mathscr{C}_n$ est égale à $\int_1^5 f_n(x)dx$ puisque sur l'intervalle $[1 ; 5]$, $f_n(x) \geqslant 0$.

$\lim\limits_{n \to +\infty} \frac{1}{n-1} = 0$ et $\frac{1}{5^{n-1}} = 5 \times \left(\frac{1}{5}\right)^n$ avec $0 < \frac{1}{5} < 1$ donc $\lim\limits_{n \to +\infty} \left(\frac{1}{5}\right)^n = 0$ et donc $\lim\limits_{n \to +\infty} \frac{1}{5^{n-1}} = 0$

et ainsi $\lim\limits_{n \to +\infty} \ln(5) \times \frac{1}{n-1}\left(1 - \frac{1}{5^{n-1}}\right) = 0$ et donc, d'après le théorème des gendarmes, $\lim\limits_{n \to +\infty} \int_1^5 f_n(x)dx = 0$.

La valeur limite de cette aire quand n tend vers $+\infty$ est 0 unité d'aire.

SUJET 33 Antilles-Guyane, septembre 2014 — 3 pts — 45 min

Résoudre une équation

On considère l'équation $(\mathbf{E_1})$: $e^x - x^n = 0$, où x est un réel strictement positif et n un entier naturel non nul.

1 Montrer que l'équation $(\mathbf{E_1})$ est équivalente à l'équation $(\mathbf{E_2})$:

$$\ln(x) - \frac{x}{n} = 0.$$

2 Pour quelles valeurs de n l'équation $(\mathbf{E_1})$ admet-elle deux solutions ?

PAR ÉTAPES

Les connaissances à mobiliser

- La conséquence du théorème des valeurs intermédiaires.
- Limites et croissance comparée.
- Propriétés algébriques du logarithme népérien.

Les pièges à éviter

Donner plusieurs valeurs de n qui conviennent sans appliquer un raisonnement rigoureux faisant appel à la conséquence du théorème des valeurs intermédiaires.

CORRIGÉ 33

Comprendre le corrigé

Résoudre une équation

1 Pour tout réel $x > 0$ et pour tout entier naturel n non nul,

$$e^x - x^n = 0 \Leftrightarrow e^x = x^n$$
$$\Leftrightarrow \ln(e^x) = \ln(x^n)$$
$$\Leftrightarrow x = n \times \ln(x)$$
$$\Leftrightarrow \frac{x}{n} = \ln(x)$$
$$\Leftrightarrow \ln(x) - \frac{x}{n} = 0.$$

Remarque
$e^x > 0$ et $x^n > 0$.

MÉTHODE — SUJETS PAS À PAS — SUJETS COMME À L'EXAMEN

Pour tout réel $x > 0$ et tout entier naturel n, les deux équations sont donc équivalentes.

2 L'équation (E_1) admet 2 solutions si, et seulement si, l'équation (E_2) admet 2 solutions.

f est la fonction définie pour tout réel $x > 0$ par :

$$f(x) = \ln(x) - \frac{x}{n}.$$

Remarque
Ici, on ne cherche pas à résoudre l'équation $f(x) = 0$.

Étude de la fonction f sur $]0\,;+\infty[$:

- $\lim\limits_{x \to 0} \ln(x) = -\infty$ et $\lim\limits_{x \to 0} \frac{x}{n} = 0$, donc $\lim\limits_{x \to 0} f(x) = -\infty$ par somme de limites.

Pour tout réel $x > 0$, $\ln(x) - \frac{x}{n} = x\left(\frac{\ln(x)}{x} - \frac{1}{n}\right)$.

Or, $\lim\limits_{x \to +\infty} \frac{\ln(x)}{x} = 0$ par croissance comparée et donc $\lim\limits_{x \to +\infty} \frac{\ln(x)}{x} - \frac{1}{n} = -\frac{1}{n}$.

Ainsi, $\lim\limits_{x \to +\infty} f(x) = -\infty$ par produit de limites.

Conseil
En $+\infty$, la limite de f est une forme indéterminée. Il faut se ramener à la limite de $\frac{\ln(x)}{x}$.

- La fonction f est la somme de fonctions dérivables sur $]0\,;+\infty[$, donc elle est dérivable sur $]0\,;+\infty[$ et pour tout réel $x > 0$,

$$f'(x) = \frac{1}{x} - \frac{1}{n} = \frac{n - x}{nx}.$$

$f'(x) > 0 \Leftrightarrow \frac{n-x}{nx} > 0$

$\Leftrightarrow n - x > 0$ car $n > 0$ et $x > 0$.

$\Leftrightarrow x < n$

- $f(n) = \ln(n) - \frac{n}{n} = \ln(n) - 1.$

On obtient le tableau de variations de f :

x	0		n		$+\infty$
$n - x$		$+$	0	$-$	
$f'(x)$	‖	$+$	0	$-$	
f	‖ $-\infty$	↗	$\ln(n) - 1$	↘	$-\infty$

La fonction f est continue sur $]0\,;n[$ car dérivable sur $]0\,;n[$ et est strictement croissante sur $]0\,;n[$.

De plus, $\lim\limits_{x \to 0} f(x) = -\infty$ et $f(n) = \ln(n) - 1$, donc si $\ln(n) - 1 > 0$, d'après la conséquence du théorème des valeurs intermédiaires, l'équation $f(x) = 0$ admet une unique solution dans l'intervalle $]0\,;n[$.

Or, pour tout entier naturel $n > 0$,

$$\ln(n) - 1 > 0 \Leftrightarrow \ln(n) > 1$$
$$\Leftrightarrow n > \mathrm{e},$$

c'est-à-dire $n \geqslant 3$.

Donc, si $n \geqslant 3$, l'équation $f(x) = 0$ admet une unique solution dans l'intervalle $]0\,;n[$.

De même, f est continue sur $]n\,;+\infty[$ car dérivable sur $]n\,;+\infty[$ et est strictement décroissante sur $]n\,;+\infty[$.

De plus, $\lim\limits_{x \to +\infty} f(x) = -\infty$ et $f(n) = \ln(n) - 1 > 0$ et donc si $n \geqslant 3$, l'équation $f(x) = 0$ admet une unique solution dans l'intervalle $]n\,;+\infty[$.

L'équation $f(x) = 0$ admet donc exactement 2 solutions dans l'intervalle $]0\,;+\infty[$ pour tout entier naturel $n \geqslant 3$.

Remarque

On ne se contente pas de lire le tableau de variations de f pour déterminer le nombre de solutions, mais on applique soigneusement la conséquence du théorème des valeurs intermédiaires.

Fonctions sinus et cosinus

Faire le point

1 Définitions

- On appelle **fonction cosinus** la fonction qui à tout réel x associe le réel $\cos(x)$.
- On appelle **fonction sinus** la fonction qui à tout réel x associe le réel $\sin(x)$.

2 Propriété fondamentale

Pour tout réel x, on a :

- $\mathbf{-1 \leqslant \cos(x) \leqslant 1}$ **et** $\mathbf{-1 \leqslant \sin(x) \leqslant 1}$.
- $\mathbf{\cos^2(x) + \sin^2(x) = 1}$.

3 Propriétés des fonctions cosinus et sinus

Notations : pour tout réel x, on note $\cos^2(x)$ le nombre $(\cos(x))^2$ et $\sin^2(x)$ le nombre $(\sin(x))^2$.

Pour tout réel x, on a :

- $\cos(x+2\pi)=\cos(x)$ et $\sin(x+2\pi)=\sin(x)$.

On dit que les fonctions cosinus et sinus sont **périodiques de période 2π**.

- $\cos(-x)=\cos(x)$, la fonction cosinus est **paire**.
- $\sin(-x)=-\sin(x)$, la fonction sinus est **impaire**.

4 Formules de dérivation et sens de variation

Les fonctions cosinus et sinus sont dérivables sur $\mathbb{R}$ avec :

$$(\cos)'(x)=-\sin(x) \text{ et } (\sin)'(x)=\cos(x).$$

Les variations de la fonction cosinus sur $[0\,;\pi]$ sont les suivantes :

x	0	π
Variations de cos	1 ↘	-1

Les variations de la fonction sinus sur $[0 ; \pi]$ sont les suivantes :

x	0	$\frac{\pi}{2}$	π
Variations de sin	0 ↗	1	↘ 0

On utilise la symétrie d'axe (Oy) pour obtenir la représentation graphique de la fonction cosinus sur $[-\pi ; \pi]$.

On utilise la symétrie de centre O pour obtenir la représentation graphique de la fonction sinus sur $[-\pi ; \pi]$.

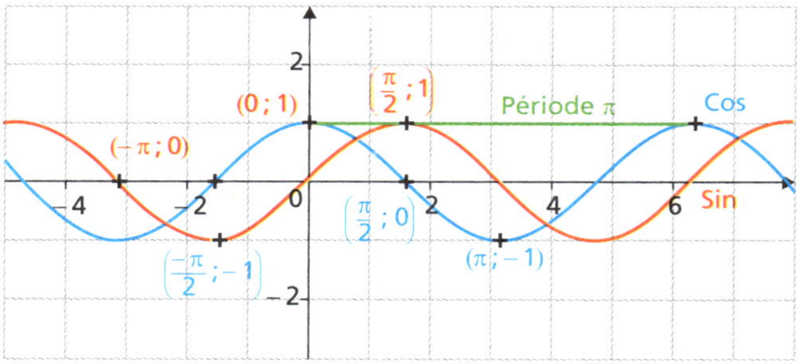

5 Résoudre des équations trigonométriques

- **Équation cos(x) = cos(α)**

$\cos(x) = \cos(\alpha)$

$\Leftrightarrow x = \alpha + 2k\pi$

ou $x = -\alpha + 2k\pi$, $k \in \mathbb{Z}$.

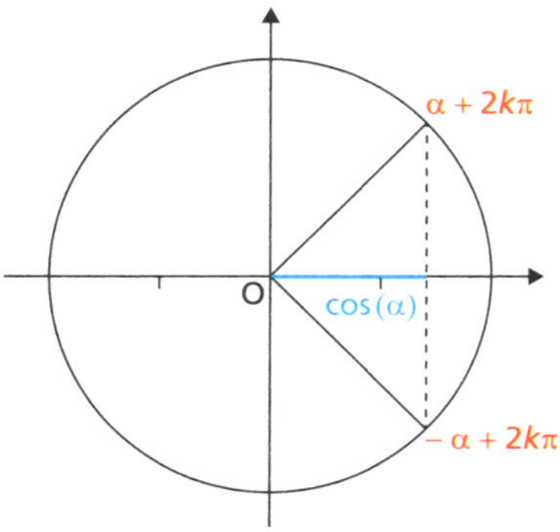

- **Équation sin(x) = sin(α)**

$\sin(x) = \sin(\alpha)$

$\Leftrightarrow x = \alpha + 2k\pi$

ou $x = \pi - \alpha + 2k\pi$, $k \in \mathbb{Z}$.

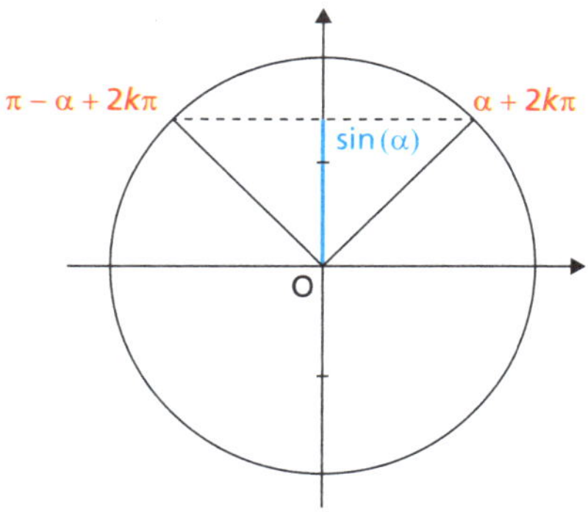

Contrôler ses connaissances

corrigés p. 276

Questions flash

1. Calculer :

$\cos(0)$; $\cos(\pi)$; $\cos\left(\frac{\pi}{6}\right)$; $\cos\left(\frac{\pi}{3}\right)$; $\cos\left(\frac{2\pi}{3}\right)$; $\cos\left(\frac{\pi}{4}\right)$.

2. Calculer :

$\sin\left(\frac{\pi}{2}\right)$; $\sin(\pi)$; $\sin\left(\frac{\pi}{6}\right)$; $\sin\left(\frac{\pi}{3}\right)$; $\sin\left(\frac{4\pi}{3}\right)$; $\sin\left(\frac{\pi}{4}\right)$.

3. Pour $x \in]-\pi\,;\pi]$, donner les solutions des équations suivantes :

$\cos(x)=0{,}5$ $\quad\cos(x)=1$ $\quad\cos(x)=0$ $\quad\cos(x)=\frac{\sqrt{2}}{2}$ $\quad\cos(x)=-\frac{\sqrt{3}}{2}$

4. Pour $x \in]-\pi\,;\pi]$, donner les solutions des équations suivantes :

$\sin(x)=0{,}5$ $\quad\sin(x)=1$ $\quad\sin(x)=0$ $\quad\sin(x)=\frac{\sqrt{2}}{2}$ $\quad\sin(x)=-\frac{\sqrt{3}}{2}$

QCM

Pour chaque question, il y a une ou plusieurs bonnes réponses.

1. La fonction f définie par : $f(x)=x^2-\sin(x)$ a pour dérivée :	**a.** $2x-\cos(x)$ ☐	**b.** $2x+\cos(x)$ ☐	**c.** $2x-\sin(x)$ ☐
2. La fonction f définie par : $f(x)=x\sin(x)$ a pour dérivée :	**a.** $\cos(x)$ ☐	**b.** $\cos^2(x)$ ☐	**c.** $\sin(x)+x\cos(x)$ ☐
3. La tangente au point d'abscisse $\frac{\pi}{2}$ à la courbe d'équation $y=\cos(x)$ est :	**a.** $y=1$ ☐	**b.** $y=-x+\frac{\pi}{2}$ ☐	**c.** $y=-x-\frac{\pi}{2}$ ☐
4. L'équation $4\cos^2(x)-1=0$ admet :	**a.** 4 solutions sur $]-\pi\,;\pi]$ ☐	**b.** 2 solutions sur $]-\pi\,;\pi]$ ☐	**c.** aucune solution sur $]-\pi\,;\pi]$ ☐
5. Sur $]-\pi\,;\pi]$, l'inéquation $2\cos(x)\geqslant\sqrt{3}$ a pour ensemble solution :	**a.** $\left[0\,;\frac{\pi}{6}\right]$ ☐	**b.** $\left[\frac{\pi}{6}\,;\frac{\pi}{2}\right]$ ☐	**c.** $\left[-\frac{\pi}{6}\,;\frac{\pi}{6}\right]$ ☐

Vrai ou Faux

1. $\cos'(x) = -\sin(x)$.
2. $\left(\cos^2\right)'(x) = -2\sin(x)\cos(x)$.
3. La fonction cosinus est croissante sur $\left]-\frac{\pi}{2} ; \frac{\pi}{2}\right]$.
4. La fonction sinus est croissante sur $\left]0 ; \frac{\pi}{2}\right]$.
5. L'équation $\cos(x) = \frac{1}{2}$ admet 2 solutions sur $]0 ; \pi]$.
6. L'équation $\sin(x) = -\frac{1}{2}$ admet 2 solutions sur $]-\pi ; \pi]$.
7. L'équation $\cos(3x) = \cos(x)$ a pour unique solution 0 sur $\mathbb{R}$.

Vers le sujet de BAC

Un triangle ABC isocèle en A, de sommet principal A, est inscrit dans un cercle de centre O et de rayon 1.
Le point H est le pied de la hauteur issue de A.
On note α la mesure en radian de l'angle $\widehat{HOC}$.

On suppose que $0 \leqslant \alpha \leqslant \frac{\pi}{2}$.

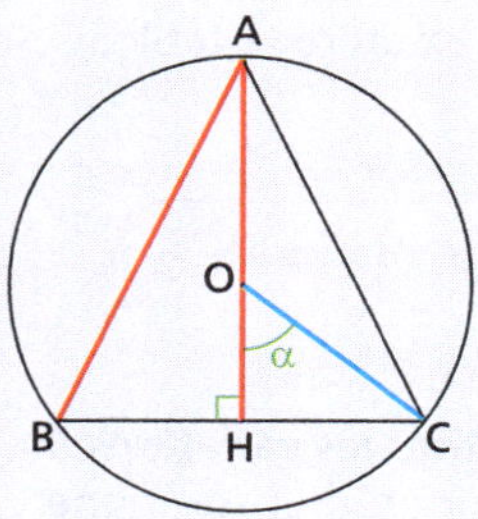

1 Exprimer BC et AH en fonction de α.
En déduire, en fonction de α, l'aire du triangle ABC.

2 f est la fonction définie sur $\left[0 ; \frac{\pi}{2}\right]$ par $f(\alpha) = \sin(\alpha)(1 + \cos(\alpha))$.

Calculer la dérivée f' de f et prouver que, pour tout réel α de $\left[0 ; \frac{\pi}{2}\right]$, on a $f'(\alpha) = 2\cos^2(\alpha) + \cos(\alpha) - 1$.

3 **a.** Prouver que, pour tout réel α de $\left[0 ; \frac{\pi}{2}\right]$,

$$f'(\alpha) = (2\cos(\alpha) - 1)(\cos(\alpha) + 1).$$

b. Dresser le tableau de variations de f.

4 Démontrer qu'il existe une valeur de α, que l'on déterminera, pour laquelle l'aire du triangle ABC est maximale. Préciser ce maximum.
Quelle est alors la nature du triangle ABC ?

MÉTHODE
SUJETS PAS À PAS
SUJETS COMME À L'EXAMEN

Sujets guidés

SUJET 34

4 pts 30 min

Une nouvelle fonction trigonométrique

On pose $f(\theta)=\frac{7}{2}+2\frac{\sin(\theta)}{\cos(\theta)}-\frac{4}{\cos(\theta)}$ avec $0\leqslant\theta<\frac{\pi}{2}$ (en rad).

On souhaite montrer qu'il existe des réels θ tels que $f(\theta)>0$.

1 Calculer $f'(x)$.

2 Résoudre l'équation $f'(\theta)=0$.

3 Étudier le signe de f'.

4 Montrer que $f(\theta)=\frac{7}{2}+\frac{2\sin(\theta)-4}{\cos(\theta)}$. En déduire $\lim\limits_{\theta\to\frac{\pi}{2}} f(\theta)$.

5 En déduire le tableau de variations de f.

PAR ÉTAPES

La méthode

Utiliser les variations d'une fonction sur un intervalle pour étudier son signe.

Les connaissances à mobiliser

- Fonctions dérivées des fonctions sinus et cosinus.
- Dérivée de $\frac{u}{v}$.
- Théorème des valeurs intermédiaires.

Les pièges à éviter

Montrer qu'une fonction admet des racines ne signifie pas nécessairement résoudre $f(x)=0$.

Les conseils

Penser à faire un cercle trigonométrique pour représenter les solutions.

CORRIGÉ 34

Comprendre le corrigé

Une nouvelle fonction trigonométrique

1 La fonction f est dérivable sur $[0\,;\,\pi[$ comme quotient et somme de fonctions dérivables avec :

$$f'(\theta)=\frac{2\left(\cos^2(\theta)+\sin^2(\theta)\right)}{\cos^2(\theta)}-\frac{4\sin(\theta)}{\cos^2(\theta)}=\frac{2-4\sin(\theta)}{\cos^2(\theta)}.$$

2 $f'(\theta)=0 \Leftrightarrow 2-4\sin(\theta)=0$, soit $\sin(\theta)=\frac{1}{2}$, d'où $\theta=\frac{\pi}{6}$ sur $\left[0\,;\frac{\pi}{2}\right[$. La solution est donc $\frac{\pi}{6}$.

3 On a $\cos^2(\theta)>0$ sur $\left[0\,;\frac{\pi}{2}\right[$, alors f' est du signe de $2-4\sin(\theta)$.

Pour $\theta\in\left[0\,;\frac{\pi}{6}\right[$, $\sin(\theta)<\frac{1}{2}$ et donc $-4\sin(\theta)>-2$, soit $2-4\sin(\theta)>0$ et donc $f'(\theta)>0$.

Pour $\theta\in\left[\frac{\pi}{6}\,;\frac{\pi}{2}\right[$, $\sin(\theta)\geqslant\frac{1}{2}$ et donc $-4\sin(\theta)\leqslant-2$, soit $2-4\sin(\theta)\leqslant 0$ et donc $f'(\theta)\leqslant 0$.

4 $f(\theta)=\frac{7}{2}+2\frac{\sin(\theta)}{\cos(\theta)}-\frac{4}{\cos(\theta)}=\frac{7}{2}+\frac{2\sin(\theta)-4}{\cos(\theta)}$.

Avec $0\leqslant\theta<\frac{\pi}{2}$, on a $0\leqslant\sin(\theta)<1$, donc $-4\leqslant 2\sin(\theta)-4<-2$. On a ainsi :

$$\frac{2\sin(\theta)-4}{\cos(\theta)}<-\frac{2}{\cos(\theta)}.$$

Comme $\lim\limits_{\theta\to\frac{\pi}{2}^-}\cos(\theta)=0^+$, alors $\lim\limits_{\theta\to\frac{\pi}{2}^-}-\frac{2}{\cos(\theta)}=-\infty$ et par le théorème de comparaison, on en déduit que $\lim\limits_{\theta\to\frac{\pi}{2}}f(\theta)=-\infty$.

5

x	0	$\frac{\pi}{6}$	$\frac{\pi}{2}$
Variations de f	$-0{,}5$ ↗	$\frac{7-4\sqrt{3}}{2}\approx 0{,}04$	↘ $-\infty$

Rappels

$\left(\frac{u}{v}\right)'=\frac{u'v-uv'}{v^2}$

$\left(\frac{1}{v}\right)'=\frac{-v'}{v^2}$.

Aide

Sur $\left[0\,;\frac{\pi}{2}\right]$ l'équation $\sin(x)=a$, $a>0$ admet une seule solution.

Conseil

Utiliser les variations de $\sin(x)$ sur $\left[0\,;\frac{\pi}{2}\right]$ pour déterminer le signe de f'.

Remarque

$\cos(\theta)>0$ sur $\left[0\,;\frac{\pi}{2}\right]$ donc on peut diviser chaque membre de l'inégalité par $\cos(\theta)$ sans en changer le sens.

Conseil

On calcule la valeur exacte de $f\left(\frac{\pi}{6}\right)$ à l'aide de la calculatrice.

SUJET 35 **France métropolitaine, juin 2016** 5 pts 45 min

Le problème du rugbyman

Lors d'un match de rugby, un joueur doit transformer un essai qui a été marqué au point E (voir figure ci-dessous) situé à l'extérieur du segment [AB].

La transformation consiste à taper le ballon par un coup de pied depuis un point T que le joueur a le droit de choisir n'importe où sur le segment [EM] perpendiculaire à la droite (AB) sauf en E. La transformation est réussie si le ballon passe entre les poteaux repérés par les points A et B sur la figure.

Terrain vu de dessus

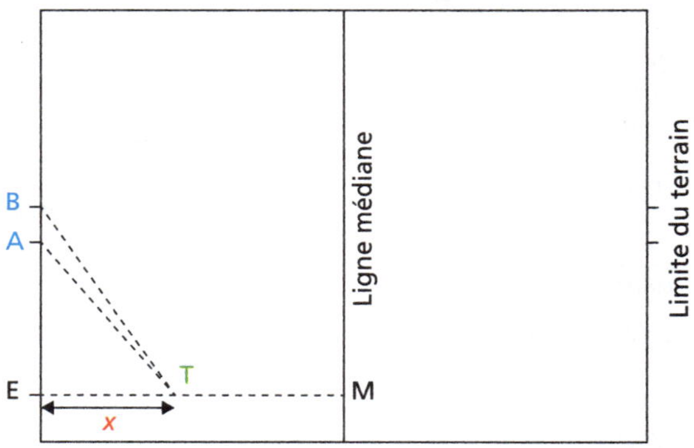

Pour maximiser ses chances de réussite, le joueur tente de déterminer la position du point T qui rend l'angle $\widehat{ATB}$ le plus grand possible.

Le but de cet exercice est donc de rechercher s'il existe une position du point T sur le segment [EM] pour laquelle l'angle $\widehat{ATB}$ est maximum et, si c'est le cas, de déterminer une valeur approchée de cet angle.

Dans toute la suite, on note x la longueur ET, qu'on cherche à déterminer.

Les dimensions du terrain sont les suivantes : EM = 50 m, EA = 25 m et AB = 5,6 m.

On note α la mesure en radian de l'angle $\widehat{ETA}$, β la mesure en radian de l'angle $\widehat{ETB}$ et γ la mesure en radian de l'angle $\widehat{ATB}$.

1 En utilisant les triangles rectangles ETA et ETB ainsi que les longueurs fournies, exprimer $\tan(\alpha)$ et $\tan(\beta)$ en fonction de x.

Aide : La fonction tangente est définie sur $\left]0\,;\frac{\pi}{2}\right[$ par $\tan(x)=\dfrac{\sin(x)}{\cos(x)}$.

2 Montrer que la fonction tan est strictement croissante sur l'intervalle $\left]0\,;\frac{\pi}{2}\right[$.

3 L'angle $\widehat{ATB}$ admet une mesure γ appartenant à l'intervalle $\left]0\,;\frac{\pi}{2}\right[$, résultat admis ici que l'on peut observer sur la figure.

On admet que pour tous réels a et b de l'intervalle $\left]0\,;\frac{\pi}{2}\right[$,

$$\tan(a-b)=\frac{\tan(a)-\tan(b)}{1+\tan(a)\times\tan(b)}.$$

Montrer que $\tan(\gamma)=\dfrac{5{,}6x}{x^2+765}$.

4 L'angle $\widehat{ATB}$ est maximum lorsque sa mesure γ est maximale.

Montrer que cela correspond au minimum sur]0 ; 50] de la fonction f définie par :

$$f(x)=x+\frac{765}{x}.$$

Montrer qu'il existe une unique valeur de x pour laquelle l'angle $\widehat{ATB}$ est maximum et déterminer cette valeur de x au mètre près, ainsi qu'une mesure de l'angle $\widehat{ATB}$ à 0,01 radian près.

PAR ÉTAPES

Les connaissances à mobiliser

- Trigonométrie dans un triangle rectangle.
- Fonctions dérivées des fonctions sinus et cosinus.
- Dérivée de $\dfrac{u}{v}$.
- Variations de u et $\dfrac{1}{u}$.

Les pièges à éviter

Ne pas confondre les variations de u et $\dfrac{1}{u}$.

Les conseils

- Penser à faire le lien entre les questions.
- Penser à exprimer $\tan(\gamma)$ en fonction de $f(x)$.

CORRIGÉ 35

Comprendre le corrigé

Le problème du rugbyman

1 $\tan(\alpha) = \frac{EA}{ET} = \frac{25}{x}$ et $\tan(\beta) = \frac{EB}{ET} = \frac{30,6}{x}$.

Aide
Appliquer la trigonométrie dans les triangles rectangles EAT et EBT.

2 Les fonctions $x \to \sin(x)$ et $x \to \cos(x)$ sont définies et dérivables sur $\left]0 ; \frac{\pi}{2}\right[$. Puisque la fonction cosinus ne s'annule pas sur $\left]0 ; \frac{\pi}{2}\right[$, on en déduit, par quotient, que la fonction $x \to \tan(x)$ est dérivable sur l'intervalle $\left]0 ; \frac{\pi}{2}\right[$.

Pour tout nombre réel x appartenant à $\left]0 ; \frac{\pi}{2}\right[$, on a :

$$\tan'(x) = \frac{\cos(x)\times\cos(x) - \sin(x)\times(-\sin(x))}{(\cos(x))^2}$$

$$= \frac{(\cos(x))^2 + (\sin(x))^2}{(\cos(x))^2} = \frac{1}{(\cos(x))^2}.$$

Rappel
$\cos^2(x) + \sin^2(x) = 1.$

Puisque $(\cos(x))^2 > 0$ sur $\left]0 ; \frac{\pi}{2}\right[$, on a donc $\tan'(x) > 0$ sur $\left]0 ; \frac{\pi}{2}\right[$, alors la fonction tangente est strictement croissante sur $\left]0 ; \frac{\pi}{2}\right[$.

3 On a $\widehat{ATB} = \widehat{ETB} - \widehat{ETA}$. Soit $\gamma = \beta - \alpha$. Par suite :

$$\tan(\gamma) = \tan(\beta - \alpha) = \frac{\tan(\beta) - \tan(\alpha)}{1 + \tan(\alpha)\times\tan(\beta)} = \frac{\frac{30,6}{x} - \frac{25}{x}}{1 + \frac{30,6}{x}\times\frac{25}{x}}$$

$$\tan(\gamma) = \frac{\frac{5,6}{x}}{1 + \frac{765}{x^2}} = \frac{\frac{5,6}{x}}{\frac{x^2 + 765}{x^2}} = \frac{5,6}{x}\times\frac{x^2}{x^2 + 765} = \frac{5,6x}{x^2 + 765}$$

4 L'angle $\widehat{ATB}$ est maximal lorsque sa mesure γ l'est. Puisque γ appartient à l'intervalle $\left]0 ; \frac{\pi}{2}\right[$, on en déduit, la fonction tangente étant strictement croissante sur $\left]0\,;\frac{\pi}{2}\right[$, que γ est maximal si, et seulement si, $\tan(\gamma)$ est maximal.

S'il existe, le maximum de $\tan(\gamma)$ est ainsi le maximum sur]0 ; 50] de la fonction g définie par :

$$g(x)=\frac{5{,}6x}{x^2+765}.$$

Puisque la fonction g ne s'annule pas sur l'intervalle]0 ; 50], on peut définir, sur]0 ; 50], la fonction $\frac{1}{g}$.

La fonction g est strictement positive sur]0 ; 50] et la fonction inverse est strictement décroissante sur]0 ; $+\infty$[: les fonctions g et $\frac{1}{g}$ ont donc des sens de variation contraires.

Remarque

$\left(\frac{1}{g}\right)'=\frac{-g'}{g^2}$ donc g et $\frac{1}{g}$ ont des variations contraires.

Puisque $f = 5{,}6 \times \frac{1}{g}$, les fonctions f et $\frac{1}{g}$ ont les mêmes variations : les fonctions f et g ont donc des variations contraires.

Le maximum de g sur]0 ; 50] est obtenu en une valeur de x pour laquelle f admet un minimum.

La fonction f est dérivable sur]0 ; 50] et, pour tout nombre réel x appartenant à]0 ; 50] :

$$f'(x)=1-\frac{765}{x^2}=\frac{x^2-765}{x^2}=\frac{x+\sqrt{765}}{x^2}\left(x-\sqrt{765}\right).$$

Aide

Pour $a>0$,
$x^2-a=(x-\sqrt{a})(x+\sqrt{a})$.

Puisque $x\in\left]0\,;50\right]$, alors $x+\sqrt{765}>0$.

Le signe de $f'(x)$ est donc celui de $x-\sqrt{765}$.

On en déduit que f est strictement décroissante sur $\left]0\,;\sqrt{765}\right]$ et strictement croissante sur $\left[\sqrt{765}\,;50\right]$.

f admet donc, sur]0 ; 50], un minimum atteint pour $x=\sqrt{765}$.

Rappel

Si une fonction f change de variation en a, alors f admet un extremum local en a.

L'angle $\widehat{ATB}$ est maximal pour une unique valeur de x, égale à $\sqrt{765}$ m.

Une valeur approchée de x, au mètre près, est 28 m.

On a $\tan(\gamma)=\frac{5{,}6\sqrt{765}}{2\times765}$, donc :

$$\gamma=\arctan\left(\frac{5{,}6\sqrt{765}}{2\times765}\right)\approx0{,}101.$$

Une valeur approchée de l'angle $\widehat{ATB}$, à 0,01 radian près est 0,10.

MÉTHODE
SUJETS PAS À PAS
SUJETS COMME À L'EXAMEN

SUJET 36 Antilles-Guyane, juin 2018

5 pts — 40 min

Création d'un logo publicitaire

Un publicitaire souhaite imprimer le logo ci-contre sur un T-shirt.

Il dessine ce logo à l'aide des courbes de deux fonctions f et g définies sur $\mathbb{R}$ par :

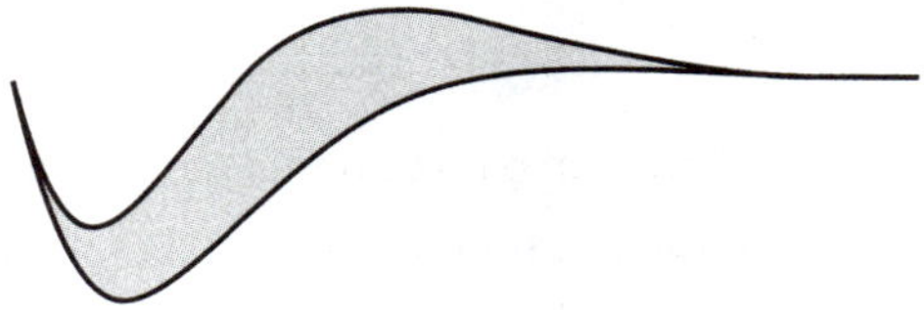

$$f(x) = e^{-x}(-\cos(x) + \sin(x) + 1)$$

$$\text{et } g(x) = -e^{-x}\cos(x).$$

On admet que les fonctions f et g sont dérivables sur $\mathbb{R}$.

Partie A – Étude de la fonction f

1 Justifier que, pour tout $x \in \mathbb{R}$: $-e^{-x} \leqslant f(x) \leqslant 3e^{-x}$.

2 En déduire la limite de f en $+\infty$.

3 Démontrer que, pour tout $x \in \mathbb{R}$, $f'(x) = e^{-x}(2\cos(x) - 1)$,

où f' est la fonction dérivée de f.

4 Dans cette question, on étudie la fonction f sur l'intervalle $[-\pi ; \pi]$.

a. Déterminer le signe de $f'(x)$ pour x appartenant à l'intervalle $[-\pi ; \pi]$.

b. En déduire les variations de f sur $[-\pi ; \pi]$.

Partie B – Aire du logo

On note $\mathscr{C}_f$ et $\mathscr{C}_g$ les représentations graphiques des fonctions f et g dans un repère orthonormé $(O ; \vec{i}, \vec{j})$. L'unité graphique est de 2 centimètres.

Ces deux courbes sont tracées ci-dessous.

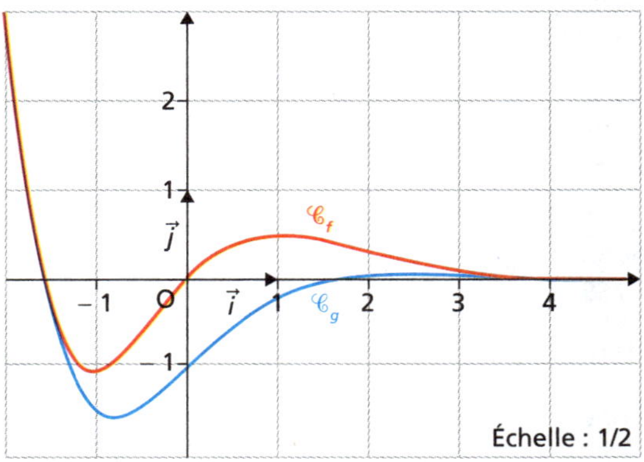

1 Étudier la position relative de la courbe $\mathscr{C}_f$ par rapport à la courbe $\mathscr{C}_g$ sur $\mathbb{R}$.

2 H est la fonction définie sur $\mathbb{R}$ par :

$$H(x)=\left(-\frac{\cos(x)}{2}-\frac{\sin(x)}{2}-1\right)e^{-x}.$$

On admet que la fonction H est une primitive sur $\mathbb{R}$ de la fonction :

$$x \mapsto (\sin(x)+1)e^{-x}.$$

On note $\mathscr{D}$ le domaine délimité par la courbe $\mathscr{C}_f$, la courbe $\mathscr{C}_g$ et les droites d'équations $x=-\frac{\pi}{2}$ et $x=\frac{3\pi}{2}$.

a. Hachurer le domaine $\mathscr{D}$ sur le graphique.

b. Calculer, en unité d'aire, l'aire du domaine $\mathscr{D}$, puis en donner une valeur approchée à 10^{-2} près, en cm^2.

PAR ÉTAPES

Les connaissances à mobiliser

- Limite d'une fonction par encadrement.
- Fonctions dérivées des fonctions cosinus et sinus.
- Dérivée de $u \times v$.
- Calcul d'une aire délimitée par deux courbes.

Les pièges à éviter

Ne pas confondre les fonctions f et g, et les domaines d'étude selon les questions.

Les conseils

- Reconnaître un encadrement pour appliquer le théorème des gendarmes.
- Utiliser le cercle trigonométrique pour déterminer le signe de $2\cos(x)-1$.

CORRIGÉ 36

Comprendre le corrigé

Création d'un logo publicitaire

Partie A

1 Pour tout $x \in \mathbb{R}$: $\begin{cases} -1 \leqslant -\cos(x) \leqslant 1 \\ -1 \leqslant \sin(x) \leqslant 1 \end{cases}$ donc par somme

$-1 \leqslant -\cos(x) + \sin(x) + 1 \leqslant 3$.

Comme $e^{-x} > 0$, on en déduit :

$-e^{-x} \leqslant e^{-x}(-\cos(x) + \sin(x) + 1) \leqslant 3e^{-x}$, c'est-à-dire :

$$-e^{-x} \leqslant f(x) \leqslant 3e^{-x}.$$

2 $\lim\limits_{x \to +\infty} e^{-x} = 0$ donc, d'après le théorème des gendarmes, $\lim\limits_{x \to +\infty} f(x) = 0$.

3 f est dérivable sur $\mathbb{R}$ et pour tout réel x :

$f'(x) = -e^{-x}(-\cos(x) + \sin(x) + 1) + e^{-x}(\cos(x) + \sin(x))$

$f'(x) = e^{-x}(2\cos(x) - 1)$.

Rappel

$(uv)' = u'v + uv'$.

4 Dans cette question, on étudie la fonction f sur l'intervalle $[-\pi\,;\,\pi]$.

a. Comme $e^{-x} > 0$, $f'(x)$ est du signe de :

$$u(x) = 2\cos(x) - 1.$$

$u(x) = 0 \Leftrightarrow \cos(x) = \dfrac{1}{2}$

$\Leftrightarrow x = -\dfrac{\pi}{3}$ ou $x = \dfrac{\pi}{3}$.

$2\cos(x) - 1 > 0 \Leftrightarrow \cos(x) > \dfrac{1}{2}$

$\Leftrightarrow x \in \left]-\dfrac{\pi}{3}\,;\,\dfrac{\pi}{3}\right[$.

Conseil

Pour déterminer le signe de $2\cos(x) - 1$, on utilise le cercle trigonométrique ou les variations de $x \mapsto \cos(x)$.

D'où le signe de $f'(x)$:

x	$-\pi$		$-\dfrac{\pi}{3}$		$\dfrac{\pi}{3}$		π
$f'(x)$		$-$	0	$+$	0	$-$	

b. On en déduit les variations de f sur $[-\pi\ ;\ \pi]$:

x	$-\pi$		$-\dfrac{\pi}{3}$		$\dfrac{\pi}{3}$		π
Variations de f	$2e^{\pi}$	↘	$\dfrac{1-\sqrt{3}}{2}e^{\frac{\pi}{3}}$	↗	$\dfrac{1+\sqrt{3}}{2}e^{-\frac{\pi}{3}}$	↘	$2e^{-\pi}$

Partie B

1 Pour tout $x \in \mathbb{R}$:

$$f(x)-g(x) = e^{-x}(-\cos(x)+\sin(x)+1)-\left(-e^{-x}\cos(x)\right)$$
$$= e^{-x}(\sin(x)+1).$$

Conseil
Pour étudier la position relative de deux courbes $\mathscr{C}_f$ et $\mathscr{C}_g$, on étudie le signe de $f(x) - g(x)$.

Or, $e^{-x} > 0$ et $\sin(x) \geqslant -1$, donc $\sin(x)+1 \geqslant 0$.
Donc $f(x)-g(x) \geqslant 0$, c'est-à-dire $f(x) \geqslant g(x)$.
La courbe $\mathscr{C}_f$ est au-dessus de la courbe $\mathscr{C}_g$ et les deux courbes se coupent lorsque $\sin(x) = -1$, c'est-à-dire aux points d'abscisse $x = -\dfrac{\pi}{2} + 2k\pi,\ k \in \mathbb{Z}$.

2 **a.**

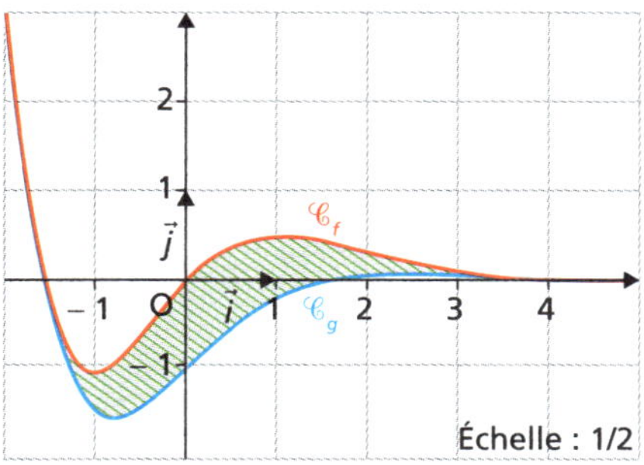

b. $\mathscr{C}_f$ est au-dessus de $\mathscr{C}_g$ sur $\left[-\dfrac{\pi}{2}\ ;\ \dfrac{3\pi}{2}\right]$, donc

$$\mathscr{A} = \int_{-\pi/2}^{3\pi/2}(f(x)-g(x))\,dx = H\left(\frac{3\pi}{2}\right) - H\left(-\frac{\pi}{2}\right)$$
$$= -\frac{1}{2}e^{-\frac{3\pi}{2}} + \frac{1}{2}e^{\frac{\pi}{2}}.$$

$\mathscr{A} \approx 2{,}40$ u.a. et 1 u.a. $= 2 \times 2 = 4$ cm^2,
donc $\mathscr{A} \approx 9{,}60$ cm^2.

Remarque
L'aire du domaine hachuré est égale à $\int_{-\pi/2}^{3\pi/2}(f(x)-g(x))\,dx$.

Primitives, équations différentielles

Faire le point

1 Définitions

- Une équation différentielle est une équation :
  – dont l'inconnue est une fonction (souvent notée y),
  – dans laquelle apparaissent certaines dérivées de cette fonction (dérivée y', dérivée seconde y''...).
- On appelle solution d'une équation différentielle (E) sur un intervalle I une fonction f qui vérifie l'équation (E) sur I.

Résoudre une équation différentielle sur un intervalle I, c'est déterminer toutes les fonctions solutions de cette équation sur I.

Exemple

L'équation (E) : $y' = 2x + 1$ est une équation différentielle dont une solution sur $\mathbb{R}$ est la fonction f définie par $f(x) = x^2 + x + 3$. En effet, $f'(x) = 2x + 1$.

La fonction g définie sur $\mathbb{R}$ par $g(x) = x^2 + x - 4$ est aussi une solution de (E).

En effet, $g'(x) = 2x + 1$.

→ Définition

f est une fonction définie sur un intervalle I.

La fonction F définie et dérivable sur I et solution de l'équation différentielle $y' = f$ sur I est appelée **une primitive** de la fonction f sur I. On a donc $F' = f$.

→ Propriété

Toute fonction continue sur un intervalle admet des primitives sur cet intervalle.

2 Propriétés

f est une fonction définie sur un intervalle I admettant une primitive F sur I.

- L'ensemble des primitives de f sur I est constitué des fonctions G définies sur I par $G(x) = F(x) + c$ où c est un réel.
- $(x_0\,;\,y_0)$ est un couple de réels avec $x_0 \in$ I.
  Il existe une unique primitive F_0 de f sur I telle que $F_0(x_0) = y_0$.

3 Primitives des fonctions de référence

c est un réel.

f est définie sur I par $f(x) =$	Les primitives de f sur I sont les fonctions F définies par $F(x) =$	I
$k,\ k \in \mathbb{R}$	$kx + c$	$\mathbb{R}$
$x^n,\ n \in \mathbb{Z} - \{-1\}$	$\dfrac{1}{n+1}x^{n+1} + c$	$\mathbb{R}$ si $n > 0$ ou $\mathbb{R}^*$ si $n < -1$
$\dfrac{1}{x}$	$\ln(x) + c$	$]0\ ;+\infty[$
$\dfrac{1}{\sqrt{x}}$	$2\sqrt{x} + c$	$]0\ ;+\infty[$
$\sin(x)$	$-\cos(x) + c$	$\mathbb{R}$
$\cos(x)$	$\sin(x) + c$	$\mathbb{R}$
e^x	$e^x + c$	$\mathbb{R}$

4 Opérations et fonctions composées

c est un réel et u est une fonction dérivable sur un intervalle I.

Fonction u	Primitives	Conditions sur u
$u'u^n,\ n \in \mathbb{Z} - \{-1\}$	$\dfrac{1}{n+1}u^{n+1} + c$	Pour $n < -1$, u ne s'annule pas sur I.
$\dfrac{u'}{u}$	$\ln(u) + c$ $\ln(-u) + c$	Si u est strictement positive sur I. Si u est strictement négative sur I.
$\dfrac{u'}{\sqrt{u}}$	$2\sqrt{u} + c$	Si u est strictement positive sur I.
$u'e^u$	$e^u + c$	
$u'\cos(u)$	$\sin(u) + c$	
$u'\sin(u)$	$-\cos(u) + c$	

5 Théorèmes

- a est un réel. Les solutions de l'équation différentielle $y' = ay$ sur $\mathbb{R}$ sont les fonctions f définies par :

$$f(x) = ke^{ax},\ \text{où } k \text{ est un nombre réel.}$$

- a est un réel et $(x_0\ ;y_0)$ est un couple de réels. L'équation $y' = ay$ admet sur $\mathbb{R}$ une unique solution f vérifiant la condition $y_0 = f(x_0)$.

a et b sont deux réels.

- Les solutions de l'équation différentielle $y' = ay + b$ sont les fonctions f définies sur $\mathbb{R}$ par :
  – $f(x) = bx + k$ où k est un nombre réel, si $a = 0$;
  – $f(x) = ke^{ax} - \frac{b}{a}$ où k est un nombre réel, si $a \neq 0$.
- $(x_0\,;y_0)$ est un couple de réels.
  L'équation $y' = ay + b$ admet sur $\mathbb{R}$ une unique solution f vérifiant la condition $y_0 = f(x_0)$.

a est un réel et f est une fonction définie sur un intervalle I.

- (E) est l'équation différentielle $y' = ay + f$.
  (E_0) est l'équation différentielle $y' = ay$.
  p est une solution particulière de (E) sur I : $p' = ap + f$.
  Les solutions de l'équation (E) sur I sont les fonctions g définies sur I par $g(x) = ke^{ax} + p(x)$, somme des solutions de (E_0) et d'une solution particulière de (E).
- $(x_0\,;y_0)$ est un couple de réels. L'équation $y' = ay + f$ admet sur I une unique solution f vérifiant la condition $y_0 = f(x_0)$.

6 Résolution de l'équation $y' = ay$

On considère les fonctions f définies sur $\mathbb{R}$ par $f(x) = ke^{ax}$, où k est un réel.
f est dérivable sur $\mathbb{R}$ et pour tout réel x,

$$f'(x) = kae^{ax} = af(x).$$

Ainsi, les fonctions f sont solutions de l'équation $y' = ay$ sur $\mathbb{R}$, ce qui prouve l'existence de solutions.

Montrons maintenant que les fonctions f sont les seules solutions de l'équation (E) : $y' = ay$ sur $\mathbb{R}$.

Pour cela, on considère une fonction g quelconque, solution de (E) sur $\mathbb{R}$, et la fonction h définie sur $\mathbb{R}$ par $h(x) = g(x)e^{-ax}$.

La fonction g est dérivable sur $\mathbb{R}$, donc la fonction h est dérivable sur $\mathbb{R}$ comme produit de fonctions dérivables et pour tout réel x :

$$h'(x) = g'(x)e^{-ax} - ag(x)e^{-ax} = e^{-ax}\left(g'(x) - ag(x)\right).$$

Or pour tout réel x, $g'(x) = ag(x)$ soit $h'(x) = 0$.

On en déduit que h est une fonction constante.

Il existe donc un nombre réel k tel que pour tout réel x, $h(x) = k$, c'est-à-dire $g(x)e^{-ax} = k$ et donc $g(x) = ke^{ax}$.

7 Courbes représentatives des solutions

On peut représenter graphiquement les courbes de ces solutions :

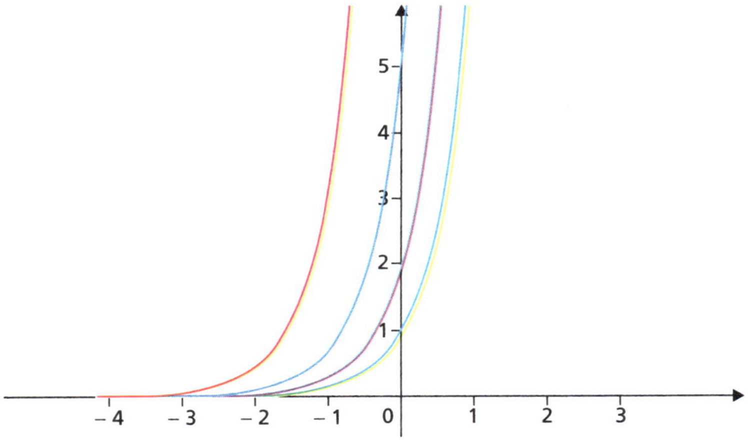

$a = 2$, $k = 1$, puis $k = 2$, puis $k = 5$, puis $k = 25$

Contrôler ses connaissances

corrigés p. 279

Questions flash

1. Déterminer une primitive de la fonction f définie sur $]0\,;+\infty[$ par :
$$f(x)=3x^5-4x^2+\frac{3}{x}-\frac{5}{x^3}.$$
2. Déterminer une primitive de la fonction f définie sur $\mathbb{R}$ par :
$$f(x)=\frac{6x+9}{\sqrt{x^2+3x+5}}.$$
3. Montrer qu'une primitive de la fonction f définie sur $\mathbb{R}$ par :
$$f(x)=(1-x)\left(-3x^2+6x-2\right)^4$$
est la fonction f définie sur $\mathbb{R}$ par :
$$F(x)=\frac{1}{30}\left(-3x^2+6x-2\right)^5.$$
4. Résoudre l'équation différentielle $y'=\cos(5x)$.
5. Résoudre l'équation différentielle $y'-3y=0$.

QCM

Pour chaque question, il y a une ou plusieurs bonnes réponses.

1. Une primitive de la fonction $x\mapsto\dfrac{20x-15}{\left(2x^2-3x+1\right)^3}$ sur $]1\,;+\infty[$ est :	a. $x\mapsto\dfrac{-5}{2\left(2x^2-3x+1\right)^2}$ ☐	b. $x\mapsto\dfrac{-1}{20\left(2x^2-3x+1\right)^2}$ ☐	c. $x\mapsto\dfrac{-20}{\left(2x^2-3x+1\right)^2}$ ☐
2. Une solution de l'équation différentielle $y'\sqrt{x}=1$ sur $]0\,;+\infty[$ est :	a. $x\mapsto\sqrt{x}$ ☐	b. $x\mapsto 2\sqrt{x}$ ☐	c. $x\mapsto\dfrac{2}{\sqrt{x}}$ ☐
3. Une solution de l'équation différentielle $y'=-\dfrac{1}{2}y$ sur $\mathbb{R}$ est :	a. $x\mapsto-\dfrac{1}{2}e^{-2x}$ ☐	b. $x\mapsto 2e^{-\frac{1}{2}x}$ ☐	c. $x\mapsto-\dfrac{1}{2}e^{-\frac{1}{2}x}$ ☐
4. Une primitive de la fonction $x\mapsto\ln(x)$ sur $]0\,;+\infty[$ est :	a. $x\mapsto\dfrac{1}{2}(\ln(x))^2$ ☐	b. $x\mapsto x\ln(x)$ ☐	c. $x\mapsto x\ln(x)-x$ ☐

Vrai ou Faux

1. Deux fonctions continues sur $\mathbb{R}$ qui diffèrent d'une constante non nulle admettent une même primitive.

2. La fonction F définie sur $\left]\frac{\pi}{4} ; \frac{\pi}{2}\right]$ par $F(x)=\frac{1}{4(\cos(2x))^4}$ est une primitive de la fonction f définie sur $\left]\frac{\pi}{4} ; \frac{\pi}{2}\right]$ par $f(x)=\frac{\sin(2x)}{(\cos(2x))^5}$.

3. L'unique primitive de la fonction f définie sur $]-\infty ; 5[$ par $f(x)=4-\frac{1}{x-5}+\frac{3}{(x-5)^2}$ qui s'annule en 0 est la fonction F définie sur $]-\infty ; 5[$ par $F(x)=4x-\ln(5-x)-\frac{3}{x-5}$.

4. L'unique solution f sur $\mathbb{R}$ de l'équation différentielle $y'-5y=0$ telle que $f(0)=-2$ est la fonction définie sur $\mathbb{R}$ par $f(x)=-2e^{5x}$.

5. Les solutions sur $\mathbb{R}$ de l'équation différentielle $2y'+3y=6x^2-7x+2$ sont les fonctions f définies sur $\mathbb{R}$ par :

$$f(x)=2x^2-5x+4+ke^{-\frac{3}{2}x}, \quad k \in \mathbb{R}.$$

Vers le sujet de BAC

On considère l'équation différentielle (E) : $y'+2y=e^{-2x}$.

1 Montrer que la fonction u définie sur l'ensemble des nombres réels $\mathbb{R}$ par $u(x)=xe^{-2x}$ est une solution de l'équation différentielle (E).

2 On considère l'équation différentielle (E_0) : $y'+2y=0$.

Résoudre l'équation différentielle (E_0).

3 v est une fonction définie et dérivable sur $\mathbb{R}$.
Montrer que la fonction v est une solution de l'équation différentielle (E) si, et seulement si, la fonction $v-u$ est solution de l'équation différentielle (E_0).

4 En déduire toutes les solutions de l'équation différentielle (E).

5 Déterminer l'unique solution g de l'équation différentielle (E) telle que $g(0)=2$.

Sujets guidés

SUJET 37 D'après Bac 2016 — 4 pts — 40 min

Équation différentielle auxiliaire

1 Résoudre l'équation différentielle :

(E) : $2y' + y = 0$ dont l'inconnue est une fonction définie et dérivable sur $\mathbb{R}$.

2 On considère l'équation différentielle (E′) :

$$2y' + y = e^{-\frac{x}{2}}(x+1).$$

a. Déterminer deux réels m et p tels que la fonction f définie sur $\mathbb{R}$ par $f(x) = e^{-\frac{x}{2}}\left(mx^2 + px\right)$ soit solution de (E′).

b. g est une fonction définie et dérivable sur $\mathbb{R}$.

Montrer que g est solution de l'équation (E′) si, et seulement si, $g - f$ est solution de l'équation (E). Résoudre l'équation (E′).

3 Étudier les variations de la fonction h définie sur $\mathbb{R}$ par :

$$h(x) = \frac{1}{4}e^{-\frac{x}{2}}\left(x^2 + 2x\right).$$

PAR ÉTAPES

Les connaissances à mobiliser

- Connaître les solutions de l'équation différentielle $y' = ay$.
- Équation différentielle de la forme $y' = ay + f$.
- Fonction exponentielle.
- Dérivée de la fonction $u \times v$.
- Sens de variation d'une fonction.

Les pièges à éviter

- Il faut bien prendre le temps de se relire dans cet exercice qui fait appel à une bonne technicité : calcul littéral avec beaucoup de paramètres, dérivée produit…
- Ne pas confondre les équations (E) et (E′).

CORRIGÉ 37

Comprendre le corrigé

Équation différentielle auxiliaire

1 $2y' + y = 0 \Leftrightarrow y' = -\frac{1}{2}y$, donc les solutions de l'équation différentielle (E) sur $\mathbb{R}$ sont les fonctions $x \mapsto ke^{-\frac{1}{2}x}$, où $k \in \mathbb{R}$.

2 **a.** La fonction f est le produit de deux fonctions dérivables sur $\mathbb{R}$, donc f est dérivable sur $\mathbb{R}$ et pour tout réel x,

$$f'(x) = -\frac{1}{2}e^{-\frac{1}{2}x}\left(mx^2 + px\right) + (2mx + p)e^{-\frac{1}{2}x}.$$

Rappel
f est de la forme $u \times v$ donc $f' = u'v + uv'$.

f est solution de (E′) si, et seulement si,

$$2f' + f = e^{-\frac{x}{2}}(x+1) \Leftrightarrow$$

$$2\left(-\frac{1}{2}e^{-\frac{x}{2}}\left(mx^2 + px\right) + (2mx + p)e^{-\frac{x}{2}}\right) + e^{-\frac{x}{2}}\left(mx^2 + px\right) = e^{-\frac{x}{2}}(x+1)$$

$$\Leftrightarrow 2(2mx + p)e^{-\frac{x}{2}} = e^{-\frac{x}{2}}(x+1) \Leftrightarrow 2(2mx + p) = x + 1$$

$$\Leftrightarrow 4mx + 2p - x - 1 = 0 \Leftrightarrow (4m-1)x + 2p - 1 = 0.$$

Remarque
Pour tout réel x, $e^{-\frac{x}{2}} > 0$.

Cette fonction est nulle sur $\mathbb{R}$ si, et seulement si, $4m - 1 = 0$ et $2p - 1 = 0$, c'est-à-dire si, et seulement si, $m = \frac{1}{4}$ et $p = \frac{1}{2}$.

Ainsi pour tout réel x,

$$f(x) = e^{-\frac{x}{2}}\left(\frac{1}{4}x^2 + \frac{1}{2}x\right).$$

b. g est solution de (E′) si, et seulement si,

$$2g' + g = e^{-\frac{x}{2}}(x+1).$$

Or, f est solution de (E′), donc $2f' + f = e^{-\frac{x}{2}}(x+1)$.

Ainsi g est solution de (E′)

$$\Leftrightarrow 2g' + g - (2f' + f) = \mathrm{e}^{-\frac{x}{2}}(x+1) - \mathrm{e}^{-\frac{x}{2}}(x+1)$$

$$\Leftrightarrow 2(g' - f') + g - f = 0$$

$\Leftrightarrow g - f$ est solution de l'équation (E).

Ainsi g est solution de l'équation (E′) si, et seulement si, $g - f$ est solution de l'équation (E).

Remarque
On soustrait membres à membres les deux égalités.

Pour tout réel x, $g(x) - f(x) = k\mathrm{e}^{-\frac{1}{2}x}$, où $k \in \mathbb{R}$ et donc :

$$g(x) = f(x) + k\mathrm{e}^{-\frac{1}{2}x}$$

$$= \mathrm{e}^{-\frac{x}{2}}\left(\frac{1}{4}x^2 + \frac{1}{2}x\right) + k\mathrm{e}^{-\frac{x}{2}}$$

$$= \mathrm{e}^{-\frac{x}{2}}\left(\frac{1}{4}x^2 + \frac{1}{2}x + k\right),\ k \in \mathbb{R}.$$

3 La fonction h est le produit de deux fonctions dérivables sur $\mathbb{R}$, donc h est dérivable sur $\mathbb{R}$ et pour tout réel x,

$$h'(x) = \frac{1}{4} \times \left(-\frac{1}{2}\right)\mathrm{e}^{-\frac{1}{2}x}\left(x^2 + 2x\right) + (2x+2) \times \frac{1}{4}\mathrm{e}^{-\frac{1}{2}x}$$

$$= \frac{1}{4}\mathrm{e}^{-\frac{1}{2}x}\left(-\frac{x^2}{2} - x + 2x + 2\right) = \frac{1}{4}\mathrm{e}^{-\frac{1}{2}x}\left(-\frac{x^2}{2} + x + 2\right).$$

Pour tout réel x, $\frac{1}{4}\mathrm{e}^{-\frac{1}{2}x} > 0$, donc le signe de $h'(x)$ est le signe du trinôme $-\frac{x^2}{2} + x + 2$.

Le discriminant de ce trinôme est 5.

Il a deux racines $x_1 = 1 + \sqrt{5}$ et $x_2 = 1 - \sqrt{5}$.

$-\frac{x^2}{2} + x + 2 > 0$ pour $x \in \left]1 - \sqrt{5}\,;1 + \sqrt{5}\right[$,

donc $h'(x) > 0$ pour $x \in \left]1 - \sqrt{5}\,;1 + \sqrt{5}\right[$ et donc h est strictement croissante sur $\left]1 - \sqrt{5}\,;1 + \sqrt{5}\right[$ et strictement décroissante sur $\left]-\infty\,;1 - \sqrt{5}\right[$ et sur $\left]1 + \sqrt{5}\,;+\infty\right[$.

Rappel
Si $a \neq 0$ et $\Delta = b^2 - 4ac$ est strictement positif, alors le trinôme $ax^2 + bx + c$ admet deux racines $x_1 = \frac{-b - \sqrt{\Delta}}{2a}$ et $x_2 = \frac{-b + \sqrt{\Delta}}{2a}$.

Remarque
$ax^2 + bx + c$ est du signe de $-a$ entre les racines.

SUJET 38 D'après Bac 2018

1 pt — 5 min

Déterminer une primitive

g est la fonction définie sur $]0\,;+\infty[$ par $g(x)=4x-x\ln(x)$.
On désigne par G la fonction définie sur $]0\,;+\infty[$ par :

$$G(x)=\frac{1}{4}x^2(9-2\ln(x)).$$

› Démontrer que la fonction G est une primitive de la fonction g sur $]0\,;+\infty[$.

PAR ÉTAPES

Les connaissances à mobiliser

- Dérivée d'un produit de fonctions.
- Fonction logarithme népérien.
- Définition d'une primitive d'une fonction.

CORRIGÉ 38

Comprendre le corrigé

Déterminer une primitive

La fonction G est le produit de deux fonctions dérivables sur $]0\,;+\infty[$, donc G est dérivable sur $]0\,;+\infty[$ et pour tout réel x strictement positif,

$$\begin{aligned}G'(x)&=\frac{1}{4}\times 2x\times(9-2\ln(x))+\frac{1}{4}x^2\times\left(-2\times\frac{1}{x}\right)\\&=\frac{1}{2}x(9-2\ln(x))-\frac{1}{2}x\\&=\frac{8}{2}x-\frac{1}{2}x\times 2\ln(x)\\&=4x-x\ln(x)\\&=g(x).\end{aligned}$$

Donc la fonction G est une primitive de la fonction g sur $]0\,;+\infty[$.

Aide
La dérivée de la fonction $x\to\ln(x)$ sur $]0\,;+\infty[$ est la fonction $x\mapsto\frac{1}{x}$ et $(uv)'=u'v+uv'$.

MÉTHODE — SUJETS PAS À PAS — SUJETS COMME À L'EXAMEN

SUJET 39 D'après Bac 2017 2,5 pts 15 min

Étude d'une population

La proportion d'individus qui possèdent un certain type d'équipement dans une population est modélisée par la fonction p définie sur $[0\,;+\infty[$ par :

$$p(x)=\frac{1}{1+e^{-0,2x}}.$$

Le réel x représente le temps écoulé, en année, depuis le 1er janvier 2000.

Le nombre $p(x)$ modélise la proportion d'individus équipés après x années.

Ainsi, pour ce modèle, $p(0)$ est la proportion d'individus équipés au 1er janvier 2000 et $p(3,5)$ est la proportion d'individus équipés au milieu de l'année 2003.

1 Quelle est, pour ce modèle, la proportion d'individus équipés au 1er janvier 2010 ? On en donnera une valeur arrondie au centième.

2 **a.** Vérifier que, pour tout réel $x \geqslant 0$,

$$p(x)=\frac{e^{0,2x}}{1+e^{0,2x}}.$$

b. En déduire une primitive de la fonction p sur $[0\,;+\infty[$.

PAR ÉTAPES

Les connaissances à mobiliser

- Modélisation d'une population.
- Propriétés de la fonction exponentielle.
- Primitive d'une fonction de la forme $\frac{u'}{u}$.

Les pièges à éviter

- Penser à bien respecter le nombre de décimales demandé dans les valeurs approchées.
- Attention au signe de u dans $\frac{u'}{u}$ pour la recherche de primitives.

CORRIGÉ 39

Comprendre le corrigé

Étude d'une population

1 La proportion d'individus équipés au 1er janvier 2010 est donnée par :

$$p(10) = \frac{1}{1+e^{-0,2\times 10}} = \frac{1}{1+e^{-2}} \approx 0,88 \text{ au centième près.}$$

2 a. Pour tout réel $x \geqslant 0$, $e^{0,2x} > 0$ et

$$p(x) = \frac{1}{1+e^{-0,2x}} = \frac{1}{1+\frac{1}{e^{0,2x}}} = \frac{1}{\frac{e^{0,2x}+1}{e^{0,2x}}} = \frac{e^{0,2x}}{1+e^{0,2x}}.$$

Aide

Si $a \neq 0$ et $b \neq 0$, on a : $\frac{1}{\frac{a}{b}} = \frac{b}{a}$.

b. Pour tout réel $x \geqslant 0$, on pose $u(x) = 1+e^{0,2x}$.

u est dérivable sur $[0 ; +\infty[$ et $u'(x) = 0,2e^{0,2x}$.

$$p(x) = \frac{e^{0,2x}}{1+e^{0,2x}} = \frac{1}{0,2}\times\frac{0,2e^{0,2x}}{1+e^{0,2x}} = 5\times\frac{0,2e^{0,2x}}{1+e^{0,2x}} = 5\times\frac{u'(x)}{u(x)}$$

Rappel

Si $u > 0$, une primitive d'une fonction de la forme $\frac{u'}{u}$ est $\ln(u)$.

Or, $u(x) > 0$ pour tout réel $x \geqslant 0$ donc une primitive de p sur $[0 ; +\infty[$ est la fonction P définie par :

$$P(x) = 5\ln(u(x)) = 5\ln\left(1+e^{0,2x}\right).$$

SUJET 40 D'après Bac 2017 — 3 pts — 25 min

Une solution particulière

Partie A

On utilisera le résultat suivant :

Les solutions de l'équation différentielle $y' = ay$, où $a \in \mathbb{R}$ sont les fonctions g définies sur $\mathbb{R}$ par $g(x) = ke^{ax}$, où $k \in \mathbb{R}$.

Le but de cette partie est de déterminer les solutions de l'équation différentielle

$$(\text{E}) : \ y' = ay + b \text{, où } a \in \mathbb{R}^* \text{ et } b \in \mathbb{R}.$$

1 Démontrer que la fonction u définie sur $\mathbb{R}$ par $u(x) = -\dfrac{b}{a}$ est une solution de l'équation (E).

2 f est une fonction définie et dérivable sur $\mathbb{R}$.

Démontrer l'équivalence suivante :

$$f \text{ est solution de (E)}$$
$$\Leftrightarrow \ f - u \text{ est solution de l'équation différentielle } y' = ay.$$

3 En déduire toutes les solutions de l'équation différentielle (E).

Partie B

Un cycliste roule sur une route descendante rectiligne et très longue.

On note $v(t)$ sa vitesse à l'instant t, où t est exprimé en seconde et $v(t)$ en mètre par seconde. On suppose de plus que la fonction v ainsi définie est dérivable sur l'intervalle $[0 ; +\infty[$.

Un modèle simple permet de considérer que la fonction v est solution de l'équation différentielle :

$$10v'(t) + v(t) = 30.$$

Enfin, on suppose que, lorsque le cycliste s'élance, sa vitesse initiale est nulle, c'est-à-dire que $v(0) = 0$.

Démontrer que : $v(t) = 30\left(1 - e^{-\frac{t}{10}}\right)$.

PAR ÉTAPES

Les connaissances à mobiliser

- Équation différentielle $y' = ay + b$.
- Modélisation d'une situation à l'aide d'une équation différentielle.
- Solution particulière d'une équation différentielle avec conditions initiales.

Les pièges à éviter

Il faut penser à faire le lien entre les équations différentielles des deux parties.

CORRIGÉ 40

Comprendre le corrigé

Une solution particulière

Partie A

1 La fonction u définie sur $\mathbb{R}$ par $u(x) = -\frac{b}{a}$ est dérivable sur $\mathbb{R}$ et pour tout réel x, $u'(x) = 0$.

De plus $au(x) + b = a \times \left(-\frac{b}{a}\right) + b = -b + b = 0 = u'(x)$,

donc u est une solution de (E).

2 f est une solution de (E) si, et seulement si,

$f' = af + b$.

Or $u' = au + b$.

Ainsi, f est une solution de (E) si, et seulement si :
$f' - u' = (af + b) - (au + b)$

c'est-à-dire $(f - u)' = a(f - u)$ ou encore :
$(f - u)' - a(f - u) = 0$.

Ainsi, f est solution de (E) si, et seulement si, $f - u$ est solution de (E′).

Remarque
Il faut faire attention à raisonner par équivalence jusqu'au bout de la démonstration.

3 $f - u$ est solution de l'équation différentielle (E′) : $y' = ay$, donc d'après le résultat donné en début d'exercice : pour tout réel x, $f(x) - u(x) = ke^{ax}$, où $k \in \mathbb{R}$ et ainsi $f(x) = u(x) + ke^{ax} = ke^{ax} - \frac{b}{a}$.

Partie B

L'équation différentielle : $10v'(t)+v(t)=30$ peut encore s'écrire :

$$v'(t)=-\frac{1}{10}v(t)+3,$$

soit $y'=ay+b$ avec $a=-\frac{1}{10}$ et $b=3$.

On a donc d'après la partie A, pour tout réel t,

$$v(t)=ke^{-\frac{t}{10}}-\frac{3}{-\frac{1}{10}}$$

$$=ke^{-\frac{t}{10}}+30.$$

De plus $v(0)=0$, donc $ke^0+30=0$ et ainsi, puisque $e^0=1$, $k=-30$.

Pour tout réel t,

$$v(t)=-30e^{-\frac{t}{10}}+30=30\left(1-e^{-\frac{t}{10}}\right).$$

Remarque

La partie B est une application directe de la partie A.

La fonction v est la fonction f déterminée à la question **A. 3.**

SUJET 41 D'après Bac 2014

3 pts — 30 min

Vitesse de propagation

Dans cet exercice, on étudie une épidémie dans une population pendant 30 jours. Au début de l'épidémie, on constate que 0,01 % de la population est contaminée.

Pour t appartenant à [0 ; 30], on note $y(t)$ le pourcentage de personnes touchées par la maladie après t jours.

On a donc $y(0)=0{,}01$.

On admet que la fonction y ainsi définie sur [0 ; 30] est dérivable, strictement positive et vérifie :

$$y'=0{,}05y(10-y).$$

1 On considère la fonction z définie sur l'intervalle [0 ; 30] par $z=\frac{1}{y}$.

Démontrer que la fonction y satisfait aux conditions $\begin{cases} y(0)=0{,}01 \\ y'=0{,}05y(10-y) \end{cases}$

si, et seulement si, la fonction z satisfait aux conditions :

$$\begin{cases} z(0)=100 \\ z'=-0{,}5z+0{,}05 \end{cases}$$

2 **a.** En déduire une expression de la fonction z, puis celle de la fonction y.

b. Calculer le pourcentage de la population infectée après 30 jours. On donnera la valeur arrondie à l'entier le plus proche.

PAR ÉTAPES

Les connaissances à mobiliser

- Équation différentielle de la forme $y'=ay+b$.
- Modélisation d'une situation (population touchée par une épidémie) à l'aide d'une équation différentielle.
- Solution particulière d'une équation différentielle avec conditions initiales.

Les pièges à éviter

Attention : y et z sont des fonctions et non des variables.

MÉTHODE | SUJETS PAS À PAS | SUJETS COMME À L'EXAMEN

CORRIGÉ 41

Comprendre le corrigé

Vitesse de propagation

1 La fonction y est dérivable et strictement positive sur [0 ; 30], donc la fonction z définie sur l'intervalle [0 ; 30] par $z=\frac{1}{y}$ est dérivable et strictement positive sur [0 ; 30] et ainsi, puisque $y=\frac{1}{z}$, alors $y'=-\frac{z'}{z^2}$.

On a donc :

$$\begin{cases} y(0)=0{,}01 \\ y'=0{,}05y(10-y) \end{cases} \Leftrightarrow \begin{cases} z(0)=\dfrac{1}{0{,}01} \\ -\dfrac{z'}{z^2}=0{,}05\dfrac{1}{z}\left(10-\dfrac{1}{z}\right) \end{cases}$$

$$\Leftrightarrow \begin{cases} z(0)=100 \\ z'=-0{,}5z+0{,}05 \end{cases}$$

Aide
On multiplie les membres de la deuxième équation par $-z^2$, non nul.

2 **a.** z est donc solution d'une équation différentielle de la forme $z'=az+b$ avec $a=-0{,}5$ et $b=0{,}05$.

Les solutions de l'équation $z'=-0{,}5z+0{,}05$ sont les fonctions définies sur [0 ; 30] par :

$$z(x)=ke^{ax}-\frac{b}{a}=ke^{-0{,}5x}+0{,}1 \text{ avec } k\in\mathbb{R}.$$

Or, $z(0)=100$ donc $ke^0+0{,}1=100$ et $k=99{,}9$.

Pour tout réel x de l'intervalle [0 ; 30],

$$z(x)=99{,}9e^{-0{,}5x}+0{,}1.$$

Enfin, pour tout réel x de l'intervalle [0 ; 30], $z(x)\neq 0$ et $y(x)=\frac{1}{z(x)}=\frac{1}{99{,}9e^{-0{,}5x}+0{,}1}$.

Remarque
La condition $z(0)=100$ permet de déterminer l'unique solution z de l'équation différentielle.

b. Le pourcentage de la population infectée après 30 jours est donné par :

$$y(30)=\frac{1}{99{,}9e^{-0{,}5\times 30}+0{,}1}$$

≈ 10 à l'entier près, soit 10 %.

SUJET 42 D'après Bac 2015

3 pts — 30 min

Problème ouvert

Partie A

f est la fonction définie sur l'ensemble des nombres réels par $f(x) = e^x$.

On appelle $\mathscr{C}_f$ la courbe représentative de la fonction f dans un repère orthonormal $(O\,;\vec{i},\vec{j})$.

1 a est un nombre réel.
Démontrer que la tangente à la courbe $\mathscr{C}_f$ au point M d'abscisse a coupe l'axe des abscisses au point P d'abscisse $a-1$.

2 N est le projeté orthogonal du point M sur l'axe des abscisses.
Démontrer $\overrightarrow{NP} = -\vec{i}$.

Partie B

g est une fonction dérivable sur l'ensemble des nombres réels telle que $g'(x) \neq 0$ pour tout nombre réel x. On appelle $\mathscr{C}_g$ la courbe représentative de la fonction g dans un repère orthonormal $(O\,;\vec{i},\vec{j})$.

a est un nombre réel. On considère le point M de la courbe $\mathscr{C}_g$ d'abscisse a et le point N projeté orthogonal du point M sur l'axe des abscisses.

P est le point d'intersection de la tangente T_a à la courbe $\mathscr{C}_g$ au point M avec l'axe des abscisses.

Le graphique suivant illustre la situation de la partie B.

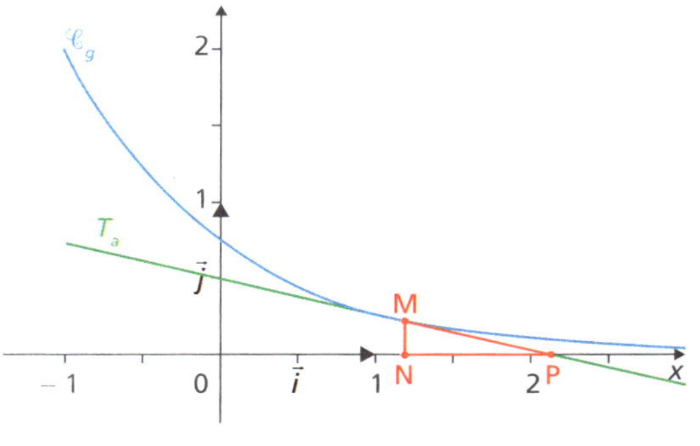

1 Démontrer que le point P a pour coordonnées $\left(a - \dfrac{g(a)}{g'(a)}\ ;\ 0\right)$.

2 *Dans cette question, toute trace de recherche, même incomplète, ou d'initiative même non fructueuse, sera prise en compte dans l'évaluation.*
Existe-t-il une fonction g vérifiant $g(0) = 2$ et $\overrightarrow{NP} = \vec{i}$?

PAR ÉTAPES

Les connaissances à mobiliser

- Équation d'une tangente à une courbe.
- Projeté orthogonal.
- Vecteurs et coordonnées.
- Équation différentielle de la forme $y' = ay$.
- Prise d'initiatives dans la dernière question.

Les pièges à éviter

L'énoncé indique : « Dans cette question, toute trace de recherche, même incomplète, ou d'initiative même non fructueuse, sera prise en compte dans l'évaluation ».

Il ne faut donc pas hésiter à essayer divers raisonnements. La recherche est évaluée et un raisonnement, même non abouti, rapportera des points.

CORRIGÉ 42

Comprendre le corrigé

Problème ouvert

Partie A

1 La fonction f est dérivable sur $\mathbb{R}$ et pour tout réel x, $f'(x) = e^x$.

Une équation de la tangente à $\mathscr{C}_f$ au point d'abscisse a est $y = f'(a)(x-a)+f(a)$, c'est-à-dire :

$$y = e^a(x-a)+e^a.$$

Cette tangente coupe l'axe des abscisses au point P d'ordonnée 0, donc :

$$0 = e^a(x-a)+e^a \Leftrightarrow e^a(x-a) = -e^a$$
$$\Leftrightarrow x-a=-1$$
$$\Leftrightarrow x = a-1.$$

Le point P a donc pour abscisse $a-1$.

Remarque
On peut diviser chaque membre par e^a qui est non nul pour tout réel a.

2 Le point M a pour coordonnées $(a\ ;\ e^a)$, le point N, projeté orthogonal du point M sur l'axe des abscisses, a pour coordonnées $(a\,;0)$ et le point P a pour coordonnées $(a-1;0)$ donc le vecteur $\overrightarrow{NP}$ a pour coordonnées $(a-1-a\,;0)$, c'est-à-dire $(-1;0)$. On a donc bien $\overrightarrow{NP}=-\vec{i}$.

Aide
N a la même abscisse que M, mais a pour ordonnée 0 puisqu'il appartient à l'axe des abscisses.

Remarque
Les coordonnées du vecteur $\vec{i}$ sont $(1;0)$.

Partie B

1 La fonction g est dérivable sur $\mathbb{R}$ et pour tout réel x, $g'(x)\neq 0$.

Une équation de la tangente à $\mathscr{C}_g$ au point d'abscisse a est $y=g'(a)(x-a)+g(a)$.

Cette tangente coupe l'axe des abscisses au point P d'ordonnée 0 donc :

$$0=g'(a)(x-a)+g(a)\Leftrightarrow g'(a)(x-a)=-g(a)$$

$$\Leftrightarrow x-a=-\frac{g(a)}{g'(a)}\Leftrightarrow x=a-\frac{g(a)}{g'(a)}\text{ car } g'(a)\neq 0.$$

Le point P a donc pour coordonnées $\left(a-\dfrac{g(a)}{g'(a)}\,;0\right)$.

2 Le point N a pour coordonnées $(a\,;0)$, donc le vecteur $\overrightarrow{NP}$ a pour coordonnées $\left(-\dfrac{g(a)}{g'(a)}\,;0\right)$ et puisque le vecteur $\vec{i}$ a pour coordonnées $(1;0)$,

$$\overrightarrow{NP}=\vec{i}\Leftrightarrow -\frac{g(a)}{g'(a)}=1$$

$$\Leftrightarrow g'(a)=-g(a).$$

Rappel
Si $A(x_A\,;y_A)$ et $B(x_B\,;y_B)$ alors $\overrightarrow{AB}$ a pour coordonnées $\overrightarrow{AB}\begin{pmatrix}x_B-x_A\\y_B-y_A\end{pmatrix}$.

La fonction g est une solution sur $\mathbb{R}$ de l'équation différentielle $y'=-y$ et les solutions de cette équation différentielle sont les fonctions :

$$x\mapsto ke^{-x},\quad k\in\mathbb{R}.$$

Or $g(0)=2$ donc $ke^0=2$ et ainsi $k=2$.

Il existe donc bien une fonction g vérifiant $g(0)=2$ et $\overrightarrow{NP}=\vec{i}$, c'est la fonction g définie sur $\mathbb{R}$ par :

$$g(x)=2e^{-x}.$$

Calcul intégral

Faire le point

1 Intégrale d'une fonction continue

→ Définition

f est une fonction continue et positive sur un intervalle $[a\,;b]$.

On appelle **intégrale de *f* sur $[a\,;b]$** l'aire, exprimée en u.a., du domaine délimité par la courbe représentative de la fonction *f*, l'axe des abscisses et les droites d'équations $x = a$ et $x = b$.

On note ce nombre :

$$\int_a^b f(x)\mathrm{d}x.$$

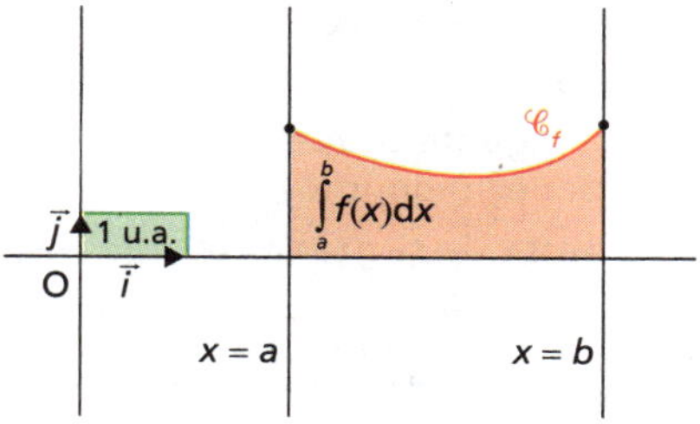

Remarque : l'intégrale d'une fonction *f* de signe quelconque sur $[a\,;b]$ correspond à l'aire sous la courbe $\mathscr{C}_f$, mais comptée algébriquement, c'est-à-dire en positif lorsque *f* est positive et en négatif lorsque *f* est négative : on parle d'aire algébrique.

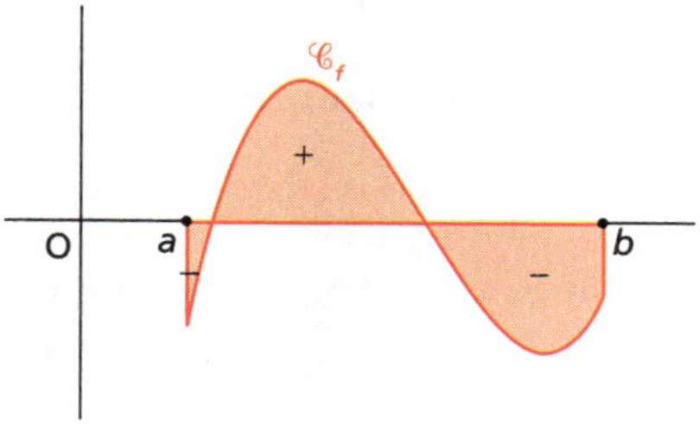

→ Conséquence

Si *f* est impaire $\int_{-a}^{a} f(x)\mathrm{d}x = 0$, mais l'aire géométrique exprimée en u.a., du domaine délimité par la courbe représentative de la fonction *f*, l'axe des abscisses et les droites d'équations $x = -a$ et $x = a$ est :

$$2\int_0^a f(x)\mathrm{d}x.$$

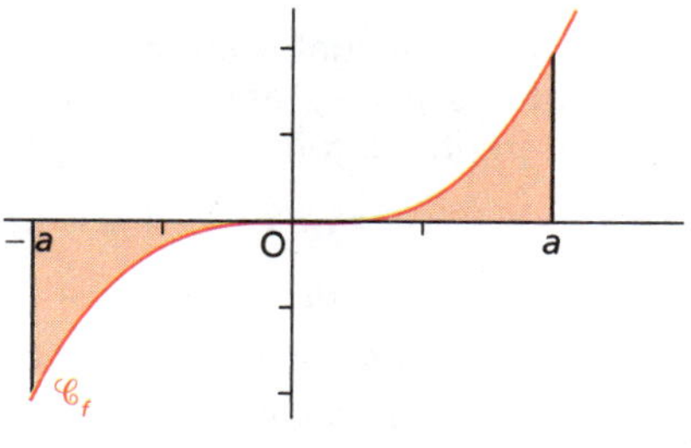

2 Primitives d'une fonction continue

→ Théorème

- f est une fonction continue et positive sur un intervalle $[a\,;b]$.

  La fonction F définie sur $[a\,;b]$ par $F(x)=\int_a^x f(t)\mathrm{d}t$ est dérivable sur $[a\,;b]$ et sa dérivée est la fonction f.

  F est donc la primitive de f qui s'annule en a.

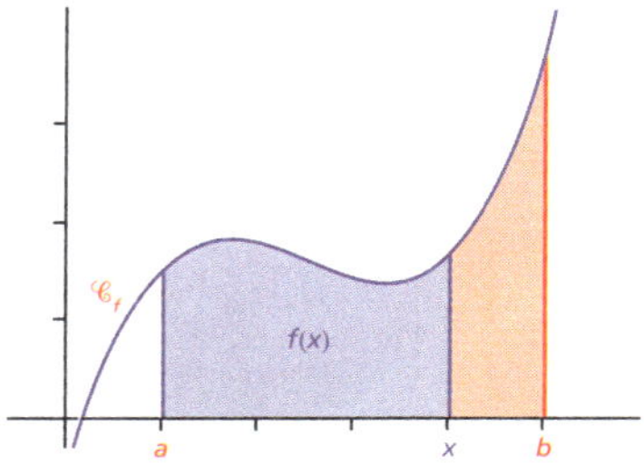

→ Définition

f est une fonction continue sur un intervalle I, a et b deux réels de I et F une primitive de f sur $[a\,;b]$.

L'intégrale de f sur $[a\,;b]$ est le nombre $\int_a^b f(x)\mathrm{d}x=\left[F(x)\right]_a^b=F(b)-F(a)$.

→ Conséquences

- $\int_a^a f(x)\mathrm{d}x=0$.
- $\int_b^a f(x)\mathrm{d}x=-\int_a^b f(x)\mathrm{d}x$.

3 Propriétés

f et g sont deux fonctions continues sur un intervalle I, k est un réel ; a et b sont deux réels de I.

- $\int_a^b (f(x)+g(x))\mathrm{d}x=\int_a^b f(x)\mathrm{d}x+\int_a^b g(x)\mathrm{d}x$.
- $\int_a^b kf(x)\mathrm{d}x=k\int_a^b f(x)\mathrm{d}x$.

f et g sont deux fonctions continues sur I ; a et b sont deux réels de I avec $a\leqslant b$.

- Si pour tout x de $[a\,;b]$, $f(x)\geqslant 0$, alors $\int_a^b f(x)\mathrm{d}x\geqslant 0$.
- Si pour tout x de $[a\,;b]$, $f(x)\geqslant g(x)$, alors $\int_a^b f(x)\mathrm{d}x\geqslant\int_a^b g(x)\mathrm{d}x$.

Relation de Chasles

f est une fonction continue sur un intervalle I ; *a*, *b* et *c* sont trois réels dans un ordre quelconque de I.

$$\int_a^c f(x)\mathrm{d}x + \int_c^b f(x)\mathrm{d}x = \int_a^b f(x)\mathrm{d}x.$$

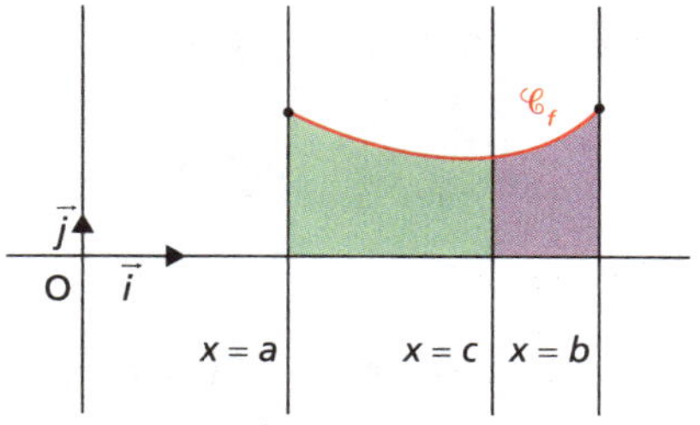

L'aire totale est égale à la somme des aires colorées, soit :

$$\int_a^c f(x)\mathrm{d}x + \int_c^b f(x)\mathrm{d}x = \int_a^b f(x)\mathrm{d}x.$$

4 Valeur moyenne d'une fonction

f est une fonction continue sur [*a* ; *b*].

On appelle **valeur moyenne de *f*** sur [*a* ; *b*] le réel $\mu = \frac{1}{b-a}\int_a^b f(x)\mathrm{d}x.$

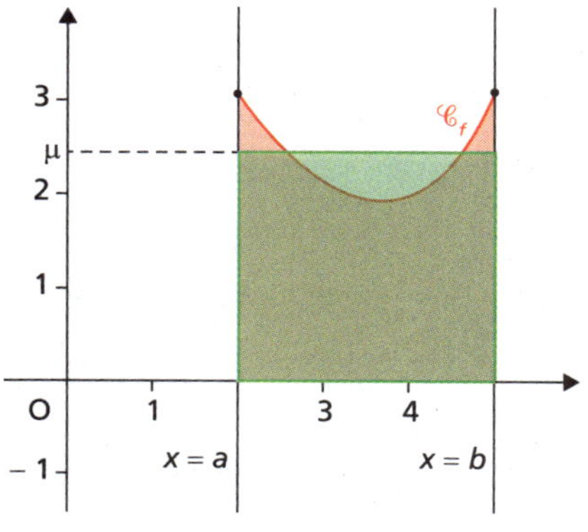

La valeur moyenne de *f* sur [*a* ; *b*] est la valeur μ telle que l'aire algébrique $\int_a^b f(x)\mathrm{d}x$ soit égale à l'aire algébrique du rectangle de hauteur μ et de largeur *b* – *a*.

5 Intégration par parties

u et *v* sont deux fonctions dérivables sur [*a* ; *b*] et admettant des dérivées *u'* et *v'* continues. Alors :

$$\int_a^b u(x)v'(x)\mathrm{d}x = \left[u(x)v(x)\right]_a^b - \int_a^b u'(x)v(x)\mathrm{d}x.$$

Cette formule s'applique lorsqu'on cherche à calculer l'intégrale d'un produit de deux fonctions. C'est le cas en particulier pour le produit :

– d'une fonction polynôme et d'une fonction sinus ou cosinus (avec *u* égale à la fonction polynôme) ;

– d'une fonction polynôme et d'une fonction logarithme (avec *u* égale à la fonction logarithme) ;

– d'une fonction exponentielle et d'une fonction sinus ou cosinus (avec *u* égale indifféremment à la fonction exponentielle ou à la fonction sinus ou cosinus).

→ Un exemple d'application de la méthode

Avec la méthode d'intégration par parties, on calcule $I = \int_0^\pi x\sin(x)\mathrm{d}x$.

Pour tout réel *x* de l'intervalle $I = [0 ; \pi]$, on pose :

$u(x) = x$ $\quad$ $u'(x) = 1$

$v'(x) = \sin(x)$ $\quad$ $v(x) = -\cos(x)$

Les fonctions *u* et *v* sont dérivables sur *I*, les fonctions *u'* et *v'* sont continues sur *I*.

D'après la formule d'intégration par parties :

$$\int_0^\pi u(x)v'(x)\mathrm{d}x = [u(x)v(x)]_0^\pi - \int_0^\pi u'(x)v(x)\mathrm{d}x$$

$$\int_0^\pi x\sin(x)\mathrm{d}x = [-x\cos(x)]_0^\pi - \int_0^\pi 1\times(-\cos(x))\mathrm{d}x$$

$$\int_0^\pi x\sin(x)\mathrm{d}x = [-x\cos(x)]_0^\pi - [-\sin(x)]_0^\pi$$

$$\int_0^\pi x\sin(x)\mathrm{d}x = -\pi\cos(\pi) - \left[-\sin(\pi) + \sin(0)\right]$$

$$\int_0^\pi x\sin(x)\mathrm{d}x = -\pi\times(-1) - [-0+0]$$

$$\int_0^\pi x\sin(x)\mathrm{d}x = \pi.$$

Contrôler ses connaissances

corrigés p. 281

Questions flash

1. Pour chaque figure, la courbe $\mathscr{C}$ représente une fonction affine par morceaux f.

Quelle est la valeur de l'intégrale $\int_{-2}^{3} f(x)\,dx$?

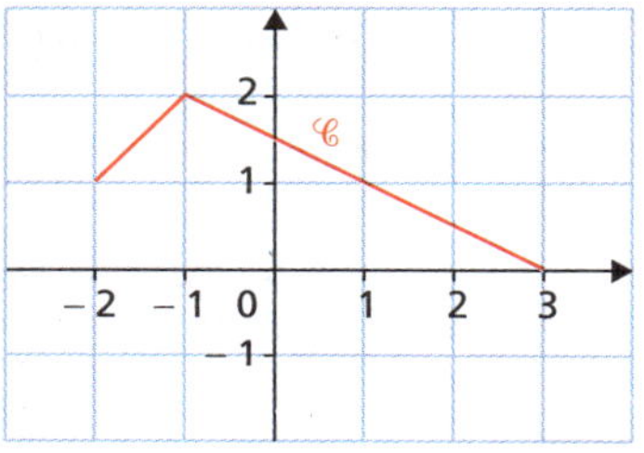

Figure 1

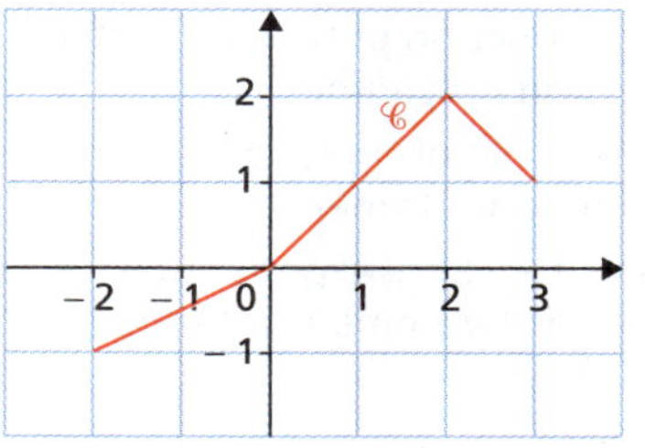

Figure 2

2. Calculer les intégrales suivantes à l'aide de primitives.

a. $\int_0^4 (t-3)\,dt$ **b.** $\int_1^2 \left(t^2+\frac{1}{t}\right)dt$ **c.** $\int_{\frac{\pi}{6}}^{\frac{\pi}{2}} \cos(t)\,dt$

d. $\int_1^9 \frac{1}{\sqrt{t}}\,dt$ **e.** $\int_{-1}^{1} e^{3t+4}\,dt$

3. Donner le signe des nombres :

$$I=\int_{-2}^{1} \frac{-1}{x^4+1}\,dx \quad \text{et} \quad J=\int_3^1 (x^4+1)\,dx.$$

4. Comparer sans les calculer les nombres :

$$I=\int_{\pi}^{2\pi} x^2\sin(x)\,dx \quad \text{et} \quad J=\int_{\pi}^{2\pi} x\sin(x)\,dx.$$

5. f est la fonction définie sur $\mathbb{R}$ par $f(x)=2x-3$.

Calculer la valeur moyenne de f sur $[2\,;5]$ et $[10\,;20]$.

6. Calculer à l'aide d'une intégration par parties :

$$I=\int_0^{\frac{\pi}{2}} x\sin(x)\,dx \quad \text{et} \quad J=\int_0^1 xe^x\,dx.$$

QCM *Pour chaque question, il y a une ou plusieurs bonnes réponses.*

1. On appelle F la primitive de $f : x \mapsto 1 - e^x$ sur $[-1 ; +\infty[$ qui s'annule en 1, alors :	**a.** pour tout $x \in [-1 ; +\infty[$, $F(x) = \int_1^x f(t)dt$ ☐	**b.** F est décroissante sur $[0 ; +\infty[$ ☐	**c.** pour tout $x > -1$, $F'(x) = -e^x$ ☐
2. $\int_{-2}^{0} \frac{1}{3x-1}dx$ est égale à :	**a.** $\frac{1}{3}\ln(3x-1)$ ☐	**b.** $-\frac{\ln 7}{3}$ ☐	**c.** n'existe pas ☐
3. $\int_1^e x\ln(x)dx$ est égale à :	**a.** 1 ☐	**b.** $\frac{1}{4}$ ☐	**c.** $\frac{e^2}{4} + \frac{1}{4}$ ☐
4. L'aire du domaine coloré, en unité d'aire, est : 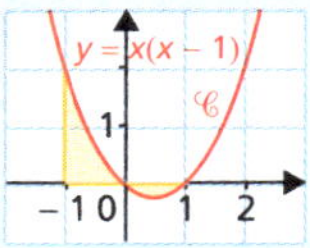	**a.** $\frac{2}{3}$ ☐	**b.** 1 ☐	**c.** $\frac{1}{3}$ ☐
5. f est une fonction positive sur $\mathbb{R}$, alors : $\int_{-2}^{0} f(t)dt + \int_0^2 f(t)dt$ est égale à :	**a.** 0 ☐	**b.** $\int_0^2 f(t)dt$ ☐	**c.** $\int_{-2}^{2} f(t)dt$ ☐
6. La valeur moyenne de f telle que $f(x) = \cos(x)$ sur $\left[0 ; \frac{3\pi}{2}\right]$ est :	**a.** $-\frac{2}{3\pi}$ ☐	**b.** $-\frac{2}{3}$ ☐	**c.** 0 ☐

Vrai ou Faux

1. Si f est positive sur $\mathbb{R}$, alors pour tout réel x, $\int_0^x f(t)dt$ est un nombre positif.
2. Si $\int_0^1 f(x)dx$ est un nombre positif, alors f est positive sur $[0 ; 1]$.
3. Si $\int_a^b f(x)dx = \int_a^b g(x)dx$, alors pour tout réel $x \in [a ; b]$, $f(x) = g(x)$.
4. La fonction F définie sur $\mathbb{R}$ par $F(x) = \int_3^x t(t-2)dt$ est décroissante sur $[0 ; 2]$.
5. Si f est une fonction continue sur $[0 ; 1]$, alors :

$$\int_0^1 -2f(x)dx = -2\int_0^1 f(x)dx.$$

Vers le sujet de BAC

On considère que la croissance du plant de maïs est donnée par la fonction f définie sur l'intervalle [0 ; 250] par :

$$f(t)=\frac{2}{1+19e^{-0,04t}}.$$

1 Déterminer $f'(t)$ en fonction de t.

En déduire les variations de la fonction f sur l'intervalle [0 ; 250].

2 Calculer le temps nécessaire pour que le plant de maïs atteigne une hauteur supérieure à 1,5 m.

3 a. Vérifier que, pour tout réel t appartenant à l'intervalle [0 ; 250], on a :

$$f(t)=\frac{2e^{0,04t}}{e^{0,04t}+19}.$$

Montrer que la fonction F définie sur l'intervalle [0 ; 250] par :
$F(t)=50\ln\left(e^{0,04t}+19\right)$ est une primitive de la fonction f.

b. Déterminer la valeur moyenne de f sur l'intervalle [50 ; 100].
En donner une valeur approchée à 10^{-2} près et interpréter ce résultat.

4 On s'intéresse à la vitesse de croissance du plant de maïs ; elle est donnée par la fonction dérivée de la fonction f.

La vitesse de croissance est maximale pour une valeur de t.

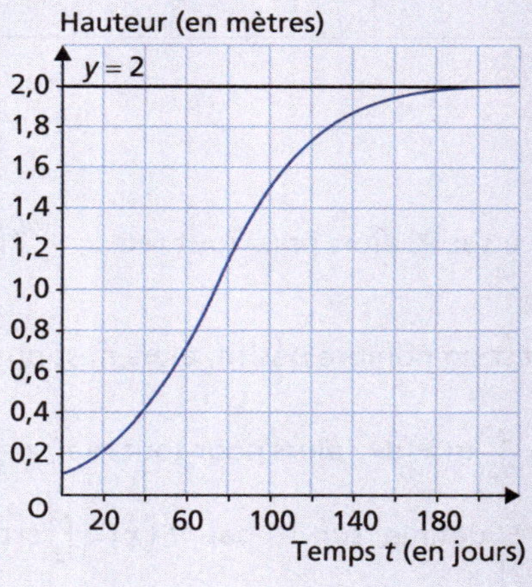

En utilisant le graphique donné, déterminer une valeur approchée de celle-ci.
Estimer alors la hauteur du plant.

Sujets guidés

SUJET 43 France métropolitaine, juin 2017 — 7 pts — 1 h

Calcul d'intégrale pour définir une aire

Partie A

On considère la fonction h définie sur l'intervalle $[0 ; +\infty[$ par $h(x) = xe^{-x}$.

1 Déterminer la limite de la fonction h en $+\infty$.

2 Étudier les variations de la fonction h sur l'intervalle $[0 ; +\infty[$ et dresser son tableau de variations.

3 L'objectif de cette question est de déterminer une primitive de la fonction h.

a. Vérifier que pour tout nombre réel x appartenant à l'intervalle $[0 ; +\infty[$, on a : $h(x) = e^{-x} - h'(x)$, où h' désigne la fonction dérivée de h.

b. Déterminer une primitive sur l'intervalle $[0 ; +\infty[$ de la fonction $x \mapsto e^{-x}$.

c. Déduire des deux questions précédentes une primitive de la fonction h sur l'intervalle $[0 ; +\infty[$.

Partie B

On définit les fonctions f et g sur l'intervalle $[0 ; +\infty[$ par :

$$f(x) = xe^{-x} + \ln(x+1) \text{ et } g(x) = \ln(x+1).$$

On note $\mathscr{C}_f$ et $\mathscr{C}_g$ les représentations graphiques respectives des fonctions f et g dans un repère orthonormé.

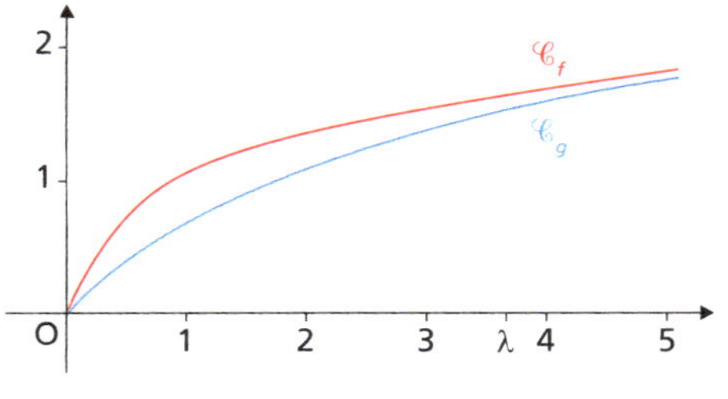

1 Pour un nombre réel x appartenant à l'intervalle $[0 ; +\infty[$, on appelle M le point de coordonnées $(x ; f(x))$ et N le point de coordonnées $(x ; g(x))$: M et N sont donc les points d'abscisse x appartenant respectivement aux courbes $\mathscr{C}_f$ et $\mathscr{C}_g$.

a. Déterminer la valeur de x pour laquelle la distance MN est maximale et donner cette distance maximale.

b. Placer sur le graphique les points M et N correspondant à la valeur maximale de la distance MN.

2 λ est un réel appartenant à l'intervalle $[0 ; +\infty[$.

On note D_λ le domaine du plan délimité par les courbes $\mathscr{C}_f$ et $\mathscr{C}_g$ et par les droites d'équations $x = 0$ et $x = \lambda$.

a. Hachurer le domaine D_λ correspondant à la valeur λ proposée sur le graphique.

b. On note A_λ l'aire du domaine D_λ, exprimée en unités d'aire. Démontrer que :

$$A_\lambda = 1 - \frac{\lambda + 1}{e^\lambda}.$$

c. Calculer la limite de A_λ lorsque λ tend vers $+\infty$ et interpréter le résultat.

3 On considère l'algorithme suivant où S est un réel de $]0 ; 1[$:

$\lambda \leftarrow 0$

Tant que $1 - \frac{\lambda + 1}{e^\lambda} < S$:

  $\lambda \leftarrow \lambda + 1$

Fin Tant Que

Afficher λ

a. Quelle valeur affiche cet algorithme lorsque $S = 0{,}8$?

b. Quel est le rôle de cet algorithme ?

PAR ÉTAPES

Les connaissances à mobiliser

- Primitive de $x \mapsto e^x$.
- Primitive d'une fonction.
- Recherche d'un extremum.
- Aire comprise entre deux courbes.
- Limite d'une fonction.
- Algorithme, boucle avec condition.

Les pièges à éviter

- Revenir à la définition d'une primitive.
- Le domaine D n'est pas l'aire sous la courbe.
- Rôle de la variable λ dans l'algorithme.

CORRIGÉ 43

Comprendre le corrigé

Calcul d'intégrale pour définir une aire

Partie A

On considère la fonction h définie sur l'intervalle $[0\,;+\infty[$ par $h(x)=xe^{-x}$.

1 Pour tout réel $x>0$,

$$h(x)=\frac{x}{e^x}=\frac{1}{\frac{e^x}{x}}\,;$$

d'après les croissances comparées, on sait que $\lim\limits_{x\to+\infty}\frac{e^x}{x}=+\infty$, donc $\lim\limits_{x\to+\infty}h(x)=0$.

Rappel

$$\lim_{x\to+\infty}\frac{e^x}{x}=+\infty.$$

2 h est dérivable comme produit et composée de fonctions dérivables sur $[0\,;+\infty[$.

On a, pour tout réel $x\geqslant 0$:

$$h'(x)=e^{-x}+x\times(-1)e^{-x},$$

soit après factorisation par e^{-x} :

$$h'(x)=(1-x)e^{-x}.$$

Rappel

$$(e^u)'=u'e^u.$$

Pour tout $x\geqslant 0$, $e^{-x}>0$, donc $h'(x)$ est du signe de $1-x$ et donc $h'(x)>0$ pour $x<1$ et $h'(x)<0$ pour $x>1$ et $h'(1)=0$.

On en déduit que h est strictement croissante sur $[0\,;1]$ et strictement décroissante sur $[1\,;+\infty[$. On a $h(0)=1$ et $h(1)=e^{-1}$.

On obtient le tableau de variations :

x	0		1		$+\infty$
h'	0	↗	$\frac{1}{e}\approx 0{,}37$	↘	0

3 **a.** Pour tout $x \geqslant 0$,

$$e^{-x} - h'(x) = e^{-x} - (1-x)e^{-x} = e^{-x} - e^{-x} + xe^{-x}$$
$$= xe^{-x} = h(x).$$

Ainsi, $h(x) = e^{-x} - h'(x)$ pour tout x de $[0\,;+\infty[$.

b. Soit la fonction $w : x \mapsto e^{-x}$.

On a $w(x) = -(-1)e^{-x} = -v'(x)e^{v(x)}$ donc une primitive de w est $W : x \mapsto -e^{-x}$.

c. Soit H une primitive de h.

Comme $h(x) = e^{-x} - h'(x)$ d'après la question **3 a.** on a alors :

$$H(x) = -e^{-x} - h(x) = -e^{-x} - xe^{-x} = -(x+1)e^{-x}.$$

Rappel
Soit f' la fonction dérivée de f, alors une primitive de f' est f.

Partie B

On définit les fonctions f et g sur l'intervalle $[0\,;+\infty[$ par :

$$f(x) = xe^{-x} + \ln(x+1) \text{ et } g(x) = \ln(x+1).$$

1 **a.** M et N ont la même abscisse et pour tout $x \in [0\,;+\infty[$, $x+1 \geqslant 1$ donc :

$$\ln(x+1) \geqslant 0 \text{ et } xe^{-x} \geqslant 0.$$

On en déduit que $f(x) \geqslant g(x)$, soit :

$$MN = f(x) - g(x) = xe^{-x} = h(x).$$

D'après l'étude des variations de h, la fonction h atteint son maximum en $x = 1$, donc MN est maximum en $x = 1$ et on a $MN = e^{-1}$.

Conseil
Exprimer MN en fonction de f et g, une distance est positive.

b.

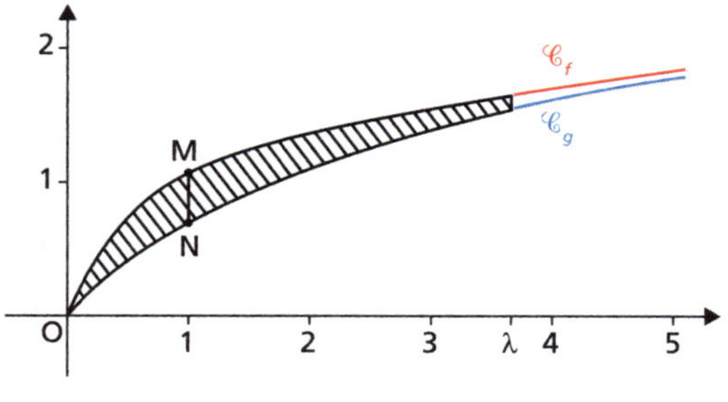

2 a. Voir le domaine D_λ, hachuré en page précédente.

b. $A_\lambda = \int_0^\lambda (f(x) - g(x))\mathrm{d}x = \int_0^\lambda h(x)\mathrm{d}x = H(\lambda) - H(0)$

$$A_\lambda = -(\lambda+1)\mathrm{e}^{-\lambda} - (-1) = 1 - (\lambda+1)\mathrm{e}^{-\lambda} = 1 - \frac{\lambda+1}{\mathrm{e}^\lambda}.$$

Rappel
L'aire du domaine est définie par une intégrale.

c. On a $A_\lambda = 1 - \frac{\lambda+1}{\mathrm{e}^\lambda} = 1 - \frac{\lambda}{\mathrm{e}^\lambda} + \frac{1}{\mathrm{e}^\lambda}$.

Or, $\lim\limits_{\lambda \to +\infty} \frac{1}{\mathrm{e}^\lambda} = 0$ et $\lim\limits_{\lambda \to +\infty} \frac{\mathrm{e}^\lambda}{\lambda} = +\infty$ par croissance comparée, soit $\lim\limits_{\lambda \to +\infty} \frac{\lambda}{\mathrm{e}^\lambda} = 0$.

Rappel
$$\lim_{x \to +\infty} \frac{\mathrm{e}^x}{x} = +\infty.$$

On en déduit que $\lim\limits_{\lambda \to +\infty} A_\lambda = 1$.

L'aire entre les deux courbes vaut 1 pour $x \geqslant 0$.

3 a. À la calculatrice, on obtient :

λ	$1 - \frac{\lambda+1}{\mathrm{e}^\lambda}$
0	0
1	0,264241118
2	0,59399415
3	0,800851727

L'algorithme affichera donc 3.

b. L'algorithme calcule la plus petite valeur entière de λ pour laquelle $A_\lambda > S$.

SUJET 44 **Centres étrangers, juin 2019** 5 pts 50 min

Intégrales et suites

Le but de cet exercice est d'étudier la suite (u_n) définie par la donnée de son premier terme u_1 et, pour tout entier naturel n supérieur ou égal à 1, par la relation :

$$u_{n+1} = (n+1)u_n - 1.$$

Partie A

1 Vérifier en détaillant le calcul que si $u_1 = 0$, alors $u_4 = -17$.

2 Recopier et compléter l'algorithme ci-dessous pour qu'en saisissant préalablement dans U une valeur de u_1, il calcule les termes de la suite (u_n) de u_2 à u_{13}.

```
Pour N allant de 1 à 12
      U ← ...
Fin Pour
```

3 On a exécuté cet algorithme pour $u_1 = 0{,}7$ puis pour $u_1 = 0{,}8$.
Voici les valeurs obtenues.

Pour $u_1 = 0{,}7$	Pour $u_1 = 0{,}8$
0,4	0,6
0,2	0,8
– 0,2	2,2
– 2	10
– 13	59
– 92	412
– 737	3 295
– 6 634	29 654
– 66 341	296 539
– 729 752	3 261 928
– 8 757 025	39 143 135
– 113 841 326	508 860 754

Quelle semble être la limite de cette suite si $u_1 = 0{,}7$? Et si $u_1 = 0{,}8$?

Partie B

On considère la suite (I_n) définie pour tout entier naturel n, supérieur ou égal à 1, par :

$$I_n = \int_0^1 x^n e^{1-x} dx.$$

On rappelle que le nombre e est la valeur de la fonction exponentielle en 1, c'est-à-dire que $e = e^1$.

1 Prouver que la fonction F définie sur l'intervalle [0 ; 1] par $F(x) = (-1-x)e^{1-x}$ est une primitive sur l'intervalle [0 ; 1] de la fonction f définie sur l'intervalle [0 ; 1] par $f(x) = xe^{1-x}$.

2 En déduire que $I_1 = e - 2$.

3 On admet que, pour tout entier naturel n supérieur ou égal à 1, on a :

$$I_{n+1} = (n+1)I_n - 1.$$

Utiliser cette formule pour calculer I_2.

4 a. Justifier que, pour tout nombre réel x de l'intervalle [0 ; 1] et pour tout entier naturel n supérieur ou égal à 1, on a :

$$0 \leqslant x^n e^{1-x} \leqslant x^n e.$$

b. Justifier que $\int_0^1 x^n e dx = \frac{e}{n+1}$.

c. En déduire que, pour tout entier naturel n supérieur ou égal à 1, on a :

$$0 \leqslant I_n \leqslant \frac{e}{n+1}.$$

d. Déterminer $\lim\limits_{n \to +\infty} I_n$.

PAR ÉTAPES

Les connaissances à mobiliser

- Primitive d'une fonction.
- Algorithme.
- La fonction exponentielle.
- Théorème des gendarmes.
- Limite d'une fonction.

Les bonnes pratiques

- Revenir à la définition d'une primitive.
- Rôle de la variable U dans l'algorithme.
- Répondre avec rigueur aux questions.

CORRIGÉ 44

Comprendre le corrigé

Intégrales et suites

Partie A

1 Si $u_1 = 0$, on a $u_2 = 2u_1 - 1 = -1$ puis $u_3 = 3u_2 - 1 = -4$ et $u_4 = 4u_3 - 1 = -16 - 1 = -17$.

2

```
Pour N allant de 1 à 12
        U ← (N + 1) * U − 1
Fin Pour
```

3 Si $u_1 = 0{,}7$, il semble que $\lim\limits_{n \to +\infty} u_n = -\infty$ et si $u_1 = 0{,}8$, il semble que $\lim\limits_{n \to +\infty} u_n = +\infty$.

Partie B

1 F est la fonction définie sur l'intervalle [0 ; 1], par $F(x) = (-1 - x)e^{1-x}$.

F est dérivable sur [0 ; 1] comme produit et composée de fonctions dérivables et pour tout x de [0 ; 1] :

$$F'(x) = -e^{1-x} + (-1 - x) \times \left(-e^{1-x}\right)$$
$$= xe^{1-x} = f(x)$$

donc $F' = f$, F est bien une primitive de f sur [0 ; 1].

Rappels

$(uv)' = u'v + v'u$

et $(e^u)' = u'e^u$.

2 À partir de la question précédente, on a :

$$I_1 = \int_0^1 xe^{1-x}dx = F(1) - F(0)$$
$$= -2 + e = e - 2.$$

3 Comme $I_{n+1} = (n+1)I_n - 1$, on en déduit :

$$I_2 = 2I_1 - 1 = 2(e - 2) - 1 = 2e - 5.$$

4 a. Sur [0 ; 1], $1 - x \leqslant 1$ donc, comme la fonction exponentielle est croissante sur $\mathbb{R}$, $e^{1-x} \leqslant e^1$ et donc $0 < e^{1-x} \leqslant e$ puisque la fonction exponentielle est strictement positive.

En multipliant par x^n (supérieur ou égal à 0 sur [0 ; 1]), on en déduit : $0 \leqslant x^n e^{1-x} \leqslant x^n e$.

Remarque

On utilise la croissance de la fonction exponentielle pour déterminer l'encadrement.

b. $\int_0^1 x^n \mathrm{e}\,\mathrm{d}x = \mathrm{e}\int_0^1 x^n$, soit :

$$\int_0^1 x^n \mathrm{e}\,\mathrm{d}x = \mathrm{e}\left[\frac{x^{n+1}}{n+1}\right]_0^1 = \frac{\mathrm{e}}{n+1}.$$

c. Par conservation de l'ordre :

pour tout $x \in [0\,;1]$, $0 \leqslant x^n \mathrm{e}^{1-x} \leqslant x^n \mathrm{e}$ et $0 \leqslant 1$, donc

$$\int_0^1 0\,\mathrm{d}x \leqslant \int_0^1 x^n \mathrm{e}^{1-x}\,\mathrm{d}x \leqslant \int_0^1 x^n \mathrm{e}\,\mathrm{d}x,$$

et donc $0 \leqslant \mathrm{I}_n \leqslant \dfrac{\mathrm{e}}{n+1}$.

Conseil

Utiliser la linéarité de l'intégrale.

d. $\lim\limits_{n\to+\infty}\left(\dfrac{\mathrm{e}}{n+1}\right) = 0$ donc, d'après le théorème des gendarmes, $\lim\limits_{n\to+\infty} I_n = 0$.

SUJET 45 — 6 pts — 1 h

Intégration par parties

Partie A

On considère la fonction g définie sur l'intervalle $]0\,;+\infty[$ par :

$$g(x)=2x^3-1+2\ln(x).$$

1 Étudier les variations de la fonction g sur l'intervalle $]0\,;+\infty[$.

2 Justifier qu'il existe un unique réel α tel que $g(\alpha)=0$.

Donner une valeur approchée de α, arrondie au centième.

3 En déduire le signe de la fonction g sur l'intervalle $]0\,;+\infty[$.

Partie B

On considère la fonction f définie sur l'intervalle $]0\,;+\infty[$ par :

$$f(x)=2x-\frac{\ln(x)}{x^2}.$$

On note $\mathscr{C}$ la courbe représentative de la fonction f dans le plan, muni d'un repère orthonormé $(O\,;\vec{i},\vec{j})$ d'unité de longueur 1 cm.

1 Déterminer les limites de la fonction f en 0 et en $+\infty$.

2 Δ est la droite d'équation $y=2x$.

Étudier la position relative de la courbe $\mathscr{C}$ et de la droite Δ.

3 Justifier que $f'(x)$ a le même signe que $g(x)$.

4 En déduire le tableau de variations de la fonction f.

Partie C

n est un entier naturel non nul.

On considère l'aire du domaine $\mathscr{D}$ du plan compris entre la courbe $\mathscr{C}$, la droite Δ et les droites d'équations $x=1$ et $x=n$.

1 Justifier que cette aire, exprimée en cm^2, est donnée par :

$$I_n=\int_1^n \frac{\ln(x)}{x^2}\,\mathrm{d}x.$$

2 **a.** Calculer l'intégrale $\int_1^n \frac{\ln(x)}{x^2}\,\mathrm{d}x$ à l'aide d'une intégration par parties.

b. En déduire l'expression de I_n en fonction de n.

3 Calculer la limite de l'aire I_n du domaine $\mathscr{D}$ quand n tend vers $+\infty$.

PAR ÉTAPES

Les connaissances à mobiliser

- Fonction logarithme népérien.
- Théorème des valeurs intermédiaires.
- Position relative de deux courbes.
- Intégration par parties.

Les bonnes pratiques

- Justifier l'existence d'une solution d'une équation, ce n'est pas résoudre cette équation.
- Ne pas confondre variation et signe.
- Dans l'intégration par parties, faire le bon choix des fonctions u et v'.
- Répondre avec rigueur aux questions.

CORRIGÉ 45

Comprendre le corrigé

Intégration par parties

Partie A

1 g est dérivable comme somme de deux fonctions dérivables sur $]0\,;+\infty[$.

Pour tout $x \in]0\,;+\infty[$, $g'(x) = 6x^2 + \dfrac{2}{x}$.

$6x^2 > 0$ et $\dfrac{2}{x} > 0$, donc $g'(x) > 0$ sur $]0\,;+\infty[$.

La fonction g est donc strictement croissante sur $]0\,;+\infty[$.

Tableau de variations :

x	0	α	$+\infty$
$g'(x)$	‖	+	
g	‖ $-\infty$	↗ 0 ↗	$+\infty$

Rappel
Si $f(x) = \ln(x)$, alors $f'(x) = \dfrac{1}{x}$.

Conseil
Dresser le tableau de variations pour identifier α.

2 La fonction g est continue comme somme de fonctions continues et strictement croissante sur l'intervalle $]0\,;+\infty[$.

On a $\lim\limits_{x\to+\infty} g(x)=+\infty$ et $\lim\limits_{x\to 0} g(x)=-\infty$.

Or $0\in]-\infty\,;+\infty[$, donc d'après la conséquence du théorème des valeurs intermédiaires, l'équation $g(x)=0$ admet une unique solution α sur $]0\,;+\infty[$.

On a donc $g(\alpha)=0$.

De plus, $g(0{,}86)\simeq-0{,}0295<0$

et $g(0{,}87)\simeq 0{,}0385>0$

donc $g(0{,}86)<g(\alpha)<g(0{,}87)$,

soit $0{,}86<\alpha<0{,}87$.

Remarque
Les calculs se font à l'aide de la calculatrice par balayage.

3 g est strictement croissante sur $]0\,;+\infty[$ et $g(\alpha)=0$ alors $g(x)<0$ pour $x\in]0\,;\alpha[$ et $g(x)>0$ pour $x\in]\alpha\,;+\infty[$.

Partie B

$f(x)=2x-\dfrac{\ln(x)}{x^2}$.

1 $\lim\limits_{x\to 0} f(x)=+\infty$, car $\lim\limits_{x\to 0} 2x=0$

et $\lim\limits_{x\to 0} -\ln(x)=+\infty$ et $\lim\limits_{x\to 0}\dfrac{1}{x^2}=+\infty$.

$\lim\limits_{x\to+\infty} f(x)=+\infty$ car $\lim\limits_{x\to+\infty} 2x=+\infty$ et $\lim\limits_{x\to+\infty}\dfrac{\ln(x)}{x^2}=0$

(par croissance comparée).

Conseil
Utiliser le théorème des croissances comparées.

2 Pour étudier la position de $\mathscr{C}$ et de la droite Δ, on détermine le signe de $f(x)-2x$.

Pour tout x de $]0\,;+\infty[$, $f(x)-2x=-\dfrac{\ln(x)}{x^2}$.

Son signe est celui de $-\ln(x)$, car $x^2>0$.

D'où sur $]0\,;1[$, $-\ln(x)>0$, $\mathscr{C}$ est au-dessus de Δ, sur $]1\,;+\infty[$, $-\ln(x)<0$, $\mathscr{C}$ est en dessous de Δ, $\mathscr{C}$ et Δ ont un point commun A(1 ; 2).

Remarque
Pour étudier la position relative entre $\mathscr{C}$ et Δ, on étudie le signe de $f(x)-2x$.

3 Pour tout x de $]0\,;+\infty[$:

$$f'(x)=2-\frac{\frac{1}{x}x^2-2x\ln(x)}{x^4}=\frac{2x^4-x+2x\ln(x)}{x^4}$$

$$=\frac{2x^3-1+2\ln(x)}{x^3}=\frac{g(x)}{x^3}.$$

$f'(x)$ a le même signe que $g(x)$ car x^3 est strictement positif sur $]0\,;+\infty[$.

4

x	0		α		$+\infty$
$f'(x)$	‖	$-$	0	$+$	
f	‖ $+\infty$	↘	$f(\alpha)$	↗	$+\infty$

Partie C

1 Sachant que Δ est au-dessus de $\mathscr{C}$ pour $x \in]1\,;+\infty[$, l'aire du domaine $\mathscr{D}$ du plan compris entre la courbe $\mathscr{C}$, la droite Δ et les droites d'équations $x = 1$ et $x = n$ est égale en u.a. à :

$$\int_1^n 2x - \left(2x - \frac{\ln(x)}{x^2}\right)\mathrm{d}x = \int_1^n \frac{\ln(x)}{x^2}\,\mathrm{d}x = I_n.$$

Conseil
Utiliser la position des courbes $\mathscr{C}$ et Δ pour définir le domaine $\mathscr{D}$.

Le repère étant orthonormé d'unité de longueur 1 cm, cette aire, exprimée en cm², est égale à :

$$I_n = \int_1^n \frac{\ln(x)}{x^2}\,\mathrm{d}x.$$

2 **a.** On pose $u(x) = \ln(x)$ et $v'(x) = \dfrac{1}{x^2}$.

Rappel
$\int_a^b uv' = [uv]_a^b - \int_a^b u'v.$

On a $u'(x) = \dfrac{1}{x}$ et on choisit $v(x) = -\dfrac{1}{x}$.

Les fonctions u' et v' sont continues sur $[1\,;n]$ pour tout $n \in \mathbb{N}^*$.

Ainsi à l'aide d'une intégration par parties :

$$\int_1^n \frac{\ln(x)}{x^2}\,\mathrm{d}x = \left[-\frac{\ln(x)}{x}\right]_1^n - \int_1^n -\frac{1}{x^2}\,\mathrm{d}x = \left[-\frac{\ln(x)}{x} - \frac{1}{x}\right]_1^n$$

$$= \frac{n-1-\ln(n)}{n}.$$

b. On a donc : $I_n = \dfrac{n-1-\ln(n)}{n} = 1 - \dfrac{1}{n} - \dfrac{\ln(n)}{n}$.

3 $\lim\limits_{n\to+\infty} I_n = 1$, car $\lim\limits_{n\to+\infty} \dfrac{1}{n} = \lim\limits_{n\to+\infty} \dfrac{\ln(n)}{n} = 0$ par croissance comparée.

Succession d'épreuves indépendantes Schéma de Bernoulli

Faire le point

1 Définition

On dit que deux épreuves sont **indépendantes** lorsque les issues de l'une n'influencent pas les issues de l'autre.

Exemple

Le fait de lancer deux fois de suite une pièce de monnaie équilibrée constitue la succession de deux épreuves indépendantes.

2 Propriété

Dans la succession de *n* épreuves indépendantes, une issue est une liste de *n* résultats, appelée *n*-uplet.

La probabilité de cette issue est le produit des probabilités de chaque résultat de la liste.

Exemple

On considère la succession de 3 épreuves indépendantes.

L'ensemble des issues de la 1re épreuve est $A=\{x_1\,;x_2\,;x_3\}$,

l'ensemble des issues de la 2e épreuve est $B=\{y_1\,;y_2\}$,

l'ensemble des issues de la 3e épreuve est $C=\{z_1\,;z_2\}$.

Une issue de cette succession d'épreuves est le triplet $\left(x_i\,;y_j\,;z_k\right)$ où $x_i\in A$, $y_j\in B$ et $z_k\in C$.

On note $\left(x_i\,;y_j\,;z_k\right)\in A\times B\times C$.

On peut représenter cette succession d'épreuves par un arbre de probabilités.

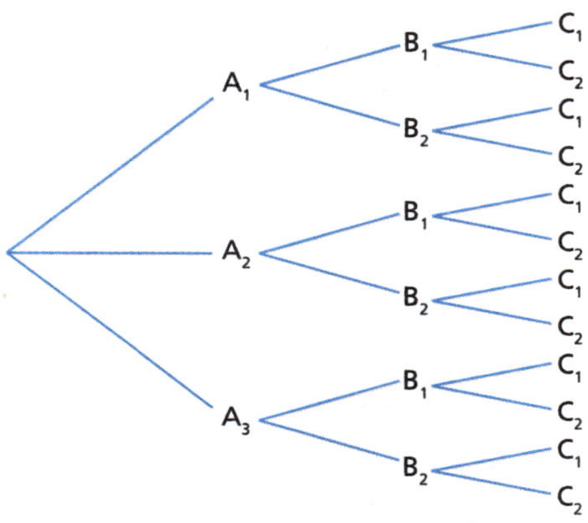

On note A_i l'événement « l'issue de la 1re épreuve est x_i », B_i l'événement « l'issue de la 2e épreuve est y_i » et C_i l'événement « l'issue de la 3e épreuve est z_i ».

On a alors par exemple :

$$P(\{x_2\,;y_1\,;z_2\}) = P(A_2 \cap B_1 \cap C_2) = P(A_2) \times P(B_1) \times P(C_2).$$

3 Définitions

- Une épreuve de Bernoulli de paramètre p est une expérience aléatoire qui ne comporte que deux issues, l'une S appelée succès avec la probabilité p et l'autre $\overline{S}$ appelée échec avec une probabilité $1-p$.

- Dans une épreuve de Bernoulli de paramètre p, on considère une variable aléatoire X qui prend la valeur 1 en cas de succès et la valeur 0 en cas d'échec. X est appelée variable aléatoire de Bernoulli de paramètre p.

La loi de probabilité de X est donnée par le tableau suivant :

x_i	0	1
$P(X = x_i)$	$1-p$	p

- Un schéma de Bernoulli de paramètres n et p est une répétition de n épreuves de Bernoulli de paramètre p, identiques et indépendantes.

- On considère un schéma de Bernoulli de paramètres n et p et la variable aléatoire X qui associe, à cette répétition de n épreuves, le nombre de succès.

La loi de probabilité de X est appelée la loi binomiale de paramètres n et p, notée $\mathcal{B}(n\,;p)$.

4 Propriétés

- Le nombre de chemins réalisant k succès pour n répétitions sur l'arbre d'un schéma de Bernoulli de paramètres n et p est égal au nombre de combinaisons de k éléments d'un ensemble à n éléments, soit $\binom{n}{k}$.

  Ces nombres sont appelés les **coefficients binomiaux**.
- Si X est une variable aléatoire suivant la loi binomiale de paramètres n et p alors pour tout entier naturel $k \leqslant n$, $P(X = k) = \binom{n}{k} p^k (1-p)^{n-k}$.

Contrôler ses connaissances

corrigés p. 284

Questions flash

1. X est une variable aléatoire suivant la loi $\mathcal{B}(500\,;0{,}3)$.
Donner la valeur exacte de $P(X \leqslant 500)$.

2. Sur l'arbre d'un schéma de Bernoulli de paramètres $n=5$ et $p=0{,}3$, combien de chemins conduisent exactement à 2 succès ?

3. X est une variable aléatoire suivant la loi $\mathcal{B}(6\,;0{,}2)$.
Déterminer une valeur approchée à 10^{-3} près de $P(X=3)$.

4. X est une variable aléatoire suivant la loi $\mathcal{B}(30\,;0{,}4)$.
Calculer $P(X \geqslant 1)$.

5. X est une variable aléatoire suivant la loi $\mathcal{B}(n\,;0{,}2)$.
Déterminer en fonction de n la probabilité $P(X=1)$.

QCM

Pour chaque question, il y a une ou plusieurs bonnes réponses.

Dans ce QCM, X est une variable aléatoire suivant la loi binomiale $\mathcal{B}(n\,;p)$.

1. Pour tout entier naturel $k \leqslant n$, $P(X=k)$ est égale à :	**a.** $\binom{n}{p}k^p(1-k)^{n-p}$ ☐	**b.** $\binom{n}{k}p^k(1-p)^{n-k}$ ☐	**c.** $\binom{k}{n}p^k(1-p)^{n-k}$ ☐
2. Pour tout entier naturel $n \geqslant 3$, $\binom{n}{3}$ est égal à :	**a.** $\binom{n}{n-3}$ ☐	**b.** $\binom{3}{n}$ ☐	**c.** $\binom{n+1}{4}-\binom{n}{4}$ ☐
3. $n=25$ et $p=0{,}4$. $P(X=0)$ est égale à :	**a.** $P(X=25)$ ☐	**b.** $1-P(X \geqslant 1)$ ☐	**c.** $P(X \leqslant 25)-P(X \geqslant 1)$ ☐
4. $p=0{,}3$. Le plus petit entier naturel n tel que $P(X=0)<0{,}09$ est :	**a.** $n=6$ ☐	**b.** $n=7$ ☐	**c.** $n=8$ ☐
5. $n=40$ et $p=0{,}3$. $P_{(X \leqslant 40)}(X \leqslant 36)$ est égale à :	**a.** $P(X \leqslant 4)$ ☐	**b.** 0 ☐	**c.** $P(X \leqslant 36)$ ☐

Vrai ou Faux

Un QCM comporte 7 questions et pour chaque question, 4 réponses sont possibles et une seule de ces réponses est correcte. Un élève répond au hasard à ce QCM. On note X la variable aléatoire donnant le nombre de réponses correctes à ce QCM.

1. Répondre à une question de ce QCM correspond à une épreuve de Bernoulli de paramètre $\frac{1}{7}$.
2. X suit la loi binomiale de paramètres 7 et $\frac{1}{4}$.
3. Sur l'arbre représentant cette situation, il y a autant de chemins conduisant à 2 bonnes réponses que de chemins conduisant à 5 bonnes réponses.
4. $P(3 \leqslant X \leqslant 4) = P(X \leqslant 4) - P(X \leqslant 3)$.
5. $P(X \geqslant 2)$ est supérieure à $\frac{2}{3}$.

Vers le sujet de BAC

Les probabilités demandées seront arrondies à 10^{-3} près.

Un laboratoire pharmaceutique mène une étude sur la vaccination contre la grippe dans cette ville. Après la période hivernale, on interroge au hasard n habitants de la ville, en admettant que ce choix se ramène à n tirages successifs indépendants et avec remise.

On suppose que la probabilité qu'une personne choisie au hasard dans la ville soit vaccinée contre la grippe est égale à 0,4.

On note X la variable aléatoire égale au nombre de personnes vaccinées parmi les n interrogées.

1 Quelle est la loi de probabilité suivie par la variable aléatoire X ?

2 Dans cette question, on suppose que $n = 40$.

a. Déterminer la probabilité qu'exactement 15 des 40 personnes interrogées soient vaccinées.

b. Déterminer la probabilité qu'au moins la moitié des personnes interrogées soient vaccinées.

3 Déterminer le plus petit entier n tel que la probabilité qu'il y ait au moins une personne vaccinée soit supérieure ou égale à 0,75.

Sujets guidés

SUJET 46 D'après Bac 2019

3 pts · 25 min

Répondre au hasard

Un QCM contient trois questions et pour chaque question, il y a trois réponses possibles. Un élève répond au hasard aux trois questions.

1 Montrer que cette expérience représente un schéma de Bernoulli.

2 Construire l'arbre de probabilités des trois questions en notant S une réponse correcte à une question.

3 Quelle est la probabilité que l'élève ait trois réponses fausses ?

4 Quelle est la probabilité qu'il réponde correctement à au moins une question ?

5 Quelle est la probabilité que ses deux premières réponses soient fausses et que la troisième soit juste ?

6 Quelle est la probabilité qu'il ne réponde correctement qu'à une seule question ?

PAR ÉTAPES

Les connaissances à mobiliser

- Schéma de Bernoulli.
- Arbre de probabilités.
- Calcul de probabilités à l'aide d'un arbre de probabilités.
- Événement contraire.

Les pièges à éviter

Lorsque l'on justifie un schéma de Bernoulli, il ne faut pas oublier de parler de **répétition** d'épreuves de Bernoulli **identiques et indépendantes**.

CORRIGÉ 46

Comprendre le corrigé

Répondre au hasard

1 Une épreuve de Bernoulli est ici répondre correctement à une question avec une probabilité égale à $\frac{1}{3}$ et ne pas répondre correctement à une question avec une probabilité égale à $\frac{2}{3}$.

On répète 3 fois cette épreuve de Bernoulli de façon identique et indépendante.

Cette expérience représente donc un schéma de Bernoulli de paramètres 3 et $\frac{1}{3}$.

2 S est l'événement : « la réponse à une question est correcte ».

On obtient l'arbre suivant :

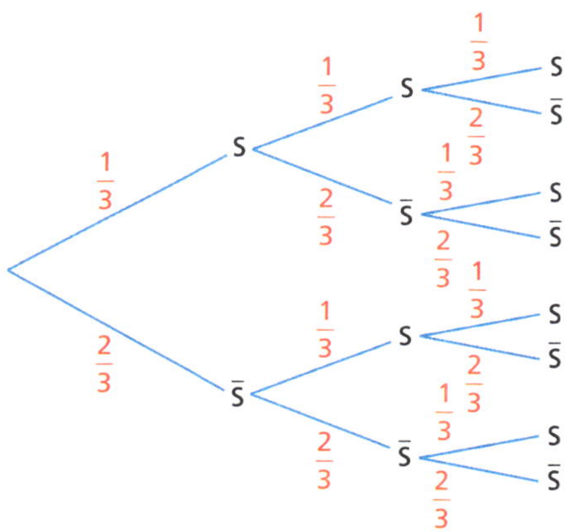

3 Il y a un seul chemin conduisant à trois réponses fausses : $\bar{S}-\bar{S}-\bar{S}$.

La probabilité qu'il ait trois réponses fausses est donc égale à $\frac{2}{3}\times\frac{2}{3}\times\frac{2}{3}=\frac{8}{27}$.

Remarque

On multiplie les probabilités rencontrées sur chaque branche qui conduit au chemin $\bar{S}-\bar{S}-\bar{S}$.

4 L'événement « il répond correctement à au moins une question » est l'événement contraire de « il ne répond correctement à aucune question » dont la probabilité est égale à $\frac{8}{27}$ d'après la question précédente.

Rappel

$P(\bar{A})=1-P(A)$.

MÉTHODE

SUJETS PAS À PAS

SUJETS COMME À L'EXAMEN

Donc la probabilité qu'il réponde correctement à au moins une question est égale à :

$$1-\frac{8}{27}=\frac{19}{27}.$$

5 Un seul chemin conduit à l'événement « il ne répond pas correctement aux deux premières questions et correctement à la troisième » : $\overline{S}-\overline{S}-S$.

La probabilité qu'il ne réponde pas correctement aux deux premières questions et correctement à la troisième question est donc égale à :

$$\frac{2}{3}\times\frac{2}{3}\times\frac{1}{3}=\frac{4}{27}.$$

6 L'événement « il ne répond correctement qu'à une seule question » est réalisé par 3 chemins :

$$S-\overline{S}-\overline{S},\ \overline{S}-S-\overline{S} \text{ et } \overline{S}-\overline{S}-S.$$

La probabilité qu'il ne réponde correctement qu'à une seule question est donc égale à :

$$\frac{1}{3}\times\frac{2}{3}\times\frac{2}{3}+\frac{2}{3}\times\frac{1}{3}\times\frac{2}{3}+\frac{2}{3}\times\frac{2}{3}\times\frac{1}{3}=\frac{4}{9}.$$

Remarque

On ajoute les probabilités de chaque chemin.

SUJET 47 D'après Bac 2017

3 pts 25 min

Choisir son plat

La carte d'un restaurant propose un plat du jour et des plats à la carte.

Un samedi, le restaurateur a reçu 25 clients. Une étude statistique faite précédemment montre que les clients choisissent le plat du jour dans 43 % des cas, et les choix des clients sont indépendants entre eux.

X est la variable aléatoire égale au nombre de plats du jour servis ce jour-là.

1 Quelle loi de probabilité suit la variable aléatoire X ?

2 Calculer $P(X = 3)$.

Donner une valeur approchée à 10^{-7} près.

3 Quelle est la probabilité que 15 clients aient pris le plat du jour ?

Donner une valeur approchée à 10^{-7} près.

4 Quelle est la probabilité qu'au moins un client ait pris le plat du jour ?

Donner une valeur approchée à 10^{-7} près.

PAR ÉTAPES

Les connaissances à mobiliser

- Loi binomiale.
- Utilisation de la calculatrice pour calculer $P(X = k)$ et $P(X \leqslant k)$.
- Espérance d'une variable aléatoire.
- Événements contraires.

Les pièges à éviter

Les résultats seront des valeurs approchées et non des valeurs exactes.

CORRIGÉ 47

Comprendre le corrigé

Choisir son plat

1 Une épreuve de Bernoulli est ici choisir un plat du jour ce samedi avec une probabilité égale à 0,43 et ne pas choisir le plat du jour avec une probabilité égale à 0,57.

On répète 25 fois cette épreuve de Bernoulli (puisqu'il y a 25 clients ce jour-là) de façon identique et indépendante.

Cette expérience représente donc un schéma de Bernoulli de paramètres 25 et 0,43.

La variable aléatoire X égale au nombre de plats du jour servis ce jour-là suit donc la loi binomiale de paramètres 25 et 0,43.

2 $P(X=3)=\binom{25}{3}\times 0,43^3\times(1-0,43)^{25-3}$

$\approx 0,0007787.$

3 La probabilité que 15 clients aient pris le plat du jour ce samedi est égale à :

$$P(X=15)=\binom{25}{15}\times 0,43^{15}\times(1-0,43)^{25-15}$$

$$\approx 0,0375975.$$

4 La probabilité qu'au moins un client ait pris le plat du jour est égale à :

$$P(X\geqslant 1)=1-P(X=0).$$

Or, $P(X=0)=\binom{25}{0}\times 0,43^0\times(1-0,43)^{25-0}$.

Donc $P(X\geqslant 1)\approx 0,9999992.$

Aide

- Pour calculer $P(X=k)$ avec la calculatrice, on utilise :
  – sur CASIO : la fonction Bpd des menus successifs STAT, DIST et enfin BINM ;
  – sur TI : la fonction binomFdp(n,p,k).
- On fait attention à ne pas utiliser le symbole d'égalité pour donner une valeur approchée.

Rappel

Lorsque l'on donne une valeur approchée à 10^{-7} près, on arrondit par défaut si la 7e décimale est comprise entre 0 et 4 et par excès si elle est comprise entre 5 et 9.

Remarque

$P(X\geqslant k)=1-P(X<k).$

SUJET 48 D'après Bac 2019

5 pts — 45 min

Question d'ascenseur

Les 300 personnes travaillant dans un immeuble de bureaux de trois niveaux ont répondu aux deux questions suivantes :

– « À quel niveau est votre bureau ? » ;

– « Empruntez-vous l'ascenseur ou l'escalier pour vous y rendre ? ».

Voici les réponses :

– 225 personnes utilisent l'ascenseur et, parmi celles-ci, 50 vont au 1er niveau, 75 vont au 2e niveau et 100 vont au 3e niveau.

– Les autres personnes utilisent l'escalier et, parmi celles-ci, un tiers va au 2e niveau, les autres vont au 1er niveau.

On choisit au hasard une personne de cette population.

On pourra considérer les événements suivants :

– N1 : « La personne va au premier niveau » ;

– N2 : « La personne va au deuxième niveau » ;

– N3 : « La personne va au troisième niveau » ;

– E : « La personne emprunte l'escalier ».

1 Traduire l'énoncé à l'aide d'un arbre pondéré.

2 Montrer que la probabilité que la personne aille au 2e niveau est égale à $\frac{1}{3}$.

3 On interroge désormais 20 personnes de cette population.

On suppose que leurs réponses sont indépendantes les unes des autres.

On appelle X la variable aléatoire qui, aux 20 personnes interrogées, associe le nombre de personnes allant au 2e niveau.

a. Déterminer la loi de probabilité de la variable aléatoire X.

b. Déterminer, à 10^{-4} près, la probabilité que 5 personnes exactement aillent au 2e niveau.

4 n est un nombre entier naturel inférieur ou égal à 300.

On interroge désormais n personnes de cette population.

On suppose que leurs réponses sont indépendantes les unes des autres.

Déterminer le plus petit entier n strictement positif tel que la probabilité de l'événement A : « au moins une personne va au 2e niveau » soit supérieure ou égale à 0,99.

PAR ÉTAPES

Les connaissances à mobiliser

- Arbre de probabilités.
- Formule des probabilités totales.
- Loi binomiale.
- Événement contraire.
- Fonction logarithme népérien pour la résolution d'une inéquation d'inconnue un exposant *n* entier naturel.

Les pièges à éviter

Déterminer la valeur de *n* dans la dernière question à l'aide d'un tableur sur calculatrice au lieu d'utiliser un raisonnement avec la fonction logarithme népérien.

CORRIGÉ 48

Comprendre le corrigé

Question d'ascenseur

1 Avec les données de l'énoncé,

$$P(\overline{E})=\frac{225}{300}=\frac{3}{4},\ P(E)=1-P(\overline{E})=\frac{1}{4},$$

$$P_{\overline{E}}(N_1)=\frac{50}{225}=\frac{2}{9},\ P_{\overline{E}}(N_2)=\frac{75}{225}=\frac{3}{9}=\frac{1}{3},$$

$$P_{\overline{E}}(N_3)=\frac{100}{225}=\frac{4}{9},\ P_E(N_2)=\frac{1}{3}\ \text{et}\ P_E(N_1)=\frac{2}{3}.$$

Remarque
On obtient ces probabilités par lecture de l'énoncé : il n'y a aucun calcul à effectuer.

On obtient donc l'arbre de probabilités suivant :

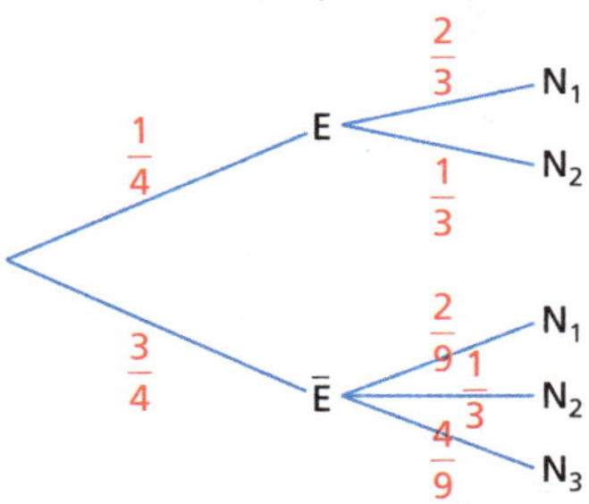

2 La probabilité que la personne aille au 2e niveau est $P(N_2)$, et d'après la formule des probabilités totales :

$$P(N_2)=P_{\overline{E}}(N_2)\times P(\overline{E})+P_E(N_2)\times P(E)=\frac{1}{3}\times\frac{3}{4}+\frac{1}{3}\times\frac{1}{4}=\frac{1}{3}.$$

Rappel
Lorsque les événements A et B forment une partition de l'univers,

$$P(B)=P(B\cap A)+P(B\cap\overline{A})$$
$$=P_A(B)\times P(A)+P_{\overline{A}}(B)\times P(\overline{A}).$$

3 **a.** Une épreuve de Bernoulli est ici aller au 2e niveau avec une probabilité égale à $\frac{1}{3}$.

On répète 20 fois cette épreuve de Bernoulli de façon identique et indépendante.

Cette expérience représente donc un schéma de Bernoulli de paramètres 20 et $\frac{1}{3}$.

La variable aléatoire X qui, aux 20 personnes interrogées, associe le nombre de personnes allant au 2e niveau suit donc la loi binomiale de paramètres 20 et $\frac{1}{3}$.

b. La probabilité que 5 personnes exactement aillent au 2e niveau est :

$$P(X=5)=\binom{20}{5}\times\left(\frac{1}{3}\right)^5\times\left(1-\frac{1}{3}\right)^{20-5}$$
$$\approx 0,1457.$$

4 L'événement contraire de l'événement A : « au moins une personne va au 2e niveau » est l'événement $\bar{A}$: « aucune personne ne va au 2e niveau ».

$$P(\bar{A})=P(X=0)=\binom{n}{0}\times\left(\frac{1}{3}\right)^0\times\left(1-\frac{1}{3}\right)^n=\left(1-\frac{1}{3}\right)^n=\left(\frac{2}{3}\right)^n$$

et donc $P(A)=1-\left(\frac{2}{3}\right)^n$.

On cherche le plus petit entier n strictement positif tel que la probabilité de l'évènement A : « au moins une personne va au 2e niveau » soit supérieure ou égale à 0,99, on va donc résoudre l'inéquation :

$$1-\left(\frac{2}{3}\right)^n\geqslant 0,99 \Leftrightarrow -\left(\frac{2}{3}\right)^n\geqslant -0,01 \Leftrightarrow \left(\frac{2}{3}\right)^n\leqslant 0,01$$

$$\Leftrightarrow \ln\left(\left(\frac{2}{3}\right)^n\right)\leqslant \ln(0,01) \Leftrightarrow n\ln\left(\frac{2}{3}\right)\leqslant \ln(0,01)$$

$$\Leftrightarrow n\geqslant \frac{\ln(0,01)}{\ln\left(\frac{2}{3}\right)}$$

Or $\frac{\ln(0,01)}{\ln\left(\frac{2}{3}\right)}\approx 11,4$, donc la plus petite valeur de n telle que la probabilité de l'événement A : « au moins une personne va au 2e niveau » soit supérieure ou égale à 0,99 est 12.

Remarque

L'ordre change car on multiplie chaque membre de l'inégalité par un nombre négatif.

Rappel

$\ln(a)^n=n\ln(a)$, $a\in\,]0\,;+\infty[$, $n\in\mathbb{N}$.

Remarque

$\ln\left(\frac{2}{3}\right)\leqslant 0$, donc l'ordre de l'inégalité est changé.

SUJET 49 **D'après Bac 2018** 5 pts 50 min

Le monde du travail

Dans cet exercice, on arrondira les résultats au millième.

Une agence Pôle Emploi étudie l'ensemble des demandeurs d'emploi selon deux critères : le sexe et l'expérience professionnelle.

Cette étude montre que :

– 52 % des demandeurs d'emploi sont des femmes et 48 % sont des hommes ;

– 18 % des demandeurs d'emploi sont sans expérience et les autres sont avec expérience ;

– parmi les hommes qui sont demandeurs d'emploi, on sait que 17,5 % sont sans expérience.

Partie A

On prélève au hasard la fiche d'un demandeur d'emploi de cette agence.

On note :

– S l'événement : « le demandeur d'emploi est sans expérience » ;

– F l'événement : « le demandeur d'emploi est une femme ».

1 Recopier l'arbre ci-dessous et compléter les pointillés par les probabilités associées.

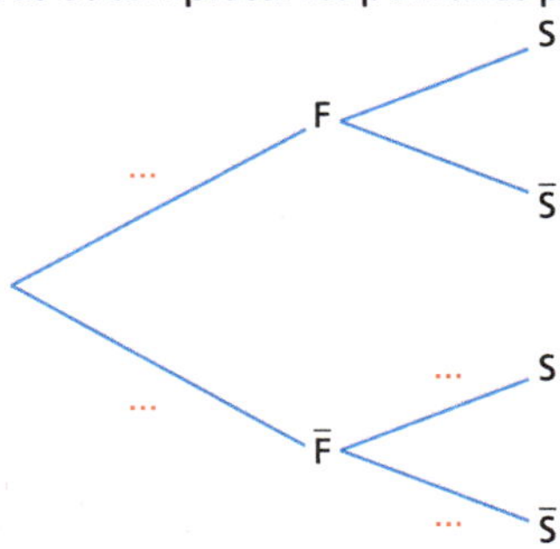

2 Démontrer que $P(\overline{F} \cap S) = 0{,}084$. Interpréter le résultat.

3 La fiche prélevée est celle d'un demandeur d'emploi sans expérience.

Calculer la probabilité que ce soit un homme.

4 Sachant que la fiche prélevée est celle d'une femme, calculer la probabilité que ce soit la fiche d'un demandeur d'emploi sans expérience.

Partie B

La responsable de l'agence décide de faire le point avec cinq demandeurs d'emploi qui sont suivis dans son agence. Pour cela, elle prélève cinq fiches au hasard.

On admet que le nombre de demandeurs d'emplois dans son agence est suffisamment grand pour assimiler cette situation à un tirage avec remise.

En justifiant la démarche, calculer la probabilité que, parmi les cinq fiches tirées au hasard, il y ait au moins une fiche de demandeur d'emploi sans expérience.

PAR ÉTAPES

Les connaissances à mobiliser

- Probabilités conditionnelles.
- Arbre de probabilités.
- Modélisation d'une situation conduisant à une variable suivant la loi binomiale.

Les pièges à éviter

Effectuer le calcul de probabilité de la partie B sans poser une variable aléatoire X suivant la loi binomiale et sans modéliser la situation.

CORRIGÉ 49

Comprendre le corrigé

Le monde du travail

Partie A

1 $P(F)=0{,}52$, $P(\overline{F})=0{,}48$, $P(S)=0{,}18$, $P(\overline{S})=1-P(S)=0{,}82$, $P_{\overline{F}}(S)=0{,}175$ et donc $P_{\overline{F}}(\overline{S})=1-P_{\overline{F}}(S)=0{,}825$.

On obtient donc l'arbre suivant :

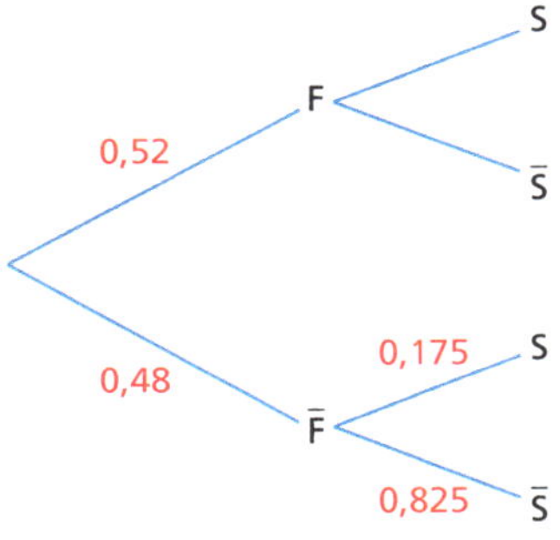

Aide

$P_{\overline{F}}(S)$ est la probabilité que l'événement S soit réalisé sachant que $\overline{F}$ est réalisé.

MÉTHODE

SUJETS PAS À PAS

SUJETS COMME À L'EXAMEN

2 $P(\overline{F} \cap S) = P_{\overline{F}}(S) \times P(\overline{F}) = 0{,}175 \times 0{,}48 = 0{,}084$.

La probabilité que le demandeur d'emploi soit un homme sans expérience est égale à 0,084.

3 On cherche la probabilité que ce soit la fiche d'un homme sachant que c'est la fiche d'un demandeur d'emploi sans expérience.
Cette probabilité est égale à :

$$P_S(\overline{F}) = \frac{P(\overline{F} \cap S)}{P(S)} = \frac{0{,}084}{0{,}18} = \frac{7}{15}.$$

$$P_S(\overline{F}) \approx 0{,}467 \text{ à } 10^{-3} \text{ près.}$$

Attention
On cherche une probabilité conditionnelle et non la probabilité que ce soit la fiche d'un homme sans expérience.

4 La probabilité que la fiche soit celle d'un demandeur d'emploi sans expérience sachant que c'est celle d'une femme est $P_F(S)$.
Or d'après la formule des probabilités totales :

$$P(S) = P(F \cap S) + P(\overline{F} \cap S)$$
$$= P_F(S) \times P(F) + 0{,}084.$$

Donc :

$$P_F(S) = \frac{P(S) - 0{,}084}{P(F)} = \frac{0{,}18 - 0{,}084}{0{,}52} = \frac{12}{65} \approx 0{,}185.$$

Aide
Les événements F et $\overline{F}$ forment une partition de l'univers.

Partie B

L'expérience aléatoire décrite ici est la répétition de 5 épreuves de Bernoulli de paramètre 0,18 puisque pour chacune des 5 fiches, la probabilité que ce soit la fiche d'un demandeur d'emploi sans expérience est 0,18.
Ces 5 épreuves sont identiques et indépendantes puisque l'on admet que le nombre de demandeurs d'emplois dans l'agence est suffisamment grand pour assimiler cette situation à un tirage avec remise.
Cette expérience représente donc un schéma de Bernoulli.
On pose alors une variable aléatoire X qui donne le nombre de fiches d'un demandeur d'emploi sans expérience parmi les 5 fiches.
X suit donc la loi binomiale de paramètres 5 et 0,18.
La probabilité que, parmi les cinq fiches tirées au hasard, il y ait au moins une fiche de demandeur d'emploi sans expérience est :

$$P(X \geqslant 1) = 1 - P(X = 0)$$
$$= 1 - \binom{5}{0} \times (0{,}18)^0 \times (1 - 0{,}18)^{5-0} \approx 0{,}629.$$

Remarque
Il faut impérativement poser une variable aléatoire pour modéliser la situation.

SUJET 50 D'après Bac 2019 5 pts 50 min

Aux urnes !

On dispose de deux urnes et d'un dé cubique bien équilibré dont les faces sont numérotées de 1 à 6.

L'urne U_1 contient trois boules rouges et une boule noire.

L'urne U_2 contient trois boules rouges et deux boules noires.

Une partie se déroule de la façon suivante :

– le joueur lance le dé ;

– si le résultat est 1, il tire au hasard une boule dans l'urne U_1, sinon il tire au hasard une boule dans l'urne U_2.

On considère les événements suivants :

A : « obtenir 1 en lançant le dé » ;

B : « obtenir une boule noire ».

1 a. Construire un arbre pondéré traduisant cette expérience aléatoire.

b. Montrer que la probabilité d'obtenir une boule noire est $\frac{3}{8}$.

2 On convient qu'une partie est gagnée lorsque la boule obtenue est noire. Une personne joue dix parties indépendantes en remettant, après chaque partie, la boule obtenue dans l'urne d'où elle provient.

On note X la variable aléatoire égale au nombre de parties gagnées.

a. Quelle est la loi de probabilité de X ? Justifier.

b. Calculer la probabilité de gagner exactement trois parties. On donnera le résultat arrondi au millième.

c. Calculer la probabilité de gagner au plus deux parties. On donnera le résultat arrondi au millième.

d. On donne le tableau suivant :

k	1	2	3	4	5	6	7	8	9	10
$P(X < k)$	0,0091	0,0637	0,2110	0,4467	0,6943	0,8725	0,9616	0,9922	0,9990	0,9999

N est un entier compris entre 1 et 10.

On considère l'événement : « la personne gagne au moins N parties ».

À partir de quelle valeur de N la probabilité de cet événement est-elle inférieure à $\frac{1}{10}$?

MÉTHODE

SUJETS PAS À PAS

SUJETS COMME À L'EXAMEN

PAR ÉTAPES

Les connaissances à mobiliser

- Arbre de probabilités.
- Loi binomiale.
- Lecture d'une table de probabilités.

Les pièges à éviter

Il faut bien respecter le nombre de décimales dans les valeurs approchées.

CORRIGÉ 50

Comprendre le corrigé

Aux urnes !

1 a. $P(A)=\frac{1}{6}$, $P(\overline{A})=1-P(A)=\frac{5}{6}$, $P_A(B)=\frac{1}{4}$,

$P_{\overline{A}}(B)=\frac{2}{5}$, $P_A(\overline{B})=\frac{3}{4}$ et $P_{\overline{A}}(\overline{B})=\frac{3}{5}$.

On obtient donc l'arbre suivant :

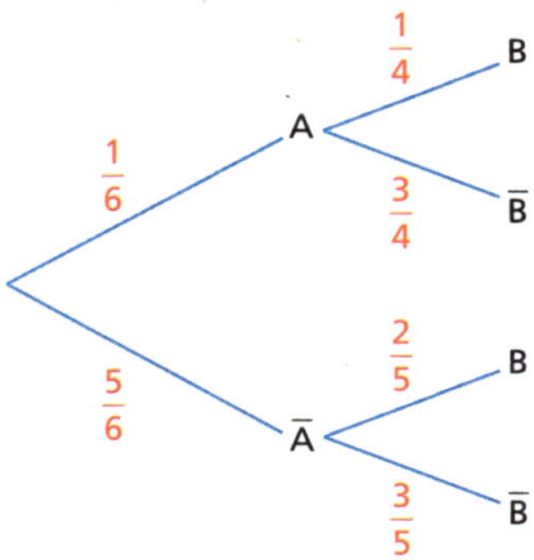

Remarque

Ces probabilités résultent directement de la lecture de l'énoncé.

b. D'après la formule des probabilités totales :

$$\begin{aligned}P(B)&=P(B\cap A)+P(B\cap\overline{A})\\&=P_A(B)\times P(A)+P_{\overline{A}}(B)\times P(\overline{A})\\&=\frac{1}{4}\times\frac{1}{6}+\frac{2}{5}\times\frac{5}{6}\\&=\frac{3}{8}.\end{aligned}$$

Aide

A et $\overline{A}$ forment une partition de l'univers.

2 **a.** Une épreuve de Bernoulli est ici gagner une partie, c'est-à-dire obtenir une boule noire avec une probabilité égale à $\frac{3}{8}$.

On répète 10 fois cette épreuve de Bernoulli de façon identique et indépendante. Cette expérience représente donc un schéma de Bernoulli.

La variable aléatoire X égale au nombre de parties gagnées sur ces 10 parties suit donc la loi binomiale de paramètres 10 et $\frac{3}{8}$.

Conseil
Penser à préciser les paramètres de la loi binomiale.

b. La probabilité de gagner exactement trois parties est égale à :

$$P(X=3)=\binom{10}{3}\times\left(\frac{3}{8}\right)^3\times\left(1-\frac{3}{8}\right)^{10-3}$$
$$\approx 0{,}236.$$

c. La probabilité de gagner au plus deux parties est égale à :

$$P(X\leqslant 2)=P(X=0)+P(X=1)+P(X=2)$$
$$\approx 0{,}211.$$

Aide
Pour calculer $P(X\leqslant k)$ avec la calculatrice, on utilise :
- sur CASIO : la fonction Bcd des menus successifs STAT, DIST et enfin BINM ;
- sur TI : la fonction binomFRep(n,p,k).

d. La probabilité de l'événement : « la personne gagne au moins N parties » est égale à :

$$P(X\geqslant N)=1-P(X<N)$$

On cherche donc N tel que :

$$1-P(X<N)<\frac{1}{10}\Leftrightarrow -P(X<N)<-\frac{9}{10}$$
$$\Leftrightarrow P(X<N)>0{,}9.$$

D'après le tableau donné, $P(X<6)\approx 0{,}8725$ et $P(X<7)\approx 0{,}916$ donc la valeur de N est 7.

MÉTHODE

SUJETS PAS À PAS

SUJETS COMME À L'EXAMEN

Sommes de variables aléatoires

Faire le point

1 Définitions

E est l'ensemble des issues d'une expérience aléatoire.

Définir une variable aléatoire X sur E, c'est associer à chaque issue de E un réel. On dit que ces réels sont les valeurs prises par X.

Ainsi toute fonction X définie sur E et à valeurs dans $\mathbb{R}$ est une variable aléatoire sur E.

X est une variable aléatoire prenant les valeurs $x_1, x_2, \ldots, x_n$ avec les probabilités respectives $p_1, p_2, \ldots, p_n$.

- L'espérance mathématique de la variable aléatoire X est le réel $\mathrm{E}(X)$ défini par :

$$\mathrm{E}(X) = \sum_{i=1}^{i=n} x_i p_i = x_1 p_1 + x_2 p_2 + \ldots + x_n p_n.$$

- La variance de la variable aléatoire X est le réel $\mathrm{V}(X)$ défini par :

$$\mathrm{V}(X) = \sum_{i=1}^{i=n} p_i \left(x_i - \mathrm{E}(X)\right)^2 = p_1\left(x_1 - \mathrm{E}(X)\right)^2 + \ldots + p_n\left(x_n - \mathrm{E}(X)\right)^2.$$

- L'écart type de la variable aléatoire X est le réel $\sigma(X) = \sqrt{\mathrm{V}(X)}$.

→ Remarques

- $\mathrm{E}(X)$ est la moyenne des valeurs x_i prises par X, pondérées par les valeurs p_i.
- L'écart type de X est un indicateur de dispersion des valeurs x_i prises par X, pondérées par les valeurs p_i.
- $\mathrm{V}(X) = \mathrm{E}\left(\left(X - \mathrm{E}(X)\right)^2\right)$.

2 Propriété : formule de Koenig-Huygens

$$\mathrm{V}(X) = \mathrm{E}\left(X^2\right) - \left(\mathrm{E}(X)\right)^2 = \sum_{i=1}^{i=n} {x_i}^2 p_i - \left(\mathrm{E}(X)\right)^2 = x_1^2 p_1 + x_2^2 p_2 + \ldots + {x_n}^2 p_n - \left(\mathrm{E}(X)\right)^2.$$

3 Propriétés

Linéarité de l'espérance

a est un réel et X et Y sont deux variables aléatoires.

$$E(X+Y)=E(X)+E(Y) \text{ et } E(aX)=aE(X).$$

X et Y sont deux variables aléatoires prenant respectivement les valeurs $x_1, x_2, \ldots, x_n$ et $y_1, y_2, \ldots, y_k$.

Les variables X et Y sont indépendantes lorsque pour tout x_i, $1 \leqslant i \leqslant n$ et pour tout y_j, $1 \leqslant j \leqslant k$, $P\left((X=x_i)\cap\left(Y=y_j\right)\right)=P(X=x_i)\times P\left(Y=y_j\right)$.

a est un réel et X et Y sont deux variables aléatoires.

- $V(aX)=a^2V(X)$.
- Si les variables aléatoires X et Y sont indépendantes, alors :
$$V(X+Y)=V(X)+V(Y).$$

4 Propriété d'un échantillon de taille *n* d'une loi de probabilité

$X_1, X_2, \ldots, X_n$ sont n variables aléatoires indépendantes identiques suivant la même loi de probabilité qu'une variable aléatoire X.

On pose $S_n = X_1+X_2+\ldots+X_n$ et $M_n=\dfrac{S_n}{n}$.

Alors : $E(S_n)=nE(X_n)=nE(X)$ $\qquad E(M_n)=E(X_n)=E(X)$

$V(S_n)=nV(X_n)=nV(X)$ $\qquad V(M_n)=\dfrac{1}{n}V(X_n)=\dfrac{1}{n}V(X)$

$\sigma(S_n)=\sqrt{nV(X_n)}=\sqrt{n}\,\sigma(X)$ $\qquad \sigma(M_n)=\sqrt{\dfrac{1}{n}V(X_n)}=\dfrac{\sigma(X)}{\sqrt{n}}$

5 Loi binomiale : espérance et variance

X est une variable aléatoire suivant la loi binomiale de paramètres n et p. Alors $E(X)=np$ et $V(X)=np(1-p)$.

$X_1, X_2, \ldots, X_n$ sont n variables aléatoires de Bernoulli indépendantes de paramètre p.

On a $E(X_i)=0\times(1-p)+1\times p=p$ et $V(X_i)=(0-p)^2\times 0+(1-p)\times p=p(1-p)$ pour tout $1\leqslant i\leqslant n$.

Les variables X_i étant indépendantes, la variable aléatoire $X=X_1+X_2+\ldots+X_n$ suit donc la loi binomiale de paramètres n et p.

Ainsi $E(X)=E(X_1+X_2+\ldots+X_n)=E(X_1)+E(X_2)+\ldots+E(X_n)=np$ et $V(X)=V(X_1+X_2+\ldots+X_n)=V(X_1)+V(X_2)+\ldots+V(X_n)=np(1-p)$.

Contrôler ses connaissances

corrigés p. 285

Questions flash

1. X est une variable aléatoire suivant la loi binomiale $\mathcal{B}(300\,;0{,}7)$.

a. Calculer $\mathrm{E}(X)$.

b. Calculer $\mathrm{V}(X)$.

2. X et Y sont deux variables aléatoires indépendantes telles que :

$$\mathrm{E}(X)=3,\ \mathrm{E}(Y)=-4,\ \mathrm{V}(X)=2 \text{ et } \mathrm{V}(Y)=0{,}5.$$

a. Calculer $\mathrm{E}(4X+7Y)$.

b. Calculer $\mathrm{V}(4X+7Y)$.

3. On lance 100 fois une pièce de monnaie équilibrée et on note X la variable aléatoire donnant le nombre de côtés « pile » obtenus après 100 lancers. Quel est en moyenne le nombre de côtés « pile » obtenus après 100 lancers ?

QCM

Pour chaque question, il y a une ou plusieurs bonnes réponses.

1. Y est une variable aléatoire. $\mathrm{V}(5Y)$ est égale à :	**a.** $5\mathrm{V}(Y)$ ☐	**b.** $\mathrm{V}(Y)$ ☐	**c.** $25\mathrm{V}(Y)$ ☐
2. Z est une variable aléatoire telle que $\mathrm{E}(Z)=7$. $\mathrm{V}(Z)$ est égale à :	**a.** $\left(\mathrm{E}(Z-7)\right)^2$ ☐	**b.** $\mathrm{E}\left(Z^2\right)-49$ ☐	**c.** $\mathrm{E}\left((Z-7)^2\right)$ ☐
3. Pour les 3 questions suivantes, $X_1, X_2, \ldots, X_{10}$ sont des variables aléatoires indépendantes suivant la loi $\mathcal{B}(30\,;0{,}4)$. Si $X=\sum_{i=1}^{10} X_i$ alors $\mathrm{E}(X)$ est égale à :	**a.** 120 ☐	**b.** 40 ☐	**c.** 180 ☐
4. On pose $X=X_1+X_2+\ldots+X_{10}$. Alors $\mathrm{V}(X)$ est égale à :	**a.** 720 ☐	**b.** 7,2 ☐	**c.** 72 ☐
5. On pose $M=\dfrac{X}{10}$. Alors $\mathrm{V}(M)$ est égale à :	**a.** 0,72 ☐	**b.** $\dfrac{\mathrm{V}(X_1)}{10}$ ☐	**c.** 7,2 ☐

Vrai ou Faux

On lance 50 fois un dé équilibré dont les faces sont numérotées de 1 à 6.

On note X la variable aléatoire donnant le nombre de 2 obtenus après ces 50 lancers et on pose $M = \frac{X}{50}$.

1. X est la somme de 50 variables aléatoires indépendantes de Bernoulli où, pour chacun des 50 lancers, le succès est d'obtenir un 2 avec une probabilité égale à $\frac{1}{6}$.
2. $\mathrm{E}(X) = \frac{25}{3}$
3. $\mathrm{V}(X) = \frac{25}{36}$
4. $\mathrm{E}(M) = \frac{1}{6}$
5. $\sigma(M) = \frac{5\sqrt{10}}{6}$

Vers le sujet de BAC

Un contrôle de maths est composé d'un QCM de 20 questions.
Pour chaque question, il y a 3 réponses possibles et une seule est correcte.
Un élève répond au hasard aux 20 questions.
Si l'élève répond correctement à une question, il obtient 2 points.
Si sa réponse est fausse, il perd 0,5 point.
On note, pour tout entier i compris entre 1 et 20, X_i la variable aléatoire définie par $X_i = 1$ si la réponse à la $i^{\text{ème}}$ question est correcte et $X_i = 0$ sinon, et Y la variable aléatoire donnant le nombre de points obtenus à ce QCM.
Enfin on pose $X = X_1 + X_2 + \ldots + X_{20}$.

1 Calculer $\mathrm{E}(X)$.

2 Exprimer Y en fonction de X.

3 Calculer $\mathrm{E}(Y)$ puis interpréter ce résultat.

Sujets guidés

SUJET 51 D'après Bac 2018 — 3 pts — 25 min

Location de voitures

Une entreprise de location de voitures dispose de 5 voitures.

Elle loue chaque voiture 85 € la journée.

i est un entier naturel compris entre 1 et 7 et X_i est la variable aléatoire qui à la $i^{\text{ème}}$ journée d'une semaine de l'année 2020 associe le nombre de voitures louées.

Les variables aléatoires $X_1, X_2, \ldots, X_7$ sont indépendantes.

La loi de probabilité de X_i est donnée par le tableau suivant :

a	0	1	2	3	4	5
$P(X_i = a)$	0,08	0, 13	0,23	0,31	0,16	0,09

On considère la variable aléatoire R_i égale à la recette de la journée i.

Les variables aléatoires R_i sont indépendantes.

1 Exprimer la variable aléatoire R_i en fonction de X_i.

2 Calculer l'espérance mathématique et la variance de la variable X_i.

3 En déduire l'espérance mathématique et la variance de la variable R_i.

4 On considère la variable aléatoire $G = R_1 + R_2 + \ldots + R_7$ et la variable aléatoire $M = \frac{G}{7}$.

À quoi correspondent ces variables aléatoires dans le contexte de l'exercice ?

5 Calculer l'espérance mathématique et la variance des variables aléatoires G et M.

PAR ÉTAPES

▶ Les connaissances à mobiliser

- Loi de probabilité.
- Calcul d'espérances et de variances.
- Propriétés de l'espérance et de la variance.

CORRIGÉ 51

Comprendre le corrigé

Location de voitures

1 X_i donne le nombre de voitures louées la $i^{\text{ème}}$ journée et une voiture est louée pour 85 €, donc la variable aléatoire R_i égale à la recette de la journée i est donnée par $R_i = 85X_i$.

2 $\mathrm{E}(X_i) = 0\times0{,}08 + 1\times0{,}13 + 2\times0{,}23 + 3\times0{,}31 + 4\times0{,}16 + 5\times0{,}09 = 2{,}61.$

$\mathrm{V}(X_i) = 0^2\times0{,}08 + 1^2\times0{,}13 + 2^2\times0{,}23 + 3^2\times0{,}31 + 4^2\times0{,}16 + 5^2\times0{,}09 - 2{,}61^2 \approx 1{,}837\,9.$

Remarque

On applique ici la formule de Koenig-Huygens qui est plus facile à utiliser que la définition.

3 $\mathrm{E}(R_i) = \mathrm{E}(85X_i) = 85\,\mathrm{E}(X_i) = 85\times2{,}61 = 221{,}85.$

$\mathrm{V}(R_i) = \mathrm{V}(85X_i) = 85^2\mathrm{V}(X_i) \approx 7\,225\times1{,}837\,9 = 13\,278{,}827\,5.$

4 La variable aléatoire G est la somme des variables aléatoires $R_1, R_2, \ldots, R_7$: c'est donc la recette de l'entreprise pour une semaine complète donnée.

La variable aléatoire $M = \dfrac{G}{7}$ est ainsi la variable aléatoire donnant le gain moyen journalier sur une semaine.

5 $\mathrm{E}(G) = \mathrm{E}(R_1 + R_2 + \ldots + R_7) = 7\,\mathrm{E}(R_1) = 7\times221{,}85 = 1\,552{,}95$

par linéarité de l'espérance mathématique.

$\mathrm{V}(G) = \mathrm{V}(R_1 + R_2 + \ldots + R_7) = \mathrm{V}(R_1) + \mathrm{V}(R_2) + \ldots + \mathrm{V}(R_7)$

car les variables R_i sont indépendantes.

Ainsi, $\mathrm{V}(G) = 7\times\mathrm{V}(R_1) = 7\times13\,278{,}827\,5 \approx 92\,951{,}792\,5.$

$$\mathrm{E}(M) = \mathrm{E}\left(\frac{G}{7}\right) = \frac{1}{7}\mathrm{E}(G) = \frac{1\,552{,}95}{7} = 221{,}85.$$

$$\mathrm{V}(M) = \mathrm{V}\left(\frac{G}{7}\right) = \frac{1}{49}\mathrm{V}(G) \approx \frac{92\,951{,}792\,5}{49} \approx 1\,896{,}98.$$

Remarque

L'espérance est à exprimer dans la bonne unité (ici les euros), pas la variance. La variance doit être un réel positif.

SUJET 52 **D'après Bac 2019** 2 pts 20 min

Lancer de dés

On lance deux dés cubiques non truqués et on s'intéresse à la somme des nombres obtenus.

On note X la variable aléatoire donnant cette somme.

Quelle est en moyenne la somme des nombres obtenus ?

1 Première méthode

a. Déterminer la loi de probabilité de X.

b. Calculer $E(X)$ puis conclure.

2 Deuxième méthode

On considère les variables aléatoires X_1 et X_2 désignant respectivement les nombres obtenus sur chaque dé.

a. Déterminer la loi de probabilité de X_1 et l'espérance mathématique de X_1.

b. En déduire $E(X)$ puis conclure.

PAR ÉTAPES

Les connaissances à mobiliser

- Loi de probabilité.
- Calcul d'une espérance mathématique.
- Décomposer une variable aléatoire en somme de variables aléatoires.

CORRIGÉ 52

Comprendre le corrigé

Lancer de dés

1 a. La variable aléatoire X donnant la somme des 2 chiffres obtenus prend ainsi les valeurs entières et consécutives de 2 à 12 et la loi de probabilité de X est donnée par le tableau suivant.

x_i	2	3	4	5	6	7	8	9	10	11	12
$P(X = x_i)$	$\frac{1}{36}$	$\frac{2}{36}$	$\frac{3}{36}$	$\frac{4}{36}$	$\frac{5}{36}$	$\frac{6}{36}$	$\frac{5}{36}$	$\frac{4}{36}$	$\frac{3}{36}$	$\frac{2}{36}$	$\frac{1}{36}$

Rappel
La somme des probabilités doit être égale à 1.

b. $E(X) = 2\times\frac{1}{36} + 3\times\frac{2}{36} + \ldots + 12\times\frac{1}{36} = \frac{252}{36}$
$= 7.$

En moyenne, la somme des chiffres obtenus est 7.

Remarque
L'espérance de la variable aléatoire X correspond à la moyenne des valeurs prises par X sur un grand nombre de lancers.

2 a. Les lois de probabilité des variables aléatoires X_1 et X_2 sont les mêmes et sont données par le tableau suivant.

x_i	1	2	3	4	5	6
$P(X_1 = x_i)$	$\frac{1}{6}$	$\frac{1}{6}$	$\frac{1}{6}$	$\frac{1}{6}$	$\frac{1}{6}$	$\frac{1}{6}$

$E(X_1) = E(X_2)$
$= 1\times\frac{1}{6} + 2\times\frac{1}{6} + 3\times\frac{1}{6} + 4\times\frac{1}{6} + 5\times\frac{1}{6} + 6\times\frac{1}{6}$
$= 3{,}5.$

b. $E(X) = E(X_1 + X_2) = E(X_1) + E(X_2) = 3{,}5 + 3{,}5 = 7.$

En moyenne, la somme des chiffres obtenus est 7. On retrouve bien évidemment le même résultat qu'à la question **1**.

SUJET 53 D'après Bac 2018

1 pt — 5 min

Un deuxième lancer de dé

On lance un dé équilibré 7 fois de suite et on observe à chaque fois le nombre obtenu.

On note X la variable aléatoire donnant le nombre de fois où le chiffre 6 est apparu au bout des 7 lancers et on note $X_1, X_2, \ldots, X_7$ les variables aléatoires définies pour tout entier i compris entre 1 et 7 par $X_i = 1$ si on obtient un 6 au $i^{\text{ème}}$ lancer et $X_i = 0$ sinon.

› Calculer $\mathrm{E}(X)$.

PAR ÉTAPES

La méthode

Dans un problème comme celui-ci, on peut mettre en place plusieurs méthodes :
- linéarité de l'espérance ;
- modélisation par un schéma de Bernoulli.

Les deux méthodes sont intéressantes et l'une ne prend pas plus de temps que l'autre.

Les connaissances à mobiliser

- Variable aléatoire de Bernoulli.
- Écriture d'une variable aléatoire comme somme de variables aléatoires.
- Propriétés de l'espérance mathématique.

CORRIGÉ 53

Comprendre le corrigé

Un deuxième lancer de dé

Pour tout entier i compris entre 1 et 7, les variables aléatoires X_i sont des variables aléatoires de Bernoulli où le succès est obtenir un 6 au $i^{\text{ème}}$ lancer avec une probabilité égale à $\frac{1}{6}$.

On a donc $\mathrm{E}(X_i) = 0 \times \frac{5}{6} + 1 \times \frac{1}{6} = \frac{1}{6}$ et ainsi :

$$\begin{aligned}\mathrm{E}(X) &= \mathrm{E}(X_1 + X_2 + \ldots + X_7)\\ &= \mathrm{E}(X_1) + \mathrm{E}(X_2) + \ldots + \mathrm{E}(X_7) = 7 \times \frac{1}{6} = \frac{7}{6}.\end{aligned}$$

Rappel
$\mathrm{E}(X) = x_1 p_1 + x_2 p_2 + \ldots + x_n p_n$.

Remarque : cette expérience est la répétition de 7 épreuves de Bernoulli identiques et indépendantes de paramètre $\frac{1}{6}$ (c'est-à-dire un schéma de Bernoulli), donc la variable aléatoire X donnant le nombre de fois où le chiffre 6 est apparu au bout des 7 lancers suit la loi binomiale de paramètres 7 et $\frac{1}{6}$ et ainsi $\mathrm{E}(X) = 7 \times \frac{1}{6} = \frac{7}{6}$.

SUJET 54 **D'après Bac 2019** 2 pts 15 min

Déterminer une moyenne

On considère 8 urnes numérotées de 1 à 8.

Pour tout entier i compris entre 1 et 8, l'urne portant le numéro i contient 1 boule noire et i boules blanches.

On tire au hasard une boule dans chaque urne.

› Quel est en moyenne le nombre de boules noires tirées ?

PAR ÉTAPES

Les connaissances à mobiliser

- Modéliser une situation de probabilité.
- Loi de probabilité.
- Écrire une variable aléatoire comme somme de variables aléatoires.

Les pièges à éviter

La difficulté ici est de bien définir les variables aléatoires nécessaires à la réalisation du problème et de rédiger correctement son raisonnement.

CORRIGÉ 54

Comprendre le corrigé

Déterminer une moyenne

X est la variable aléatoire donnant le nombre de boules noires tirées.

On cherche l'espérance mathématique de X.

Remarque
On cherche le nombre de boules noires tirées en moyenne, c'est-à-dire l'espérance de X.

Pour cela, on introduit des variables aléatoires $X_1, X_2, \dots, X_8$ définies par : pour tout entier i compris entre 1 et 8, $X_i = 1$ si on tire une boule noire dans l'urne i et $X_i = 0$ sinon.

On a alors $X = X_1 + X_2 + \dots + X_8$.

La loi de probabilité des variables X_i est donnée par le tableau suivant.

X_i	0	1
$P(X_i = a)$	$\dfrac{i}{i+1}$	$\dfrac{1}{i+1}$

On a donc, pour tout entier i compris entre 1 et 8,

$$E(X_i) = 0 \times \frac{i}{i+1} + 1 \times \frac{1}{i+1} = \frac{1}{i+1}.$$

$$\begin{aligned} \text{Et donc } E(X) &= E(X_1 + X_2 + \dots + X_8) \\ &= E(X_1) + E(X_2) + \dots + E(X_8) \\ &= \frac{1}{2} + \frac{1}{3} + \dots + \frac{1}{9} \\ &\approx 1{,}828\ 97. \end{aligned}$$

Conseil
Utiliser la linéarité de l'espérance.

En moyenne, lorsqu'on répète un grand nombre de fois l'expérience, le nombre de boules noires tirées est 1,828 97.

Concentration, loi des grands nombres

Faire le point

1 Inégalité de Bienaymé-Tchebychev

→ Théorème : Inégalité de Bienaymé-Tchebychev

X est une variable aléatoire d'espérance $E(X) = \mu$ et de variance $V(X)$.
Pour tout réel strictement positif ε,

$$P(|X - \mu| \geqslant \varepsilon) \leqslant \frac{V(X)}{\varepsilon^2}.$$

→ Remarque

L'écart type $\sigma = \sqrt{V(X)}$ d'une variable aléatoire X est l'unité naturelle pour étudier la dispersion de X autour de son espérance μ.

L'inégalité de Bienaymé-Tchebychev montre que des écarts de X à μ de quelques σ deviennent improbables.

2 Inégalité de concentration

→ Définition

X est une variable aléatoire définie sur un ensemble Ω.

Un échantillon de taille n de la loi de probabilité de X est une liste $(X_1, X_2, ..., X_n)$ de variables aléatoires indépendantes et identiques qui suivent la même loi de probabilité que X.

→ Définition

X est une variable aléatoire définie sur un ensemble Ω.

La variable aléatoire somme d'un échantillon de taille n de la loi de X est la variable aléatoire S_n définie par :

$$S_n = X_1 + X_2 + \ldots + X_n.$$

→ Définition

La variable aléatoire moyenne M_n d'un échantillon de taille n de la loi de X est définie par :

$$M_n = \frac{S_n}{n}.$$

→ Théorème : Inégalité de concentration

M_n est la variable aléatoire moyenne d'un échantillon de taille n d'une variable aléatoire d'espérance μ et de variance V.

Pour tout réel strictement positif ε,

$$\mathrm{P}(|M_n - \mu| \geqslant \varepsilon) \leqslant \frac{\mathrm{V}}{n\varepsilon^2}.$$

3 Loi faible des grands nombres

→ Théorème : Loi faible des grands nombres

M_n est la variable aléatoire moyenne d'un échantillon de taille n d'une variable aléatoire d'espérance μ et de variance V.

Pour tout réel strictement positif ε,

$$\lim_{n \to +\infty} \mathrm{P}(|M_n - \mu| \geqslant \varepsilon) = 0.$$

→ Remarques

- La probabilité que la moyenne s'éloigne de l'espérance devient très petite lorsque la taille de l'échantillon devient très grande.
- La loi faible des grands nombres justifie la possibilité de définir des probabilités en prenant pour valeurs approchées les fréquences obtenues pour un grand nombre d'essais.

Contrôler ses connaissances

corrigés p. 286

Questions flash

X est une variable aléatoire d'espérance $\mu = 5$ et de variance $V(X) = 0,4$ et M_n est la variable aléatoire moyenne d'un échantillon de taille n de la variable aléatoire X.

1. Écrire l'inégalité de Bienaymé-Tchebychev.
2. Déterminer un minorant de $P(|X-5| \geqslant 2)$.
3. Écrire l'inégalité de concentration.
4. Déterminer un minorant de $P(|M_n - 5| \geqslant 1)$ pour $n = 100$.
5. Calculer $\lim\limits_{n \to +\infty} P(|M_n - 5| \geqslant 1)$.

QCM

Pour chaque question, il y a une ou plusieurs bonnes réponses.

M_n est une variable aléatoire moyenne d'un échantillon de taille n d'une variable aléatoire X d'espérance μ et de variance V.

1. Si $\mu = 2$ et V = 1, alors pour tout réel $\varepsilon > 0$:	**a.** $P(\|X-2\| \geqslant \varepsilon) \leqslant \frac{1}{\varepsilon^2}$ ☐	**b.** $P(\|X-2\| \geqslant \varepsilon) \geqslant \frac{1}{\varepsilon^2}$ ☐	**c.** $P(\|X-\mu\| < \varepsilon) \geqslant \frac{\varepsilon^2 - 1}{\varepsilon^2}$ ☐
2. Si $\mu = 0$, alors $P(\|M_n\| \geqslant 0,1) \leqslant 0,6$ pour :	**a.** V = 4 et n = 1 000 ☐	**b.** V = 3 et n = 100 ☐	**c.** V = 3 et n = 500 ☐
3. Si $\mu = 0$ et $v = 1$, alors pour que $P(\|M_n\| \geqslant 3) \leqslant 0,02$:	**a.** Il faut que $\frac{1}{9n} \leqslant 0,02$ ☐	**b.** Il suffit que $\frac{1}{9n} \leqslant 0,02$ ☐	**c.** Il faut et il suffit que $\frac{1}{9n} \leqslant 0,02$ ☐
4. Si $\mu = 0$, alors :	**a.** $\lim\limits_{n \to +\infty} P(\|M_n\| \geqslant 0,01) = 0$ ☐	**b.** $\lim\limits_{n \to +\infty} P(\|M_n\| \geqslant 0,01) = 1$ ☐	**c.** $\lim\limits_{n \to +\infty} P(\|M_n\| < 0,01) = 1$ ☐

Vrai ou Faux

X est une variable aléatoire d'espérance $\mu = 3$ et de variance $V = 1$ et M_n est la variable aléatoire moyenne d'un échantillon de taille n de la variable aléatoire X.

1. Pour tout réel strictement positif ε,
$$P(|X-3| < \varepsilon) \geqslant 1 - \frac{1}{\varepsilon^2}.$$
2. Pour tout réel strictement positif ε, pour que $P(|X-3| \geqslant \varepsilon) \leqslant 0{,}01$ il suffit que $\frac{1}{\varepsilon^2} \geqslant 0{,}01$.
3. Pour tout réel strictement positif ε, pour que $P(|M_n - 3| \geqslant 2) \leqslant 0{,}01$ il suffit que $n \geqslant 25$.
4. $\lim\limits_{n \to +\infty} P(2 < M_n < 4) = 0$.

MÉTHODE
SUJETS PAS À PAS
SUJETS COMME À L'EXAMEN

Vers le sujet de BAC

On lance n fois un dé équilibré à 6 faces et on note le nombre obtenu.
X est la variable aléatoire égale à 1 si le nombre obtenu est 6 et 0 sinon.
M_n est la variable aléatoire moyenne d'un échantillon de taille n de la variable aléatoire X.

1 Calculer $E(X)$ et $V(X)$.

2 Écrire l'inégalité de concentration associée à la variable aléatoire M_n.

3 Déterminer le nombre de lancers minimum pour que la proportion d'apparitions du chiffre 6 s'écarte de sa valeur théorique $\frac{1}{6}$ de moins de un centième avec une probabilité supérieure ou égale à 0,99.

4 Déterminer $\lim\limits_{n \to +\infty} P\left(\left|M_n - \frac{1}{6}\right| \geqslant 0{,}01\right)$.

Sujets guidés

SUJET 55 **D'après Bac 2019** 3 pts 25 min

Fabrication de disques

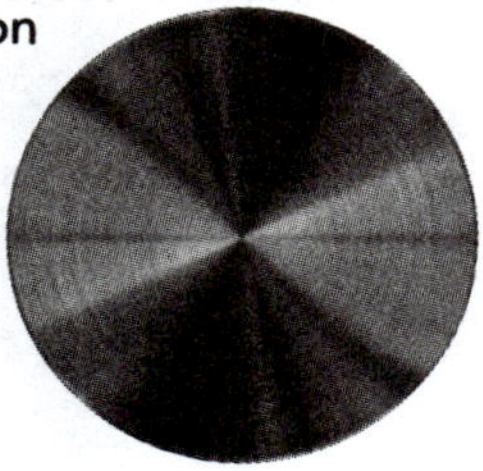

Une entreprise fabrique des disques en acier dont le rayon exprimé en millimètre définit une variable aléatoire d'espérance 300 et d'écart type 4.

› Montrer que la probabilité que le rayon d'un disque soit compris strictement entre 270 mm et 330 mm est au moins égale à 0,982.

PAR ÉTAPES

La méthode

Ce problème ouvert laisse place à une prise d'initiative importante. On ne connaît pas la loi de probabilité de X mais seulement son espérance et sa variance : il faut donc utiliser l'inégalité de Bienaymé-Tchebychev pour obtenir un minorant de la probabilité cherchée.

Les connaissances à mobiliser

- Espérance mathématique et variance.
- Inégalité de Bienaymé-Tchebychev.
- Valeurs absolues et encadrements.
- Minorer une probabilité.

Les pièges à éviter

Attention à prendre la variance et non l'écart type donné dans l'énoncé pour appliquer l'inégalité de Bienaymé-Tchebychev.

CORRIGÉ 55

Comprendre le corrigé

Fabrication de disques

On a $E(X) = \mu = 300$ et $V(X) = 4^2 = 16$.

L'inégalité de Bienaymé-Tchebychev nous donne : pour tout réel strictement positif ε,

$$P(|X - \mu| \geqslant \varepsilon) \leqslant \frac{V(X)}{\varepsilon^2}.$$

Or :

$]270 ; 330[=]300 - 30 ; 300 + 30[$, donc

$$\begin{aligned} 270 < X < 330 &\Leftrightarrow 300 - 30 < X < 300 + 30 \\ &\Leftrightarrow -30 < X - 300 < 30 \\ &\Leftrightarrow |X - 300| < 30. \end{aligned}$$

Ainsi :

$$\begin{aligned} P(270 < X < 330) &= P(|X - 300| < 30) \\ &= 1 - P(|X - 300| \geqslant 30). \end{aligned}$$

Et en remplaçant ε par 30 dans l'inégalité de Bienaymé-Tchebychev, on obtient :

$$P(|X - 300| \geqslant 30) \leqslant \frac{16}{30^2}$$

c'est-à-dire $P(|X - 300| \geqslant 30) \leqslant \dfrac{16}{900}$.

Donc $-P(|X - 300| \geqslant 30) \geqslant -\dfrac{16}{900}$

et $1 - P(|X - 300| \geqslant 30) \geqslant 1 - \dfrac{16}{900}$,

c'est-à-dire $1 - P(|X - 300| \geqslant 30) \geqslant \dfrac{884}{900}$.

Ainsi, $P(270 < X < 330) \geqslant \dfrac{884}{900}$

et puisque $\dfrac{884}{900} \approx 0{,}9822$, la probabilité que le rayon d'un disque soit compris strictement entre 270 mm et 330 mm est au moins égale à 0,982.

Rappel

$V(X) = \sigma(X)^2$.

MÉTHODE

SUJETS PAS À PAS

SUJETS COMME À L'EXAMEN

SUJET 56 D'après Bac 2019 4 pts 50 min

Sondages et algorithmes

Un parti politique fait un sondage d'opinion.

On note p la proportion de la population favorable à ce parti politique.

On interroge un échantillon de n personnes dans la population et on considère la variable aléatoire X_i donnant la $i^{\text{ème}}$ réponse au sondage d'opinion pour tout entier naturel i compris entre 1 et n.

On considère que les variables X_i, pour tout entier naturel i compris entre 1 et n, sont indépendantes.

1 Donner la loi de probabilité des variables aléatoires X_i pour tout entier naturel i compris entre 1 et n.

2 On pose $S_n = X_1 + X_2 + \ldots X_n$.

Que représente la variable aléatoire S_n ?

3 On pose $M_n = \dfrac{S_n}{n}$.

Calculer l'espérance mathématique et la variance de M_n.

4 Montrer que pour tout réel strictement positif ε,

$$\mathrm{P}\left(\left|M_n - p\right| \geqslant \varepsilon\right) \leqslant \frac{1}{4n\varepsilon^2}.$$

5 Combien de personnes suffit-il d'interroger pour obtenir une approximation de la proportion de la population favorable à ce parti politique p à 0,05 près avec une probabilité supérieure ou égale à 0,95 ?

6 Écrire un algorithme permettant de déterminer le nombre minimal de personnes à interroger pour obtenir une approximation de la proportion de la population favorable à ce parti politique p à ε près avec une probabilité supérieure ou égale à $1-\alpha$, où $\alpha \in]0\,;1[$.

PAR ÉTAPES

- Loi de probabilité.
- Variables aléatoires de Bernoulli.
- Espérance mathématique et variance.
- Inégalité de concentration.
- Résolution d'inéquations.
- Algorithme de détermination d'un seuil.

Les pièges à éviter

Un problème comme celui-ci met en place beaucoup de connaissances en probabilité : il faut donc bien maîtriser le cours de Première et de Terminale.

CORRIGÉ 56

Comprendre le corrigé

Sondages et algorithmes

1 Les variables aléatoires X_i, pour tout entier naturel i compris entre 1 et n, sont des variables aléatoires de Bernoulli de paramètre p.

Elles prennent la valeur 1 en cas d'avis favorable avec la probabilité p et la valeur 0 sinon avec la probabilité $1-p$.

La loi de probabilité de ces variables est donc donnée par le tableau :

x_j	0	1
$P(X_i = x_j)$	$1-p$	p

2 La variable aléatoire $S_n = X_1 + X_2 + \ldots X_n$ représente le nombre de personnes ayant une opinion favorable du parti politique dans l'échantillon de taille n.

Rappel
Si X suit la loi de Bernoulli de paramètre p, alors $E(X) = p$.

3 $$E(M_n) = E\left(\frac{X_1 + X_2 + \ldots X_n}{n}\right) = \frac{1}{n}E(X_1 + X_2 + \ldots X_n)$$
$$= \frac{1}{n}\left(E(X_1) + E(X_2) + \ldots + E(X_n)\right)$$
$$= \frac{1}{n} \times n \times p = p.$$

Remarque
On utilise ici la linéarité de l'espérance.

MÉTHODE

SUJETS PAS À PAS

SUJETS COMME À L'EXAMEN

$$V(M_n) = V\left(\frac{X_1 + X_2 + \ldots X_n}{n}\right) = \frac{1}{n^2} V(X_1 + X_2 + \ldots X_n)$$
$$= \frac{1}{n^2}\left(V(X_1) + V(X_2) + \ldots + V(X_n)\right)$$

car les variables X_1, X_2, ..., X_n sont indépendantes.

Remarque
Il est indispensable que ces variables soient indépendantes pour appliquer ces propriétés de la variance.

Ainsi, $V(M_n) = \frac{1}{n^2} \times n \times p \times (1-p)$

$$= \frac{p(1-p)}{n}.$$

4 D'après l'inégalité de concentration, pour tout réel strictement positif ε,

$$P\left(|M_n - E(X_n)| \geqslant \varepsilon\right) \leqslant \frac{V(X_n)}{n\varepsilon^2},$$

c'est-à-dire pour tout réel strictement positif ε,

$$P\left(|M_n - p| \geqslant \varepsilon\right) \leqslant \frac{p(1-p)}{n\varepsilon^2}.$$

Or pour tout réel p, $(2p-1)^2 \geqslant 0$ donc $4p^2 - 4p + 1 \geqslant 0$,

c'est-à-dire $4p(p-1) \geqslant -1$ et donc $p(1-p) \leqslant \frac{1}{4}$.

Ainsi,

$$P\left(|M_n - p| \geqslant \varepsilon\right) \leqslant \frac{p(1-p)}{n\varepsilon^2} \leqslant \frac{1}{4n\varepsilon^2}.$$

5 M_n est la variable aléatoire moyenne d'un échantillon de taille n de la loi d'une variable aléatoire associée à la réponse du sondage d'opinion.

On a $\varepsilon = 0{,}05$ et on sait que $P\left(|M_n - p| < 0{,}05\right) \geqslant 0{,}95$.

L'événement contraire de $|M_n - p| < 0{,}05$ est $|M_n - p| \geqslant 0{,}05$. Donc

$$P\left(|M_n - p| < 0{,}05\right) \geqslant 0{,}95 \Leftrightarrow 1 - P\left(|M_n - p| \geqslant 0{,}05\right) \geqslant 0{,}95$$
$$\Leftrightarrow -P\left(|M_n - p| \geqslant 0{,}05\right) \geqslant -0{,}05$$
$$\Leftrightarrow P\left(|M_n - p| \geqslant 0{,}05\right) \leqslant 0{,}05.$$

Or d'après la question **4**,

$$P\left(|M_n - p| \geqslant 0{,}05\right) \leqslant \frac{1}{4n \times 0{,}05^2}.$$

Il suffit donc que $\frac{1}{4n \times 0{,}05^2} \leqslant 0{,}05$.

On a :

$$\frac{1}{4n\times 0{,}05^2}\leqslant 0{,}05 \Leftrightarrow \frac{1}{0{,}01n}\leqslant 0{,}05$$
$$\Leftrightarrow 0{,}01n \geqslant 20$$
$$\Leftrightarrow n\geqslant 2000.$$

Il faut au minimum 2000 personnes pour obtenir une approximation de la proportion de la population favorable à ce parti politique p à 0,05 près avec une probabilité supérieure ou égale à 0,95.

6 $\mathrm{P}(|M_n - p| < \varepsilon) \geqslant 1-\alpha \Leftrightarrow 1-\mathrm{P}(|M_n - p| \geqslant \varepsilon) \geqslant 1-\alpha$

$$\Leftrightarrow -\mathrm{P}(|M_n - p| \geqslant \varepsilon) \geqslant -\alpha$$
$$\Leftrightarrow \mathrm{P}(|M_n - p| \geqslant \varepsilon) \leqslant \alpha$$

et $\mathrm{P}(|M_n - p| \geqslant \varepsilon) \leqslant \dfrac{1}{4n\varepsilon^2}$.

Donc il suffit donc d'avoir $\dfrac{1}{4n\varepsilon^2}\leqslant \alpha$.

```
alpha=float(input("Saisir alpha entre 0 et 1
exclus :"))
e=float(input("Saisir epsilon :"))
n=1
while 1/(4*n*e**2)>alpha:
    n=n+1
print(n)
```

Conseil
On considère l'événement contraire pour se ramener à l'inégalité de concentration.

CORRIGÉS Contrôler ses connaissances

Combinatoire et dénombrement

p. 20 Questions flash

1. $5 \times 4 \times 3 = 60$.
2. 1.
3. 10.
4. $3^4 = 81$.
5. $6! = 720$.

p. 20 QCM

1. Réponses b et c.
2. Réponse c.
3. Réponses b et c.
4. Réponse c.
5. Réponses a et b.

p. 21 Vrai ou Faux

1. Vrai : $n \times (n-1) \times \ldots \times (n-k+1) = \dfrac{n!}{(n-k)!}$.
2. Faux : $4! = 24$.
3. Vrai : $26 \times 25 \times 24 = 15\,600$.
4. Vrai : $\dbinom{49}{6} = 13\,983\,816$.
5. Faux : $15 \times 14 \times 13 = 2\,730$.

p. 21 Vers le sujet de Bac

1 Chaque équipe rencontre une seule fois chacune des autres équipes, donc le nombre de matchs à organiser est le nombre de combinaisons de 2 équipes dans l'ensemble des 9 équipes.

On a donc $\dbinom{9}{2} = \dfrac{9!}{2!(9-2)!} = \dfrac{9 \times 8}{2} = 36$ matchs à organiser.

2 Dans le cas où les places seraient numérotées, le nombre de façons de placer 27 personnes autour de la table serait le nombre de permutations de 27 personnes, soit 27 !.

Mais les places ne sont pas numérotées, donc il faut diviser ce nombre par le nombre de façons de placer la 1re personne, soit 27 possibilités.

Ainsi, le nombre de possibilités de placer 27 personnes autour d'une table ronde est $\frac{27!}{27} = 26!$.

3 Un choix de 4 femmes et 3 hommes parmi 12 femmes et 7 hommes est un élément du produit cartésien entre l'ensemble des choix simultanés de 4 femmes parmi 12 et l'ensemble des choix simultanés de 3 hommes parmi 7.

Le premier ensemble a pour cardinal :

$$\binom{12}{4} = \frac{12!}{4!(12-4)!} = \frac{12 \times 11 \times 10 \times 9}{4 \times 3 \times 2} = 495,$$

et le deuxième ensemble a pour cardinal :

$$\binom{7}{3} = \frac{7!}{3!(7-3)!} = \frac{7 \times 6 \times 5}{3 \times 2} = 35.$$

Le principe multiplicatif permet de dire que le nombre de façons de choisir 4 femmes et 3 hommes parmi 12 femmes et 7 hommes est égal à :

$$495 \times 35 = 17\ 325.$$

4 Pour tous entiers naturels p, n et k tels que $0 \leqslant p \leqslant n$,

$$\begin{aligned}\binom{n+k}{k}\binom{n}{p} &= \frac{(n+k)!}{k!(n+k-k)!} \times \frac{n!}{p!(n-p)!}\\ &= \frac{(n+k)!n!}{k!n!p!(n-p)!}\\ &= \frac{(n+k)!}{k!p!(n-p)!}\end{aligned}$$

De plus :

$$\begin{aligned}\binom{n+k}{p+k}\binom{p+k}{k} &= \frac{(n+k)!}{(p+k)!(n+k-p-k)!} \times \frac{(p+k)!}{k!(p+k-k)!}\\ &= \frac{(n+k)!(p+k)!}{(p+k)!(n-p)!k!p!}\\ &= \frac{(n+k)!}{(n-p)!k!p!}\end{aligned}$$

donc pour tous entiers naturels p, n et k tels que $0 \leqslant p \leqslant n$,

$$\binom{n+k}{k}\binom{n}{p} = \binom{n+k}{p+k}\binom{p+k}{k}.$$

Vecteurs, droites et plans de l'espace

p. 40 Questions flash

1. a. $\vec{u}(2\,;-3\,;7)$ et $\vec{v}\left(\frac{-1}{3}\,;\frac{1}{2}\,;\frac{7}{6}\right)$. On a $\frac{-3}{\frac{1}{2}}=-6$ et $\frac{7}{\frac{7}{6}}=6$.

Les coordonnées ne sont pas proportionnelles, donc les vecteurs $\vec{u}$ et $\vec{v}$ ne sont pas colinéaires.

b. $\vec{u}\left(\sqrt{2}-1\,;\sqrt{2}+1\,;2\sqrt{2}\right)$ et $\vec{v}\left(1\,;3+2\sqrt{2}\,;4+2\sqrt{2}\right)$.

On a $\frac{\sqrt{2}-1}{1}=\frac{\sqrt{2}+1}{3+2\sqrt{2}}=\frac{2\sqrt{2}}{4+2\sqrt{2}}$.

Les coordonnées sont proportionnelles, donc les vecteurs $\vec{u}$ et $\vec{v}$ sont colinéaires.

2. $\overrightarrow{AB}(-2\,;4\,;1)$ et $\overrightarrow{AC}(-6\,;12\,;3)$. On a $\overrightarrow{AC}=3\overrightarrow{AB}$, les vecteurs sont colinéaires, donc les points A, B et C sont alignés.

3. $\overrightarrow{AB}(7\,;7\,;-3)$ et $\overrightarrow{AC}(10\,;14\,;-6)$. Les coordonnées ne sont pas proportionnelles car $\frac{7}{10}\neq\frac{7}{14}$. Les vecteurs ne sont donc pas colinéaires, donc les points A, B et C ne sont pas alignés.

4. $\overrightarrow{AB}(2\,;4\,;-2)$ et $\overrightarrow{AC}(4\,;-4\,;-4)$. Les coordonnées ne sont pas proportionnelles car $\frac{2}{4}\neq\frac{4}{-4}$. Les vecteurs ne sont donc pas colinéaires, et les points A, B et C ne sont pas alignés. Ils forment donc un plan.

p. 40 QCM

1. Réponses a et c.

2. Réponse c.

3. Réponse a.

4. Réponse b.

5. Réponse c.

p. 41 Vrai ou Faux

1. a. Vrai : $\overrightarrow{AB}=\frac{2}{3}\vec{v}-\frac{1}{3}\vec{w}$.

b. Vrai : $\overrightarrow{AB}=-\vec{i}+2\vec{k}$.

c. Faux : $\overrightarrow{AB}\cdot\vec{j}=0$, la droite (AB) est donc orthogonale à l'axe des ordonnées.

d. Faux : si les droites Δ et (AB) étaient coplanaires, alors les vecteurs $\overrightarrow{AC}$, $\overrightarrow{AB}$ et $\vec{v}$ le seraient, et il existerait deux réels t et t' tels que $\overrightarrow{AC}=t\overrightarrow{AB}+t'\vec{v}$.

Or $\overrightarrow{AC} = t\overrightarrow{AB} + t'\vec{v} \Leftrightarrow \begin{cases} 1 = -t - t' \\ -2 = t' \\ -1 = 2t + 3t' \end{cases}$

On aurait donc $t' = -2$ et $t = 1$, ce qui ne vérifie pas la dernière équation du système.

Les réels t et t' n'existent donc pas, et les droites ne sont pas coplanaires.

2. a. Vrai : dans le triangle EFG, $\overrightarrow{IJ} = \frac{1}{2}\overrightarrow{EF}$ et $\overrightarrow{EF} = \overrightarrow{AC}$.

b. Faux : $\overrightarrow{AH} + \overrightarrow{AB} = \overrightarrow{AG} \neq \overrightarrow{HB}$.

c. Vrai : $\overrightarrow{EF} + \overrightarrow{BC} = \overrightarrow{EG}$ et $\overrightarrow{EG}$ et $\overrightarrow{IG}$ dirigent le plan (EIG).

d. Vrai : $\overrightarrow{EG} = \overrightarrow{AB} + 2\overrightarrow{JG}$.

p. 41 Vers le sujet de Bac

1 On sait que les diagonales d'un carré sont perpendiculaires et de même longueur, on en déduit que $\overrightarrow{OB}$ et $\overrightarrow{OC}$ sont orthogonaux et de même norme 1. De plus, OBC est un triangle rectangle en O, donc d'après le théorème de Pythagore, $BC = \sqrt{2}$. Comme toutes les arêtes ont la même longueur, on en déduit que la longueur d'une arête est $\sqrt{2}$.

(SO) est la hauteur de la pyramide, elle est donc perpendiculaire à la base ABCD, on en déduit que $\overrightarrow{OS}$ est orthogonal à $\overrightarrow{OB}$ et à $\overrightarrow{OC}$.

De plus, on sait que SOC est rectangle en O avec $OC = OB = 1$ et $SC = \sqrt{2}$, donc $SO = 1$. On a donc $OC = OB = OS$, et les droites (OC), (OB) et (OS) sont perpendiculaires deux à deux.

Finalement, $\left(O\,;\overrightarrow{OB}, \overrightarrow{OC}, \overrightarrow{OS}\right)$ est un repère orthonormé.

2 a. Dans $\left(O\,;\overrightarrow{OB}, \overrightarrow{OC}, \overrightarrow{OS}\right)$, on a S(0 ; 0 ; 1) et D(−1 ; 0 ; 0), donc $\overrightarrow{SD}\begin{pmatrix} -1 \\ 0 \\ -1 \end{pmatrix}$, soit $\frac{1}{3}\overrightarrow{SD}\begin{pmatrix} \frac{-1}{3} \\ 0 \\ \frac{-1}{3} \end{pmatrix}$. Comme $\overrightarrow{SK}\begin{pmatrix} x_K \\ y_K \\ z_K - 1 \end{pmatrix}$, on a donc :

$$\begin{cases} x_K = \frac{-1}{3} \\ y_K = 0 \\ z_K - 1 = \frac{-1}{3} \end{cases}, \text{ soit } \begin{cases} x_K = \frac{-1}{3} \\ y_K = 0 \\ z_K = \frac{2}{3} \end{cases}.$$

On en déduit $K\left(\frac{-1}{3}\,; 0\,; \frac{2}{3}\right)$.

MÉTHODE

SUJETS PAS À PAS

SUJETS COMME À L'EXAMEN

b. I est le milieu de [SO] donc $I\left(0\,;0\,;\frac{1}{2}\right)$, soit $\overrightarrow{BI}\begin{pmatrix}-1\\0\\\frac{1}{2}\end{pmatrix}$ et $\overrightarrow{BK}\begin{pmatrix}\frac{-4}{3}\\0\\\frac{2}{3}\end{pmatrix}$.

On remarque que $\overrightarrow{BK}=\frac{4}{3}\overrightarrow{BI}$, on peut donc en conclure que B, I et K sont alignés.

c. (BCI) coupe (ABC) suivant la droite (BC).

(SAD) coupe (ABC) suivant la droite (AD).

Or (AD) est parallèle à (BC), donc d'après le théorème du toit (si deux plans sont sécants et contiennent respectivement deux droites parallèles, leur intersection est parallèle à ces deux droites), (BCI) et (SAD) se coupent suivant une parallèle à (AD). Comme on sait déjà que K appartient à cette intersection, on en déduit que la parallèle à (AD) passant par K appartient à (BCI) et coupe [SA].

Les droites (AD) et (KL) sont parallèles.

d. Comme L appartient à l'arête [SA] et (KL)//(AD), il existe deux nombres réels k et k' tels que $\overrightarrow{AL}=k\overrightarrow{SA}$ et $\overrightarrow{KL}=k'\overrightarrow{AD}$.

On a $A(0\,;-1\,;0)$, $S(0\,;0\,;1)$, $K\left(\frac{-1}{3}\,;0\,;\frac{2}{3}\right)$ et $D(-1\,;0\,;0)$.

On pose $L(x\,;y\,;z)$, donc :

$$\overrightarrow{AL}\begin{pmatrix}x\\y+1\\z\end{pmatrix},\ \overrightarrow{SA}\begin{pmatrix}0\\-1\\-1\end{pmatrix},\ \overrightarrow{AD}\begin{pmatrix}-1\\1\\0\end{pmatrix}\ \text{et}\ \overrightarrow{KL}\begin{pmatrix}x+\frac{1}{3}\\y\\z-\frac{2}{3}\end{pmatrix}$$

$$\overrightarrow{AL}=k\overrightarrow{SA}\Leftrightarrow\begin{cases}x=0\\y+1=-k\\z=-k\end{cases}$$

$$\text{et}\ \overrightarrow{KL}=k'\overrightarrow{AD}\Leftrightarrow\begin{cases}x+\frac{1}{3}=-k'\\y=k'\\z-\frac{2}{3}=0\end{cases}$$

On en déduit que $x=0$ et $z=\frac{2}{3}$. Comme $z=-k$ et $y+1=-k$, on a donc $y=\frac{2}{3}-1=-\frac{1}{3}$. D'où $L\left(0\,;-\frac{1}{3}\,;\frac{2}{3}\right)$.

Orthogonalité et distances dans l'espace

p. 55 Questions flash

1. On a $\overrightarrow{AB}\begin{pmatrix}-1\\1\\4\end{pmatrix}$ et $\overrightarrow{AC}\begin{pmatrix}-2\\0\\-1\end{pmatrix}$.

a. $\overrightarrow{AB}\cdot\overrightarrow{AC}=2+4=6$.

b. $AB=\sqrt{1+1+16}=\sqrt{18}=3\sqrt{2}$ et $AC=\sqrt{4+1}=\sqrt{5}$.

c. $3\sqrt{2}\times\sqrt{5}\cos(\theta)=6$. On a donc $\cos(\theta)=\dfrac{\sqrt{10}}{5}$ soit $\theta=50{,}8°$ au dixième de degré près.

2. D'après les propriétés du produit scalaire,

a. $2\vec{u}\cdot(\vec{v}-3\vec{u})=2\vec{u}\cdot\vec{v}-6\vec{u}\cdot\vec{u}=2\vec{u}\cdot\vec{v}-6\|\vec{u}\|^2=2\times(-4)-6\times5^2=-158$.

b. $(\vec{u}+\vec{v})\cdot(\vec{u}-3\vec{v})=\vec{u}\cdot\vec{u}-3\vec{u}\cdot\vec{v}+\vec{v}\cdot\vec{u}-3\vec{v}\cdot\vec{v}=\|\vec{u}\|^2-3\|\vec{v}\|^2-2\vec{u}\cdot\vec{v}$

$$=5^2-3\times3^2-2\times(-4)=6.$$

3. $\mathcal{P}$ admet une équation cartésienne de la forme $1x-1y+3z+d=0$ avec $d\in\mathbb{R}$.

Or $A\in\mathcal{P}$, donc $1\times2-1\times0+3\times1+d=0$ ainsi, $d=-5$.

On en déduit qu'une équation cartésienne de $\mathcal{P}$ est :

$$x-y+3z-5=0.$$

4. On a $\overrightarrow{AB}\begin{pmatrix}-2\\1\\4\end{pmatrix}$ donc $\mathcal{P}$ admet une équation cartésienne de la forme :

$$-2x+1y+4z+d=0 \text{ avec } d\in\mathbb{R}.$$

Or $A\in\mathcal{P}$ donc $-2\times2+1\times0+4\times(-1)+d=0$ et ainsi $d=8$. On en déduit qu'une équation cartésienne de $\mathcal{P}$ est :

$$-2x+y+4z+8=0.$$

p. 55 Vrai ou Faux

1. Faux : $\vec{u}\cdot\vec{v}=-2\neq0$.

2. Vrai : $\overrightarrow{CD}\cdot\overrightarrow{AB}=0$.

3. Vrai : $\vec{n}\begin{pmatrix}1\\2\\1\end{pmatrix}$ et $\vec{u}\begin{pmatrix}1\\-2\\3\end{pmatrix}$ sont orthogonaux et $A\notin\mathcal{P}$.

4. Faux : $\vec{n}_1\begin{pmatrix}1\\2\\-1\end{pmatrix}$ et $\vec{n}_2\begin{pmatrix}1\\-1\\1\end{pmatrix}$ ne sont pas orthogonaux.

5. Vrai : $2\times(-2)-(-1+3t)+2t+3=0\Leftrightarrow t=0$ ainsi $x=-2$, $y=-1$ et $z=0$.

p. 56 QCM

1. Réponse a.
2. Réponses b et c.
3. Réponse b.

p. 56 Vers le sujet de Bac

1 a. $\overrightarrow{OA}(10\,;0\,;1)$ et $\overrightarrow{OB}(1\,;7\,;1)$ donc $\overrightarrow{OA}\cdot\overrightarrow{OB}=10\times1+0\times7+1\times1=11\neq0$, donc les vecteurs $\overrightarrow{OA}$ et $\overrightarrow{OB}$ ne sont pas orthogonaux.

Ainsi, les droites (OA) et (OB) ne sont pas perpendiculaires.

b. $\overrightarrow{OA}\cdot\overrightarrow{OB}=OA\times OB\times\cos\left(\widehat{AOB}\right)$, donc $\cos\left(\widehat{AOB}\right)=\dfrac{\overrightarrow{OA}\cdot\overrightarrow{OB}}{OA\times OB}$.

Comme $OA=\sqrt{10^2+0^2+1^2}=\sqrt{101}$ et $OB=\sqrt{1^2+7^2+1^2}=\sqrt{51}$, on a donc $\cos\left(\widehat{AOB}\right)=\dfrac{11}{\sqrt{101}\times\sqrt{51}}$. On en déduit que la mesure en degré, arrondie au dixième, de $\widehat{AOB}$ est 81,2°.

2 Soit $\mathcal{Q}$ le plan d'équation $7x+9y-70z=0$.

$7x_O+9y_O-70z_O=7\times0+9\times0-70\times0=0$ donc $O\in\mathcal{Q}$,

$7x_A+9y_A-70z_A=7\times10+9\times0-70\times1=0$ donc $A\in\mathcal{Q}$,

$7x_B+9y_B-70z_B=7\times1+9\times7-70\times1=0$ donc $B\in\mathcal{Q}$.

Le plan (OAB) a donc pour équation $7x+9y-70z=0$.

3 Pour déterminer une représentation paramétrique de la droite (CA), on cherche les coordonnées du vecteur $\overrightarrow{CA}$: ce vecteur a pour coordonnées $(10-0\,;0-0\,;1-5)=(10\,;0\,;-4)$.

La droite (CA) a donc pour représentation paramétrique :

$$\begin{cases}x=0+10k\\y=0+0k\\z=5-4k\end{cases},$$

soit $\begin{cases}x=10k\\y=0\\z=5-4k\end{cases}$ où $k\in\mathbb{R}$.

4 D est le milieu du segment [OC]. Ses coordonnées sont donc (0 ; 0 ; 2,5).

Tout plan parallèle au plan (OAB) d'équation $7x+9y-70z=0$ a une équation de la forme $7x+9y-70z+d=0$ avec $d\in\mathbb{R}$.

Le plan $\mathcal{P}$ est parallèle au plan (OAB) et passe par D, donc le réel d vérifie $7x_D+9y_D-70z_D+d=0$ soit $7\times0+9\times0-70\times2{,}5+d=0$, ce qui donne $d=175$.

Le plan $\mathcal{P}$ a donc pour équation : $7x+9y-70z+175=0$.

5 Le plan $\mathcal{P}$ coupe la droite (CB) en E et la droite (CA) en F. Les coordonnées de F vérifient à la fois le système de représentation paramétrique de la droite (CA) et l'équation du plan $\mathcal{P}$, donc vérifient le système :

$$\begin{cases} x = 10k \\ y = 0 \\ z = 5 - 4k \\ 7x + 9y - 70z + 175 = 0 \end{cases}$$

Il faut donc déterminer le réel k tel que :

$$7(10k)+9(0)-70(5-4k)+175=0,$$

autrement dit $k = \dfrac{1}{2}$.

Cela donne $x_F = 10 \times \dfrac{1}{2} = 5$, $y_F = 0$ et $z_F = 5 - 4 \times \dfrac{1}{2} = 3$.

Le point F a donc pour coordonnées (5 ; 0 ; 3).

6 On va démontrer que la droite (EF) est parallèle à la droite (AB).

$\overrightarrow{EF}\left(5-\dfrac{1}{2}\,;0-\dfrac{7}{2}\,;3-3\right)$, soit $\overrightarrow{EF}\left(\dfrac{9}{2}\,;-\dfrac{7}{2}\,;0\right)$.

$\overrightarrow{AB}(1-10\,;7-0\,;1-1)$, soit $\overrightarrow{AB}(-9\,;7\,;0)$.

On a $\overrightarrow{AB} = -2\overrightarrow{EF}$, donc les vecteurs $\overrightarrow{AB}$ et $\overrightarrow{EF}$ sont colinéaires, donc les droites (EF) et (AB) sont parallèles.

Représentations paramétriques et équations cartésiennes

p. 68 **Questions flash**

1. $2x - y + 5z - 14 = 0$
2. $\begin{cases} x = 4 - 2t \\ y = -2 + t \\ z = 3 + 7t \end{cases}$ où $t \in \mathbb{R}$.
3. $t = -4$
4. $\sqrt{2}$

p. 68 **QCM**

1. Réponse b.
2. Réponse c.
3. Réponses b et c.

p. 69 **Vrai ou Faux**

1. Vrai : pour $t = 1$.
2. Faux : l'équation est $x + 2y - 3z - 8 = 0$.
3. Faux : $\vec{u} \cdot \vec{v} \neq 0$ avec $\vec{u}\begin{pmatrix} 1 \\ 2 \\ -3 \end{pmatrix}$ et $\vec{v}\begin{pmatrix} 2 \\ 4 \\ -6 \end{pmatrix}$.
4. Vrai : $\vec{v} = 2\vec{u}$.
5. Vrai.

p. 69 Vers le sujet de Bac

1 Les vecteurs $\overrightarrow{AB}$ et $\overrightarrow{AC}$ ont pour coordonnées $\begin{pmatrix} 1 \\ -1 \\ -1 \end{pmatrix}$ et $\begin{pmatrix} 2 \\ -5 \\ -3 \end{pmatrix}$.

Les coordonnées des deux vecteurs ne sont pas proportionnelles, donc les vecteurs $\overrightarrow{AB}$ et $\overrightarrow{AC}$ ne sont pas colinéaires.

$\overrightarrow{AB} \cdot \vec{u} = 1 \times 2 + (-1) \times (-1) + (-1) \times 3 = 0$.

$\overrightarrow{AC} \cdot \vec{u} = 2 \times 2 + (-5) \times (-1) + (-3) \times 3 = 0$.

Le vecteur $\vec{u}$, vecteur directeur de la droite Δ, est orthogonal à deux vecteurs $\overrightarrow{AB}$ et $\overrightarrow{AC}$ directeurs du plan (ABC), donc la droite Δ est orthogonale au plan (ABC).

2 La droite Δ de vecteur directeur $\vec{u}\begin{pmatrix} 2 \\ -1 \\ 3 \end{pmatrix}$ est orthogonale au plan (ABC),

donc $\vec{u}$ est un vecteur normal au plan (ABC). Ainsi, une équation cartésienne du plan (ABC) est de la forme $2x - y + 3z + d = 0$, d étant un nombre réel.

Or $A(0 ; 4 ; 1)$ appartient au plan (ABC), donc ses coordonnées vérifient l'équation de ce plan : $2 \times 0 - 4 + 3 \times 1 + d = 0$, donc $d = 1$.

Une équation cartésienne du plan (ABC) est :

$$2x - y + 3z + 1 = 0.$$

3 Δ est la droite de vecteur directeur $\vec{u}\begin{pmatrix} 2 \\ -1 \\ 3 \end{pmatrix}$ et passant par $D(7 ; -1 ; 4)$, donc

une représentation paramétrique de Δ est :

$$\begin{cases} x = 7 + 2t \\ y = -1 - t \\ z = 4 + 3t \end{cases} \text{ où } t \in \mathbb{R}.$$

4 La droite Δ est orthogonale au plan (ABC), donc la droite et le plan sont bien sécants.

Les coordonnées $(x\,;y\,;z)$ du point H, intersection de Δ et de (ABC), vérifient le système :

$$\begin{cases} x = 7+2t \\ y = -1-t \\ z = 4+3t \\ 2x-y+3z+1=0 \end{cases} \quad \text{où } t \in \mathbb{R}$$

$$\Leftrightarrow \begin{cases} x = 7+2t \\ y = -1-t \\ z = 4+3t \\ 2(7+2t)-(-1-t)+3(4+3t)+1=0 \end{cases} \quad \text{où } t \in \mathbb{R}$$

$$\Leftrightarrow \begin{cases} x = 7+2t \\ y = -1-t \\ z = 4+3t \\ 14t+28=0 \end{cases} \quad \text{où } t \in \mathbb{R}$$

$$\Leftrightarrow \begin{cases} x = 7+2t \\ y = -1-t \\ z = 4+3t \\ t=-2 \end{cases} \quad \text{où } t \in \mathbb{R}$$

$$\Leftrightarrow \begin{cases} x = 7+2\times(-2) \\ y = -1-(-2) \\ z = 4+3\times(-2) \\ t=-2 \end{cases} \quad \text{où } t \in \mathbb{R}$$

Les coordonnées du point H sont donc $(3\,;1;-2)$.

Suites

p. 85 **Questions flash**

1. $\lim\limits_{n\to+\infty} 4^n = +\infty$.

2. $\lim\limits_{n\to+\infty} \dfrac{7}{-3n^2+1} = 0$.

3. $\lim\limits_{n\to+\infty} \dfrac{u_n}{v_n} = 0$.

4. $\lim\limits_{n\to+\infty} -2\times 3^n = -\infty$.

5. $\lim\limits_{n\to+\infty} \dfrac{\cos(n)}{n} = 0$.

p. 85 **QCM**

1. Réponse c.
2. Réponse b.
3. Réponse b.
4. Réponse a.
5. Réponse c.

p. 86 **Vrai ou Faux**

1. Vrai.
2. Faux : $\lim\limits_{n\to+\infty} -\frac{2}{3}\times\left(\frac{4}{5}\right)^n+3=3.$
3. Vrai : la suite est croissante et majorée par 4.
4. Faux : $\lim\limits_{n\to+\infty} \frac{1}{\sqrt{n}}=0.$
5. Vrai.
6. Faux : on a un contre-exemple en prenant $v_n=(-1)^n$.

p. 86 Vers le sujet de Bac

1 Pour tout entier naturel n, $\sqrt{4n+3}+\sqrt{4n+5}\neq 0$ et

$$\begin{aligned}u_n &= \sqrt{4n+3}-\sqrt{4n+5}\\ &= \frac{\left(\sqrt{4n+3}-\sqrt{4n+5}\right)\left(\sqrt{4n+3}+\sqrt{4n+5}\right)}{\sqrt{4n+3}+\sqrt{4n+5}}\\ &= \frac{4n+3-(4n+5)}{\sqrt{4n+3}+\sqrt{4n+5}}\\ &= \frac{-2}{\sqrt{4n+3}+\sqrt{4n+5}}.\end{aligned}$$

Or, $\lim\limits_{n\to+\infty}\sqrt{4n+3}=+\infty$ et $\lim\limits_{n\to+\infty}\sqrt{4n+5}=+\infty$ donc par somme de limites

$\lim\limits_{n\to+\infty}\left(\sqrt{4n+3}+\sqrt{4n+5}\right)=+\infty$, et ainsi $\lim\limits_{n\to+\infty}u_n=0$ par quotient de limites.

2 Pour tout entier naturel n,

$$u_n=\frac{2^n-7^n}{7^{n+1}+5^n}=\frac{7^n\left(\left(\frac{2}{7}\right)^n-1\right)}{7^n\left(7+\left(\frac{5}{7}\right)^n\right)}=\frac{\left(\frac{2}{7}\right)^n-1}{7+\left(\frac{5}{7}\right)^n} \text{ car } 7^n\neq 0.$$

Or, $-1<\frac{2}{7}<1$ et $-1<\frac{5}{7}<1$ donc $\lim\limits_{n\to+\infty}\left(\frac{2}{7}\right)^n=0$ et $\lim\limits_{n\to+\infty}\left(\frac{5}{7}\right)^n=0.$

Ainsi, $\lim\limits_{n\to+\infty}\left(\left(\frac{2}{7}\right)^n-1\right)=-1$ et $\lim\limits_{n\to+\infty}\left(7+\left(\frac{5}{7}\right)^n\right)=7$ et donc $\lim\limits_{n\to+\infty}u_n=-\frac{1}{7}$ par quotient de limites.

3 Pour tout entier naturel n non nul,

$$u_n=\frac{4n^3+3n-1}{5-n^2-5n^3}=\frac{n^3\left(4+\frac{3}{n^2}-\frac{1}{n^3}\right)}{n^3\left(\frac{5}{n^3}-\frac{1}{n}-5\right)}=\frac{4+\frac{3}{n^2}-\frac{1}{n^3}}{\frac{5}{n^3}-\frac{1}{n}-5}.$$

Or, $\lim\limits_{n\to+\infty}4+\frac{3}{n^2}-\frac{1}{n^3}=4$ et $\lim\limits_{n\to+\infty}\frac{5}{n^3}-\frac{1}{n}-5=-5$ par somme de limites, donc $\lim\limits_{n\to+\infty}u_n=-\frac{4}{5}$.

4 $u_n=\dfrac{2n-3\cos\left(n^2+4\right)}{7n+1}$.

Pour tout entier naturel n,

$-1\leqslant\cos\left(n^2+4\right)\leqslant1$ donc $-3\leqslant-3\cos\left(n^2+4\right)\leqslant3$

et $2n-3\leqslant2n-3\cos\left(n^2+4\right)\leqslant2n+3$.

Ainsi, $\dfrac{2n-3}{7n+1}\leqslant u_n\leqslant\dfrac{2n+3}{7n+1}$ puisque $7n+1>0$.

Pour tout entier naturel n non nul,

$$\frac{2n-3}{7n+1}=\frac{n\left(2-\frac{3}{n}\right)}{n\left(7+\frac{1}{n}\right)}=\frac{2-\frac{3}{n}}{7+\frac{1}{n}}$$

et $\dfrac{2n+3}{7n+1}=\dfrac{n\left(2+\frac{3}{n}\right)}{n\left(7+\frac{1}{n}\right)}=\dfrac{2+\frac{3}{n}}{7+\frac{1}{n}}$.

On a donc $\lim\limits_{n\to+\infty}\dfrac{2n-3}{7n+1}=\dfrac{2}{7}$ et $\lim\limits_{n\to+\infty}\dfrac{2n+3}{7n+1}=\dfrac{2}{7}$.

Et ainsi, d'après le théorème des gendarmes :

$$\lim_{n\to+\infty}u_n=\frac{2}{7}.$$

5 $u_n=2(-1)^n-5n^2$.

Pour tout entier naturel n non nul, $(-1)^n\leqslant1$, donc $2(-1)^n\leqslant2$ et $u_n\leqslant2-5n^2$.

Or, $\lim\limits_{n\to+\infty}2-5n^2=-\infty$, donc par comparaison $\lim\limits_{n\to+\infty}u_n=-\infty$.

Limites de fonctions

p. 104 Questions flash

1. $\lim\limits_{x \to +\infty} 5x^2 + 3x - 2 = +\infty$.

2. $\lim\limits_{x \to +\infty} 1 - x + \dfrac{1}{x+1} = -\infty$.

3. $\lim\limits_{x \to -\infty} x^2 + 2x - 1 = +\infty$.

4. $\lim\limits_{x \to 1^+} \dfrac{2x-3}{1-x} = +\infty$.

5. $\lim\limits_{x \to +\infty} \dfrac{2x-3}{1-x} = -2$.

6. $\lim\limits_{x \to 0^+} x - \dfrac{1}{\sqrt{x}} = -\infty$.

p. 104 QCM

1. Réponse c.
2. Réponse b.
3. Réponse c.
4. Réponse c.
5. Réponse a.
6. Réponse b.

p. 105 Vrai ou Faux

1. Faux : $\lim\limits_{x \to 1} \dfrac{x-4}{1-x^2} = -\infty$.

2. Faux : $\lim\limits_{x \to -\infty} x^2 - 1 + \dfrac{3}{1-x} = +\infty$.

3. Vrai.

4. Faux : $\lim\limits_{x \to 1^+} \ln\left(1 - \dfrac{1}{x}\right) = -\infty$.

5. Faux : la fonction f définie sur $[0\,;+\infty[$ par $f(x) = 0$ est un contre-exemple.

6. Vrai.

p. 105 Vers le sujet de Bac

1 $\lim\limits_{x \to +\infty} 4x^2 = +\infty$, donc $\lim\limits_{x \to +\infty} 4x^2 + 1 = +\infty$.

On a $\lim\limits_{X \to +\infty} \sqrt{X} = +\infty$ et $\lim\limits_{x \to +\infty} 4x^2 + 1 = +\infty$, alors par composition de limites, on a $\lim\limits_{x \to +\infty} \sqrt{4x^2+1} = +\infty$.

Par addition de limites, on a enfin $\lim_{x\to+\infty} \sqrt{4x^2+1}+2x=+\infty$.
Soit $\lim_{x\to+\infty} f(x)=+\infty$.

2 Pour tout réel $x \geqslant 0$, on a :

$$f(x)-4x=\sqrt{4x^2+1}+2x-4x=\sqrt{4x^2+1}-2x$$
$$=\frac{\left(\sqrt{4x^2+1}-2x\right)\left(\sqrt{4x^2+1}+2x\right)}{\sqrt{4x^2+1}+2x} \quad \left(\text{car } \sqrt{4x^2+1}+2x\neq 0\right)$$
$$=\frac{4x^2+1-4x^2}{\sqrt{4x^2+1}+2x}$$
$$=\frac{1}{\sqrt{4x^2+1}+2x}.$$

3 Pour tout réel $x \geqslant 0$, on a $\sqrt{4x^2+1}+2x>0$ donc $\dfrac{1}{\sqrt{4x^2+1}+2x}>0$, soit $f(x)-4x>0$.

Pour tout réel $x>0$, on a $\sqrt{4x^2+1}>\sqrt{4x^2}$, soit $\sqrt{4x^2+1}>2x$ et donc $\sqrt{4x^2+1}+2x>4x$ d'où, les deux membres étant strictement positifs :

$$\frac{1}{\sqrt{4x^2+1}+2x}<\frac{1}{4x}.$$

On en déduit alors que pour tout réel $x>0$:

$$0<f(x)-4x<\frac{1}{4x}.$$

Compléments sur la dérivation

p. 122 Questions flash

1. a. $f'(x)=16x\left(2x^2-5\right)^3$.

b. $f'(x)=-\dfrac{2x}{\left(x^2+4\right)^2}$.

c. $f'(x)=\dfrac{2x^3+x}{\sqrt{x^4+x^2+1}}$.

d. $f'(x)=-\dfrac{1}{x^2}e^{\frac{1}{x}}$.

e. $f'(x)=4(2x-1)e^{(2x-1)^2}$.

f. $f'(x)=\dfrac{2x+2}{x^2+2x-1}$.

2. a. Pour tout réel x, $f'(x)=3x^2-6x+3$ soit $f''(x)=6x-6$.

b. Pour tout réel x, $f'(x)=6xe^{3x^2+2}$ soit $f''(x)=6\left(1+6x^2\right)e^{3x^2+2}$.

c. Pour tout réel x, $f'(x)=(1+x)e^x$ soit $f''(x)=(2+x)e^x$.

MÉTHODE

SUJETS PAS À PAS

SUJETS COMME À L'EXAMEN

3. Pour tout réel x, on a $f''(x)=6x-2$, la dérivée seconde s'annule une fois en $x=\frac{1}{3}$ donc la courbe représentative de f admet un point d'inflexion au point de coordonnées $\left(\frac{1}{3}\,;\frac{34}{27}\right)$.

4. Pour tout réel x, $f'(x)=\left(x^2-x-1\right)e^x$ et donc $f''(x)=\left(x^2+x-2\right)e^x$.

Pour tout $x\in\mathbb{R}$, $e^x>0$, donc f'' est du signe de x^2+x-2.

$x^2+x-2=(x+2)(x-1)$, donc f'' s'annule pour $x=-2$ et $x=1$ et change de signe.

D'après le signe du trinôme, on en déduit que f est convexe sur $]-\infty\,;-2]$ et $[1\,;+\infty[$ et concave sur $[-2\,;1]$.

p. 122 Vrai ou Faux

1. Faux : $f'(x)=\dfrac{-1}{2(x+2)\sqrt{x+2}}$.
2. Vrai.
3. Faux : on a un contre-exemple en prenant $y(x)=2x$ et $u(x)=x+1$.
4. Vrai.
5. Faux : $f''(x)=(4+2x)e^x$.
6. Faux : on a un contre-exemple en prenant $f(x)=x^3$.

p. 123 QCM

1. Réponses b et c.
2. Réponses a et c.
3. Réponses b et c.
4. Réponses a et c.
5. Réponse b.

p. 123 Vers le sujet de Bac

1 a. f est dérivable sur $]0\,;+\infty[$. On pose pour tout réel x de $]0\,;+\infty[$ $u(x)=x^2+9$ et $v=\sqrt{u}$.

On a $u'(x)=2x$ et par composée, on a $\left(\sqrt{u}\right)'=\dfrac{u'}{2\sqrt{u}}$ donc :

$$v'(x)=\frac{2x}{2\sqrt{x^2+9}}=\frac{x}{\sqrt{x^2+9}}.$$

Par produit, la dérivée de g : $x\mapsto\left(x^2+9\right)\sqrt{x^2+9}$ définie sur $]0\,;+\infty[$ est :

$$g'(x)=2x\sqrt{x^2+9}+\frac{x\left(x^2+9\right)}{\sqrt{x^2+9}}$$

$$=\frac{2x\left(x^2+9\right)+x\left(x^2+9\right)}{\sqrt{x^2+9}}=\frac{3x\left(x^2+9\right)}{\sqrt{x^2+9}}.$$

Par quotient, on a, pour tout réel $x > 0$:

$$f'(x) = \frac{(x^2+9)\sqrt{x^2+9} - \dfrac{3x^2(x^2+9)}{\sqrt{x^2+9}}}{\left((x^2+9)\sqrt{x^2+9}\right)^2} = \frac{(x^2+9)\sqrt{x^2+9} - \dfrac{3x^2A}{\sqrt{x^2+9}}}{(x^2+9)^3}.$$

Soit $f'(x) = \dfrac{\dfrac{(x^2+9)^2 - 3x^2(x^2+9)}{\sqrt{x^2+9}}}{(x^2+9)^3} = \dfrac{\dfrac{(x^2+9)(x^2+9-3x^2)}{\sqrt{x^2+9}}}{(x^2+9)^3}$

$= \dfrac{(x^2+9)(x^2+9-3x^2)}{(x^2+9)^3\sqrt{x^2+9}}$

d'où $f'(x) = \dfrac{9-2x^2}{(x^2+9)^2\sqrt{x^2+9}}$.

b. Pour tout $x > 0$, on a $x^2+9 > 0$. $f'(x)$ est du signe de $9-2x^2 = \left(3-\sqrt{2}x\right)\left(3+\sqrt{2}x\right)$, soit du signe de $3-\sqrt{2}x$.

On en déduit que f est croissante sur $\left]0\,;\frac{3}{\sqrt{2}}\right[$, décroissante sur $\left]\frac{3}{\sqrt{2}}\,;+\infty\right[$.

2 f est croissante sur $\left]0\,;\frac{3}{\sqrt{2}}\right[$ et décroissante sur $\left]\frac{3}{\sqrt{2}}\,;+\infty\right[$, alors f admet un maximum sur $]0\,;+\infty[$ en $x_0 = \frac{3}{\sqrt{2}}$.

Continuité des fonctions d'une variable réelle

p. 140 **Questions flash**

1. Oui.
2. Non.
3. $k = -5$.
4. Si $k < -5$, pas de solution.
   Si $k = -5$, 1 solution.
   Si $k \in]-5\,;0[$, 2 solutions.
   Si $k \in [0\,;2[$, 3 solutions.
   Si $k = 2$, 2 solutions.
   Si $k \in]2\,;+\infty[$, 1 solution.
5. $\ell = 0$.

p. 140-141 QCM

1. Réponse a.
2. Réponse b.
3. Réponses a, b et c.
4. Réponses a, b et c.
5. Réponses a et c.

p. 141 Vrai ou Faux

1. Faux : la fonction racine carrée est continue sur $[0\,;+\infty[$, mais pas dérivable sur cet intervalle.
2. Vrai.
3. Faux : elle n'est pas continue en 2.
4. Vrai.
5. Vrai.

p. 141 Vers le sujet de Bac

f est la fonction définie sur $]1\,;+\infty[$ par $f(x)=3x^4-4x^3-1$.
f est la somme de fonctions dérivables sur $]1\,;+\infty[$ et est donc dérivable sur l'intervalle $]1\,;+\infty[$.
La fonction f étant dérivable sur $]1\,;+\infty[$, elle est continue sur $]1\,;+\infty[$.
Pour tout réel $x\in]1\,;+\infty[$, $f'(x)=12x^3-12x^2=12x^2(x-1)$.
Ainsi, $f'(x)>0$ sur $]1\,;+\infty[$ et donc f est strictement croissante sur $]1\,;+\infty[$.
De plus, $\lim\limits_{x\to 1} f(x)=-2$ et, pour tout réel $x\in]1\,;+\infty[$, $f(x)=x^4\left(3-\dfrac{4}{x}-\dfrac{1}{x^4}\right)$
$\lim\limits_{x\to+\infty} x^4=+\infty$ et $\lim\limits_{x\to+\infty} 3-\dfrac{4}{x}-\dfrac{1}{x^4}=3$, donc $\lim\limits_{x\to+\infty} f(x)=+\infty$ par produit de limites.
On peut s'aider du tableau de variations ci-dessous.

x	1	α	$+\infty$
$f(x)$	‖ 2	3	$+\infty$

$0\in\left]\lim\limits_{x\to 1} f(x)\,;\ \lim\limits_{x\to+\infty} f(x)\right[$, donc d'après le corollaire du théorème des valeurs intermédiaires, l'équation $f(x)=0$, c'est-à-dire $3x^4-4x^3-1=0$, admet une unique solution α dans l'intervalle $]1\,;+\infty[$.
Par balayage à la calculatrice, on obtient $1{,}44<\alpha<1{,}45$.

Fonction logarithme népérien

p. 152 Questions flash

1. $\ln(72)-2\ln(3)=3\ln(2)$.
2. $S=\left\{\dfrac{e^{-7}}{3}\right\}$.
3. $x\in\left]\dfrac{1}{2}\,;+\infty\right[$.
4. $x\in[e\,;+\infty[$.
5. $f'(x)=1+\ln(x)$.
6. $\lim\limits_{x\to 0} x^5\ln(x)-3=-3$.

p. 152 QCM

1. Réponses a et b.
2. Réponse a.
3. Réponses b et c.
4. Réponse b.
5. Réponse a.

p. 153 Vrai ou Faux

1. Vrai.
2. Faux : vrai si $x \geqslant 0$.
3. Faux : la limite est $-\infty$.
4. Vrai.
5. Faux : vrai sur $]1\,;+\infty[$.
6. Faux : la limite est $-\infty$.

p. 153 Vers le sujet de Bac

1 f est dérivable sur l'intervalle $]0\,;+\infty[$ comme produit de fonctions dérivables sur l'intervalle $]0\,;+\infty[$.

f est de la forme uv^2 avec $u(x)=x$ et $v(x)=1-\ln(x)$, donc $f'=u'v^2+2uv'v$ avec $u'(x)=1$ et $v'(x)=-\dfrac{1}{x}$.

Ainsi, $\forall x\in\,]0\,;+\infty[$,

$$\begin{aligned} f'(x)&=1\times(1-\ln(x))^2+2x\left(-\frac{1}{x}\right)(1-\ln(x))\\ &=(1-\ln(x))^2-2(1-\ln(x))\\ &=(1-\ln(x))(1-\ln(x)-2)\\ &=(\ln(x)-1)(\ln(x)+1).\end{aligned}$$

2 On commence par déterminer la limite de f en $+\infty$.

$\lim\limits_{x \to +\infty} \ln(x) = +\infty$, donc $\lim\limits_{x \to +\infty} 1 - \ln(x) = -\infty$.

$\lim\limits_{x \to +\infty} (1 - \ln(x))^2 = +\infty$ par composition de limites.

Enfin, $\lim\limits_{x \to +\infty} x(1 - \ln(x))^2 = +\infty$ par produit de limites.

Pour tout réel $x \in]0\,;+\infty[$, $\ln(x) - 1 \geqslant 0 \Leftrightarrow \ln(x) \geqslant 1 \Leftrightarrow x \geqslant e^1$ puisque la fonction logarithme népérien est strictement croissante sur $]0\,;+\infty[$.

De plus, $\ln(x) + 1 > 0 \Leftrightarrow \ln(x) > -1 \Leftrightarrow x > e^{-1}$.

On obtient ainsi le tableau de signes de la dérivée f' sur $]0\,;+\infty[$.

x	0		e^{-1}		e		$+\infty$
$\ln(x) - 1$	‖	$-$		$-$	0	$+$	
$\ln(x) + 1$	‖	$-$	0	$+$		$+$	
$f'(x)$	‖	$+$	0	$-$	0	$+$	

Et on obtient donc le tableau des variations de f :

x	0		e^{-1}		e		$+\infty$
f	‖ 0	↗	$4e^{-1}$	↘	0	↗	$+\infty$

3 La fonction f est dérivable sur $]0\,;e^{-1}]$ donc elle est continue sur cet intervalle. La fonction f est strictement croissante sur $]0\,;e^{-1}]$.

De plus, $\lim\limits_{x \to 0} f(x) = 0$ et $f(e^{-1}) = 4e^{-1} > 1$, donc d'après le corollaire du théorème des valeurs intermédiaires, l'équation $f(x) = 1$ admet une unique solution α dans l'intervalle $]0\,;e^{-1}]$.

Par balayage à la calculatrice, on trouve :

$$0{,}08 < \alpha < 0{,}09.$$

Fonctions sinus et cosinus

p. 166 **Questions flash**

1. $\cos(0) = 1$. $\cos(\pi) = -1$. $\cos\left(\dfrac{\pi}{6}\right) = \dfrac{\sqrt{3}}{2}$. $\cos\left(\dfrac{\pi}{3}\right) = \dfrac{1}{2}$. $\cos\left(\dfrac{2\pi}{3}\right) = -\dfrac{1}{2}$.
$\cos\left(\dfrac{\pi}{4}\right) = \dfrac{\sqrt{2}}{2}$.

2. $\sin\left(\frac{\pi}{2}\right)=1$. $\sin(\pi)=0$. $\sin\left(\frac{\pi}{6}\right)=\frac{1}{2}$. $\sin\left(\frac{\pi}{3}\right)=\frac{\sqrt{3}}{2}$. $\sin\left(\frac{4\pi}{3}\right)=-\frac{\sqrt{3}}{2}$.

$\sin\left(\frac{\pi}{4}\right)=\frac{\sqrt{2}}{2}$.

3. $\cos(x)=0{,}5 \Leftrightarrow x=\frac{\pi}{3}$ ou $x=-\frac{\pi}{3}$.

$\cos(x)=1 \Leftrightarrow x=0$.

$\cos(x)=0 \Leftrightarrow x=-\frac{\pi}{2}$ ou $x=\frac{\pi}{2}$.

$\cos(x)=\frac{\sqrt{2}}{2} \Leftrightarrow x=\frac{\pi}{4}$ ou $x=-\frac{\pi}{4}$.

$\cos(x)=-\frac{\sqrt{3}}{2} \Leftrightarrow x=\frac{5\pi}{6}$ ou $x=-\frac{5\pi}{6}$.

4. $\sin(x)=0{,}5 \Leftrightarrow x=\frac{\pi}{6}$ ou $x=\frac{5\pi}{6}$.

$\sin(x)=1 \Leftrightarrow x=\frac{\pi}{2}$.

$\sin(x)=0 \Leftrightarrow x=0$ ou $x=\pi$.

$\sin(x)=\frac{\sqrt{2}}{2} \Leftrightarrow x=\frac{\pi}{4}$ ou $x=\frac{3\pi}{4}$.

$\sin(x)=-\frac{\sqrt{3}}{2} \Leftrightarrow x=-\frac{\pi}{3}$ ou $x=-\frac{2\pi}{3}$.

p. 166 QCM

1. Réponse a.
2. Réponse c.
3. Réponse b.
4. Réponse a.
5. Réponse c.

p. 167 Vrai ou Faux

1. Vrai.
2. Vrai.
3. Faux : la fonction cosinus est décroissante sur $\left[0\,;\,\frac{\pi}{2}\right]$.
4. Vrai.
5. Faux : il n'y a qu'une solution, $\frac{\pi}{3}$.
6. Vrai.
7. Faux : π est également une solution.

MÉTHODE

SUJETS PAS À PAS

SUJETS COMME À L'EXAMEN

p. 167 Vers le sujet de Bac

1 Dans le triangle OHC rectangle en H, on écrit :

$$\sin(\alpha)=\frac{HC}{0C}\Leftrightarrow HC=\sin(\alpha) \text{ car } OC=1.$$

ABC est isocèle, donc la hauteur issue de A est aussi la médiane issue de A, donc H est le milieu de [BC].

Ainsi, $BC=2HC=2\sin(\alpha)$.

Par ailleurs, $O\in[AH]$, donc $AH=OA+OH$ et $AH=1+\cos(\alpha)$.

En effet, $\cos(\alpha)=\frac{OH}{OC}\Leftrightarrow OH=\cos(\alpha)$.

L'aire du triangle ABC est égale à :

$$\frac{AH\times BC}{2}=\frac{2\sin(\alpha)(1+\cos(\alpha))}{2}=\sin(\alpha)(1+\cos(\alpha)).$$

2 f est dérivable sur $\left[0\,;\frac{\pi}{2}\right]$ comme somme et produit de fonctions dérivables sur $\left[0\,;\frac{\pi}{2}\right]$ et :

$$f'(\alpha)=\cos(\alpha)(1+\cos(\alpha))-\sin^2(\alpha)=\cos(\alpha)+\cos^2(\alpha)-\left(1-\cos^2(\alpha)\right)$$
$$=2\cos^2(\alpha)+\cos(\alpha)-1.$$

3 **a.** Pour tout $\alpha\in\left[0\,;\frac{\pi}{2}\right]$,

$$(2\cos(\alpha)-1)(\cos(\alpha)+1)=2\cos^2(\alpha)+\cos(\alpha)-1=f'(\alpha).$$

b. $f'(\alpha)=0\Leftrightarrow(2\cos(\alpha)-1)(\cos(\alpha)+1)=0$, soit $2\cos(\alpha)-1=0$ car pour $\alpha\in\left[0\,;\frac{\pi}{2}\right]$, on a $0\leqslant\cos(\alpha)\leqslant1$, donc $\cos(\alpha)+1\geqslant1>0$ et donc :

$$\cos(\alpha)=\frac{1}{2}\Leftrightarrow\alpha=\frac{\pi}{3}.$$

Si $0\leqslant\alpha\leqslant\frac{\pi}{3}$, alors :

$$\frac{1}{2}\leqslant\cos(\alpha)\leqslant1\Leftrightarrow0\leqslant2\cos(\alpha)-1\leqslant1.$$

De même, $-1\leqslant2\cos(\alpha)-1\leqslant0$ pour $\frac{\pi}{3}\leqslant\alpha\leqslant\frac{\pi}{2}$.

α	0		$\frac{\pi}{3}$		$\frac{\pi}{2}$
Signe de $f'(\alpha)$		+	0	−	
Variations de f	0	↗	$\frac{3\sqrt{3}}{4}$	↘	1

4 f' s'annule en $\frac{\pi}{3}$ en changeant de signe, d'où la présence d'un extremum en $\frac{\pi}{3}$, égal à $\frac{3\sqrt{3}}{4}$. Cet extremum est un maximum, car f est successivement croissante puis décroissante sur $\left[0\,;\frac{\pi}{2}\right]$.

Or, l'aire du triangle ABC est $f(\alpha)$, donc pour $\alpha=\frac{\pi}{3}$, l'aire de ABC est maximale et est égale à $\frac{3\sqrt{3}}{4}$.

$BH=\sin\left(\frac{\pi}{3}\right)=\frac{\sqrt{3}}{2}$.

$AH=1+\cos\left(\frac{\pi}{3}\right)=\frac{3}{2}$.

De plus, $AB^2=BH^2+AH^2=3$, donc $AB=\sqrt{3}$.

On a donc $BC=AB=AC=\sqrt{3}$, donc ABC est un triangle équilatéral.

Primitives, équations différentielles

p. 182 Questions flash

1. $F(x)=\frac{1}{2}x^6-\frac{4}{3}x^3+3\ln x+\frac{5}{2x^2}$.
2. $F(x)=6\sqrt{x^2+3x+5}$.
3. $F'(x)=\frac{1}{30}\times5\times(-6x+6)\times\left(-3x^2+6x-2\right)^4=f(x)$.
4. $f(x)=\frac{1}{5}\sin(5x)+K$, $K\in\mathbb{R}$.
5. $f(x)=Ke^{3x}$, $K\in\mathbb{R}$.

p. 182 QCM

1. Réponse a.
2. Réponse b.
3. Réponses b et c.
4. Réponse c.

p. 183 Vrai ou Faux

1. Faux : on peut par exemple choisir les fonctions f et g définies par $f(x)=x+1$ et $g(x)=x+3$. Elles sont continues et diffèrent de 2. Pourtant, leurs primitives respectives sont $x\mapsto\frac{x^2}{2}+x+k$ et $\frac{x^2}{2}+3x+k'$ avec k et k' deux réels. Elles ne peuvent être égales.

2. Faux : $f(x)=\dfrac{2\sin(2x)}{(\cos(2x))^5}$.

3. Faux : $F(x)=4x-\ln(5-x)-\dfrac{3}{x-5}+\ln(5)-\dfrac{3}{5}$.

4. Vrai.

5. Vrai.

p. 183 Vers le sujet de Bac

1 La fonction u, produit de deux fonctions dérivables sur $\mathbb{R}$, est dérivable sur $\mathbb{R}$ et pour tout réel x,

$$u'(x)=1\times e^{-2x}+x\times\left(-2e^{-2x}\right)=e^{-2x}-2xe^{-2x}.$$

Ainsi, $u'(x)+2u(x)=e^{-2x}-2xe^{-2x}+2xe^{-2x}=e^{-2x}$.

Donc u est une solution de l'équation (E).

2 On a montré dans la partie cours que les solutions de l'équation différentielle $y'=ay$ sont les fonctions f définies sur $\mathbb{R}$ par $f(x)=ke^{ax}$, où k est une constante.

Ainsi, les solutions de l'équation (E'): $y'+2y=0$ sont les fonctions f définies sur $\mathbb{R}$ par $f(x)=ke^{-2x}$, où $k\in\mathbb{R}$.

3 v est une solution de l'équation différentielle (E)

$\Leftrightarrow \forall x\in\mathbb{R}, v'(x)+2v(x)=e^{-2x}$

$\Leftrightarrow \forall x\in\mathbb{R}, v'(x)+2v(x)=u'(x)+2u(x)$

car u est solution de (E).

$\Leftrightarrow \forall x\in\mathbb{R}, v'(x)-u'(x)+2v(x)-2u(x)=0$

$\Leftrightarrow \forall x\in\mathbb{R}, (v-u)'(x)+2(v-u)(x)=0$

$\Leftrightarrow v-u$ est solution de l'équation (E').

4 v est une solution de l'équation différentielle (E)

$\Leftrightarrow v-u$ est solution de l'équation (E_0)

$\Leftrightarrow$ il existe un réel k tel que pour tout réel x,

$$(v-u)(x)=ke^{-2x}$$

$\Leftrightarrow$ il existe un réel k tel que pour tout réel x,

$$v(x)=u(x)+ke^{-2x}$$

Les solutions de l'équation (E) sont les fonctions v définies sur $\mathbb{R}$ par :

$$v(x)=xe^{-2x}+ke^{-2x}=(x+k)e^{-2x},\ \ k\in\mathbb{R}.$$

5 La fonction g est solution de (E) donc il existe un réel k tel que pour tout réel x, $g(x)=(x+k)e^{-2x}$.

Or, $g(0)=2$ donc $ke^0=2$ et ainsi $k=2$.

L'unique solution g de l'équation (E) vérifiant $g(0)=2$ est la fonction définie sur $\mathbb{R}$ par :

$$g(x)=(x+2)e^{-2x}.$$

Calcul intégral

p. 202 **Questions flash**

1. On peut répondre à cette question de deux manières : soit par des considérations géométriques, soit en utilisant des fonctions affines par morceaux.

Figure 1 : $\int_{-2}^{3} f(x)\,dx=\frac{3}{2}+4=\frac{11}{2}$ et figure 2 : $\int_{-2}^{3} f(x)\,dx=-1+2+\frac{3}{2}=\frac{5}{2}$.

2. a. $\int_0^4 (t-3)\,dt=\left[\frac{t^2}{2}-3t\right]_0^4=8-12=-4.$

b. $\int_1^2 \left(t^2-\frac{1}{t}\right)dt=\left[\frac{t^3}{3}-\ln(t)\right]_1^2=\frac{8}{3}-\ln(2)-\frac{1}{3}=\frac{7}{3}-\ln(2).$

c. $\int_{\frac{\pi}{6}}^{\frac{\pi}{2}} \cos(t)\,dt=\left[\sin(t)\right]_{\frac{\pi}{6}}^{\frac{\pi}{2}}=1-\frac{1}{2}=\frac{1}{2}.$

d. $\int_1^9 \frac{1}{\sqrt{t}}\,dt=\left[2\sqrt{t}\right]_1^9=6-2=4.$

e. $\int_{-1}^1 e^{3t+4}\,dt=\left[\frac{1}{3}e^{3t+4}\right]_{-1}^1=\frac{e^7}{3}-\frac{e}{3}.$

3. Pour tout $x\in\mathbb{R}$, $x^4+1>0$ donc $\frac{-1}{x^4+1}<0$, et $-2<1$ et $1<3$ alors par positivité :

$$I=\int_{-2}^{1}\frac{-1}{x^4+1}dx<0 \text{ et } \int_1^3\left(x^4+1\right)dx>0 \text{ et donc } J=\int_3^1\left(x^4+1\right)dx<0.$$

4. Sur $[\pi\,;2\pi]$, on a $\sin(x)\leqslant 0$ et $x^2>x$, donc $x^2\sin(x)\leqslant x\sin(x)$ et ainsi $I\leqslant J$.

5. La valeur moyenne de f est $\mu=\frac{1}{5-2}\int_2^5(2x-3)\,dx=\frac{1}{3}\left[x^2-3x\right]_2^5=4$ sur $[2\,;5]$; et sur $[10\,;20]$, $\mu=\frac{1}{20-10}\int_{10}^{20}(2x-3)\,dx=\frac{1}{10}\left[x^2-3x\right]_{10}^{20}=27.$

6. On pose $u(x)=x$ et $v'(x)=\sin(x)$.

On a $u'(x)=1$ et on choisit $v(x)=-\cos(x)$.

Les fonctions u' et v' sont continues sur $\left[0\,;\frac{\pi}{2}\right]$.

On a alors :

$$I=\int_0^{\frac{\pi}{2}} x\sin(x)\mathrm{d}x=[-x\cos(x)]_0^{\frac{\pi}{2}}-\int_0^{\frac{\pi}{2}}-\cos(x)\mathrm{d}x=0-[-\sin(x)]_0^{\frac{\pi}{2}}=0+1=1.$$

On pose $u(x)=x$ et $v'(x)=\mathrm{e}^x$. On a $u'(x)=1$ et on choisit $v(x)=\mathrm{e}^x$.

Les fonctions u' et v' sont continues sur $[0\,;1]$.

On a alors :

$$J=\int_0^1 x\mathrm{e}^x\mathrm{d}x=\left[x\mathrm{e}^x\right]_0^1-\int_0^1\mathrm{e}^x\mathrm{d}x=\mathrm{e}-\left[\mathrm{e}^x\right]_0^1=\mathrm{e}-\mathrm{e}+1=1.$$

p. 203 QCM

1. Réponses a et b.
2. Réponses a et c.
3. Réponse c.
4. Réponse b.
5. Réponse c.
6. Réponse a.

p. 203 Vrai ou Faux

1. Faux : pour $x<0$, $\int_0^x f(t)\mathrm{d}t<0$.
2. Faux : $\int_0^1(3x-1)\mathrm{d}x=0{,}5$ et pour tout $x\in\left[0\,;\frac{1}{3}\right[$, $f(x)<0$.
3. Faux : $\int_0^2 x\,\mathrm{d}x=\int_0^2 1\mathrm{d}x=2$.
4. Vrai : pour tout réel $x\in[0\,;2]$, $F'(x)=x(x-2)$ et pour tout réel $x\in[0\,;2]$, $F'(x)\leqslant 0$.
5. Vrai : d'après la linéarité de l'intégrale.

p. 204 Vers le sujet de Bac

1 f est de la forme $\frac{2}{u}$ avec $u(t)=1+19\mathrm{e}^{-0{,}04t}$, donc $f'=-\frac{2u'}{u^2}$ avec $u'(t)=-0{,}76\mathrm{e}^{-0{,}04t}$, soit $f'(t)=\frac{2\times0{,}76\mathrm{e}^{-0{,}04t}}{\left(1+19\mathrm{e}^{-0{,}04t}\right)^2}$.

Pour tout $t\in[0\,;250]$, $f'(t)>0$ donc f est strictement croissante sur l'intervalle $[0\,;250]$.

2 « Le plant de maïs atteint une hauteur supérieure à 1,5 m » se traduit par $f(t)>1{,}5$. Pour tout t appartenant à $[0\,;250]$,

$$\frac{2}{1+19\mathrm{e}^{-0{,}04t}}>1{,}5\Leftrightarrow\frac{2}{1{,}5}-1>19\mathrm{e}^{-0{,}04t}\Leftrightarrow\frac{1}{57}>\mathrm{e}^{-0{,}04t}\Leftrightarrow\ln\left(\frac{1}{57}\right)>-0{,}04t$$

car la fonction logarithme népérien est strictement croissante sur $]0\,;+\infty[$.

$$\frac{2}{1+19\mathrm{e}^{-0{,}04t}}>1{,}5\Leftrightarrow-\ln(57)>-0{,}04t\Leftrightarrow\frac{\ln(57)}{0{,}04}<t.$$

Or, $\dfrac{\ln(57)}{0{,}04} \approx 101{,}08$.

Il faut donc un peu plus de 101 jours pour que le plant dépasse 1,5 m.

3 **a.** Pour tout réel t appartenant à l'intervalle [0 ; 250], on a :

$$\frac{2e^{0{,}04t}}{e^{0{,}04t}+19} = \frac{2e^{0{,}04t}}{e^{0{,}04t}\left(1+\dfrac{19}{e^{0{,}04t}}\right)} = \frac{2\cancel{e^{0{,}04t}}}{\cancel{e^{0{,}04t}}\left(1+19e^{-0{,}04t}\right)} = f(t).$$

$F(t) = 50\ln\left(e^{0{,}04t}+19\right)$ est de la forme $50\ln(u(t))$ avec $u(t) = e^{0{,}04t}+19$

et $u(t) > 0$ sur $\mathbb{R}$, donc $F' = 50\dfrac{u'}{u}$ avec $u'(t) = 0{,}04e^{0{,}04t}$, soit :

$$F'(t) = 50 \times \frac{0{,}04e^{0{,}04t}}{e^{0{,}04t}+19} = \frac{2e^{0{,}04t}}{e^{0{,}04t}+19} = f(t).$$

F est donc bien une primitive de f sur l'intervalle [0 ; 250].

b. Par définition, la valeur moyenne de f sur l'intervalle [50 ; 100] est :

$$\mu = \frac{1}{100-50}\int_{50}^{100} f(t)\,dt.$$

$$\mu = \frac{1}{50}\left[F(t)\right]_{50}^{100} = \ln\left(e^4+19\right) - \ln\left(e^2+19\right) \approx 1{,}03.$$

La hauteur moyenne du plant entre le 50e et le 100e jour est de 1,03 m.

4 D'après le graphique, la vitesse est maximale lorsque la pente (coefficient directeur) de la tangente à la courbe est maximale, soit à $t = 80$. La hauteur du plant est environ de 1,15 m.

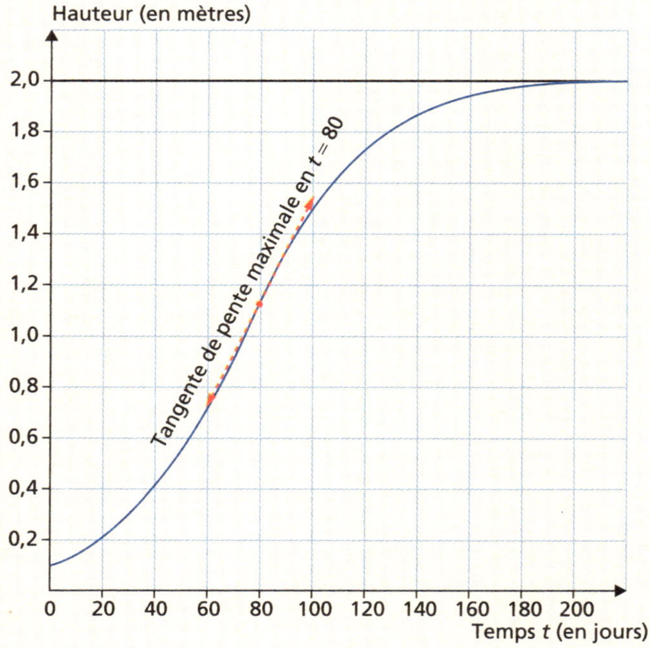

Succession d'épreuves indépendantes Schéma de Bernoulli

p. 220 Questions flash

1. $P(X \leqslant 500) = 1$.
2. $\binom{5}{2} = 10$.
3. $P(X = 3) \approx 0{,}082$.
4. $P(X \geqslant 1) = 1 - P(X = 0) = 1 - 0{,}6^{30}$.
5. $P(X = 1) = \binom{n}{1} \times 0{,}2^1 \times 0{,}8^{n-1} = 0{,}2n \times 0{,}8^{n-1}$.

p. 220 QCM

1. Réponse b.
2. Réponses a et c.
3. Réponses b et c.
4. Réponse b.
5. Réponse c.

p. 221 Vrai ou Faux

1. Faux : le paramètre est $\frac{1}{4}$.
2. Vrai.
3. Vrai : $\binom{7}{2} = \binom{7}{5}$.
4. Faux : $P(3 \leqslant X \leqslant 4) = P(X \leqslant 4) - P(X < 3)$.
5. Faux : $P(X \geqslant 2) \approx 0{,}5551$.

p. 221 Vers le sujet de Bac

1 Cette expérience se ramène à n tirages successifs indépendants et avec remise, donc c'est la répétition de n épreuves de Bernoulli identiques et indépendantes de paramètre 0,4.

La variable aléatoire X égale au nombre de personnes vaccinées parmi les n interrogées suit donc la loi binomiale de paramètres n et 0,4.

2 **a.** La probabilité qu'exactement 15 des 40 personnes interrogées soient vaccinées est : $P(X = 15) = \binom{40}{15} 0{,}4^{15} (1 - 0{,}4)^{40-15} \approx 0{,}123$.

b. La probabilité qu'au moins la moitié des personnes interrogées soit vaccinée est : $P(X \geqslant 20) = 1 - P(X \leqslant 19) \approx 0{,}130$.

3 La probabilité qu'il y ait au moins une personne vaccinée est :

$$P(X \geqslant 1) = 1 - P(X = 0)$$
$$= 1 - \binom{n}{0} 0{,}4^0 (1 - 0{,}4)^{n-0} = 1 - 0{,}6^n.$$

Donc $1 - 0{,}6^n \geqslant 0{,}75 \iff 0{,}6^n \leqslant 0{,}25$

$\iff \ln(0{,}6^n) \leqslant \ln(0{,}25)$ car la fonction ln est strictement croissante sur $]0\,;+\infty[$.

$\iff n\ln(0{,}6) \leqslant \ln(0{,}25)$

$\iff n \geqslant \dfrac{\ln(0{,}25)}{\ln(0{,}6)}$ car $\ln(0{,}6) < 0$.

À la calculatrice, on trouve $n = 3$.

Sommes de variables aléatoires

p. 238 **Questions flash**

1. a. $E(X) = 300 \times 0{,}7 = 210$
   b. $V(X) = 300 \times 0{,}7 \times 0{,}3 = 63$
2. a. $E(4X + 7Y) = -16$
   b. $V(4X + 7Y) = 56{,}5$
3. $E(X) = 100 \times 0{,}5 = 50$

p. 238 **QCM**

1. Réponse a.
2. Réponses b et c.
3. Réponse a.
4. Réponse c.
5. Réponses a et b.

p. 239 **Vrai ou Faux**

1. Vrai.
2. Vrai.
3. Faux : $V(X) = \dfrac{125}{18}$.
4. Vrai.
5. Faux : $\sigma(M) = \dfrac{\sqrt{10}}{60}$.

p. 239 Vers le sujet de Bac

1 La probabilité d'obtenir une réponse correcte à une question est égale à $\frac{1}{3}$.

Les variables aléatoires X_i avec $1 \leqslant i \leqslant 20$ sont des variables aléatoires de Bernoulli d'espérance mathématique $E(X_i) = \frac{1}{3}$. On a donc :

$$E(X) = E(X_1 + X_2 + \ldots + X_{20}) = E(X_1) + E(X_2) + \ldots + E(X_{20}) = 20 \times \frac{1}{3} = \frac{20}{3}.$$

2 X est la variable donnant le nombre de réponses correctes pour 20 questions ($20 - X$ donne donc le nombre de mauvaises réponses).

Une bonne réponse rapporte 2 points et une réponse incorrecte fait perdre 0,5 point. Ainsi, la variable aléatoire Y donnant le nombre de points obtenus pour 20 questions est donnée par : $Y = 2X - 0{,}5(20 - X) = 2{,}5X - 10$.

3 $E(Y) = E(2{,}5X - 10) = 2{,}5E(X) - 10 = 2{,}5 \times \frac{20}{3} - 10 = \frac{20}{3}$

L'élève peut ainsi en moyenne obtenir la note de 6,67 sur 40.

Concentration, loi des grands nombres

p. 250 Questions flash

1. Pour tout réel strictement positif ε, $P(|X - 5| \geqslant \varepsilon) \leqslant \frac{0{,}4}{\varepsilon^2}$.
2. $P(|X - 5| \geqslant 2) \leqslant 0{,}1$.
3. Pour tout réel strictement positif ε, $P(|M_n - 5| \geqslant \varepsilon) \leqslant \frac{0{,}4}{n\varepsilon^2}$.
4. $P(|M_{100} - 5| \geqslant 1) \leqslant 0{,}004$.
5. $\lim\limits_{n \to +\infty} P(|M_n - 5| \geqslant 1) = 0$.

p. 250 QCM

1. Réponses a et c.
2. Réponses a et c.
3. Réponse b.
4. Réponses a et c.

p. 251 Vrai ou Faux

1. Vrai.
2. Faux : il suffit que $\frac{1}{\varepsilon^2} \leqslant 0{,}01$.
3. Vrai.

4. Faux : $P(2 < M_n < 4) = P(|M_n - 3| < 1) = 1 - P(|M_n - 3| \geqslant 1)$.

Or $P(|M_n - 3| \geqslant 1) \leqslant \dfrac{V}{n \times 1^2}$ soit $P(|M_n - 3| \geqslant 1) \leqslant \dfrac{1}{n}$.

Donc $P(2 < M_n < 4) \geqslant 1 - \dfrac{1}{n}$ et $P(2 < M_n < 4) \leqslant 1$. Ainsi, d'après le théorème des gendarmes, $\lim\limits_{n \to +\infty} P(2 < M_n < 4) = 1$.

p. 251 Vers le sujet de Bac

1 X prend la valeur 1 si le nombre obtenu est 6 et 0 sinon, donc X est une variable aléatoire de Bernoulli de paramètre $\dfrac{1}{6}$.

On a donc $E(X) = \dfrac{1}{6}$ et $V(X) = \dfrac{1}{6} \times \left(1 - \dfrac{1}{6}\right) = \dfrac{5}{36}$.

2 L'inégalité de concentration pour la variable aléatoire M_n donne : pour tout réel strictement positif ε,

$$P(|M_n - \mu| \geqslant \varepsilon) \leqslant \frac{V}{n\varepsilon^2},$$

c'est-à-dire pour tout réel strictement positif ε, $P\left(\left|M_n - \dfrac{1}{6}\right| \geqslant \varepsilon\right) \leqslant \dfrac{5}{36n\varepsilon^2}$.

3 Pour déterminer le nombre de lancers minimum pour que la proportion d'apparition du chiffre 6 s'écarte de sa valeur théorique $\dfrac{1}{6}$ de plus de un centième avec une probabilité inférieure ou égale à 0,99, il faut déterminer le plus petit entier naturel n tel que :

$$P\left(\left|M_n - \frac{1}{6}\right| \geqslant 0{,}01\right) \leqslant 0{,}99.$$

Or $P\left(\left|M_n - \dfrac{1}{6}\right| \geqslant 0{,}01\right) \leqslant \dfrac{5}{36n \times 0{,}01^2}$, donc il suffit de déterminer le plus petit entier naturel n tel que $\dfrac{5}{36n \times 0{,}01^2} \leqslant 0{,}99$.

$$\frac{5}{36n \times 0{,}01^2} \leqslant 0{,}99 \Leftrightarrow \frac{1}{n} \leqslant \frac{0{,}99 \times 36 \times 0{,}01^2}{5}$$
$$\Leftrightarrow n \geqslant \frac{5}{0{,}99 \times 36 \times 0{,}01^2}$$
$$\Rightarrow n \geqslant 1\,403.$$

Il suffit de 1 403 lancers.

4 La loi faible des grands nombres nous donne :

$$\lim_{n \to +\infty} P\left(\left|M_n - \frac{1}{6}\right| \geqslant 0{,}01\right) = 0.$$

Sujets comme à l'examen

SUJET COMPLET 1 France métropolitaine, mars 2023 — 20 pts — 4 h

› Notions

Exercice 1
- Probabilités

Exercice 2
- Suites
- Fonction polynôme

Exercice 3
- Géométrie dans l'espace

Exercice 4
- Fonction exponentielle
- Fonction logarithme

Exercice 1 — 5 pts — 30 min

corrigés p. 295

Cet exercice est un questionnaire à choix multiple.
Pour chaque question, une seule des quatre réponses proposées est exacte.
Aucune justification n'est demandée.
Aucun point n'est enlevé en l'absence de réponse ou en cas de réponse inexacte.

Un jeu vidéo possède une vaste communauté de joueurs en ligne. Avant de débuter une partie, le joueur doit choisir entre deux « mondes » : soit le monde A, soit le monde B.

On choisit au hasard un individu dans la communauté des joueurs.

Lorsqu'il joue une partie, on admet que :

- la probabilité que le joueur choisisse le monde A est égale à $\frac{2}{5}$;
- si le joueur choisit le monde A, la probabilité qu'il gagne la partie est de $\frac{7}{10}$;
- la probabilité que le joueur gagne la partie est de $\frac{12}{25}$.

On considère les évènements suivants :

- A : « Le joueur choisit le monde A » ;
- B : « Le joueur choisit le monde B » ;
- G : « Le joueur gagne la partie ».

1 La probabilité que le joueur choisisse le monde A et gagne la partie est égale à :

❑ a. $\frac{7}{10}$ ❑ b. $\frac{3}{25}$ ❑ c. $\frac{7}{25}$ ❑ d. $\frac{24}{125}$

2 La probabilité $P_B(G)$ de l'événement G sachant que B est réalisé est égale à :

❑ a. $\frac{1}{5}$ ❑ b. $\frac{1}{3}$ ❑ c. $\frac{7}{15}$ ❑ d. $\frac{5}{12}$

Dans la suite de l'exercice, un joueur effectue 10 parties successives. On assimile cette situation à un tirage aléatoire avec remise.

On rappelle que la probabilité de gagner une partie est de $\frac{12}{25}$.

3 La probabilité, arrondie au millième, que le joueur gagne exactement 6 parties est égale à :

❑ **a.** 0,859 ❑ **b.** 0,671 ❑ **c.** 0,188 ❑ **d.** 0,187

4 On considère un entier naturel n pour lequel la probabilité, arrondie au millième, que le joueur gagne au plus n parties est de 0,207. Alors :

❑ **a.** $n = 2$ ❑ **b.** $n = 3$ ❑ **c.** $n = 4$ ❑ **d.** $n = 5$

5 La probabilité que le joueur gagne au moins une partie est égale à :

❑ **a.** $1-\left(\frac{12}{25}\right)^{10}$ ❑ **b.** $\left(\frac{13}{25}\right)^{10}$ ❑ **c.** $\left(\frac{12}{25}\right)^{10}$ ❑ **d.** $1-\left(\frac{13}{25}\right)^{10}$

Exercice 2 5 pts 1 h 15

corrigés p. 296

Des biologistes étudient l'évolution d'une population d'insectes dans un jardin botanique.

Au début de l'étude, la population est de 100 000 insectes.

Pour préserver l'équilibre du milieu naturel, le nombre d'insectes ne doit pas dépasser 400 000.

Partie A – Étude d'un premier modèle en laboratoire

L'observation de l'évolution de ces populations d'insectes en laboratoire, en l'absence de tout prédateur, montre que le nombre d'insectes augmente de 60 % chaque mois.

En tenant compte de cette observation, les biologistes modélisent l'évolution de la population d'insectes à l'aide d'une suite (u_n) où, pour tout entier naturel n, u_n modélise le nombre d'insectes, exprimé en millions, au bout de n mois. On a donc $u_0 = 0{,}1$.

1 Justifier que pour tout entier naturel n :

$$u_n = 0{,}1 \times 1{,}6^n.$$

2 Déterminer la limite de la suite (u_n).

3 En résolvant une inéquation, déterminer le plus petit entier naturel n à partir duquel $u_n > 0{,}4$.

4 Selon ce modèle, l'équilibre du milieu naturel serait-il préservé ? Justifier la réponse.

Partie B – Étude d'un second modèle

En tenant compte des contraintes du milieu naturel dans lequel évoluent les insectes, les biologistes choisissent une nouvelle modélisation.

Ils modélisent le nombre d'insectes à l'aide de la suite (v_n), définie par : $v_0 = 0{,}1$ et, pour tout entier naturel n, $v_{n+1} = 1{,}6v_n - 1{,}6v_n^2$, où pour tout entier naturel n, v_n est le nombre d'insectes, exprimé en millions, au bout de n mois.

1 Déterminer le nombre d'insectes au bout d'un mois.

2 On considère la fonction f définie sur l'intervalle $\left[0\,;\frac{1}{2}\right]$ par $f(x) = 1{,}6x - 1{,}6x^2$.

a. Résoudre l'équation $f(x) = x$.

b. Montrer que la fonction f est croissante sur l'intervalle $\left[0\,;\frac{1}{2}\right]$.

3 **a.** Montrer par récurrence que, pour tout entier naturel n, $0 \leqslant v_n \leqslant v_{n+1} \leqslant \frac{1}{2}$.

b. Montrer que la suite (v_n) est convergente.

On note ℓ la valeur de sa limite. On admet que ℓ est la solution de l'équation $f(x) = x$.

c. Déterminer la valeur de ℓ. Selon ce modèle, l'équilibre du milieu naturel sera-t-il préservé ? Justifier la réponse.

4 On donne ci-contre la fonction **seuil**, écrite en langage Python.

a. Qu'observe-t-on si on saisit **seuil(0.4)** ?

b. Déterminer la valeur renvoyée par la saisie de **seuil(0.35)**. Interpréter cette valeur dans le contexte de l'exercice.

```python
def seuil(a):
    v=0.1
    n=0
    while v<a:
        v=1.6*v-1.6*v*v
        n=n+1
    return n
```

Exercice 3 5 pts 1 h 15

corrigés p. 298

Dans l'espace rapporté à un repère orthonormé $(O\,;\vec{i},\vec{j},\vec{k})$, on considère :

- le plan $\mathcal{P}_1$ dont une équation cartésienne est $2x + y - z + 2 = 0$,
- le plan $\mathcal{P}_2$ passant par le point $B(1\,;1\,;2)$ et dont un vecteur normal est $\vec{n_2}\begin{pmatrix}1\\-1\\1\end{pmatrix}$.

1 **a.** Donner les coordonnées d'un vecteur $\vec{n_1}$ normal au plan $\mathcal{P}_1$.

b. On rappelle que deux plans sont perpendiculaires si un vecteur normal à l'un des plans est orthogonal à un vecteur normal à l'autre plan.

Montrer que les plans $\mathcal{P}_1$ et $\mathcal{P}_2$ sont perpendiculaires.

2 **a.** Déterminer une équation cartésienne du plan $\mathcal{P}_2$.

b. On note Δ la droite dont une représentation paramétrique est : $\begin{cases} x=0 \\ y=-2+t \\ z=t \end{cases}$, $t \in \mathbb{R}$.

Montrer que la droite Δ est l'intersection des plans $\mathcal{P}_1$ et $\mathcal{P}_2$.

On considère le point A(1 ; 1 ; 1) et on admet que le point A n'appartient ni à $\mathcal{P}_1$ ni à $\mathcal{P}_2$.

On note H le projeté orthogonal du point A sur la droite Δ.

3 On rappelle que, d'après la question **2 b**, la droite Δ est l'ensemble des points M_t de coordonnées (0 ; – 2 + t ; t), où t désigne un nombre réel quelconque.

a. Montrer que, pour tout réel t, $AM_t = \sqrt{2t^2 - 8t + 11}$.

b. En déduire que $AH = \sqrt{3}$.

4 On note $\mathcal{D}_1$ la droite orthogonale au plan $\mathcal{P}_1$ passant par le point A et H_1 le projeté orthogonal du point A sur le plan $\mathcal{P}_1$.

a. Déterminer une représentation paramétrique de la droite $\mathcal{D}_1$.

b. En déduire que le point H_1 a pour coordonnées $\left(-\frac{1}{3} ; \frac{1}{3} ; \frac{5}{3}\right)$.

5 Soit H_2 le projeté orthogonal de A sur le plan $\mathcal{P}_2$.

On admet que H_2 a pour coordonnées $\left(\frac{4}{3} ; \frac{2}{3} ; \frac{4}{3}\right)$ et que H a pour coordonnées (0 ; 0 ; 2).

Sur le schéma ci-contre, les plans $\mathcal{P}_1$ et $\mathcal{P}_2$ sont représentés, ainsi que les points A, H_1, H_2, H.

Montrer que AH_1HH_2 est un rectangle.

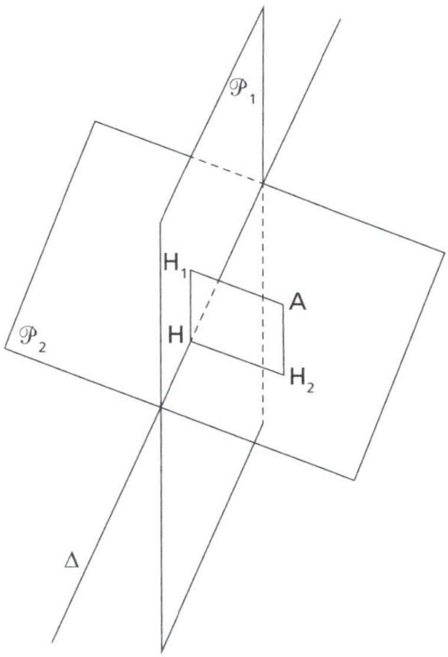

Exercice 4 5 pts 1 h

corrigés p. 300

On considère la fonction f définie sur $\mathbb{R}$ par $f(x) = \ln(1 + e^{-x})$, où ln désigne la fonction logarithme népérien.

On note $\mathcal{C}$ sa courbe représentative dans un repère orthonormé $(O ; \vec{i}, \vec{j})$.

La courbe $\mathcal{C}$ est tracée ci-après.

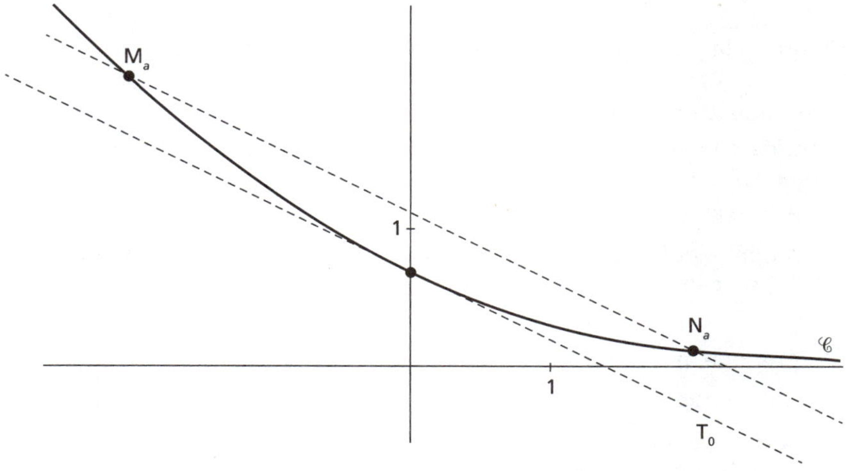

1 **a.** Déterminer la limite de la fonction f en $-\infty$.

b. Déterminer la limite de la fonction f en $+\infty$. Interpréter graphiquement ce résultat.

c. On admet que la fonction f est dérivable sur $\mathbb{R}$ et on note f' sa fonction dérivée.

Calculer $f'(x)$ puis montrer que, pour tout nombre réel x, $f'(x) = \frac{-1}{1+e^x}$.

d. Dresser le tableau de variations complet de la fonction f sur $\mathbb{R}$.

2 On note T_0 la tangente à la courbe $\mathscr{C}$ en son point d'abscisse 0.

a. Déterminer une équation de la tangente T_0.

b. Montrer que la fonction f est convexe en $\mathbb{R}$.

c. En déduire que, pour tout nombre réel x, on a $f(x) \geqslant -\frac{1}{2}x + \ln(2)$.

3 Pour tout nombre réel a différent de 0, on note M_a et N_a les points de la courbe $\mathscr{C}$ d'abscisses respectives $-a$ et a. On a donc : $M_a(-a\,;f(-a))$ et $N_a(a\,;f(a))$.

a. Montrer que, pour tout nombre réel x, on a : $f(x) - f(-x) = -x$.

b. En déduire que les droite T_0 et (M_aN_a) sont parallèles.

CORRIGÉ SUJET COMPLET 1

Exercice 1

énoncé p. 290

On modélise la situation par l'arbre pondéré ci-dessous :

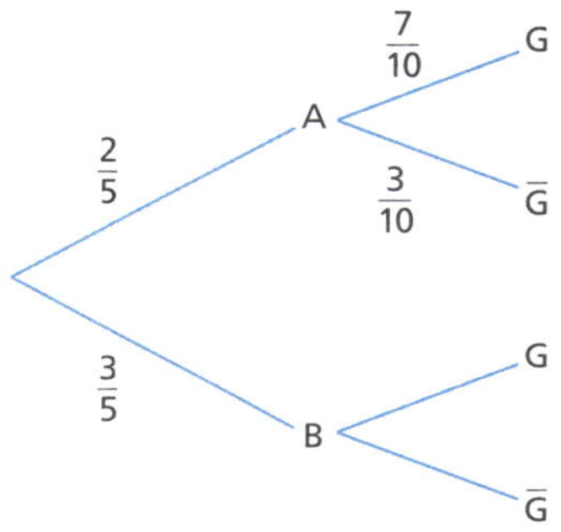

1 Réponse c.

$P(A \cap G) = P(A) \times P_A(G) = \frac{2}{5} \times \frac{7}{10} = \frac{7}{25}$.

2 Réponse b.

D'après la formule des probabilités totales, $P(G) = P(A \cap G) + P(B \cap G)$ donc $P(B \cap G) = P(G) - P(A \cap G) = \frac{12}{25} - \frac{7}{25} = \frac{1}{5}$.

On en déduit que :

$$P_B(G) = \frac{P(B \cap G)}{P(B)} = \frac{\frac{1}{5}}{\frac{3}{5}} = \frac{1}{3}.$$

On répète 10 fois de manière identique et indépendante l'épreuve de Bernoulli qui consiste à observer si le joueur a gagné une partie ou non. Le succès de cette épreuve est S : « Le joueur a gagné une partie » et on a $P(S) = \frac{12}{25}$. Le nombre de succès X suit la loi binomiale $\mathcal{B}\left(10\,;\frac{12}{25}\right)$.

3 Réponse c.

$P(X = 6) \approx 0,188$

4 Réponse b.

$P(X \leqslant 3) \approx 0,207$

5 Réponse d.

$P(X \geqslant 1) = 1 - P(X = 0) = 1 - \left(\frac{13}{25}\right)^{10}$

Conseil
Penser à utiliser l'événement contraire.

Exercice 2

énoncé p. 291

Partie A – Étude d'un premier modèle en laboratoire

1 Justification de $u_n = 0{,}1 \times 1{,}6^n$

Augmenter de 60 % revient à multiplier par 1,6. La suite (u_n) est donc une suite géométrique de premier terme $u_0 = 0{,}1$ et de raison 1,6. Ainsi, pour tout $n \in \mathbb{N}$, $\boldsymbol{u_n = 0{,}1 \times 1{,}6^n}$.

2 Limite de la suite (u_n)

La raison est strictement supérieure à 1 et $0{,}1 > 0$, on en déduit que $\lim\limits_{n \to +\infty} u_n = +\infty$.

3 Détermination du plus petit entier naturel n à partir duquel $u_n > 0{,}4$

$u_n > 0{,}4 \Leftrightarrow 0{,}1 \times 1{,}6^n > 0{,}4$

$\Leftrightarrow 1{,}6^n > 4$ car $0{,}1 > 0$

$\Leftrightarrow \ln(1{,}6^n) > \ln(4)$ car ln est strictement croissante sur $]0 ; +\infty[$

$\Leftrightarrow n\ln(1{,}6) > \ln(4)$

$\Leftrightarrow n > \dfrac{\ln(4)}{\ln(1{,}6)}$ car $1{,}6 > 1$ et donc $\ln(1{,}6) > 0$

Or $\dfrac{\ln(4)}{\ln(1{,}6)} \approx 2{,}95$ donc l'entier recherché est $\boldsymbol{n = 3}$.

> **Rappel**
> - $\ln(x) > 0$ pour tout $x > 1$;
> - $\ln(x) \leqslant 0$ pour tout $x \in]0 ; 1]$.

4 Préservation du milieu naturel ?

Au bout de 3 mois, le nombre d'insectes dépasserait donc 400 000. D'après ce modèle, **l'équilibre du milieu naturel ne serait donc pas préservé**.

Partie B – Étude d'un second modèle

1 Nombre d'insectes au bout d'un mois

$v_1 = 1{,}6v_0 - 1{,}6v_0^2 = 1{,}6 \times 0{,}1 - 1{,}6 \times 0{,}1^2 = 0{,}144$.

Au bout d'un mois, le nombre d'insectes sera de **144 000**.

2 a. Résolution de $f(x) = x$

$f(x) = x \Leftrightarrow 1{,}6x^2 - 0{,}6x = 0 \Leftrightarrow x(1{,}6x - 0{,}6) = 0 \Leftrightarrow x = 0$ ou $x = \dfrac{3}{8}$.

L'ensemble des solutions est $\boldsymbol{\left\{0 ; \frac{3}{8}\right\}}$.

b. f croissante sur $\left[0 ; \frac{1}{2}\right]$

Pour tout réel $x \in \left[0 ; \dfrac{1}{2}\right]$, $f'(x) = 1{,}6 - 3{,}2x$.

Or $1{,}6 - 3{,}2x \geqslant 0$ pour $x \in \left[0 ; \dfrac{1}{2}\right]$. Ainsi, **$f$ est croissante sur $\left[0 ; \frac{1}{2}\right]$**.

3 a. Démonstration de $0 \leqslant v_n < v_{n+1} \leqslant \frac{1}{2}$

Pour tout entier naturel n, $\mathscr{P}(n)$ est la propriété : « $0 \leqslant v_n \leqslant v_{n+1} \leqslant \frac{1}{2}$ ».

• **Initialisation :** Pour $n = 0$, $v_0 = 0{,}1$, $v_1 = 0{,}144$ et $0 \leqslant v_0 \leqslant v_1 \leqslant \frac{1}{2}$.
La propriété $\mathscr{P}(0)$ est donc vraie.

• **Hérédité :** On suppose que, pour un certain entier naturel k, la propriété $\mathscr{P}(k)$ est vraie, c'est-à-dire que $0 \leqslant v_k \leqslant v_{k+1} \leqslant \frac{1}{2}$ (hypothèse de récurrence).

Or $0 \leqslant v_k \leqslant v_{k+1} \leqslant \frac{1}{2}$

$\Leftrightarrow f(0) \leqslant f(v_k) \leqslant f(v_{k+1}) \leqslant f\left(\frac{1}{2}\right)$ car la fonction f est croissante sur $\left[0\,;\frac{1}{2}\right]$.

$\Leftrightarrow 0 \leqslant v_{k+1} \leqslant v_{k+2} \leqslant 0{,}4$ car $f\left(\frac{1}{2}\right) = 0{,}4$

$\Rightarrow 0 \leqslant v_{k+1} \leqslant v_{k+2} \leqslant \frac{1}{2}$.

La propriété $\mathscr{P}(k+1)$ est donc vraie.

Rappel
La croissance de la fonction permet de conserver le sens des inégalités.

• **Conclusion :** La propriété est initialisée au rang 0 et est héréditaire. Donc, d'après l'axiome de récurrence, pour tout entier naturel n, la propriété $\mathscr{P}(n)$ est vraie, c'est-à-dire, pour tout entier naturel n, $\mathbf{0 \leqslant v_n \leqslant v_{n+1} \leqslant \frac{1}{2}}$.

b. Convergence de la suite (v_n)

D'après la question précédente :

• Pour tout entier naturel n, $v_n \leqslant v_{n+1}$. La suite (v_n) est donc croissante.

• Pour tout entier naturel n, $v_n \leqslant \frac{1}{2}$. La suite (v_n) est donc majorée par $\frac{1}{2}$.

La suite (v_n) est donc croissante et majorée. D'après le théorème de convergence monotone, **la suite (v_n) est convergente**.

c. Valeur de ℓ – Préservation de l'équilibre

ℓ est solution de l'équation $f(x) = x$ qui a pour solutions 0 et $\frac{3}{8}$.

Or la suite (v_n) est croissante avec $v_0 = 0{,}1$ donc $\ell \neq 0$ et $\ell = \frac{3}{8}$.

Comme $\frac{3}{8} = 0{,}375 < 0{,}4$, **l'équilibre du milieu naturel est préservé**.

4 a. Observation

La suite (v_n) converge vers 0,375 en étant croissante.

Ainsi, pour tout $n \in \mathbb{N}$, $0{,}1 \leqslant v_n \leqslant 0{,}375$ et le test `v<a` sera toujours vérifié pour `a=0.4`. **Le programme ne se termine pas.**

b. Valeur renvoyée et interprétation

Pour `a=0.35` la fonction renvoie **6**.

On en déduit qu'**à partir de 6 mois, le nombre d'insectes dépassera 350 000**.

Exercice 3

énoncé p. 292

1 a. Coordonnées d'un vecteur $\vec{n_1}$ normal à $\mathcal{P}_1$

À partir de l'équation cartésienne du plan $\mathcal{P}_1$, on obtient un vecteur normal à ce plan : $\vec{n_1}\begin{pmatrix} 2 \\ 1 \\ -1 \end{pmatrix}$.

b. $\mathcal{P}_1$ et $\mathcal{P}_2$ perpendiculaires

$\vec{n_1} \cdot \vec{n_2} = 2 \times 1 - 1 \times 1 - 1 \times 1 = 0$ donc $\vec{n_1}$ et $\vec{n_2}$ sont orthogonaux et **les plans $\mathcal{P}_1$ et $\mathcal{P}_2$ sont perpendiculaires.**

2 a. Équation cartésienne du plan $\mathcal{P}_2$

$\vec{n_2}$ est un vecteur normal au plan $\mathcal{P}_2$ donc une équation cartésienne du plan $\mathcal{P}_2$ est de la forme $1x - 1y + 1z + d = 0$, soit $x - y + z + d = 0$, avec $d \in \mathbb{R}$.

Comme B(1 ; 1 ; 2) appartient au plan $\mathcal{P}_2$, on en déduit que :

$1 - 1 + 2 + d = 0 \Leftrightarrow d = -2$. Une équation du plan $\mathcal{P}_2$ est donc $\boldsymbol{x - y + z - 2 = 0}$.

b. Δ, intersection de $\mathcal{P}_1$ et $\mathcal{P}_2$

$\mathcal{P}_1$ et $\mathcal{P}_2$ sont perpendiculaires donc sécants. Un point M de la droite Δ admet comme coordonnées M(0 ; $-2 + t$; t).

Montrons que M appartient au plan $\mathcal{P}_1$: $2 \times 0 - 2 + t - t + 2 = 0$ donc $M \in \mathcal{P}_1$.

Montrons que M appartient au plan $\mathcal{P}_2$: $0 - (-2 + t) + t - 2 = 0$ donc $M \in \mathcal{P}_2$.

Donc **Δ est l'intersection de $\mathcal{P}_1$ et $\mathcal{P}_2$.**

3 a. Démonstration de $\mathbf{AM}_t = \sqrt{2t^2 - 8t + 11}$

Soit $t \in \mathbb{R}$, on a :

$$\mathrm{AM}_t = \sqrt{(0-1)^2 + (-2+t-1)^2 + (t-1)^2}$$
$$= \sqrt{1 + (t-3)^2 + (t-1)^2}$$

soit $\mathrm{AM}_t = \sqrt{1 + t^2 - 6t + 9 + t^2 - 2t + 1}$.

Donc $\mathbf{AM}_t = \sqrt{\mathbf{2t^2 - 8t + 11}}$.

> **Rappel**
>
> $\mathrm{AB} = \sqrt{(x_B - x_A)^2 + (y_B - y_A)^2 + (z_B - z_A)^2}$

b. $\mathbf{AH} = \sqrt{3}$

H est le projeté orthogonal du point A sur la droite Δ, donc AH est la distance minimale entre A et Δ.

La fonction $t \mapsto 2t^2 - 8t + 11$ est une fonction trinôme du second degré avec $2 > 0$. Elle atteint donc son minimum en $t_0 = -\dfrac{-8}{2 \times 2} = 2$. Comme la fonction racine carrée est strictement croissante sur $[0 ; +\infty[$, le minimum de f est atteint en $t_0 = 2$.

Or $f(2) = \sqrt{2 \times 4 - 8 \times 2 + 11} = \sqrt{3}$. Ainsi, $\mathbf{AH} = \sqrt{\mathbf{3}}$.

4 a. Représentation paramétrique de la droite $\mathscr{D}_1$

La droite $\mathscr{D}_1$ est orthogonale à $\mathscr{P}_1$. Elle admet donc comme vecteur directeur $\vec{n}_1\begin{pmatrix}2\\1\\-1\end{pmatrix}$. De plus, elle passe par A(1 ; 1 ; 1). On en déduit qu'une représentation paramétrique de $\mathscr{D}_1$ est $\begin{cases}x=1+2t\\y=1+t\\z=1-t\end{cases}$, **où $t \in \mathbb{R}$.**

b. Coordonnées de H_1

Le point A appartient à la droite $\mathscr{D}_1$ et celle-ci est orthogonale au plan $\mathscr{P}_1$ donc le projeté orthogonal H_1 de A sur $\mathscr{P}_1$ est le point d'intersection de la droite $\mathscr{D}_1$ et du plan $\mathscr{P}_1$. Les coordonnées $(x\,;y\,;z)$ du point H_1 vérifient le système (S)$\begin{cases}x=1+2t\\y=1+t\\z=1-t\\2x+y-z+2=0\end{cases}$

Conseil

Identifier le projeté orthogonal comme l'intersection d'une droite et d'un plan.

Le système (S) équivaut à $\begin{cases}x=1+2t\\y=1+t\\z=1-t\\2(1+2t)+1+t-(1-t)+2=0\end{cases}$

soit $\begin{cases}x=1+2t\\y=1+t\\z=1-t\\6t+4=0\end{cases}$ c'est-à-dire $\begin{cases}x=1+2\left(-\dfrac{2}{3}\right)=-\dfrac{1}{3}\\y=1+\left(-\dfrac{2}{3}\right)=\dfrac{1}{3}\\z=1-\left(-\dfrac{2}{3}\right)=\dfrac{5}{3}\\t=-\dfrac{2}{3}\end{cases}$

Ainsi, les coordonnées du point H_1 sont $\left(-\dfrac{\mathbf{1}}{\mathbf{3}}\,;\dfrac{\mathbf{1}}{\mathbf{3}}\,;\dfrac{\mathbf{5}}{\mathbf{3}}\right)$.

5 AH_1HH_2 est un rectangle

On a $\overrightarrow{AH_1}\begin{pmatrix}-\dfrac{4}{3}\\-\dfrac{2}{3}\\\dfrac{2}{3}\end{pmatrix}$ et $\overrightarrow{H_2H}\begin{pmatrix}-\dfrac{4}{3}\\-\dfrac{2}{3}\\\dfrac{2}{3}\end{pmatrix}$

Ainsi, $\overrightarrow{H_2H}=\overrightarrow{AH_1}$ donc AH_1HH_2 est un parallélogramme.

La droite (AH_1) est orthogonale au plan $\mathscr{P}_1$, donc elle est orthogonale à toutes les droites du plan $\mathscr{P}_1$, en particulier la droite (H_1H). **Le parallélogramme AH_1HH_2 est donc un rectangle.**

Exercice 4

énoncé p. 293

1 a. Limite de f en $-\infty$

$\lim\limits_{x\to-\infty} -x = +\infty$ et $\lim\limits_{X\to+\infty} e^X = +\infty$ donc $\lim\limits_{x\to-\infty} 1+e^{-x} = +\infty$.

De plus, $\lim\limits_{X\to+\infty} \ln(X) = +\infty$ donc $\boldsymbol{\lim\limits_{x\to-\infty} f(x) = +\infty}$.

b. Limite de f en $+\infty$ et interprétation graphique

$\lim\limits_{x\to+\infty} -x = -\infty$ et $\lim\limits_{X\to-\infty} e^X = 0$ donc $\lim\limits_{x\to+\infty} 1+e^{-x} = 1$.

Donc $\boldsymbol{\lim\limits_{x\to+\infty} f(x) = 0}$.

La courbe représentative de la fonction f admet la droite d'équation $\boldsymbol{y = 0}$ **comme asymptote horizontale en $+\infty$.**

c. Calcul de $f'(x)$ et démonstration de $f'(x) = \dfrac{-1}{1+e^x}$

Soit $x \in \mathbb{R}$, $f'(x) = \dfrac{-e^{-x}}{1+e^{-x}} = \dfrac{-e^{-x}\times e^x}{(1+e^{-x})e^x} = \boldsymbol{\dfrac{-1}{e^x+1}}$.

> **Autre méthode**
> On peut également factoriser par e^{-x} au dénominateur.

d. Tableau de variations complet de f sur $\mathbb{R}$

$-1 < 0$, et pour tout réel x, $1 + e^x > 0$ donc pour tout réel x, $f'(x) < 0$ et f est strictement décroissante sur $\mathbb{R}$.

x	$-\infty$	$+\infty$
$f'(x)$	$-$	
f	$+\infty$ ↘	0

2 a. Équation de la tangente T_0

$f'(0) = \dfrac{-1}{1+e^0} = \dfrac{-1}{2}$ et $f(0) = \ln(1+e^0) = \ln(2)$

donc $T_0 : y = f'(0)(x-0) + f(0) = \boldsymbol{-\dfrac{1}{2}x + \ln(2)}$.

b. f convexe sur $\mathbb{R}$

f' est dérivable sur $\mathbb{R}$ car pour tout réel x, $1 + e^x > 0$. f' est de la forme $-\dfrac{1}{u}$ avec $u(x) = 1 + e^x$.

Ainsi, pour tout réel x, $f''(x)=\dfrac{e^x}{(1+e^x)^2}$.

Comme pour tout réel x, $e^x > 0$, $f''(x) > 0$ et donc **f est convexe sur $\mathbb{R}$.**

c. Démonstration de $f(x)\geqslant -\dfrac{1}{2}x+\ln(2)$

f est convexe sur $\mathbb{R}$ donc sa courbe représentative est située au-dessus de toutes ses tangentes, en particulier T_0.

Donc pour tout réel x, $\boldsymbol{f(x)\geqslant -\frac{1}{2}x+\ln(2)}$.

Astuce
Pour démontrer une telle inégalité, on utilise la convexité.

3 a. Démonstration de $f(x)-f(-x)=-x$

Pour tout réel x, $f(x)-f(-x)=\ln(1+e^{-x})-\ln(1+e^x)$.

$f(x)-f(-x)=\ln\left(e^{-x}(e^x+1)\right)-\ln(1+e^x)$

$f(x)-f(-x)=\ln(e^{-x})+\ln(e^x+1)-\ln(1+e^x)$

$f(x)-f(-x)=\ln(e^{-x})=-x$

donc pour tout réel x, $\boldsymbol{f(x)-f(-x)=-x}$.

b. T_0 et (M_aN_a) parallèles

Le coefficient directeur de la droite (M_aN_a) est $\dfrac{f(a)-f(-a)}{a-(-a)}=\dfrac{-a}{2a}=-\dfrac{1}{2}$.

Le coefficient directeur de la tangente T_0 étant également $-\dfrac{1}{2}$, **les droites T_0 et (M_aN_a) sont parallèles.**

SUJET COMPLET 2 Centres étrangers, mars 2023 — 20 pts — 4 h

› Notions

Exercice 1
- QCM

Exercice 2
- Probabilités

Exercice 3
- Géométrie dans l'espace

Exercice 4
- Fonction exponentielle

Exercice 1 — 5 pts — 45 min

› corrigés p. 306

Cet exercice est un questionnaire à choix multiple.
Pour chaque question, une seule des quatre propositions est exacte.
Aucune justification n'est demandée.
Pour chaque question, une réponse exacte rapporte un point. Une réponse fausse, une réponse multiple ou l'absence de réponse ne rapporte ni n'enlève de point.

1 On considère la suite numérique (u_n) définie pour tout n entier naturel par $u_n = \dfrac{1+2^n}{3+5^n}$. Cette suite :

❑ **a.** diverge vers $+\infty$.

❑ **b.** converge vers $\dfrac{2}{5}$.

❑ **c.** converge vers 0.

❑ **d.** converge vers $\dfrac{1}{3}$.

2 Soit f la fonction définie sur $]0\,;+\infty[$ par $f(x) = x^2 \ln x$. L'expression de la fonction dérivée de f est :

❑ **a.** $f'(x) = 2x\ln x$.

❑ **b.** $f'(x) = x(2\ln x + 1)$.

❑ **c.** $f'(x) = 2$.

❑ **d.** $f'(x) = x$.

3 On considère une fonction h définie et continue sur $\mathbb{R}$ dont le tableau de variations est donné ci-dessous :

x	$-\infty$	1	$+\infty$
Variations de h	$-\infty$	0	$+\infty$

On note H la primitive de h définie sur $\mathbb{R}$ qui s'annule en 0.

Elle vérifie la propriété :

❑ **a.** H positive sur $]-\infty\,;0]$.

❑ **b.** H négative sur $]-\infty\,;1]$.

❑ **c.** H croissante sur $]-\infty\,;1]$.

❑ **d.** H croissante sur $\mathbb{R}$.

4 Soit deux réels a et b avec $a < b$.

On considère une fonction f définie, continue, strictement croissante sur l'intervalle $[a\ ;\ b]$ et qui s'annule en un réel α.

Parmi les propositions suivantes, la fonction en langage Python qui permet de donner une valeur approchée de α à 0,001 est :

❑ **a.**
```
def racine(a,b):
    while abs (b-a)>=0.001:
        m=(a+b)/2
        if f(m)<0:
            b=m
        else:
            a=m
    return m
```

❑ **b.**
```
def racine(a,b):
    m=(a+b)/2
    while abs (b-a)>=0.001:
        if f(m)<0:
            a=m
        else:
            b=m
    return m
```

❑ **c.**
```
def racine(a,b):
    m=(a+b)/2
    while abs (b-a)<=0.001:
        if f(m)<0:
            a=m
        else:
            b=m
    return m
```

❑ **d.**
```
def racine(a,b):
    while abs (b-a)>=0.001:
        m=(a+b)/2
        if f(m)<0:
            a=m
        else:
            b=m
    return m
```

5 Une urne contient 10 boules indiscernables au toucher dont 7 sont bleues et les autres vertes. On effectue trois tirages successifs avec remise. La probabilité d'obtenir exactement deux boules vertes est :

❑ **a.** $\left(\frac{7}{10}\right)^2 \times \frac{3}{10}$.

❑ **b.** $\left(\frac{3}{10}\right)^2$.

❑ **c.** $\binom{10}{2}\left(\frac{7}{10}\right)\left(\frac{3}{10}\right)^2$.

❑ **d.** $\binom{3}{2}\left(\frac{7}{10}\right)\left(\frac{3}{10}\right)^2$.

Exercice 2 6 pts 1 h corrigés p. 307

Les deux parties de cet exercice sont indépendantes.

Dans une grande ville française, des trottinettes électriques sont mises à disposition des usagers. Une entreprise, chargée de l'entretien du parc de trottinettes, contrôle leur état chaque lundi.

Partie A

On estime que :

- lorsqu'une trottinette est en bon état un lundi, la probabilité qu'elle soit encore en bon état le lundi suivant est 0,9 ;
- lorsqu'une trottinette est en mauvais état un lundi, la probabilité qu'elle soit en bon état le lundi suivant est 0,4.

On s'intéresse à l'état d'une trottinette lors des phases de contrôle.

Soit n un entier naturel. On note B_n l'événement « la trottinette est en bon état n semaines après sa mise en service » et p_n la probabilité de B_n.

Lors de sa mise en service, la trottinette est en bon état. On a donc $p_0 = 1$.

1 Donner p_1 et montrer que $p_2 = 0{,}85$. *On pourra s'appuyer sur un arbre pondéré.*

2 Recopier et compléter l'arbre pondéré ci-dessous :

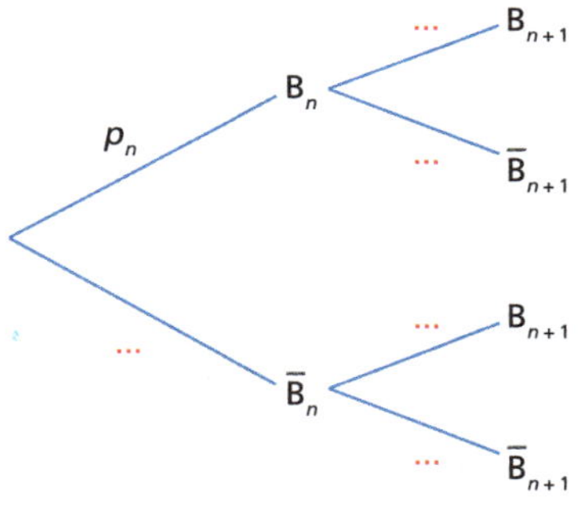

3 En déduire que, pour tout entier naturel n, $p_{n+1} = 0{,}5p_n + 0{,}4$.

4 **a.** Démontrer par récurrence que pour tout entier naturel n, $p_n \geqslant 0{,}8$.

b. À partir de ce résultat, quelle communication l'entreprise peut-elle envisager pour valoriser la fiabilité du parc ?

5 **a.** On considère la suite (u_n) définie pour tout entier naturel n par $u_n = p_n - 0{,}8$. Montrer que (u_n) est une suite géométrique dont on donnera le premier terme et la raison.

b. En déduire l'expression de u_n puis de p_n en fonction de n.

c. En déduire la limite de la suite (p_n).

Partie B

Dans cette partie, on modélise la situation de la façon suivante :

- l'état d'une trottinette est indépendant de celui des autres ;
- la probabilité qu'une trottinette soit en bon état est égale à 0,8.

On note X la variable aléatoire qui, à un lot de 15 trottinettes, associe le nombre de trottinettes en bon état. Le nombre de trottinettes du parc étant très important, le prélèvement de 15 trottinettes peut être assimilé à un tirage avec remise.

1 Justifier que X suit une loi binomiale et préciser les paramètres de cette loi.

2 Calculer la probabilité que les 15 trottinettes soient en bon état.

3 Calculer la probabilité qu'au moins 10 trottinettes soient en bon état dans un lot de 15.

4 On admet que $E(X) = 12$. Interpréter le résultat.

Exercice 3 6 pts 1 h 15

corrigés p. 310

On considère le prisme droit ABFEDCGH, de base ABFE, trapèze rectangle en A.

On associe à ce prisme le repère orthonormé $\left(A ; \vec{i}, \vec{j}, \vec{k}\right)$ tel que :

$$\vec{i} = \frac{1}{4}\overrightarrow{AB} ; \vec{j} = \frac{1}{4}\overrightarrow{AD} ; \vec{k} = \frac{1}{8}\overrightarrow{AE}.$$

De plus, on a $\overrightarrow{BF} = \frac{1}{2}\overrightarrow{AE}$.

On note I le milieu du segment [EF].

On note J le milieu du segment [AE].

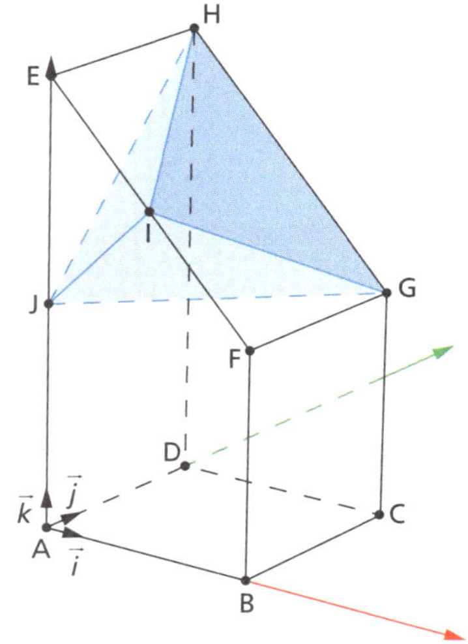

1 Donner les coordonnées des points I et J.

2 Soit $\vec{n}$ le vecteur de coordonnées $\begin{pmatrix} -1 \\ 1 \\ 1 \end{pmatrix}$.

a. Montrer que le vecteur $\vec{n}$ est normal au plan (IGJ).

b. Déterminer une équation cartésienne du plan (IGJ).

3 Déterminer une représentation paramétrique de la droite d, perpendiculaire au plan (IGJ) et passant par H.

4 On note L le projeté orthogonal du point H sur le plan (IGJ).

Montrer que les coordonnées de L sont $\left(\frac{8}{3} ; \frac{4}{3} ; \frac{16}{3}\right)$.

5 Calculer la distance du point H au plan (IGJ).

6 Montrer que le triangle IGJ est rectangle en I.

7 En déduire le volume du tétraèdre IGJH.

On rappelle que le volume $\mathcal{V}$ d'un tétraèdre est donné par la formule :

$$\mathcal{V} = \frac{1}{3} \times \text{Aire de la base} \times \text{Hauteur}$$

Exercice 4 — 3 pts — 1 h

corrigés p. 312

Un biologiste a modélisé l'évolution d'une population de bactéries (en milliers d'entités) par la fonction f définie sur $[0\,;+\infty[$ par $f(t) = \mathrm{e}^3 - \mathrm{e}^{-0{,}5t^2+t+2}$ où t désigne le temps en heures depuis le début de l'expérience.

À partir de cette modélisation, il propose les trois affirmations ci-dessous. Pour chacune d'elles, indiquer, en justifiant, si elle est vraie ou fausse.

- **Affirmation 1** : « La population augmente en permanence ».
- **Affirmation 2** : « À très long terme, la population dépassera 21 000 bactéries ».
- **Affirmation 3** : « La population de bactéries aura un effectif de 10 000 à deux reprises au cours du temps ».

CORRIGÉ SUJET COMPLET 2

Exercice 1

énoncé p. 302

1 Réponse c.

Pour tout entier naturel n, $u_n = \dfrac{2^n\left(\dfrac{1}{2^n}+1\right)}{5^n\left(\dfrac{3}{5^n}+1\right)}$.

Ainsi, pour tout entier naturel n, $u_n = \left(\dfrac{2}{5}\right)^n \times \dfrac{\dfrac{1}{2^n}+1}{\dfrac{3}{5^n}+1}$.

Or • $\lim\limits_{n\to+\infty} \dfrac{1}{2^n}+1 = 1$ car $2 > 1$.

• $\lim\limits_{n\to+\infty} \dfrac{3}{5^n}+1 = 1$ car $5 > 1$.

Rappel

- Si $-1 < q < 1$, $\lim\limits_{n\to+\infty} q^n = 0$.
- Si $q > 1$, $\lim\limits_{n\to+\infty} q^n = +\infty$.

- $\lim_{n \to +\infty} \left(\frac{2}{5}\right)^n = 0$ car $-1 < \frac{2}{5} < 1$.

On en déduit que, par quotient et produit, (u_n) converge vers 0.

2 Réponse b.

f est dérivable sur l'intervalle $]0\,;+\infty[$ comme produit de fonctions dérivables.

Pour tout réel x de l'intervalle $]0\,;+\infty[$,

$u(x) = x^2$ d'où $u'(x) = 2x$

$v(x) = \ln(x)$ d'où $v'(x) = \frac{1}{x}$

donc $f'(x) = 2x \times \ln(x) + x^2 \times \frac{1}{x}$.

Rappel
$(uv)' = u'v + uv'$.

Ainsi, $f'(x) = 2x \times \ln(x) + x = x(2\ln(x) + 1)$.

3 Réponse a.

La fonction h est négative sur $]-\infty\,;1]$ donc la fonction H est décroissante sur cet intervalle car $H' = h$.

De plus, $H(0) = 0$, donc H est positive sur $]-\infty\,;0]$.

4 Réponse d.

Tant que la précision demandée n'est pas atteinte, c'est-à-dire tant que $|b-a| \geqslant 0{,}001$, on détermine l'abscisse m correspondant au centre de l'intervalle $[a\,;b]$. Si $f(m) < 0$, on en déduit que α est situé entre m et b puisque f est strictement croissante. Dans ce cas, l'intervalle à considérer est $[m\,;b]$, la valeur de a devient donc m. Dans l'autre cas, on en déduit que α est situé entre a et m, et l'intervalle à considérer est $[a\,;m]$, la valeur de b devient donc m.

5 Réponse d.

La variable aléatoire X donnant le nombre de boules vertes obtenues après les 3 tirages successifs suit la loi binomiale $\mathcal{B}\left(3\,;\frac{3}{10}\right)$.

$P(X=2) = \binom{3}{2} \times \left(\frac{3}{10}\right)^2 \times \left(\frac{7}{10}\right)$.

Exercice 2

énoncé p. 304

Partie A

1 Calcul de p_1 et justification de $p_2 = 0{,}85$

La trottinette est en bon état initialement, elle est donc en bon état avec une probabilité de 0,9 la semaine suivante. Ainsi, $\boldsymbol{p_1 = 0{,}9}$.

On modélise la situation par l'arbre pondéré ci-après.

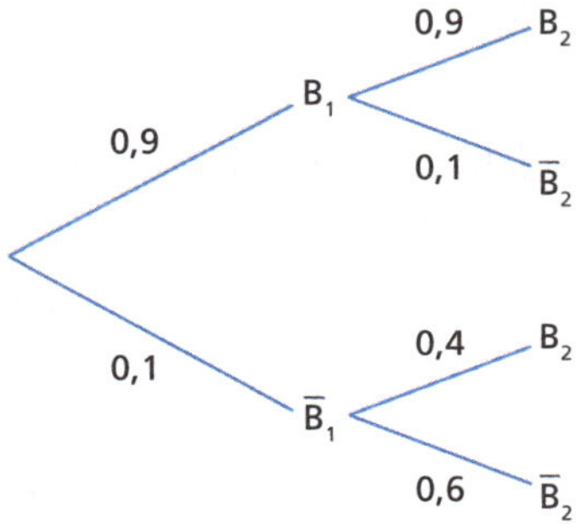

Astuce
Sommer les probabilités des chemins menant à l'événement B_2.

D'après la formule des probabilités totales, $P(B_2) = P(B_1 \cap B_2) + P(\overline{B_1} \cap B_2)$.
On en déduit que $p_2 = 0{,}9 \times 0{,}9 + 0{,}1 \times 0{,}4 = \mathbf{0{,}85}$.

2 Arbre complété

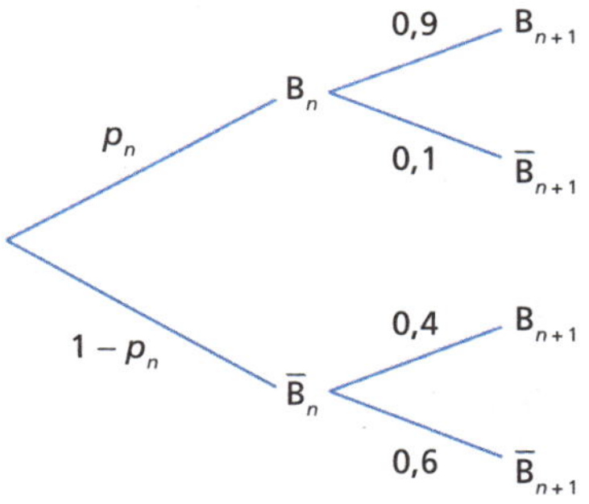

3 Justification de $p_{n+1} = 0{,}5p_n + 4$ pour tout entier naturel n
D'après la formule des probabilités totales :
$P(B_{n+1}) = P(B_n \cap B_{n+1}) + P(\overline{B}_n \cap B_{n+1})$.
On en déduit que, pour tout entier naturel n,
$p_{n+1} = p_n \times 0{,}9 + (1 - p_n) \times 0{,}4 = 0{,}9p_n + 0{,}4 - 0{,}4p_n = \mathbf{0{,}5p_n + 0{,}4}$.

4 Démonstration de $p_n \geqslant 0{,}8$
a. Pour tout entier naturel n, $\mathcal{P}(n)$ est la propriété « $p_n \geqslant 0{,}8$ ».
- **Initialisation :** Pour $n = 0$, $p_0 = 1$ et $p_0 \geqslant 0{,}8$.

La propriété $\mathcal{P}(0)$ est donc vraie.
- **Hérédité :** On suppose que, pour un certain entier naturel k, la propriété $\mathcal{P}(k)$ est vraie, c'est-à-dire que $p_k \geqslant 0{,}8$ (hypothèse de récurrence).

Or $p_k \geqslant 0{,}8 \Leftrightarrow 0{,}5\,p_k \geqslant 0{,}4 \Leftrightarrow 0{,}5p_k + 0{,}4 \geqslant 0{,}8 \Leftrightarrow p_{k+1} \geqslant 0{,}8$.
La propriété $\mathcal{P}(k+1)$ est donc vraie.
- **Conclusion :** La propriété est initialisée au rang 0 et est héréditaire. Donc, d'après l'axiome de récurrence, pour tout entier naturel n, la propriété $\mathcal{P}(n)$ est vraie, c'est-à-dire, pour tout entier naturel n, $\mathbf{p_n \geqslant 0{,}8}$.

b. Communication de l'entreprise

L'entreprise peut communiquer en annonçant qu'**au moins 80 % de son parc de trottinettes est toujours en bon état**.

5 Suite (u_n) géométrique

a. Pour tout entier naturel n, $u_n = p_n - 0{,}8$.

Ainsi, on a :

$$u_{n+1} = p_{n+1} - 0{,}8$$
$$u_{n+1} = (0{,}5p_n + 0{,}4) - 0{,}8$$
$$u_{n+1} = 0{,}5p_n - 0{,}4$$
$$u_{n+1} = 0{,}5(p_n - 0{,}8)$$
$$u_{n+1} = 0{,}5u_n$$

On en déduit que la suite (u_n) **est une suite géométrique de raison $q = 0{,}5$** et de premier terme $u_0 = p_0 - 0{,}8 = 1 - 0{,}8 = \mathbf{0{,}2}$.

b. Expression de u_n et p_n en fonction de n

Comme (u_n) est une suite géométrique, on a pour tout entier naturel n,
$u_n = u_0 \times q^n$ d'où $\mathbf{u_n = 0{,}2 \times 0{,}5^n}$.
Or $u_n = p_n - 0{,}8 \Leftrightarrow p_n = u_n + 0{,}8$ donc $\mathbf{p_n = 0{,}2 \times 0{,}5^n + 0{,}8}$.

c. Limite de la suite (p_n)

Comme $-1 < 0{,}5 < 1$, $\lim\limits_{n \to +\infty} 0{,}5^n = 0$ et donc **la suite (p_n) converge vers 0,8**.

Partie B

1 Loi binomiale

On répète 15 fois de manière identique et indépendante l'épreuve de Bernoulli qui consiste à observer si la trottinette est en bon état ou non. Le succès de cette épreuve est S : « La trottinette est en bon état » et on a P(S) = 0,8. Le nombre de succès X suit une **loi binomiale $\mathcal{B}$(15 ; 0,8)**.

2 Probabilité que les 15 trottinettes soient en bon état

$P(X = 15) = 0{,}8^{15} \approx \mathbf{0{,}035}$.

3 Probabilité qu'au moins 10 trottinettes soient en bon état sur un lot de 15

$P(X \geqslant 10) \approx \mathbf{0{,}939}$.

Astuce

On peut également calculer ainsi :

$P(X \geqslant 10) = 1 - P(X \leqslant 9)$.

4 Interprétation de E(X) = 12

En répétant un grand nombre de fois cette expérience, sur un lot de quinze trottinettes choisies dans le parc de cette entreprise, **en moyenne 12 d'entre elles seront en bon état**.

Exercice 3

énoncé p. 305

1 Coordonnées des points I et J

Dans le repère $(A~;~\vec{i}, \vec{j}, \vec{k})$, A(0 ; 0 ; 0), E(0 ; 0 ; 8) et F(4 ; 0 ; 4).

I est le milieu de [EF], donc $I\left(\frac{x_E + x_F}{2}~;~\frac{y_E + y_F}{2}~;~\frac{z_E + z_F}{2}\right)$ et **I(2 ; 0 ; 6)**.

J est le milieu de [AE] donc, de même, **J(0 ; 0 ; 4)**.

2 a. Vecteur $\vec{n}$ normal au plan (IGJ)

On a G(4 ; 4 ; 4).

- Les vecteurs $\overrightarrow{IG}\begin{pmatrix} 2 \\ 4 \\ -2 \end{pmatrix}$ et $\overrightarrow{IJ}\begin{pmatrix} -2 \\ 0 \\ -2 \end{pmatrix}$ sont non colinéaires, donc dirigent le plan (IGJ).
- $\vec{n} \cdot \overrightarrow{IG} = -1 \times 2 + 1 \times 4 + 1 \times (-2) = -2 + 4 - 2 = 0$ donc $\vec{n}$ est orthogonal à $\overrightarrow{IG}$.
- $\vec{n} \cdot \overrightarrow{IJ} = -1 \times (-2) + 1 \times 0 + 1 \times (-2) = 2 + 0 - 2 = 0$ donc $\vec{n}$ est orthogonal à $\overrightarrow{IJ}$.

Ainsi, **$\vec{n}$ est un vecteur normal au plan (IGJ)**.

b. Équation cartésienne du plan (IGJ)

$\vec{n}\begin{pmatrix} -1 \\ 1 \\ 1 \end{pmatrix}$ est un vecteur normal au plan (IGJ) donc une équation cartésienne du plan (IGJ) est de la forme : $-1 \times x + 1 \times y + 1 \times z + d = 0$, soit $-x + y + z + d = 0$, avec $d \in \mathbb{R}$.

Comme J(0 ; 0 ; 4) appartient au plan (IGJ), on en déduit que :
$-0 + 0 + 4 + d = 0 \Leftrightarrow d = -4$.

Une équation du plan (IGJ) est donc : $\boldsymbol{-x + y + z - 4 = 0}$.

3 Représentation paramétrique de la droite *d*

La droite *d* est perpendiculaire à (IGJ), elle est donc dirigée par $\vec{n}$. De plus, *d* passe par H(0 ; 4 ; 8).

La droite *d* admet donc comme représentation paramétrique : $\begin{cases} \boldsymbol{x = -t} \\ \boldsymbol{y = 4 + t} \\ \boldsymbol{z = 8 + t} \end{cases}$, $t \in \mathbb{R}$.

Méthode

d a pour représentation paramétrique :

$$\begin{cases} x = 0 + (-1)t \\ y = 4 + 1\,t \\ z = 8 + 1\,t \end{cases}$$

Coordonnées d'un point, ici H, de la droite — Coordonnées d'un vecteur directeur, ici $\vec{n}$, de la droite

4 Démonstration des coordonnées de L

Le point H appartient à la droite d et celle-ci est orthogonale au plan (IGJ), donc le projeté orthogonal L de H sur (IGJ) est le point d'intersection de la droite d et du plan (IGJ).

Les coordonnées $(x\,;\,y\,;\,z)$ du point L vérifient le système (S) $\begin{cases} x=-t \\ y=4+t \\ z=8+t \\ -x+y+z-4=0 \end{cases}$

Le système (S) équivaut à $\begin{cases} x=-t \\ y=4+t \\ z=8+t \\ -(-t)+4+t+8+t-4=0 \end{cases}$

soit $\begin{cases} x=-t \\ y=4+t \\ z=8+t \\ 3t+8=0 \end{cases}$ c'est-à-dire $\begin{cases} x=-\left(-\dfrac{8}{3}\right)=\dfrac{8}{3} \\ y=4+\left(-\dfrac{8}{3}\right)=\dfrac{4}{3} \\ z=8+\left(-\dfrac{8}{3}\right)=\dfrac{16}{3} \\ t=\dfrac{-8}{3} \end{cases}$

Ainsi, les coordonnées du point L sont $\left(\mathbf{\dfrac{8}{3}\,;\,\dfrac{4}{3}\,;\,\dfrac{16}{3}}\right)$.

5 Distance du point H au plan (IGJ)

La distance du point H au plan (IGJ) est la distance entre le point H et son projeté orthogonal sur le plan, c'est-à-dire HL.

$$\text{HL}=\sqrt{\left(\frac{8}{3}-0\right)^2+\left(\frac{4}{3}-4\right)^2+\left(\frac{16}{3}-8\right)^2}=\frac{8\sqrt{3}}{3}.$$

La distance de H au plan (IGJ) est $\mathbf{\dfrac{8\sqrt{3}}{3}}$.

6 Triangle IGJ rectangle

$\overrightarrow{\text{IG}}\cdot\overrightarrow{\text{IJ}}=2\times(-2)+4\times0+(-2)\times(-2)=-4+0+4=0.$

Les vecteurs $\overrightarrow{\text{IG}}$ et $\overrightarrow{\text{IJ}}$ sont donc orthogonaux, donc les droites (IG) et (IJ) sont perpendiculaires en I. **Le triangle IGJ est donc rectangle en I.**

Astuce

On peut également utiliser la réciproque du théorème de Pythagore.

7 Volume du tétraèdre IJGH

Pour calculer le volume du tétraèdre IGJH, on choisit la base IGJ. La hauteur correspondante est donc la distance du sommet H au plan (IGJ), c'est-à-dire HL.

Comme $\text{IG}=\sqrt{2^2+4^2+(-2)^2}=2\sqrt{6}$ et $\text{IJ}=\sqrt{(-2)^2+0+2^2}=2\sqrt{2}$, l'aire du triangle IGJ est égale à $\mathcal{A}_{\text{IGJ}}=\dfrac{\text{IG}\times\text{IJ}}{2}=\dfrac{2\sqrt{6}\times2\sqrt{2}}{2}=4\sqrt{3}.$

Le volume du tétraèdre est donc : $\mathcal{V}_{IGJH} = \frac{1}{3} \times \mathcal{A}_{IGJ} \times HL = \frac{1}{3} \times 4\sqrt{3} \times \frac{8\sqrt{3}}{3} = \mathbf{\frac{32}{3}}$.

Exercice 4

énoncé p. 306

- **Affirmation 1 : Fausse**

f est dérivable sur $[0 ; +\infty[$ comme somme et composée de fonctions dérivables sur l'intervalle $[0 ; +\infty[$.

Pour tout t réel positif, on a :

$$f'(t) = -(-t+1)e^{-0,5t^2+t+2} = (t-1)e^{-0,5t^2+t+2}$$

La fonction exponentielle étant strictement positive sur $\mathbb{R}$, le signe de $f'(t)$ est le signe de $(t-1)$.

f est donc strictement décroissante sur l'intervalle $[0 ; 1]$ et strictement croissante sur l'intervalle $[1 ; +\infty[$.

La population n'augmente donc pas en permanence.

- **Affirmation 2 : Fausse**

$$-0,5t^2+t+2 = -0,5t^2\left(1+\frac{t}{-0,5t^2}+\frac{2}{-0,5t^2}\right) = -0,5t^2\left(1-\frac{1}{0,5t}-\frac{2}{0,5t^2}\right).$$

Or $\lim\limits_{t\to+\infty} -0,5t^2 = -\infty$ et $\lim\limits_{t\to+\infty} 1-\frac{1}{0,5t}-\frac{2}{0,5t^2} = 1$. Donc $\lim\limits_{t\to+\infty} -0,5t^2+t+2 = -\infty$.

Comme $\lim\limits_{T\to-\infty} e^T = 0$, on en déduit que $\lim\limits_{t\to+\infty} f(t) = e^3$.

Or $e^3 \approx 20,086$ et f est croissante sur $[1 ; +\infty[$ donc la population restera inférieure à 20,086 milliers de bactéries environ, soit 20 086 bactéries. La population ne dépassera donc jamais 21 000 bactéries.

> **Conseil**
> Attention aux unités indiquées dans l'énoncé !

- **Affirmation 3 : Vraie**

On cherche à déterminer le nombre de solutions de l'équation $f(t) = 10$.

Sur l'intervalle $[0 ; 1]$,

- f est continue car dérivable et strictement décroissante ;
- 10 est compris entre $f(0) \approx 12,696$ et $f(1) \approx 7,903$.

Ainsi, d'après la conséquence du théorème des valeurs intermédiaires, l'équation $f(t) = 10$ admet une unique solution sur l'intervalle $[0 ; 1]$.

Sur l'intervalle $[1 ; +\infty[$,

- f est continue car dérivable et strictement croissante ;
- 10 est compris entre $f(1) \approx 7,903$ et $\lim\limits_{t\to+\infty} f(t) = e^3$.

Ainsi, d'après la conséquence du théorème des valeurs intermédiaires, l'équation $f(t) = 10$ admet une unique solution sur l'intervalle $[1 ; +\infty[$.

Ainsi, l'équation $f(t) = 10$ admet deux solutions sur l'intervalle $[0 ; +\infty[$.

La population de bactéries aura un effectif de 10 000 à deux reprises au cours du temps.

SUJET COMPLET 3 France métropolitaine, mai 2022 20 pts 4 h

Le sujet propose 4 exercices.

Le candidat choisit 3 exercices parmi les 4 exercices ***et ne doit traiter que ces 3 exercices***.

Chaque exercice est noté sur **7 points (le total sera ramené sur 20 points)**.

› Notions

Exercice 1
- Fonction exponentielle
- Suites

Exercice 2
- Géométrie dans l'espace

Exercice 3
- Probabilités

Exercice 4
- Fonctions numériques

Exercice 1 7 pts 1 h 20

corrigés p. 318

Dans le cadre d'un essai clinique, on envisage deux protocoles de traitement d'une maladie. L'objectif de cet exercice est d'étudier, pour ces deux protocoles, l'évolution de la quantité de médicament présente dans le sang d'un patient en fonction du temps.

Les parties A et B sont indépendantes.

Partie A – Étude du premier protocole

Le premier protocole consiste à faire absorber un médicament, sous forme de comprimé, au patient. On modélise la quantité de médicament présente dans le sang du patient, exprimée en mg, par la fonction f définie sur l'intervalle $[0\ ;\ 10]$ par $f(t) = 3te^{-0,5t+1}$, où t désigne le temps, exprimé en heure, écoulé depuis la prise du comprimé.

1 a. On admet que la fonction f est dérivable sur l'intervalle $[0\ ;\ 10]$ et on note f' sa fonction dérivée. Montrer que, pour tout nombre réel t de $[0\ ;\ 10]$, on a :

$$f'(t) = 3(-0,5t + 1)e^{-0,5t+1}.$$

b. En déduire le tableau de variations de la fonction f sur l'intervalle $[0\ ;\ 10]$.

c. Selon cette modélisation, au bout de combien de temps la quantité de médicament présente dans le sang du patient sera-t-elle maximale ? Quelle est alors cette quantité maximale ?

2 a. Montrer que l'équation $f(t) = 5$ admet une unique solution sur l'intervalle $[0\ ;\ 2]$, notée α, dont on donnera une valeur approchée à 10^{-2} près.

b. On admet que l'équation $f(t) = 5$ admet une unique solution sur l'intervalle $[2 ; 10]$, notée β, et qu'une valeur approchée de β à 10^{-2} près est 3,46.

On considère que ce traitement est efficace lorsque la quantité de médicament présente dans le sang du patient est supérieure ou égale à 5 mg.

Déterminer, à la minute près, la durée d'efficacité du médicament dans le cas de ce protocole.

Partie B – Étude du deuxième protocole

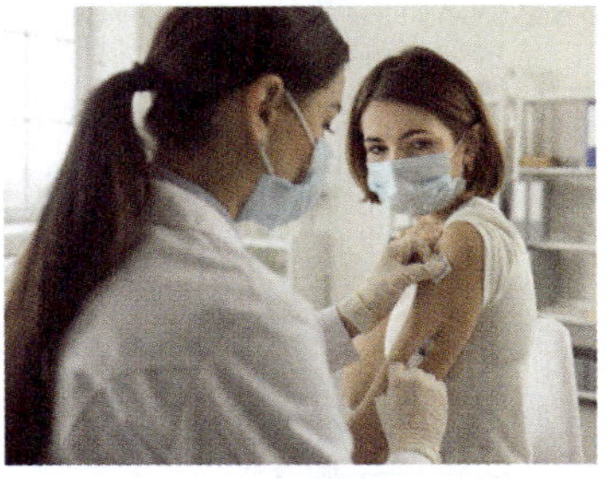

Le deuxième protocole consiste à injecter initialement au patient, par piqûre intraveineuse, une dose de 2 mg de médicament, puis à réinjecter toutes les heures une dose de 1,8 mg. On suppose que le médicament se diffuse instantanément dans le sang et qu'il est ensuite progressivement éliminé.

On estime que lorsqu'une heure s'est écoulée après une injection, la quantité de médicament dans le sang a diminué de 30 % par rapport à la quantité présente immédiatement après cette injection.

On modélise cette situation à l'aide de la suite (u_n) où, pour tout entier naturel n, u_n désigne la quantité de médicament, exprimée en mg, présente dans le sang du patient immédiatement après l'injection de la n-ième heure. On a donc $u_0 = 2$.

1 Calculer, selon cette modélisation, la quantité u_1 de médicament (en mg) présente dans le sang du patient immédiatement après l'injection de la première heure.

2 Justifier que, pour tout entier naturel n, on a : $u_{n+1} = 0{,}7u_n + 1{,}8$.

3 **a.** Montrer par récurrence que, pour tout entier naturel n, on a :

$$u_n \leqslant u_{n+1} < 6.$$

b. En déduire que la suite (u_n) est convergente. On note ℓ sa limite.

c. Déterminer la valeur de ℓ. Interpréter cette valeur dans le contexte de l'exercice.

4 On considère la suite (v_n) définie, pour tout entier naturel n, par $v_n = 6 - u_n$.

a. Montrer que la suite (v_n) est une suite géométrique de raison 0,7 dont on précisera le premier terme.

b. Déterminer l'expression de v_n en fonction de n, puis de u_n en fonction de n.

c. Avec ce protocole, on arrête les injections lorsque la quantité de médicament présente dans le sang du patient est supérieure ou égale à 5,5 mg.

Déterminer, en détaillant les calculs, le nombre d'injections réalisées en appliquant ce protocole.

Exercice 2 7 pts 1 h 15

corrigés p. 321

Dans l'espace rapporté à un repère orthonormé $\left(O\,;\vec{i},\vec{j},\vec{k}\right)$, on considère :

- le point A de coordonnées (– 1 ; 1 ; 3),
- la droite $\mathcal{D}$ dont une représentation paramétrique est : $\begin{cases} x = 1 + 2t \\ y = 2 - t \\ z = 2 + 2t \end{cases}, \ t \in \mathbb{R}$.

On admet que le point A n'appartient pas à la droite $\mathcal{D}$.

1 a. Donner les coordonnées d'un vecteur directeur $\vec{u}$ de la droite $\mathcal{D}$.

b. Montrer que le point B(– 1 ; 3 ; 0) appartient à la droite $\mathcal{D}$.

c. Calculer le produit scalaire $\overrightarrow{AB} \cdot \vec{u}$.

2 On note $\mathcal{P}$ le plan passant par le point A et orthogonal à la droite $\mathcal{D}$, et on appelle H le point d'intersection du plan $\mathcal{P}$ et de la droite $\mathcal{D}$. Ainsi, H est le projeté orthogonal de A sur la droite $\mathcal{D}$.

a. Montrer que le plan $\mathcal{P}$ admet pour équation cartésienne :

$$2x - y + 2z - 3 = 0.$$

b. En déduire que le point H a pour coordonnées :

$$\left(\frac{7}{9}\,;\,\frac{19}{9}\,;\,\frac{16}{9}\right).$$

c. Calculer la longueur AH. On donnera une valeur exacte.

3 Dans cette question, on se propose de retrouver les coordonnées du point H, projeté orthogonal du point A sur la droite $\mathcal{D}$, par une autre méthode.

On rappelle que le point B(– 1 ; 3 ; 0) appartient à la droite $\mathcal{D}$ et que le vecteur $\vec{u}$ est un vecteur directeur de la droite $\mathcal{D}$.

a. Justifier qu'il existe un nombre réel k tel que $\overrightarrow{HB} = k\vec{u}$.

b. Montrer que $k = \dfrac{\overrightarrow{AB} \cdot \vec{u}}{\|\vec{u}\|^2}$.

c. Calculer la valeur du nombre réel k et retrouver les coordonnées du point H.

4 On considère un point C appartenant au plan $\mathcal{P}$ tel que le volume du tétraèdre ABCH soit égal à $\dfrac{8}{9}$.

Calculer l'aire du triangle ACH.

On rappelle que le volume d'un tétraèdre est donné par :

$$\mathcal{V} = \frac{1}{3} \times \mathcal{B} \times h$$

où $\mathcal{B}$ désigne l'aire d'une base et h la hauteur relative à cette base.

Exercice 3 7 pts 1 h 10

corrigés p. 323

Le directeur d'une grande entreprise a proposé à l'ensemble de ses salariés un stage de formation à l'utilisation d'un nouveau logiciel.

Ce stage a été suivi par 25 % des salariés.

1 Dans cette entreprise, 52 % des salariés sont des femmes, parmi lesquelles 40 % ont suivi le stage.

On interroge au hasard un salarié de l'entreprise et on considère les événements :

- F : « le salarié interrogé est une femme » ;
- S : « le salarié interrogé a suivi le stage ».

$\overline{F}$ et $\overline{S}$ désignent respectivement les événements contraires des événements F et S.

a. Donner la probabilité de l'événement S.

b. Recopier et compléter les pointillés de l'arbre pondéré ci-contre sur les quatre branches indiquées.

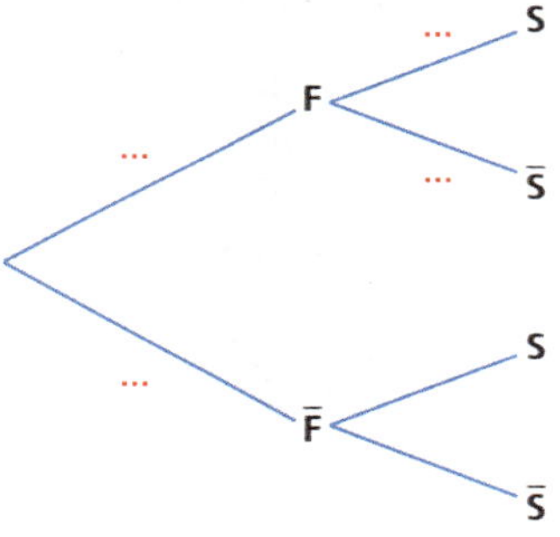

c. Démontrer que la probabilité que la personne interrogée soit une femme ayant suivi le stage est égale à 0,208.

d. On sait que la personne interrogée a suivi le stage. Quelle est la probabilité que ce soit une femme ?

e. Le directeur affirme que, parmi les hommes salariés de l'entreprise, moins de 10 % ont suivi le stage.

Justifier l'affirmation du directeur.

2 On note X la variable aléatoire qui, à un échantillon de 20 salariés de cette entreprise choisis au hasard, associe le nombre de salariés de cet échantillon ayant suivi le stage. On suppose que l'effectif des salariés de l'entreprise est suffisamment important pour assimiler ce choix à un tirage avec remise.

a. Déterminer, en justifiant, la loi de probabilité suivie par la variable aléatoire X.

b. Déterminer, à 10^{-3} près, la probabilité que 5 salariés dans un échantillon de 20 aient suivi le stage.

c. Le programme ci-contre, écrit en langage Python, utilise la fonction **binomiale** (***i*, *n*, *p***) créée pour l'occasion qui renvoie la valeur de la probabilité $P(X = i)$ dans le cas où la variable aléatoire X suit une loi binomiale de paramètres n et p.

```
def proba(k):
    P=0
    for i in range(0,k+1):
        P=P+binomiale(i,20,0.25)
    return P
```

Déterminer, à 10^{-3} près, la valeur renvoyée par ce programme lorsque l'on saisit proba(5) dans la console Python. Interpréter cette valeur dans le contexte de l'exercice.

d. Déterminer, à 10^{-3} près, la probabilité qu'au moins 6 salariés dans un échantillon de 20 aient suivi le stage.

3 *Cette question est indépendante des questions* **1** *et* **2**.

Pour inciter les salariés à suivre le stage, l'entreprise avait décidé d'augmenter les salaires des salariés ayant suivi le stage de 5 %, contre 2 % d'augmentation pour les salariés n'ayant pas suivi le stage.

Quel est le pourcentage moyen d'augmentation des salaires de cette entreprise dans ces conditions ?

Exercice 4 7 pts 1 h 15

corrigés p. 325

Cet exercice est un questionnaire à choix multiple.

Pour chaque question, une seule des quatre réponses proposées est exacte.

Aucune justification n'est demandée.

Une réponse fausse, une réponse multiple ou l'absence de réponse à une question ne rapporte ni n'enlève de point.

Les six questions sont indépendantes.

1 La courbe représentative de la fonction f définie sur $\mathbb{R}$ par $f(x)=\dfrac{-2x^2+3x-1}{x^2+1}$ admet pour asymptote la droite d'équation :

- ❑ **a.** $x=-2$
- ❑ **b.** $y=-1$
- ❑ **c.** $y=-2$
- ❑ **d.** $y=0$

2 Soit f la fonction définie sur $\mathbb{R}$ par $f(x)=xe^{x^2}$.

La primitive F de f sur $\mathbb{R}$ qui vérifie $F(0)=1$ est définie par :

- ❑ **a.** $F(x)=\dfrac{x^2}{2}e^{x^2}$
- ❑ **b.** $F(x)=\dfrac{1}{2}e^{x^2}$
- ❑ **c.** $F(x)=(1+2x^2)e^{x^2}$
- ❑ **d.** $F(x)=\dfrac{1}{2}e^{x^2}+\dfrac{1}{2}$

3 On donne ci-dessous la représentation graphique $\mathscr{C}_{f'}$ **de la fonction dérivée** f' d'une fonction f définie sur $\mathbb{R}$.

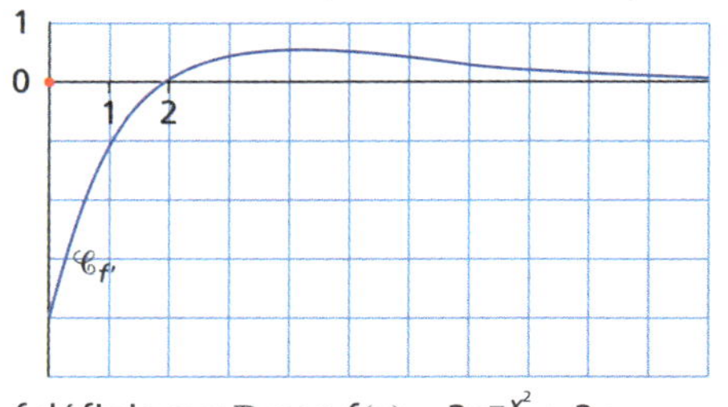

On peut affirmer que la fonction f est :

- ❑ **a.** concave sur $]0\,;+\infty[$
- ❑ **b.** convexe sur $]0\,;+\infty[$
- ❑ **c.** convexe sur $[0\,;2]$
- ❑ **d.** convexe sur $[2\,;+\infty[$

4 Parmi les primitives de la fonction f définie sur $\mathbb{R}$ par $f(x)=3e^{-x^2}+2$:

- ❑ **a.** toutes sont croissantes sur $\mathbb{R}$
- ❑ **b.** toutes sont décroissantes sur $\mathbb{R}$
- ❑ **c.** certaines sont croissantes sur $\mathbb{R}$ et d'autres décroissantes sur $\mathbb{R}$
- ❑ **d.** toutes sont croissantes sur $]-\infty\,;0]$ et décroissantes sur $[0\,;+\infty[$

5 La limite en $+\infty$ de la fonction f définie sur l'intervalle $]0\,;+\infty[$ par $f(x)=\dfrac{2\ln x}{3x^2+1}$ est égale à :

❑ **a.** $\dfrac{2}{3}$ ❑ **b.** $+\infty$ ❑ **c.** $-\infty$ ❑ **d.** 0.

6 L'équation $e^{2x}+e^x-12=0$ admet dans $\mathbb{R}$:

❑ **a.** trois solutions ❑ **b.** deux solutions

❑ **c.** une seule solution ❑ **d.** aucune solution

CORRIGÉ SUJET COMPLET 3

Exercice 1

énoncé p. 313

Partie A – Étude du premier protocole

f est définie sur l'intervalle [0 ; 10] par $f(t)=3te^{-0,5t+1}$.

1 a. Dérivée de *f*

f est dérivable sur l'intervalle [0 ; 10] comme produit et composée de fonctions dérivables.

On a $f=u\times v$ avec, pour tout réel t de l'intervalle [0 ; 10] :

$u(t)=3t$ d'où $u'(t)=3$.

$v(t)=e^{-0,5t+1}$ d'où $v'(t)=-0,5e^{-0,5t+1}$.

$f'(t)=3e^{-0,5t+1}+3t\left(-0,5e^{-0,5t+1}\right)$

$\mathbf{f'(t)=3e^{-0,5t+1}(1-0,5t)}$

Rappel
Pour toute fonction dérivable u, $(e^u)'=u'e^u$.

b. Tableau de variations de *f*

La fonction exponentielle étant strictement positive, le signe de $f'(t)$ est celui de $1-0,5t$.

Or $1-0,5t\geqslant 0 \Leftrightarrow -0,5t\geqslant -1 \Leftrightarrow t\leqslant \dfrac{-1}{-0,5} \Leftrightarrow t\leqslant 2$.

On en déduit le tableau de variations de f :

t	0		2		10
$1-0,5t$		+	0	−	
$f'(t)$		+	0	−	
Variations de f	0	↗	6	↘	$30e^{-4}$

avec $f(10)=30e^{-4}\approx 0,55$.

c. Quantité maximale de médicament dans le sang

La quantité de médicament présente dans le sang est maximale **au bout de 2 heures**.

Cette quantité maximale est égale à **6 mg**.

2 a. Unique solution de $f(t) = 5$ sur [0 ; 2]

- f est continue car dérivable sur l'intervalle [0 ; 2].
- f est strictement croissante sur l'intervalle [0 ; 2].
- 5 est compris entre $f(0)$ et $f(2)$.

Ainsi, d'après la conséquence du théorème des valeurs intermédiaires, l'équation $f(t) = 5$ admet une **unique solution α sur l'intervalle [0 ; 2]**.

Une valeur approchée de α à 10^{-2} est **1,02**.

Méthode

Utiliser les résultats obtenus aux questions précédentes et en déduire une interprétation concrète.

b. Durée d'efficacité du médicament

D'après le tableau de variations de f, le traitement est efficace lorsque t est compris entre α et β.

Le traitement est donc efficace durant $\beta - \alpha \approx 2{,}44$ h, soit environ 2 heures et 26 minutes ($0{,}44 \times 60 \approx 26$).

Partie B – Étude du deuxième protocole

1 Quantité u_1 de médicament

$$u_1 = 2 \times \left(1 - \frac{30}{100}\right) + 1{,}8 = 2 \times 0{,}7 + 1{,}8 = 3{,}2.$$

Immédiatement après l'injection de la première heure, il y a **3,2 mg de médicament** dans le sang.

2 Justification de $u_{n+1} = 0{,}7u_n + 1{,}8$

D'une injection à la suivante, la quantité u_n de médicament dans le sang diminue de 30 % par rapport à celle présente immédiatement après cette injection. De plus, on réinjecte toutes les heures une dose de 1,8 mg.

Ainsi, pour tout entier naturel n, on a :

$$u_{n+1} = u_n \times \left(1 - \frac{30}{100}\right) + 1{,}8$$

soit :

$$u_{n+1} = 0{,}7u_n + 1{,}8.$$

3 a. Démonstration par récurrence de $u_n \leqslant u_{n+1} < 6$

Démontrons par récurrence que pour tout entier naturel n, $u_n \leqslant u_{n+1} < 6$.

Pour tout entier naturel n, on note P(n) la propriété : « $u_n \leqslant u_{n+1} < 6$ ».

- **Initialisation :**

$u_0 = 2$ et $u_1 = 3{,}2$ donc $u_0 \leqslant u_1 < 6$.

La propriété P(0) est donc vraie.

• **Hérédité :**

On suppose que pour un entier naturel k, la propriété P(k) est vraie, c'est-à-dire que $u_n \leqslant u_{n+1} < 6$ (hypothèse de récurrence).

Démontrons alors que la propriété P(k +1) est vraie, c'est-à-dire que $u_{k+1} \leqslant u_{k+2} < 6$.

Or, d'après l'hypothèse de récurrence, $u_k \leqslant u_{k+1} < 6$.

Donc $0{,}3u_k \leqslant 0{,}3u_{k+1} < 1{,}6$ car $0{,}3 > 0$.

On a alors $0{,}3u_k + 1{,}8 \leqslant 0{,}3u_{k+1} + 1{,}8 \leqslant 3{,}4 < 6$, soit $u_{k+1} \leqslant u_{k+2} < 6$.

La propriété P(k + 1) est donc vraie.

• **Conclusion :**

Pour tout entier naturel n, la propriété P(n) est vraie, c'est-à-dire, pour tout entier naturel n, $\boldsymbol{u_n \leqslant u_{n+1} < 6}$.

b. Convergence de u_n

Pour tout entier naturel n, $u_n \leqslant u_{n+1} < 6$. Ainsi, la suite (u_n) est croissante et majorée par 6, donc **elle converge vers un nombre réel ℓ.**

c. Valeur de ℓ et interprétation

Pour tout entier naturel n, $u_{n+1} = 0{,}7u_n + 1{,}8$.

Or $\lim\limits_{n \to +\infty} u_{n+1} = \ell$ et $\lim\limits_{n \to +\infty} 0{,}7u_n + 1{,}8 = 0{,}7\ell + 1{,}8$ donc par unicité de la limite, on obtient $\ell = 0{,}7\ell + 1{,}8$ soit $0{,}3\ell = 1{,}8$ et $\ell = \dfrac{1{,}8}{0{,}3} = 6$.

Cela signifie, qu'à long terme, **la quantité de médicament dans le sang sera de 6 mg.**

4 a. Suite v_n géométrique

Pour tout entier naturel n,

$$v_{n+1} = 6 - u_{n+1}$$
$$v_{n+1} = 6 - 0{,}7u_n - 1{,}8$$
$$v_{n+1} = -0{,}7u_n + 4{,}2$$
$$v_{n+1} = -0{,}7\left(u_n + \frac{4{,}2}{-0{,}7}\right)$$
$$v_{n+1} = -0{,}7(u_n - 6)$$
$$v_{n+1} = 0{,}7(6 - u_n)$$
$$v_{n+1} = 0{,}7v_n.$$

Méthode

Pour prouver que la suite (v_n) est géométrique, on prouve que pour tout entier naturel n, il existe un nombre réel q tel que : $v_{n+1} = qv_n$.

Ainsi, **la suite (v_n) est géométrique de raison 0,7 et de premier terme $v_0 = 6 - u_0 = 6 - 2 = 4$.**

b. Expressions de v_n et u_n en fonction de n

La suite (v_n) est géométrique, donc pour tout entier naturel n, $v_n = v_0 \times q^n$, soit $v_n = 4 \times 0{,}7^n$.

Or pour tout entier naturel n, $v_n = 6 - u_n$ donc $\boldsymbol{u_n = 6 - v_n = 6 - 4 \times 0{,}7^n}$.

c. Nombre d'injections réalisées

On cherche à résoudre l'inéquation $u_n \geqslant 5{,}5$.

$$u_n \geqslant 5{,}5 \Leftrightarrow 6 - 4 \times 0{,}7^n \geqslant 5{,}5$$
$$\Leftrightarrow -4 \times 0{,}7^n \geqslant -0{,}5$$
$$\Leftrightarrow 0{,}7^n \leqslant \frac{-0{,}5}{-4}$$

Le sens de l'inégalité change car $-4 < 0$.

$$\Leftrightarrow \ln(0{,}7^n) \leqslant \ln(0{,}125)$$

Car les deux membres sont strictement positifs et la fonction ln est strictement croissante sur $]0\,;+\infty[$.

$$\Leftrightarrow n\ln(0{,}7) \leqslant \ln(0{,}125)$$
$$\Leftrightarrow n \geqslant \frac{\ln(0{,}125)}{\ln(0{,}7)}$$

Le sens de l'inégalité change car $\ln(0{,}7) < 0$.

Or $\dfrac{\ln(0{,}125)}{\ln(0{,}7)} \approx 5{,}8$.

On en déduit qu'après l'injection de la 6e heure, la quantité de médicament présente dans le sang est supérieure ou égale à 5,5 mg.

Ce protocole nécessite donc 7 injections (puisque la première injection se fait au rang 0).

Exercice 2

énoncé p. 315

1 a. Coordonnées d'un vecteur directeur de $\mathscr{D}$

Le vecteur $\vec{u}(2\,;-1\,;2)$ est un vecteur directeur de la droite $\mathscr{D}$.

b. Appartenance de B à $\mathscr{D}$

Dire que le point B appartient à la droite $\mathscr{D}$ équivaut à dire qu'il existe un nombre réel t tel que $\begin{cases} -1 = 1 + 2t \\ 3 = 2 - t \\ 0 = 2 + 2t \end{cases}$ c'est-à-dire $\begin{cases} t = -1 \\ t = -1 \\ t = -1 \end{cases}$.

Donc **le point B appartient à la droite $\mathscr{D}$**.

c. Produit scalaire $\overrightarrow{AB} \cdot \vec{u}$

$\overrightarrow{AB}(-1-(-1)\,;3-1\,;0-3)$ soit $\overrightarrow{AB}(0\,;2\,;-3)$ et $\vec{u}(2\,;-1\,;2)$.

Ainsi, $\overrightarrow{AB} \cdot \vec{u} = 0 \times 2 + 2 \times (-1) + (-3) \times 2 = \mathbf{-8}$.

Rappel

Pour tous vecteurs $\vec{u}(x\,;y\,;z)$ et $\vec{v}(x'\,;y'\,;z')$, $\vec{u} \cdot \vec{v} = xx' + yy' + zz'$.

2 a. Équation cartésienne de $\mathscr{P}$

Le vecteur $\vec{u}$ est un vecteur normal du plan $\mathscr{P}$.

Une équation cartésienne de $\mathscr{P}$ est donc de la forme $2x - y + 2z + d = 0$.

De plus, le point A$(-1\,;1\,;3)$ appartient au plan $\mathscr{P}$ donc :
$2 \times (-1) - 1 + 2 \times 3 + d = 0$ soit $-2 - 1 + 6 + d = 0$ et $d = -3$.

Ainsi, le plan $\mathscr{P}$ admet pour équation cartésienne $\mathbf{2x - y + 2z - 3 = 0}$.

b. Coordonnées du point H

Le point H est le point d'intersection du plan $\mathcal{P}$ et de la droite $\mathcal{D}$.

Pour déterminer les coordonnées du point H, on résout le système suivant :

$$(S)\begin{cases} x = 1+2t \\ y = 2-t \\ z = 2+2t \\ 2x - y + 2z - 3 = 0 \end{cases}$$

Le système (S) équivaut à $\begin{cases} x = 1+2t \\ y = 2-t \\ z = 2+2t \\ 2(1+2t)-(2-t)+2(2+2t)-3=0 \end{cases}$

soit $\begin{cases} x = 1+2t \\ y = 2-t \\ z = 2+2t \\ 2+4t-2+t+4+4t-3=0 \end{cases}$ c'est-à-dire $\begin{cases} x = 1+2\times\frac{-1}{9} = \frac{7}{9} \\ y = 2-\frac{-1}{9} = \frac{19}{9} \\ z = 2+2\times\frac{-1}{9} = \frac{16}{9} \\ t = \frac{-1}{9} \end{cases}$.

Ainsi, **les coordonnées du point H sont** $\left(\frac{7}{9}\ ;\ \frac{19}{9}\ ;\ \frac{16}{9}\right)$.

c. Calcul de la longueur AH

$$AH = \sqrt{\left(\frac{7}{9}-(-1)\right)^2 + \left(\frac{19}{9}-1\right)^2 + \left(\frac{16}{9}-3\right)^2} = \sqrt{\frac{53}{9}} = \frac{\sqrt{53}}{3}.$$

3 a. Justification de l'existence d'un réel k tel que $\overrightarrow{HB} = k\vec{u}$

Les points B et H sont deux points de la droite $\mathcal{D}$ de vecteur directeur $\vec{u}$.

Les vecteurs $\overrightarrow{HB}$ et $\vec{u}$ sont donc colinéaires.

Ainsi, **il existe un nombre réel k tel que $\overrightarrow{HB} = k\vec{u}$.**

> **Méthode**
> Penser à utiliser la relation de Chasles à l'envers.

b. Démonstration de $k = \dfrac{\overrightarrow{AB}\cdot\vec{u}}{\|\vec{u}\|^2}$

$\overrightarrow{AB}\cdot\vec{u} = (\overrightarrow{AH}+\overrightarrow{HB})\cdot\vec{u} = \overrightarrow{AH}\cdot\vec{u} + \overrightarrow{HB}\cdot\vec{u}$.

Or, d'une part, les vecteurs $\overrightarrow{AH}$ et $\vec{u}$ sont orthogonaux donc leur produit scalaire est nul, et d'autre part, $\overrightarrow{HB} = k\vec{u}$.

Ainsi, $\overrightarrow{AB}\cdot\vec{u} = 0 + k\vec{u}\cdot\vec{u}$ soit $\overrightarrow{AB}\cdot\vec{u} = k\|\vec{u}\|^2$, d'où :

$$\boldsymbol{k = \frac{\overrightarrow{AB}\cdot\vec{u}}{\|\vec{u}\|^2}}.$$

c. Valeur de k et coordonnées de H

$\|\vec{u}\|^2 = 2^2 + (-1)^2 + 3^2 = 9$ et on a vu précédemment que $\overrightarrow{AB} \cdot \vec{u} = -8$, on en déduit que $\boldsymbol{k = \frac{-8}{9}}$.

Or $\overrightarrow{HB} = k\vec{u}$, donc les coordonnées $(x\,;y\,;z)$ du point H vérifient le système :

$$\begin{cases} -1-x = \frac{-8}{9}\times 2 \\ 3-y = \frac{-8}{9}\times(-1) \\ 0-z = \frac{-8}{9}\times 2 \end{cases} \text{ c'est-à-dire } \begin{cases} -x = 1-\frac{16}{9} \\ -y = -3+\frac{8}{9} \\ -z = -\frac{16}{9} \end{cases} \text{ soit } \begin{cases} x = \frac{7}{9} \\ y = \frac{19}{9} \\ z = \frac{16}{9} \end{cases}.$$

Ainsi, **les coordonnées du point H sont** $\boldsymbol{\left(\frac{7}{9}\,;\,\frac{19}{9}\,;\,\frac{16}{9}\right)}$.

4 Aire du triangle ACH

Les points A, C et H appartiennent au plan $\mathscr{P}$ et la droite (BH) est orthogonale au plan $\mathscr{P}$. Le tétraèdre ABCH admet donc pour base ACH et pour hauteur BH.

Conseil

Commencer par déterminer la base et la hauteur du tétraèdre ABCH.

De plus, $\mathrm{BH} = \sqrt{\left(\frac{7}{9}-(-1)\right)^2 + \left(\frac{19}{9}-3\right)^2 + \left(\frac{16}{9}-0\right)^2} = \sqrt{\frac{64}{9}} = \frac{8}{3}$.

Ainsi, $\mathscr{V}_{\mathrm{ABCH}} = \frac{1}{3}\times\mathscr{A}_{\mathrm{ACH}}\times\mathrm{BH}$, soit $\frac{8}{9} = \frac{1}{3}\times\mathscr{A}_{\mathrm{ACH}}\times\frac{8}{3}$.

On en déduit que $\boldsymbol{\mathscr{A}_{\mathrm{ACH}} = 1}$.

Exercice 3

énoncé p. 316

1 a. Probabilité de S

D'après l'énoncé, **P(S) = 0,25**.

b. Arbre pondéré

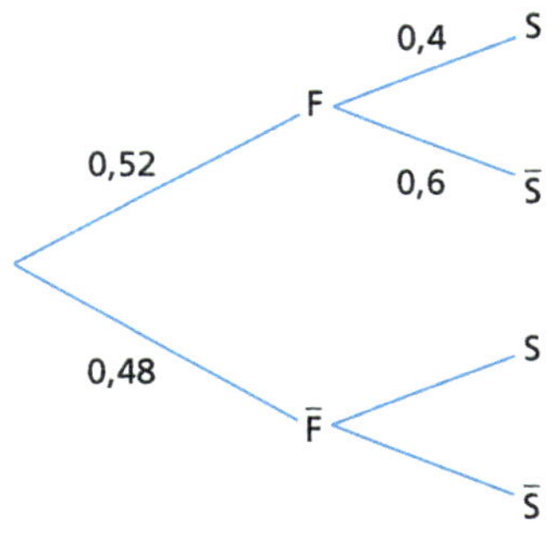

c. Probabilité que la personne interrogée soit une femme ayant suivi le stage

$P(F \cap S) = P_F(S) \times P(F) = 0,4 \times 0,52 = 0,208.$

La probabilité que la personne interrogée soit une femme ayant suivi le stage est bien égale à **0,208**.

d. Probabilité qu'une personne interrogée ayant suivi le stage soit une femme

$$P_S(F) = \frac{P(F \cap S)}{P(S)} = \frac{0,208}{0,25} = 0,832.$$

La probabilité que la personne interrogée soit une femme sachant qu'elle a suivi le stage est donc égale à **0,832**.

e. Justification de l'affirmation du directeur

D'après la formule des probabilités totales, $P(S) = P(S \cap F) + P(S \cap \bar{F})$.

Ainsi, $0,25 = 0,208 + P(S \cap \bar{F})$ et $P(S \cap \bar{F}) = 0,042$.

$$P_{\bar{F}}(S) = \frac{P(\bar{F} \cap S)}{P(\bar{F})} = \frac{0,042}{0,48} = 0,0875.$$

On en déduit que parmi les hommes salariés de l'entreprise, 8,75 % soit **moins de 10 % ont suivi le stage.**

2 a. Loi de probabilité suivie par *X*

On répète 20 fois de manière identique et indépendante l'épreuve de Bernoulli qui consiste à savoir si le salarié a suivi le stage ou non.

Le succès de cette épreuve est S : « Le salarié interrogé a suivi le stage » et $P(S) = 0,25$.

La variable aléatoire X qui compte le nombre de salariés ayant suivi le stage suit donc la **loi binomiale de paramètres $n = 20$ et $p = 0,25$.**

b. Probabilité que 5 salariés dans un échantillon de 20 aient suivi le stage

$$P(X = 5) = \binom{20}{5} 0,25^5 (1 - 0,25)^{20-5} \approx 0,202.$$

La probabilité que 5 salariés dans un échantillon de 20 aient suivi le stage est d'environ **0,202**.

c. Valeur renvoyée par le programme quand on saisit proba(5)

Lorsque l'on saisit proba(5) dans la console Python, la valeur renvoyée est celle correspondant à $P(X \leqslant 5) \approx 0,617$.

Ainsi, la probabilité qu'au plus 5 salariés dans un échantillon de 20 aient suivi le stage est d'environ **0,617**.

d. Probabilité qu'au moins 6 salariés dans un échantillon de 20 aient suivi le stage

$P(X \geqslant 6) = 1 - P(X \leqslant 5) \approx 0,383.$

Ainsi, la probabilité qu'au moins 6 salariés dans un échantillon de 20 aient suivi le stage est d'environ **0,383**.

Méthode
Penser à utiliser l'événement contraire.

3 Pourcentage moyen d'augmentation des salaires

On augmente de 5 % le salaire de 25 % des salariés et on augmente de 2 % le salaire de 75 % des salariés.

Or $0{,}05 \times 0{,}25 + 0{,}02 \times 0{,}75 = 0{,}0275$.

Le pourcentage moyen d'augmentation des salaires de cette entreprise est donc de **2,75 %**.

Exercice 4

énoncé p. 317

1 Réponse c.

Pour tout nombre réel x non nul, on a :

$$f(x) = \frac{-2x^2\left(1-\frac{3}{2x}+\frac{1}{2x^2}\right)}{x^2\left(1+\frac{1}{x^2}\right)} = \frac{-2\left(1-\frac{3}{2x}+\frac{1}{2x^2}\right)}{1+\frac{1}{x^2}}.$$

Conseil

Penser à factoriser le numérateur et le dénominateur par leur terme de plus haut degré de façon à lever l'indétermination.

Or, d'après les règles opératoires, $\lim\limits_{x\to+\infty}\left(1-\frac{3}{2x}+\frac{1}{2x^2}\right)=1$ et $\lim\limits_{x\to+\infty}\left(1+\frac{1}{x^2}\right)=1$, donc $\lim\limits_{x\to+\infty} f(x) = -2$. On en déduit que la droite d'équation $y=-2$ est asymptote à la courbe représentative de la fonction f.

2 Réponse d.

$F(0) = 1$, on élimine donc les réponses **a.** et **b.**

Dans la réponse **d.**, $F(x) = \frac{1}{2}e^{x^2} + \frac{1}{2}$.

On a bien $F(0) = 1$ et pour tout nombre réel x, $F'(x) = \frac{1}{2} \times 2xe^{x^2} = f(x)$.

3 Réponse c.

D'après sa représentation graphique, la fonction f' est croissante sur l'intervalle $[0\ ;\ 2]$, la fonction f est donc convexe sur cet intervalle.

4 Réponse a.

Toute primitive F de f sur $\mathbb{R}$ vérifie $F'(x) = f(x)$ pour tout nombre réel x.

Or une exponentielle est strictement positive, donc pour tout nombre réel x, $f(x) > 0$.

Ainsi, pour tout nombre réel x, $F'(x) > 0$ et donc toutes les primitives F de f sont croissantes sur $\mathbb{R}$.

5 Réponse d.

Pour tout nombre réel $x > 1$, $f(x) = \dfrac{2\ln(x)}{\ln(x)\left(3\frac{x^2}{\ln(x)}+\frac{1}{\ln(x)}\right)} = \dfrac{2}{3\frac{x^2}{\ln(x)}+\frac{1}{\ln(x)}}$.

Or $\lim\limits_{x\to+\infty}\dfrac{x^2}{\ln(x)}=\lim\limits_{x\to+\infty}\dfrac{1}{\dfrac{\ln(x)}{x^2}}=+\infty$ (par croissance comparée) et $\lim\limits_{x\to+\infty}\dfrac{1}{\ln(x)}=0$,

donc $\lim\limits_{x\to+\infty}\left(3\dfrac{x^2}{\ln(x)}+\dfrac{1}{\ln(x)}\right)=+\infty$.

Ainsi, $\lim\limits_{x\to+\infty}f(x)=0$.

6 Réponse c.

On pose $X=e^x$.

L'équation $e^{2x}+e^x-12=0$ équivaut à :

$$X^2+X-12=0.$$

$\Delta=1^2-4\times1\times12=49>0$.

L'équation $X^2+X-12=0$ admet donc deux solutions : $X_1=\dfrac{-1-\sqrt{49}}{2\times1}=-4$ et $X_2=\dfrac{-1+\sqrt{49}}{2\times1}=3$.

Or l'équation $e^x=-4$ n'admet aucune solution, et l'équation $e^x=3$ admet comme solution $x=\ln(3)$.

L'équation $e^{2x}+e^x-12=0$ admet donc comme seule solution $x=\ln(3)$.

L'astuce du prof

Penser à effectuer le changement de variable $X=e^x$.

SUJET COMPLET 4 France métropolitaine, mai 2022 20 pts 4 h

Le sujet propose 4 exercices.

Le candidat choisit 3 exercices parmi les 4 exercices ***et ne doit traiter que ces 3 exercices***.

Chaque exercice est noté sur **7 points (le total sera ramené sur 20 points).**

› Notions

Exercice 1

- Probabilités

Exercice 2

- Lectures graphiques
- Suites

Exercice 3

- Géométrie dans l'espace

Exercice 4

- Fonction polynôme
- Fonction exponentielle

Exercice 1 7 pts 1 h

corrigés p. 334

Le coyote est un animal sauvage proche du loup, qui vit en Amérique du Nord.

Dans l'État d'Oklahoma, aux États-Unis, 70 % des coyotes sont touchés par une maladie appelée ehrlichiose.

Il existe un test aidant à la détection de cette maladie. Lorsque ce test est appliqué à un coyote, son résultat est soit positif, soit négatif, et on sait que :

- si le coyote est malade, le test est positif dans 97 % des cas ;
- si le coyote n'est pas malade, le test est négatif dans 95 % des cas.

Partie A

Des vétérinaires capturent un coyote d'Oklahoma au hasard et lui font subir un test pour l'ehrlichiose. On considère les événements suivants :

- M : « le coyote est malade » ;
- T : « le test du coyote est positif ».

On note $\overline{M}$ et $\overline{T}$ respectivement les événements contraires de M et T.

1 Recopier et compléter l'arbre pondéré ci-dessous qui modélise la situation.

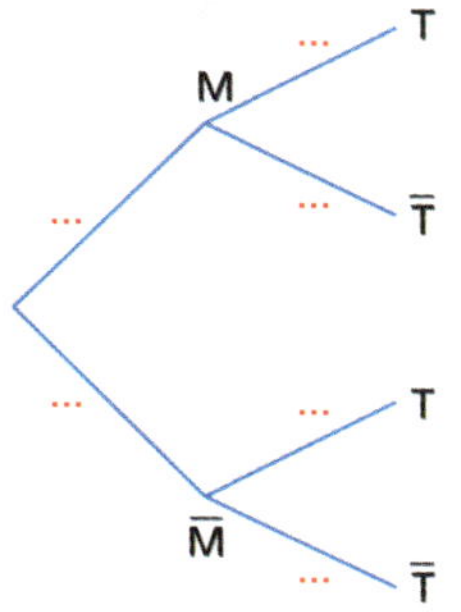

2 Déterminer la probabilité que le coyote soit malade et que son test soit positif.

3 Démontrer que la probabilité de T est égale à 0,694.

4 On appelle « valeur prédictive positive du test » la probabilité que le coyote soit effectivement malade sachant que son test est positif.

Calculer la valeur prédictive positive du test. On arrondira le résultat au millième.

5 **a.** Par analogie avec la question précédente, proposer une définition de la « valeur prédictive négative du test », et calculer cette valeur en arrondissant au millième.

b. Comparer les valeurs prédictives positive et négative du test, et interpréter.

Partie B

On rappelle que la probabilité qu'un coyote capturé au hasard présente un test positif est de 0,694.

1 Lorsqu'on capture au hasard cinq coyotes, on assimile ce choix à un tirage avec remise.

On note X la variable aléatoire qui, à un échantillon de cinq coyotes capturés au hasard, associe le nombre de coyotes dans cet échantillon ayant un test positif.

a. Quelle est la loi de probabilité suivie par X ? Justifier et préciser ses paramètres.

b. Calculer la probabilité que, dans un échantillon de cinq coyotes capturés au hasard, un seul ait un test positif. On arrondira le résultat au centième.

c. Un vétérinaire affirme qu'il y a plus d'une chance sur deux qu'au moins quatre coyotes sur cinq aient un test positif : cette affirmation est-elle vraie ? Justifier la réponse.

2 Pour tester des médicaments, les vétérinaires ont besoin de disposer d'un coyote présentant un test positif. Combien doivent-ils capturer de coyotes pour que la probabilité qu'au moins l'un d'entre eux présente un test positif soit supérieure à 0,99 ?

Exercice 2 7 pts 1 h

corrigés p. 336

Cet exercice est un questionnaire à choix multiples. Pour chacune des questions suivantes, une seule des quatre réponses proposées est exacte. Une réponse fausse, une réponse multiple ou l'absence de réponse à une question ne rapporte ni n'enlève de point.

Aucune justification n'est demandée.

Pour les questions **1** à **3** ci-dessous, on considère une fonction f définie et deux fois dérivable sur $\mathbb{R}$.

La courbe de sa fonction dérivée f' est donnée ci-dessous.

On admet que f' admet un maximum en $-\frac{3}{2}$ et que sa courbe coupe l'axe des abscisses au point de coordonnées $\left(-\frac{1}{2}\ ;\ 0\right)$.

On rappelle que **la courbe ci-dessous représente la fonction dérivée f' de f.**

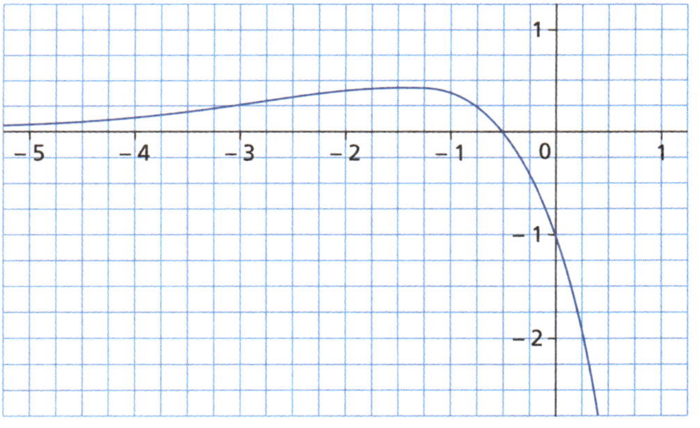

1 ❑ **a.** La fonction f admet un maximum en $-\frac{3}{2}$.

❑ **b.** La fonction f admet un maximum en $-\frac{1}{2}$.

❑ **c.** La fonction f admet un minimum en $-\frac{1}{2}$.

❑ **d.** Au point d'abscisse -1, la courbe de la fonction f admet une tangente horizontale.

2 ❑ **a.** La fonction f est convexe sur $\left]-\infty\ ;\ -\frac{3}{2}\right[$.

❑ **b.** La fonction f est convexe sur $\left]-\infty\ ;\ -\frac{1}{2}\right[$.

☐ **c.** La courbe $\mathscr{C}_f$ représentant la fonction f n'admet pas de point d'inflexion.

☐ **d.** La fonction f est concave sur $\left]-\infty\ ;\ -\frac{1}{2}\right[$.

3 La dérivée seconde f'' de la fonction f vérifie :

☐ **a.** $f''(x) \geqslant 0$ pour $x \in \left]-\infty\ ;\ \frac{-1}{2}\right[$.

☐ **b.** $f''(x) \geqslant 0$ pour $x \in [-2\ ;\ -1]$.

☐ **c.** $f''\left(\frac{-3}{2}\right) = 0$.

☐ **d.** $f''(-3) = 0$.

4 On considère trois suites (u_n), (v_n) et (w_n).

On sait que, pour tout entier naturel n, on a : $u_n \leqslant v_n \leqslant w_n$ et de plus $\lim\limits_{n \to +\infty} u_n = 1$ et $\lim\limits_{n \to +\infty} w_n = 3$.

On peut alors affirmer que :

☐ **a.** la suite (v_n) converge.

☐ **b.** si la suite (u_n) est croissante, alors la suite (v_n) est minorée par u_0.

☐ **c.** $1 \leqslant v_0 \leqslant 3$.

☐ **d.** la suite (v_n) diverge.

5 On considère une suite (u_n) telle que, pour tout entier naturel n non nul : $u_n \leqslant u_{n+1} \leqslant \frac{1}{n}$.

On peut alors affirmer que :

☐ **a.** la suite (u_n) diverge.

☐ **b.** la suite (u_n) converge.

☐ **c.** $\lim\limits_{n \to +\infty} u_n = 0$.

☐ **d.** $\lim\limits_{n \to +\infty} u_n = 1$.

6 On considère (u_n) une suite réelle telle que pour tout entier naturel n, on a : $n < u_n < n + 1$. On peut affirmer que :

☐ **a.** il existe un entier naturel N tel que u_N est un entier.

☐ **b.** la suite (u_n) est croissante.

☐ **c.** la suite (u_n) est convergente.

☐ **d.** la suite (u_n) n'a pas de limite.

Exercice 3 7 pts 1 h 30

corrigés p. 337

On considère un cube ABCDEFGH et on appelle K le milieu du segment [BC].

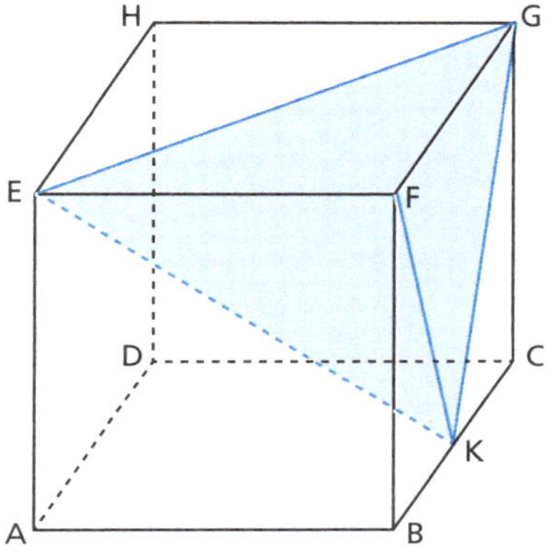

On se place dans le repère $\left(A ; \overrightarrow{AB}, \overrightarrow{AD}, \overrightarrow{AE}\right)$ et on considère le tétraèdre EFGK.

On rappelle que le volume d'un tétraèdre est donné par :

$$\mathcal{V} = \frac{1}{3} \times \mathcal{B} \times h$$

où $\mathcal{B}$ désigne l'aire d'une base et h la hauteur relative à cette base.

1 Préciser les coordonnées des points E, F, G et K.

2 Montrer que le vecteur $\vec{n}\begin{pmatrix} 2 \\ -2 \\ 1 \end{pmatrix}$ est orthogonal au plan (EGK).

3 Démontrer que le plan (EGK) admet pour équation cartésienne : $2x - 2y + z - 1 = 0$.

4 Déterminer une représentation paramétrique de la droite (d) orthogonale au plan (EGK) passant par F.

5 Montrer que le projeté orthogonal L de F sur le plan (EGK) a pour coordonnées $\left(\frac{5}{9} ; \frac{4}{9} ; \frac{7}{9}\right)$.

6 Justifier que la longueur LF est égale à $\frac{2}{3}$.

7 Calculer l'aire du triangle EFG. En déduire que le volume du tétraèdre EFGK est égal à $\frac{1}{6}$.

8 Déduire des questions précédentes l'aire du triangle EGK.

9 On considère les points P milieu du segment [EG], M milieu du segment [EK] et N milieu du segment [GK]. Déterminer le volume du tétraèdre FPMN.

Exercice 4 7 pts 1 h 30

corrigés p. 339

Partie A – Étude de deux fonctions

On considère les deux fonctions f et g définies sur l'intervalle $[0\,;+\infty[$ par :

$$f(x) = 0{,}06(-x^2 + 13{,}7x) \quad \text{et} \quad g(x) = (-0{,}15x + 2{,}2)\mathrm{e}^{0{,}2x} - 2{,}2.$$

On admet que les fonctions f et g sont dérivables et on note f' et g' leurs fonctions dérivées respectives.

1 On donne le tableau de variations complet de la fonction f sur l'intervalle $[0\,;+\infty[$.

x	0	6,85	$+\infty$
$f(x)$	0 ↗	$f(6{,}85)$	↘ $-\infty$

a. Justifier la limite de f en $+\infty$.

b. Justifier les variations de la fonction f.

c. Résoudre l'équation $f(x) = 0$.

2 **a.** Déterminer la limite de g en $+\infty$.

b. Démontrer que, pour tout réel x appartenant à $[0\,;+\infty[$, on a : $g'(x) = (-0{,}03x + 0{,}29)\mathrm{e}^{0{,}2x}$.

c. Étudier les variations de la fonction g et dresser son tableau de variations sur $[0\,;+\infty[$. Préciser une valeur approchée à 10^{-2} près du maximum de g.

d. Montrer que l'équation $g(x) = 0$ admet une unique solution non nulle et déterminer, à 10^{-2} près, une valeur approchée de cette solution.

Partie B – Trajectoires d'une balle de golf

Pour frapper la balle, un joueur de golf utilise un instrument appelé « club » de golf.

On souhaite exploiter les fonctions f et g étudiées en **Partie A** pour modéliser de deux façons différentes la trajectoire d'une balle de golf. On suppose que le terrain est parfaitement plat.

On admettra ici que 13,7 est la valeur qui annule la fonction f et une approximation de la valeur qui annule la fonction g.

On donne ci-dessous les représentations graphiques de f et g sur l'intervalle $[0\,;13{,}7]$.

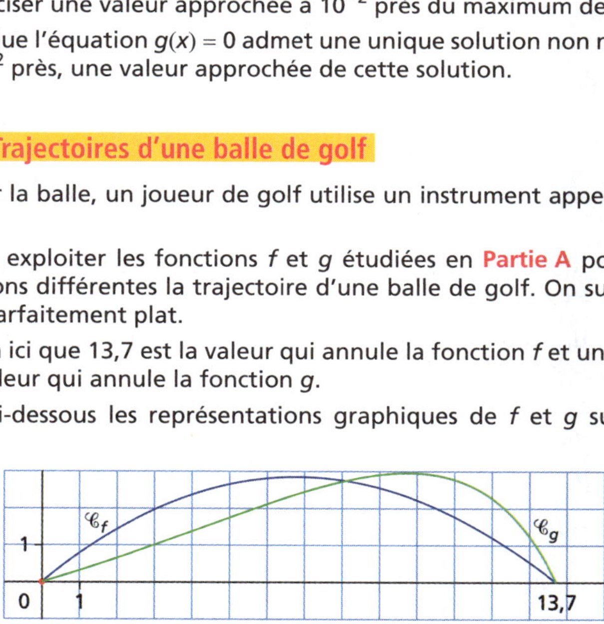

Pour x représentant la distance horizontale parcourue par la balle en dizaine de yards après la frappe (avec $0 \leqslant x \leqslant 13{,}7$), $f(x)$ (ou $g(x)$ selon le modèle) représente la hauteur correspondante de la balle par rapport au sol, en dizaine de yards (1 yard correspond à environ 0,914 mètre).

On appelle « angle de décollage » de la balle, l'angle entre l'axe des abscisses et la tangente à la courbe ($\mathscr{C}_f$ ou $\mathscr{C}_g$ selon le modèle) en son point d'abscisse 0.

Une mesure de l'angle de décollage de la balle est un nombre réel d tel que $\tan(d)$ est égal au coefficient directeur de cette tangente.

De même, on appelle « angle d'atterrissage » de la balle, l'angle entre l'axe des abscisses et la tangente à la courbe ($\mathscr{C}_f$ ou $\mathscr{C}_g$ selon le modèle) en son point d'abscisse 13,7.

Une mesure de l'angle d'atterrissage de la balle est un nombre réel a tel que $\tan(a)$ est égal à l'opposé du coefficient directeur de cette tangente.

Tous les angles sont mesurés en degré.

Le schéma illustre les angles de décollage et d'atterrissage associés à la courbe $\mathscr{C}_f$.

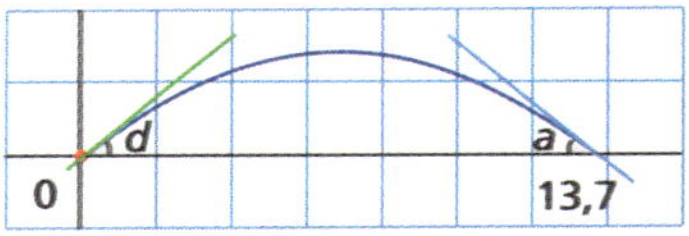

Le schéma illustre les angles de décollage et d'atterrissage associés à la courbe $\mathscr{C}_g$.

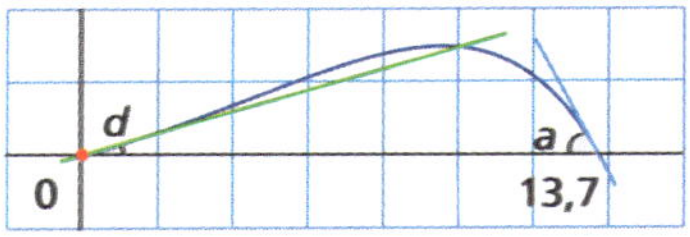

1 Première modélisation

On rappelle qu'ici, l'unité étant la dizaine de yards, x représente la distance horizontale parcourue par la balle après la frappe et $f(x)$ la hauteur correspondante de la balle. Selon ce modèle :

a. Quelle est la hauteur maximale, en yard, atteinte par la balle au cours de sa trajectoire ?

b. Vérifier que $f'(0) = 0{,}822$.

c. Donner une mesure en degré de l'angle de décollage de la balle, arrondie au dixième. (On pourra éventuellement utiliser le tableau ci-après.)

d. Quelle propriété graphique de la courbe $\mathscr{C}_f$ permet de justifier que les angles de décollage et d'atterrissage de la balle sont égaux ?

2 Seconde modélisation

On rappelle qu'ici, l'unité étant la dizaine de yards, x représente la distance horizontale parcourue par la balle après la frappe et $g(x)$ la hauteur correspondante de la balle. Selon ce modèle :

a. Quelle est la hauteur maximale, en yard, atteinte par la balle au cours de sa trajectoire ? On précise que $g'(0) = 0{,}29$ et $g'(13{,}7) \approx -1{,}87$.

b. Donner une mesure en degré de l'angle de décollage de la balle, arrondie au dixième. (On pourra éventuellement utiliser le tableau ci-après.)

c. Justifier que 62 est une valeur approchée, arrondie à l'unité près, d'une mesure en degré de l'angle d'atterrissage de la balle.

Tableau : extrait d'une feuille de calcul donnant une mesure en degré d'un angle quand on connaît sa tangente

	A	B	C	D	E	F	G	H	I	J	K	L	M
1	tan(θ)	0,815	0,816	0,817	0,818	0,819	0,82	0,821	0,822	0,823	0,824	0,825	0,826
2	θ en degrés	39,18	39,21	39,25	39,28	39,32	39,35	39,39	39,42	39,45	39,49	39,52	39,56
3													
4	tan(θ)	0,285	0,286	0,287	0,288	0,289	0,29	0,291	0,292	0,293	0,294	0,295	0,296
5	θ en degrés	15,91	15,96	16,01	16,07	16,12	16,17	16,23	16,28	16,33	16,38	16,44	16,49

Partie C – Interrogation des modèles

À partir d'un grand nombre d'observations des performances de joueurs professionnels, on a obtenu les résultats moyens suivants :

Angle de décollage (en degré)	Hauteur maximale (en yard)	Angle d'atterrissage (en degré)	Distance horizontale (en yard) au point de chute
24	32	52	137

Quel modèle, parmi les deux étudiés précédemment, semble le plus adapté pour décrire la frappe de la balle par un joueur professionnel ?

La réponse sera justifiée.

CORRIGÉ SUJET COMPLET 4

Exercice 1

énoncé p. 327

Partie A

1 Arbre pondéré

On modélise la situation par l'arbre pondéré ci-contre.

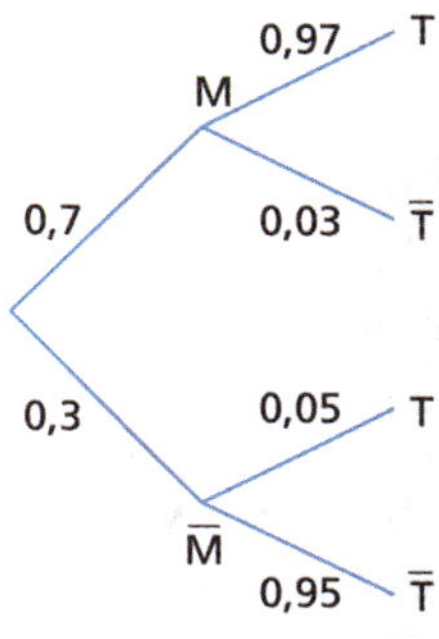

2 Probabilité que le coyote soit malade et que son test soit positif

$P(M \cap T) = P(M) \times P_M(T) = 0,7 \times 0,97 = 0,679.$

La probabilité que le coyote soit malade et que son test soit positif est égale à **0,679**.

3 Démonstration de P(T) = 0,694

D'après la formule des probabilités totales, $P(T)=P(M\cap T)+P(\overline{M}\cap T)$.

Ainsi, $P(T)=0,679+0,3\times0,05=\mathbf{0,694}$.

4 Valeur prédictive positive du test

$$P_T(M)=\frac{P(M\cap T)}{P(T)}=\frac{0,679}{0,694}\approx0,978.$$

La valeur prédictive positive du test est donc environ égale à **0,978**.

5 a. Valeur prédictive négative du test

La valeur prédictive négative du test est la probabilité que le coyote ne soit pas malade sachant que son test est négatif.

$$P_{\overline{T}}(\overline{M})=\frac{P(\overline{M}\cap\overline{T})}{P(\overline{T})}=\frac{0,3\times0,95}{1-0,694}\approx0,931.$$

La valeur prédictive négative du test est donc environ égale à **0,931**.

b. Comparaison des valeurs prédictives positive et négative du test

On a donc $P_T(M)>P_{\overline{T}}(\overline{M})$. Il y a alors une **plus faible erreur de diagnostic lors d'un test positif que lors d'un test négatif**.

Partie B

1 a. Loi de probabilité suivie par *X*

On répète 5 fois de manière identique et indépendante l'épreuve de Bernoulli qui consiste à savoir si le coyote a un test positif ou non.

Le succès de cette épreuve est T et P(T) = 0,694.

La variable aléatoire X qui compte le nombre de coyotes dont le test est positif suit donc la **loi binomiale de paramètres $n = 5$ et $p = 0,694$**.

b. Probabilité que, dans un échantillon de 5 coyotes capturés au hasard, un seul soit positif

$$P(X=1)=\binom{5}{1}0,694^1(1-0,694)^{5-1}\approx0,03.$$

La probabilité qu'un seul coyote ait un test positif dans un échantillon de 5 est environ égale à **0,03**.

Conseil

Penser à utiliser l'événement contraire.

c. Vérification de l'affirmation du vétérinaire

$P(X\geqslant4)=1-P(X\leqslant3)\approx0,52$.

Ainsi, la probabilité qu'au moins 4 coyotes aient un test positif dans un échantillon de 5 est environ égale à 0,52, ce qui est supérieur à 0,5.

L'affirmation est donc vraie.

2 Nombre de coyotes capturés

On note n le nombre de coyotes de l'échantillon. Ainsi, la variable aléatoire X suit la loi binomiale de paramètres n et $p = 0,694$.

On cherche n tel que $P(X \geqslant 1) > 0{,}99$.

Or $P(X \geqslant 1) = 1 - P(X = 0)$ et $P(X = 0) = (1 - 0{,}694)^n = 0{,}306^n$.

On cherche donc n tel que $1 - 0{,}306^n > 0{,}99$.

Or $1 - 0{,}306^n > 0{,}99$

$\Leftrightarrow 0{,}306^n < 0{,}01$

$\Leftrightarrow \ln(0{,}306^n) < \ln(0{,}01)$ ← Car la fonction ln est strictement croissante sur $]0\,;+\infty[$ et $0{,}306^n > 0$.

$\Leftrightarrow n\ln(0{,}306) < \ln(0{,}01)$

$\Leftrightarrow n > \dfrac{\ln(0{,}01)}{\ln(0{,}306)}$ car $\ln(0{,}306) < 0$.

On en déduit que $n > 3{,}89$.

Les vétérinaires doivent donc capturer au moins 4 coyotes.

Exercice 2

énoncé p. 329

1 Réponse b.

Pour tout nombre réel $x < -\dfrac{1}{2}$, $f'(x) > 0$.

Pour tout nombre réel $x > -\dfrac{1}{2}$, $f'(x) < 0$.

> **Méthode**
> Pour déterminer un extremum de f, on regarde si f' s'annule en changeant de signe.

Et $f'\left(-\dfrac{1}{2}\right) = 0$. Ainsi, f est croissante sur l'intervalle $\left]-\infty\,;-\dfrac{1}{2}\right]$ et décroissante sur l'intervalle $\left[-\dfrac{1}{2}\,;+\infty\right[$. La fonction f admet donc un maximum en $-\dfrac{1}{2}$.

2 Réponse a.

D'après sa représentation graphique, la fonction f' est croissante sur l'intervalle $\left]-\infty\,;-\dfrac{3}{2}\right[$, la fonction f est donc convexe sur cet intervalle.

> **Méthode**
> Pour étudier la convexité de f, on lit les variations de f'.

3 Réponse c.

D'après sa représentation graphique, la fonction f' admet un maximum en $-\dfrac{3}{2}$, ainsi $f''\left(-\dfrac{3}{2}\right) = 0$.

4 Réponse b.

Si la suite (u_n) est croissante alors, pour tout entier naturel n, $u_0 \leqslant u_n$.

Ainsi, pour tout entier naturel n, $u_0 \leqslant u_n \leqslant v_n$.

On en déduit que la suite (v_n) est minorée par u_0.

5 Réponse b.

La suite (u_n) est croissante car, pour tout entier naturel n non nul, $u_n \leqslant u_{n+1}$.

De plus, pour tout entier naturel n non nul, $\frac{1}{n} \leqslant 1$.

On en déduit que la suite (u_n) est croissante et majorée par 1. Elle est donc convergente.

6 Réponse b.

Pour tout entier naturel n, $n < u_n < n+1$.

Donc, pour tout entier naturel n, $n+1 < u_{n+1} < n+2$.

Ainsi, pour tout entier naturel n, $n < u_n < n+1 < u_{n+1} < n+2$.

On en déduit que la suite (u_n) est croissante.

Exercice 3

énoncé p. 331

1 Coordonnées des points E, F, G et K

On a **E(0 ; 0 ; 1)**, **F(1 ; 0 ; 1)**, **G(1 ; 1 ; 1)** et **K**$\left(\mathbf{1}\,;\,\frac{\mathbf{1}}{\mathbf{2}}\,;\,\mathbf{0}\right)$.

2 $\vec{n}$ orthogonal au plan EGK

$\overrightarrow{EG}(1-0\,;\,1-0\,;\,1-1)$ soit $\overrightarrow{EG}(1\,;\,1\,;\,0)$.

$\overrightarrow{EK}\left(1-0\,;\,\frac{1}{2}-0\,;\,0-1\right)$ soit $\overrightarrow{EK}\left(1\,;\,\frac{1}{2}\,;\,-1\right)$.

Les vecteurs sont non colinéaires.

Conseil

Montrer que $\vec{n}$ est orthogonal à deux vecteurs directeurs du plan (EGK).

De plus, $\overrightarrow{EG}\cdot\vec{n} = 1\times 2 + 1\times(-2) + 0\times 1 = 0$ et $\overrightarrow{EK}\cdot\vec{n} = 1\times 2 + \frac{1}{2}\times(-2) + (-1)\times 1 = 0$.

Le vecteur $\vec{n}(2\,;-2\,;\,1)$ est orthogonal à deux vecteurs directeurs du plan (EGK). **Le vecteur $\vec{n}$ est donc normal au plan (EGK).**

3 Équation cartésienne du plan (EGK)

Le vecteur $\vec{n}$ est un vecteur normal au plan (EGK).

Une équation cartésienne de (EGK) est donc de la forme $2x-2y+z+d=0$.

De plus, le point E(0 ; 0 ; 1) appartient au plan (EGK) donc $2\times 0 - 2\times 0 + 1 + d = 0$ soit $1+d=0$ et $d=-1$.

Ainsi, **le plan (EGK) admet pour équation cartésienne $2x-2y+z-1=0$.**

4 Représentation paramétrique de *d*

La droite (d) est dirigée par le vecteur $\vec{n}(2\,;-2\,;\,1)$ et passe par le point F(1 ; 0 ; 1).

On en déduit qu'une représentation paramétrique de la droite (d) est :

$$\begin{cases} x = 1+2t \\ y = -2t \\ z = 1+t \end{cases},\ t \in \mathbb{R}.$$

5 Coordonnées du point L

Le point L est le point d'intersection du plan (EGK) et de la droite (d).

Les coordonnées $(x\,;\,y\,;\,z)$ du point L vérifient le système $(S)\begin{cases} x=1+2t \\ y=-2t \\ z=1+t \\ 2x-2y+z-1=0 \end{cases}$.

Le système (S) équivaut à $\begin{cases} x=1+2t \\ y=-2t \\ z=1+t \\ 2(1+2t)-2(-2t)+(1+t)-1=0 \end{cases}$

soit $\begin{cases} x=1+2t \\ y=-2t \\ z=1+t \\ 9t+2=0 \end{cases}$ c'est-à-dire $\begin{cases} x=1+2\times\dfrac{-2}{9}=\dfrac{5}{9} \\ y=-2\times\dfrac{-2}{9}=\dfrac{4}{9} \\ z=1+\dfrac{-2}{9}=\dfrac{7}{9} \\ t=\dfrac{-2}{9} \end{cases}$.

Ainsi, les coordonnées du point L sont $\left(\dfrac{5}{9}\,;\,\dfrac{4}{9}\,;\,\dfrac{7}{9}\right)$.

6 Calcul de la longueur LF

$$LF=\sqrt{\left(\frac{5}{9}-1\right)^2+\left(\frac{4}{9}-0\right)^2+\left(\frac{7}{9}-1\right)^2}=\mathbf{\frac{2}{3}}.$$

Rappel

$AB=\sqrt{(x_B-x_A)^2+(y_B-y_A)^2+(z_B-z_A)^2}$.

7 Volume du tétraèdre EFGK

EFG est un triangle isocèle rectangle en F. Son aire est égale à $\dfrac{EF\times FG}{2}=\dfrac{1}{2}$.

En considérant le triangle EFG comme base du tétraèdre EFGK, la hauteur est égale à 1. On a alors $\mathscr{V}(EFGK)=\dfrac{1}{3}\times\mathscr{A}(EFG)\times 1$. Ainsi, le volume $\mathscr{V}$ du tétraèdre EFGK est égal à $\dfrac{1}{3}\times\dfrac{1}{2}\times 1=\mathbf{\dfrac{1}{6}}$.

8 Aire du triangle EGK

En considérant le triangle EGK comme base du tétraèdre EFGK, la hauteur est LF. On a alors $\mathscr{V}(EFGK)=\dfrac{1}{3}\times\mathscr{A}(EGK)\times LF$.

D'où $\dfrac{1}{6}=\dfrac{1}{3}\times\mathscr{A}(EGK)\times\dfrac{2}{3}$.

On en déduit que $\mathscr{A}(EGK)=\dfrac{1}{6}\times\dfrac{9}{2}=\mathbf{\dfrac{3}{4}}$.

9 Volume du tétraèdre FPMN

D'après le théorème des milieux, les côtés du triangle PMN sont deux fois plus petits que ceux du triangle EGK.

Ainsi, $\mathcal{A}(\text{PMN}) = \frac{1}{4} \times \mathcal{A}(\text{EGK}) = \frac{1}{4} \times \frac{3}{4} = \frac{3}{16}$.

Les points P, M et N appartiennent au plan (EGK), donc en considérant le triangle PMN comme base du tétraèdre FPMN, la hauteur est égale à LF.

On a alors $\mathcal{V}(\text{FPMN}) = \frac{1}{3} \times \mathcal{A}(\text{PMN}) \times \text{LF}$.

Ainsi, le volume $\mathcal{V}(\text{FPMN})$ du tétraèdre FPMN est égal à :

$$\mathcal{V}(\text{FPMN}) = \frac{1}{3} \times \frac{3}{16} \times \frac{2}{3} = \mathbf{\frac{1}{24}}.$$

Exercice 4

énoncé p. 332

Partie A – Étude de deux fonctions

1 a. Limite de f en $+\infty$

> **L'astuce du prof**
> Penser à factoriser $f(x)$ par x^2 pour lever l'indétermination.

Pour tout réel x non nul, $f(x) = 0{,}06x^2\left(-1 + \frac{13{,}7}{x}\right)$.

Or $\lim\limits_{x \to +\infty} 0{,}06x^2 = +\infty$ et $\lim\limits_{x \to +\infty} -1 + \frac{13{,}7}{x} = -1$. Ainsi, par produit, $\mathbf{\lim\limits_{x \to +\infty} f(x) = -\infty}$.

b. Variations de la fonction f

Pour tout réel x, $f'(x) = 0{,}06(-2x + 13{,}7)$. On a $f'(x) \geqslant 0$ pour $x \leqslant 6{,}85$ et $f'(x) \leqslant 0$ pour $x \geqslant 6{,}85$.

Ainsi, la fonction **f est croissante sur l'intervalle [0 ; 6,85] et décroissante sur l'intervalle [6,85 ; + ∞[.**

c. Résolution de l'équation $f(x) = 0$

$f(x) = 0$

$\Leftrightarrow 0{,}06(-x^2 + 13{,}7x) = 0$

$\Leftrightarrow -x^2 + 13{,}7x = 0$

$\Leftrightarrow x(-x + 13{,}7) = 0$

$\Leftrightarrow x = 0$ ou $x = 13{,}7$.

Ainsi, **les solutions de l'équation $f(x) = 0$ sont 0 et 13,7.**

2 a. Détermination de la limite de g en $+\infty$

$\lim\limits_{x \to +\infty} -0{,}15x + 2{,}2 = -\infty$

$\lim\limits_{x \to +\infty} 0{,}2x = +\infty$ et donc $\lim\limits_{x \to +\infty} e^{0{,}2x} = +\infty$.

Ainsi, par produit, $\mathbf{\lim\limits_{x \to -\infty} g(x) = -\infty}$.

b. Démonstration de $g'(x) = (-\,0{,}03x + 0{,}29)\mathrm{e}^{0{,}2x}$

g est dérivable sur l'intervalle $[0\,;+\infty[$ comme produit et composée de fonctions dérivables.

On a $g = u \times v - 2{,}2$, avec pour tout réel x de l'intervalle $[0\,;+\infty[$:

$u(x) = -\,0{,}15x + 2{,}2$ d'où $u'(x) = -\,0{,}15$.

$v(x) = \mathrm{e}^{0{,}2x}$ d'où $v'(x) = 0{,}2\mathrm{e}^{0{,}2x}$.

$g'(x) = -0{,}15 \times \mathrm{e}^{0{,}2x} + (-0{,}15x + 2{,}2) \times 0{,}2\mathrm{e}^{0{,}2x}$.

Ainsi, $g'(x) = \mathrm{e}^{0{,}2x}\left(-0{,}15 + (-0{,}15x + 2{,}2) \times 0{,}2\right)$

soit $\boldsymbol{g'(x) = \mathrm{e}^{0{,}2x}(-0{,}03x + 0{,}29)}$.

c. Variations de la fonction g et maximum

La fonction exponentielle étant strictement positive, le signe de $g'(x)$ est celui de $-\,0{,}03x + 0{,}29$.

Or $-0{,}03x + 0{,}29 \geqslant 0 \Leftrightarrow -0{,}03x \geqslant -\,0{,}29 \Leftrightarrow x \leqslant \dfrac{-0{,}29}{-0{,}03} \Leftrightarrow x \leqslant \dfrac{29}{3}$.

On en déduit le tableau de variations suivant :

x	0		$\frac{29}{3}$		$+\infty$
$-\,0{,}03x + 0{,}29$		$+$	0	$-$	
$g'(x)$		$+$	0	$-$	
Variations de g	0	↗	$g\left(\frac{29}{3}\right)$	↘	$-\infty$

Le maximum de la fonction g sur l'intervalle $[0\,;+\infty[$ est $g\left(\dfrac{29}{3}\right)$ et vaut **environ 2,98**.

d. Démonstration de l'existence d'une unique solution pour $g(x) = 0$

Sur l'intervalle $\left[0\,;\dfrac{29}{3}\right]$, g est strictement croissante et $g(0) = 0$. Sur cet intervalle, l'équation $g(x) = 0$ admet une unique solution qui est 0.

Sur l'intervalle $\left[\dfrac{29}{3}\,;+\infty\right[$, g est continue car dérivable et est strictement décroissante. De plus, 0 est compris entre $g\left(\dfrac{29}{3}\right) \approx 2{,}98$ et $\lim\limits_{x \to +\infty} g(x) = -\infty$.

Méthode

Chercher les solutions de l'équation $g(x) = 0$ sur l'intervalle $\left[0\,;\dfrac{29}{3}\right]$ puis sur l'intervalle $\left[\dfrac{29}{3}\,;+\infty\right[$.

Ainsi, d'après la conséquence du théorème des valeurs intermédiaires, l'équation $g(x) = 0$ admet une unique solution α sur l'intervalle $\left[\dfrac{29}{3}\,;+\infty\right[$.

Ainsi, l'équation $g(x) = 0$ admet une **unique solution non nulle α sur l'intervalle $[0\,;+\infty[$.**

Une valeur approchée de α à 10^{-2} près est **13,72**.

Partie B – Trajectoires d'une balle de golf

1 a. Hauteur maximale atteinte par la balle

Le maximum de f sur $[0\,;+\infty[$ est $f(6{,}85) \approx 2{,}815$.

La hauteur maximale de la balle est donc environ égale à **28,15 yards**.

b. Vérification de $f'(0) = 0{,}822$

$f'(0) = 0{,}06(-2 \times 0 + 13{,}7) = \mathbf{0{,}822}$.

c. Mesure de l'angle de décollage de la balle

On a donc $\tan(d) = 0{,}822$.

D'après le tableau, l'angle d de décollage vaut **39,42 degrés**.

d. Propriété graphique de $\mathscr{C}_f$

La courbe de la fonction f est une parabole d'axe de symétrie d'équation $x = 6{,}85$.

Or $6{,}85 = \dfrac{13{,}7}{2}$, **les angles de décollage et d'atterrissage sont donc égaux.**

2 a. Hauteur maximale atteinte par la balle

Le maximum de g sur $[0\,;+\infty[$ est environ 2,98. La hauteur maximale de la balle est donc environ égale à **29,8 yards**.

b. Mesure de l'angle de décollage de la balle

$g'(0) = 0{,}29$.

D'après le tableau, l'angle d de décollage vaut **16,17 degrés**.

c. Mesure de l'ange d'atterrissage de la balle

On a $\tan(62) \approx 1{,}87$.

L'opposé de $\tan(62)$ est bien environ égal à $g'(13{,}7) = -1{,}87$.

Partie C – Interrogation des modèles

Aucun des deux modèles n'est réellement adapté pour décrire la frappe de la balle, puisque dans les deux cas, seule la distance horizontale au point de chute est identique.

Gagnez des points

Justifier son choix.
Toute justification correcte, même incomplète, sera valorisée.

Néanmoins, les valeurs d'angles de décollage et d'atterrissage distinctes et la hauteur maximale de 32 yards amènent à conclure que **le modèle le plus proche de la réalité est le second**.

SUJET COMPLET 5 D'après sujets de Bac

20 pts **4 h**

Ce sujet a été conçu à partir d'énoncés de Bac pour être réalisé en 4 heures **en effectuant les 4 exercices proposés.**

› Notions

Exercice 1
- QCM

Exercice 2
- Géométrie dans l'espace
- Représentation paramétrique d'une droite

Exercice 3
- Probabilités
- Schéma de Bernoulli

Exercice 4
- Fonction logarithme népérien
- Suites

Exercice 1 6 pts 1 h 10

corrigés p. 346

Cet exercice est un questionnaire à choix multiples.

Pour chacune des questions suivantes, une seule des quatre réponses proposées est exacte.

Une réponse fausse, une réponse multiple ou l'absence de réponse à une question ne rapporte ni n'enlève de point.

Pour répondre, indiquer le numéro de la question et la lettre de la réponse choisie. Aucune justification n'est demandée.

1 Soit g la fonction définie sur $\mathbb{R}$ par $g(x) = x^{1\,000} + x$.

On peut affirmer que :

❑ **a.** la fonction g est concave sur $\mathbb{R}$.

❑ **b.** la fonction g est convexe sur $\mathbb{R}$.

❑ **c.** la fonction g possède exactement un point d'inflexion.

❑ **d.** la fonction g possède exactement deux points d'inflexion.

2 On considère une fonction f définie et dérivable sur $\mathbb{R}$. On note f' sa fonction dérivée.

On note $\mathscr{C}$ la courbe représentative de f.

On note Γ la courbe représentative de f'.

On a tracé ci-contre la **courbe Γ**.

On note T la tangente à la **courbe** $\mathscr{C}$ au point d'abscisse 0.

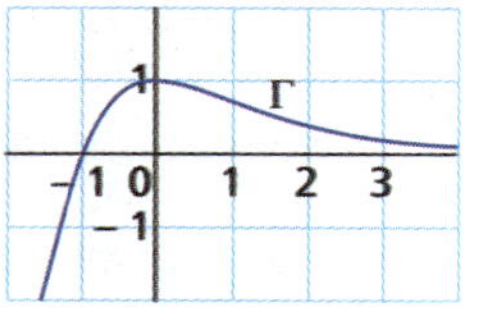

On peut affirmer que la tangente T est parallèle à la droite d'équation :

- ❑ **a.** $y = x$.
- ❑ **b.** $y = 0$.
- ❑ **c.** $y = 1$.
- ❑ **d.** $x = 0$.

3 On considère la suite (u_n) définie pour tout entier naturel n par $u_n = \dfrac{(-1)^n}{n+1}$.
On peut affirmer que la suite (u_n) est :

- ❑ **a.** majorée et non minorée.
- ❑ **b.** minorée et non majorée.
- ❑ **c.** bornée.
- ❑ **d.** non majorée et non minorée.

4 Soit k un nombre réel non nul.
Soit (v_n) une suite définie pour tout entier naturel n.
On suppose que $v_0 = k$ et que pour tout n, on a $v_n \times v_{n+1} < 0$.
On peut affirmer que v_{10} est :

- ❑ **a.** positif.
- ❑ **b.** négatif.
- ❑ **c.** du signe de k.
- ❑ **d.** du signe de $-k$.

5 On considère la suite (w_n) définie pour tout entier naturel n par :

$$w_{n+1} = 2w_n - 4 \quad \text{et} \quad w_2 = 8.$$

On peut affirmer que :

- ❑ **a.** $w_0 = 0$.
- ❑ **b.** $w_0 = 5$.
- ❑ **c.** $w_0 = 10$.
- ❑ **d.** il n'est pas possible de calculer w_0.

6 On considère la suite (a_n) définie pour tout entier naturel n par :

$$a_{n+1} = \frac{e^n}{e^n + 1} a_n \quad \text{et} \quad a_0 = 1.$$

On peut affirmer que :

- ❑ **a.** la suite (a_n) est strictement croissante.
- ❑ **b.** la suite (a_n) est strictement décroissante.
- ❑ **c.** la suite (a_n) n'est pas monotone.
- ❑ **d.** la suite (a_n) est constante.

7 Une cellule se reproduit en se divisant en deux cellules identiques, qui se divisent à leur tour, et ainsi de suite. On appelle temps de génération le temps nécessaire pour qu'une cellule donnée se divise en deux cellules. On a mis en culture 1 cellule. Au bout de 4 heures, il y a environ 4 000 cellules.
On peut affirmer que le temps de génération est environ égal à :

- ❑ **a.** moins d'une minute.
- ❑ **b.** 12 minutes.
- ❑ **c.** 20 minutes.
- ❑ **d.** 1 heure.

Exercice 2 4 pts 50 min

corrigés p. 348

L'espace est rapporté à un repère orthonormal $(O ; \vec{i}, \vec{j}, \vec{k})$.

Les points A, B et C ont pour coordonnées respectives :

$$A(1 ; -2 ; 4), B(-2 ; -6 ; 5), C(-4 ; 0 ; -3).$$

1 **a.** Démontrer que les points A, B et C ne sont pas alignés. 0,5 pt

b. Démontrer que le vecteur $\vec{n}(1 ; -1 ; -1)$ est un vecteur normal au plan (ABC). 0,5 pt

c. Déterminer une équation du plan (ABC). 0,5 pt

2 **a.** Déterminer une représentation paramétrique de la droite passant par le point O et orthogonale au plan (ABC). 0,5 pt

b. Déterminer les coordonnées du point O′, projeté orthogonal du point O sur le plan (ABC). 0,5 pt

3 On désigne par H le projeté orthogonal du point O sur la droite (BC).

t est le réel tel que $\overrightarrow{BH} = t\overrightarrow{BC}$.

a. Démontrer que $t = \dfrac{\overrightarrow{BO} \cdot \overrightarrow{BC}}{\|\overrightarrow{BC}\|^2}$. 0,75 pt

b. En déduire le réel t et les coordonnées du point H. 0,75 pt

Exercice 3 4 pts 50 min

corrigés p. 351

Une urne contient des boules indiscernables au toucher.

20 % des boules portent le numéro 1 et sont rouges.

Les autres portent le numéro 2 et parmi elles, 10 % sont rouges et les autres sont vertes.

1 On tire une boule au hasard. Quelle est la probabilité qu'elle soit rouge ? 1 pt

2 On a tiré une boule au hasard. Elle est rouge.

Montrer que la probabilité qu'elle porte le numéro 2 est égale à $\dfrac{2}{7}$. 1 pt

3 n est un entier naturel supérieur ou égal à 2.

On effectue n tirages successifs d'une boule avec remise (après chaque tirage, la boule est remise dans l'urne).

a. Exprimer en fonction de n la probabilité d'obtenir au moins une boule rouge portant le numéro 1 au cours des n tirages. 1 pt

b. Déterminer l'entier n à partir duquel la probabilité d'obtenir au moins une boule rouge portant le numéro 1 au cours des n tirages est supérieure ou égale à 0,99. 1 pt

Exercice 4 6 pts 1 h 10

corrigés p. 353

Partie A

g est la fonction définie pour tout nombre réel x de l'intervalle $]0\,;+\infty[$ par :

$$g(x)=x-x\ln(x).$$

1 Déterminer les limites de la fonction g en 0 et $+\infty$. 0,5 pt

2 Montrer que g est dérivable sur l'intervalle $]0\,;+\infty[$ et que :

$$g'(x)=-\ln(x).$$ 0,5 pt

3 Dresser le tableau de variations de la fonction g. 0,75 pt

Partie B

(u_n) est la suite définie pour tout $n \in \mathbb{N}^*$ par :

$$u_n=\frac{e^n}{n^n}.$$

1 Conjecturer, à l'aide de la calculatrice :

a. le sens de variation de la suite (u_n) ; 0,75 pt

b. la limite éventuelle de la suite (u_n). 0,75 pt

2 (v_n) est la suite définie pour tout $n \in \mathbb{N}^*$ par $v_n=\ln(u_n)$.

a. Montrer que $v_n=n-n\ln(n)$. 0,5 pt

b. En utilisant la Partie A, déterminer le sens de variation de la suite (v_n). 0,5 pt

c. En déduire le sens de variation de la suite (u_n). 0,5 pt

3 Montrer que la suite (u_n) est bornée. 0,75 pt

4 En déduire que la suite (u_n) est convergente et déterminer sa limite. 0,75 pt

CORRIGÉ SUJET COMPLET 5

Exercice 1

énoncé p. 342

1 Réponse b.

g est deux fois dérivable sur $\mathbb{R}$ et pour tout nombre réel x,

$g'(x) = 1\,000x^{999} + 1$ et $g''(x) = 1\,000 \times 999x^{998} = 999\,000x^{998}$.

Or 998 est un nombre pair donc pour tout nombre réel x, $x^{998} \geqslant 0$ et $999\,000 > 0$.

On en déduit que pour tout nombre réel x, $g''(x) \geqslant 0$.

La fonction g est donc convexe sur $\mathbb{R}$.

2 Réponse a.

La tangente T a pour coefficient directeur $f'(0)$. Or on peut lire sur le graphique que $f'(0) = 1$ et parmi les quatre équations proposées, la seule droite de coefficient directeur égal à 1 est la droite d'équation $y = x$.

Conseil

Procéder par élimination.

3 Réponse c.

Pour tout nombre entier naturel n,

$n \geqslant 0$ donc $n + 1 \geqslant 1 > 0$

et $-1 \leqslant (-1)^n \leqslant 1$ donc $\dfrac{-1}{n+1} \leqslant \dfrac{(-1)^n}{n+1} \leqslant \dfrac{1}{n+1}$.

De plus, $n + 1 \geqslant 1$ donc $\dfrac{1}{n+1} \leqslant 1$ et $-\dfrac{1}{n+1} \geqslant -1$.

On obtient $-1 \leqslant \dfrac{-1}{n+1} \leqslant \dfrac{(-1)^n}{n+1} \leqslant \dfrac{1}{n+1} \leqslant 1$ soit :

$-1 \leqslant u_n \leqslant 1$.

La suite (u_n) est donc bornée.

4 Réponse c.

Pour tout entier naturel n, $v_n \times v_{n+1} < 0$, ce qui signifie que deux termes consécutifs de la suite (v_n) sont de signes contraires.

v_1, v_3… sont du signe de $-k$ et v_2, v_4… sont du signe de k.

Pour tout entier naturel n pair, v_n est du signe de k.

Ainsi, v_{10} est du signe de k.

5 Réponse b.

Pour tout entier naturel n, $w_{n+1} = 2w_n - 4$.

Donc $w_2 = 2w_1 - 4$ soit $8 = 2w_1 - 4$ et $w_1 = \dfrac{8+4}{2} = 6$.

Et $w_1 = 2w_0 - 4$ soit $6 = 2w_0 - 4$ et $w_0 = \dfrac{6+4}{2} = 5$.

6 Réponse b.

Démontrons par récurrence la propriété P(n) : « Pour tout entier naturel n, $a_n > 0$ ».

- Initialisation

$a_0 = 1 > 0$ donc P(0) est vraie.

- Hérédité

On suppose que pour un entier naturel k, la propriété P(k) est vraie, c'est-à-dire que $a_k > 0$.

Démontrons alors que P($k + 1$) est vraie, c'est-à-dire que $a_{k+1} > 0$.

Pour tout entier naturel k, $e^k > 0$, donc $\frac{e^k}{e^k+1} > 0$ et d'après l'hypothèse de récurrence $a_k > 0$, ainsi $\frac{e^k}{e^k+1} a_k > 0$ et $a_{k+1} > 0$.

P($k + 1$) est donc vraie.

- Conclusion

Pour tout entier naturel n, $a_n > 0$.

Conseil

Pour établir le sens de variation de la suite (a_n), on peut étudier le signe de la différence $a_{n+1} - a_n$.

Pour tout entier naturel n,

$$a_{n+1} - a_n = \frac{e^n}{e^n+1} a_n - a_n$$
$$= a_n\left(\frac{e^n}{e^n+1} - 1\right)$$
$$= a_n\left(\frac{e^n - (e^n+1)}{e^n+1}\right)$$
$$= a_n\left(\frac{-1}{e^n+1}\right).$$

Or $a_n > 0$ et $\frac{-1}{e^n+1} < 0$ donc $a_{n+1} - a_n < 0$ et finalement $a_{n+1} < a_n$.

La suite (a_n) est donc strictement décroissante sur $\mathbb{N}$.

7 Réponse c.

En mettant 1 cellule en culture, il y a au bout de n temps de génération 2^n cellules.

$$2^n = 4\,000 \Leftrightarrow \ln(2^n) = \ln(4\,000)$$

car la fonction logarithme népérien est strictement croissante sur $]0\,;+\infty[$.

$$\Leftrightarrow n\ln(2) = \ln(4\,000)$$
$$\Leftrightarrow n = \frac{\ln(4\,000)}{\ln(2)}$$
$$\Leftrightarrow n \approx 11{,}97.$$

Il faut donc environ 12 temps de génération pour obtenir 4 000 cellules.

$\frac{4\times 60}{12} = 20$, le temps de génération est donc environ égal à 20 minutes.

Exercice 2

énoncé p. 344

1 a. Alignement de A, B et C

Conseil

Démontrer que les vecteurs $\overrightarrow{AB}$ et $\overrightarrow{AC}$ ne sont pas colinéaires.

A, B et C sont distincts. Ils sont alignés si, et seulement si, il existe un réel k tel que $\overrightarrow{AB} = k\overrightarrow{AC}$.

$\overrightarrow{AB}$ est le vecteur de coordonnées :

$(x_B - x_A\,;\, y_B - y_A\,;\, z_B - z_A) = (-2-1\,;-6-(-2)\,;5-4) = (-3\,;-4\,;1)$.

De même, $\overrightarrow{AC}$ est le vecteur de coordonnées $(-5\,;\,2\,;\,-7)$.

$k\overrightarrow{AC}$ a pour coordonnées $(-5k\,;\,2k\,;\,-7k)$.

$\overrightarrow{AB} = k\overrightarrow{AC}$ si, et seulement si :

$$\begin{cases} -5k = -3 \\ 2k = -4. \\ -7k = 1 \end{cases}$$

k ne peut pas être égal à la fois à $\dfrac{3}{5}$ et à (-2), donc k n'existe pas.

Donc les points A, B et C ne sont pas alignés.

Par conséquent, ces trois points déterminent un plan, le plan (ABC).

b. $\vec{n}$, un vecteur normal au plan (ABC)

$\overrightarrow{AB}$ et $\overrightarrow{AC}$ sont deux vecteurs non colinéaires, vecteurs directeurs de deux droites sécantes du plan, (AB) et (AC).

$\vec{n}$ est un vecteur normal au plan (ABC) si, et seulement si, $\vec{n}$ est orthogonal aux deux vecteurs non nuls $\overrightarrow{AB}$ et $\overrightarrow{AC}$, donc si, et seulement si, les produits scalaires $\vec{n}\cdot\overrightarrow{AB}$ et $\vec{n}\cdot\overrightarrow{AC}$ sont nuls.

$$\vec{n}\cdot\overrightarrow{AB} = 1\times(-3) + (-1)\times(-4) + (-1)\times 1$$
$$= -3 + 4 - 1 = 0.$$

$$\vec{n}\cdot\overrightarrow{AC} = 1\times(-5) + (-1)\times 2 + (-1)\times(-7)$$
$$= -5 - 2 + 7 = 0.$$

$\vec{n}$ est bien orthogonal à $\overrightarrow{AB}$ et $\overrightarrow{AC}$.

$\vec{n}$ est donc un vecteur normal au plan (ABC).

c. Équation du plan (ABC)

$\vec{n}(1\,;-1\,;-1)$ est un vecteur normal au plan (ABC).

Ainsi, une équation cartésienne du plan (ABC) est :

$$x - y - z + d = 0 \quad \text{où} \quad d \in \mathbb{R}.$$

Or A $\in$ (ABC) donc $1 + 2 - 4 + d = 0$ soit $d = 1$.

Une équation de (ABC) est :

$$\boldsymbol{x - y - z + 1 = 0.}$$

2 a. Représentation paramétrique

On note $\mathcal{D}$ la droite passant par O et orthogonale au plan (ABC).

$\mathcal{D}$ a pour vecteur directeur $\vec{n}$, vecteur normal au plan (ABC), et passe par O(0 ; 0 ; 0).

On en déduit qu'une représentation paramétrique de $\mathcal{D}$ est :

$$\begin{cases} x = t \\ y = -t\,, \quad t \in \mathbb{R}. \\ z = -t \end{cases}$$

b. Coordonnées de O′

O′ est le projeté orthogonal du point O sur le plan (ABC).

O′ est donc le point d'intersection de la droite $\mathcal{D}$ et du plan (ABC).

Aide

Identifier le point O′ comme l'intersection de la droite $\mathcal{D}$ et du plan (ABC).

On note $(x\,;y\,;z)$ les coordonnées de O′.

O′ appartient à $\mathcal{D}$ donc il existe un réel t tel que :

$x = t$, $y = -t$ et $z = -t$.

O′ appartient au plan (ABC) donc :

$x - y - z + 1 = 0$.

On en déduit que :

$t + t + t + 1 = 0$ donc $t = -\dfrac{1}{3}$.

Alors $(x\,;y\,;z) = \left(-\dfrac{1}{3}\,;\dfrac{1}{3}\,;\dfrac{1}{3}\right)$.

O′ a pour coordonnées $\left(-\dfrac{1}{3}\,;\dfrac{1}{3}\,;\dfrac{1}{3}\right)$.

3 a. Expression du réel *t*

Puisque H est le projeté orthogonal du point O sur la droite (BC), les vecteurs $\overrightarrow{OH}$ et $\overrightarrow{BC}$ sont orthogonaux et le produit scalaire $\overrightarrow{OH}\cdot\overrightarrow{BC}$ est nul.

En utilisant la relation de Chasles, on a :

$$\begin{aligned} 0 &= \overrightarrow{OH}\cdot\overrightarrow{BC} \\ &= \left(\overrightarrow{OB}+\overrightarrow{BH}\right)\cdot\overrightarrow{BC} \\ &= \overrightarrow{OB}\cdot\overrightarrow{BC}+\overrightarrow{BH}\cdot\overrightarrow{BC}. \end{aligned}$$

En remplaçant $\overrightarrow{BH}$ par $t\overrightarrow{BC}$:

$0 = \overrightarrow{OB}\cdot\overrightarrow{BC} + t\overrightarrow{BC}\cdot\overrightarrow{BC}$

donc $-\overrightarrow{OB}\cdot\overrightarrow{BC} = t\overrightarrow{BC}\cdot\overrightarrow{BC}$.

De plus, $-\overrightarrow{OB}=\overrightarrow{BO}$ et $\overrightarrow{BC}\cdot\overrightarrow{BC}=\|\overrightarrow{BC}\|^2$ donc :

$$t=\frac{-\overrightarrow{OB}\cdot\overrightarrow{BC}}{\overrightarrow{BC}\cdot\overrightarrow{BC}}$$

soit :

$$\boldsymbol{t}=\frac{\overrightarrow{\mathbf{BO}}\cdot\overrightarrow{\mathbf{BC}}}{\|\overrightarrow{\mathbf{BC}}\|^2}.$$

b. • Calcul du réel *t*

$\overrightarrow{BC}$ a pour coordonnées (– 4 + 2 ; 6 ; – 3 – 5) = (– 2 ; 6 ; – 8)

donc $\|\overrightarrow{BC}\|^2=(-2)^2+6^2+(-8)^2=104=4\times26$.

$\overrightarrow{OB}$ a pour coordonnées (– 2 ; – 6 ; 5),

donc $\overrightarrow{BO}$ a pour coordonnées (2 ; 6 ; – 5) et :

$$\begin{aligned}\overrightarrow{BO}\cdot\overrightarrow{BC}&=2\times(-2)+6\times6+(-5)\times(-8)\\&=72.\end{aligned}$$

Ainsi, $t=\dfrac{72}{104}$, soit : $\boldsymbol{t}=\dfrac{\mathbf{9}}{\mathbf{13}}$.

• Coordonnées du point H

On note (*x* ; *y* ; *z*) les coordonnées du point H.

$\overrightarrow{BH}$ a pour coordonnées (*x* + 2 ; *y* + 6 ; *z* – 5).

$t\overrightarrow{BC}$ a pour coordonnées (– 2*t* ; 6*t* ; – 8*t*).

Puisque $\overrightarrow{BH}=t\overrightarrow{BC}$, on a :

$$\begin{cases}x+2=-2t\\y+6=6t\\z-5=-8t\end{cases}$$

donc $\begin{cases}x=-2-2\times\dfrac{9}{13}=-\dfrac{44}{13}\\y=-6+6\times\dfrac{9}{13}=-\dfrac{24}{13}\\z=5-8\times\dfrac{9}{13}=-\dfrac{7}{13}\end{cases}$.

Les coordonnées de H sont :

$$\left(-\frac{\mathbf{44}}{\mathbf{13}};-\frac{\mathbf{24}}{\mathbf{13}};-\frac{\mathbf{7}}{\mathbf{13}}\right).$$

Conseil

Penser à utiliser la relation de Chasles.

Exercice 3

énoncé p. 344

On note :

R l'événement : « la boule tirée est rouge »,

V l'événement : « la boule tirée est verte »,

N_1 l'événement : « la boule tirée porte le numéro 1 »,

N_2 l'événement : « la boule tirée porte le numéro 2 ».

On traduit les données de l'énoncé :

- 20 % des boules portent le numéro 1 et sont rouges, donc $p(N_1 \cap R) = 0{,}2$;
- les autres portent le numéro 2, donc $p(N_2) = 0{,}8$;
- parmi elles, 10 % sont rouges et les autres sont vertes : cette donnée est celle de probabilités conditionnelles.

La probabilité de tirer une boule rouge [resp. verte] sachant que la boule tirée porte le numéro 2 est 0,1 [resp. 0,9].

$p_{N_2}(R) = 0{,}1.$

$p_{N_2}(V) = 0{,}9.$

1 Calcul de $p(R)$

Les événements N_1 et N_2 forment une partition de l'univers.

En appliquant la formule des probabilités totales :

$$p(R) = p(N_1 \cap R) + p(N_2 \cap R)$$
$$= p(N_1 \cap R) + p(N_2) \times p_{N_2}(R)$$

$$p(R) = 0{,}2 + 0{,}8 \times 0{,}1$$
$$= 0{,}2 + 0{,}08$$
$$= 0{,}28.$$

La probabilité de tirer une boule rouge est 0,28.

Remarque

Il est possible aussi de faire un arbre pondéré ou de raisonner par simple dénombrement en considérant que l'urne contient 100 boules : 20 numérotées 1 et 80 numérotées 2.

10 % des 80 boules, donc 8 boules, sont rouges et le reste, donc 72 boules, est l'ensemble des boules vertes.

Finalement, il y a 28 boules parmi 100 qui sont rouges et $p(R) = 0{,}28$.

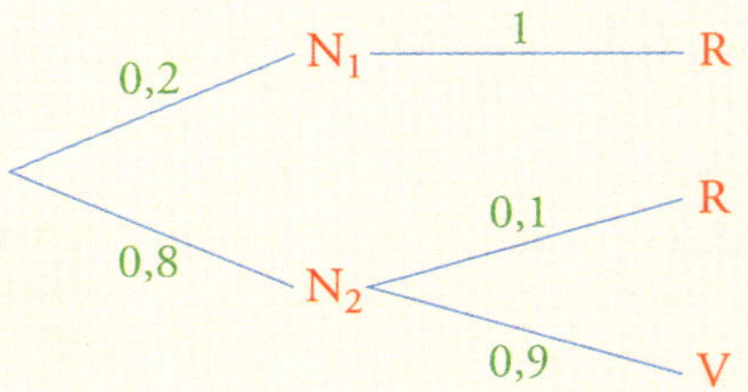

2 Calcul de la probabilité $p_R(N_2)$

On sait que la boule tirée est rouge, on cherche la probabilité pour qu'elle porte le numéro 2, on cherche donc $p_R(N_2)$.

Par définition d'une probabilité conditionnelle :

$$p_R(N_2) = \frac{p(R \cap N_2)}{p(R)} = \frac{p(N_2) \times p_{N_2}(R)}{p(R)} = \frac{0{,}8 \times 0{,}1}{0{,}28} = \frac{2}{7}.$$

Remarque

Poursuivons le raisonnement par dénombrement : dans l'urne, il y a 28 boules rouges et, parmi elles, 8 portent le numéro 2 donc $p_R(N_2) = \frac{8}{28} = \frac{2}{7}$.

$$\boldsymbol{p_R(N_2) = \frac{2}{7}}.$$

3 *n* tirages successifs d'une boule avec remise

On note X la variable aléatoire égale au nombre de boules portant le numéro 1 obtenues au cours de n tirages, indépendants puisqu'ils sont effectués avec remise.

À chacun des tirages, la probabilité de tirer une boule rouge portant le numéro 1 est :

$p = p(R \cap N_1) = 0{,}2.$

La variable X suit une loi binomiale de paramètres n et 0,2.

Pour tout entier k tel que $0 \leqslant k \leqslant n$, on a :

$$p(X = k) = \binom{n}{k}(0{,}2)^k (0{,}8)^{n-k}.$$

a. Calcul de $p(X \geqslant 1)$

L'événement : « obtenir au moins une boule rouge portant le numéro 1 au cours des n tirages » est l'événement $(X \geqslant 1)$. On cherche $p(X \geqslant 1)$.

L'événement contraire est l'événement $(X = 0)$: « n'obtenir aucune boule rouge en n tirages ».

$$p(X \geqslant 1) = 1 - p(X = 0) = 1 - \binom{n}{0}(0{,}2)^0 (0{,}8)^n = 1 - (0{,}8)^n.$$

b. Recherche d'un entier n

On cherche l'entier n à partir duquel la probabilité précédente est supérieure ou égale à 0,99.

On résout l'inéquation : $1 - (0{,}8)^n \geqslant 0{,}99$.

L'astuce du prof

Penser à composer par la fonction logarithme népérien pour résoudre l'inéquation.

$1-(0{,}8)^n \geqslant 0{,}99$ équivaut à $1-0{,}99 \geqslant (0{,}8)^n$ et à $0{,}01 \geqslant (0{,}8)^n$.

La fonction logarithme étant strictement croissante sur $]\,0\,;+\infty]$,
$0{,}01 \geqslant (0{,}8)^n$ équivaut à $\ln(0{,}01) \geqslant \ln\left((0{,}8)^n\right)$

et à $\ln(0{,}01) \geqslant n\ln(0{,}8)$.

$0 < 0{,}8 < 1$ donc ln(0,8) est strictement négatif.

En divisant l'inégalité précédente par ln(0,8), on a :

$$1-(0{,}8)^n \geqslant 0{,}99$$
$$\Leftrightarrow n \geqslant \frac{\ln(0{,}01)}{\ln(0{,}8)}.$$

$\dfrac{\ln(0{,}01)}{\ln(0{,}8)} \approx 20{,}6$ à 0,1 près, donc, n étant un entier, $p(X \geqslant 1) \geqslant 0{,}99$ à partir de $n = 21$.

C'est à partir du 21e tirage que la probabilité de tirer au moins une boule rouge est supérieure ou égale à 0,99.

Exercice 4

énoncé p. 345

Partie A

g est la fonction définie sur $]0\,;+\infty[$ par $g(x) = x - x\ln(x)$.

1 Limites de g en 0 et $+\infty$

• **Limite de g en 0**

$\lim\limits_{x\to 0} x = 0$ et $\lim\limits_{x\to 0} x\ln(x) = 0$ (par croissance comparée).

D'où $\lim\limits_{x\to 0} (x - x\ln(x)) = 0$.

Ainsi, $\mathbf{\lim\limits_{x\to 0} g(x) = 0}$.

• **Limite de g en $+\infty$**

$\lim\limits_{x\to+\infty} x = +\infty$ et $\lim\limits_{x\to+\infty} x\ln(x) = +\infty$.

La limite de g en $+\infty$ présente une forme indéterminée du type $+\infty-(+\infty)$.

Pour lever l'indétermination, on factorise l'expression.

Pour tout réel x de $]0\,;+\infty[$:

$g(x) = x(1 - \ln(x))$.

D'où $\lim\limits_{x\to+\infty} g(x) = \lim\limits_{x\to+\infty} \left[x(1-\ln(x))\right] = -\infty$,

Méthode

Factoriser $g(x)$ par x pour lever l'indétermination.

car $\lim\limits_{x \to +\infty} x = +\infty$ et $\lim\limits_{x \to +\infty} (1 - \ln(x)) = -\infty$.

Ainsi, $\lim\limits_{x \to +\infty} g(x) = -\infty$.

2 Dérivée de la fonction *g*

Pour tout réel x de $]0\,;+\infty[$, posons $u(x) = x$ et $v(x) = \ln(x)$.

On a ainsi :

$g(x) = u(x) - u(x)v(x)$.

La fonction u est dérivable sur $]0\,;+\infty[$, la fonction v est dérivable sur $]0\,;+\infty[$ donc le produit uv est dérivable sur $]0\,;+\infty[$ et la différence $u - uv$ est dérivable sur $]0\,;+\infty[$.

La fonction g est dérivable sur $]0\,;+\infty[$.

Pour tout réel x de $]0\,;+\infty[$, $u'(x) = 1$ et $v'(x) = \dfrac{1}{x}$.

D'où, pour tout réel x de $]0\,;+\infty[$:

$g'(x) = 1 - \ln(x) - x \times \dfrac{1}{x}$.

Ainsi, $g'(x) = -\ln(x)$.

La fonction g est dérivable sur $]0\,;+\infty[$ et a pour dérivée la fonction g' définie sur $]0\,;+\infty[$ par $g'(x) = -\ln(x)$.

3 Tableau de variations de la fonction *g*

On étudie le signe de $g'(x)$.

Pour tout réel x de $]0\,;+\infty[$:

$g'(x) = 0$ si, et seulement si, $-\ln(x) = 0$
si, et seulement si, $x = 1$.

Pour tout réel x de $]0\,;+\infty[$,

$g'(x) > 0$ si, et seulement si, $-\ln(x) > 0$
si, et seulement si, $\ln(x) < 0$
si, et seulement si, $x < 1$.

D'où le tableau de variations de g :

x	0		1		$+\infty$
$g'(x)$	‖	$+$	0	$-$	
g	‖ 0	↗	1	↘	$-\infty$

Partie B

Pour tout entier naturel n non nul, $u_n = \frac{e^n}{n^n}$.

1 Conjecture à l'aide de la calculatrice

a. À l'aide de la calculatrice, **il semble que la suite soit strictement décroissante**.

b. Si la suite converge, **il semble qu'elle converge vers zéro**.

2 (v_n) est la suite définie pour tout entier n de $\mathbb{N}^*$ par $v_n = \ln(u_n)$.

a. $\boldsymbol{v_n = n - \ln(n)}$

Pour tout n de $\mathbb{N}^*$: $v_n = \ln(u_n) = \ln\left(\frac{e^n}{n^n}\right)$.

Donc, pour tout n de $\mathbb{N}^*$, $v_n = \ln(e^n) - \ln(n^n)$ car e^n et n^n sont strictement positifs.

Ainsi, pour tout $n \in \mathbb{N}^*$, $\boldsymbol{v_n = n - n\ln(n)}$.

b. Sens de variation de la suite (v_n)

Pour tout entier naturel n non nul, $v_n = g(n)$.

L'entier n étant non nul, $n \in [1\ ;+\infty[$, et sur cet intervalle, la fonction g est strictement décroissante.

La suite (v_n) est donc strictement décroissante.

> **Conseil**
> Utiliser le sens de variation de la fonction g sur l'intervalle $[1\ ;+\infty[$ pour déterminer le sens de variation de la suite (v_n).

c. Sens de variation de la suite (u_n)

Pour tout entier naturel n :

$v_{n+1} < v_n$

$\ln(u_{n+1}) < \ln(u_n)$.

> **Aide**
> Penser à utiliser la question précédente.

On en déduit, puisque la fonction exponentielle est strictement croissante sur $\mathbb{R}$:

$e^{\ln(u_{n+1})} < e^{\ln(u_n)}$

$u_{n+1} < u_n$.

La suite (u_n) est strictement décroissante.

3 La suite (u_n) est bornée.

- La suite étant strictement décroissante, on a pour tout entier naturel n non nul :

$u_n < u_1$ et $u_1 = e$.

- Pour tout entier naturel non nul n, $u_n > 0$ car, pour tout entier naturel n, e^n et n^n sont strictement positifs. Donc $u_n > 0$.

Pour tout entier naturel non nul n, $0 < u_n < e$.

La suite est donc bornée.

4 Limite de la suite (u_n)

La suite (u_n) étant strictement décroissante et minorée par 0, la suite (u_n) est convergente.

Pour tout entier naturel n non nul, $u_n = \mathrm{e}^{v_n} = \mathrm{e}^{g(n)}$.

$\lim\limits_{n \to +\infty} u_n = \lim\limits_{n \to +\infty} \mathrm{e}^{g(n)}$.

On a vu dans la **Partie A** que $\lim\limits_{x \to +\infty} g(x) = -\infty$ donc $\lim\limits_{n \to +\infty} g(n) = -\infty$ d'où,

puisque $\lim\limits_{x \to -\infty} \mathrm{e}^x = 0$:

$\lim\limits_{n \to +\infty} \boldsymbol{u_n} = \mathbf{0}$.

La suite (u_n) admet une limite et cette limite est nulle.

SUJET COMPLET 6 D'après sujets de Bac

20 pts 4 h

Ce sujet a été conçu à partir d'énoncés de Bac pour être réalisé en 4 heures **en effectuant les 4 exercices proposés**.

› Notions

Exercice 1
- Probabilités
- Construction d'un arbre pondéré
- Suites

Exercice 2
- Suites
- Fonction logarithme
- Fonction exponentielle

Exercice 3
- QCM

Exercice 4
- Géométrie dans l'espace
- Sphère
- Représentation paramétrique d'une droite

Exercice 1 4 pts 50 min

corrigés p. 361

Avant le début des travaux de construction d'une autoroute, une équipe d'archéologie préventive procède à des sondages successifs en des points régulièrement espacés sur le terrain. Lorsque le n-ième sondage donne lieu à la découverte de vestiges, il est dit positif. L'événement : « le n-ième sondage est positif » est noté V_n, on note p_n la probabilité de l'événement V_n.

L'expérience acquise au cours de ce type d'investigation permet de prévoir :

- que si un sondage est positif, le suivant a une probabilité égale à 0,6 d'être aussi positif ;
- que si un sondage est négatif, le suivant a une probabilité égale à 0,9 d'être aussi négatif.

On suppose que le premier sondage est positif, c'est-à-dire $p_1 = 1$.

1 Calculer les probabilités des événements suivants :

a. A : « les 2e et 3e sondages sont positifs » ; 0,5 pt

b. B : « les 2e et 3e sondages sont négatifs ». 0,5 pt

2 Calculer la probabilité p_3 pour que le 3e sondage soit positif. 0,5 pt

3 n désigne un entier naturel supérieur ou égal à 2.

Recopier et compléter l'arbre ci-contre en fonction des données de l'énoncé. 0,5 pt

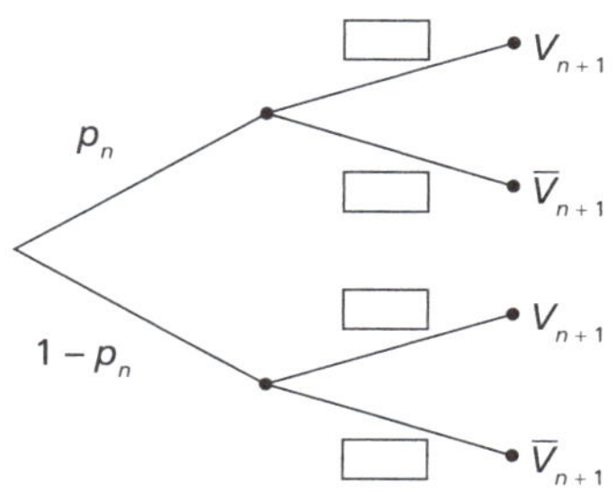

4 Pour tout entier naturel n non nul, établir que $p_{n+1} = 0{,}5\,n + 0{,}1$. 0,5 pt

MÉTHODE
SUJETS PAS À PAS
SUJETS COMME À L'EXAMEN

5 On note u la suite définie, pour tout entier naturel n non nul par :

$$u_n = p_n - 0{,}2.$$

a. Démontrer que u est une suite géométrique, en préciser le premier terme et la raison. **0,5 pt**

b. Exprimer p_n en fonction de n. **0,5 pt**

c. Calculer la limite, quand n tend vers $+\infty$, de la probabilité p_n. **0,5 pt**

Exercice 2 5 pts 1 h

corrigés p. 363

Partie A

On considère la fonction f définie pour tout réel x de $]0\,;\,1]$ par :

$$f(x) = e^{-x} + \ln(x).$$

1 Calculer la limite de f en 0.

2 On admet que f est dérivable sur $]0\,;\,1]$. On note f' sa fonction dérivée.
Démontrer que, pour tout réel x appartenant à $]0\,;\,1]$, on a :

$$f'(x) = \frac{1 - xe^{-x}}{x}.$$

3 Justifier que, pour tout réel x appartenant à $]0\,;\,1]$, on a $xe^{-x} < 1$.
En déduire le tableau de variations de f sur $]0\,;\,1]$.

4 Démontrer qu'il existe un unique réel ℓ appartenant à $]0\,;\,1]$ tel que $f(\ell) = 0$.

Partie B

1 On définit deux suites (a_n) et (b_n) par :

$$\begin{cases} a_0 = \dfrac{1}{10} \\ b_0 = 1 \end{cases} \text{ et, pour tout entier naturel } n, \begin{cases} a_{n+1} = e^{-b_n} \\ b_{n+1} = e^{-a_n} \end{cases}$$

```
def termes(n):
    a=1/10
    b=1
    for k in range (0,n):
        c=...
        b=...
        a=c
    return(a,b)
```

a. Calculer a_1 et b_1. On donnera des valeurs approchées à 10^{-2} près.

b. On considère ci-contre la fonction `termes`, écrite en langage Python. Compléter sans justifier le cadre ci-contre de telle sorte que la fonction `termes` calcule les termes des suites (a_n) et (b_n).

2 On rappelle que la fonction $x \mapsto e^{-x}$ est décroissante sur $\mathbb{R}$.

a. Démontrer par récurrence que, pour tout entier naturel n, on a :

$$0 < a_n \leqslant a_{n+1} \leqslant b_{n+1} \leqslant b_n \leqslant 1.$$

b. En déduire que les suites (a_n) et (b_n) sont convergentes.

3 On note A la limite de (a_n) et B la limite de (b_n).

On admet que A et B appartiennent à l'intervalle $]0\,;\,1]$, et que $A = e^{-B}$ et $B = e^{-A}$.

a. Démontrer que $f(A) = 0$.

b. Déterminer $A - B$.

Exercice 3 6 pts 1 h 10

corrigés p. 364

Cet exercice est un questionnaire à choix multiples. Pour chacune des questions suivantes, une seule des quatre réponses proposées est exacte. Les six questions sont indépendantes.

Une réponse incorrecte, une réponse multiple ou l'absence de réponse à une question ne rapporte ni n'enlève de point.

Aucune justification n'est demandée.

1 On considère la fonction f définie pour tout réel x par $f(x) = \ln(1 + x^2)$.

Sur $\mathbb{R}$, l'équation $f(x) = 2\,022$:

❑ **a.** n'admet aucune solution.

❑ **b.** admet exactement une solution.

❑ **c.** admet exactement deux solutions.

❑ **d.** admet une infinité de solutions.

2 Soit la fonction g définie pour tout réel x strictement positif par :

$$g(x) = x\ln(x) - x^2.$$

On note $\mathscr{C}_g$ sa courbe représentative dans un repère du plan.

❑ **a.** La fonction g est convexe sur $]0\,;\,+\infty[$.

❑ **b.** La fonction g est concave sur $]0\,;\,+\infty[$.

❑ **c.** La courbe $\mathscr{C}_g$ admet exactement un point d'inflexion sur $]0\,;\,+\infty[$.

❑ **d.** La courbe $\mathscr{C}_g$ admet exactement deux points d'inflexion sur $]0\,;\,+\infty[$.

3 On considère la fonction f définie sur $]-1\,;\,1[$ par $f(x) = \dfrac{x}{1-x^2}$.

Une primitive de la fonction f est la fonction g définie sur l'intervalle $]-1\,;\,1[$ par :

❑ **a.** $g(x) = -\dfrac{1}{2}\ln\left(1-x^2\right)$

❑ **b.** $g(x) = \dfrac{1+x^2}{\left(1-x^2\right)^2}$

❑ **c.** $g(x) = \dfrac{x^2}{2\left(x - \dfrac{x^3}{3}\right)}$

❑ **d.** $g(x) = \dfrac{x^2}{2}\ln\left(1-x^2\right)$

4 La fonction $x \mapsto \ln(-x^2 - x + 6)$ est définie sur :

❑ **a.** $]-3\,;\,2[$.   ❑ **b.** $]-\infty\,;\,6]$.

❑ **c.** $]0\,;\,+\infty[$.   ❑ **d.** $]2\,;\,+\infty[$.

5 On considère la fonction f définie sur $]0{,}5\,;\,+\infty[$ par :

$$f(x) = x^2 - 4x + 3\ln(2x - 1).$$

Une équation de la tangente à la courbe représentative de f au point d'abscisse 1 est :

❑ **a.** $y = 4x - 7$.   ❑ **b.** $y = 2x - 4$.

❑ **c.** $y = -3(x - 1) + 4$.   ❑ **d.** $y = 2x - 1$.

6 L'ensemble $\mathcal{S}$ des solutions dans $\mathbb{R}$ de l'inéquation $\ln(x + 3) < 2\ln(x + 1)$ est :

❑ **a.** $\mathcal{S} =]-\infty\,;\,-2[\,\cup\,]1\,;\,+\infty[$.   ❑ **b.** $\mathcal{S} =]1\,;\,+\infty[$.

❑ **c.** $\mathcal{S} = \varnothing$.   ❑ **d.** $\mathcal{S} =]-1\,;\,1[$.

Exercice 4 5 pts 1 h

corrigés p. 366

Dans l'espace muni d'un repère orthonormal $\left(O\,;\vec{i}, \vec{j}, \vec{k}\right)$, on considère :

- les points A(1 ; 1 ; 1) et B(3 ; 2 ; 0) ;
- le plan $\mathcal{P}$ passant par le point B et admettant le vecteur $\overrightarrow{AB}$ pour vecteur normal ;
- le plan $\mathcal{Q}$ d'équation $x - y + 2z + 4 = 0$.

1 Montrer qu'une équation cartésienne du plan $\mathcal{P}$ est :

$$2x + y - z - 8 = 0.$$ 0,5 pt

2 **a.** Donner une représentation paramétrique de la droite Δ perpendiculaire au plan $\mathcal{Q}$ et passant par A. 0,75 pt

b. Déterminer les coordonnées du point d'intersection C de la droite Δ et du plan $\mathcal{Q}$. 0,75 pt

c. Calculer la distance du point A au plan $\mathcal{Q}$. 0,5 pt

3 **a.** Prouver que les plans $\mathcal{P}$ et $\mathcal{Q}$ sont sécants. 0,5 pt

b. D est la droite d'intersection des plans $\mathcal{P}$ et $\mathcal{Q}$.

Montrer qu'une représentation paramétrique de la droite D est :

$$\begin{cases} x = t \\ y = 12 - 5t \quad \text{avec } t \in \mathbb{R} \\ z = 4 - 3t \end{cases}$$ 0,75 pt

c. Vérifier que le point A n'appartient pas à la droite D. 0,25 pt

d. On appelle $\mathcal{R}$ le plan défini par le point A et la droite D. L'affirmation suivante est-elle vraie ou fausse ? « Tout point du plan $\mathcal{R}$ est équidistant des points B et C ». Justifier la réponse. 1 pt

CORRIGÉ SUJET COMPLET 6

Exercice 1

énoncé p. 357

1 Calcul des probabilités des événements A et B

On établit l'arbre suivant :

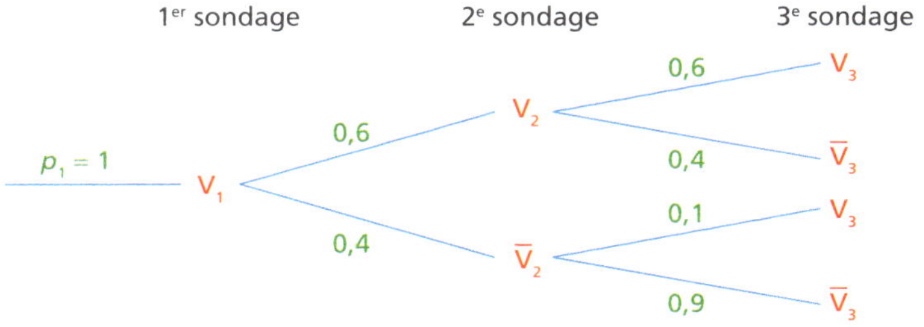

La probabilité de l'événement V_1 est $p_1 = 1$.

a. A est l'événement : « les 2e et 3e sondages sont positifs ».

On obtient, en s'aidant de l'arbre :

$p(A) = 0{,}6 \times 0{,}6 = 0{,}36.$

b. B est l'événement : « les 2e et 3e sondages sont négatifs » :

$p(B) = 0{,}4 \times 0{,}9 = 0{,}36.$

2 Probabilité que le troisième sondage soit positif

Les événements V_2 et $\overline{V}_2$ forment une partition de l'univers, on a ainsi :

$$p(V_3) = p(V_2) \times p_{V_2}(V_3) + p(\overline{V}_2) \times p_{\overline{V}_2}(V_3)$$
$$= 0{,}6 \times 0{,}6 + 0{,}4 \times 0{,}1.$$

Conseil
Utiliser la formule des probabilités totales.

Donc, $\boldsymbol{p_3 = p(V_3) = 0{,}40}$.

3 Arbre complété pour $n \geqslant 2$

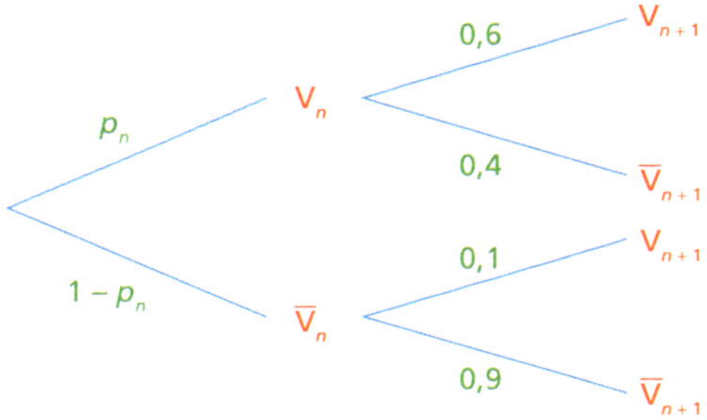

D'après l'énoncé, si V_n est réalisé, la probabilité que V_{n+1} le soit aussi est 0,6 donc l'événement $\overline{V}_{n+1}$ est réalisé avec la probabilité $1-0,6=0,4$.

De même si $\overline{V}_n$ est réalisé, V_{n+1} est réalisé avec une probabilité de 0,1 et $\overline{V}_{n+1}$ avec la probabilité 0,9.

4 Pour tout entier naturel n non nul, $p_{n+1} = 0,5\,p_n + 0,1$

Pour tout entier naturel n non nul, V_n et $\overline{V}_n$ forment une partition de l'univers :

$$p(V_{n+1}) = p(V_n) \times p_{V_n}(V_{n+1}) + p(\overline{V}_n) \times p_{\overline{V}_n}(V_{n+1})$$

$$p_{n+1} = p_n \times 0,6 + p(\overline{V}_n) \times 0,1$$

$$= p_n \times 0,6 + (1-p_n) \times 0,1.$$

Conseil
Utiliser à nouveau la formule des probabilités totales pour calculer $p(V_{n+1})$.

On a bien pour tout entier naturel n non nul :

$$\mathbf{p_{n+1} = 0,5p_n + 0,1.}$$

5 Pour tout entier naturel n non nul, on pose $u_n = p_n - 0,2$.

a. La suite u est géométrique

Pour tout entier naturel n, non nul :

$$u_{n+1} = p_{n+1} - 0,2$$

$$= 0,5p_n + 0,1 - 0,2$$

$$= 0,5p_n - 0,1$$

$$= 0,5(p_n - 0,2)$$

$$u_{n+1} = 0,5u_n$$

Cette égalité est vraie pour tout entier naturel n, non nul.

Donc u est géométrique de raison 0,5 et de premier terme $u_1 = p_1 - 0,2 = 0,8$.

b. Expression de p_n en fonction de n

Pour tout entier naturel n non nul :

$$u_n = u_1 \times (0,5)^{n-1}$$

$$u_n = 0,8 \times (0,5)^{n-1}.$$

Or, pour tout entier n naturel non nul, $p_n = u_n + 0,2$.

On en déduit que, pour tout entier naturel n, non nul : $\mathbf{p_n = 0,8 \times (0,5)^{n-1} + 0,2}$.

c. Limite de p_n quand n tend vers $+\infty$

$\lim\limits_{n\to+\infty} (0,5)^{n-1} = 0$ car 0,5 appartient à]− 1 ; 1[d'où :

$\lim\limits_{n\to+\infty} 0,8 \times (0,5)^{n-1} = 0$, puis $\lim\limits_{n\to+\infty} p_n = 0,2$.

La probabilité p_n a une limite quand n tend vers $+\infty$ égale à 0,2.

Exercice 2

énoncé p. 358

Partie A

Rappel

Une fonction croissante ne change pas l'ordre des inégalités.

1 Limite de f en 0

Pour tout réel x de $]0\,;\,1]$, $f(x) = e^{-x} + \ln(x)$.

Or $\lim\limits_{x \to 0} e^{-x} = 1$ et $\lim\limits_{x \to 0} \ln(x) = -\infty$. Ainsi, par somme, $\lim\limits_{x \to 0} f(x) = -\infty$.

2 Dérivée de f

Pour tout réel x de $]0\,;\,1]$, $f'(x) = -e^{-x} + \dfrac{1}{x} = \dfrac{1 - xe^{-x}}{x}$.

3 Justification de $xe^{-x} < 1$ et tableau de variations

On a $x > 0$ donc $-x < 0$.

En appliquant la fonction exponentielle strictement croissante sur $\mathbb{R}$, on en déduit que $e^{-x} < e^0$, soit $e^{-x} < 1$. En multipliant par $x > 0$, on a alors : $xe^{-x} < x$.

Or $x \leqslant 1$, **ainsi pour tout réel x de $]0\,;\,1]$, $xe^{-x} < 1$.**

On en déduit que pour tout réel x de $]0\,;\,1]$, $1 - xe^{-x} > 0$. Ainsi, pour tout réel x de $]0\,;\,1]$, $f'(x) > 0$. **f est donc croissante sur $]0\,;\,1]$.**

On en déduit le tableau de variations de f :

x	0		1
$f'(x)$	||	+	
$f(x)$	|| $-\infty$	↗	e^{-1}

4 Démonstration de l'existence d'un unique réel ℓ appartenant à $]0\,;\,1]$ tel que $f(\ell) = 0$

Sur l'intervalle $]0\,;\,1]$,
- f est continue car dérivable et est strictement croissante ;
- 0 est compris entre $\lim\limits_{x \to 0} f(x) = -\infty$ et e^{-1}.

Ainsi, d'après la conséquence du théorème des valeurs intermédiaires, **l'équation $f(x) = 0$ admet une unique solution ℓ sur l'intervalle $]0\,;\,1]$.**

Partie B

1 a. Calcul de a_1 et b_1

$a_1 = e^{-b_0} = e^{-1} \approx 0{,}37$ et $b_1 = e^{-a_0} = e^{-\frac{1}{10}} \approx 0{,}90$.

b. Code complété

```
c=exp(-b)
b=exp(-a)
```

Conseil

D'une part, les noms de variables sont souvent explicites et d'autre part, les conditions initiales permettent d'associer chaque variable à sa suite.

2 a. Démonstration de $0 < a_n \leqslant a_{n+1} \leqslant b_{n+1} \leqslant b_n \leqslant 1$

MÉTHODE
SUJETS PAS À PAS
SUJETS COMME À L'EXAMEN

Pour tout entier naturel n, P(n) est la propriété :

$$« 0 < a_n \leqslant a_{n+1} \leqslant b_{n+1} \leqslant b_n \leqslant 1 ».$$

• **Initialisation :** pour $n = 0$, on sait que $a_0 = 0{,}1$, $a_1 \approx 0{,}37$, $b_1 \approx 0{,}90$ et $b_0 = 1$, ainsi $0 < a_0 \leqslant a_1 \leqslant b_1 \leqslant b_0 \leqslant 1$.

La propriété P(0) est donc vraie.

• **Hérédité :** on suppose que, pour un entier naturel k, la propriété P(k) est vraie, c'est-à-dire que $0 < a_k \leqslant a_{k+1} \leqslant b_{k+1} \leqslant b_k \leqslant 1$ (hypothèse de récurrence).

Or la fonction $x \mapsto e^{-x}$ est décroissante sur $\mathbb{R}$, donc :

$$e^{-0} > e^{-a_k} \geqslant e^{-a_{k+1}} \geqslant e^{-b_{k+1}} \geqslant e^{-b_k} \geqslant e^{-1}.$$

Ainsi, $1 > b_{k+1} \geqslant b_{k+2} \geqslant a_{k+2} \geqslant a_{k+1} \geqslant e^{-1} > 0$. La propriété P($k$ + 1) est donc vraie.

• **Conclusion :** pour tout entier naturel n, la propriété P(n) est vraie, c'est-à-dire, **pour tout entier naturel n, $0 < a_n \leqslant a_{n+1} \leqslant b_{n+1} \leqslant b_n \leqslant 1$.**

b. Convergence des suites (a_n) et (b_n)

La suite (a_n) est donc croissante majorée par 1.

La suite (a_n) est donc convergente.

La suite (b_n) est donc décroissante minorée par 0.

La suite (b_n) est donc convergente.

3 a. Démonstration de $f(A) = 0$

$f(A) = e^{-A} + \ln(A)$. Ainsi $f(A) = B + \ln\left(e^{-B}\right)$.

On en déduit que $f(A) = B - B$ soit $\boldsymbol{f(A) = 0}$.

b. Détermination de A – B

A est solution de l'équation $f(x) = 0$ et appartient à l'intervalle]0 ; 1], on en déduit que $A = \ell$.

De même, $f(B) = e^{-B} + \ln(B)$. Ainsi, $f(B) = A + \ln\left(e^{-A}\right)$. On en déduit que $f(B) = A - A = 0$ et que $B = \ell$ également.

Ainsi, $A - B = 0$.

Exercice 3

énoncé p. 359

1 Réponse c.

Pour tout réel x, $1 + x^2 > 0$. On résout donc l'équation sur $\mathbb{R}$.

$$f(x) = 2\,022 \Leftrightarrow \ln\left(1 + x^2\right) = 2\,022 \Leftrightarrow 1 + x^2 = e^{2\,022} \Leftrightarrow x^2 = e^{2\,022} - 1 > 0.$$

L'équation admet donc exactement deux solutions, $\sqrt{e^{2\,022} - 1}$ et $-\sqrt{e^{2\,022} - 1}$.

2 Réponse c.

La fonction g est dérivable comme produit de fonctions dérivables sur l'intervalle $]0\,;+\infty[$.

On a $g = u \times v$, avec pour tout réel $x > 0$:

$$u(x) = x \text{ d'où } u'(x) = 1,$$

$$v(x) = \ln(x) \text{ d'où } v'(x) = \frac{1}{x}.$$

$g'(x) = \ln(x) + x \times \frac{1}{x} - 2x = \ln(x) - 2x + 1.$

La fonction g' est dérivable sur l'intervalle $]0 ; +\infty[$.

Pour tout réel $x > 0$, $g''(x) = \frac{1}{x} - 2 = \frac{1-2x}{x}$.

x étant strictement positif, $g''(x)$ est du signe de $1 - 2x$.

$1 - 2x \geqslant 0 \Leftrightarrow -2x \geqslant -1 \Leftrightarrow x \leqslant 0{,}5$.

g'' s'annule donc une seule fois en $x = 0{,}5$ en changeant de signe. On en déduit que la courbe $\mathscr{C}_g$ admet exactement un point d'inflexion sur l'intervalle $]0 ; +\infty[$.

3 Réponse a.

La fonction g définie sur l'intervalle $]-1 ; 1[$ par $g(x) = -\frac{1}{2}\ln(1-x^2)$ est dérivable sur l'intervalle $]-1 ; 1[$ comme composée de fonctions dérivables.

Pour tout réel x de l'intervalle $]-1 ; 1[$, $g'(x) = -\frac{1}{2} \times \frac{-2x}{1-x^2} = \frac{x}{1-x^2} = f(x)$.

La fonction g est donc bien une primitive de la fonction f.

4 Réponse a.

La fonction $x \mapsto \ln(-x^2 - x + 6)$ est définie lorsque $-x^2 - x + 6 > 0$.

$\Delta = (-1)^2 - 4 \times (-1) \times 6 = 25$ d'où $x_1 = \frac{1-\sqrt{25}}{2 \times (-1)} = 2$ et $x_2 = \frac{1+\sqrt{25}}{2 \times (-1)} = -3$.

Ainsi, $-x^2 - x + 6 > 0$ pour tout réel $x \in]-3 ; 2[$.

5 Réponse a.

$f(1) = 1^2 - 4 \times 1 + 3\ln(2 \times 1 - 1) = -3 + 3\ln(1) = -3$

La tangente à la courbe représentative de la fonction f au point d'abscisse 1 doit donc passer par le point de coordonnées $(1 ; -3)$.

Or seule la première droite d'équation $y = 4x - 7$ passe par ce point.

6 Réponse b.

On résout l'inéquation dans l'ensemble E des nombres réels tels que $x + 3 > 0$ et $x + 1 > 0$, c'est-à-dire $x > -3$ et $x > -1$, soit $E =]-1 ; +\infty[$.

Méthode
Déterminer le domaine de validité de l'équation.

Pour tout réel x de E :

$$\ln(x+3) < 2\ln(x+1) \Leftrightarrow \ln(x+3) < \ln\left((x+1)^2\right) \Leftrightarrow x + 3 < x^2 + 2x + 1$$

$$\Leftrightarrow x^2 + x - 2 > 0.$$

$\Delta = 1^2 - 4 \times 1 \times (-2) = 9$ d'où $x_1 = \dfrac{-1-\sqrt{9}}{2\times 1} = -2$ et $x_2 = \dfrac{-1+\sqrt{9}}{2\times 1} = 1$.

x	-1		1		$+\infty$
x^2+x-2	||	$-$	0	$+$	

L'ensemble des solutions de l'inéquation est donc $\mathcal{S} =]1\,;+\infty[$.

Exercice 4

énoncé p. 360

1 Équation cartésienne du plan $\mathcal{P}$

Le plan $\mathcal{P}$ est le plan passant par B et de vecteur normal $\overrightarrow{AB}$.

$\overrightarrow{AB}$ a pour coordonnées $(x_B - x_A\,; y_B - y_A\,; z_B - z_A)$ soit $(2\,;1\,;-1)$.

Ainsi, une équation cartésienne de $\mathcal{P}$ est $2x + y - z + d = 0$ avec $d \in \mathbb{R}$.

Or $B \in \mathcal{P}$ donc $2 \times 3 + 2 - 0 + d = 0$ d'où $d = -8$.

Une équation cartésienne du plan $\mathcal{P}$ est donc : $\mathbf{2x + y - z - 8 = 0}$.

2 a. Représentation paramétrique de Δ

La droite Δ est perpendiculaire au plan $\mathcal{Q}$, elle admet donc comme vecteur directeur le vecteur $\vec{n}(1\,;-1\,;2)$ normal au plan $\mathcal{Q}$. De plus, la droite Δ passe par le point A. Ainsi, une représentation paramétrique de la droite Δ est :

Conseil
Déterminer un vecteur directeur de la droite Δ.

$$\begin{cases} \mathbf{x = 1 + t} \\ \mathbf{y = 1 - t} \\ \mathbf{z = 1 + 2t} \end{cases} \quad \textbf{avec } \boldsymbol{t} \in \mathbb{R}.$$

b. Coordonnées du point C

Les coordonnées $(x\,;y\,;z)$ du point C vérifient le système :

$$\begin{cases} x = 1+t \\ y = 1-t \\ z = 1+2t \\ x - y + 2z + 4 = 0 \end{cases} \Leftrightarrow \begin{cases} x = 1+t \\ y = 1-t \\ z = 1+2t \\ 1 + t - (1-t) + 2(1+2t) + 4 = 0 \end{cases}$$

$$\Leftrightarrow \begin{cases} x = 1+t \\ y = 1-t \\ z = 1+2t \\ 6 + 6t = 0 \end{cases}$$

$$\Leftrightarrow \begin{cases} x = 0 \\ y = 2 \\ z = -1 \\ t = -1 \end{cases}$$

Le point C a pour coordonnées (0 ; 2 ; – 1).

c. Distance du point A au plan $\mathcal{Q}$

La distance du point A au plan $\mathcal{Q}$ est égale à AC.

Or $AC = \sqrt{(x_C - x_A)^2 + (y_C - y_A)^2 + (z_C - z_A)^2}$.

Donc $AC = \sqrt{(0-1)^2 + (2-1)^2 + (-1-1)^2}$ soit $AC = \sqrt{6}$.

La distance du point A au plan $\mathcal{Q}$ est égale à $\sqrt{6}$.

3 a. Position relative des plans $\mathcal{P}$ et $\mathcal{Q}$

> **Méthode**
> Démontrer que les vecteurs normaux des plans $\mathcal{P}$ et $\mathcal{Q}$ ne sont pas colinéaires.

$\mathcal{P}$ et $\mathcal{Q}$ sont sécants si, et seulement si, leurs vecteurs normaux ne sont pas colinéaires.

$\mathcal{Q}$ a pour vecteur normal $\vec{n}(1;-1;2)$. $\mathcal{P}$ a pour vecteur normal $\overrightarrow{AB}(2;1;-1)$.

$\overrightarrow{AB}$ et $\vec{n}$ sont colinéaires si, et seulement si, il existe un réel k tel que $\overrightarrow{AB} = k\vec{n}$.

$k\vec{n}$ a pour coordonnées $(k;-k;2k)$.

$\overrightarrow{AB} = k\vec{n}$ si, et seulement si, $\begin{cases} 2 = k \\ 1 = -k \\ -1 = 2k \end{cases}$

k ne peut être égal en même temps à 2 et à – 1.

$\overrightarrow{AB}$ et $\vec{n}$ ne sont donc pas colinéaires.

$\mathcal{P}$ et $\mathcal{Q}$ sont sécants.

b. Représentation paramétrique de D

D est la droite d'intersection de $\mathcal{P}$ et $\mathcal{Q}$.

Un point M de coordonnées $(x ; y ; z)$ appartient à D si, et seulement si, ses coordonnées vérifient les équations des deux plans.

Un système d'équations de D est :

$$\begin{cases} x - y + 2z + 4 = 0 \\ 2x + y - z - 8 = 0 \end{cases}.$$

Dans la représentation paramétrique donnée par le texte, le paramètre est x. On exprime donc y et z en fonction de x. La deuxième équation s'écrit $y = -2x + z + 8$ et en remplaçant dans la première :

$$x + 2x - z - 8 + 2z + 4 = 0$$
$$\Leftrightarrow 3x + z - 4 = 0$$
$$\Leftrightarrow z = 4 - 3x.$$

Ainsi, le système équivaut à :

$$\begin{cases} y = -2x + z + 8 = -2x + 4 - 3x + 8 = -5x + 12 \\ z = 4 - 3x \end{cases}$$

On choisit pour paramètre $x = t$, t décrivant $\mathbb{R}$.

Une représentation paramétrique de la droite D est :

$$\begin{cases} x = t \\ y = 12 - 5t \\ z = 4 - 3t \end{cases} \quad \textbf{avec } t \in \mathbb{R}.$$

c. A n'appartient pas à la droite D

A a pour coordonnées (1 ; 1 ; 1), A appartient à D si, et seulement si, A appartient à $\mathscr{P}$ et $\mathscr{Q}$.

$\mathscr{Q}$ a pour équation $x - y + 2z + 4 = 0$.

En remplaçant x, y, z par 1, on obtient : $6 = 0$, ce qui est faux. Donc A n'appartient pas à $\mathscr{Q}$.

A n'appartient pas à D.

d. Étude du plan médiateur de [BC]

L'ensemble des points équidistants de B et C est le plan médiateur du segment [BC], noté $\mathscr{T}$.

L'affirmation est vraie si, et seulement si, ce plan est le plan $\mathscr{R}$.

Rappel

Dans un repère orthonormé,
$AB^2 = (x_B - x_A)^2 + (y_B - y_A)^2 + (z_B - z_A)^2$.

Le plan médiateur de [BC] contient-il A et D ?

- A appartient à $\mathscr{T}$ si, et seulement si, AB = AC.

$$AB^2 = (x_B - x_A)^2 + (y_B - y_A)^2 + (z_B - z_A)^2$$
$$= 2^2 + 1^2 + (-1)^2 = 6$$

$$AC^2 = (x_C - x_A)^2 + (y_C - y_A)^2 + (z_C - z_A)^2$$
$$= (0-1)^2 + (2-1)^2 + (-1-1)^2$$
$$= 1 + 1 + 4 = 6.$$

Ainsi, AB = AC, donc A est équidistant de B et C, et A appartient au plan $\mathscr{T}$.

- Soit M un point de D.

M a pour coordonnées $(t\,;12-5t\,;4-3t)$ pour un certain $t \in \mathbb{R}$.

M appartient à $\mathscr{T}$ si, et seulement si, BM = CM.

$$BM^2 = (x_M - x_B)^2 + (y_M - y_B)^2 + (z_M - z_B)^2$$
$$= (t-3)^2 + (12-5t-2)^2 + (4-3t)^2$$
$$= t^2 - 6t + 9 + 16 - 24t + 9t^2 + (10-5t)^2$$
$$= 10t^2 - 30t + 25 + (10-5t)^2.$$

De même :

$$\begin{aligned} CM^2 &= (t-0)^2 + (12-5t-2)^2 + (4-3t+1)^2 \\ &= t^2 + 25 - 30t + 9t^2 + (10-5t)^2 \\ &= 10t^2 - 30t + 25 + (10-5t)^2. \end{aligned}$$

$BM^2 = CM^2$ donc BM = CM, BM et CM étant positifs.

Ainsi, BM = CM : tout point de la droite D est équidistant de B et C, et appartient au plan $\mathscr{T}$.

Le plan médiateur de [BC] contient A et contient la droite D, donc est égal au plan défini par le point A et la droite D, c'est-à-dire le plan $\mathscr{R}$.

$\mathscr{R}$ est le plan médiateur de [BC].

L'affirmation proposée est vraie.

Cahier SPÉCIAL GRAND ORAL

L'épreuve

Au cours de l'année

Préparer ses questions

Vous devez choisir deux questions portant sur les enseignements de spécialité soit pris isolément, soit abordés de manière transversale. Toute l'année, vous préparez ces questions avec les professeurs de spécialité et éventuellement d'autres élèves.

S'entraîner aux techniques de l'oral

Vous devez travailler la prise de parole en public grâce à des exercices d'élocution, de débit de la parole, de rythme à l'oral…
Vous pouvez également travailler votre posture : gestes expressifs, regards, sourires…

Le jour J

1er TEMPS — Présentation d'une question

Vous proposez vos deux questions au jury

Le jury en choisit une seule, que vous devrez présenter

TEMPS DE PRÉPARATION — 20 min

- Vous préparez votre présentation en fonction de la question choisie par le jury. Il est possible de préparer un support sur une feuille que vous remettrez ou non au jury : le support ne fait pas l'objet d'une évaluation, il est facultatif !

PRÉSENTATION — 5 min

- Présentation orale de votre travail, en réponse à la question choisie.

NOTATION 20 pts coef. 10

Les 5 critères d'évaluation :

- Qualité de l'épreuve orale
- Qualité de la prise de parole en continu
- Qualité des connaissances
- Qualité de l'interaction
- Qualité de l'argumentation

2e TEMPS Échange avec le jury

10 min

- Il s'agit d'approfondir votre travail. Le **jury** peut vous poser des questions sur toutes les parties du programme du cycle terminal.

Jury de 2 professeurs

- Un professeur d'une spécialité
- Un professeur de l'autre spécialité ou d'un enseignement commun ou un professeur documentaliste

3e TEMPS Échange sur le projet d'orientation

5 min

- Réflexion autour de vos choix de spécialités et de votre projet d'orientation. Il s'agit de partager l'évolution de votre cheminement, à la fois dans le cadre scolaire et dans le cadre personnel (vos activités, vos centres d'intérêt).

Sujet 1

▶ Préparation d'un document support — 20 min

Comment les calculatrices donnent-elles la valeur approchée d'une intégrale ?

Intégrale d'une fonction positive sur [a ; b]

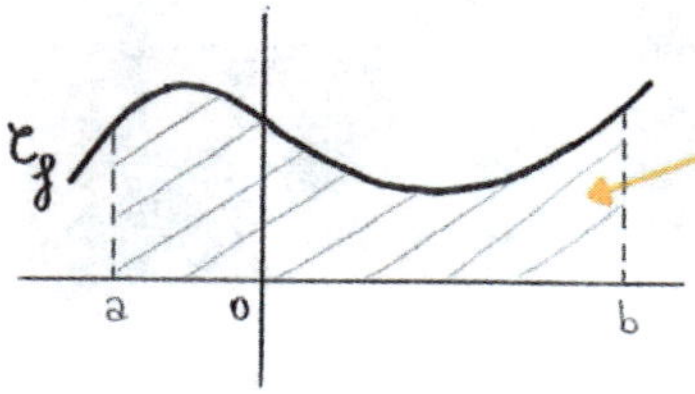

$\int_a^b f(x)\,dx$

Donnez de la visibilité à vos propos
Encadrez les formules importantes de façon à les mettre en valeur, vous aidez ainsi le jury à suivre vos explications.

1ère méthode : Somme de Riemann

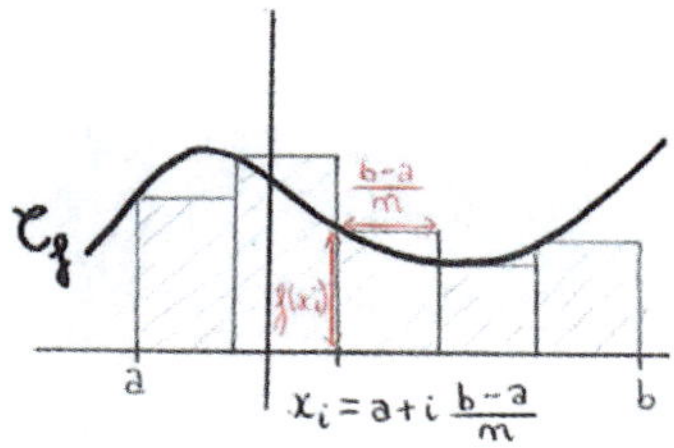

$$\int_a^b f(x)\,dx \simeq \frac{b-a}{n} \sum_{i=0}^{n-1} f(x_i)$$

où $x_i = a + i\,\frac{b-a}{n}$

2ème méthode : Monte-Carlo

On prend, par exemple, $f(x) = \sqrt{1-x^2}$ sur [0 ; 1].

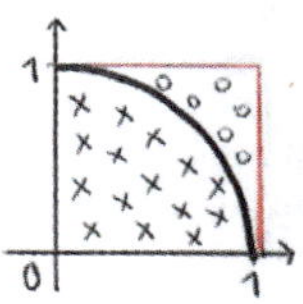

$$\int_0^1 f(x)\,dx \simeq \frac{\text{nombre de } \times}{\text{nombre total de points}}$$

Pour $n = 1\,000\,000$, $\int_0^1 f(x)\,dx \simeq 0{,}785$

Anticipez les questions
L'algorithme utilisé est le suivant :

```
def montecarlo(n):
    compteur=0
    for i in range(n):
        x=random()
        y=random()
        if y<=sqrt(1-x**2):
            compteur=compteur+1
    return compteur/n
```

▶ Présentation orale 5 min

Comment les calculatrices donnent-elles la valeur approchée d'une intégrale ?

Lors du cours de mathématiques consacré au calcul intégral, nous avons appris à calculer une intégrale à l'aide d'une primitive. Notre professeur nous a également montré comment vérifier nos résultats grâce à la calculatrice. J'ai tout d'abord pensé que l'algorithme implémenté dans les calculatrices utilisait des primitives.

> **Accrochez le jury**
> Rendez votre présentation attirante en expliquant l'origine de votre problématique.

Je me suis alors souvenu(e) d'une remarque de mon professeur : il existe des fonctions continues dont la primitive ne peut pas s'écrire à l'aide de fonctions usuelles, par exemple $x \mapsto \mathrm{e}^{-x^2}$. J'ai donc calculé l'intégrale de cette fonction entre deux nombres, et la calculatrice a affiché un résultat. Elle donne donc la valeur approchée d'une intégrale sans utiliser une primitive.

Ma problématique est donc la suivante : **comment les calculatrices donnent-elles la valeur approchée d'une intégrale ?**

Comme le montre mon document support, je rappelle que l'intégrale d'une fonction positive sur un intervalle $[a\,;b]$ est l'aire du domaine délimité par la courbe représentative de cette fonction, l'axe des abscisses et les droites d'équations $x = a$ et $x = b$. Nous allons voir deux méthodes de calcul d'une intégrale, mais il en existe d'autres plus ou moins performantes.

> **Explicitez les bases**
> L'un des membres du jury n'est pas un spécialiste du sujet présenté : rappelez donc les bases avant de rentrer dans les détails.

• Première méthode : la somme de Riemann

Il est simple de calculer l'aire d'un rectangle. Cette méthode consiste à combler plus ou moins le domaine sous la courbe par des rectangles.

Pour être plus précis, si on découpe l'intervalle $[a\,;b]$ en n intervalles de même amplitude, on obtient des rectangles de base $\dfrac{b-a}{n}$.

En posant $x_i = a + i\dfrac{b-a}{n}$, pour $0 \leqslant i \leqslant n-1$, on peut choisir $f(x_i)$ comme hauteur des rectangles. Vous pouvez voir sur mon document support que combler ce domaine par des rectangles génère des erreurs d'approximation. Cependant, plus n est grand, plus la base des rectangles est petite. Ainsi, les zones à combler ou à retirer sont moindres, et l'approximation est meilleure.

> **Anticipez les questions du jury**
> Vous devez ainsi :
> • connaître bien sûr la formule donnant l'aire d'un rectangle ;
> • savoir expliquer simplement la base $\dfrac{b-a}{n}$ de chaque rectangle, ainsi que la formule donnant x_i ;
> • savoir expliquer également la formule donnant la valeur approchée de l'intégrale.

On peut écrire que : $\int_a^b f(x)\,\mathrm{d}x \approx \dfrac{b-a}{n}\sum_{i=0}^{n-1} f\left(a + i\dfrac{b-a}{n}\right)$ pour n très grand.

• Deuxième méthode : Monte-Carlo

La méthode Monte-Carlo consiste à évaluer l'aire d'une surface de manière probabiliste. Elle a été imaginée par le physicien Nicholas Metropolis. Le principe est de prendre un point au hasard dans une zone du plan contenant la surface. Si l'on répète l'opération à plusieurs reprises, la proportion des points sur la surface sera une approximation du rapport entre l'aire de la surface et celle de la zone choisie.

> **Soignez les transitions**
> Ici, pour ne pas présenter une nouvelle méthode basée sur le calcul d'aires de surfaces connues (les rectangles, les trapèzes, etc.), on change d'approche en utilisant les probabilités.

On peut appliquer cette méthode sur un exemple. Celui que je vous présente sur mon document support est celui de la fonction f définie sur [0 ; 1] par :

$$f(x)=\sqrt{1-x^2}.$$

> **Anticipez les questions du jury**
> Vous devez savoir expliquer pourquoi la courbe de cette fonction f est un quart de cercle.

Sa courbe représentative dans un repère orthonormé est le quart de cercle de rayon 1 et de centre l'origine du repère.

On choisit alors deux nombres aléatoires x et y entre 0 et 1, et on considère le point M(x ; y). On génère n points comme cela et on compte, parmi ces points, ceux qui se situent sous la courbe. Plus n sera grand, plus la fréquence de points situés sous la courbe sera proche de l'intégrale de f sur [0 ; 1], c'est-à-dire $\frac{\pi}{4}$.

En implémentant le programme Python correspondant à cette méthode, j'ai trouvé environ 0,785 pour $n = 1\,000\,000$. Ainsi, $\frac{\pi}{4} \approx 0{,}785$. On retrouve bien que π est environ égal à 3,14 en multipliant par 4.

On peut ici souligner le fait que les méthodes vues précédemment permettent non seulement d'approcher une aire, mais aussi des nombres comme π.

> **Proposez une ouverture**
> Les méthodes numériques appliquées au calcul d'intégrales ouvrent sur d'autres sujets mathématiques.

En conclusion, je vous ai présenté deux méthodes, d'approche différente, permettant de calculer la valeur approchée d'une intégrale. Il en existe davantage, plus ou moins performantes. Les calculatrices utilisent l'une de celles-ci pour nous donner la valeur approchée d'une intégrale.

Je souhaite devenir enseignant(e) en mathématiques ou ingénieur(e). Dans les deux cas, il me semble essentiel de comprendre comment fonctionne un programme, que ce soit pour l'expliquer aux élèves ou pour l'utiliser à bon escient.

> **Évoquez votre orientation**
> Cela rendra votre exposé plus personnel et permettra d'introduire la partie « Orientation » de votre exposé.

Je vous remercie de votre attention et suis prêt(e) à répondre à vos questions.

▶ Échange avec le jury 15 min

Questions pouvant être posées par le professeur de mathématiques

- Pourriez-vous expliquer comment calculer la valeur d'une intégrale à l'aide d'une primitive ?
- Pourriez-vous calculer l'intégrale suivante : $\int_0^2 e^{3x}dx$?
- Pourriez-vous expliquer la formule $\frac{b-a}{n}$ donnant la base de chaque rectangle ?
- Vous avez dit « plus n est grand, plus la base des rectangles est petite ». Pourriez-vous préciser vers quel nombre tend cette base lorsque n tend vers $+\infty$?
- Pourriez-vous expliquer comment vous avez obtenu pour $n = 1\,000\,000$ la valeur approchée 0,785 par la méthode Monte-Carlo ?
- Quelle méthode est la plus efficace ?

Questions pouvant être posées par un professeur d'une autre matière

- Pourquoi Nicholas Metropolis a-t-il appelé cette méthode Monte-Carlo ?
- Avez-vous finalement trouvé la méthode utilisée par votre calculatrice ?

Exemples de questions liées à l'orientation

- Quelles sont les études à suivre pour devenir professeur de mathématiques ?
- Savez-vous quelles sont les compétences à développer pour exercer ce métier ?

Sujet 2

▶ Préparation d'un document support ⏱ 20 min

Comment modéliser grâce aux mathématiques l'évolution de la concentration d'un médicament injecté dans le sang ?

Notations :

t : temps écoulé depuis le début de la perfusion
c : concentration du médicament
d : débit de la perfusion

$\Rightarrow c(t) = \dfrac{m(t)}{V}$ ← masse de produit ; ← volume de sang

Donnez de la visibilité à vos propos
Encadrez les formules importantes de façon à les mettre en valeur, vous aidez ainsi le jury à suivre vos explications.

Modélisation :

Entre deux instants t et $t+h$ avec $h \neq 0$,

$$dh - km(t+h)h \leqslant m(t+h) - m(t) \leqslant dh - km(t)h$$

m étant continue, $\lim\limits_{h \to 0} \dfrac{m(t+h) - m(t)}{h} = d - km(t) = m'(t)$

Équation différentielle :

$$m'(t) = d - km(t)$$

$m(t) = Ae^{-kt} + \dfrac{d}{k}$ avec $A \in \mathbb{R}$

En prenant $m(0) = 0$, $m(t) = -\dfrac{d}{k}e^{-kt} + \dfrac{d}{k}$

Ainsi $c(t) = -\dfrac{d}{a}e^{-\frac{a}{V}t} + \dfrac{d}{a}$ avec $a = kV$ ← clairance

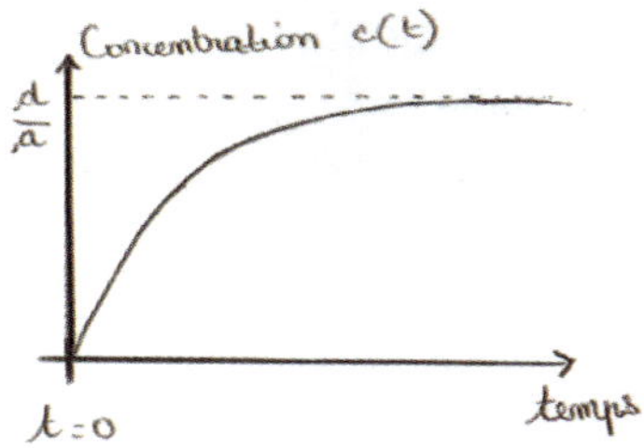

Application :

$V = 80$, $a = 7{,}17$ et $\dfrac{d}{a} = 15$ donc $d \simeq 108$.

Si $c(6) = 5{,}9$, alors $a \simeq 8{,}9$.

Anticipez les questions
a vérifie l'équation : $\dfrac{108}{a}\left(1 - e^{-\frac{3a}{40}}\right) = 5{,}9$.

▶ Présentation orale 5 min

Comment modéliser, grâce aux mathématiques, l'évolution de la concentration d'un médicament injecté dans le sang ?

Dans le milieu hospitalier, administrer un médicament par perfusion est une pratique très courante lors d'un protocole de traitement d'une maladie. J'ai choisi ce thème, car je souhaite devenir infirmier(ière).

> **Accrochez le jury**
> Montrez votre intérêt pour le sujet.

Quand on traite un patient, il faut lui injecter une dose de médicament de façon à obtenir une efficacité optimale et il faut aussi pouvoir adapter le débit de la perfusion en fonction du patient. C'est là que la modélisation mathématique intervient. Ma problématique est donc la suivante : **comment modéliser, grâce aux mathématiques, l'évolution de la concentration d'un médicament injecté dans le sang ?**

Je me suis intéressé(e) au cas d'une perfusion longue durée.

On note t le temps, en heure, écoulé depuis le début de la perfusion.

> **Soyez rigoureux**
> Précisez les notations utilisées pour que le jury puisse suivre.

On appelle $m(t)$ la masse totale de produit présent dans le sang à l'instant t.

On modélise le système sanguin comme une sorte de récipient de volume total V. La concentration $c(t)$ de médicament dans le sang à l'instant t est alors égale à $\frac{m(t)}{V}$. On injecte le produit avec un débit constant égal à d.

Entre deux instants t et $t+h$ (avec $h \neq 0$), la masse totale $m(t)$ de produit varie. Cela vient du fait que d'une part, on injecte le produit et que d'autre part, on admet qu'une partie du produit s'élimine proportionnellement à la masse. On obtient ainsi l'encadrement de $m(t+h)-m(t)$ que vous pouvez lire sur mon document support.

On retrouve bien, de chaque côté, d'une part la quantité dh injectée durant le temps h, et d'autre part la quantité éliminée par le corps.

> **Aidez le jury**
> Faites le plus possible référence à votre document support pour aider le jury à suivre vos explications.
> Si vous faites référence à des formules assez longues de votre document support, n'hésitez pas à faire des pauses pour laisser le temps au jury de s'y retrouver.

En divisant chaque membre de cette inégalité par h, on obtient un encadrement de $\frac{m(t+h)-m(t)}{h}$.

m étant continue, on peut en déduire, en faisant tendre h vers 0, comme je l'ai détaillé également sur mon document support, que m est solution de l'équation différentielle : $m'(t) = d - km(t)$ où k est le coefficient de proportionnalité correspondant à l'élimination.

C'est une équation différentielle du type $y' = ay + b$. J'ai résolu sur mon document support cette équation différentielle en prenant $m(0) = 0$ et j'obtiens alors une formule de $c(t)$:

$$c(t) = -\frac{d}{a}e^{-\frac{a}{V}t} + \frac{d}{a}.$$

> **Gagnez des points**
> Faites référence à votre cours de Terminale. Explicitez la formule obtenue de façon à montrer que vous maîtrisez les notions exposées.

Dans cette expression, que vous pouvez lire, a désigne la clairance et V le volume de sang en litre. Ce volume correspond au volume virtuel de sang.

Dans la pratique, V prendra la valeur 80.

J'ai représenté sur mon document support l'allure de la courbe de la fonction c que l'on obtient.

On observe bien que la fonction c est croissante durant la période d'injection et qu'elle atteint une valeur limite égale à $\frac{d}{a}$. Cette valeur limite est appelée plateau.

> **Orientez les questions**
> En parlant de variation et de valeur limite, vous invitez le jury à vous demander de détailler ces deux points.

Imaginons que pour que notre traitement soit efficace, le plateau doit être égal à 15.

La clairance moyenne chez les patients est d'environ 7,17 litres par heure.

Dans la pratique, on va donc commencer par injecter au patient le traitement avec un débit provisoire $d = 15 \times 7{,}17 \approx 108$ micromoles par litre.

On fait ensuite un prélèvement sanguin au bout de, par exemple, 6 heures et on mesure la concentration.

Si l'on obtient, par exemple, $c(6) = 5{,}9$, on peut alors déterminer une valeur approchée de a. Cela nous permet de trouver la vraie clairance du patient.

On peut alors ajuster le débit de la perfusion de façon à ce que le plateau soit bien égal à 15.

Pour conclure, les recherches que j'ai menées pour répondre à cette question m'ont permis de comprendre d'où vient la formule de concentration qui est utilisée pour le réglage des perfusions.

Cette étude m'a conforté(e) dans mon projet d'orientation.

Je vous remercie de votre attention et je suis prêt(e) à répondre à vos questions.

▶ Échange avec le jury 15 min

Questions pouvant être posées par le professeur de mathématiques

- Pourriez-vous expliquer l'encadrement de la masse dans votre premier encadré ?
- Pourriez-vous donner la définition d'une équation différentielle ?
- Pourriez-vous donner la méthode de résolution d'une équation différentielle du type $y' = ay + b$ avec a et b réels et $a \neq 0$?
- Pourriez-vous établir le sens de variation de votre fonction c ?
- Pourriez-vous détailler la limite en $+\infty$ de votre fonction c ?
- Dans votre cas pratique, vous dites déterminer une valeur approchée de a. Pourriez-vous expliquer comment trouver une telle valeur approchée ? Cette équation admet-elle une unique solution ?
- Comment réglez-vous le débit une fois votre clairance calculée ?

Questions pouvant être posées par un professeur d'une autre matière

- Pourriez-vous expliquer ce qu'est une clairance ?
- Vous parlez d'un volume de sang virtuel V. Pourriez-vous préciser ce que vous entendez par là ?
- Combien de modes d'administration de médicament connaissez-vous ?
- Savez-vous ce qu'est la demi-vie d'un médicament ?

Exemples de questions liées à l'orientation

- Quelles sont les études à suivre pour devenir infirmier(ière) ?
- Savez-vous quelles sont les compétences à développer pour exercer ce métier ?
- Connaissez-vous les différentes évolutions de carrière possibles une fois le diplôme d'infirmier(ière) obtenu ?

Notes

Crédits photographiques

145 : Alexwilko/Shutterstock ; **170** : Melinda Nagy/Shutterstock ; **190** : WUT.ANUNAI/Shutterstock ; **225** : fizkes/Shutterstock ; **227** : Pressmaster/Shutterstock ; **233** : Shutterstock ; **242** : Shutterstock/montego ; **244** : Shutterstock ; **252** : Billy333/Shutterstock ; **254** : sdecoret/Shutterstock ; **314** : Studio Romantic/Shutterstock ; **327** : Tom Reichner/Shutterstock

Dépôt légal : août 2023 - N° de projet : 10290498
Imprimé en France par Maury-Imprimeur
45330 Malesherbes
N° d'imprimeur : 271521